读客科幻文库

跟着读客读科幻,经典科幻全看遍。

ROBERT A. HEINLEIN

异乡异客

［美］罗伯特·海因莱因 著　丁灵 译

*经版权方同意，本书有少量删减。

江苏凤凰文艺出版社

图书在版编目（CIP）数据

异乡异客 /（美）罗伯特·海因莱因（Robert A. Heinlein）著；丁灵译 . — 南京：江苏凤凰文艺出版社，2023.11
书名原文：Stranger in a Strange Land
ISBN 978-7-5594-5727-1

Ⅰ.①异… Ⅱ.①罗…②丁… Ⅲ.①幻想小说 - 美国 - 现代 Ⅳ.① I712.45

中国版本图书馆 CIP 数据核字 (2021) 第 074898 号

Stranger In A Strange Land: ©1961 by Robert A.Heinlein
This edition arranged with The Lotts Agency Ltd.
through Andrew Nurnberg Associates International Limited
Simplified Chinese translation copyright © 2023 Dook Media Group Limited
All rights reserved.

中文版权 © 2023 读客文化股份有限公司
经授权，读客文化股份有限公司拥有本书的中文（简体）版权
图字：10-2020-456 号

异乡异客

［美］罗伯特·海因莱因　著　丁　灵　译

责任编辑	丁小卉
特约编辑	张敏倩　武姗姗　李玉洁
封面设计	陈绮清
封面插画	王伟燊
责任印制	刘　巍
出版发行	江苏凤凰文艺出版社
	南京市中央路 165 号，邮编：210009
网　　址	http://www.jswenyi.com
印　　刷	河北中科印刷科技发展有限公司
开　　本	880 毫米 ×1230 毫米　1/32
印　　张	22.5
字　　数	518 千字
版　　次	2023 年 11 月第 1 版
印　　次	2023 年 11 月第 1 次印刷
标准书号	ISBN 978-7-5594-5727-1
定　　价	99.90 元

江苏凤凰文艺版图书凡印刷、装订错误，可向出版社调换，联系电话：010-87681002。

目　录

第一部
离奇的身世　　| 001 |

第二部
离谱的遗产　　| 115 |

第三部
古怪的教育　　| 376 |

第四部
引谤的志业　　| 523 |

第五部
快乐的天命　　| 619 |

第一部

离奇的身世

第 1 章

曾经,地球还年轻的时候,有个叫史密斯的火星人。

瓦伦丁·迈克尔·史密斯,真实得像要交的税一样,却是自成一族。

人类的第一支火星考察队,是根据这样的理论选拔出来的:人在太空中会遇到的最大的危险就是人类本身。当时,距离人类在月球建立第一个殖民地,只有8个地球年,人类的任何行星际旅程,都必须采用折磨人的自由落体轨道,双切线半椭圆——从地球到火星要两百八十五天,回程也是一样,还要加上在火星待的四百五十五天。然后,两颗行星慢慢爬回对双切线轨道有利的相对位置——总共将近三个地球年。

除了折磨人的时长,这趟旅程还风险重重。唯有在太空站补充燃料,然后"之"字形回到几乎进入地球大气层的地方,这原始的飞行棺材"使者号"方能完成这趟旅程。到达火星之后,也许还能回来——倘若登陆时没有坠毁,倘若能在火星找到水源以补充太空船的反应物质槽,倘若能在火星找到某种食物,倘若一千项其他事务没有出错的话。

但是，物理的危险不如心理的压力来得重要。八个人像猴子那样挤在一起，熬过将近三个地球年，最好还能相处得比人类平常的时候愉快很多。根据先前的经验教训，完全由男性组成的团队被否决了，因为这个小社会被认为不健康，结构也不稳定。专家建议，最理想的太空船人员组合是四对夫妻，如果能找到具备专业技能的这种组合的话。

总承办方爱丁堡大学将挑选组员的任务转交给社会学研究所。通过年龄、健康、心理、体能及性情考察排除掉无用的志愿者之后，研究所仍然有九千多名应征者，每个都身心健全，而且至少有一项必要的特殊技能。预计研究所能汇报出好几个可接受的四对夫妻船员组合。

没有发现这样的组合。需要的主要职业包括：太空导航员、医生、厨师、机械师、太空船指挥官、语义学家、化学工程师、电子工程师、物理学家、地质学家、生物化学家、生物学家、原子工程师、摄影师、水耕栽培专家、火箭工程师。各个成员都必须拥有不止一项技能，或者要能及时习得额外的技能。八个人拥有这些技能，可能的组合有几百种；四对夫妻拥有这些技能，加上健康与智力的考量，则只出现三种组合——但对于这三种组合，评估性格因素能否合得来的团体动力学家们，纷纷吓得举手投降。

总承办方建议降低性格契合的指标；研究所依然固执地要求退还一美元的费用。同时，有个姓名不详的电脑程序员，用机器搜寻三对夫妻的组合。她找到几十种兼容的组合，每对夫妇都有他们需要补足的特性。与此同时，机器也在持续更新由于志愿者死亡、退出、新增等而不断变动的数据。

迈克尔·布兰特船长，理学硕士、空军预备役中校、飞行员（无限制执照），三十岁就已经是跑地球—月球路线的老手。他在研究所似乎有个内应，有人愿意为他查询可能（与他）组队的单身女性志愿者的姓名，然后将他与这些女性进行匹配，通过机器运行检验问题，以判断是否可行。这就能解释他为什么跳上了飞往澳大利亚的飞机，向温妮弗·柯本博士求婚，她是个中年未婚的脸长的语义学家，比他年长九岁。根据卡尔斯巴德档案中心的描述，她性格温和，有幽默感，但除此之外缺乏其他吸引人的特质。

或者，布兰特的行动可能没有内线消息，完全是凭着探索所必需的直觉上的大胆。无论如何，灯光闪烁，机器跳出了几张打孔卡片，"使者号"的团队总算是找到了：

迈克尔·布兰特船长，指挥飞行员、太空导航员、替班厨师、替班摄影师、火箭技术工程师。

温妮弗·柯本·布兰特博士，四十一岁，语义学家、有实践经验的护理员、物料总管、历史学家。

法兰西斯·席尼先生，二十八岁，参谋主任、副飞行员、太空导航员、天文物理学家、摄影师。

欧嘉·柯凡里克·席尼博士，二十九岁，厨师、生物化学家、水耕栽培专家。

沃德·史密斯医生，四十五岁，内外科医生、生物学家。

玛丽·珍·莱尔·史密斯博士，二十六岁，原子工程师、电子与动力技师。

谢尔盖·黎姆斯基先生，三十五岁，电子工程师、化学工程师、实用机械师与仪器设备人员、冷冻专家。

埃兰诺拉·阿伐瑞兹·黎姆斯基太太，三十二岁，地质学家和月球学家、水耕栽培专家。

这个团队有面面俱到的技能组合，尽管有几位的次要技能是在发射前几周接受高强度培训时学到的。更重要的是，他们性格合得来。

也许，就是太合得来了。

"使者号"如期出发，没有差池。在旅程的早期，即使是私人监听者，也很容易接收到太空船的每日报告。随着太空船越飞越远，信号越来越弱，改由地球的无线电卫星接收再加以转播。全体组员似乎都既健康又快乐。史密斯医生需要对付的最糟情况，也就只有一次癣病的传染——全体组员很快就适应了自由落体的环境，而且过了第一周就没再用过止吐药物。不清楚布兰特船长是否有任何纪律问题，就算有，他也不会向地球报告。

"使者号"抵达"火卫一"[1]轨道内侧的停驻轨道，用两星期的时间进行摄影勘察。然后，布兰特船长发出无线电："我们将于明日格林尼治标准时间十二点尝试登陆太阳湖南方。"此后，地球再也没收到过任何消息。

---

[1] 一个形状不规则的小天体，是太阳系最暗的天体之一，一日围绕火星运动3圈，距火星平均距离约9378公里。——编者注（本书若无特别说明，均为编者注）

第 2 章

　　二十五年后，才再次有人类造访火星。在"使者号"沉寂了六年后，由地理学会与国际天文学会共同赞助的"僵尸号"无人机探测器填补了这个空当，在等待期间绕轨道飞行，然后返航。根据自动机械载具拍摄的相片，以人类标准来看，这是一片缺乏吸引力的土地；各项记录仪器确认了火星大气对于人类生活来说太过稀薄，也无法持续。

　　然而，"僵尸号"拍摄的相片清楚地显示，"运河"是某项工程的产物，还有许多其他细节只能解读为城市的废墟。要不是发生了第三次世界大战，人们肯定会毫不拖沓地发动一场大规模的载人远征。

　　不过，正因为战争与延迟，这次派出了一支比当年失踪的"使者号"强大得多，也安全得多的考察队。联邦太空船"拥护者号"的机组人员全是男性，由十八名经验丰富的太空人带着更多男性开拓者，只用了十九天就用莱尔推进器完成了横渡。"拥护者号"在太阳湖南方登陆，因为范特隆普船长有意搜寻"使者号"。第二支考察队每天通过无线电传送报告到地球，而三条电文可不只有科学上的价值。

第一条是:"找到火箭太空船'使者号',无人生还。"

第二条惊天动地的消息是:"火星有居民。"

第三条是:"更正第23—105号电文:找到一名'使者号'的生还者。"

第 3 章

威伦·范特隆普船长是个慈爱又明智的人。他提前发送无线电信息:"我的乘客绝对不能——重复——绝对不能,承受公开接待的压力。请提供低重力运输机、担架与救护车服务,派遣武装警卫。"

他派了船医纳尔森陪同,确保将瓦伦丁·迈克尔·史密斯安置在贝塞斯达医疗中心的套房,将他小心地转移到水床上,而且有陆战队卫兵保护,隔绝外界接触。范特隆普自己则去联邦最高议会参加特别会议。

在瓦伦丁·迈克尔·史密斯被抬到床上的同时,科学部长不耐烦地说:"船长,就算你有军事指挥官的职权,作为一场科学考察的军事指挥官,你确实有权提供非常规的医疗服务来保护一个暂时由你负责的人,但我不明白为什么你现在擅自介入理应属于敝部门的职责。哎呀,史密斯简直是科学信息的宝库!"

"是的,长官,我想,他确实是。"

"那么,为什么——"科学部长突然住口,转向和平与军事安全部长,"大卫,这件事现在显然属于我的管辖范围了。你会发出各项必要的指示给你的人吗？毕竟，实在不能再让肯尼迪教授与冈岛博士这样的大人物等得不耐烦，就这两个人，让他们久等，他们是不会容忍的。"

和平部长没有正面回答，而是向范特隆普船长投来询问的眼神。船长摇了摇头："长官，不行。"

"为什么不行？"科学部长追问道，"你承认了，他没病。"

"皮耶，给船长机会解释，"和平部长建议，"船长，怎么样？"

"长官，史密斯是没病，"范特隆普船长对和平部长说，"但也不健康。他从来不曾在高一倍的重力场生活过。他现在的重量超过了原本习惯的两倍半，他的肌肉还没长好。他还不习惯地球的正常气压。他什么都还没习惯，这样的压力对他来说很可能太大了。真要命，各位先生，就连我自己，只是再次感受高一倍的重力，也是累得像条狗——我还是在这颗行星上出生的。"

科学部长看起来有些轻蔑："如果你担心的是加速疲劳，我向你保证，亲爱的船长，我们设想到了。他的呼吸与心脏活动会受到密切关注。我们并非完全没有想象力与前瞻思维。毕竟，我自己也去过外太空，我知道这是什么感觉。史密斯这个人必须……"

范特隆普船长决定，发脾气的时候到了。他有借口，他特有的疲劳——非常真实的疲劳，感觉仿佛刚刚登陆木星——他暗自得意，知道即使是崇高的议员，对待第一次成功探测火星的考察队指挥官，也不能太硬着来。

于是他打岔了，用憎恶的声音说："哼！'史密斯这个人'……这个'人'！难道你不明白他不是？"

"呃？"

"史密斯……不……是……人。"

"啊?船长,解释一下。"

"史密斯不是人。他是智慧生物,有着人的基因与血统,但他不是人。说他是人,但他更接近火星人。在我们到来之前,他从来没见过人类。他像火星人一样思考,他像火星人一样感觉。抚养他长大的种族,与我们毫无共通之处。哎呀,他们甚至没有性别。如果我的命令彻底执行的话,史密斯从来不曾看过女人——到目前仍然没看过。论血统,他是人;论成长环境,他是火星人。现在,如果你想要逼疯他,浪费那个'科学信息的宝库',就把你的肥头教授们叫来,让他们去烦他。不要给他机会养好身体,增强体力,适应这颗疯狂的行星。去榨干他,就像挤橙汁那样。对我倒是没有损失,反正我完成任务了!"

接下来是一阵沉默,道格拉斯秘书长亲自打圆场:"做得很好,船长。我们会衡量你的建议,也请你放心,我们不会仓促行事。如果史密斯这个人,或说是地球裔火星人,需要几天时间调整适应,我确信科学可以等一等——所以,放轻松,慢慢来,彼得。我们暂且搁置这个部分的讨论,各位先生,继续讨论其他问题。范特隆普船长疲倦了。"

"有一件事不能等。"新闻部长说。

"呃,乔克?"

"秘书长先生,如果我们不赶快安排火星来客上立体电视,你恐怕要应付暴动。"

"嗯……你夸大了,乔克,火星的东西当然会上新闻,我会颁发奖章给船长,以及他英勇的船员——最好是明天。范特隆普船长会讲述他的经历——当然是先休息一夜之后,船长。"

部长摇了摇头。

"乔克,不好吗?"

"公众期望考察队至少带回来一个真正的活生生的火星人,让他们看得目瞪口呆。既然他们没有,我们就需要史密斯,而且非常需要他。"

"'活生生的火星人'吗?"道格拉斯秘书长转身看着范特隆普船长,"你们拍摄了火星人的影片吗?有没有?"

"几千尺胶卷。"

"乔克,那就是给你的解答了。热门素材冷下去的时候,就播放火星人的影片。民众会喜爱得很。现在,船长,关于这个治外法权的可能性:你说火星人不反对吗?"

"嗯,报告长官,是没反对——但他们也没赞成。"

"我不懂你的意思。"

范特隆普船长咬了咬唇:"长官,我不知道到底要如何解释。与火星人交谈,有点像是与回音交谈。你不会得到任何争论,但你也不会得到结果。"

"语义学方面的困难吗?也许你今天应该带着那个,呃,叫什么名字的,你们的语义学家一起来。还是说,他在外面等候呢?"

"他叫马穆德,长官。没有,马穆德博士身体不适。有点……轻微的神经衰弱,长官。"范特隆普心想,这和喝得烂醉是一样的。

"长期太空任务的后遗症吗?"

"也许有一点。"这些该死的土拨鼠!

"嗯,等他有精神一些,带他过来。我想,史密斯这个年轻人应该用得着口译员。"

"也许。"范特隆普疑惑地说。

史密斯这个年轻人，此时此刻正忙着活下去。因为这个难以置信的地方有奇形怪状的空间，致使他的身体受到难以承受的压缩从而变得虚弱。还好，这些异族将他安置在巢里，巢的柔软缓解了一些这种痛苦。他暂时不去维持身体机能，而是将他的第三层转到自己的呼吸与心跳。

他立刻明白，自己即将耗竭。他的肺几乎像在家里一样剧烈地颤动，他的心脏为了分发大量血液而加速运转——这偏偏又是在他快要被浓得有毒、热得危险的大气层闷得窒息的情况下发生的。他立即采取应变措施。

当他的心跳速率降到每分钟二十下、呼吸几乎察觉不到的时候，他定在这里，关注了自己很长一段时间，以保证自己不会因为注意力在别处而不慎被尸解。当他对运作妥善的生理状况感到满意时，他把第二层的一小部分设置为警戒状态，然后将身体的其他部分抽离出来。他有必要复习一下这么多新事件的构成，让它们更适应自己，然后珍惜它们、赞美它们——以免它们吞没他。

他应该从哪里开始呢？他刚离家，接纳现在成为自己巢雏的这些异族的时候，或者只要退回他刚抵达这个被挤压的空间时？他突然受到登陆时的各种光与声的袭击，再次带着震撼心灵的痛苦感受了一遍。不，他还没准备珍惜并拥抱这个结构——退回去！回去！回到他第一次见到这些如今已是同胞的异族之前。甚至回到被治愈之前，他第一次灵悟到自己不像同巢的兄弟……回到巢穴本身。他的思考完全没有使用地球符号。他最近才学着讲简式英语，但这远不如印度人用它来与土耳其人进行贸易那么容易。史密斯使用英语，就好像普通人使用电码簿，对每个符号都翻译得烦琐又不理想。现在，他的思想纯粹是火星人对五十万年以前外星人文化的抽象理解，与人类经验相去甚远，完全无法翻译。

在隔壁房间，实习医生塔迪俄斯正在与史密斯的特别护士汤姆·密查姆玩纸牌。塔迪俄斯用一只眼睛留意着他的刻度盘与计量器，用两只眼睛看着自己的牌；但他始终关注着患者每一次的心跳。当闪烁的灯号从每分钟九十二次降到二十次以下的时候，他把纸牌推到旁边，跳了起来，急忙冲进史密斯的房间，密查姆紧跟在他身后。

患者浮在水床的弹性皮层上，看起来好像死了。塔迪俄斯咒骂了一下，厉声说："快叫纳尔森医生！"

密查姆说："遵命！"接着又说："医生，要用电击设备吗？他不行了。"

"去叫纳尔森医生！"

护士冲了出去。实习医生尽可能密切地检查患者，但克制着不碰触他。他还在检查的时候，有个中年医生走了进来，步态笨拙，就像一个长时间在太空中还没有适应高重力的人。"医生，怎么样？"

"长官，患者的呼吸、体温和脉搏突然下降，呃，大约两分钟前。"

"你为他做了什么，或是对他做了什么吗？"

"完全没有，长官，您的指示……"

"好。"纳尔森很快看了史密斯一眼，然后仔细端详病床背后的各种仪器，它与值班室的仪器是一式两套，"如果有任何变化，再让我知道。"他转身就要离开。

塔迪俄斯看起来很吃惊。"可是，医生……"他说着说着住了口。

纳尔森绷着脸说："请说吧，医生，你的诊断是什么？"

"呃，长官，我不想对你的患者任意发表己见。"

"没关系，我问你的诊断结果。"

"好，长官，休克——也许属于非典型休克，"他避重就轻地说，"但还是休克，将会导致生命终止。"

纳尔森点了点头："合乎常理，但这不是常规病例。放松，年轻人，我见过这名患者的这种状况，回程的路上发生了十来次。这并不意味着什么，看着。"纳尔森抬起患者的右臂，然后放手。患者的手臂就悬在他刚才放手的地方。

"强直性昏厥吗？"塔迪俄斯医生问。

"随便你怎么称呼，反正不会有什么影响。别担心了，医生，这个病例没有典型可言。只要确保他不受干扰，如果有任何变化再叫我。"他把史密斯的手臂放回去。

纳尔森离开之后，塔迪俄斯又看了患者一眼，摇了摇头，走回值班室，坐到密查姆旁边。密查姆拿起纸牌，说："再来一局吗？"

"不要。"

密查姆等了一会儿，又说："医生，如果你问我，里面那个撑不到明天早上。"

"没有人问你。"

"我错了。"

"出去跟卫兵们抽根烟，我要思考一下。"

密查姆耸了耸肩就离开了。塔迪俄斯打开一个最下层的抽屉，拿出一瓶东西，给自己倒了一剂有助于思考的液体。密查姆走近守在走廊的卫兵,他们挺直了身子,看到来者是谁后就放松了。高个儿陆战队卫兵说:"你好,伙计,刚才那场骚动是怎么回事?"

"没什么。患者刚才生了五胞胎,我们在争论怎么起名字。你们哪一只猴子有烟?有火吗?"

另一个陆战队卫兵从口袋掏出一包烟。"你的烟抽光了?"他阴郁地问。

"还好。谢谢!"密查姆把烟塞进嘴里,叼着烟闲聊,"老天作证,老实说,两位先生,我不知道这名患者到底怎么回事。我要知道就好了。"

"那个'绝对禁止女性'的命令是什么概念?他是什么性狂躁吗?"

"据我所知,应该没有。我只知道他们带着他从'拥护者号'下来,说他需要绝对安静。"

"'拥护者号'呀!"第一个陆战队卫兵说,"当然!那就说得通了。"

"说得通什么?"

"这是有道理的,他完全没有过、完全没看过、完全没摸过女人——好几个月。而且他病了,明白吗?如果他要下手,他们怕他会搞死自己。"他眨了眨眼,深呼吸,吹出一口长气,"我敢打赌,在类似的情况下,我就会。难怪他们不想要女人靠近他。"

史密斯察觉到两位医生的探访,但他立刻灵悟到他们的善意,因此没必要将自己的主要部分从所在之处硬拉回来。

早晨的这个时分,人类护理员用冷冷的湿布拍着患者的脸,说是在洗脸,史密斯从他的旅程回来了。他加快心跳,增加呼吸,再次注意周围的环境,宁静地端详着它们。他仔细查看这个房间,毫无偏见且心怀赞美地注意所有的细节,重要的与不重要的都会注意。事实上,这是他第一次看这些东西,因为前一天他们带他到这里的时候,他一直无法舒展身体。这个普通的房间对他来说一点都不寻常;整个火星都没有一处像这样的地方,这里也不像"拥护者号"楔形金属壁的隔间。可是,在重温了他的巢穴和这个地方的联系之后,他现在准备接受它、赞颂它,并且一定程度地珍惜它。

他逐渐察觉,除了他,房里还有另一个活体生物。一只幽灵蜘蛛正在进行一趟徒劳的旅程,打着旋儿从天花板上下来。史密斯愉快地看着它,纳闷儿这是不是人类的巢雏形态。

就在那一刻,阿契·弗兰姆医生走了进来,他是接替塔迪俄斯值班的实习医生。"早上好!"他说,"你感觉怎么样?"

史密斯在脑海里反复思索这个问句。他认出第一句话那礼节性的音调,知道那不需要回答,但可以复述——也可以不用。第二句话在他脑海里有若干种可能的翻译。如果是纳尔森医生使用,就有它的意味;如果是范特隆普船长使用,那就是礼节性的音调,不需要回答。

在试图与这些生物沟通的过程中,经常有一种沮丧的感觉突然来袭,这时他又感觉到了——这是在他遇见人之前不知道的可怕感觉。但他强迫自己的身体保持镇静,冒险回答:"感觉好。"

"好!"那个生物回答,"纳尔森医生等一下就会来。想要吃早餐吗?"

问句里的四个符号都是史密斯学过的单词,但他实在很难相信自己没有听错。他知道自己是食物,但他并不"感觉像"食物。他也没有得到任何提示,自己竟然有那样的荣幸被选中。他还不知道食物供应到了那种程度，竟然有必要减少活人。他心里充满轻微的遗憾，因为这些新的事件还有那么多需要灵悟，但也并不勉强。

这时候，纳尔森医生进来了，省得他费劲翻译答案了。船医只休息了一小会儿，睡得就更少了。他没浪费时间说话，而是一言不发地检查史密斯，以及一排刻度盘。

然后，他转身看着史密斯。"有排便吗？"他问。

史密斯听得懂这句话，因为纳尔森总是问起。"还没有。"

"我们会处理这个，但你要先吃。勤务员，把那个托盘端进来。"

纳尔森喂了他两三口，然后要求他握着调羹自己吃。这个动作很累人，但给他一种愉快的胜利感，因为这是自从他抵达这个奇怪的扭曲空间之后，做的第一个不经他人协助的动作。他把碗里的东西吃干净，没忘问了句："这是谁？"——好让他能赞美他的恩人。

"你的意思是说，这是什么。"纳尔森回答，"这是一种合成食物胶冻，主要是氨基酸——你现在知道的也不比从前多。吃完了吗？好了就起来，爬出那张床。"

"请见谅，你说什么？"这是一种请求注意的符号，他学过，知道这在沟通失败的时候很好用。

"我说，别再躺着了。坐起来，站起来，走动一下，你做得到。确实，你现在虚弱得像小猫，但如果一直漂在那张床上，你永远不长肌肉。"纳尔森打开床头的一个阀，将水排出。史密斯抑制住不安的感觉，他知道纳尔森珍惜他。不久，他躺在床板上，防水的床罩在他周围皱成一圈。纳尔森又说："弗兰姆医生，抓着他的另一只手肘。我们必须扶着他，稳住他。"

有纳尔森医生鼓励他，而且他们两个都搀扶着他，史密斯站了起来，跌跌撞撞地翻过床沿。"稳住，现在，自己站起来，"纳尔森引导他，"不要怕。如果有必要，我们会接住你。"

他费劲地让自己站好——这个瘦削的年轻人，肌肉发育不足，胸膛发育过度。他还在"拥护者号"的时候，头发已经剪短，胡须被刮掉了，还被抑制生长。他最明显的特征是平淡、没有表情，几乎是张孩子的脸——配上更像是九旬老者才有的眼神。

他独自站了一会儿，微微颤抖，然后试着走路。他勉强拖着脚走了三步，随即露出阳光的、童稚般的微笑。"好孩子！"纳尔森鼓掌称赞。

他又试着迈出一步，却开始剧烈颤抖，突然昏倒。还好他们及时抓住，才没让他跌倒在地。"真要命！"纳尔森怒气冲冲地说，"他又发作了。算了，帮我把他抬回床上。不对——先充水。"

弗兰姆照做，让表层浮到床板顶六英寸[1]高才关水。他们手忙脚乱地把他抬到床上，因为他又缩回胎儿姿势，全身僵硬。"弄一个护颈枕，放在他的脖子下，"纳尔森吩咐道，"等他醒来再叫我。不对——让我睡吧，我需要睡眠。除非有什么事让你担心。我们下午再让他走动，明天我们会开始系统的锻炼。三个月内，我会让他能在树林里像猴子那样荡来荡去。他其实没有什么大问题。"

"是，医生。"弗兰姆回答，但很怀疑。

"噢，对了，等他恢复过来的时候，教他如何使用浴室。请护士帮你，我可不想让他跌倒。"

"是，长官。呃，有没有任何特定的方法——我的意思是，要

---

[1] 1英寸≈2.54厘米。

如何……"

"啊？当然是做给他看！示范。他可能听不太懂你对他说的话，但他聪明得很。在这周末之前，他就会自己洗澡了。"

史密斯吃午餐时就不需要人帮忙了。不久后，有个男勤务员进来收他的托盘。那个人看了看四周，然后来到床边，俯身靠近他。"听着，"他压低声音说，"我有个很好的提议给你。"

"请见谅，你说什么？"

"一笔交易，绝对划算，有个方法能让你快速又轻松地赚一大笔钱。"

"'钱'？'钱'是什么？"

"别讨论哲学了，每个人都需要钱。现在仔细听，我必须讲快一点，因为我不能久留——光是把我弄进这里来，就费了一大堆工夫打点。我代表绝世特写出版社，我们会付你六万，购买出版你生平故事的独家权利，而且不会给你添一丁点儿麻烦——我们有业界最优秀的代笔。你只要说话、回答问题就好，他们会整理出来，"他突然抽出一张纸，"只要读一读，签名就行了。我带了头期款。"

史密斯接过纸，盯着看，像是陷入沉思，却拿反了。那个人看着他，压抑住一声惊叫："老天爷！你看不懂英语吗？"

这句话史密斯倒是略懂，还能回答："不懂。"

"那么……行了，我念给你听，然后你在方格里按拇指印就好，我会签名作证。'本人瓦伦丁·迈克尔·史密斯，亦称为火星来客，在此授予并指定绝世特写有限公司出版本人真实故事之完全及独家权利，标题为《我曾是火星囚徒》，交换……"

"勤务员！"

弗兰姆医生站在值班室门口,那人连忙把文件藏到衣服里:"来了,先生,我正在收拾托盘。"

"你刚才在念什么?"

"没什么。"

"我刚才看到了。算了,赶快出来。这名患者不能受到打扰。"那人听话照做,两人出去之后,弗兰姆医生关上了门。接下来的半小时,史密斯躺着,一动不动,但他再怎么努力也不能灵悟。

第4章

吉莉安·博德曼是公认的称职的护士。单身男实习医生在更宽广的领域给她不错的评价，某些女人则给她严苛的评价。她这人不坏，她的爱好就是男人。她听到小道消息，K-12特别套房有个患者这辈子还不曾见过女人，她根本不相信。被详细的解释说服之后，她下决心要加以补救。那天，她去上班，在安置史密斯的区域担任楼层督导。一有机会，她就立刻去探望那名奇异的患者。

她知道"谢绝女性访客"的规定，而且她也不认为自己是任何类型的访客。她继续款款而行，经过那几个陆战队卫兵时，并未试图打开他们守卫的那扇门——她发现，陆战队卫兵有个古板的习惯，就是照字面意义解读命令。于是，她转进隔壁的值班室，塔迪俄斯医生一个人在那里值班。

他抬起头来："哟，这不是'酒窝'吗？甜心，什么风把你吹来的？"

她坐在他的值班台角落，伸手去拿他的烟："是你的'酒窝姑娘'，伙伴，我在值班，这是我的管区，我要巡房呀。你的患者怎么样？"

"甜心辣椒，你的迷糊脑袋不必担心他，他不归你负责。看看你的工作簿。"

"我看了。我就想看他一眼。"

"不行——没的商量。"

"噢，塔迪，别拿规定来压我。我知道你。"

他若有所思地盯着自己的手指甲："你可曾为纳尔森医生做过事？"

"不曾。问这做什么？"

"假如我让你把你的小脚丫伸进那扇门，明天一早，我就会发现自己身在南极洲，开处方笺治疗企鹅的冻疮。所以，劳驾你挪动尊臀离开这里，去烦你自己的患者。我可不希望他看到你，即使就在这间值班室。"

她站了起来："纳尔森医生可能突然进来吗？"

"不太可能，除非我派人去找他。他还在睡，试着消除低重力疲倦。"

"是吗？那又何必这么死板呢？"

"行了，护士。"

"好的，医生！"她补了一声，"迂腐！"

"吉尔[1]！"

"还摆架子呢。"

---

[1] 吉莉安的昵称。

他叹了一口气："星期六晚上还行吗？"

她耸了耸肩："我想可以。如今，女孩子实在不能挑剔。"她回到自己的值班工作台，发现暂时没有迫切的勤务，就拿起了通行钥匙。虽然行动受阻，她却没被打败，因为她想起来K-12套房还有一道门，连接到后方的房间，有时候，套房有某个重要人物入住时，就用来当成起居室。那个房间目前没有使用，无论是当成套房的一部分，还是独立使用。她自己开门进去，后面那扇门外的卫兵完全没注意，不知道有人绕过去了。

来到两间房之间的内门，她迟疑了一下，感觉有些刺激的兴奋，好像以前偷偷溜出护理学生宿舍的那种心情。她告诉自己，纳尔森医生在睡觉，而且即使塔迪抓到她了，也不会告发她。她并不怪他不肯通融——但他不会举报她。她开了门锁，往里面看。

患者在床上，门打开的时候，他看着她。她的第一印象是这患者病得太重，怎么照顾也无法挽回。他没什么表情，似乎显露出绝症患者的完全淡漠。然后，她看到了他的眼睛，有活力，也透露出兴趣。她猜想，他是不是面瘫呢？她判断不是，因为患者缺乏那种典型的松垂。

她拿出专业的表现："那么，我们今天怎么样？感觉好些了吗？"

史密斯在心里翻译了这几个问题，仔细检查。第一个询问包括了她自己，令他困惑，但他判断，这可能象征着愿意珍惜他和亲近他。第二个部分符合纳尔森说话的形式。"是的。"他回答。

"很好！"除了缺乏表情显得有些古怪，她看不出他有什么特异之处——若说他真的不知道女人，那肯定是他设法隐藏了。"我能为你做什么吗？"她环顾四周，注意到床边的搁板上没有水杯，"我倒水给你,好吗?"

史密斯立刻发现,这个生物不同于其他几个来看他的人。他几乎同样快速地比较了一下自己看过的事物,从家乡来到这地方的路途上,纳尔森给他看了图片——希望解释这个族群团体特别困难且令人费解的构成。那么,这是一个"女人"。

他既感觉到一种古怪的激动,也有一点失望。他将这两种感觉都压抑住,留待稍后可能深刻灵悟,他做得相当成功,隔壁房间的塔迪俄斯医生没注意到刻度盘的读数有任何变化。

但是,他翻译最后这个问句的时候,感到一阵激动,几乎导致自己的心跳加快。他及时发觉了这个情况,责备自己是个没见过世面的巢雏。然后,他检查了自己的翻译。

不,他没有搞错。这个"女人"生物表示愿意给他水仪式。它希望能与他更亲近。

他费了好大的劲,搜索他贫乏得可怜的人类单词列表,胡乱凑出勉强能用的意义,尝试用适当的礼仪来回答:"我感谢你相赠以水,愿你随时得以畅饮。"

博德曼护士看起来很吃惊:"哎呀,好贴心!"她找到一个水杯,倒了些水递给他。

他说:"你喝。"

她暗自纳闷儿,他是不是以为我想要毒害他?但他的请求有某种令人无法抗拒的特质。她呷了一小口,他就接过她手上的水杯,也呷了一小口,然后似乎心满意足,陷进床里,仿佛刚才完成了什么重要的事。

吉尔告诉自己,以冒险经历而言,这实在是太失败了。她说:

"那么，如果你不需要别的，我就必须继续工作了。"

她开始走向门口。他喊了一声："不！"

她停下脚步："嗯？你要什么吗？"

"别走开。"

"嗯……我必须走了，很快就得走。"但她还是回到床边，"你还要什么吗？"

他上上下下打量着她："你是……'女人'吗？"

这个问句吓到了吉尔·博德曼。多年来，哪怕是最不长眼的观察者也不会怀疑她的性别。她的第一个念头是轻率回答。

但史密斯严肃的面容、奇怪得令人不安的眼睛，让她克制了冲动。她在感情上逐渐察觉，关于这名患者的事虽不可能，却是真的：他不知道女人是什么。她谨慎回答："是的，我是女人。"

史密斯继续盯着她看，仍然面无表情。吉尔开始觉得尴尬了。被男性用欣赏的眼光看着，她预料得到，而且有时还颇为喜欢，但现在更像是被放在显微镜底下检视，令她烦躁不安。"怎么了？我看起来像女人，不是吗？"

"我不知道，"史密斯慢慢回答，"女人看起来怎么样？是什么让你成为女人？"

"天啊，拜托！"吉尔困惑地察觉到这场对话更难收拾了，打从十二岁起，她就不曾与男人对话得这么尴尬，"你不会指望我脱掉衣服给你看吧？"

史密斯花时间检查这些口语符号，试着翻译。第一组，他完全无法灵悟。可能是这些人很常用的其中一种礼节上的声音组合……然而却以令人惊讶的力量说出来，仿佛可能是抽离之前最后的信息交流。

也许他与这个"女人"生物打交道的行为，犯了非常严重的错误，以至于这个生物可能会准备马上尸解。

他隐约知道，他不想那位护士在此刻死去，虽然它确实有权利，也可能有义务要这么做。刚才还是和谐水仪式，却突然变成这种情况，新得到的水兄弟竟然可能考虑抽离或尸解，要不是他有意识压抑这种波动，这突然的变化肯定会使他陷入惊慌。但他决定，如果吉尔现在死去，他也必须立即死去——他灵悟到不可能有其他选择，尤其是在赠水之后。

这段交流的后半部分只包含他以前碰到过的符号。他未能完整灵悟其意图，但他似乎有出路可以避免这场危机——只要同意对方提议的意愿。或许如果这个女人脱下衣服，他们两人都不需要尸解，他露出快乐的微笑。"请！"

吉尔张嘴要说话，又连忙闭起来。她再次张嘴："什么？噢，我的天！"

史密斯可以灵悟出情绪的激烈，知道自己给错了回应。他开始在心里准备尸解，回味并珍惜自己经历与看过的一切，尤其对这个"女人"生物特别注意。然后，他发觉这女人正在俯身查看他，因此他知道了它并不是即将死亡。它仔细查看他的脸。"如果我想错了，请纠正我，"它说，"你刚才是在请我脱掉衣服吗？"

这些倒置与抽象需要谨慎翻译，但史密斯勉强做到了。他回答"是"，同时希望不会引起新的危机。

"我想你是那么说的。兄弟，你没病嘛。"

他先仔细思考"兄弟"这个词——这个女人是在提醒他，他们已经在水仪式中结合了。他请求巢雏的帮助，无论这个新兄弟想要什么，他都能不辜负期望。"我没病。"他表示同意。

"然而，不管你有什么问题，我还真不知道如何处理。但我不会剥掉衣服，而且我必须赶快离开这里。"她直起身子，再次转身走向侧边的门，却又停下脚步，回头给他一个逗弄的微笑，"你可以改天再问我，有礼貌地问，在不同情况下，我倒想知道我可能会怎么做。"

那个女人走了。史密斯放松地陷到水床上，让自己周围的房间消失。他感觉有些得意，却没被冲昏头，他总算放心了，他们没有必要死去……但有很多新的事物要灵悟。女人最后说的话包含了太多陌生的符号，至于那些不陌生的符号，排列方式也不容易理解。但他很高兴，刚才这些符号的情感味道适合水兄弟之间的交流——但还有什么触动了他，令人不安又愉快得可怕。他想到他的新兄弟，这个"女人"生物，然后感觉奇怪的震颤传遍全身。这种感觉令他想起第一次获准出席尸解仪式，他感觉快乐，却不知道为什么。

要是他的兄弟马穆德博士在这里就好了。要灵悟的东西那么多，能用来灵悟的却那么少。

接下来的值班时间，吉尔·博德曼都有点轻微的迷茫。她设法避免拿错药，下意识地回答了通常向她提出的口头建议。但是，火星来客的面貌留在她的脑海里，她仔细思索他说的那些疯狂的事。不，不是"疯狂"，她纠正自己——她曾在精神病房工作，她可以肯定，他的话并不像精神病患者说的。

她认为，"纯真"是正确的词——然后又觉得这个词不够恰当。他的表情是纯真，但他的眼睛并不是。什么样的生物有一张那样的脸？

她曾在天主教医院工作。这时，她突然看到火星来客的脸，包着修女护士的头巾。这样的想法令她感到不安，因为史密斯的脸并没有女性特质。

她正在更衣室换穿出门的衣服的时候，另一名护士探头进来："吉尔，电话，找你的。"吉尔接了电话，只有声音，没开影像，同时继续穿衣。"请问是南丁格尔女士吗？"有个男中音问。

"正是。本，是你吗？"

"是新闻自由的坚定支持者本人。小宝贝，你在忙吗？"

"你有什么打算？"

"我打算带你出去，给你买一块带血的牛排，用酒让你开口，然后问你一个问题。"

"答案仍然是'不行'。"

"不是那个问题，另一个。"

"噢，你还知道另一个吗？如果有，请告诉我。"

"晚一点，我想要先用食物和酒软化你。"

"真的牛排吗？不是合成的吗？"

"保证是真的。你拿着叉子戳进去的时候，它还会用恳求的眼神看着你。"

"本，你肯定有名目可以报销。"

"这句话既不恰当又不高尚。怎么样呢？"

"你说动我了。"

"医疗中心的屋顶，十分钟。"

她脱下已经换好的上街服装，放回衣物柜，换了一套留在那里以备不时之需的晚宴服装。这是一件端庄的衣服，稍微有点透明，裙撑及胸垫若有若无，让她看起来似乎什么都没穿。这件裙子花了她一个月的薪资，但看起来不像很贵的样子，它将微妙的威力隐藏起来，像是有后劲的鸡尾酒。吉尔看看自己，觉得很满意，便搭乘弹跳管上了屋顶。

到了那里，她拉紧披肩裹住自己挡风，寻找本·卡克斯顿的身影。这时候，屋顶的勤务员轻拍她的臂膀："博德曼小姐，那里有一辆车在呼叫你——那辆塔尔伯特轿车。"

"杰克，谢谢。"她看见他指的出租飞车准备起飞，车门开着。她走过去，爬进车里，正准备出言讥讽本，恭维他的殷勤，才发现他并不在车内。出租飞车设定了自动驾驶。车门关上，飞到空中，盘旋一下，斜切越过波多马克河。吉尔往后一靠，静坐等候。

出租飞车停在亚历山大的一座公用起降坪，等本·卡克斯顿上了车再起飞。吉尔绷着脸仔细打量他。"哎哟，我们变成重要人物了！打从什么时候起，你的时间变得那么宝贵，竟然派个机器人来接你的女人？"

他伸手过来，拍拍她的膝头，柔声说："讲道理，小宝贝，讲道理——我可不能被人看到我来接你……"

"哼！"

"……你也不能被人看到是我来接。所以请冷静下来。我道歉。我在尘土中俯首，亲吻你的小脚丫。但这是有必要的。"

"嗯……我们两个哪一个有麻风？"

"两个都有，方式不同。吉尔，我是记者。"

"我开始以为你是别的什么。"

"而你是护士，在他们关着火星来客的医院工作。"他双手一摊，耸了耸肩。

"继续讲，那样就不适合带我去见你母亲吗？"

"吉尔，你需要地图吗？这地区有一千多名记者，还不算出版机构代表、巧言令色的人、八卦记者、搞研究的人，以及'拥护者号'降落时往这个方向蜂拥而来的各路人马。每一个都千方百计试图采访火星来客，包括我。据我所知，还没有一个成功过。要是被人看见我们一起离开医院，你认为那样明智吗？"

"呃，也许不会。但我实在不明白这有什么关系，我又不是火星来客。"

他仔细端详她："你当然不是。但也许你会协助我见到他——因为如此，我才不想被人看见我来接你。"

"啊？本，你被太阳晒昏头了。他们有陆战队卫兵守着他。"她想到，事实上，要绕过守卫并不会太难办到，但她决定还是不要提起。

"就是啊，所以，我们要好好讨论一下。"

"我不明白有什么好讨论的。"

"晚一点。我可没打算让这个话题太早出现，等我用动物蛋白质和乙醇来软化你再说。我们先吃。"

"你说的有道理。去哪里？你的报销账目会不会够去'新五月花'呢？你可以报销，不是吗？"

卡克斯顿皱了皱眉："吉尔，如果我们去餐厅吃，至少要到路易维尔那么远才稳妥，搭乘这辆飞车要超过两小时。就在我的公寓用餐怎么样？"

"好像是蜘蛛对苍蝇说的话。本，我还记得上次的事。我太累了，不想陪你玩。"

"没人要你这么做，只谈正事。我发誓，如有违背，不得好死。"

"我不知道更喜欢哪样，要是我跟你单独相处还能安全，我肯定是不如从前了。嗯，好吧，暂且相信你发的誓。"

卡克斯顿俯身向前，敲了几个按钮，出租飞车原本在"保持"的指令下盘旋着，这时醒了过来，看看周围，前往本住的酒店式公寓。然后，他拨了个电话号码，对吉尔说："甜心，你想要多少时间喝餐前酒呢？我要告诉厨房什么时候把牛排准备好。"

吉尔考虑了一下："本，你的捕鼠夹还有私人厨房？"

"算是有吧。我能烤牛排，如果你是那个意思的话。"

"我来烤牛排，电话给我。"她下了命令，中间停下来确认本喜欢菊苣。

出租飞车让他们在屋顶下车，他们下楼来到他的公寓。这地方既不漂亮又老旧，唯一的奢侈品是起居室的活草皮。吉尔在入口的门厅停了一下，脱掉鞋子，然后赤脚踏进起居室，在清凉的绿草当中扭动脚趾。她叹了一口气："哎呀，感觉真好。打从我进入护理培训，我的脚一直在疼。"

"坐吧。"

"不要，我想要我的脚丫记住这种感觉，明天我上班的时候还能回味。"

"随你便。"他走进食品储藏间，准备调酒。

不久，她跟着他进去，好像在自己家一样。牛排已经在包裹运送机里等着，搭配的预烤马铃薯已经可以放进微波炉。她着手准备沙拉，先将沙拉放进冷藏室，然后设置炉台的程序组合，烤牛排，同时给马铃薯保温，但没真正启动程序。"本，难道这炉子没有遥控吗？"

"当然有。"

"是吗？我找不到。"

他仔细看了控制面板上的设置，然后拨动一个没有标识的开关："吉尔，假如你必须用明火烹饪，你会怎么办呀？"

"我会做得很好。我曾经是女童军，而且表现优良。你这自作聪明的家伙又怎么样呢？"

他没理会，拿起一个托盘，回到起居室。她跟了过来，坐在他脚边，将裙子展开，避免沾染草液污渍。他们严肃地饮用马丁尼。在他的座椅对面有个伪装成水族箱的立体电视机。他在椅子上打开电视，孔雀鱼和四鳃鱼消失了，让位于著名的评论员、八卦记者奥古斯都·格里夫斯。

"……根据权威消息来源，"那个立体人像正在说，"当局对火星来客持续使用催眠药剂，防止他泄露这些事实。政府将会觉得极为尴尬，如果……"

卡克斯顿关掉电视。"古斯老兄，"他愉快地说，"你知道的事根本不比我多，"他皱了皱眉，"不过，有一点你可能说对了，政府持续对他使用药物。"

"并没有。"吉尔突然说。

"嗯？小宝贝，怎么了？"

"火星来客并没有受到药物催眠。"吉尔本来不打算说那么多，但既然脱口说了，只好小心翼翼补充说，"他有专门的护士与医生，全天不断轮班照顾，但没有任何指示要用镇静剂。"

"你确定吗?你不是他的护士——你是吗?"

"不是,都是男护士。呃……事实上,他们下令严禁女人接近他,还派了两个强壮的陆战队员盯着。"

卡克斯顿点了点头:"我听说了。事实是,你不知道他们有没有给他下药。你知道吗?"

吉尔盯着自己的空杯,感觉很恼火,她讲的话竟然受到怀疑,但也明白她必须说下去,前面的话才站得住脚:"本,你不会出卖我吧?你会吗?"

"出卖你?怎么卖?"

"任何方式都算。"

"嗯……这样范围很广,但我答应你。"

"好,先帮我再倒一杯。"他倒了,吉尔接着说,"我知道他们没有对火星来客用药——因为我跟他说过话。"

卡克斯顿吹了一声慢悠悠的口哨:"我就知道!今天早上,我刚起床就对自己说:'去找吉尔。她是我的秘密王牌。'蜜糖乖乖,再喝一杯。喝六杯也行,干脆来一整壶。"

"别那么快,谢谢。"

"随你喜欢。我能不能揉揉你疲倦可怜的小脚丫?女士,你即将接受采访。你的公众等得不耐烦了。现在,我们从头开始。怎么……"

"不行,本!你答应了——记得吗?如果你引述我的话,只要提到一个字,我就会丢掉工作。"

"嗯……有可能。若说'据可靠的消息来源',怎么样?"

"我会害怕。"

"嗯？你会告诉本大叔吗？还是打算让他失望而死，然后自己吃掉那块牛排呢？"

"噢，我会讲——既然我已经讲这么多了。但你不能用。"本默不作声，没有得寸进尺。吉尔描述她如何绕过卫兵。

他打岔说："话说！你能再做一次吗？"

"啊？我想可以，但我不愿意。太冒险了。"

"嗯，你能用那种方式让我溜进去吗？当然可以！听着，我会穿得像电气技工——沾满油污的连身服，带工会证章和整套的工具。你只要偷偷塞给我通行钥匙，然后……"

"不行！"

"嗯？听我说，宝贝姑娘，讲道理。我敢跟你打赌，赌四倍，他身边的医院职员有一半是被安插进去冒名顶替的，或者被新闻通讯社收买了，不是这家，就是那家。打从哥伦布骗伊莎贝拉女王典当珠宝以来，这是最引人关注的故事。唯一令我担心的事，就是我可能会发现另一个冒牌电工……"

"唯一令我担心的事，就是我，"吉尔打岔说，"对你而言只是一则报道，对我来说却是职业生涯。他们会没收我的证件，把我扔上火车，赶我出城，我的护士职业就完了。"

"嗯……确实是那样。"

"当然是那样。"

"女士，你即将获得一笔贿赂。"

"多大的贿赂？得要有一大笔钱，让我下半辈子在里约过得阔绰。"

"嗯……这则报道当然值钱，但你不可能指望我的出价超过美联社，或是路透社。一百怎么样？"

"你以为我是什么？"

"那问题解决了，我们现在是议价。一百五十呢？"

"再帮我倒杯酒，然后帮我查美联社的电话号码，这才乖。"

"拨打国会大厦10-9000。吉尔，你愿意嫁给我吗？这是我能出的最高价了。"

她抬起头看着他，一脸诧异："你说什么？"

"你愿意嫁给我吗？然后，当他们用火车遣送你出城的时候，我会在城市线等着你，解救你脱离悲惨的命运。你会回来这里，让脚趾凉快一些，踩着我的草皮——我们的草皮——忘掉你的耻辱。但你得先设法帮我溜进那间医院病房。"

"本，你听起来几乎是认真的。如果我打电话找个诚实的见证人过来，你会再说一次刚才的提议吗？"

卡克斯顿叹了一口气："吉尔，你是个很难对付的女人。去找见证人吧。"

她站了起来。"本，"她温柔地说，"我不会逼你遵守诺言，"她抓乱他的头发，吻了他，"不过呢，对还没嫁掉的女子，千万别拿婚姻开玩笑。"

"我不是在开玩笑。"

"我可不确定。抹掉口红印子，我会把知道的每一件事告诉你，然后我们再来考虑你能怎么用才不会连累我。有道理吗？"

"有道理。"

她对他详细描述了事情的经过："我确定他没被下药。我同样确定，他有理性——但别问我为什么确定，我不知道，因为他讲话的方式奇怪透顶，也会问一些最该死的问题。但我确定，他不是精神病患者。"

"要是他讲话的方式不奇怪，那才更奇怪呢。"

"什么？"

"用你的脑袋想想，吉尔，我们对火星所知不多，但我们确实知道火星与地球大不相同，而火星人呢，无论他们是什么，肯定不是人类。设想突然将你抛进某个原始丛林深处的部落，他们从没见过白人女性。而有些世故微妙的闲话家常，要在某个文化中生活一辈子才会懂，你会不会都知道呢？或是你们的对话，听起来会不会很奇怪？那还是很温和的类比，老实说，眼下的情况差了至少四千万英里[1]。"

吉尔点了点头："我也想通了这一点……所以不会太认真看待他那些奇怪的话。我可不笨。"

"不会，你真的很聪明——对女性来说。"

"你想让这杯马丁尼倒在你日渐稀疏的头发上吗？"

"我道歉。女人比男人聪明多了，我们整个文化的设置就能证明。酒杯给我，我再斟满。"

她接受了求和的酒杯，继续说："本，那个不让他见到女人的命令实在很蠢，他又不是什么性狂热者。"

"他们肯定不想一下子给他太多冲击。"

"他没受到冲击。他只是……有兴趣。完全不像一般男人看我的样子。"

"假如你迁就他的请求，和他私下约会，你可能应付不来。或许

---

[1] 1英里≈1.6公里。

所有的本能都在,却没有任何抑制。"

"哦?我认为不是这样。我想,他们已经告诉他男女性别的事,他只是想要看看女人有什么差异。"

"'差异万岁!'"卡克斯顿热情地回答。

"你可以不必那么下流。"

"我吗?我这不是下流,我是虔诚。我刚才是在感谢众神,让我生为人类,而不是火星人。"

"认真一点。"

"我从来不曾这么认真。"

"那就安静。他不会给我任何麻烦,他大概会郑重感谢我。你没看到他的脸——我看到了。"

"他的脸怎么样?"

吉尔看起来很困惑:"我不知道如何表达。是的,我知道了!——本,你看过天使吗?"

"你,小天使,除此之外没看过。"

"嗯,我也没看过——但他看起来就像那样。他有苍老、睿智的眼睛,生在完全平静的脸上,脸上是不属于尘世的纯真。"她打了个寒战。

"确实是'不属于尘世',"本慢悠悠回答,"我想见他。"

"我希望你见到。本,他们为什么要大费周章把他隔绝起来呢?他不会伤害一只苍蝇。我敢肯定。"

卡克斯顿两手交握,十指相扣:"嗯,首先,他们想要保护他。他在火星的重力环境长大,可能像猫一样虚弱。"

"是的,当然,只要看着他,你就看得出来。可是,肌肉无力并不危险,重症肌无力严重多了,我们对这类病例处理得还可以。"

"他们也会想要避免感染疾病。他就像巴黎圣母院里的那些实验动物,从来不曾接触外界。"

"当然,当然——他没有抗体。可是,根据我在食堂听来的传闻,纳尔森医生——我指的是'拥护者号'的船医——纳尔森医生在回程的时候处理了这个。一次又一次地给他换血,直到换掉他大约一半的血液组织。"

"真的吗?吉尔,我能用这个消息吗?这是新闻。"

"好,只要别提到我就行。他们也给他注射了各种预防针,只差髌前滑囊炎的。可是,本,即使他们想要保护他不受感染,也不需要武装卫兵守在他的门外。"

"嗯……吉尔,我偶然得到一些秘闻,你可能不知道。我还不能用上,因为我必须保护我的消息来源,就像对你。但我会告诉你——你应得的——只要别说出去就行。"

"嗯,我不会说。"

"说来话长,要续杯吗?"

"不了,开始准备牛排吧。按钮在哪里?"

"就在这里。"

"嗯,那就按呀。"

"我?你提议要做晚餐。你刚才还在吹嘘的女童军精神在哪里?"

"本·卡克斯顿,我就躺在这里的草地上,挨饿也不愿意起来,去按距离你右手食指只有六英寸的按钮。"

"如你所愿,"他按了按钮,告诉炉台执行刚才预先设定的命令,"但别忘了谁做的晚餐。现在,说到瓦伦丁·迈克尔·史密斯。

首先,他有没有权利姓'史密斯',这就有严重的疑虑。"

"请再说一次?"

"亲爱的,你的好朋友似乎是有记录以来第一个行星际私生子。我的意思是'非婚生子'。"

"你竟然说这种鬼话!"

"请你讲话更像淑女一些。关于'使者号'的船员,你还记得什么吗?没关系,我直接讲重点。八个人,四对夫妇。其中两对是布兰特船长夫妇,以及史密斯医生夫妇。你那位有着天使脸孔的朋友,他是史密斯太太的儿子,生父却是布兰特船长。"

"他们怎么知道?就算是,又有谁在乎?"吉尔坐直身子,气愤地说,"都过了这么久,再把丑闻挖出来,也未免太让人啼笑皆非了。他们都死了——我说,放过他们吧!"

"至于他们怎么知道的,你可以想得通。血型、Rh因子、头发与眼珠的颜色,所有遗传相关的东西——你可能比我更清楚。反正,根据数学严谨度,玛丽·珍·莱尔·史密斯是他的母亲,而迈克尔·布兰特船长是他的父亲。对于'使者号'全体船员,所有这些都有记录可查。这八个人可能是史上受到最彻底测量及记录的人。而且,这给了瓦伦丁·迈克尔·史密斯好得令人惊奇的基因,他父亲智商163,母亲智商170,两人都是专业领域的顶尖人物。"

"至于谁在乎,"本继续说,"很多人非常在乎,而且,一旦情况明朗,就会有更多人在乎。听说过莱尔引擎吗?"

"当然,'拥护者号'用的就是那个。"

"如今的太空船几乎都用那个。谁发明的?"

"我不……等一下!你的意思是,她……"

"给这位小淑女献上雪茄！就是玛丽·珍·莱尔·史密斯博士。她知道自己有了重大突破，即使还需要做开发工作。所以，在考察队出发之前，她申请了十几项基本专利，全都放在某个法人信托——请注意，不是非营利机构——然后将控制权与过渡期间的收入指派给科学基金会。于是，最终政府得到了控制权——但拥有权呢，属于你那个有天使脸孔的朋友。不可能有疑虑。那些专利价值几百万，也许几亿，我猜不准。"

他们端了晚餐进来。为了保护草皮，卡克斯顿使用从天花板上降下来的餐桌。他降下一张，摆到自己的椅子前方，另一张调整到和茶几一样的高度，好让吉尔能坐在草地上。"嫩吗？"他问。

"嗯……美妙！"她满嘴食物地回答道。

"谢谢！别忘了，是我做的。"

"本，"咽下食物之后，她说，"史密斯是……我的意思是，非婚生子这一点，会怎么样呢？他可以继承财产吗？"

"没有不合法的问题。玛丽·珍博士之前住在伯克利，加利福尼亚州的法律不承认私生子的概念。布兰特船长的情况也一样，因为新西兰也有相关的民法。同时，玛丽·珍的丈夫，也就是沃德·史密斯医生，根据他家乡的法律，在婚姻中生下的孩子就是合法，不管孩子是怎么来的。我们这里也是，吉尔，这个人是地道的合法婚生子，却有三个父母亲。"

"嗯？等一等，本，他不可能两样都是。不是这样就是那样，但不可能两样都是。我不是律师，可是……"

"你确实不是。这种法律上的花招，根本不会对律师造成困扰。在不同的司法管辖区域用不同的认定方式，史密斯都完全正当合法——即使他从血缘来看可能是私生子。所以,他能继承财产。除此之外,他母亲很有钱了,他的两个爹也都相当富裕。布兰特一直是单身,进考察队之前才结婚。月球路线飞行员的薪资高得不像话,他把大部分的薪资投回盈月企业有限公司的股票,你知道那东西飙涨成什么样子——他们刚刚宣布了另一笔三方股利。布兰特有个坏习惯:赌博——但这个家伙经常赢钱,赢来的钱也再次投资滚钱。沃德·史密斯家底丰厚,他是医生,也是热爱研究的科学家。现在这位史密斯是他们两个的继承人。"

"天哪!"

"这还不到一半,亲爱的,史密斯是全体船员的继承人。"

"啊?"

"八个人都签署了'绅士探险者'合同,使他们都成为彼此的继承人——所有的人,以及他们的子嗣。他们做得非常谨慎,效法十六及十七世纪禁得起考验的类似合同。话说,这些都是实力雄厚的人,财产加起来相当多。除了布兰特持有的,其他人的财产碰巧也包含可观的盈月企业股票。史密斯可能会拥有控股权,或者至少在代理之争当中拥有关键的一份。"

吉尔想到那个稚气的生物,只是喝个水,就搞成一场令人感动的仪式,她不禁为他觉得难过。但是,卡克斯顿继续说:"但愿我能偷瞧一眼'使者号'的日志。我知道他们找到了——但我猜想他们可能永远不会公开。"

"本,为什么不会呢?"

"因为这是个令人作呕的故事。我才刚问出头绪,我的线人就清醒过来,闭嘴不肯说了。沃德·史密斯医生为妻子接生,剖腹产——她死在手术台上。在此之前，他似乎绿帽戴得喜滋滋。可是，他接下来做的事，证明了他心里有底。他拿着同一把手术刀，割开布兰特船长的喉咙——然后割开他自己的喉咙。抱歉，亲爱的。"

吉尔打了个寒战："我是护士，对诸如此类的事免疫了。"

"你说谎，我就爱你这一点。吉尔，我跑过三年的刑事新闻，一直不能做到铁石心肠。"

"其他人怎么样了？"

"但愿我知道。如果我们不突破官僚与高层，要求公开那份日志，我们永远不会知道——我算是天真乐观的新闻小子，认为我们应该知道。秘密招致暴政。"

"本，假如他们骗走他的遗产，对他可能还更好。他非常……呃，不属于尘世。"

"用词很贴切，我敢肯定。他也不需要那么多钱，火星来客怎么也不会饿肚子。任何政府，一千多所大学与科研机构，随便哪一家都乐意请他担任常驻的贵宾。"

"他最好签名转让掉，再也别管。"

"没那么容易。吉尔，你知道那件著名的通用原子公司对拉金等人的案子吗？"

"呃，不算熟。你的意思是拉金判决？上学的时候读过，跟大家一样。可是，这跟史密斯有什么关系呢？"

"回想一下，俄罗斯人发送第一枚火箭到月球，坠毁了。美国与加拿大联合发送另一枚，火箭回来了，但没留下任何人在月球上。后来，美国与英协在联邦的名义的赞助下正准备共同派遣一批殖民，而俄罗斯则是打算独力进行。这时候，通用原子公司却向厄瓜多尔租了一座岛，抢先发送自家的一枚火箭——他们的人留在那里，好整以暇，得意扬扬地等着联邦太空船出现……后面跟着俄罗斯太空船。

"你知道后来的情况。通用原子公司是美国控股的瑞士公司，他们宣称拥有月球。联邦不能只是忽略不顾，那样就会太粗暴难看，而且那些俄罗斯人无论如何不会按兵不动。于是高等法院裁定，法人只是法律上的拟制，不能拥有行星。因此，真正的拥有者是持续占领的那些有血有肉的人——拉金及其同伙。于是，联邦承认他们是一个主权国家，接受他们进入联邦——瓜分一些甜头给内线，多项肥美的特许权给通用原子公司及其子公司'盈月企业'。这当然不是人人满意，而且当时的联邦高等法院不是那么强势——但这是每个人都能吞下的一项妥协。这导致了某些严格的行星殖民相关规定，都是建立在拉金判决的基础上，其用意是避免流血。也算行得通——这是个历史问题，第三次世界大战并不是太空旅行之类的冲突造成的。所以，拉金判决如今已经牢固存在于我们的行星法，而且适用于史密斯。"

吉尔摇了摇头："我看不出有什么关联。火星人……"

"想一想，吉尔，根据我们的法律，史密斯自己就是一个主权国家——而且是火星这颗行星的唯一拥有人。"

第 5 章

吉尔睁大了眼:"本,我肯定是喝了太多杯马丁尼。我敢发誓,你说那个患者拥有火星这颗行星。"

"确实是。他继续占领,单独一人,需要多久就多久。史密斯就是火星这颗行星的——王、总统、唯一的公民团体,随便你怎么叫。倘若'拥护者号'的船长没有留下殖民者,史密斯的占有权可能就失效了。但他留了人,那样,即使史密斯来到地球,还是继续占领。但史密斯不必跟他们分权。他们只是移民,直到他授予他们火星公民权。"

"太荒唐了!"

"确实荒唐,却也合法。宝贝儿,那么多人有兴趣探索史密斯是谁,以及他来自哪里,你现在明白为什么了吧?还有,政府为什么如此急切地要把他藏得很深?他们做的事甚至不怎么合法。史密斯也是美国公民,也就是联邦公民——双重公民权,没有冲突。在联邦的任何地方,拘留公民都是不合法的,即使是定罪的犯人,也不能禁止其与外界接触——这是我们在第三次世界大战时定下来的规矩之一。但我猜史密斯可能不知道自己的权利。此外,从古到今的历史上,拘禁来访的友邦君主——这正是他的身份——向来被认为是不友好的行为，而今还不让他见人，尤其是新闻界，意思就是我。你还是不肯帮忙，让我扮成笨拙的电工师傅偷溜进去吗？"

"嗯？听你说这些，我更害怕了。本，倘若他们今天早上抓到我，你认为他们会对我做什么？"

"嗯……不会做什么粗暴的事。只会用一张有三个医生签名的诊断证明，把你锁在有软垫的囚室，允许你每两次闰年寄一次信。他们不会对你动怒。我在纳闷儿，他们会对他做什么。"

"他们能做什么？"

"嗯，他可能碰巧死了——比如说，'重力疲劳'，对政府来说就会是很好的托词。"

"你的意思是谋杀他吗？"

"啧啧啧！别讲得那么难听。我认为他们不会。首先，他是个信息宝藏。即使一般大众对此也有些模糊的概念。他的价值可能超过牛顿、爱迪生、爱因斯坦，更可能是他们全都加在一起的六倍。也有可能不是。我认为，他们应该不敢碰他，直到可以确定。其次，最起码，他是地球人与火星人之间的桥梁、大使、独特的解译者，而火星人是我们遇见的唯一文明种族。这当然重要，但究竟有多重要，没有办法猜测。你接触过多少经典文学？读过H.G.威尔斯的《火星人入侵》吗？"

"很久以前，上学的时候。"

"想想这个概念，火星人可能决定对我们发动战争——而且能打赢。有这个可能，你知道，我们无法猜测他们能挥动多大的棍棒。我们的史密斯小子可能会是中间人、和平缔造者，能避免第一次星际大战爆发。即使开战的可能性很渺茫，政府也不能忽略，还是要确定才行。发现火星有智慧生命,在政治方面,他们还没搞清楚怎么应对。"

"那么,你认为他安全吗?"

"可能,至少目前是如此。秘书长必须要猜,而且要猜对。你知道的,他的政府摇摇欲坠。"

"我根本不关注政治。"

"你应该注意,这几乎就像你自己的心跳那么重要。"

"我也不会注意那种事。"

"我在发表高论的时候,请勿打岔。由美国领头的多数派可能在一夜之间分裂——听到一声紧张的咳嗽,巴基斯坦就会退出。如果是那样,就会有一场不信任投票,也就是大选,那么道格拉斯秘书长先生就会下台,变回低劣的律师。火星来客可能成就他,也可能毁掉他。你会帮我偷溜进去吗?"

"不会,我会进入修道院。还有咖啡吗?"

"我去看看。"

两人都站了起来。吉尔伸了个懒腰,说:"唉,我的老骨头!还有,老天爷,看看时间!别管咖啡了,本,我明天还有的忙,要礼貌对待讨厌的患者,还要别碍着实习医生。送我回家,好不好?还是叫车送我,我想这样比较安全。叫车吧,这才乖。"

"好,不过,时间还早嘛,"他进入卧室,拿着一件小东西出来,大小与形状都像袖珍型点烟器,"你确定不会协助我溜进去吗?"

"哎,本,我是想,可是……"

"没关系,我不会让你冒险。这是真的危险——不只是你的职业生涯。我要软化你,只是为了这个,"他给她看那个小东西,"你愿意在他那里安置窃听器吗？"

"啊？这是什么？"

"自从'迷药'出现以来，离婚律师与间谍最大的福音——微型录音机。录音机由弹簧驱动，所以不会被侦测电路发现。内部是电晶体、电阻器、电容器及其他东西，都有塑胶包着——即使从出租飞车掉出去也不会损伤。功率不大，放射性跟表盘差不多，但有屏蔽。录音效用持续二十四小时，到时间了就把卷轴推出来，换一卷新的——弹簧是卷轴的一部分，已经上紧了。"

"会爆炸吗？"她紧张兮兮地问。

"你可以塞进蛋糕一起烤。"

"可是，本，你把我吓得不敢去他的房间了。"

"没有必要。去隔壁的房间也行，可以吗？"

"我想应该可以。"

"这东西有灵敏的耳朵。将凹面压平，紧贴着墙壁固定——外科胶带就很好用了——后面房间有人说话，每一个字都能录到。那边有壁橱什么的吗？"

她想了一下："如果我频繁在隔壁那间钻进钻出，肯定会被注意到，因为这其实是他住院套房的一部分。他们可能会开始用那间房。听我说，本，他的房间有第三道墙，相隔的房间要从另一条走道进门。那样行得通吗？"

"很理想！那么，你会做吗？"

"呃……给我吧。我会仔细想想看要怎么下手。"

卡克斯顿停下来，拿出手帕擦拭："戴手套。"

"为什么？"

"持有这种东西算是轻微的非法,可能会在看守所度几天假。要拿这个和空白卷轴,一定得戴手套——也别被抓到身上有这种东西。"

"你设想得真周到!"

"要退出吗?"

吉尔呼出一口长气:"不要,我一直想试试犯罪人生。你愿意教我黑帮的用语吗?我想要为你加分。"

"好姑娘!"门上有颗灯在闪烁,他抬头看了一眼,"肯定是你的出租飞车,我去拿这个的时候就打电话叫车了。"

"噢,帮我找鞋子,好吗?不,不要上屋顶来。被人看到我跟你在一起的次数越少越好。"

"如你所愿。"

他为她穿上鞋,正要站直的时候,她伸出双手抱住他的头,吻了他:"亲爱的本!这不可能有什么好结果,我一直没发觉你竟然是犯罪者类型——但你厨艺尚可,只要让我设置组合……如果我能设圈套哄骗你再次求婚,我可能就嫁给你。"

"提议仍然有效。"

"盗匪会不会娶女贼,还是叫作'坏妞儿'呢?我们走着瞧。"她匆匆离开了。

吉尔·博德曼放置窃听器毫无困难。另一边通道的隔壁房间,住院的患者卧床不起,吉尔常常停下来与患者闲聊几句。她把东西放在衣橱的一块层板上,贴着墙壁,同时喋喋说着清洁妇从来不掸衣橱高处的灰尘。

第二天换卷轴同样容易,患者正在睡。吉尔还在椅子上的时候,她突然醒了,似乎很惊讶。吉尔虚构了一个刺激的病房传闻,转移她的注意力。

吉尔从医院附设的邮局寄出录音带,因为比起间谍的花招,不必露面的邮政系统似乎更安全。可是,在试图插入第三卷空白录音带的时候,却出了纰漏。她等到患者睡着,但她刚踏上椅子,患者却醒了:"噢!你好,博德曼小姐。"

吉尔僵住了,一只手还放在录音机上。"你好,弗里兹利太太,"她勉强回答,"睡得好吗?"

"还可以,"妇人没好气地回答,"背部酸痛。"

"我来按摩。"

"没多大用处。你为什么经常在我的衣柜那边翻看呢?有什么不对劲吗?"

吉尔努力维持镇定。她告诉自己,那个妇人没有真的起疑。"老鼠。"她含糊地说。

"老鼠?噢,我受不了老鼠!我一定要换房间,立刻就要!"

吉尔把衣橱壁的小小仪器扯下来,塞进自己的口袋,从椅子上跳下来,对患者说:"哎呀,没事,弗里兹利太太——我只是找找看那个衣橱里面有没有老鼠洞。结果没有。"

"你确定吗?"

"相当确定。那么,我们来做背部按摩,好吗?慢慢翻过去。"

吉尔判断,她不能再次将窃听器安置在那间病房,决定冒险试试放在K-12(火星来客的套房)附带的那间空房。但等到她再次有空,也几乎到了换班时间。于是,她取了通行钥匙。

只不过,她发现并不需要。门没上锁,门内却多了两名海军陆战队卫兵，也就是说，卫兵数量加倍了。她一开门，其中一个抬头看了一眼："找人吗？"

"不是，小伙子，别坐在那张床上，"她故作轻松地说，"如果你们需要更多椅子，我们会派人送来。"她稳住自己的眼神，看着卫兵不情不愿地站起来。然后她离开了，设法隐藏自己的颤抖。

到了下班时分，窃听器还在她的制服口袋里。她决定立刻把东西还给卡克斯顿。她换了衣服，把东西放进自己的手提包，上到屋顶。到了空中，要往本的公寓去的时候，她的呼吸终于轻松了一些。她在飞行途中打电话给他。

"我是卡克斯顿。"

"本，我是吉尔，我要见你。你一个人吗？"

他停了一下才回答："我认为这样做不太聪明，小朋友，现在不适合。"

"本，我非见到你不可，我在路上了。"

"嗯，好吧，如果非得这样的话。"

"真是热情呀！"

"讲道理，甜心，并不是我……"

"待会儿见！"她切断电话，冷静下来，决定还是别为难可怜的本——事实是，他们两人都是在做不擅长的事。至少她是——她应该专心做护理就好，别碰政治。

一看到本，她感觉好些了，当她亲吻他、依偎在他怀里时，感觉又更好了。本那么贴心——也许她真的应该嫁给他。但是，她要开口说话的时候，他却伸手掩住她的嘴，在她耳边低声说："别说话。不要提到姓名，只要随便聊些琐事。现在，我可能被监听了。"

她点了点头，跟着他走进起居室。她没说话，取出录音机，交还给他。他看到她拿回来的不只是卷轴，而且是整套东西，眉毛扬了起来，但没说什么，只是交给她一份下午版的《邮报》。

"看过报纸了吗？"他用自然的语气说，"趁我洗碗的时候，你可能想要看一下。"

"谢谢。"她接过报纸的时候，他指着一个专栏。然后，他带着录音机走开了。吉尔看到了那是本自己的报业联盟专栏。

《瞭望台》

作者：本·卡克斯顿

人人都知道，监狱与医院有一个共同点：进去了就可能很难出来。在某些方面，囚犯受到的隔离不如患者，因为囚犯还可以请人找律师来、可以要求诚实见证人、可以援引人身保护令，并且要求狱方在公开法庭出示正当理由。

但只需要一块简单的"谢绝访客"的牌子，由我们独特族群的某个医务人员下令，一个住院患者就能被人遗忘，湮灭得比"铁面人"更彻底。

确实，不能用这种手段拒绝家属探望患者——但火星来客似乎没有任何亲属。不幸的"使者号"船员在地球上没有多少亲属。或许"铁面人"——请见谅，我指的是"火星来客"——也有亲属在守护他的利益，但对此，几千名消息灵通的记者（例如笔者在下）均未能证实。

谁为火星来客说话呢？谁下令让武装卫兵守着他？他有什么可怕的疾病？竟然没有人可以看他一眼，也不能问他一个问题。我对你说，秘书长先生，"身体虚弱""重力疲劳"的说法解释不通。如果这就是答案，只要一个娇小的护士，效用就像武装卫兵一样好。

这个病，可能是财务性质的吗？或者（我们暂且宽容地说）是政治考量呢？

还有更多，都是同样的思路；吉尔看得出来，本蓄意下诱饵引政府当局，试图逼迫他们将史密斯公开。这到底能达到什么效果，她并不知道，她自己的视野没有包括高层政治圈与高层金融圈。她感觉，而不是知道，卡克斯顿冒着严重的风险挑战当局，但她对危险的规模并没有概念，也不知道可能是什么样的形式。

她迅速翻阅报纸的其余版面，有一大堆"拥护者号"返航的后续报道，附了多张照片，包括道格拉斯秘书长颁奖给全体船员、范特隆普船长以及其他几个英勇的船员接受采访、火星人与火星城市的相片。关于史密斯的报道非常少，只有一则医疗公告，说他进步虽慢，但还令人满意。

本出来了，拿着几张薄如洋葱皮的纸，放在她的膝头。"你可能想要看看另一份报纸。"他说了一句话就离开了。

吉尔很快就看懂了，所谓的另一份"报纸"，其实是她第一卷录音带对话的逐字稿。它被打印出来，加上"第一人声""第二人声"之类的标识，但只要是本能辨识的人，他就写下姓名。他在最上方写了一行字："所有的人声，无论身份是否确定，都是男性。"

大多数录音内容都不需要关注。只是看得出来，有人给史密斯喂食、擦洗、按摩，每天上午及下午，要求他下床锻炼，能认出监督他锻炼的声音是"纳尔森医生",第二个声音被标记为"第二个医生"。吉尔判断,这必定是塔迪俄斯医生。

但有一段相当长,与患者的身体照护完全无关。吉尔读了一遍,又读了一遍。

纳尔森医生:小伙子,你感觉怎么样?你现在有力气讲一会儿话吗?

史密斯:有。

纳尔森医生:有一个人想要对你说话。

史密斯:(停顿)谁?(卡克斯顿写下:史密斯说话前都有很长的停顿,有几次特别久)

纳尔森:这个人是我们伟大的(无法转为文字的喉音词——火星语吗?)。他是我们最老的元老。你愿意跟他说话吗?

史密斯:(停顿很久)我深感荣幸。元老将会说话,我将会聆听且成长。

纳尔森:不是这样!他想问你几个问题。

史密斯:我不能教元老。

纳尔森:元老希望如此。你会让他问你问题吗?

史密斯:是。

(背景杂音,短暂延迟)

纳尔森:长官,这边请。呃,我请马穆德博士待命,准备为您翻译。

吉尔看到"新的人声"。(卡克斯顿画掉这个,写下:"道格拉斯秘书长!!!")

秘书长:我不需要他。你说史密斯听得懂英语。

纳尔森:嗯,是听得懂,但不全对,阁下,他知道相当多的单词,但是,就像马穆德说的,他没有任何文化脉络可以联结这些单词。可能会相当困惑。

秘书长:哦,我们会相处得很好,我确定。我年轻的时候,曾经搭顺风车游遍巴西,刚开始的时候,一个葡萄牙语单词都不懂。现在,你只要为我们引见——然后就让我们单独相处。

纳尔森:长官?我想我最好还是留下来陪伴患者。

秘书长:医生,真的吗?恐怕我必须坚持。抱歉。

纳尔森:恐怕我也必须坚持。抱歉,长官,医学伦理……

秘书长:(打岔)身为律师,我对医学法律略知一二——所以,不要跟我在这儿"医学伦理"有的没的,我说真的。你是这名患者指定的吗?

纳尔森:不完全是,可是……

秘书长:我正是这样想的。他可曾有机会选择医生?我很怀疑。他目前的状态受国家监护。我充当他最近的亲属,事实上——你会发现,在法律上也是。我希望单独与他谈话。

纳尔森:(停顿很久,然后语气生硬)如果你那样说的话,阁下,我退出,不再接触这个病例。

秘书长：医生，不要那样想，我不是有意要惹毛你。我不是在质疑你的治疗。可是，你不会试图阻挡母亲单独见儿子，对吧？你怕我可能会伤害他吗？

纳尔森：不会，可是……

秘书长：那么你有什么好反对的呢？别耽搁了，为我们引见，让我们友好相处吧。这样大惊小怪，可能会让你的患者感到不安。

纳尔森：阁下，我会引见。然后你必须另外指定医生，负责你的……被监护者。

秘书长：对不起，医生，我真的很抱歉。我不能把这当成最终决定——我们稍后再讨论。好了，可以拜托你吗？

纳尔森：这边请，长官。孩子，这是想要见你的那个人。我们伟大的元老。

史密斯：（无法转为文字）

秘书长：他说什么？

纳尔森：某种恭敬的问候。马穆德说可以翻译为"我只是一颗卵"，或多或少，反正是那个意思。他以前常常对我用，这是表示友好。小伙子，说人话。

史密斯：是。

纳尔森：还有，如果容许我提供最后一项建议，你最好使用简易的词汇。

秘书长：嗯，我会的。

纳尔森：再见，阁下。再见，孩子。

秘书长：谢谢，医生，待会儿见。

秘书长：(继续)你感觉怎么样？

史密斯：感觉好。

秘书长：好。你想要任何东西，只管开口问。我们想要你快乐。现在，我有一件事，我想要你为我做。你会写字吗？

史密斯："写字"？"写字"是什么？

秘书长：嗯，你的拇指印也行。我要读一份文件给你听。这份文件有很多律师用语，但简言之，就是说，你同意，离开了火星，你抛弃——我的意思是，丢掉——你在那里可能有的任何权利。懂我的意思吗？你将这些权利托付给政府。

史密斯：(没有回答)

秘书长：嗯，我们这么说吧，你不是火星的拥有者，对不对？

史密斯：(停顿有点久)我不懂。

秘书长：嗯……我们这么说好了。你想要留在这里，对不对？

史密斯：我不知道。元老打发我来的。(很长一段话，无法转为文字，听起来像牛蛙和猫打架)

秘书长：该死，他们早该多教他一点英语。听我说，年轻人，你不必担心这些事。只要让我把你的拇指印摁在这里，在这一页最下方。右手给我。不对，不要那样扭来扭去。别动！我不会伤害你……医生！纳尔森医生！

第二个医生：长官，什么事？

秘书长：快叫纳尔森医生。

第二个医生：纳尔森医生吗？可是他离开了，长官，他说你解除了他对这名患者的责任。

秘书长：纳尔森那样说吗？真要命！哎哟，做些什么。给他人工呼吸。给他注射。别光站在那儿呀——你看不出来这个人快死了吗？

第二个医生：长官，我相信没有什么可以做。只能让他静静待着，等他自己恢复。纳尔森医生每次都是这么做。

秘书长：我要严厉批评纳尔森医生！

秘书长的声音没再出现，纳尔森医生的也没有。吉尔可以猜到，根据她在医院听到的小道消息，史密斯又进入了他的那种强直性昏厥抽离。后面只有两条记录，都没什么特别的。一段是"没有必要压低声音，他听不到你"，另一段是"把那个托盘端走。等他醒过来之后，我们再喂他"。

吉尔还拿着逐字稿，正要读第三遍的时候，本又出现了。他拿着更多张薄如洋葱皮的纸，但没有再交给她，而是问："饿了吗？"

她用探询的眼神看看他手里的纸，但还是回答："饿坏了。"

"我们去宰一头牛。"

他没再说什么，他们到了屋顶，上了一辆出租飞车，他还是很安静，一路无言，两人飞到亚历山大的平台，在那里换乘另一辆出租飞车。本挑了一辆巴尔的摩序号的车。飞到空中之后，他设定前往马里兰州的黑格斯敦，然后往后一靠，放松下来："现在可以说话了。"

"本，这一切神秘兮兮的是为什么？"

"抱歉，漂亮脚丫，可能只是紧张过度，我又心里有鬼。我不知道我的公寓有没有窃听器——但如果我能对他们做这种事，他们也可能对我做……更何况，我对政府想要不声不响做的事，一直表现出病态的关注。同样，我从公寓叫一辆出租飞车，虽然不太可能有录音机藏在坐垫里，还是不排除这种可能性，特勤队不会放过任何细节。但这辆出租飞车……"他轻拍坐垫，"他们不可能在成千上万的出租飞车里装设机关。随机挑选一辆，这应该还算安全。"

吉尔打了个寒战。"本，你不是真的认为他们会……"她越说越小声。

"怎么不是！你看到我的专栏了。那份稿子，我是九小时前送出的。你认为政府会闷不作声让我踢肚子，不采取什么行动吗？"

"但你一向反对这一任的政府。"

"没关系，陛下忠诚的反对党，职责就是反对。这是他们意料之中的事。但这次不同，我等于是在指责他们关押政治犯……又是公众很关注的人。吉尔，政府是活生生的有机体。就像每一种活物，主要的特征都是盲目、不讲理的求生本能。你打它，它就会反击。这次，我真的打中它了。"他斜睨了她一眼，"我不应该把你牵扯进来。"

"我？我才不怕。至少，把那玩意儿还给你之后，我就不怕了。"

"你与我有联系。如果事情变得凶险，那可能就够受了。"

吉尔闭上嘴。她这辈子还不曾经历权威的冷酷无情。她熟悉的就是护理，以及两性之间的欢乐游击战，在这个知识范围之外，吉尔几乎就像火星来客一样单纯。她几乎不可能相信，她自己，吉尔·博德曼，可能面临人身危险。毕竟，除了童年被打屁股，成年之后偶尔被说句重话，她从来不曾遇见什么更糟的事。身为护士，她见过冷血、暴力、残酷的后果——但这种事不可能发生在她身上。

飞到黑格斯敦，他们的出租飞车还在盘旋，准备降落的时候，她才打破郁闷的沉默："本，假如这个患者死了，会发生什么情况？"

"嗯？"他皱了皱眉，"这是个好问题，非常好的问题。我很高兴你问了，这说明你在关注这件事。现在，如果没有其他问题，那就下课。"

"不要油嘴滑舌。"

"嗯……吉尔，有些夜晚，在应该梦到你的时候，我却无法入眠，试图回答那个问题。这要从两个角度回答，政治与金钱——先讲讲我目前有的最佳答案：倘若史密斯死亡，他对火星这颗行星奇怪的合法权利就会消失。可能是'拥护者号'留在火星上的先锋队开始了新的主张——几乎可以肯定的是，早在他们离开地球之前，政府就跟他们达成协议。'拥护者号'是联邦太空船，但更有可能的是，如果真有那样的协议，就会把所有的条件都交到一个人的手里，就是那个令人敬畏的人权捍卫者，道格拉斯秘书长先生。这样一个协议有助于他掌权，把持很长一段时间。在另一方面，也可能毫无意义。"

"哦？为什么？"

"拉金判决可能不适用。月球无人居住，但火星已有居民——火星人。目前，火星人是法律上的零。但是，高等法院可能出于政治局势和集体的考量，于是判决在一颗已经有非人类原住民定居的行星上，人类的占领毫无意义。那么，在火星上的权利，如果有任何这类权利，都必须从火星人那里获得。"

"可是，本，照逻辑就应该这样才对。单独一个人拥有一颗行星……这个概念太匪夷所思了！"

"对律师来说没有什么是匪夷所思的,所有法学院教出来的都是谨小慎微、倒吞骆驼的人。此外,还有一个恰当的例子:十五世纪,教皇批准条约,把整个西半球给西班牙与葡萄牙,却丝毫没有人注意到,那里已经有几百万原住民,他们自己有法律、习俗及产权。他批准的条约也相当有效。找个时间看看西半球的地图,留意哪里的人讲西班牙语,哪里的人讲葡萄牙语——再看看美洲原住民还剩下多少土地。"

"对,可是……本,现在又不是十五世纪。"

"对律师来说还是——他们仍然引用布莱克威尔、拿破仑法典,甚至查士丁尼的法律——记下来,吉尔,如果高等法院裁定拉金判决适用,史密斯就有立场授予他人或自己保留他在火星的权利,这可能价值几百万,更可能是几十亿。如果他将他的权利让渡给现任政府,那么道格拉斯秘书长就会是那个掌握资源分配的人——这正是道格拉斯试图操纵的结果。你看了那份窃听器录音文字稿。"

"本,为什么会有人想要那样的权力?"

"飞蛾为什么要扑火?对权力的追求,甚至没有性冲动那么符合逻辑……那种欲望却更强大。但我说了,这个问题可以分两部分来看。火星名义上的帝王是很特殊,但史密斯的金融控股几乎与他的特殊地位同样重要。可能更重要,因为高等法院可能推翻他在火星的擅自占地者权利,但我猜想,没有什么能动摇他的拥有权,包括莱尔引擎,以及一大块的月球企业;八份遗嘱都是公共记录,有案可查——这三件最重要的权利,无论有没有遗嘱,都是他继承。如果他死亡,会发生什么情况?我不知道。当然,上千个自称他亲戚的人会冒出来,这二十年来,科学基金会击退了很多这种想钱想疯了的害虫。倘若史密斯死亡而没有立遗嘱，他巨额的财富似乎有可能被收为国有。"

"'国有'？你指的是联邦，还是美国呢？"

"又是一个我不知道答案的好问题。他的亲生父母来自两个不同的联邦会员国，而他的出生地在所有会员国之外……对于某些持有股份表决权、核发专利授权的人，将会造成重大的影响。不会是史密斯，他不会知道股票代理与交通罚单有什么差别。最终大概是某个能抓住他，而且牢牢抓紧的那个人，无论那个人是谁。同时，我怀疑'劳合社'会不会承保他的寿险，我觉得他是很糟的受保人。"

"可怜的宝宝！可悲可悯的孩子！"

第6章

除了美食，黑格斯敦的那家餐厅还很有"气氛"，意思就是餐桌分散在各处，不只在小湖边的草地，也在三棵巨型老树的粗大树枝间布置了餐桌。上方有一座力场屋顶，室外用餐区因而保持永恒的夏季气温，即使下雨或下雪。

吉尔想在树上用餐，本却不理会她，还贿赂了服务员领班，在水边挑了一个地点摆设餐桌，然后还叫人送来可携式立体电视机，放在他们桌边。

吉尔很气恼："本，如果我们不能在树上用餐，还必须忍受那个可怕的吵闹玩意儿，又何必费事跑来这里，付那样的价位呢？"

"要有耐心，小宝贝，树上的餐桌都有麦克风线路，因为要服务用餐的顾客。这张餐桌没有秘密机关——我希望如此——因为我看到服务员是从一堆尚未使用的桌子里拿出它的。至于那个电视机，不但是因为吃饭不看立体电视就不像美国人，更可能是颠覆分子，还因为即使某个距离外有一支定向麦克风对着我们，电视发出的吵闹声也会干扰……假设道格拉斯先生的探子开始对我们感兴趣，我觉得并不奇怪。"

"本，你真的认为他们可能秘密跟踪我们吗？"吉尔打了个寒战，"我想，我可能不是罪犯的料子。"

"算了吧！想当年，追查通用合成材料公司贿赂丑闻的时候，我不在同一个地方睡两次觉，而且只吃包装好的食物，还必须是亲自买的。经过一段时间，你会开始喜欢这种生活的——可以刺激新陈代谢。"

"我的新陈代谢不需要刺激，谢谢，我只需要一个年老、有钱的私人患者。"

"吉尔，不打算嫁给我了吗？"

"等我翘掉未来的丈夫之后，我会。或者，也许我会有钱到能把你当成宠物养着。"

"这是我几个月来碰到的最佳提议。今晚就开始，怎么样？"

"等翘掉他以后。"

电视机原本正在播放音乐节目和一大堆广告，他们还在喝着开胃酒，敲打着耳膜的声响突然停止。一名播报员的头与肩膀填满电视机，他带着真挚的微笑说："新世界网络与本时段赞助商'聪明姑娘口含片'很荣幸将接下来的几分钟交给联邦政府，提供缔造历史的特别广播。请记得，各位朋友，每个聪明姑娘都爱用'聪明姑娘'，携带容易，服用愉快，保证有用，根据《公法》第1312条，已核准无须处方即可贩售。为什么要冒险采用老式、缺乏美感、有害、不稳当的方法呢？何必冒着失去他的爱与尊重的风险？请记得……"这个讨人喜爱的狼一样的播报员往旁边看了一眼，赶紧念完剩下的广告词，"我带给各位'聪明姑娘'，她会为各位带来秘书长——以及火星来客！"

　　立体画面融变出一个年轻女子，她是如此令人感官愉悦、如此令人难以置信的哺乳动物，如此魅惑，每一个看到她的男性，都对身边的人感到不满。她伸伸腰，扭动身体，用某种闺房里的声音说："我每次都用'聪明姑娘'。"

　　画面消失，他们听到全编制的管弦乐团演奏《主权和平万岁》开头的几个小节。本说："你用'聪明姑娘'吗？"

　　"不关你的事！"她面有怒容，又说，"这是夸大宣传的药，反正，你怎么会认为我需要呢？"

　　卡克斯顿没有回答。电视机填满了道格拉斯秘书长慈祥的面容。"各位朋友，"他开始说，"联邦的公民同胞们，我今晚特别荣幸，自从我们开创性的太空船'拥护者号'凯旋……"他继续吐出几千个精斟细酌的单词，恭贺地球的公民，他们成功接触了另一颗行星、另一个文明种族。他设法暗示，"拥护者号"的功勋是联邦每一位公民的个人成就，若不是忙于其他重要的工作，任何一位公民都能带领考察队——而他本人，道格拉斯秘书长，则是微不足道的工具，被大家选出来执行他们的意愿。这些讨人欢心的想法没有被大喇喇地说出来，而是暗示，其根据的假设是，普通人与任何人平等，而且比大多数人更好——那个老好人乔·道格拉斯的形象就是普通人。就连他略松的领结、额头蓬乱的鬓发，也有某种"亲民"的特质。

　　本·卡克斯顿纳闷儿是谁撰写的演说稿。可能是吉姆·桑弗思——在道格拉斯的幕僚当中，吉姆有最微妙的润色能力，擅长挑选适当的形容词来挑逗并抚慰听众。他在绝对无悔地进入政界之前，是写广告文案的。是的，关于"推动摇篮的手"的那一段，显然是吉姆的手笔——吉姆是那种会拿糖果引诱年轻小姐，还认为这种操作很聪明的浑蛋。

"关掉吧！"吉尔急切地说。

"嗯？先闭嘴，漂亮脚丫。我必须听听这个。"

"……所以，各位朋友，我很荣幸介绍我们的同胞瓦伦丁·迈克尔·史密斯，火星来客！麦克[1]，我们都知道你很累，而且身体还没调整好——但你愿不愿意对你的朋友说几句话？他们都想要看到你。"

电视机的立体影像出现了一个男人的半特写镜头，他坐在轮椅上，身边有位像慈祥伯伯的人，是道格拉斯；轮椅的另一边有个护士，僵硬、古板，很有镜头感。

吉尔倒抽一口气，本恶狠狠地低声说："安静！我不想漏掉一个字。"

采访时间不长。坐在椅上的男人没有胡须，稚气未脱的脸露出羞涩的微笑，他看着摄像机，说："大家好，请原谅我必须坐着。我仍然很虚弱。"他说话似乎有困难，有一次，护士打岔，测量他的脉搏。

回答道格拉斯的问题时，他向"拥护者号"的范特隆普船长及全体船员致意，谢谢救他的每一个人，还说火星上的每一个人对于与地球接触都非常兴奋，他希望帮助建立两颗行星之间坚定而友好的关系。护士再次打岔，但道格拉斯温和地说："麦克，如果你觉得还有足够的体力，可以再回答一个问题吗？"

"当然，道格拉斯先生——如果我能回答的话。"

---

[1] 麦克是迈克尔的昵称。

"麦克,你觉得地球上的姑娘怎么样?"

"哎哟!"

那张娃娃脸看起来又震惊又狂喜,竟然泛起淡淡红晕。画面再次消失,转成秘书长的头与肩。"麦克请我告诉各位,"他继续用慈父般的语气说,"他会尽快回来跟各位见面。各位知道,他必须先增强肌肉。地球的重力让他很难受,就像木星的重力也会让我们很难受。可能下星期再见,如果医生说他体力够强的话。"镜头切回"聪明姑娘"口含片的解说员,一段快速的独幕短剧清楚表明,没有使用本产品的姑娘不只是疯了,无疑还笨,她会让男人退避三舍。本转到另一个频道,然后转头看着吉尔,闷闷不乐地说:"嗯,我可以撕掉明天的专栏,找找看有没有新的主题可以垫档。他们不仅让我今天的抗议看起来很蠢,而且看样子,道格拉斯稳妥地控制了他。"

"本!"

"嗯?"

"那个不是火星来客!"

"什么?宝贝,你确定吗?"

"当然确定!嗯,看起来像他,看起来像极了,甚至声音也很类似,但不是我在卫兵把守的房间看到的患者。"

本试图动摇她的信念。他提醒她,已知有几十个其他人见过史密斯——卫兵、实习医生、男护士、"拥护者号"的船长与船员,可能还有其他人。名单上至少有好几个人,肯定看过这次新闻广播——或者至少政府当局不得不认为其中几个人会看到,认出那是替身……如果真的找人代替的话,没道理——风险太大了。

吉尔没有提出符合逻辑的反驳,只是嘟着下唇,坚持说立体电视上的那个人不是她见过的患者。最后,她生气地说:"算了,算了,随便你怎么想!我不能证明自己是对的——所以我肯定是错了。男人!"

"吉尔,别这样……"

"请送我回家。"

本默不作声,出去找出租飞车。虽然他现在认为没有谁会关注他的动向,但他还是没有接受餐厅外面的车,而是到对面一家旅馆的起降坪挑了一辆。回程的路上,吉尔依然很冷淡。不久,本拿出在史密斯的病房录音逐字稿,再次阅读。他又读了一遍,想了一会儿,然后说:"吉尔?"

"卡克斯顿先生,什么事?"

"竟然叫我'先生'!听我说,吉尔,对不起,我道歉。我错了。"

"是什么导致你得到这项重要结论呢?"

他拿着折起来的纸,拍另一只手的掌心:"这个。史密斯昨天和前天还表现出这样的行为,不可能到了今晚却能接受采访。他会失去控制……进入那种恍惚的状态。"

"我很高兴,你终于看到了显而易见的事。"

"吉尔,能不能请你踢我的脸两三下,然后放下这件事呢?事态严重,你知道这意味着什么吗?"

"意味着他们找了个演员,伪造了一场采访。一小时前,我就告诉你了。"

"当然。演员,优秀的演员,经过仔细的定型及指导,但隐含着更多意义。在我看来,有两个可能。第一个就是史密斯死了,而且……"

"死了！"吉尔突然回想起那个奇怪的饮水仪式，感觉到史密斯的人格那种奇异、温暖、不属于尘世的气息，感觉到难以忍受的悲伤。

"也许，如果是这样，他们会让这冒牌货继续'活'一星期或十天，直到他们有时间拟出想要他签名的任何文件。然后，这个冒牌货就会'死'，他们会送他出城，可能加上催眠禁令，不准他说，约束力强到倘若他试图吐露就会气喘窒息——如果手下的狠角色来真的，甚至可能加上经眼眶脑白质切除术。可是，如果史密斯死了，我们可以就此忘记这件事，我们永远无法证明事实。所以，我们假设他还活着。"

"噢，我希望真的是这样！"

"他与你何干？"卡克斯顿说，"如果他还活着，可能就没什么特别凶险的事。毕竟，很多公众人物在某些露面的场合使用替身；这种事甚至不会惹恼公众，因为每次某个乡民以为发现了替身，就会觉得自己很聪明，是知情的人。所以，可能是政府决定顺应民意，给他们看看火星来客——我们一直在嚷嚷的事。可能再过两三星期，我们的朋友史密斯会有充分的体力，承受得住公开露面的压力，到时候他们就会赶他出来。但我怀疑得很！"

"为什么？"

"动动你的漂亮脑袋。尊贵的乔·道格拉斯已经做过一次尝试，想要从史密斯身上挤出他要的东西……却失败得很惨。道格拉斯经不起失败。所以，我认为他会把史密斯埋得更深……那么我们恐怕再也见不到真正的火星来客。"

"杀了他吗？"吉尔过了一会儿才说。

"何必那么粗暴呢？把他锁在私人护理之家，永远不让他学习任何事。他可能已经被转移，离开贝塞斯达中心了。"

"噢，哎呀！本，我们该怎么办？"

卡克斯顿绷着脸，想了一下："我没有很好的计划。球棒与棒球都归他们拥有，而且规则由他们定。但我打算这么做——我打算走进那家医院，一边带着诚实见证人，另一边是强硬的律师，要求见到史密斯。也许我可以逼迫他们把事情摊在阳光下。"

"我会全力支持你！"

"你就喜欢招惹祸事！你别插手，你说了，会影响你的工作。"

"可是你需要我指认他。"

"未必。我有自信，只要短时间的采访，就能分辨一个人是由非人类抚养长大，还是找个演员假装的。可是，如果出了什么差错，你就是我的秘密王牌——有个人知道他们对火星来客耍花招，又能深入贝塞斯达中心的内部。亲爱的，如果你没听到我的消息，你就要自己想办法了。"

"本，他们不会伤害你吧？"

"小朋友，我是越级挑战，很难讲。"

"呃……噢，本，我不喜欢这种情况。那个，如果你真的进去，见到了他，你打算怎么做？"

"我打算问他想不想离开医院。如果他说他想离开，我会邀请他跟我走。有诚实见证人在场，他们不敢阻止他。医院不是监狱，他们没有任何合法权利扣留他。"

"呃……然后呢？本，他真的需要医疗照护，因为他还不能照顾自己。我知道。"

卡克斯顿又绷着脸："我也想到了这一点。我不可能护理他。你当然可以，如果你有设备的话。我们可以先把他放在我的公寓……"

"……然后，我能照顾他。本，我们能做到的！"

"慢一点。我想过了，道格拉斯会想办法变魔术，从他的帽子里扯出什么法律白兔，派出强制执行的代表上门，史密斯又会被关起来。而且，我们两个也可能会被关。"他皱起眉头，"但我认识一个人，他可能收留史密斯，也许还能全身而退。"

"谁？"

"听说过朱伯·哈绍吗？"

"啊？谁没听说过他？"

"这是他的其中一项优势：人人都知道他是谁。这样一来就很难动得了他。身为医生，又是律师，要动他就难了三倍。但最重要的是，他是特别坚定的个人主义者，兴致一来，他会对抗整个联邦安全部，只用一支削马铃薯皮的刀——这样一来，要动他更是难了八倍。但重点是，我跟他算是有点交情，通过几桩不公平的审判熟识了；他是我在急难之际可以信任的一个朋友。如果我能把史密斯弄出贝塞斯达，我会带他去哈绍的住所，在波科诺山区——然后就让那些浑蛋试试再把他藏起来！一方面有我的专栏，另一方面有哈绍的战斗精神，我们会让他们难看。"

第 7 章

虽然很晚才回到家,第二天早上,吉尔还是提早十分钟接了夜间护士的班。她打算听本的话,在他尝试去见火星来客的时候保持距离,但她果断决定,事情发生的时候,她要在附近……以备本需要增援。

走廊没有海军陆战队卫兵把守了。准备患者的膳食、用药,还有两名患者的术前准备,让她前两个小时忙得不停;她只有时间检查一下 K-12 套房的门把。门是锁住的,通往隔壁起居室的门也是。通往另一边值班室的门关着。既然卫兵撤走了,她考虑再次通过连接的起居室偷溜进去看看史密斯,但决定晚一点再说,她目前太忙了。然而,她还是设法密切关注每一个来到她楼层的人。

本没出现,她向接电话的助理打探了几个问题,确定了自己在别的地方忙着的时候,本或其他人都没进来看火星来客。她觉得很困惑;虽然本没有讲好时间,但她得到的印象是他打算当天就要猛攻要塞,而且尽可能越早越好。

过了一会儿,她觉得实在非得去打探一下不可。她趁着稍微不忙的时候,走到特别套房的值班室,敲了敲门,然后探头进去,假装很惊讶:"噢!医生,早上好,我以为弗兰姆医生在这里。"

值班台前的医生是吉尔没见过的人,原本正盯着显示屏幕上的生理数据,这时转头看着她,面带微笑上下打量着她:"护士,我还没看见弗兰姆医生。我是布拉许医生,我能效劳吗?"

看到典型男性的反应,吉尔放松了一些:"没什么特别的事。老实说,我只是好奇而已。火星来客情况怎么样呢?"

"啊?"

她微笑着,眨了眨眼:"对工作人员不是什么秘密,医生,你的患者……"她指了一下内间的门。

"啊?"他看起来很吃惊,"他们先前把他放在这间套房吗?"

"啊什么?难道他不在这里了吗?"

"差远了。里面是罗丝·班克森太太——嘉纳医生的患者。我们今天一大早送她进来的。"

"真的吗?可是,火星来客怎么了?他们把他放在哪里?"

"我不晓得。话说,我真的错过了瓦伦丁·史密斯吗?"

"他昨天还在这里。我只知道这个。"

"原来是弗兰姆医生照顾他吗?有些人就是运气好,看看我领到的什么破差事。"他打开值班台上方的监视器,吉尔觉得好像在从上往下看,框在画面里的有一张水床,床上漂浮着一个瘦小的老妇。她似乎在睡觉。

"她有什么病呢?"

"嗯……护士,如果她不是钱太多,你可能很想说那个是老年痴呆症。看样子,她是进来休息,做个检查的。"

吉尔继续闲聊了一会儿,然后假装看到有个呼叫灯号。她回到自己的值班台，捞出夜班的记录簿——是的，有了："V.M.史密斯，K-12——转出"。这条记录底下还有一条："罗丝·班克森（太太）——转入K-12（嘉纳医生指示特别备膳厨房——楼层督导不必负责）"。

看到那个老富婆不需要她负责，吉尔的心思又转回瓦伦丁·史密斯。她觉得班克森太太这个病例有点怪，却又说不出怪在哪里，所以即使这件事确实引起她的好奇，也只能暂时不去想了。他们为什么在大半夜转移史密斯？为了避免任何接触外人的可能，很可能是这样。可是，他们带他去了哪里？通常，她只要打电话到"接待处"问一下，可是，听了本的意见，加上昨夜的冒牌货广播，她也害怕表现出自己的好奇心。她决定等到午餐时间，看看能打听到什么小道消息。

但是，吉尔先到楼层的公用电话亭打电话给本。他办公室的人告诉她，卡克斯顿先生出差了，他会离开几天。她听到这个，惊讶得几乎说不出话——随即恢复镇定，留话请本回电给她。

然后，她打电话到他家，他不在那里。她录了同样的信息给他。

本·卡克斯顿没有浪费时间，立刻准备他试图硬闯去见瓦伦丁·迈克尔·史密斯的计划。他很幸运，能够请到詹姆士·奥立佛·卡文迪西担任他的诚实见证人。虽然任何诚实见证人都可以，但以卡文迪西的声望，几乎没有必要找律师——老先生曾在联邦高等法院作证很多次，而且，据说，锁在他脑袋里的遗嘱，代表的价值不是几亿，而是几兆。卡文迪西受到过全面回忆培训，由伟大的伦萧博士亲自传授，而且以莱茵机构学术会员的身份接受过专业催眠指导。他一天的收费，或是几小时的费用，超过本一星期赚的钱，但本认为可以向《邮报》联盟报销——无论如何，对于这件差事，找多好的也不过分。

卡克斯顿接到了小富里斯比律师，毕多—富里斯比—富里斯比—毕多及里德联合事务所，代表《邮报》联盟的法律事务所，然后两个年轻人去接见证人卡文迪西。卡文迪西先生修长、瘦削的身形，罩着代表他专业的白色法袍，从下巴包裹到脚踝，让本不禁联想到自由女神像……也几乎同样引人注目。去接卡文迪西之前，本已经对马克·富里斯比解释他打算尝试什么事（富里斯比也已经特别提醒他，他没有立场，也没有权利）；一旦诚实见证人在场，他们必须遵守礼仪，不再讨论他可能看到或听到什么事。

他们乘坐出租飞车来到贝塞斯达中心的屋顶，下楼到院长室。本奉上名片，说他想要见院长。

一个高傲的女性带着十分有教养的口音，问他有没有预约。本承认没有。

"那么，恐怕您见到布勒默医生的机会很渺茫。请您说明有何贵干？"

"只要告诉他，"卡克斯顿高声说话，让其他在场等候的人都能听到，"《瞭望台》的卡克斯顿在这里，带着一名律师与一名诚实见证人，要采访瓦伦丁·迈克尔·史密斯，火星来客。"

她吓了一跳，差点失掉了专业的傲慢态度。但她随即恢复镇定，冷若冰霜地说："我会通知他。请您稍坐，好吗？"

"谢谢，我就在这里等。"

他们等着。富里斯比点了一支雪茄；卡文迪西带着冷静的耐性等待着，见识过善与恶的各种表现，已能将两者一视同仁的人，才会有这样的淡定；卡克斯顿紧张不安，忍着不去咬指甲。终于，柜台后面的冰雪女王说话了："柏奎斯特先生会见你。"

"柏奎斯特？基尔·柏奎斯特吗？"

"我相信他是基尔柏特·柏奎斯特先生。"

卡克斯顿想了一下——道格拉斯秘书长有一大群奴才，或称为"行政助理"，基尔·柏奎斯特是其中一个。他的专长是接待官方访客。"我不想见柏奎斯特，我要见院长。"

但是，柏奎斯特已经出来了，一只手伸到他面前，脸上挂着迎宾员那种咧嘴的笑容："本·卡克斯顿！好朋友，你好吗？好久不见还在叫卖同样老掉牙的废话吗？"他瞄了诚实见证人一眼，但他的表情没有透露任何信息。

本稍稍同他握了握手："同样的老废话，当然。基尔，你在这里做什么？"

"如果我哪天离开不干公职了，我也打算弄个专栏——不用做什么，只要每天打电话进去，口述一千字的谣传，其余的时间就过着放荡的日子。我真羡慕你，本。"

"我说：'基尔，你在这里做什么？'我想要见院长，然后给我五分钟采访火星来客。我来这里，不是为了让你用高端的软钉子打发的。"

"哎呀，本，别用那种态度。我在这里，是因为布勒默医生几乎要被新闻界逼疯了——所以秘书长派我过来帮忙分担一些他的压力。"

"行，我要见史密斯。"

"本，老兄，难道你不了解，每一个记者、特派记者、专题作者、评论作家、自由撰稿人,还有催泪记者,都想要同样的东西吗?你们这些人一来就是一大票;如果我们让你们都为所欲为,不需要二十四小时,你们就会弄死那个可怜的怪人。波莉·皮柏丝不到二十分钟前还在这里。她想要采访他,谈谈火星人的恋爱生活。"柏奎斯特两手一摊,显得很无奈。

"我要见史密斯,到底能不能见到?"

"本,我们去找个安静的地方,在那里,我们可以边喝边谈。你想知道的任何事,你都能问我。"

"我不想问你任何事,我想见史密斯。顺便说一下,这位是我的律师,马克·富里斯比——毕多与富里斯比事务所的律师。"按照惯例,本没有介绍诚实见证人;他们都假装他不在场。

"我见过富里斯比。"柏奎斯特打招呼说,"马克,令尊好吗?鼻窦的毛病还是时不时发作吗?"

"差不多。"

"这个恶劣的华盛顿气候。那么,本,来吧。马克,你也来。"

"等一等,"卡克斯顿说,"基尔,我不想采访你。我想要见瓦伦丁·迈克尔·史密斯。我来这里的身份是新闻界的一员,直接代表《邮报》联盟,间接代表两亿多的读者。我会看到他吗?如果我不会,请大声讲出来,并且说明你有什么法律凭据拒绝我。"

柏奎斯特叹了一口气:"马克,能不能请你告诉这个钥匙孔历史学家,他不能仗着有个报业联盟的专栏,就要硬闯病人的房间?瓦伦丁·史密斯昨晚才做了一次公开露面——我可以补充说,不顾医生的建议。这个人有权静养,才有机会增强体力,熟悉环境。昨晚的露面够他受了,太够了。"

"有传闻，"卡克斯顿小心翼翼地说，"昨天晚上电视里的是冒牌货。"

柏奎斯特脸上的笑容不见了。"富里斯比，"他冷冷地说，"你要不要劝告你的委托人，留意关于诽谤的法律条款呢？"

"本，别操之过急。"

"基尔，我知道诽谤的法律条款。我是做这行的，我非知道不可。可是，我在诽谤谁呢？火星来客吗？还是另有其人呢？说个姓名。我再说一次，"他拉高了嗓门儿，"我听说，昨天晚上电视里接受采访的那个人不是火星来客。我想要亲眼看到他，亲口问他。"

拥挤的接待大厅突然安静下来，因为在场的人都竖起耳朵听这场争论。柏奎斯特迅速看了诚实见证人一眼，然后控制住自己的表情，微笑着对卡克斯顿说："本，你很有可能谈成你想要的采访——也会给自己惹出一件诉讼。稍候一下。"

他隐身进了内间办公室，很快就出来了。"我安排了，"他厌烦地说，"不过，天知道为什么。你不配，本，跟我来。只有你——马克，对不起，但我们不可能让一群人进来；毕竟，史密斯是个病人。"

"不行。"卡克斯顿说。

"嗯？"

"我们三个都去，否则都不去。你选吧！"

"本，别闹了，你得到的是很特殊的待遇。告诉你，这样吧——马克可以一起来，在房门外等着，但你当然不会需要他。"柏奎斯特看了卡文迪西一眼，见证人似乎没在听。

"也许不会，但我付了他费用请他一起来。今天晚上，我的专栏会写，政府当局拒绝允许诚实见证人看到火星来客。"

柏奎斯特耸了耸肩："那就一起来吧。本，我希望那件诽谤诉讼案能真正打倒你。"

考虑到卡文迪西年事已高，他们没有使用弹跳管，而是搭乘患者使用的升降机，然后搭乘侧向输送带经过一段长距离，路过许多实验室、治疗室、日光治疗室以及一间又一间的病房。有一次，他们被警卫拦了下来，打电话到前方，然后让他们通过；最后，他们被领进一个可以看到生理数据，用来观察重症患者的小房间。"这位是谭纳医生，"柏奎斯特说，"医生，这位是卡克斯顿先生，这位是富里斯比先生。"他当然没有介绍卡文迪西。

谭纳一脸忧色："各位先生，因为院长坚持，我才会这么做，这违反我的专业判断。我必须先提醒你们一件事，请勿做或说什么可能导致患者激动的事。他处于一种极度神经质的情况，很容易陷入病态抽离——你可以说是恍惚。"

"癫痫吗？"本问。

"外行人很可能会误认为是那样，但这更像是强直性昏厥。但不要写是我说的，因为这没有任何临床的先例。"

"请问你是专科医生吗？大概是精神科吧？"

谭纳看了柏奎斯特一眼。"是的。"他承认。

"你的专科研究是在哪里做的？"

柏奎斯特说："听我说，本，我们还是看看患者，赶快了结。你可以事后再问谭纳医生。"

"好吧。"

谭纳看了一下刻度盘与显示图，然后拨动一个开关，查看监视器的画面。他离开值班台,打开一道上锁的门,领着他们走进相邻的卧室,同时伸出一根手指碰碰嘴唇。另外四个人跟着他进去。卡克斯顿感觉自己仿佛被领着去"查看遗体",压抑住很想哈哈大笑的紧张感。

室内相当昏暗。"我们维持半暗的环境,因为他的眼睛还不适应地球的光度。"谭纳压低声音解释,然后转身看着占满房间中央的一张水床,"麦克,我带了几个朋友来看你。"

卡克斯顿靠得更近。有个年轻男人漂浮在其中,身体由于陷进被塑料表皮覆盖着的槽里的液体而隐藏了一半,还有一张被单盖到腋窝处,又使他隐藏了更多。他转头看了看他们,但什么都没说;他没有胡须的圆脸上毫无表情。

在本看来,这就是昨夜在立体电视上的那个人。他突然暗自叫苦,小吉尔虽然是好意,却抛给了他一颗拔了栓的手榴弹——大有可能使他破产的诽谤诉讼:"你是瓦伦丁·迈克尔·史密斯吗?"

"是。"

"火星来客吗?"

"是。"

"你昨夜上了立体电视吗?"

水床上的那个人没有回答。谭纳说:"我认为他应该不知道那个词。让我试试。麦克,你还记得昨天晚上,你和道格拉斯先生做了什么吗?"

那张脸显得很烦躁。"灯光很亮。好痛。"

"是的,灯光刺痛了你的眼睛。道格拉斯先生请你问候大家。"

患者微微一笑:"椅子滑行了好长一段路。"

"好，"卡克斯顿同意，"我理解。麦克，你在这里，他们对你还好吗？"

"好。"

"你不必留在这里，你知道的。你能走路吗？"

谭纳急忙说："哎，卡克斯顿先生，这个……"柏奎斯特伸手搭着他的臂膀，他就闭上了嘴。

"我能走……一点。很累。"

"我会为你安排轮椅。麦克，如果你不想留在这里，我会协助你下床，带你去你想去的任何地方。"

谭纳甩掉柏奎斯特的手，说："我不能任由你们干扰我的患者！"

"他是自由人，对不对？"卡克斯顿坚持说，"还是这里的囚犯呢？"

柏奎斯特回答："他当然是自由人！别说话，医生，让这个傻瓜自掘坟墓。"

"谢谢你，基尔，谢谢一切。所以，如果他想要离开，就能自由离开。麦克，你听到他说的了。你不必留在这里，任何你喜欢的地方，你都可以去。我会帮助你。"

患者惊恐地看了谭纳一眼："不要！不不不！"

"没事，没事。"

谭纳厉声说："柏奎斯特先生，这实在太过分了！我的患者会难过一整天。"

"好了，医生。本，我们赶快离开吧。你确实闹够了。"

"呃……再问一个问题。"卡克斯顿苦苦思索，努力想他还可能从中挤出什么。显然，吉尔错了——然而，她一直没有错！——或者昨晚似乎是这样。但有什么地方不太对劲,可他又说不准是什么。

"再问一个问题。"柏奎斯特勉强同意。

"谢谢。呃……麦克,昨天晚上,道格拉斯先生问了你几个问题。"患者看着他,但没有表示意见。"我们来看看,他问你觉得地球上的姑娘怎么样,是不是?"

患者脸上露出大大的微笑:"哎呀!"

"是的,麦克……你是什么时候、在什么地方看到这些姑娘的呢?"

笑容消失了。患者看了谭纳一眼,然后变得僵硬,眼睛往上翻,身体缩成胎儿姿势,抱着膝,弯着头,双臂在胸前交叉。

谭纳厉声说:"赶他们出去!"他迅速走到水床边,触摸患者的手腕。

柏奎斯特恶狠狠地说:"太过分了!卡克斯顿,你是要自己滚出去呢,还是我叫警卫把你扔出去?"

"好,我们这就出去。"卡克斯顿同意。除了谭纳,其他人都离开房间,柏奎斯特带上了门。

"基尔,只有一点,"卡克斯顿坚持说,"你们一直把他关在那里面……所以他到底是在哪里看到那些姑娘的呢?"

"嗯?别傻了,他看了很多姑娘。护士……实验室技师。你知道。"

"我可不知道。据我所知,他只有男护士,而且严格谢绝女性访客。"

"什么?你没有必要这么荒谬,"柏奎斯特面有怒容,却又突然咧嘴一笑,"昨晚就有个护士陪着他上电视,你看到了。"

"嗯,我是看到了。"卡克斯顿闭上嘴,让自己被带出去。

他们没再进一步讨论,直到三人搭乘飞车升空前往卡文迪西家。这时,富里斯比说:"本,我想,既然你没发表在报纸上,秘书长应该不会自贬身份来控告你。不过呢,对于你刚才提到的那个传闻,如果你真的有消息来源,我们最好还是提出证据。你没有多少立场,你知道的。"

"算了吧,马克,他不会提告。"本怒目瞪着车厢的地面,"我们怎么知道,那个就是火星来客呢?"

"什么?算了,本。"

"我们怎么知道呢?我们看到一个男人,年龄大致符合,躺在医院病床上。我们听到柏奎斯特说他是——而柏奎斯特在政坛起步是从发布否认声明开始——他说的话毫无意义。我们看到一个完全陌生的人,假定是精神科医生……我试着了解他在哪里学习精神病专科,却被轰了出来。我们怎么知道呢?卡文迪西先生,你有看到或听到任何事,能让你相信这个家伙是火星来客吗?"

卡文迪西谨慎地回答:"我的职责不是提供意见。我看,我听——仅此而已。"

"抱歉。"

"顺便问一下,你需要我的专业任务完成了吗?"

"嗯?噢,当然。谢谢,卡文迪西先生。"

"谢谢你,先生,这是一件值得玩味的任务。"老先生脱下使他有别于普通凡人的法袍,仔细折好,放在座位上。他叹了一口气,放松下来,他的容貌不再带着专业的超然,变得温暖而柔和。他拿出雪茄,请另外两个人抽;富里斯比拿了一根,两人一起点火。"执行任务的时候,"卡文迪西的话语通过一片浓密的云雾传来,"我不抽烟。这样会干扰感官功能的理想运作。"

"要是能带着一个'拥护者号'的船员过来,"卡克斯顿坚持说,"肯定就解决了,但我以为我当然看得出来。"

"我必须承认,"卡文迪西说,"我有一点惊讶,有一件事,你竟然没做。"

"哦?我遗漏了什么?"

"老茧。"

"老茧?"

"当然。一个人的生活史,可以从他的老茧看出来。我写过一篇专论探讨老茧,发表在《见证人季刊》上——就像福尔摩斯著名的专论,探讨烟灰那篇。这个年轻的火星来客……既然他不曾穿过我们这种鞋,而且生活在重力大约是我们三分之一的地方,脚上的老茧应该符合他先前的环境。甚至最近在太空度过的时间,应该已经在他身上留下各种痕迹。非常值得玩味。"

"真要命!天哪,卡文迪西先生,你为什么不暗示我注意呢?"

"先生!"老先生挺直了身体,气得撑大鼻孔,"那可不符合职业道德。我是诚实见证人,不是参与者。即使是轻微得多的越界行为,公会都要暂停我的执业资格。当然,你知道这一点。"

"对不起,我一时忘记了。"卡克斯顿皱了皱眉,"我们掉头回去,看一下他的脚——不然我会用柏奎斯特的肥脑袋撞破那个地方!"

"恐怕你必须找另一个见证人……因为我考虑不周,竟然讨论了这件事,即使事后才说。"

"呃,是,确实是。"卡克斯顿皱了皱眉。

"本，最好还是先冷静下来，"富里斯比劝他，"你现在涉入够深了。就我个人而言，我相信那个是火星来客。奥卡姆剃刀，极简假说，只要运用最基本的常识。"

卡克斯顿送他们回去，然后将出租飞车设置为巡航模式，用这段时间思考。不久，他输入组合码，出租飞车带他返回贝塞斯达医疗中心。

还不到半路，他突然明白，再跑一趟也没有用。会发生什么情况呢？他最远只会到柏奎斯特，就走不下去了。他们已经让他进去过一次——带着律师，还带着诚实见证人。一个早上求见火星来客两次，这实在不合理，肯定会被拒绝。不对，既然不合理，他能不能利用专栏做什么有效的事？

他可是能得到广泛发行的报业联盟专栏作者，可没有那么容易退缩。他打算进去。

怎么做？嗯，至少他现在知道那个所谓的"火星来客"被安置在哪里。扮成电气技师进去，还是扮成工友呢？太明显了；他根本过不了警卫那一关，甚至到不了"谭纳医生"那么远。

那个"谭纳"真的是医生吗？似乎不像。医疗人员，即使是最差劲的，往往会避免违反职业规范的花招。比如那个船医，纳尔森——他就退出这个病例，洗手不干了，只因为……

等一下！就是纳尔森医生，他一眼就看得出来那个年轻人是不是火星来客，不需要检查老茧、利用圈套或是什么。卡克斯顿伸手按了一下按键，命令出租飞车上升到停泊高度，暂时盘旋，然后立刻尝试打电话找纳尔森医生，通过他自己的办公室转接，因为他不知道纳尔森医生在哪里，他手边也没有方法可以查出来。他的助手欧斯柏特·基格伦也不知道他在哪里,但手边确实有资源可以查;甚至不必动用卡克斯顿在特区累积的、大量尚未追讨的人情,身为《邮报》联盟的"重要人士",他可以立刻进入新五月花。几分钟后,卡克斯顿与他通上话了。

却没什么用处——纳尔森医生还没看到采访。是,他听说了这件事;不,他没有理由认为那次采访是假的。纳尔森医生可知道,有人试图逼迫瓦伦丁·史密斯交出他根据拉金判决对火星拥有的权利?不,他并不知道,也没有理由相信这件事……如果是真的,也不会有兴趣;说任何人"拥有"火星实在太荒谬了;火星属于火星人。所以呢?让我们提出一个假设的问题,医生,如果有人试图……

但是,纳尔森医生切断了通话。卡克斯顿试着重新连线,只听到预录的语音亲切地说:"该用户已主动暂停服务。若要录音留言……"卡克斯顿挂了电话。

卡克斯顿说了一句蠢话批评纳尔森医生的祖宗。但他接下来做的事更是愚蠢多了——他打电话到"行政宫",要求找秘书长说话。

他的行动更像是条件反射,而不是计划。他有多年打探消息的经验,起先是记者,然后是李普曼,他早已学到,要打破紧守的秘密,往往要一路追到最高层,到那里就要不客气得令人难以忍受。他知道,那种摸老虎尾巴的行动很危险,因为他彻底了解有权有势者的精神病理状况,而吉尔·博德曼对此却一无所知——但他习惯上相信自己是相对安全的,因为他握有另一种力量,使位高权重者几乎都普遍害怕且愿意让步。

他忘了一件事,他是从出租飞车打电话到行政宫的,而不是在公开场合。

卡克斯顿的电话没有转到秘书长，他也不指望能转到。他与五六个下属讲话，每换一个人接听，他就更加挑衅。他忙得没注意到出租飞车不再盘旋，离开了停泊高度。

等他注意到的时候，已经太迟了。出租飞车不肯遵守他立刻输入的命令。卡克斯顿痛苦地领悟到，自己落入了圈套，职业流氓根本不该上当的手段：他的通话被追踪，出租飞车被发现，然后车上的笨蛋机器人驾驶员受到警用频率接管，执行命令——出租飞车本身被用来逮捕他，带他进去，极为隐秘，毫不费力。

他多么希望诚实见证人卡文迪西还在他身边。但他没有浪费时间想这种徒劳无用的事，而是清除没用的无线电通话，立刻尝试打电话给他的律师马克·富里斯比。

他还在尝试的同时，出租飞车已经降落在某个庭院起降坪的范围内，信号被周围的高墙切断了。然后，他尝试离开出租飞车，却发现车门打不开——几乎不必惊讶了，他开始觉得头很晕，很快失去意识……

第 8 章

吉尔试着说服自己，本去追查另一条线索了，只是忘了（或者没花时间）通知她。但她实在不相信。本再怎么忙，他在职业与社交方面的成功，多半都是由于极为注意人际往来的枝节。他记得别人的生日，而且宁可赖着打牌的赌债，也不会忘记写一张纸条传话。无论他去了哪里，或是有多么紧急的差事，他可能——一定！——至少花个两分钟，在空中录一段令人放心的话，传到她家或医疗中心给她。她提醒自己，这是本始终不变的特性，因为这样，他纵使有许多缺点，总归是一头讨人喜爱的野兽。

他肯定留了话给她！到了她的午餐休息时间，她再次打电话到他的办公室，与本的调查员暨办公室总管欧斯柏特·基格伦说话。他郑重向她保证，本没有留话给她，而且自从她稍早来电之后，也还没任何信息进来。

她从电话屏幕看到办公室还有其他人，认为这时候不适合提到火星来客："他可曾说他要去哪里，或者说他什么时候会回来吗？"

"没有，但这没什么不寻常。我们总是有几篇备用的专栏稿子，出现这类状况可以随时顶上。"

"那么……他从哪里打电话给你？我是不是太爱窥探了？"

"不会，博德曼小姐，他不是打电话，而是传送即印电文，我记得是从费城的佩奥利起降坪发出的。"

吉尔不得不停止追问。她在护士的食堂吃午餐，设法让自己有胃口。她告诉自己，并不是真的有什么不对劲……她也没有爱上那个呆瓜，或是诸如此类的任何蠢事。

"喂！博德曼！清醒一下——我问你一个问题。"

吉尔抬起头来，发现这一区的营养师莫莉·惠莱正看着她。"抱歉，我刚才在想别的事。"

"我刚才说：'打从什么时候起，你们楼层开始把慈善患者放在豪华套房了？'"

"我不知道有这回事。"

"难道K-12不是在你的楼层吗？还是他们把你调走了？"

"K-12吗？当然。但那个不是慈善患者，而是有钱的老妇，钱多到可以付钱请医生注意她吸进去的每一口气。"

"哼！如果她有钱，一定是突然从天上掉下来的。她本来在老人安养院的精神病房里住了十七个月。"

"肯定是哪里搞错了。"

"不是我——我可不会让错误发生在我的配膳厨房。那个配餐很麻烦，而且需要我亲自检查——无脂肪饮食（她的胆囊被拿掉了），还有一长串的敏感反应，再加上处方里没写的药。相信我，亲爱的，膳食医嘱可以很个人化，像指纹一样独特。"惠莱小姐站了起来，"我该走了，小妞儿，希望他们会让我照管这间厨房一阵子。猪打滚儿的食堂！"

"莫莉是在发表什么高论？"其中一个护士问。

"没什么。她只是搞混了。"但吉尔继续想这件事。她突然想到，去配膳厨房打听一下，也许能找到火星来客。她随即打消了念头，因为医疗中心场地宽广，大楼分散各处，要打探那么多间配膳厨房就得花一整天。贝塞斯达中心是还在打海战的年代就创办的海军医院；即使在那时，也早就是庞大的机构。后来它被转交给健康、教育及福利部门，进一步扩展；现在属于联邦，规模还在增大，像一座小城镇。

可是，班克森太太这个病例有点古怪。虽然医院收治各种阶级的患者，私人、慈善、政府的都有；但吉尔工作的楼层通常只有政府的患者，入住豪华套房的就是联邦参议员，或是其他能够拥有高级服务的官方贵宾。很少有付费的平民患者住进她的楼层，无论是特别套房还是其他级别的病房。

当然，班克森太太可能是其他区域转过来的，如果医疗中心开放给付费大众的部分刚好没有这样的病房。是，可能是这样。

午餐之后，她忙着处理几个转入的患者，好一会儿没工夫想这件事。不久，有个状况出现，她需要一张电动床。例行的做法是打电话叫人送一张上来——可是库房在地下，几百米外的地方，吉尔想要立刻拿到床。她想起自己看过那张电动床，通常放在K-12套房的主卧室，但暂时移到套房的起居室了；她还记得对一个陆战队卫兵说不要坐在上面。显然，他们只是把那个推进那里，挪出空间为史密斯安装"漂浮床"。

那张床有可能还闲置在那里积灰，而且仍然要算这个楼层的费用。电动床总是供不应求，而且成本是普通床的六倍。虽然严格说来，这是院区主任烦恼的事，但吉尔觉得没有理由让她的楼层增加没有必要的额外费用——除此之外，如果那张床还在原地，她可以马上拿到。她决定去看一下。

起居室的门仍然锁着。她发现用通行钥匙竟然打不开。她在心里记着，要告诉后勤人员修理门锁，她继续往下走到套房的值班室，打算去找照看班克森太太的医生，问他电动床的事。

值班的医生还是她之前见过的布拉许医生。他不是实习医生，也不是住院医生，吉尔先前听他说，嘉纳医生调他过来照看这名患者。她探头进去的时候，布拉许抬起头来："博德曼小姐！来得正好！"

"为什么不打电话呢？你的患者怎么样？"

"她还好，"他回答，抬头看了一下监视器，"但我实在不好。"

"有麻烦吗？"

"有点小麻烦，大约需要五分钟。接我班的人不在这栋楼。护士，能不能借我几分钟你宝贵的时间，然后绝口不提这件事呢？"

"我想应该可以。我刚才对我的助理楼层督导说了，我会离开几分钟。我借用一下你的电话，告诉她到哪里找我。"

"不行！"他急切地说，"只要锁上那道门，我离开之后，别让任何人进来，听到我敲暗号才可以开门，好姑娘。"

"好的，医生，"吉尔犹疑地说，"要我为你的患者做什么事吗？"

"不用，你只要坐在值班台那里，通过屏幕注意她就行了。你不必做任何事，别打扰她。"

"那么，如果出了什么状况，你会在哪里？医生休息室吗？"

"我不会去那么远,就是走到那边的男士洗手间而已。先别说了,拜托,让我去——很急了。"

他离开了,吉尔遵照他的嘱咐,在他出去之后就锁上门。然后,她透过观察器看着患者,很快扫视一遍各个刻度盘。老妇人又睡着了,而且仪器画面显示她的脉搏强劲,呼吸均匀、正常。吉尔纳闷儿为什么嘉纳医生会认为有必要"临终看护"呢?

然后,她想起当初为什么要进来,决定干脆去看看那张床是不是在另一边的房间,这样就不必费事问布拉许医生。虽然这并不完全符合布拉许医生的指示,但她不会干扰他的患者——当然,她知道如何轻声走,不吵醒睡着的患者!——而且她很多年前就确定了,医生不知道的事很少会造成伤害。她悄悄开门,走了进去。

她很快看了一眼,确定了班克森太太处于典型的老年昏睡状态。她悄声从她身边经过,走到通往起居室的那道门。门是锁着的,但她用通行钥匙打得开,于是就进去了。

她很高兴,看到电动床在那里。然后,她看到了,房间里有人——坐在扶手椅上,膝上有一本画册,那人正是火星来客。

史密斯抬起头来,给她灿烂的微笑,有如开心的婴儿。

吉尔感觉一阵晕眩,仿佛从睡梦中猛然惊醒。她的脑海闪过一大堆混乱的想法。瓦伦丁·史密斯竟然在这里?但他不可能在这里,他被转到别处去了,日志是这么写的。可他又确实在这里。

然后,所有丑恶的含义与各种可能似乎一个个串联起来……冒牌"火星来客"上电视……外面那个老妇随时可能死去,而在同时,有另一名患者在这里……她的通行钥匙打不开的门——最后,她想象到可怕的场景:运尸车在某个夜里悄悄推出去,被单底下掩盖着事实,运载的尸首不是一具,而是两具。

这最后一场噩梦冲过她的脑海时,仿佛带来一阵令人恐惧的寒风,她觉悟到自己身陷险境,因为撞见了这个最高机密的真相。

史密斯笨拙地起身离开椅子,仍然微笑着,伸出双手,说:"水兄弟!"

"你好,呃……感觉怎么样?"

"我很好。我很快乐。"他又用某种好像哽噎的奇怪语言说了什么,然后纠正自己,小心翼翼地说,"你在这里,我的兄弟,你离开了。现在你在这里,我畅饮你。"

吉尔感觉自己要被两种情绪无助地分裂了,一边感动且融化了她的心——另一边是冰冷的恐惧,怕被人在这里抓到。史密斯似乎没有注意到。他只是说:"看!我走动!我变壮。"他以行动证明,来回走了几步,然后停在她面前,得意扬扬,气喘吁吁,微微一笑。

她勉强挤出微笑:"我们有进步,是不是?你继续增强体力,就是这样的精神!可是我现在必须走了——我只是过来一下,打声招呼。"

他的表情立刻变成悲痛:"别走!"

"噢,可是我必须离开!"

他还是满面愁容,然后用悲惨笃定的语气说:"我伤害了你,我不知道。"

"伤害我?噢,不,完全没有!但我必须走——而且要快!"

他的脸上没有表情。他说,而不是问:"我的兄弟,带我走。"

"什么?噢,我不能。而且我必须离开,马上。听着,不要对任何人说我来过这里,拜托!"

"不说我的水兄弟在这里吗?"

"是的,不告诉任何人。呃……我会设法回来,我真的会。你乖乖等着,不告诉任何人。"

史密斯消化了这句话,显得很安详:"我会等,我不会说。"

"好!"吉尔不晓得自己到底要怎么回来看他——她当然不可能指望布拉许医生再去小解一次。她现在明白了,那个"坏掉"的锁并没有坏,她的眼睛扫视周围,看到通往走廊的门——她明白了为什么进不来。门的这面安了一副手扣的门闩,难怪通行钥匙没用了。医院的门一向都有特别的安排方式,浴室门以及其他可闩上的门,也都能用通行钥匙打开,避免不负责任或不守规矩的患者把自己锁起来,使得护士无法接近。但在这里,上锁的门要让史密斯出不去……加装简单的门闩要让别人进不来,医院通常不允许用这种门闩,即使有通行钥匙也没辙。

吉尔走过去,推开了门闩:"你等着,我会回来。"

"我会等。"

她回到值班室的时候,听到门板已经响起布拉许说过他会使用的暗号,她急忙开门让他进来。

他冲进来,气急败坏地说:"护士,你刚才到底在哪里?我敲了三次。"他怀疑地看了一下内间的门。

"我看到你的患者在睡梦中翻了个身,"她很快撒了个谎,"我进去帮她调整护颈枕。"

"要命,我告诉你只要坐在我的值班台就行!"

吉尔突然知道了,这个人比她自己更害怕——也更有理由害怕。她反击回去:"医生,我帮了你一个忙,"她冷冷地说,"首先,你的患者实际上不归楼层督导负责。但是，既然你将她委托给我，我就必须做你不在的时候似乎必要的事。既然你对我做的事有所质疑，我们就去找院区主任解决这件事。"

"啊？不，不——算了。"

"不行，医生，我不喜欢我的专业行动无缘无故受到质疑。你很清楚，那么老的患者在水床上可能会闷死；我做了必要的事。有些护士会默默承受医生的任何指责，但我不是那样的人。所以，我们还是找主任过来。"

"什么？听我说，博德曼小姐，对不起，我刚才说了冒犯你的话。我刚才太心急了，没有多想就口不择言。我道歉。"

"好的，医生，"吉尔拘谨地回答，"还有什么需要我为你做的吗？"

"呃？没有了，谢谢你。谢谢你帮我顶着。只是……嗯，千万不要向任何人提起，好吗？"

"我不会提起这件事。"你可以信任我不会提起这件事，吉尔在心中补了一句。可是，我现在怎么办呢？噢，我真希望本在城里！她回到自己的值班台，对她的助理点了点头，然后假装在看一些文件。终于，她才想起打电话，请人送来她一开始要找的电动床。然后，她打发助理去查看那个需要电动床的患者（暂时被安置在普通病床上），自己则试着思考。

本到底在哪里？只要能联络到他，她会请同事帮忙照看十分钟，打电话给他，将忧虑的重担转移到他宽阔的肩膀上。可是，本，该死的他，竟然到什么地方逍遥去了，让她接了个烫手山芋。

真的是这样吗？有个令人烦恼的怀疑，在她的潜意识里潜伏晃

095

荡了一整天，终于浮出表面，凝望着她的眼，这次，她也凝望回去：本·卡克斯顿不会就这么出远门，却没让她知道他尝试见火星来客的结果吧。身为同谋，她理应收到报告，而且本做事一向讲道理。

她仿佛听见脑袋里响起他说过的什么话，在他们从黑格斯敦回来的路上："……如果出了什么差错，你就是我的秘密王牌……亲爱的，如果你没听到我的消息，你就要自己想办法了。"

她当时并没认真想，因为她并没有真的相信本可能碰到什么事。这会儿她想了很久，同时努力继续做她分内的工作。每个人在一生中，总是会面临某个时刻，必须决定冒着失去自己"生命、财产及神圣的名誉"的风险，赌一个没有把握的结局。那些未能接受挑战的人，只是长得太大的孩童，不可能真正成熟。吉尔·博德曼遇到了她个人的挑战——并且接受了——就在那天下午三点四十七分，她劝说一个探病的访客，他就是不能带狗到这层楼，即使他设法瞒过了接待员，而且患者就是需要看到这只狗。

吉尔离开之后，火星来客又坐了下来。他没再拿起他们给他的画册，只是等待，勉强可以形容是"耐心"，只因为人类语言没有包含火星人的情绪或态度。他只是维持一动不动，感觉到宁静的快乐，因为他的兄弟说了，他会回来。他准备等待，不做任何事，一动也不动，如有必要可以等上几年。

他没有清楚的概念，不晓得自从他第一次与这个兄弟共饮水后过了多久；这个地方不仅时间与形状有奇怪的扭曲，一连串又一连串的景象、声音、体验对他而言都是新奇陌生的，他还尚未灵悟，更何况他巢里的文化对时间的理解方式与人类不同。这个差异的存在，并不是由于他们的寿命漫长得多（以地球年计算），而是源自根本不同的态度。"你以为还早，其实很迟了"这句话不能用火星语表达——"欲速则不达"也不行，但却是出于不同的原因。前者的概念无法想象，后者则是某种未能表达的火星语基本原则，就像叫鱼去洗澡那样没有必要。但是，"始初如此，现今如此，后来亦如此"这句话很有火星人的心境，翻译起来可能比较容易，难度还不如"二加二等于四"——这句话在火星并不是真理。

史密斯等待着。

布拉许进来察看他；史密斯没有动，布拉许走开了。

经过一段时间，史密斯听到外门传来钥匙转动的声音，他记得自己听过这个声音，在他的水兄弟上次到访之前不久，他听到的就是那个声音，于是他调节自己的新陈代谢，预作准备，事情可能按那样的顺序再次发生。外门一开，吉尔溜进来的时候，他很惊讶，因为他还没察觉那个外门是一扇门。但他立即灵悟到了，就让自己沉浸在喜悦的圆满中，这是只有在自己的巢雏、和自己选择的水兄弟以及（在某些情况下）元老在场的情况下，才会出现的喜悦。

他立刻察觉他的兄弟没有同样充分的感受，这使他的喜悦有点黯然……事实上，他似乎更苦恼，只有因为某种很不体面的欠缺或失败而即将尸解，才可能有那种程度的苦恼。

但史密斯已经学到，这些生物虽然在某些方面与他自己那么相像，却能承受回想起来很可怕的情绪而仍然不死。他的兄弟马穆德每天经历五次精神上的痛苦，不仅没死，还怂恿他也经历这种痛苦，说这是一件需要的事。他的兄弟范特隆普船长有多次无法预料的可怕情绪发作，任何一次这类的发作，以史密斯的标准来看，都应该引起立即的尸解才会结束冲突——然而，据他所知，那位兄弟仍保有血肉之躯。

于是他忽略了吉尔的焦虑。

吉尔交给他一包东西:"给你,把这些穿上。赶快!"

史密斯接受了这包东西,只是站在那里等着。吉尔看着他,说:"噢,哎呀!好吧,把你的衣服脱掉。我会帮你。"

不只是帮助而已,她还必须为他脱衣,然后穿衣。他一直穿着医院的睡衣、浴袍、拖鞋,并不是因为他想要这样穿,而是因为别人让他穿这些。他这时已经可以自己更衣,但在吉尔看来不够快;她很快剥光他。她是护士,而他从来没听过裸体禁忌——就算解释,他也不会懂——并不是这些无关紧要的事拖慢了他们的动作,困难纯粹是机械性质的。吉尔拿着长长的假皮肤套在他腿上,令他觉得愉快又惊讶,但她没给他时间珍惜,为他套上女用长袜之后,她没用吊袜带,而是用胶带粘贴在他的大腿上。她并不是拿自己的护士服给他穿,而是借口说有个表亲要参加化装舞会,向一个高大的同事借了一套。吉尔用护士披肩围住他的颈,想着包覆完整的披肩遮得住大部分的主要与次要性征——至少希望藏得住。穿鞋更困难,因为鞋子不太合脚,即使赤脚,史密斯仍然觉得在这个重力场站立及走动很费劲。

但她终于还是把他全身包起来,在他头上夹了一顶护士帽。"你的头发不是很长,"她焦急地说,"不过短发的女孩子很多,也非这么做不可。"史密斯没有回答,因为他不怎么明白这句话。他试着想让自己的头发变长,但发觉这需要时间。

"好了,"吉尔说,"仔细听着。无论发生什么事,都不要说话。我来说话就好。你了解我说的话吗?"

"不说。我不说话。"

"只要跟着我——我会牵着你的手。别说一个字。但是,如果你知道任何祈祷文,那就祈祷!"

"祈祷?"

"没关系。你只要跟着我,别说话就行。"她打开外间的门,很快查看了一下外面的情况,然后牵着他的手,带他来到走廊上。

似乎没有人特别注意他们。史密斯发现许多造成极端不安的奇异构成,他受到目光无法对焦的影像袭击。他跟跟跄跄,盲目地跟在吉尔身边,眼睛及各种感官的联结几乎断开,这是为了保护自己免受混乱影响。

她领着他来到走廊的尽头,踏上一条斜向的滑道。他差一点摔倒,若不是吉尔抓住他就会跌跤了。有个清洁妇好奇地看着他们,吉尔暗自叫苦——然后非常小心翼翼地协助他避开。他们搭乘升降梯到顶楼,因为吉尔相当确定,她怎么也不可能领着他搭乘弹跳管上去。

到了屋顶,他们遇到了一个重大危机,尽管史密斯并不知道。他正在经历看见天空的强烈喜悦;他上次看到天空还是在火星,他还没看过这里的天空。这片天空明亮、多彩,令人喜悦——现在是典型的阴天,华盛顿灰蒙蒙的白昼。同时,吉尔无助地四处张望,想要找到出租飞车。屋顶几乎没人了,这是她刚才指望的情况,因为与她同时下班的护士,大多数在十五分钟前就已经回家,而下午的访客也离开了。但是那些出租飞车当然也都飞走了。她不敢冒险搭乘飞行巴士,尽管只要等几分钟就会有一班开往她那个方向。

她正打算叫出租飞车,刚好有一辆过来,正准备降落。她问屋顶上的管理员:"杰克!那辆出租飞车有人叫了吗?我需要一辆。"

"大概是我给费普斯医生叫的那一辆。"

"哎呀!杰克,看看你多快能再帮我叫一辆,可以吗?这位是我表妹梅姬——她在南院区工作——她得了严重的喉炎,我想要赶快带她离开,避免吹风。"

管理员犹疑地望向他岗位亭里的电话,搔了搔脑袋:"嗯……既然是你,博德曼小姐,我就让你先搭这一辆,另外叫车给费普斯医生。怎么样?"

"噢,杰克,你真好!不,梅姬,别说话,我谢谢他就行了。她的嗓子完全哑了,我要带她回家,给她服用热朗姆酒。"

"应该行的,老式疗法总是最好的,我妈常常这么说。"他伸手到车内,凭记忆输入前往吉尔家的代码组合,然后扶他们上车。吉尔设法挡在中间,借此掩盖史密斯不熟悉这种常见仪礼的问题:"谢谢,杰克,太感谢了。"

出租飞车升空后,吉尔才终于深吸一口气:"你现在可以说话了。"

"我该说什么?"

"嗯?没事。什么都好。无论你想说什么都行。"

史密斯仔细思考。这句邀请的范围,显然需要一个值得的、适合对兄弟说的答复。他想到了几个,随即丢弃,因为他不知道要怎么翻译,然后决定用一个他自认为翻译得相当不错的句子,即使用这个奇异、平板的语言,还是传达了一些更亲近的兄弟应该会喜欢的暖意:"让我们的卵共享同一巢。"

吉尔显得很吃惊:"啊?你说什么?"

史密斯觉得很苦恼,回应得不得体,他解读为自己这方的失败。他悲哀地领悟到了,一次又一次,他的意图是创造合一的和谐,偏偏却给这些异族生物带来烦乱。他再试一次,重新安排他稀疏的语汇,用稍微不同的方式包裹原来的想法:"我的巢是你的巢,你的巢是我的巢。"

这次吉尔设法挤出微笑。"哎哟,多么贴心!亲爱的,我不确定是不是懂你的意思,但如果我理解得没错,这就是我长久以来收到最美好的提议。"她又说,"但我们此时此刻陷入了深深的麻烦——所以,我们还是先等一阵子再说,好吗?"

吉尔不懂史密斯,史密斯也同样不懂吉尔,但他感受到了水兄弟愉快的心情,也理解这个提议是要等待。等待是他做得完全不费力的事,于是他往后一靠,心满意足,他与兄弟之间一切安好,他开始欣赏风景。这是他第一次从空中看这个地方,每一边都有丰富的新事物可以试着灵悟。他突然想起在家乡时使用的瞬移,那可没办法愉快观察两地之间的事物。这个思绪几乎导致他开始比较火星人与人类的方法,元老们肯定不会赞同,但他的心智自动避开了异端邪说。

吉尔也默不作声,试着厘清自己的思绪。突然间,她发觉出租飞车是要前往她住的公寓,并且飞到了最后一段路——她也同样很快明白,她家是她最不应该去的地方,因为一旦他们弄清楚史密斯如何逃出去,以及谁帮了他,这就是他们第一个会去找的地方。她不会自欺欺人,以为掩盖了自己的行踪。虽然她对警察的各种方法一无所知,但她心想,她肯定在史密斯的房间留下了指纹,更不用说有人看到他们走出去,甚至有可能(她听过这样的事)找技术人员读取这辆飞车的导航磁带,就能确切知道这天飞了哪些行程,以及地点和时间。

她向前伸手按下命令键,清除前往她家公寓的指令。她不知道那样会不会抹掉磁带的记录——但那里可能已经有警察等着,她可不打算自投罗网。

101

出租飞车止住了前进的动作，上升离开交通路线，在空中盘旋。她能去哪里呢？在这个拥挤的城市，到底有哪里能让她藏一个半白痴，甚至不会自己穿衣的成年男人——而且还是全球争抢的目标？噢，要是本在这里就好了！本……你在哪里？

她又伸手拿起电话，虽然没有抱着希望，但还是按了本的号码，以为会听到自动化设备冷淡的声音，请她录音留言。她感觉精神一振，因为有个男声回答……然后又整个垮掉，因为她发现那个声音不是本，而是他的"总管"欧斯柏特·基格伦。"噢，抱歉，基格伦先生，我是吉尔·博德曼。我以为我拨打的是卡克斯顿先生家里的号码。"

"确实是，但如果他离开超过二十四小时，我总是将他家的电话转接到办公室。"

"那么，他还没回来吗？"

"恐怕是。有什么我能效劳的吗？"

"呃，没有。听我说，基格伦先生，本就这样消失，不见人影，不是很奇怪吗？难道你不担心他吗？"

"嗯？我为什么要担心呢？他的信息说了，他不知道自己会离开多久。"

"难道这本身不就相当奇怪吗？"

"博德曼小姐，对于卡克斯顿先生的工作来说，这并不奇怪。"

"嗯……我认为，他这次突然离开，有什么很奇怪的情况！我认为你应该报案。你应该宣传这件事，告诉全国的新闻通讯社——告诉全世界！"

虽然出租飞车的电话没有影像线路，但吉尔能感觉到欧斯柏特·基格伦挺直了身体。"博德曼小姐,恐怕我必须自己解读我雇主的指示。呃……如果你不介意我这么说,每次卡克斯顿先生出差,总是有某个……'好朋友'狂打电话找他。"

某个女子试图抓牢他,吉尔气愤地解读——欧斯柏特这家伙认为我是现任的一个。她原本有半成形的念头,想要请基格伦帮忙,这时只能作罢;她尽快切断通话。

可是,她还能去哪里呢?她的脑海突然浮现了明确的解决方案。如果本失踪了——而且当局插手介入——那么,他们最不可能去找瓦伦丁·史密斯的地方,就会是本的公寓。她修正自己,除非他们将她与本联结起来,她认为他们还没有。

她可以挖掘本的食品贮藏柜,找些东西来吃——她不敢冒险叫人从地下室送食物上来;他们可能知道他出远门了。而且,她可以借几套本的衣服给她的傻孩子穿——最后这点成为决定的关键。她输入指令,前往本的公寓。出租飞车挑出了新的线道,开始前进。

到了本的公寓门口,吉尔将脸凑近大门旁边的语音辨识器,以强调的语气说:"迦太基必须毁灭!"

毫无动静。噢,该死!她急得暗自叫苦,他换了口令。她站在那里好一会儿,双膝发软,转头不让史密斯看到她的脸。然后,她再试一次,对着语音辨识器说话。这是一款"雷神"门锁,同一条语音线路可以启动开门,或是通报主人。她通报自己的身份,试试几乎无望的可能性:本可能已经返家。"本,我是吉尔。"

门滑开了。

他们进去之后,门就关上了。吉尔以为是本开门让他们进去,随即发现是自己误打误撞解开了他新设的门锁……她猜想他是有意殷勤恭维，结合狼的战术。她觉得可以省掉这种恭维，大可避免刚才开不了门时感受到的惊慌。

史密斯静静站在浓密草皮的边缘，看着室内。又是一个新奇陌生的地方，他还不能立即灵悟，但他立刻感觉满意。比起刚才所在的移动空间，这里没有那么刺激，但在许多方面，更适合把自我包围在其中。他兴致盎然地看着一端的观景窗，但不认得这是窗，误以为这是活画，像是他在家乡时看惯的那些……他在贝塞斯达的套房位于比较新的院区，房间没窗，因此他一直没有习得"窗"的概念。

他注意到，"图画"里的景深与运动的模拟完美极了，令他赞赏——肯定是这些人当中某个伟大艺术家的得意创作。他在此之前看到的事物，还没有一样会令他想到这些人也有艺术。这个新体验增加了他对他们的灵悟，也让他产生了好感。

有个动作吸引了他的目光；他一转身，发现他的兄弟除掉了身上的假皮肤，也脱掉了脚上的鞋。

吉尔叹了一口气，站在草地上扭动着脚趾。"哎哟，我的脚好疼！"她一抬头，看到史密斯正在看着她，那种娃娃脸的凝视，奇怪得令人不安，"你自己做做看，如果想试试的话。你会喜爱的。"

他眨了眨眼："怎么做？"

"我老是忘记。过来吧，我会帮你。"她脱掉他脚上的鞋，撕掉固定胶带，帮他脱掉长袜，"行了，是不是感觉很好？"

史密斯踏在清凉的草上，扭动着脚趾，然后怯怯地说："可是，这些是活的吗？"

"当然是活的，是真的活生生的草。本花了好多钱维护成这样。哎呀，光是专用的照明电路，花费就比我一个月赚的钱还要多。所以，走动一下，让你的脚享受这种感觉。"

史密斯听得似懂非懂，但他确实理解了这片草是由活物组成，而且他受到邀请在上面走动。"在活物身上走路吗？"他问，语气带着不敢相信的惊恐。

"嗯？有何不可？又不会伤害这片草，本来就是专门为了居家地毯培养的。"

史密斯不得不提醒自己，水兄弟不可能引导他做出错误的行动。他战战兢兢地接受鼓励，开始走动——然后发觉自己真的很享受，而且这些活物没有抗议。他将自己对这类事物的敏感度尽可能调整到最高。他的兄弟说得对，这是它们存在的意义——让人在上面走。他决定要接纳它，赞美它；这种努力很像一个人类试图欣赏食人的优点——这是史密斯觉得恰当不过的习俗。

吉尔发出一声叹息："嗯，我最好还是别再玩了。我不知道我们在这里能维持多久的安全。"

"安全？"

"我们不能在这里久留，此时此刻，他们可能正在检查每一辆离开中心的运输工具。"她皱着眉头，努力思考。她的地方不行，这个地方不行——本有意带他去找朱伯·哈绍。可是，她不认识哈绍，甚至不确定他住在哪里——本说过，在波科诺山区的某个地方。嗯，她必须试着查明他住在哪里，打电话给他。这是不得已的选择，她没有别的地方可以投靠。

"我的兄弟，你为什么不快乐呢？"

吉尔突然跳脱自己的心情，看着史密斯。唉，这个可怜的婴孩甚至不知道出了什么事！她非常努力从他的观点来看事情。她失败了，但她确实明白他根本不晓得他们正在逃跑……躲避什么？警察吗？医院吗？她不太确定自己做了什么，或是违反了哪些法律；她只知道，她让微不足道的自己掉进坑里，对抗大人物、大老板，也就是决策者的共同意志。

可是，在她自己都不了解的情况下，又要怎么告诉火星来客，他们面临着什么呢？他们在火星有警察吗？有一半的时间，她发现对他说话就像对着接雨水的桶大叫。

天哪，他们在火星有接雨水的桶吗？那里会下雨吗？

"你别管了，"她冷静地说，"我告诉你做什么，你照着做就行。"

"是。"

这是不加以修改、无条件的接受，某种永恒的赞成。吉尔突然有那种感觉，如果她告诉史密斯从窗口跳出去，他会毫不迟疑地跳——他相信她说的是正确的；他会跳，享受二十层楼落差的每一秒，没有惊讶或怨恨，接受撞击瞬间的尸解。他也不会不晓得，从那么高的地方跳下去必死无疑；对死亡的恐惧是他完全不能理解的概念。如果一个水兄弟为他选择了那么奇怪的尸解，他会加以珍惜，试着去灵悟。

"嗯，我们不能站在这里宠爱脚丫子了。我必须准备食物，我必须让你换上不同的服装，我们必须赶快离开。先脱掉身上的衣物。"她转身离开，去查看本的衣橱。

她为他挑选了一套不显眼的西装，适合旅行的低调西装，搭配贝雷帽、衬衫、内衣和鞋，然后回来。史密斯就像困在针织品中的小猫那样缠结得乱七八糟；他尝试听从指示，但这时却有一只手臂被护士服扯住了，脸也包裹在裙子里。他甚至没有先脱下披肩，就想要脱连身裙。

吉尔说："噢，哎呀！"她跑过去帮他。

她帮他解开纠缠的衣物，看着脱下来的东西，决定通通塞进垃圾输送管……以防万一，损失护士服，她可以赔偿同事，但她不想让警察发现。"可是，好家伙，你要先洗澡，我才好帮你穿上本的干净衣服。他们疏忽了你。来吧。"身为护士，她适应了难闻的气味，但（身为护士）她对肥皂和水有狂热的迷恋……而且她觉得最近似乎没有人费事为这患者洗澡。虽然史密斯倒没有真的发臭，但令她联想到大热天的马匹，必须用肥皂水处理。

他看着她把水注入浴缸，充满欣喜。医院套房的浴室有浴缸，但史密斯不知道里面可以装水。他们只在床边帮他擦澡，而且也没有很多次；他的恍惚抽离造成了妨碍。

吉尔试了试水温："行了，爬进去。"

史密斯没有动，反而显得很困惑。

"赶快！"吉尔厉声说，"进水里去。"

她用的词确实都属于他知道的人类语汇，史密斯照她的命令做，情绪激动得全身发抖。这个兄弟要他全身都进入生命之水，他从来不曾碰到这样的荣幸；据他所知所信，从来不曾有谁获得如此神圣的荣幸。然而，他也开始了解，这些异族确实更熟识生命的要素……这是他还不能灵悟，但必须接受的事实。

他伸出一只颤抖的脚，踏进水里，再伸出另一只脚……然后慢慢往下滑进浴缸，直到水完全淹没了他。

"喂！"吉尔叫了一声，伸手将他的头肩拉到水面上——随即震惊不已，觉得好像在处理一具尸体。老天爷！他不可能溺水，就那么短的时间。但这把她吓坏了，她用力摇晃他："史密斯！快醒醒！振作起来。"

史密斯听到远处传来兄弟的呼唤，于是返回原来的地方。他的眼睛不再无神，心跳慢慢加速，也逐渐恢复呼吸。"你还好吗？"吉尔追问。

"我很好。我很快乐……我的兄弟。"

"你真的吓坏我了。听着，别再钻到水下，像现在这样坐着就好。"

"是的，我的兄弟。"史密斯又说了一些话，吉尔听不懂那种奇怪的嘎嘎声，然后他掬起一把水，仿佛捧着珍贵的珠宝，举到自己唇边，用嘴碰触了水，然后捧着伸向吉尔。

"喂，别喝你的洗澡水！不，我也不要。"

"不喝？"

看到他那么无助受伤的表情，吉尔又不知如何是好了。她犹豫了一下，然后低下头，做个样子让嘴唇碰触他递来的水："谢谢。"

"愿你永不干渴！"

"我也希望你永远不渴。可是，这样够了。如果你想喝水，我会拿水给你，但别再喝这里的水。"

史密斯似乎心满意足，只是安静地坐着。这时候，吉尔确信他从来没用浴缸洗过澡，也不知道自己应该怎么做。她考量着这个问题。她当然可以慢慢教他……但他们已经在损失宝贵的时间。也许她应该先别管他脏不脏。

唉，罢了！这种情况不像照料精神失常的患者那么糟。为了把史密斯捞出来，她已经弄湿上衣，几乎浸到肩部；她脱掉上衣，挂了起来。带着史密斯逃离医疗中心的时候，她穿着上街的服装，及膝的小褶裙。她本来还穿着短外套，刚才脱下来挂在起居室了。她看了裙子一眼。虽然能保证不变形，但弄湿裙子也不明智。她耸了耸肩，解开拉链，脱了下来；这样一来，她身上只有胸罩和内裤了。

吉尔看着史密斯。他盯着她看，眼神像婴儿那样纯真而感兴趣。她不由得涨红了脸，却又觉得讶异，因为她不晓得自己还可能脸红。她相信自己没有病态的羞耻感，而且在适当的时间与地点，她不会反对裸体——她突然想起，她十五岁就第一次参加裸泳派对。可是，大男人用这种童稚眼光盯着她，却很令她不安。她决定忍受沾在身上的湿内衣，也不要做显然符合逻辑的事。

她用热心掩饰自己的不安："我们赶快刷洗这一身皮。"她蹲在浴缸旁边，在他身上喷洒皂液，然后搓出泡沫。

不久，史密斯伸手碰了她的右乳。吉尔急忙退后，差一点甩掉喷洒器："喂！不准做这种事！"

他的模样仿佛她甩了他一巴掌。"不行吗？"他悲惨兮兮地说。

"不行。"她语气坚定地确认。她看着他的脸，又温柔地说："没事，只是我正在忙的时候，别用这种事让我分心。"

他没再做什么放肆的事，吉尔缩短洗澡的时间，放掉浴缸的水，让他站着，把他身上的肥皂泡沫冲洗干净。然后，她开暖风吹干他，同时穿上自己的衣服，有一种松了口气的感觉。起先，暖风把他吓了一跳，他开始颤抖，但她告诉他不要怕，叫他抓着浴缸的扶手杆，在他烘干身体的同时，她穿好自己的衣服。

她扶着他踏出浴缸："行了，你的气味好多了，我敢打赌你感觉好多了。"

"感觉好。"

"好，我们给你穿衣服吧。"她领着他走进本的卧室，她刚才挑好的衣服放在那里。可是，她还没来得及讲解、示范，或是协助他穿短裤，就差点吓掉了魂。

"里面的，开门！"

吉尔扔下短裤。她惊吓得几乎不知该如何是好，惊慌得就像手术进行到一半，患者的呼吸突然停止，血压下降。但是，她在手术室的历练帮上了忙。他们真的知道有人在里面吗？是的，他们肯定知道——否则他们根本不会来这里。那辆该死的机器人出租飞车肯定泄露了她的行踪。

那么，她该去应门吗？或是干脆装死？

透过对讲机的喊叫声又响了一次。她悄声对史密斯说："留在这里！"然后走进起居室。"谁呀？"她喊着，尽可能保持镇定的声音。

"依法要求你开门！"

"依法要求我开门？别闹了。告诉我你是谁，要做什么，我要打电话叫警察了。"

"我们就是警察。你是吉莉安·博德曼吗？"

"我？当然不是。我是菲莉丝·欧图尔，我在这里等卡克斯顿先生回家。你们最好现在就离开，因为我要打电话叫警察，通报入侵私宅。"

"博德曼小姐，我们有令状要逮捕你。马上开门，否则会有你好受的。"

"我不是你的'博德曼小姐'，我要叫警察了！"

那个声音没有回答。吉尔等着，吞咽着口水。不久，她感觉有热气迎面而来。门锁周围的一小块区域开始发出红光，然后变成白光；有东西嘎吱作响，门滑开了。两个男人在那里，其中一个走了进来，对着吉尔咧嘴一笑，说："就是这个漂亮姑娘，没错。詹森，到处看一看，把他找出来。"

"好的，柏奎斯特先生。"

吉尔想要阻挡那个人。那个叫作詹森的人，体重是她的两倍，一只手抓住她的肩膀，把她推到旁边，继续走向卧室。吉尔尖声说："你的令状在哪里？拿你的证件出来看看——这是严重的不法行为！"

柏奎斯特用安抚的语气说："甜心，别找麻烦，我们其实不要你，我们只要他。规矩一点，他们可能不会太为难你。"

她踢向他的胫部。他机灵地退后一步，还好他这么做了，因为吉尔仍然赤脚。"很淘气哟！"他责备她，"詹森！你找到他了吗？"

"柏奎斯特先生，他在这里，全身光溜溜。猜三次，他们正打算做什么。"

"别管那个了，带他过来。"

詹森再次出现，把史密斯推在前面走，扭着他的一只臂膀，扳到背后，用这种方式控制他："他不想过来。"

"不想来也得来！"

吉尔从柏奎斯特身边钻过去，整个人扑向詹森。他腾出一只手，把她拍到旁边："别来这套，你这个小荡妇！"

詹森不应该打她。他打她并没有下重手，根本比不上他打老婆（在他老婆跑回娘家之前）的程度，更比不上他打犯人（往往不愿意

111

招供）那么重。在这之前，史密斯完全没有表情，也一直没说话；他只是让自己被押进房间，被动、徒劳地抵抗着，像一只不想被套着牵绳遛的幼犬。他还不了解发生了什么，也还没试着去做什么。

这时，他看到他的水兄弟被这个外人攻击，于是迅速转身，甩掉控制——用一种奇怪的方式伸手抓向詹森。

詹森不在那里了。

他不在任何地方。这个空间没有他了。只有他的大脚刚才所在的地方，压弯的小草逐渐直立起来，显示他曾经在那里。吉尔瞪大眼睛看着他刚才占据的空间，感觉自己可能要晕倒了。

柏奎斯特闭上了嘴，再次张开，嗓音嘶哑地说："你对他做了什么？"他看着吉尔，而不是看史密斯。

"我？我什么都没做。"

"别给我来这套。到底是什么把戏？你有个暗门或是什么吗？"

"他去了哪里？"

柏奎斯特舔舔嘴唇。"我不知道。"他从外套底下拿出一把枪，"但不要试图对我用你的什么把戏。你留在这里——我要带他走。"

史密斯再次陷入了刚才被动等待的态度。他不明白这一切到底是怎么回事，只是做了他不得不做的最低限度。但他以前见过枪，去火星的人曾经拿在手上，此时，有一件这样的事物对着她，吉尔脸上的表情，他实在不喜欢。他灵悟到了，这是成长过程中的关键分界线之一，在这里，沉思必须产生正确的行动，才会有进一步的成长。他采取了行动。

元老们把他教得很好。他走向柏奎斯特，那把枪转向他。然而，他伸手出去——柏奎斯特不在那里了。史密斯转身看着他的兄弟。

吉尔以手掩口，尖叫起来。

史密斯脸上的表情一片茫然。他明白了，刚才在分界线时肯定选择了错误的行动，这时，一切变得悲惨凄凉。他用恳求的眼神看着吉尔，开始颤抖。他的眼睛往上翻，身体慢慢滑到草地上，紧缩成胎儿姿势的球形，然后就一动不动了。

吉尔迅速切断自己的歇斯底里，就像拨动开关似的。这种改变是经过训练的反射：这里有患者需要她。她没有时间管自己的情绪，根本没有时间担心或猜想刚才消失的那两个男人。她跪下来检查史密斯。

她察觉不到呼吸，也摸不到脉搏；她侧着头，耳朵贴着他的肋骨。她起初以为他的心脏功能完全停止了，可是，过了一段时间，她听到一声微弱的心跳，四五秒后又一声。

这种情况令她联想到一类精神分裂的抽离，但她从来没看过那么深的恍惚，即使是催眠麻醉的课堂示范也没有。她听说过这类很像死亡的状态，有些东印度苦行僧做得到，但她从来不曾真正相信那些报告。

通常，她不会尝试唤醒陷入这种状态的患者，而是会立刻叫医生。但眼下并不是通常的情况。刚才几分钟发生的事件，非但没有动摇她的决心，反而令她更坚定，绝对不能让史密斯落回当局手里。但她努力了十分钟，试过了她知道的一切，不得不接受事实，用她手边能用的方法，无法在不伤到患者的情况下唤醒他——也许甚至伤了他还是唤不醒，就连刺激肘部的敏感神经也没有反应。

在本的卧室，她找到一个饱受摧残的航空行李箱，比一般的手提登机箱大多了，但又没有长途旅行的皮箱那么大。她打开箱子，发现里面塞满东西，有语音文书机、盥洗用品包、一整套男士服装，以及忙碌的记者突然出差时可能需要的各种物品——甚至有个带许可证的音频链接，让他无论在哪里都能接入电话服务。吉尔想了一下，仅仅这个打包好的行李箱就是强力的证明，本不在并不是基格伦认为的那样，但她没有浪费时间想这件事。她只是把行李箱清空，然后拖进起居室。

史密斯比她重，但因为经常需要应付身材是自己两倍大的患者，她的肌肉被训练得能够把他挪进那个行李箱。然后，她不得不把他稍微再折起来一些，箱子才关得上。他的肌肉抗拒用力，但只要稳定施加轻柔的压力，他就可以像油灰那样改变姿势。她先拿了几件本的衣服垫着角落，才把他关起来。她想刺穿几个通风孔，但材质是玻璃，坚韧得像外乡地主的心。她判断，既然他的呼吸那么浅，而且代谢率降到最低，应该不会很快窒息。

打包起来的行李箱很重，她用尽两只手的力气也几乎提不起来。还好行李箱配备了"红盖"脚轮，否则她根本不可能搬动。轮子在本的草毯上划了两道丑丑的疤痕，她才把箱子弄到小小的入口处光滑的嵌木地板上。

她不想冒险再叫另一辆出租飞车，所以她没去屋顶的大厅，而是选择从地下室的事务门出去。那里空荡荡的，只有一个年轻人正在检查送来厨房的货物。他慢慢移到旁边，好让她把行李箱滚到外面的人行道上："嘿，妹子，你那个大箱子里装了什么？"

"尸体。"她凶巴巴地回答。他耸了耸肩。

"问出愚蠢的问题只会得到愚蠢的答复，我该学到教训。"

第二部

离谱的遗产

第 9 章

　　从太阳往外数的第三颗行星处于正常状态。今天比昨天多了二十三万人类灵魂，但在五十亿地球人中，这种微小的增加并不显著。身为联邦准会员国的南非王国，再次由于迫害白人少数群体而被传唤到高等法院。女性时尚界的领袖们齐聚里约，举行郑重的秘密会议，裁定了衣服的下摆线往下移，这样肚脐就能再次被遮起来。三座联邦防御站高挂天空，转得悄无声息，要是有谁胆敢打扰这颗行星的安宁，就会立即死亡。商业太空站转得不怎么悄无声息，打扰了这颗行星的安宁，没完没了地持续宣传各种商品。在哈德逊湾海岸安置下来的活动屋，比去年同期迁移的多了五十万套；联邦议会宣布华南水稻带成为紧急营养不良区域，同时，人称"世界第一富婆"的辛西娅公爵夫人，付钱给第六任丈夫，打发他走。一切如常。
　　新启示教会（福斯特教）最高主教丹尼尔·迪格比博士牧师宣布，他已经提名阿兹瑞尔天使来领导联邦参议员托马斯布恩，他希望今天某个时候上天会确认他的选择。各家新闻通讯社对这项内容都以新闻照的形式发布，因为福斯特教徒近年来破坏了太多家报社。哈利森·坎伯六世夫妇喜得麟儿,有了继承人,代理孕母在辛辛那提市儿童医院生产,而幸福的父母正在秘鲁度假。耶鲁神学院的休闲艺术教授何瑞斯·奎肯布许博士发出一份激动人心的号召,呼吁重返信仰,并且培养属灵的价值观;有一件赌球丑闻涉及西点军校足球队半数的常任职业球员,还有场边教练;在多伦多,三名细菌战化学家由于被推断为情绪不稳定而停职——三人都宣布要上诉,如有必要就一路上诉到联邦高等法院。高等法院推翻了一件美国最高法院的裁决,是莱斯柏对密苏里州的案例,涉及联邦议员初选的投票资格。

自由世界联邦秘书长,乔瑟夫·埃格顿·道格拉斯阁下,胃口不佳地吃着早餐炒蛋,烦躁地纳闷儿着,这年头,一个男人怎么连杯像样的咖啡都弄不到。在他面前的是上夜班的情报人员准备的晨间报纸,文字以他的理想阅读速度掠过眼前,用的是史帕里公司定制的反馈式主管扫描机。只要他看着那个方向,文字就会流动前进;如果他转头看别处,机器就会记下位置,立即停止。

他此时看着那个方向,投射的印刷字体沿着屏幕移动,但他其实没在阅读,只是借此避开餐桌另一端"老大"的目光。道格拉斯夫人不看报,对于她需要知悉的事,她有其他的消息渠道。

"乔瑟夫……"

他抬起头来,机器就停了:"亲爱的,怎么了?"

"你有心事。"

"嗯?亲爱的,你为何这么说呢?"

"乔瑟夫!我守着你、照料你,织补你的袜子,解决你的麻烦,这三十五年可不是白做的。你心里有事的时候,我会知道。"

活见鬼了,他暗自承认,她真的知道。他看着她,纳闷儿当年为什么会让她霸道地胁迫他签下无期限的合同。起初，她只是他的秘书，回想当年（他认为是"美好的旧日时光"），他还是州议员，勤跑基层争取个人选票。他们的第一份合同是简单的九十天同居协议，想必是因为竞选经费不足，只好节省旅馆账单；两人一致认为那样做只是图个方便，对"同居"的理解只是单纯生活在一个屋檐下……更何况她当年也不曾织补他的袜子！

他努力回想情况怎么会改变，又是什么时候改变的。道格拉斯夫人的官方传记《跟随伟人：一个妇人的故事》说，他向她求婚，是在他第一次竞选公职的计票期间——这就是他需要的浪漫，除了老式的、生死与共的婚姻之外，别无他法。嗯，他记得的不是那样——但是，与官方版本争论根本没用。

"乔瑟夫！回答我！"

"嗯？没什么，亲爱的。我昨晚没睡好。"

"我知道你没睡好。他们半夜叫醒你，你以为我不知道吗？"

他心想，她的套房在官邸的另一边，与他的套房相隔至少五十码："亲爱的，你怎么知道？"

"啊？当然是女人的直觉。布雷德利带了什么消息给你？"

"拜托，亲爱的——我必须先读完晨间新闻，准备议事会。"

"乔瑟夫·埃格顿·道格拉斯，别想逃避我的问题。"

他叹了一口气："事实是，史密斯那个家伙不见了。"

"史密斯？你说的是火星来客吗？你说'不见了'是什么意思？太离谱了。"

"不管怎么样，亲爱的，他就是不见了。他从医院病房消失了，昨天傍晚的事。"

119

"荒唐！他怎么可能做到呢？"

"显然是打扮成护士，我们不确定。"

"可是……算了。他不见了，这才是主要的问题。你要用什么糊涂方案把他找回来？"

"嗯，有几个我们自己的人在找他。当然是信得过的人。柏奎斯特……"

"柏奎斯特！那个垃圾脑袋！这时候你应该叫特勤局的每个警官，甚至查逃学的训导员去找，你却派了柏奎斯特！"

"可是，亲爱的，你没有明白这个情况。我们不能这么做。在官方立场，他根本没有失踪。你明白，还有——嗯，另一个家伙。那个，呃，'官方版'火星来客。"

"哦……"她的手指轻敲桌面，"我对你说过，替代方案会给我们惹麻烦。"

"可是，亲爱的，当初是你提议的。"

"我才没有。还有，不要反驳我。嗯……派人去找柏奎斯特。我必须马上跟他谈谈。"

"这个，柏奎斯特出去追踪。他还没回报。"

"啊？柏奎斯特此时可能已经在赶往尚吉巴的半路上。他出卖了我们，我从不曾信任那个人。你用他的时候，我就告诉你……"

"我用他的时候？"

"别打岔！……会两边拿钱的人，要拿第三方的钱也同样快。"她皱了皱眉，"乔瑟夫，东方联盟在背后搞鬼。这是符合逻辑的必然发生的事。可能今天还没过完，就有人在议会提起信任投票。"

"嗯？我不明白为什么。没有人知道这件事。"

"噢,老天爷!每个人迟早都会知道,东方联盟就会设法做到。先安静,让我想想。"

道格拉斯闭上嘴,继续看报。他读到洛杉矶市郡议会投票表决向联邦请愿,要求就其雾霾问题提供援助,理由是卫生部未能提供这项或那项措施,是什么倒无关紧要——但必须抛出一点小惠安抚他们,因为福斯特教徒如果派出自己的候选人,查理要连任就会是艰苦的选战——他需要查理。盈月企业收盘跌了两点,他判断,可能是因为……

"乔瑟夫。"

"亲爱的,什么事?"

"我们自己的'火星来客'是唯一真品,东方联盟推出来的那个就是冒牌货。必须这么办!"

"可是,亲爱的,我们撑不住呀。"

"你说'撑不住'是什么意思?我们卡住了,所以我们必须撑住。"

"但我们撑不住,科学家会立刻发现那是替代品。这段时间,为了不让他们接近他,我费了好大的劲。"

"科学家!"

"但他们可以,你知道的。"

"我才不知道这种事。还科学家呢!半是猜测的工作,半是纯粹的迷信。应该把他们关起来,应该立法禁止他们的工作。乔瑟夫,我再三告诉你,唯一真正的科学是占星术。"

"嗯,亲爱的,我不知道。请注意,我不是在诋毁占星术……"

"你最好不要!想想占星术为你做的一切。"

"……但我只是想说，这些科学教授当中有几个相当聪明。前几天，其中一个告诉我，有一颗恒星，比铅重六千倍，还是六万倍呢？我想想看……"

"胡扯！他们怎么可能知道那种事？安静，乔瑟夫，等我讲完这个。我们什么都不承认，只管咬定他们的人是冒牌货。但与此同时，充分利用我们的特勤人马，赶在东方联盟揭露这个消息之前，尽可能把他抓回来。如果有必要采取强有力的措施，而这个姓史密斯的人受到枪击，由于拒捕或是什么类似的事，嗯，那就太遗憾了，但我不会哀悼很久。他一直是个麻烦。"

"艾格妮丝！你知道你在暗示什么吗？"

"我不是在暗示什么。每天都有人受伤。乔瑟夫，为了每一个人，必须解决这件事。最多数人的最大利益，是你喜欢引述的话。"

"我可不想看到那个小伙子受伤。"

"谁说过要伤害他？但你必须采取坚定的措施，乔瑟夫，这是你的职责。历史将会证明你做得对。要为五十亿人保持事物平稳运作，还是因为心软而感情用事对待一个人，他还甚至称不上是公民，不是吗？哪一件更重要呢？"

道格拉斯没有回答，道格拉斯夫人站了起来："嗯，乔瑟夫，我可不能浪费早上剩下的时间跟你争论不可捉摸的事；我必须立刻找到维桑夫人，请她针对这场紧急情况计算新的天宫图。但我可以告诉你这一点：我付出了生命中最好的年华，把你推上今天的地位，可不能让你由于缺乏脊梁骨而白白丢掉。擦掉你下巴上的蛋渣。"她转身离开。

这颗行星的行政首长留在餐桌边，喝完两杯咖啡之后，他才感觉有精神去议事厅。可怜的艾格妮丝！那么雄心勃勃。他猜想，她对他相当失望……而且，毫无疑问，生活的改变也没让她的日子轻松一些。嗯，至少她忠诚，彻底为了他……我们都有各自的缺点；他受不了她，她可能同样厌倦了他——想这个没有意义！

他挺直身子。唯有一件绝对肯定的事！——他可不打算让他们粗暴地对待史密斯那小子。他是个麻烦，没错，但他是乖巧的小伙子，他那无助的呆样相当讨人怜爱。艾格妮丝应该看看他有多么容易受惊吓，她就不会那样说了。史密斯会唤起她内在的母性。

可是，以严格的事实来看，艾格妮丝的内心有任何"母性"吗？当她那样绷着脸的时候，实在很难看得出来。噢，啧，凡是女人都有母性的本能——科学证明了这一点。嗯，难道不是吗？

无论如何，不管她该死的直觉，他才不会任凭她摆布。她经常提醒他，是她将他推上最高的地位，但他清楚得很……这是他的责任，是他一个人的。他站了起来，挺直肩膀，把肚子缩进去一些，前往议事厅。

在漫长的会议中，他一直担心有谁要为难他。但没有人发难，也没有哪个助手带任何消息进来给他。他不得不推论，史密斯失踪的这件事还没走漏风声，虽然不太可能，但真的只有他自己的幕僚知道。

秘书长非常想要闭上眼睛，希望这糟透的烂摊子会整个消失，但情况不会允许。他太太也不会允许。

艾格妮丝·道格拉斯自己最崇拜的人是伊娃·贝隆，她觉得自己很像她。她自己的角色，她对世人展示的面具，就是协助者与追随者，辅佐她有幸称其为丈夫的伟人。她甚至自己戴上这个面具，因为她有红桃皇后喜欢自欺欺人的能力，相信自己希望相信的任何事。然而，她自己的政治理念本可直言不讳（从来不曾明言），相信男人应该统治世界，女人应该统治男人。

她从不曾想过的是，她所有的信念与行动，都起源于某种盲目的愤怒，怨恨命运使她生为女性……她更不可能相信，她的行为可能是出于她父亲希望有个儿子……或是她自己对母亲的嫉妒。这类邪恶的想法从不曾进入她的脑袋。她爱父母，每逢适当的场合，总在父母墓前供上鲜花；她爱丈夫，经常公开这么说；她以身为女人为荣，几乎同样经常公开这么说——她经常同时提到这两件事。

火星来客失踪的案件，艾格妮丝·道格拉斯没有等到她丈夫采取行动。她丈夫所有的幕僚都很乐意接受她的命令，就像接受他的命令……在某些情况下，甚至更乐意。她派人去找主管公民信息的执行助理，叫来道格拉斯先生的新闻发言人，然后将注意力转到最紧急的措施，也就是取得最新的天宫图计算。她在行政宫的套房有一条加密的私人专线，连接到维桑夫人的工作室，占星师和蔼的胖脸与精明的眼睛几乎立即显示在屏幕上："艾格妮丝？亲爱的，怎么回事？我现在有客人。"

"你的线路加密了吗？"

"当然。"

"立刻把客人打发走，有紧急情况。"

埃丽珊德拉·维桑夫人咬了咬唇，但表情没有其他变化，语气也没有显露为难："当然，请稍候。"她的面容从屏幕上消失，换成"等候"信号。有人进入房间，站在道格拉斯夫人的桌侧等候；她转过头，看到那人是詹姆士·桑弗思，她刚才派人去找的新闻发言人。

"你有柏奎斯特的消息吗？"她劈头就问，没有客套。

"嗯？那个不是我在处理，是麦克雷里的事。"

她没理会这不相关的事："你必须先破坏他的名声，别等到他开口。"

"什么？你认为柏奎斯特出卖了我们吗？"

"别太天真了。在你用他之前，你应该先找我商量。"

"我又没用他，那是麦克雷里的工作。"

"你应该要掌握情况。我……"维桑夫人的脸回到屏幕上，"去那边坐着，"道格拉斯夫人对桑弗思说，"等一会儿，"她转头回来看屏幕，"亲爱的埃丽，我要乔瑟夫和我自己最新的天宫图，你赶快算出来，越快越好。"

"好的，"占星师犹豫了一下，"亲爱的，如果你愿意对我透露一些这个紧急状况的性质，我可以给你提供更多帮助。"

道格拉斯夫人咚咚敲着桌面："你其实没有必要知道，对吧？"

"当然不必。若是拥有必要的严格训练、数学技能及星象知识，任何人都能计算天宫图，只需要知道对象出生的确切时辰与地点。亲爱的，你知道这一点。你自己都能学着做……只是你那么忙。但请记得：星象会有影响，但不会迫使事情发生，你享有自由意志。如果我要做极其详细且困难的分析，以期在危机当中为你提供建议，我必须知道要看什么宫位。我们最关心的是金星的影响吗？或者可能还有火星呢？或者会不会是……"

道格拉斯夫人决定了。"用火星，"她打岔说，"埃丽，我要你计算第三份天宫图。"

"好，谁的？"

"嗯……埃丽，我能信任你吗？"

维桑夫人好像受了委屈。"艾格妮丝，如果你不信任我，最好还是别找我咨询。还有其他人能给你科学的解读，不是只有我在研习这门古代知识。据我了解，冯克劳瑟梅耶教授的风评很好，即使他有时候很容易……"她越说越小声，最后听不见了。

"拜托，拜托！我当然信任你！我不会让别人为我做计算。现在，仔细听。你那边没有别人听得到吧？"

"当然没有，亲爱的。"

"我想要你计算瓦伦丁·迈克尔·史密斯的天宫图。"

"瓦伦丁·迈……火星来客吗？"

"是，是的，埃丽，他被绑架了。我们必须找到他。"

伏案工作了大约两小时，埃丽珊德拉·维桑夫人把自己推离桌面，叹了一口气。她已经请秘书取消所有的预约，而且真的努力了。她面前有几张写满图表及数字的纸，还有一本书页折角、几乎翻烂的航海天文历，都证明了她的努力。埃丽珊德拉·维桑与某些从业占星师的不同之处在于她真的确实尝试计算各个天体的"影响"，她使用她的亡夫西门教授当年送给她的平装书《决疑占星术的奥秘科学与所罗门王之石的密钥》，西门生前是知名的心灵感应者，登台表演的催眠师与幻术家，也是秘术研究者。

她信任这本书，就像信任丈夫一样；说到计算天宫图，没有谁能像西门那样，在他没醉的时候——有一半的时间，他根本不必查书，他太熟了。她知道，她永远也不会有那种程度的技能，所以她总是查阅历书，参照手册。有时候，她的计算有一点模糊，由于同样的原因，她的支票簿有时候也没有平衡；贝琪·维希（她年少时的姓名）从来不曾真正熟习乘法表，她经常搞混七与九。

即便如此，她计算的天宫图仍然相当令人满意，在她的顾客当中，道格拉斯夫人不是唯一的显贵。

但这次，秘书长夫人要求她计算火星来客的天宫图，她却有一点惊慌。她想起以前有过同样的感觉，有一次，就在教授要问她问题之前，观众里有个好管闲事的白痴，坚持要重新绑好她的眼罩。但是，很久以前，早在童年时期，她就发现自己有天生的舞台风范，而且有找到正确答案的内在天赋。她曾经压抑惊慌，继续演出。

这时，她要求艾格妮丝提供火星来客精确的出生日期、时间及地点，相当确定对方不可能提供这么详细的数据。

可对方真的提供了这项信息，而且极为精确，只经过短暂的延迟，就从"使者号"的日志里提取出来。这时候，她已经不惊慌了，只是记下了信息，并且答应将这几份天宫图准备好后，立刻回电。

此刻，经过两小时痛苦的算术之后，虽然完成了道格拉斯先生与夫人的新发现，她对史密斯却毫无进展，还是跟刚开始的时候差不多。麻烦很简单，而且无法克服——史密斯的出生地点不在地球上。

她的占星宝典没有考量到人类在别的地方出生的概念；匿名作者早已亡故，没有活到人类发射第一枚火箭到月球的时候。她努力寻找符合逻辑的出路，想要摆脱这个困境，前提是所有的原则都在她的手册里，而她必须做的就是找到修正横向位移的方法。但她发现自己迷失在一大团不熟悉的相对关系中；再深思细想时，她甚至不确定，从火星看出去，黄道十二宫是不是一样……要是没有黄道十二宫，还有可能怎么办呢？

她大可试着去开立方根，当年就是这个障碍导致她辍学。

她从书桌最底下的抽屉取出提神液，备在手边应付这类困难时刻。她很快服了一剂，量出第二剂，并且仔细思考，倘若是西门，他会怎么做。过了一会儿，她可以听到他平稳、镇定的声音："自信点儿，小姐，自信！你对自己有信心，那些乡民就会对你有信心。你欠他们的。"

她现在感觉好多了，开始写出道格拉斯夫妇这两份天宫图的结果。完成这部分之后，写出史密斯的那一份原来也不难，而且她发现，正如她向来的经验，纸上的文字证明了自己——都是如此美妙的真理！

她正要完成的时候，艾格妮丝·道格拉斯又打电话来："埃丽，你还没完成吗？"

"刚刚完成，"维桑夫人回答，语气里洋溢着自信，"当然，你明白，那个年轻人史密斯的天宫图，呈现的是不寻常而且很困难的科学问题。由于他的出生地在另一颗行星，每个相位与态势都必须重新计算。太阳的影响减弱，月的影响几乎完全消失，木星被抛进某种新奇，或许我应该说'独特'的相位，我确信你会明白。这就需要计算……"

"埃丽！别管那个了。你知道答案吗？"

"当然。"

"噢，感谢老天！我还以为，也许你是想告诉我，这件事对你来说太难了。"

维桑夫人露出尊严受伤的表情，也真心有这种感觉："亲爱的，这门'科学'永远不变，只有行星位置会变。这种方法曾经预测基督降生的确切瞬间与地点，告诉恺撒大帝他会死亡的时刻与方式……现在又怎么可能失败？真理就是真理，恒常不变。"

"当然是。"

"你准备接受解读了吗？"

"我先打开'录音'……请说。"

"好的，艾格妮丝，这是你生命中一段最关键的时期；星象配置达到这么强的组合，在此之前只有两次。最重要的是，你必须镇静，不能仓促，而且要把事情想清楚。整体而言，这些征兆对你有利……前提是你不要对抗，并且避免思虑不周的行动。切勿让你的心思受到表面迹象的困扰……"她继续详细解说，给出良好的建议。贝琪·维希一向提供良好的建议，而且有相当大的说服力，因为她一向相信。她从西门身上学到，即使在星象看来最黑暗的时候，总是有某种方法可以缓和打击，某个相位会引导顾客走向更幸福的目标……但愿她能找到它，指出它。

对面屏幕上原本紧张的脸冷静下来，开始点头，对她提出的观点表示同意。"所以你看，"她总结说，"年轻的史密斯此时只是暂时不在，这并不是坏事，而是必然，是你们三份天宫图的共同影响产生的结果。切勿担忧，也无须害怕；他会回来——或者你会听到他的消息——不久就会。重要的是，在此之前，千万不要采取激烈或无可挽回的行动。要冷静。"

"好，我明白了。"

"还有一点。金星的相位最有利，而且主导优势可能超过火星的相位。在此情况下，金星当然象征你自己，但火星代表你的丈夫，也代表年轻的史密斯——由于他出生时的独特环境。这就将某种双重负担加在你身上，你必须奋起应付挑战；你必须展现冷静的智慧与克制，尤其是女人独有的这些特质。你必须鼓励你的丈夫，引导他通过这次危机，并且抚慰他。你必须供应地球母亲平静的智慧泉井。这是你的特殊天赋……现在是你必须运用的时候。"

道格拉斯夫人叹了一口气："埃丽，你简直太神奇了！我不知道如何感谢你。"

"不要谢我。感谢古代的大师,我只是卑微的学习者。"

"我没办法谢谢他们,所以我会谢谢你。这不算在你的酬金里,埃丽,我会另外给谢礼。"

"完全没有必要,艾格妮丝,为你效劳是我的荣幸。"

"感谢服务则是我的荣幸。不,埃丽,别再说了!"

维桑夫人接受了她的好意,然后切断通话,感觉很满足,因为给了对方一份自己就是知道一定对的解读。可怜的艾格妮丝!内心是那么好的女人……却又那么扭曲,缠夹着互相冲突的欲望。她很荣幸能稍微排除她路上的障碍,稍微减轻她沉重的负担。帮到艾格妮丝,让她感觉很好。

受到秘书长夫人几乎平等的对待,也让维桑夫人感觉很好,虽然她并没有那样想,因为她内心并不势利。但少女时期的贝琪·维希实在太无足轻重,管区委员虽然注意到她的胸围,却永远记不得她的名字。贝琪·维希并没有因此怨恨;贝琪喜欢人。她现在喜欢艾格妮丝·道格拉斯。

贝琪·维希喜欢每一个人。

她多坐了一会儿,享受着温暖的喜悦以及压力缓解的轻松,又多喝了一小口提神液,同时,她精明干练的大脑整理着刚才拾得的蛛丝马迹。不久,她下意识地做出决定,打电话给她的股票经纪人,指示他卖空盈月企业。

他哼了一声:"埃丽,你疯了,那个减肥饮食法正在削弱你的心智。"

"你听我说,埃德,下跌十点的时候,即使还在掉,也要帮我补仓。等着转向,反弹三点的时候,再次买进……然后,回到今天的收盘价再卖。"

他看着她,沉默良久。"埃丽,你知道什么消息,告诉埃德大叔。"

"埃德,星象告诉我的。"

埃德骂了一句天文学上不可能的事,又说:"行,你不说就算了。嗯……碰到邪门歪道的赌局,我一向没有足够的理智避开。埃丽,如果我跟进,你介意吗?"

"完全不会,埃德,只要你别胃口大得引人注目就行。这是一个微妙的特殊情况,土星正在室女座与狮子座之间摇摆。"

"埃丽,随便你说。"

道格拉斯夫人立刻忙碌起来,很高兴埃丽确认了她的各项判断。针对失踪的柏奎斯特,她派人取来他的档案卷宗,仔细查看,然后下令抹黑、破坏他的声誉;她亲自与特勤指挥官特维契尔闭门谈了二十分钟——从她这里离开时,他显得很不快乐,他要立刻让他的执行官遭殃。她吩咐桑弗思再改出一条"火星来客"的电视新闻,加入某个"接近政府消息来源"的传闻,说史密斯即将转移(也可能已经转移)到安第斯山脉高处的一所疗养院,为了给他提供适合的气候,尽可能像火星的复原环境。然后,她往后一靠,思考如何敲定巴基斯坦对乔瑟夫的赞成票。

不久,她派人找到他,力劝他支持巴基斯坦对克什米尔钍矿最大份额的主张。因为他一直想这么做,但到现在还没有让她相信有这个必要;他并不难说服,虽然有点气恼她竟然认为他一直反对。解决了这件事,她就离开了,前往"第二次革命之女"会议,发表《新世界的母性》的演讲。

第 10 章

在道格拉斯夫人就自己知道得太少的主题发表高论的同时,朱伯·E.哈绍,法学士、医学博士、理学博士,讲究生活、爱尝美食、纵情享乐的人,超级热门作家,也是新悲观主义哲学家,正在波科诺山区的家里,坐在游泳池边,搔抓浓密的灰白胸毛,看着他的三位秘书在池中戏水。三位都美丽得令人惊奇,也优秀得令人惊奇。在哈绍看来,依照最小作用量原理,实用与美感必须结合起来。

安妮是金发,米丽茵是红发,朵卡丝是黑发;三人的发色都是真实的。她们体态各异,从令人愉悦的丰满,到令人垂涎的苗条。她们年纪最大与最小的差了十五岁,但很难一眼就看出谁的年纪最大。她们无疑有姓氏,但哈绍家里不怎么费事去管谁姓什么。传闻其中一个是哈绍的亲生孙女,至于是哪一个,则是众说纷纭。

哈绍还是像往常一样努力工作。他大部分的心思被占据了,看着漂亮的姑娘用阳光与水做漂亮的事;脑中只有一处关上百叶窗、完全隔音的小格子正在构思。他宣称,他的文学创作方法,就是将性腺与视丘并联,而且完全中断通往大脑的连线。他的习惯为这个理论提供了一些可信度。

他右手边的桌上有一支麦克风,连接到书房里的语音打字机,但他的语音打字机只是用来记事。准备写作的时候,他使用真人速记员,观察她的反应。他现在准备好了。"前台!"他喊道。

"安妮是'前台',"朵卡丝回答,"但我来速记。刚才那声'扑通'就是安妮。"

"跳进水里叫她。我可以等。"娇小的黑发姑娘跳进水里,过了一会儿,安妮爬出来,披了浴袍,两手在袍上擦干,走到桌子的另一边坐下。她一言不发,也没做任何准备;安妮有全面回忆的本事,从不费事使用录音装置。

哈绍提起一桶已经淋上白兰地的冰块,畅饮了一大口:"安妮,我想到了绝对令人反胃的一篇,关于一只小猫咪,在平安夜溜进某个教堂,想要取暖。除了挨饿、受冻、迷路,这只小猫——天知道为什么——伤了一只脚爪。好了,开始:'雪下个不停……'"

"用哪个笔名?"

"嗯……最好还是再用'莫莉·魏兹华斯'。这一篇相当甜,甜得让人牙疼,标题就叫《另一个马槽》。重新开始。"他继续讲,同时密切注意她。当她闭着的双眼开始流泪的时候,他微微一笑,也闭上了自己的眼。他讲完的时候,自己也像她那样,泪水流下双颊,两人都沉浸在悲伤的宣泄中。

"三十,"他宣布,"你可以擤鼻涕了。寄出去,拜托别让我看到它,否则我会撕掉。"

"朱伯,你不曾感到羞愧吗?"

"不曾。"

"总有一天,我会为了这种事踢你的肥肚腩。"

"我知道,但我不能给我的姐妹拉皮条,人家会嫌她们太老,更何况我根本没有姐妹。挪动尊臀,进屋去处理这件事,别等到我改变主意。"

"遵命,老板。"

她经过他的椅子后方,吻了一下他的秃顶。哈绍又喊:"前台!"米丽茵走了过来,但就在这时,安装在屋子上的扩音器在他后面响了起来:"老板!"

哈绍说了一个词,米丽茵责备似的对他啧了一声。他又说:"赖瑞,什么事?"

扩音器回答:"闸门这里有个小姐,她想要见你——还带着一具尸体。"

哈绍考虑了一会儿。"她漂亮吗?"他对着麦克风说。

"呃……是。"

"那你为什么还在拖拖拉拉呢?让她进来,"哈绍说完又往后一靠,"开始,"他说,"城市剪辑画面消失,变成室内中距离的两人特写镜头。一个警察坐在一张靠背椅上,没有戴帽子,衣领敞开,满脸汗珠。我们只看到另一个人影的背面,位置在我们与警察之间。那个人影举起一只手,向后拉到几乎从电视机出来。他打了警察一耳光,发出沉重的声响,配音。"哈绍抬头看了一眼,说,"我们之后从这里继续。"一辆地面车正在咕噜咕噜驶上小丘,往屋子这边来。

吉尔在开车,有个年轻人坐在她旁边。车子开到哈绍家附近,一停下来,那人立刻跳下车,仿佛急于摆脱车子与车内的东西。"朱伯,就是她。"

"我看到了。早上好，小姑娘。赖瑞，尸体在哪里？"

"在后座，老板，盖在毛毯下。"

"可是，那不是尸体，"吉尔抗议说，"是……本说，你……我是说……"她埋头伏在控制装置上，哭了起来。

"好了，亲爱的，"哈绍柔声说，"很少有尸体值得这样哭。朵卡丝——米丽茵——照顾她。给她一杯饮料……给她洗把脸。"

他把注意力转到后座，正准备掀开毛毯。吉尔耸肩甩掉米丽茵伸来的手臂，尖声说："请听我说！他没有死。至少我希望没有。他……噢，哎呀！"她又开始哭，"我全身脏兮兮……而且好害怕！"

"似乎是尸体了，"哈绍若有所思地说，"我判断，体温降到气温了。不是典型的僵直，他死多久了？"

"他可没死！我们能不能先把他弄出来？我很不容易才把他弄进去。"

"当然，赖瑞，帮个忙。还有，不要一副脸色发青的模样，赖瑞，如果你吐了，你还要清理。"他们七手八脚地把瓦伦丁·迈克尔·史密斯弄出后座，放在游泳池边的草地上。他的身体还很僵硬，仍然挤成一团。朵卡丝没等医生吩咐，就进屋去取哈绍医生的听诊器；她把听诊器安置在史密斯身旁的地上，打开电源，也调高了增益。

哈绍将听筒塞进耳朵，开始检查心搏。"恐怕你错了，"他柔声对吉尔说，"这一个我帮不上忙了。他是谁？"

吉尔叹了一口气。她脸上的表情消失了，语气淡然地回答："是火星来客。我真的很努力了。"

"我相信你尽力了——火星来客吗？"

135

"是。本……本·卡克斯顿说,应该来找你。"

"本·卡克斯顿,哦?谢谢他对我有信心……嘘!"哈绍举起一只手强调需要安静,同时继续皱着眉仔细听。他先是困惑不解,却又突然满脸惊讶:"心脏有活动!我不知道该说什么了。朵卡丝——上楼,到诊疗室——在冷藏箱的上锁区,往下第三个抽屉,代号是'甜梦'。把整个抽屉拿过来,再从灭菌器里拿出1cc皮下注射。"

"马上来!"

"医生,不能用兴奋剂!"

哈绍转头看着吉尔:"嗯?"

"对不起,先生,我只是护士……但这名患者不同,我知道。"

"嗯……护士,他现在是我的患者了。可是,大约四十年前,我就发现了自己不是神,大约十年后,我发现自己甚至不是神医。你想怎么试?"

"我只想试试唤醒他。如果你对他做什么事,只怕他会陷得更深。"

"嗯……做吧,只要别动用斧头就行。然后,我们再来试试我的方法。"

"是,先生。"吉尔跪坐在他身边,开始试着轻轻拉直他的肢体。哈绍看到她竟然成功了,惊讶得眉毛跳了起来。吉尔扶着史密斯的头,让他枕着她的腿,两手轻轻摇着他的头。"拜托你醒来,"她柔声说,"我是吉尔……你的水兄弟。"

那个身体微微一动,胸膛很慢很慢地升起。然后,史密斯呼出一口长气,睁开眼睛。他抬头看着吉尔,露出稚气的微笑。吉尔也报以微笑。然后,他环顾四周,脸上的微笑不见了。

"没事，"吉尔急忙说，"这里都是朋友。"

"都是朋友？"

"对，他们都是你的朋友。别担心，也别再离开了。一切都没事的。"

他没回答，只是躺着不动，睁着眼看着身边的每一件东西及每一个人。他似乎很满足，模样很像窝在人类大腿上的猫。

二十五分钟后，哈绍将他的两个患者都安顿上床。他给了吉尔一颗药丸，在药效发作之前，她设法告诉他一部分的情形，足以让他知道会有麻烦。本·卡克斯顿失踪了——他必须试着想清楚该怎么办——而且年轻的史密斯就像烫手山芋……不过，他刚才听到那人是谁的时候也猜到了。噢，生活可能会有一段好玩的日子，以免总是如在转角处那般灰暗沉闷。

他看着吉尔开来这里的那辆小型多用途地面车。车辆侧边写着："雷丁租车——各式各样的恒动地面设备——找荷兰人就对了！"

"赖瑞，围篱有通电吗？"

"没有。"

"打开电网。然后，天黑之前，我要你把那堆东西上面每一处可能有的指纹都擦干净。天色一黑，开到雷丁的另一边——最好一路开到接近兰开斯特——把它留在沟里。然后，去费城，搭乘班车前往斯克兰顿，再从斯克兰顿回家。"

"没问题，朱伯。话说——他真的是火星来客吗？"

"你最好希望他不是，因为如果他是，又让他们在你扔掉那辆货车之前抓到你，你就会被认定与他有关，他们很可能会拿着喷灯审问你。但我认为他是。"

"我知道了。回来的路上,我是不是应该抢几家银行呢?"

"那大概是你能做的最稳妥的事了。"

"好的,老板。"赖瑞犹豫了一下,"你会介意我留在费城过夜吗?"

"一个男人在费城的夜晚可能找到什么事做呢?"

"多得很,如果你知道去哪里找的话。"

"随你便,"哈绍转身离开,"前台!"

吉尔睡到接近晚餐时间——在这户人家,通常定于令人舒适的八点。她醒来时已恢复了精神,感觉头脑清楚,嗅了嗅头顶上的栅格吹进来的风,做了正确的推测:医生用了某种兴奋剂,抵消了先前给她的安眠药。她还在睡的时候,有人脱掉了她原本穿着的脏污、破烂的街头服装,也留下了一件简单的米白色晚宴连衣裙及一双凉鞋。衣服相当合身,吉尔判断,肯定是叫米丽茵的那位医生借给她的。她洗澡、上妆、梳头,然后下楼到大起居室,感觉自己焕然一新。

朵卡丝蜷缩在一张大椅子上,正在做刺绣;她抬起头来,点了点头,态度亲切,仿佛吉尔本来就是一家人,然后就继续做她的针线活儿。哈绍站在那里,拿着覆了层霜的冷饮壶,轻轻搅拌着里面的混合物。"喝吗?"他说。

"哦,好的,谢谢。"

他拿了两个鸡尾酒杯,斟满到杯缘,递给她一杯。"这是什么?"她问。

"我自己的配方,彗星鸡尾酒。三分之一伏特加、三分之一盐酸、三分之一电瓶水——两小撮盐,再加一只腌甲虫。"

"还是喝威士忌苏打比较好。"朵卡丝建议。吉尔注意到另一个姑娘放了个高脚杯在肘边。

"别管闲事,"哈绍劝告,语气不带敌意,"盐酸帮助消化,甲虫则是补充维生素与蛋白质。"他举杯向吉尔致意,严肃地说:"这杯敬我们的高贵情操!我们这种人少得要命。"他几乎喝干了一整杯,再斟满,才放下。

吉尔谨慎地啜了一小口,然后喝了一大口。不管真正的成分是什么,这杯调酒似乎正是她需要的;一种温暖的幸福感从她的体内轻柔地扩散到肢体末端。她喝了差不多半杯,让哈绍再次斟满。"看过我们的患者了吗?"他问。

"还没,我不知道他在哪里。"

"几分钟前,我查看了一下。他睡得像个婴儿——我想我会给他改名为'拉撒路'。你认为他想要下来吃晚餐吗?"

吉尔想了一下:"博士,我真的不知道。"

"嗯,如果他醒来,我会知道。然后,他可以跟我们一起用餐,或是用托盘端给他,看他的意愿。这是自由会堂,亲爱的,每一个人都是高兴做什么就做什么……然后,如果他做了什么我不喜欢的事,我就踢他出去。这倒提醒了我:我不喜欢被称为'博士'。"

"为什么?"

"哦,我不觉得受到冒犯。可是,当他们开始滥发博士学位的时候,像是比较土风舞、高等甩竿钓之类,我就变得太自傲,不想用这个头衔。我不会碰掺水的威士忌,也不会以掺水的学位为荣。叫我朱伯就好。"

"哦,但医学的学位可没有像你说的那样被掺水。"

"是没有,但也是时候改变对我的称呼了,以免跟游乐场督导混为一谈。算了！小姑娘，你对这名患者到底有什么兴趣？"

"嗯？我告诉你了，博……朱伯。"

"你告诉我发生了什么事，但你没有告诉我为什么救他。吉尔，我看到你看着他、对他说话的样子。你认为你爱上了他吗？"

吉尔吓了一跳。她看了朵卡丝一眼，那姑娘好像没在听他们的对话。"哎呀，太荒谬了！"

"我可看不出这有什么荒谬。你是姑娘，他是小伙儿——这通常就有戏了。"

"可是……朱伯，不是那么回事。我……嗯，我认为他被囚禁了，我认为——或者说，本认为——他可能有危险。我想要确保他得到应有的权利。"

"嗯……亲爱的，对于无私的私心，我一向有所怀疑。你看起来像是有正常的腺体平衡，所以，我是这么猜想的，要么是因为本，要么是因为这个可怜的火星小子，或者两个都是。你最好私下把你的各项动机拿出来，好好看一看。然后，你会更能够判断你要往哪条路走。与此同时，你想要我怎么做？"

这个问题没了限定范围，使得吉尔很难回答。她想要什么？她期望什么？自从破釜沉舟以后，她就没想别的事，只想逃跑——然后到哈绍的家。她没有任何计划："我不知道。"

"我也是这么想的。从你告诉我的事，我就知道你没向医院请假，我认为你会想要保住你的执照，所以，你刚才还在睡的时候，我自作主张，请人从蒙特利尔发信息给你们的护理主任，说你要临时申请两周的休假，因为家里有人得了急病。行吗？你可以稍后再补充细节。"

吉尔感觉松了口气,这令她意外又惊惶。她的个性如此,一旦做了决定,就把对自己的担忧都埋藏起来;然而,想到她对自己整体上还算优秀的专业地位做了什么,她内心深处就有个沉重的疙瘩。

"噢,朱伯,谢谢你!"她又说,"我其实还没旷工,今天轮到我休假。"

"好,那你就无须担心了。你想怎么做?"

"我还没时间去想。嗯,我想我应该联络我的银行,取一些钱……"她停顿,试着回想她的银行余额到底有多少。数目一向不大,有时她还会忘记……

朱伯打断了她的思路。"如果你联络银行,你会招来一群警察。你是不是先留在这里,等到风头过去比较好呢?"

"呃,朱伯,我不想叨扰你。"

"你已经叨扰我了。孩子,别担心。这里总有客人搭伙借宿,来来去去……有一家子待了十七个月。但要是我不愿意,谁也别想打扰我,所以你就放心吧。如果你除了好看,还能证明自己有用,你就可以永远留在这里。再说到我们的患者,你说你想要他得到他的'权利',我想你是指望我提供这方面的协助吧?"

"嗯,我……本说——本似乎认为你会帮忙。"

"我喜欢本,但他不能代表我说话。这个小伙子会不会得到所谓的权利,我一点兴趣也没有。我不喜欢那套'真王子'的胡言。他对火星的所有权,是律师的一派胡言,我自己也是律师,所以觉得并不需要重视那些话。至于理应给他的财富,乃是由于其他人的过度激情,以及我们部落的奇怪习俗,才会造成这种情况;这笔财富都不是他赚的。依我看,要是他们骗走他的财富,他才算幸运呢——但我不会费事浏览报纸了解最终的结果。如果本期望我为史密斯的'权利'而战,那你就来错地方了。"

"哦,"吉尔突然感觉凄凉,"我想我最好还是安排将他转移到别的地方。"

"啊,不用!除非你希望那样做。"

"可是,我以为你说……"

"我说我对法律上虚构的那一套没有兴趣,但在我屋檐下的病人与客人又是另一回事。他可以留下,如果他愿意。我只是想说清楚,你或本·卡克斯顿可能有什么样的浪漫想法,我无意为了这些而去插手管政治。亲爱的,我曾经以为我是在为人类服务……想想都觉得高兴。然后我发现,人类不想被服务;恰恰相反,人类憎恨任何服务的企图。所以,现在朱伯·哈绍高兴做什么,我就做什么。"他转头看着朵卡丝,仿佛这个话题结束了,"朵卡丝,晚餐时间到了,是不是?有谁在处理吗?"

"米丽茵。"她放下刺绣,站了起来。

"我一直没能弄清楚这几个姑娘究竟怎么分工。"

"老板,你怎么会知道呢?——你从来不做什么。"朵卡丝走过来拍拍他的肚子,"但你从来不会少吃一餐。"

锣声一响,他们进去用餐。如果说红发姑娘米丽茵做了晚餐,她显然走了各种现代技术提供的捷径:她已经坐在桌尾,看起来淡定又美丽。除了三位秘书,还有一个比赖瑞略长几岁的青年,大家叫他"杜克",他在谈话当中对吉尔并不见外,仿佛她一直住在那里。还有一对中年夫妇在场,却没有人向吉尔介绍他们,他们好像在餐馆吃饭似的,用餐完毕就离席,没有与别人交谈。

但其他人之间的餐桌谈话生动活泼，毫不拘谨。上菜服务由非人型机械提供，通过米丽茵餐桌那端的控制器下达指令。食物相当美味，就吉尔尝来，没有一样是合成的。

但哈绍似乎不满意。他抱怨他的刀太钝，或者肉太老，或者两样都有；他指责米丽茵端上来的是吃剩的食物。其他人似乎都没听到他的抱怨，但吉尔为米丽茵感到尴尬，这时，安妮放下了手上的刀叉。"他提到了他母亲的烹饪。"她冷冷地说。

"他又开始摆出老板的架子了。"朵卡丝附和说。

"持续多久了？"

"十天左右。"

"太久了。"安妮向朵卡丝和米丽茵使了个眼色，她们都站了起来。杜克继续吃。

哈绍急忙说："先听我说，姑娘们，用餐的时候别这样。至少等到……"她们完全不理会他的抗议，继续向他靠近；有一部服务机急忙让路。安妮抓住他的脚，另外两个各抓着他的一只臂膀；落地窗往两边滑开，她们抬着他出去时，他还在大声抗议。

几秒钟后，抗议声被一阵水花喷溅声打断了。

三个女人立刻回来了，身上的衣物没有怎么弄乱。米丽茵坐下，转头问吉尔："吉尔，再添一些沙拉吗？"

几分钟后，哈绍回来了，穿着睡衣与长袍，而不是原来的晚宴外套。刚才他被拖离餐桌时，立刻有一台机器盖住他的盘子，这时掀了起来让他继续吃。"正如我刚才说的，"他说，"不会烹饪的女人就是没用。要是我在这里没有得到像样的服务，我就把你们全部换成一只狗，然后射击那只狗。米丽茵，餐后甜点是什么？"

143

"草莓酥饼。"

"这才像话。你们都缓刑到星期三。"

吉莉安发现,没有必要了解朱伯·哈绍家如何运作;她高兴做什么就做什么,谁也不在意。晚餐后,她走进起居室,想要看看电视上的晚间新闻,因为担心自己会上了新闻报道。但她找不到电视,也没看到什么东西能隐藏着电视机。回想起来,她好像没在屋里的任何地方看过。那里也没有报纸,倒是有丰富的书籍和杂志。

一直没有别人进来。过了一会儿,她开始想知道时间。她的表留在楼上,在她的手提包旁边,所以她查看四周有没有时钟。她没有发现时钟,然后搜索自己优异的记忆,却想不起来在她去过的任何一间房里,是否看到过时钟或日历。

但她决定,不管现在几点,她干脆上床睡觉。起居室的一整面墙都摆满了书,纸本书架与卷轴书架都有。她发现了一卷吉卜林的《原来如此》,高高兴兴地带着上楼。

在这里,她发现了另一个小小惊喜。分配给她的房间有最现代化的床,配备自动按摩机、咖啡机、温度湿度控制器、阅读机等——但缺少闹钟,只有一块素色的遮板,显示那里原来曾经有闹钟。吉尔耸了耸肩,心想反正自己大概不会睡过头。她爬上床,将卷轴放进阅读机,往后躺下,扫视横越天花板的文字。不久,速度控制器从她放松的手指滑落,灯光熄灭,她睡着了。

朱伯·哈绍没那么容易睡着,他在生自己的气。他对这个情况最初的兴趣已经冷却,开始面对激动过后的虚脱。早在五十几年前,他就发下重誓,再也不捡流浪猫。而现在,天哪,维纳斯女神在上,他竟然一下子捡了两只……不对,如果本·卡克斯顿也算,那就是三只。

事实上，他违背誓言的次数比间隔的年岁更多，他对此倒不以为意，因为他不是心胸狭小的人，不会为了合乎逻辑、始终如一而伤神。屋里多了两个白吃白住的人，也不会令他烦恼。他不是锱铢必较的人。过了近百年刺激的生活，他有许多次身无分文，有几次则比现在更富有；他认为有钱没钱就像天气变化，他从来不数零钱。

但他知道，那些探子追上这两个孩子的时候，那种愚蠢的骚动必然随之而来，一想到这个他就很不满。他认为他们肯定会找上门；像吉莉安宝宝那么天真的孩子，一路上留下的痕迹肯定像跛脚的牛那么明显！不能指望还有别的情况。

于是，就会有人闯进他的禁区，问愚蠢的问题，提出愚蠢的要求……而他，朱伯·哈绍，必须做出决定，采取行动。由于他从哲学角度相信一切的行动都是徒劳，这样的前景令他恼火。

他不指望凡人做出理性的行为；他认为大多数的人都该受到保护和约束，还要用湿布退烧。他只是衷心希望他们不会来烦他！——除了少数几个自己选择的玩伴。他坚定地相信，要是能自己做主，他早就会达到涅槃……像印度神话中的诙谐角色，钻进自己的肚脐，消失不见。他们为什么非得要来烦他？

大约午夜时分，他疲倦地捻熄他的第二十七根烟，坐了起来。灯亮了。"前台！"他对着床边的麦克风大喊。

不久，朵卡丝穿着长袍、踩着拖鞋进来。她打了个大大的哈欠，说："老板，什么事？"

"朵卡丝，这二三十年来，我一直是没价值、没用、不良的寄生虫。"

145

她点了点头，又打了个哈欠："大家都知道。"

"不必刻意奉承。每个人在一生当中，都有这样不能讲求理智的时刻——要挺身而出，受人依靠的时刻——要捍卫自由，打击邪恶。"

"嗯啊……"

"所以，别再打哈欠，时候到了。"

她往下看看自己身上："也许我还是先去把衣服穿好。"

"好，把姑娘们都叫起来；我们要开始忙了。提一桶冷水，泼在杜克身上，告诉他，我说了，掸掉那台聒噪机器上面的灰尘，搬到我的书房接起来。我要看新闻，全部都要。"

朵卡丝看起来很吃惊，重叠着昏昏欲睡的表情："你要杜克把立体电视接起来吗？"

"你听到我说的了。告诉他，我说，如果有故障了，他可以离开这里。你快去办，我们今晚有的忙了。"

"好吧，"朵卡丝嘴里同意，心里怀疑，"但我认为我应该先帮你量体温。"

"安静，女人！"

杜克把朱伯·哈绍的立体电视接收器装好，及时让朱伯看到第二次"火星来客"冒牌货访谈的深夜重播，报道提到了关于史密斯转移到安第斯山脉的传闻。朱伯越想越觉得不对劲，之后就忙着打电话找人，折腾到早上。破晓时分，朵卡丝给他送来早餐：六颗生鸡蛋，搅拌到白兰地酒里。他稀里呼噜吞下肚，同时心里想着，长寿而忙碌的人生的优势之一，就是最终能认识差不多每一个真正重要的人——而且在紧要关头可以找他们。

哈绍准备了某种定时炸弹，但并不打算触发，除非当权者迫使他不得不这么做。他立刻想到政府可以拉史密斯回去关起来,理由是他没有行动能力照料自己……哈绍同意这样的鉴定。他脑海里浮现的第一个看法是,以所有的正常标准来看,史密斯不仅在法律上属于精神错乱,在医学上也算是精神病,由于他是双重打击情境性精神变态的受害者,受到独特且重大程度的精神创伤,起先由非人类抚养成人,之后又突然转移到充满异类的社会。

然而,他认为,精神健全的法律概念,以及精神变态的医学概念,都与本案例无关。这里有个人类动物,经历深刻且显然成功的调整后,适应于某个异类社会……但那是个可塑的幼儿。同样一个人,如果成年之后已养成各种习惯和特定思路,能不能做另一次同样彻底且困难得多的调整?哈绍医生打算探究答案;几十年来第一次,他又对行医产生了真正的兴趣。

除此之外,想到能挫一挫当权者的锐气,也令他觉得心痒。对抗权威是每一个美国人与生俱来的政治权利,他在这方面的倾向又比常人强烈一些;能跟行星政府斗一斗法,使他对生活更充满热情,这二十多年来他还不曾感觉这么兴奋。

第 11 章

在某个中等规模星系相当靠近一侧边缘的地方，有一颗不重要的 G 型恒星，环绕那颗恒星的诸行星周转如常，数十亿年来一直受到略微调整的平方反比律影响，是平方反比律塑造了周围的空间。其中三颗够大，是会被注意到的行星；其余的只是小石头，隐藏在主星炽热的周边，或是迷失在太空的漆黑外缘。这些石头往往感染了扭曲的熵造成的那种奇怪东西，它被称为生命；第三、第四颗行星的表面温度在一氧化二氢的凝固点附近呈周期变化——因此发展出近似生命的形式，足以允许某种程度的社会接触。

在往外数的第四颗石头上，古火星人并没有因为与地球的接触而受到明显的扰乱。那个种族的儿童仍然在火星表面欢乐弹跳、学习生活，九个中有八个在这个过程中死亡。成年火星人在身体与心智方面与儿童极为不同，他们仍然挤在有如仙境的优雅城市的内部或地底，儿童的行为有多喧闹，成年人的行为就有多安静——然而还比儿童更忙，忙着复杂而丰富的心灵生活。

以人类的观点来看，成年者的生活并非完全没有工作；他们仍然要照管、要督导一个行星，必须告诉植物什么时候生长，在哪里生长；生存下来而且通过了学徒课程的儿童必须被收集、珍惜和受精，产生的卵必须被珍视和考虑，以鼓励它们适当成熟。对于达成圆满的儿童，必须说服他们放弃幼稚的事物，然后蜕变进入成年。这些事都必须做——但不能说这些就是火星的"生活"，这就像说某个人的一天两次遛狗是"生活"，而实际上在这两次愉快散步外的时光里，他掌控着一家全球公司的运营……尽管对于大角星第三行星的生物，这些日常散步似乎就是大亨最意义重大的活动——毫无疑问，他是狗的奴隶。

火星人与人类都是有自我觉知的生命形式，但两者的走向截然不同。所有的人类行为、所有的人类动机、所有人类的希望与恐惧，都是色彩浓烈的，而且很大程度受制于人类悲惨且美得奇怪的生殖模式。火星也是一样，但属于镜像推论。火星有高效的双极模式，这在该星系极为普遍，但火星人与地球人的形态很不一样，只有生物学家才会称之为"性"，而人类精神病学家则会特别强调不是"性"。火星人的童年时期是雌性，成年后都是雄性。

但这两种情况都体现在功能上，而不是在心理上。控制所有人类生命的男女极性，在火星不可能存在，也不可能有"婚姻"。成年火星人身形巨大，让第一次看见他们的人类联想到冰上风帆。他们身体消极，心智积极。童年时是胖乎乎、毛茸茸的圆球，蹦蹦跳跳，活力充沛，却没头没脑。地球人与火星人的心理基础，根本不可能相提并论。人类双极性既是凝聚之力，也是驱动之能，从十四行诗到核物理方程式，支配所有人类行为。倘若有任何生命认为人类心理学家对这一点夸大其词，那就让它搜索地球人的专利局、图书馆、美术馆，找找太监的创作。

火星生活的方式不像地球，几乎没有火星人留意"使者号"与"拥护者号"。这两个事件尚未久远到能有重大意义——倘若火星人也办报纸，可能按照地球历，一世纪都出刊不了一期。对火星人来说，接触其他种族并不是什么新鲜事；这种事以前发生过，以后也会再发生。彻底灵悟另一个新的异族之后，如有需要，那（地球再过一千年左右）就会是采取行动的时刻。

在火星上，目前的重要事件是另一种类型的。正在尸解的元老们几乎是心不在焉地决定把这个刚出生的人类送到第三个星球去探索，尸解后他们就将注意力转回来，继续处理严肃的事。前不久，大约是地球奥古斯都大帝的时代，有一名火星人艺术家正在创作一件艺术作品，性质等同于一首诗、一部音乐作品，或是一篇哲学论述；作品表达了一系列的情感，是悲剧、逻辑的必然安排。由于地球人不太可能体验这类作品，就好比要向天生盲眼的人解释日落，因此要算哪个类别的地球人创作，并不是很重要。重要的一点是，在杰作还没完成之前，艺术家意外尸解了。

在火星，意料之外的尸解一向很罕见；火星人对这类事务的认知是，要求生命必须达到圆满的整体，肉体的死亡要在适当且选定的瞬间发生。然而，这个艺术家全神贯注地创作，结果忘了回到室内避寒；等到别人注意到他不在的时候，他的身体已经不适合食用了。他还没注意到自己的尸解，继续他的一系列创作。

火星人的艺术有壁垒分明的两大类：一是活的成年人创作，很有活力，往往相当激进，而且原始粗犷；二是元老的创作，通常保守，极其复杂，而且会展现更高标准的技巧。这两种艺术是分开评判的。

这部作品应该要用什么样的标准来评判呢？一方面，创作者从活着的人跨到尸解者，最终形式的各方面是由某一个元老设置；另外，各地的艺术家普遍都有超然物外的态度，这位艺术家也是一样，甚至没注意到自己的状态改变，仍继续创作，仿佛自己还活着。这可能是一种新的艺术？以后会不会有艺术家正在创作的时候出其不意尸解，产生更多这类作品？众元老在冥想的通感中讨论这些激动人心的可能性，讨论了几百年，全体活着的火星人都热切等待他们的定夺。

这个问题令人高度关注，因为该作品创作的并不是抽象艺术，而是宗教般的虔诚（以地球人的概念），而且有着强烈的情感：作品描述很久以前发生的火星人种族与第五行星人之间的接触事件，但这件事对火星人来说鲜活且重要，这道理就好像有一个人因为被钉上十字架而死亡，在两千个地球年之后这对人类而言仍然鲜活且重要。火星人族遇到了第五行星的人，完全灵悟了他们，并且在适当的时候采取行动；残存的只有稀稀落落的小行星，火星人继续珍惜且赞美他们毁灭的那些人。许多火星人试图通过一件大作，灵悟整个美好的经历，感受一切复杂的部分；这件新的艺术作品也是其中之一。但现在要判断这件大作，就必须先灵悟如何评判它。

这是非常棘手的问题。

在第三行星上，瓦伦丁·迈克尔·史密斯并不关心火星那个十万火急的问题；他从没听说过这件事。他的火星人守护者，以及守护者的水兄弟们，都还没有告知他，毕竟这些是他不能领会的事物。史密斯知道第五行星的毁灭，也知道这在情感上的重要性，就像人类的小学生知道特洛伊，也知道普利茅斯岩，但他还不曾接触他不能灵悟的艺术。他受到的独特教育，远多于他们对其他巢雏的教育，但远少于

151

对成年人的教育；他的照养者以及照养者的元老顾问，有一段时间对他极感兴趣，想要看看这个巢雏异族能学什么、学多少。这些结果让他们对人类的潜力了解更多，超越了该种族迄今对自身的了解，因为史密斯很迅速地灵悟到其他人类不曾学习过的事物。

而此时此刻，史密斯单纯地过着愉快的日子，感受多年来不曾感受到的轻松愉快。他得到了新的水兄弟朱伯，他得到了许多新朋友，他享受着愉悦的新体验，像万花筒似的多不胜数，他还没有时间好好灵悟；他只能先将这些归档，等到空闲时再来重温。

他的兄弟朱伯要他放心，如果他学着阅读，他会更快灵悟这个奇异又美丽的地方。于是，他用了一整天学习充分且快速地阅读，吉尔指着单词念给他听。这意味着他那一整天都不能进入游泳池，这可是很大的牺牲，因为游泳（一旦他明白了这实际上是允许的）不仅是某种满溢感官的愉悦，更是几乎令人承受不住的宗教狂喜。要是吉尔与朱伯没叫他做别的事，他根本不会爬出游泳池。

既然不准他在夜里游泳，他就整夜读书。他快速翻阅《大英百科全书》，把朱伯的医学及法学藏书当成甜点。他的兄弟朱伯看到他快速翻动某一本书，要他暂停一下，问他刚才读了什么。史密斯谨慎地回答，因为这令他联想到元老们偶尔给他的考验。他的兄弟对他的回答似乎有一点苦恼，史密斯发现有必要进入一小时的沉思，因为他相当确定自己是用书上写的文字回答的，即使他并没有完全灵悟。

但比起书，他更喜欢游泳池，尤其是吉尔、米丽茵、赖瑞、安妮等人都在戏水的时候。他没有立刻学会像他们那样游泳，但第一次发现自己能做他们做不到的事。他只是沉到池底，躺在那儿，沉浸在宁静的幸福中——这时，他们却情绪激动地把他拉出来，差点又迫使他抽离，要不是他们显然担心他的安全，他就真的抽离了。

那天稍晚，他演示这件事给朱伯看，在池底美滋滋停留了一段时间，他试着教他的兄弟吉尔……但她显得很不安宁，他只好打消念头。这是他第一次清楚明白，有一些事他能做到，但这几位新朋友不能。他想了很久，试着充分灵悟。

史密斯很快乐，哈绍则不快乐。他照旧漫无目的地懒散度日，仅有的变化只是偶尔且无计划地观察他的实验室动物：火星来客。他没为史密斯安排任何时间表，没有学习计划，没有定期的身体检查，只让史密斯高兴做什么就做什么，让他像是在牧场上成长的幼犬那样乱跑。史密斯接受的督导来自吉莉安——以朱伯乖僻的见解来看，这甚至有些多余，因为他对女性带大的男性抱持着怀疑的观点。

然而，吉莉安·博德曼做的只不过是教授瓦伦丁·史密斯人类社会行为的一些粗浅知识——他需要的辅导非常少。他现在跟着大家同桌用餐，自己穿衣（至少朱伯认为他会了，他在心里记着，要问吉尔是不是她还必须协助他）；对于这户人家不拘小节的习俗，他适应得尚可，用"有样学样"的方式似乎能应付大部分的新体验。史密斯开始跟大家同桌的第一餐，只会用汤匙舀饭，还要吉尔先帮他切好肉食。到用餐结束之前，他已经在尝试像其他人那样吃饭。到了下次用餐，他的餐桌礼仪精确模仿吉尔，包括各种多余的矫揉造作。

朱伯·哈绍发现史密斯自学阅读，达到了电子扫描机的速度，而且对读过的一切好像过目不忘。即使是这样的双重发现，也没能诱使他把史密斯变成某种"项目"，用上进度对照、评量、进度曲线之类。哈绍有博学者傲慢的谦卑，他知道自己的无知，认为不知道自己在评量什么的时候，做"评量"没有什么意义。他对史密斯的观察只限于私下做笔记，甚至无意发表自己的观察结果。

虽然哈绍喜欢观察这独特的动物逐渐演变成人类的复制品，但是这种趣味并没带给他快乐。

就像道格拉斯秘书长，哈绍也在等待另一只鞋掉下来。

他越等越紧张——原本觉得迫不得已要先下手为强，因为预料政府方面有人会采取行动对付他，但过了几天却还没什么动静，这令他觉得困扰又恼火。见鬼了，不谙世事的姑娘，拖着不省人事的男人，一路穿过乡间，这竟然追踪不到，联邦警察有那么蠢吗？或者（似乎更有可能）他们一路上都跟着她——甚至此时正埋伏在监视他的地方？想到后者，他极为恼火。对哈绍来说，如果政府可能运用任何工具，从双筒望远镜到雷达，监视他的住家、他的城堡，这样的概念就像邮件被人拆阅那么可恶。

他们有可能正在那么做！他闷闷不乐地提醒自己。政府！四分之三在寄生吸血，四分之一在愚蠢瞎搞——噢，他承认，人是社会性动物，无法避免政府，就像一个人终其一生都不可避免受制于自己的胃肠。但哈绍不见得非喜欢它们不可。只因为某种坏事不可避免，也没有理由称之为"好"事。他希望政府离远一点，滚开！

但政府当然可能知道，甚至大概知道火星来客躲藏的确切地点……只是出于特殊理由而宁愿按兵不动，以便准备——准备什么？

如果是这样，情况会持续多久？他用来防御的"定时炸弹"又能撑多久？

还有，那个鲁莽的小呆瓜，本·卡克斯顿到底在哪里？

他还在焦虑，吉尔·博德曼打断了这种状态："朱伯？"

"啊？哦，原来是你，明眸姑娘。抱歉，我在想事情。请坐！要喝一杯吗？"

"呃，不用，谢谢。朱伯，我很担心。"

"正常，谁不担心呢？你刚才做的燕式跳水相当漂亮，再做一次给我们看。"

吉尔咬了咬唇，模样好像只有十二岁："朱伯！请听我说！我非常担心。"

他叹了一口气："既然这样，你先把身体擦干吧，微风吹着有点凉了。"

"我够暖和。呃，朱伯，我可以让麦克留在这里吗？你们会照顾他吗？"

哈绍眨了眨眼："他当然可以留在这里，你知道的。姑娘们会照看他……我也会时不时注意他。他不麻烦。我想你是要离开吗？"

她避开他的眼光："是的。"

"嗯……欢迎你留在这里，但如果你想离开也行。"

"嗯？可是，朱伯——我不想离开！"

"那就不要。"

"但我必须走！"

"最好还是倒带再放一次，我听不明白。"

"朱伯，你不明白吗？我喜欢这里——你对我们好极了！但我不能留下了。本下落不明，我必须去找他。"

哈绍说了一个单词，情绪化、接地气、很粗俗，接着说："你打算怎么找他？"

她皱了皱眉："我不知道。但我不能继续在这里闲着，无所事事，游泳——在本失踪的情况下。"

"吉莉安，我曾经提醒你，本是个大男孩了。你不是他母亲，不是他妻子，而我也不是他的守护者。我们两人对他都没有责任……你也没有任何义务去找他。有吗？"

吉尔低着头，一只脚趾在草地上扭着。"没有，"她承认，"我没资格过问本的事。我只知道……要是我失踪了……本会找我——不找到我绝不罢休。所以我已经决定了要去找他！"

朱伯吐出无声的恶言，咒骂以任何方式涉入策划人类愚蠢行为的所有长老诸神，然后大声说："好吧，好吧，如果你非得要去，我们就来试着理一理逻辑进去。你打算雇用专业人士吗？比如说，专门调查失踪人口的私家侦探？"

她一脸愁容："我想也只能这么办。唉，我从来没请过侦探。很贵吗？"

"贵得很。"

吉尔倒抽了一口气。"你认为他们会让我安排，呃，分期付款，每月摊还吗？或是什么的？"

"通常是先收现金才办事。孩子，别再愁眉不展了。我提起这件事，就是为了打消你的念头。我已经请了这一行最顶尖的高手，设法寻找本——所以你没必要典当你的未来，去请二流的人。"

"你没告诉我！"

"没必要告诉你。"

"可是……朱伯，他们发现了什么？"

"没什么，"他不耐烦地说，"没什么值得报告的，所以没必要告诉你，让你情绪更低落。"朱伯绷着脸，"你们刚来这里的时候，我认为你没有必要对本那么紧张——我就跟他的助手，基格伦那个家伙想的一样，本去追了什么新的线索……等他做完报道就会主动联络我们。本会耍那种花招——这是他的职业。"他叹了一口气，"但我现在不这么想了。那个死脑筋基格伦——他真的有一份即印电文存档，看样子是来自本，他告诉基格伦自己会离开几天；我的人不只看到了，还偷偷拍照，进行核查。不是假的——有电文发送记录。"

吉尔看起来很困惑："我不晓得本怎么没同时发给我一份即印电文呢？这不像他——本一向很周到。"

朱伯克制着不发出呻吟："用你的脑袋想想，吉莉安，不能只因为包装外面写着'烟'，就认定里面装的就是烟。你到这里是上星期五；那份即印电文上面的代码组合显示它来自费城——确切地点是佩奥利火车站起降坪——时间是星期四早上十点半之后——十点三十四分之前。它在提交的两三分钟后传送，而且立即送达，因为本的办公室有自己的即印机。好，现在，你告诉我，本为什么会传送打印的信息到自己的办公室——在上班时间——而不是打电话呢？"

"哎呀，我认为他通常不会这么做。至少我就不会。电话是正常的……"

"但你不是本。对于从事本这行的人，我能想到五六个原因，例如，避免被断章取义；出于法律目的，需要在电信公司的档案里留下书面记录；为了延迟发送信息……各种原因。基格伦看不出这件事有什么奇怪——本，或是雇他写专栏的报业联盟，愿意花大钱在他的办公室维护一台私人即印机，这简单的事实就说明了本经常使用它。"

"然而，"朱伯继续说，"我雇来的探子是很多疑的那种人。那份信息意味着，星期四上午十点三十四分，本在佩奥利起降坪——所以，他们有一个人去了那里。吉尔，那份信息不是从那里发送的。"

157

"可是……"

"等一下，信息是从那里提交的，但起源并不在那里。这类信息可以通过柜台代办，也可以打电话。如果是柜台办理，顾客可以请柜台人员打字，也可以要求传真手写笔迹及签名……但如果是通过电话提交，必须先由营业所打字再拍照传送。"

"是，当然。"

"吉尔，难道这没有暗示什么吗？"

"呃……朱伯，我太担心了，无法好好思考。应该暗示什么呢？"

"别再捶胸顿足了，在我看来也不会暗示什么。可是，帮我做事的那个高手狡猾得很。他来到佩奥利，带着一份可以乱真的即印电文，用他在基格伦眼皮底下拍摄的相片做出来的——而且带着名片及证件，让自己看起来像是'欧斯柏特·基格伦'，也就是收件者。然后，他用慈祥的态度与真诚的面容，哄骗电信公司的一名年轻女员工告诉他一些事，根据《宪法》的隐私修正案，只有在收到法庭命令的情况下，她才可以透露——非常遗憾。反正，她确实是记得收到过那条要提交及处理的信息。通常，她会经手几百条信息，不会特别记得其中一条——就是耳朵听进去，指尖敲出来，之后就忘了，只存下归档的微缩片。但是，幸好，这位年轻小姐是本的忠实粉丝，每晚都看他的《瞭望台》专栏——很糟糕的坏习惯。"朱伯望着地平线，若有所思地眨了眨眼，"前台！"

安妮冒了出来，身上还滴着水。"提醒我，"朱伯对她说，"写一篇探讨读报强迫症的通俗文章。主题是这样：大多数的神经官能症，以及某些精神病，可以追溯到这个没必要又不健康的习惯，就是日常沉迷于五十亿陌生人的麻烦与罪恶。标题就叫'八卦无限'——不对,叫作'流言狂语'。"

"老板,你越来越病态了。"

"我可没有,但其他人都这样。提醒我下星期找时间写。现在先消失,我在忙。"他转回头去看吉莉安,"她注意到本的姓名,所以她记得那条信息——相当激动,因为能让她跟一个她崇拜的人说话……我猜想她有些气恼,因为本用的不是视频通话,只有语音。噢,她记得这件事……而且她也记得,服务是以现金支付的,来自一座公用电话亭——在华盛顿。"

"在华盛顿?"吉尔复述,"可是本为什么会从……"

"当然,当然!"朱伯怒气冲冲地回应,"如果他在华盛顿哪个角落的公共电话亭,他大可使用影音通话,直接拨回办公室,跟他的助手面对面,更便宜、更容易、更快速,又何必打电话到两百英里外的地方,叫人发信息传回华盛顿。这实在没道理。或者说,只有一种道理,就是在故弄玄虚。本习惯用这种花招,就像新娘对接吻那么自然。他成为业界最顶尖的温彻尔之一,可不是靠着打牌时将牌面正面朝上。"

"本不是温彻尔!他是李普曼!"

"抱歉,我看不出差别。先安静地听我说。他可能相信他的电话被窃听了,但即印机没有。或者,他可能怀疑两个都被窃听了——我毫不怀疑,如果那时还没被窃听,现在也被窃听了——无论是谁在窃听,他可以使用这种绕圈子的方法造成混淆,让别人以为他真的离开了华盛顿,而且几天之内不会回来。"朱伯皱了皱眉,"如果是后者的情况,我们设法找他,对他根本没有好处。我们反而可能会危害他的性命。"

"朱伯!不会!"

"朱伯，就会，"他疲倦地回答，"那小子就爱在危险边缘试探，他一向如此。他就是天不怕地不怕，他的名声就是这样闯出来的。可是，郊狼盯上兔子，两者距离从来不会超过两跳……这次可能只有一跳，或是根本没有。吉尔，本还不曾对付比这件事更危险的任务。如果他是自愿消失——而且可能是——你会不会想冒着惹出麻烦的风险，用你这种业余的方式瞎搅和，让别人注意到他消失了呢？基格伦仍然掩护着他，因为本的专栏还是每天出现。我通常不会读——但这次我刻意关注了，所以我知道。"

"罐头专栏！基格伦先生告诉我的。"

"当然。有几篇本常年撰写的系列，关于贪污竞选经费的文章。这样的主题就和支持圣诞节一样稳妥。可能是先备着，为了应付这类紧急突发事件——或许是基格伦在写。总之，在台面上，本·卡克斯顿，常备的人民代言人，仍然持续发表高论。也许他的计划就是那样，亲爱的——因为他发现自己的处境那么危险，所以根本不敢联络你。怎么样？"

吉莉安惊恐地看了周围一眼——看到宁静、恬适、美好得令她几乎无法承受的景象——然后双手掩面："朱伯……我不知道该怎么办！"

"振作起来！"他粗声说，"不要为了本大哭——不要当着我的面。他可能碰到的最糟情况就是死亡……这种事我们都免不了——若不是今天早上，那就是再过几天、几星期，最多就是再过几年。跟你的徒儿麦克聊一聊，他认为'尸解'比不上挨骂那么可怕——他可能是对的。哎呀，倘若我告诉麦克，我们今晚打算烤了他，把他端上桌当成晚餐，他会激动哽咽，感谢我给他这个荣幸。"

"我知道他会，"吉尔小声地表示同意，"但我对这种事的态度没有他那么达观。"

"我也没有，"哈绍爽朗地附和，"但我开始领会了——我必须说，对我这种年纪的人而言这是令人宽慰的态度。能够欣然面对不可避免的事——哎呀，我这一生都在培养这种心态……但这个火星来的幼儿，才刚到勉强可以投票的年纪，单纯到不懂得闪躲马车，他却让我相信，对于这个至关重要的科目，我才刚达到幼儿园的程度。吉尔，你问我是否欢迎麦克留下来。孩子，他是我这一生最欢迎的客人。我希望把这孩子留在身边，直到我找出还有什么他知道而我不知道的事！尤其是这个'尸解'的事……我确定这不是弗洛伊德'寻死愿望'的陈腔滥调。这与生活令人难以忍受无关。完全没有'即使是最疲惫的河流'那种东西——更像是史蒂文森'活得欢喜，死亦欣然，吾当长眠，遗有一愿'！只不过，我一向怀疑，史蒂文森若不是在给自己壮胆，就是更有可能在享受抵消痨病的愉快。但麦克让我信了一半，也许他真的知道自己在说什么。"

"我不知道，"吉尔呆滞地回答，"我现在只担心本。"

"我也担心，"朱伯同意道，"所以我们改天再讨论麦克。吉尔，你认为本并不是在躲藏，我其实也这么认为。"

"可是你说……"

"抱歉，我没讲完。我雇的人多方打探，不仅限于本的办公室以及佩奥利起降坪。星期四早上，本来到贝塞斯达医疗中心，找了他的律师陪同，还有一位诚实见证人——著名的詹姆士·奥立佛·卡文迪西，如果你有关注这些事的话。"

"恐怕我没有。"

"没关系。本聘请了卡文迪西，就说明他对这件事多么认真，否则杀鸡焉用牛刀?这三个人被带去见'火星来客'……"

吉莉安惊讶得张口结舌,然后急着说:"不可能!他们不可能到了那层,而我却不知道!"

"慢点,吉尔,你是在质疑诚实见证人的报告……还不只是普通的诚实见证人,而是卡文迪西本人。如果他这么说,那就是真理。"

"就算他是十二使徒,我也不管!上星期四早上,他没来过我的楼层!"

"你没仔细听。我没说他们被带去见我们的朋友麦克——我说他们被带去见'火星来客'。显然是那个冒牌货——上电视的那个演戏的家伙。"

"噢!当然,于是本识破了他们的诡计!"

朱伯一脸痛苦:"小姑娘,数到一万,两个两个数,听我讲完这件事。本没识破他们。事实上,即使是可敬的卡文迪西先生也没识破——至少他不会说破。你知道诚实见证人会怎么表现。"

"嗯……我不知道。我从没跟诚实见证人打过交道。"

"是吗?也许你是没发觉。安妮!"

安妮坐在跳板上,转过头来。朱伯喊道:"远处山丘上的那栋新屋子——你看得到他们漆了什么颜色吗?"

安妮看着朱伯指着的方向,回答:"这一面是白色。"她没问朱伯为什么问这个,也没表示任何意见。

朱伯继续对吉尔说话,语调恢复正常:"看到了吗?安妮受到如此彻底的教导,根本不会想到推断另一面很可能也是白色。千军万马也不能迫使她就另一面的情形发表看法……除非亲自绕过去看一看——即使看到了,无论是什么颜色,她也不会认定在她离开之后还是维持原来的颜色……因为，或许她一转身，他们就可能重新上漆。"

"安妮是诚实见证人吗？"

"获得学位，无限制执照，获准在高等法院出庭作证。改天问问她为什么决定放弃在外面执业。但那天就不要安排别的事了——那丫头会说出真相，全部的真相，而且只说真相，那要花时间。这就需要时间了。回到卡文迪西先生——本请他做公开见证，充分揭露真相，不要求他保密。所以，当我的探子问卡文迪西这件事的时候，他回答了，给出完整而沉闷的细节。我有一份录音带，放在楼上。但他的报告中值得玩味的部分，却是他没说的话。他从没说他们被带去见的人不是火星来客……但没有一个字可以推断出卡文迪西相信他被找去看的确实是火星来客。如果你认识卡文迪西——我认识——这就有结论了。如果卡文迪西见过麦克，即使只有几分钟，他也会报告自己看见的情形，那种精确的程度，像你和我这种认识麦克的人，就会知道他见过麦克。例如，卡文迪西的报告用精确的专业术语描述这个人的耳朵是什么形状……却完全不符合麦克的耳型。证明完毕，他没见到麦克。本也没有。别人给他们看的是个冒牌货。此外，卡文迪西知道这一点，不过他受限于职业规范，不得提供意见或推论。"

"可是，我说了，他们根本没走进我的楼层。"

"是的，但这一点告诉了我们别的事。这件事发生的时间，是在你协助麦克越狱之前的几个小时——早了大约八小时，因为根据卡文迪西所说，他们来到冒牌货'火星来客'面前，时间是星期四早上九点十四分。也就是说，在那时候，政府仍然控制着麦克，还是在同一栋大楼，他们大可让他亮相。然而，他们却甘冒真正严重的风险，拿出冒牌货给华盛顿最著名——全国最著名——的诚实见证人查验。为什么？"

他在等。吉尔过了一会儿才回答:"你问我吗?我不知道。本告诉我,他打算问麦克要不要离开医院——如果他说'要',就会帮助他离开。"

"本确实试了,问那个冒牌货。"

"是吗?可是,朱伯,他们不可能事先知道本打算这么做……而且,无论如何,麦克不会跟着本离开。"

"为什么不会?那天晚些时候他跟着你离开了。"

"没错——可是,我已经是他的'水兄弟',就像你现在也是。他有这种疯狂的火星人观念,可以彻底信任曾经与他共饮一杯水的人。跟'水兄弟'在一起,他是完全温顺的……换成别人,他顽固得像头骡子。本不可能说动他。"她又说,"至少这是他上星期的样子——他的变化非常快。"

"确实如此,可能太快了。我从没看过肌肉组织发育那么迅速的人——很可惜,你们抵达那天,我没测量他的体重。算了,再回来说本——卡文迪西报告说,本送他下车,律师富里斯比先生也下了车,时间是九点三十一分,然后本留着出租飞车。我们不知道本后来去了哪里。可是,一小时后,本——或者我们暂且说,某个自称是本的人——打电话到佩奥利起降坪发送了那个信息。"

"你认为不是本?"

"我认为不是。卡文迪西报告了那辆出租飞车的车牌号码,我的探子试图查看那辆出租飞车的每日行车记录磁带。如果本是刷信用卡,而不是投币给车上的计费表,那么他的账单编号应该会记录在磁带上——但即使他付现金,磁带也应该会记录出租飞车在什么时候去过哪里。"

"怎么样？"

哈绍耸了耸肩。"记录显示，那辆出租飞车当时在维修，星期四早上完全没人使用。这就给了我们两个可能：一是诚实见证人看错或记错了出租飞车的序号，二是有人窜改了记录。"他面色严肃，又说，"也许陪审团会判定，即使是诚实见证人，也可能看错出租飞车的序号，尤其是如果没人要求他刻意记住这部分——但我不相信……更何况见证人是詹姆士·奥立佛·卡文迪西。卡文迪西若非确定那个序号，他的报告就不会提到。"

哈绍绷着脸，继续说："吉尔，你是在逼我面对自己的错误——我不喜欢这样，我一点也不喜欢！本就算可能发那个信息，也不可能窜改出租飞车的日常记录……更难以相信他有什么理由这么做。不，我们还是面对现实。本搭乘那辆出租飞车去了某个地方——有人拿到某个公共运输公司的记录，费了很大的劲隐藏他去了哪里……还发了个假信息，不让任何人察觉到他失踪了。"

"'失踪'！你的意思是被绑架了吧？"

"别急，吉尔，'绑架'是很难听的词。"

"这是唯一适用的词！朱伯，你怎么还坐在那里，毫无动作？你应该呼喊……"

"克制一下，吉尔！还有别的词，不是绑架，他可能死了。"

吉莉安垮了下来。"是的，"她无精打采地回应，"这是我真正害怕的事。"

"我也是。但我们先假定他没死，除非见到他的尸骨。但若不是这一个就是那一个——所以我们假定他被绑架。吉尔，关于绑架，最大的危险是什么？不，不必费事想破你的漂亮脑袋，我直接告诉你。

对受害者来说最危险的事,就是大喊大叫——因为如果绑架者受到惊吓,他几乎总是会杀死受害者。你想过这一点吗?"

吉莉安一脸愁容,没有回答。哈绍轻声继续说:"我不得不说,我认为本极有可能死了。他消失太久了。但我们同意,先假设他还活着——直到我们确定不是。现在,你打算去找他。吉莉安,你能不能告诉我,你会怎么着手呢?不能增加本可能会被做掉的风险,而如今还不晓得是哪一路人马绑架他的,或者可能不止一路呢?"

"啊……可是,我们知道他们是谁!"

"是吗?"

"当然知道!软禁麦克的同一帮人——政府!"

哈绍摇了摇头:"我们并不知道。这是一项假设,基于本最后被人看到时正在做的事。但这还不能确定。本的专栏树敌很多,不是只有政府的人。我可以想到好几个,若是能逍遥法外,他们会很愿意杀掉他。然而……"哈绍皱了皱眉,"我们现在能继续的依据,也只有你的假设。但不是'政府'——这个名词太笼统了。'政府'是几百万人,在华盛顿就有将近百万。我们必须自问:他到底得罪了谁?哪一个人,或是哪几个人?不是'政府'——而是哪几个人。"

"哎呀,够清楚了,朱伯。我告诉你,就像本告诉我的,是秘书长本人。"

"不对,"哈绍否认,"虽然这可能是真的,但对我们没用。无论是谁做了什么,如果是任何粗暴或非法的事,就不会是秘书长做的,即使他会从中受益。甚至不会有人能够证明他知道这件事。很可能他不会知道这件事——至少不会知道粗暴的东西。不,吉尔,我们需要查出来,在秘书长大批的走狗里面,是哪个狗头儿处理这次行动。但不是表面上听起来那么毫无希望——我认为。本被带去见那个冒牌货'火星来客'的时候,道格拉斯先生的一个行政助理来见他——想要劝他打消主意,然后跟着他一起去。现在看来,这同一个高层的走狗头儿也消失了,上星期四之后就不见人影……我认为这不是巧合,更何况他似乎一直在掌挖那个冒牌'火星来客'。如果我们找到他,我们就可能找到本。基尔柏特·柏奎斯特是他的姓名,我有理由……"

"柏奎斯特?"

"是这个姓氏。我有理由怀疑——吉尔,有什么麻烦吗?克制一下!别昏倒,拜托,我会把你丢进池里浸水!"

"朱伯,这个'柏奎斯特',可能有不止一个柏奎斯特吗?"

"嗯?我想是的……不过,从我能查到的资料看,他似乎有点儿浑蛋。可能只有一个,我指的是行政宫幕僚的那一个。怎么了?你认识他吗?"

"我不认识,但如果是同一个人……我想,找他也是白费工夫。"

"嗯……姑娘,说话。"

"朱伯……对不起——我真的很抱歉——可是,我还有一些事没告诉你。"

"人很少能说得全,好,说出来吧。"

吉莉安吞吞吐吐,结结巴巴,说了那两个人突然消失的事。朱伯只是听着。"就是那样,"她说了事情的经过,语气忧伤,"我尖叫着,吓到了麦克……他就进入了你当时看到的那种恍惚状态——然后,我吃了很多苦头才来到这里。但那个部分,我告诉你了。"

"嗯……是的,你说了。我希望你当时也告诉我这件事。"

她涨红了脸:"我以为没有人会相信我,而且我吓坏了。朱伯,他们可能对我们做什么吗？"

"嗯？"朱伯似乎很惊讶，"做什么？"

"把我们关进监狱，或是什么的？"

"噢，亲爱的，法律还没规定，发生奇迹时在场是犯罪，施行奇迹也不是。但件事有很多需要考量的，比猫儿的毛还多。先安静，让我想一想。"

吉尔安静了好一会儿。朱伯一动不动，静止了大约十分钟。终于，他睁开眼睛，说："我没看到你的问题儿童。他很可能又躺在池底了……"

"确实是。"

"……那么，下水叫他起来。帮他擦干，然后带他到我的书房。我想要弄清楚，他能不能随意再耍一次这招……我觉得我们不需要观众。不对，我们确实需要观众。告诉安妮，穿上见证人法袍——告诉她，我想要她正式见证。我也要杜克。"

"遵命，老板。"

"你还没资格叫我'老板'，你不能用来抵税。"

"是，朱伯。"

"这才对。嗯……真希望我们有什么永远不会被怀念的人在这里。很遗憾，我们都是朋友。你认为麦克这个特技，能用在无生命的物体上吗？"

"我不知道。"

"我们这就来弄清楚。那么，你还站在这里做什么？把那个小子从水底捞出来，唤醒他。"朱伯眨了眨眼，若有所思，"多好的方法，用来处理——不行，我不能受诱惑。姑娘，楼上见吧。"

第 12 章

几分钟后,吉尔来到朱伯的书房。安妮在那里,已经坐定,罩着代表诚实见证人的白袍,她看了吉尔一眼,没说什么。吉尔找了椅子坐下,没出声,因为朱伯坐在书桌前,正在口述给朵卡丝记录;他似乎没注意到吉尔来了,还在口述:

"……从四肢伸开的身体下方,浸透地毯的一角,渗到地毯外,在铺瓷砖的壁炉边上漫成暗红的一摊,吸引了两只无事苍蝇的注意。辛普森小姐以手掩口:'老天!'她用悲痛的细微声音说,'爹爹最喜欢的地毯!……还有爹爹,错不了。'本章结束,朵卡丝,连载第一期结束。寄出去,去吧。"

朵卡丝站了起来,对吉尔点头微笑,然后带着速记机离开。朱伯说:"麦克在哪里?"

"在他房间,"吉尔回答,"在穿衣服,很快就来。"

"穿衣服?"朱伯暴躁地回应,"我又没说这是正式聚会。"

"可是,他总要穿衣服。"

"为什么?我根本不在乎你们几个孩子穿着衣服,还是羊毛衬里大衣——而且今天暖和得很。去叫他进来。"

"拜托,朱伯,他总得学规矩,我那么努力教他。"

"哼!你是在试图强迫他接受你自己那种狭隘偏执、中产阶级、保守的道德观。别以为我没在看!"

"我才没有!我才不关心他的道德,只是教导他必要的习俗。"

"习俗、道德——有差别吗?女人,你明白自己在做什么吗?好,承蒙神的恩典,我们难得有个人尚未受到我们部落精神病般的禁忌影响——在这块饱受惊吓的土地,你竟然想要把他变成每一个四流盲从者的副本!既然要做,你为什么不做个彻底呢?给他一个公文包,让他无论去哪里都要随身携带——如果他没带着就让他感觉羞愧。"

"我不是在做这种事!我只是努力避免让他惹上麻烦。这是为了他好。"

朱伯哼了一声:"这是他们给雄猫动手术的借口。"

"噢!"吉尔住了口,似乎在心里默数到十。然后她拘谨又阴郁地说:"哈绍医师,这是你家,我们欠你恩情。请容我告退,我马上去带迈克尔来。"她起身就要离开。

"吉尔,等一等。"

"先生?"

"坐回去,还有,行行好,别想表现得像我这么讨人厌,你没我这么多年的练习。我先讲清楚:你们没欠我,你们欠不了——不可能的,因为我从来不做任何我不想做的事。也没有谁能,但就我而言,我一向能察觉到这一点。所以,请不要发明一个不存在的债,否则你会在不知不觉当中试着感激——这是凶险的第一步,终将走向彻底的道德沦亡。你灵悟了吗？还是不能呢？"

吉尔咬了咬唇，随即咧嘴一笑："我不确定自己是不是知道'灵悟'是什么意思。"

"我也不确定，但我打算继续向麦克学习，直到我明了。但是，我现在说的话极为认真。'感恩'是一种委婉的说法，它代表怨恨。大多数人的怨恨，我不在乎——但来自漂亮小姑娘的怨恨，实在令我难受。"

"哎呀，朱伯，我不怨恨你——这太离谱了。"

"我希望你不会……可是，如果你不打从心里根除你欠我恩情的这种错觉，你以后肯定会。日本人有五种不同的方式说'谢谢'——其中的每一种照字面直译都是怨恨，只是程度不同。但愿英语在这一点上也有同样的诚实！然而，英语却有本事定义人类神经系统不怎么能体验到的情绪，如'感恩'。"

"朱伯，你是个愤世嫉俗的老头子。我确实感激你，我会继续心存感激。"

"而你是个多愁善感的小姑娘。这么说，我们还真是完美互补的一对。嗯……不如我们去大西洋城度个不正当的放荡周末，就我们两个。"

"哎呀，朱伯！"

"我试图要求回报的时候，你就会明白你的感激有多深。"

"噢，我准备好了。我们什么时候出发？"

"哼！四十年前就该出发了。闭嘴！我要强调的第二点，就是你说得对，这孩子确实必须学习人类的习俗。可是，孩子，对着恶神阿里曼千变万化的欺世形象发誓，别在这个过程中对他洗脑。确保他对其中的每一部分都抱着怀疑的态度。"

"呃,我不确定要怎么做。朱伯——嗯,麦克心中似乎没有任何怀疑的态度。"

"是吗?好,那么,我会插手帮一把。他有什么事耽搁了?难道他现在不是早该穿好衣服了吗?"

"我去看看。"

"等一等。吉尔,我曾经对你解释为什么我还没急着指控任何人绑架本……我后来得到的几份报告提供了佐证,这大有可能是战术上正确的决定。如果本受到非法拘留(用最好听的话来说),至少我们还没逼得对方湮灭证据,也就是除掉本。如果他还活着,他有机会继续活着。可是,你们来这里的第一夜,我就采取了其他步骤。你熟悉《圣经》吗?"

"呃,不算很熟。"

"值得研读,对于大多数的紧急情况,《圣经》都能提供很务实的建议。我本来预料,随时可能有人试图从我们身边带走麦克,因为,看样子你好像没有妥善遮掩你们的行踪。如果他们真的尝试呢?嗯,这地方相当偏僻,我们又没有什么重型火炮。但有一项武器可能阻遏他们:光。有如刺眼探照灯的宣传。所以,我打了几通电话,安排将这里发生的任何骚动都宣传出去。不是政府当局可能掩盖过去的一点宣传——而是大阵仗的宣传,对全世界,而且都在同一时间。细节并不重要——我指的是摄像机安置的地点与方式,以及架设了什么样的连接——如果这里爆发战斗,就会有三家电视网收到信号,而且,在同一时间,有几份预先准备的信息将会传递给各式各样的重要人物——那些人都巴不得让我们尊贵的秘书长难堪。"

哈绍皱了皱眉:"这种防御的弱点,就是我不能无限期维持下去。老实说,当时安排的时候,我担心安排得不够快——我不晓得会冒出什么事,只是预料二十四小时内就会冒出来。现在我担心的情况却反转过来,我想我们不得不迅速采取什么行动,趁我还能让探照灯罩着我们的时候。"

"朱伯,什么样的行动?"

"我不知道。这三天来,我一直在烦恼这件事,到了食不知味的程度。但是,你后来告诉我那件令人惊奇的事,他们到本的公寓试图抓你们两个的经过,给了我一点线索,让我想到一条新的途径。"

"对不起,朱伯,我没有早点告诉你,但我觉得不会有人相信我——我必须说,我感觉好多了,你竟然相信我。"

"我没说我相信你。"

"什么?可是你……"

"我认为你说的是实话,吉尔,但梦境是某种真实的体验,催眠的错觉也是如此。但是,接下来的半个小时,在这间房里发生的事,我们会有诚实见证人看到,也有摄像机……"他倾身向前,按了一个钮,"……在转了。我认为,安妮执行任务的时候,她不可能受到催眠,我也愿意打赌摄像机不可能出错。我们应该能找出我们对付的是什么样的真相——在那之后,我们应该能决定如何着手,迫使当权者摊牌……也许想出什么方法同时帮帮本。好了,去带麦克过来。"

麦克的耽搁没有什么诡异之处,只是有些事令他烦恼而已。他不知怎么把左脚的鞋带绑到了右脚——然后站起来,绊倒自己,整个人摔在地上,在折腾的过程中扯了死结,缠紧得几乎没有希望解开。剩下的时间，他用来分析自己尴尬的处境，正确推论自己为什么失败，然后很慢很慢地解开缠结，然后正确系好鞋带，两只鞋各绑一只蝴蝶结，两脚没有联结在一起。他并没察觉自己穿衣花了太长时间；他只是懊恼自己没能正确重复吉尔已经教他做的某件事。即使到了她来带他走的时候，他早已修正了这个问题，他还是可怜兮兮地对她坦承了自己的失败。

她安抚他，请他放心，帮他梳头发，然后领着他去见朱伯。哈绍抬起头来："嘿，孩子，请坐。"

"嘿，朱伯。"瓦伦丁·迈克尔·史密斯严肃地回答，坐下——等着。吉尔感觉好像史密斯深深鞠躬了，她连忙甩掉这样的印象，事实上，他甚至没有点头致意。

哈绍将密录麦克风放在旁边，说："嗯，孩子，你今天学到了什么？"

史密斯快乐地微微一笑，然后回答——像平常一样，有些微停顿："我今天学会了后空翻一圈半。那是一种跳跃，跳水动作，进入我们的水……"

"我知道，我看到你做了。但你扑通一声，水花四溅。你要脚尖朝下，膝盖伸直，两脚并拢。"

史密斯显得闷闷不乐："我没做对吗？"

"你做得很对了，才第一次。看看朵卡丝怎么做的，几乎没有激起水花。"

史密斯慢慢想了一会儿："水灵悟朵卡丝，水珍惜他。"

"是'她'，朵卡丝是'她'，不是'他'。"

"'她'，"史密斯更正，"那么我说错话了吗？我在《韦氏新国际英语词典》(第三版)读到,语言中的阳性可以包含阴性。在1978年伊利诺伊州芝加哥出版的黑格沃斯《合同法》(第五版)的第1012页,上面说……"

"等一等,"哈绍急忙说,"是英语的问题,不是你的问题。当你在说总体情况的时候,阳性语言形态确实包含阴性——但不适用于谈到某个特定的人。朵卡丝总是'她',不是'他'。记住这一点。"

"我会记住。"

"你最好记住——否则你可能会激怒朵卡丝证明自己究竟多么有女人味。"哈绍眨了眨眼,若有所思,"吉尔,那个小伙子跟你睡觉了吗?还是跟你们其中一个呢?"

她几乎没有犹豫,断然回答:"据我所知,麦克不睡觉。"

"你回避了我的问题。"

"那么也许你最好认定我有意回避。然而,他没有跟我睡觉。"

"嗯……真讨厌,我的兴趣是在科学方面。然而,我们来探索别的事。麦克,你今天还学到了什么?"

"我学到了两种绑鞋带的方法。一种方法只适合躺下,另一种方法适合走路。我也学到了英语动词变化:I am、thou art、he is、we are、you are、they are、I was、thou wast……"

"好,这样够了。还有什么呢?"

麦克露出欣喜的微笑:"昨天,我学习驾驶拖拉机,好亮好亮好漂亮。"

"呃?"朱伯转身看着吉尔,"这是什么时候的事?"

"昨天下午,你在小睡的时候,朱伯,没事的——杜克很小心,不会让他受伤。"

"嗯……嗯，显然，他没受伤。麦克，你读书了吗？"

"读了，朱伯。"

"什么？"

"我读了，"麦克小心翼翼地叙述，"三册百科全书，从Maryb到Mushe，从Mushr到Ozon，从P到Planti。你曾经告诉我，不要一次读太多百科全书，所以我停下来。然后，我读莎士比亚大师的《罗密欧与朱丽叶》。然后，我读《卡萨诺瓦回忆录》，亚瑟·马钦翻译的英文版。然后，我读法兰西斯·威尔曼的《交互诘问的艺术》。然后，我尝试灵悟我刚才读的书，直到吉尔告诉我，我必须来吃早餐。"

"那么，你灵悟了吗？"

史密斯显得很苦恼："朱伯，我不知道。"

"麦克，你有什么困扰吗？"

"我不能充分灵悟我读到的一切。我看莎士比亚大师写的历史，读到罗密欧之死，我觉得心中充满快乐。然后，我往下读，才知道他太快尸解了——或者说我认为我灵悟的是这样。为什么？"

"因为他年少无知，蠢到家了。"

"请见谅，你说什么？"

"麦克，我不知道。"

史密斯考虑了一下，低声用火星语说了什么，又说："我只是一颗卵。"

"呃？麦克，你说这句话，通常是想要请人帮忙。这次又是什么？说吧。"

史密斯犹豫了一下，然后说了出来："朱伯，我的兄弟，能不能请你问罗密欧,他为什么尸解?我不能问他;我只是一颗卵。但你可以——然后,你可以教我灵悟这件事。"

接下来的几分钟,整个对话变得非常混乱。朱伯立刻明白了,麦克相信蒙特鸠家族的罗密欧曾经是活生生、有气息的人。然后,朱伯设法不要让自己的许多概念遭到太大的冲击,因为他发觉麦克以为自己能施什么法,召唤罗密欧的阴魂,要求罗密欧解释自己还是血肉之躯时的行为。

可是,要让麦克懂得这个概念,明白卡帕莱特与蒙特鸠两大家族没有谁曾经有任何形式的实体存在,这又是另一件事。在麦克的经验中,虚构的概念完全不存在,根本无处安放,朱伯试图解释这个概念,这对麦克造成极大的情绪困扰,吉尔担心他又要蜷成一颗球,将自己抽离。

而麦克心里知道,好险,差点就有那种必要,他已经明白,有朋友在场时不可采用这种逃避方式,因为(只有他的兄弟纳尔森医师例外)这总是引起他们情绪上的困扰。于是他费了好大的劲,放慢自己的心脏,平静自己的情绪,然后微微一笑:"我会等待,直到灵悟自行出现。"

"那样比较好,"朱伯同意,"但从此以后,在你阅读任何东西之前,先问我或吉尔,或是问某个人,那个是不是虚构的。我不想要你搞混。"

"我会问,朱伯。"麦克决定,等到他确实灵悟这个奇异的概念时,他必须充分报告给元老们……却突然开始纳闷儿元老是否知道"虚构"。竟然可能有什么事物让元老觉得陌生,这实在不可思议。在他看来,这比虚构还要颠覆(简直是异端),因为虚构的概念就够

177

诡异了，他连忙放到一边冷却，留待日后深层沉思。

"……不过呢，我找你来这里，"他的兄弟朱伯正在说，"不是为了讨论文学形式。麦克，你记得吉尔带你离开医院的那天吗？"

"医院？"麦克复述。

"朱伯，我不确定，"吉尔打岔说，"麦克可曾知道那是医院——至少我从来没告诉他这个。我来试试看。"

"去吧。"

"麦克，你记得你原来在一个地方，你一个人住在一个房间里，后来，我帮你穿衣服，带你离开。"

"对的，吉尔。"

"然后，我们去了另一个地方，我帮你脱衣服，给你洗澡。"

史密斯微笑着，沉浸在愉快的回忆中："是的，很大的快乐。"

"然后，我开暖风帮你吹干——然后，有两个男人进来。"

史密斯的笑容消失了。他重温了做决定的那一条关键分界线，以及当时有多恐怖：他发现自己不晓得怎么回事，竟然选择了错误的行动，伤害了他的水兄弟。他开始颤抖，要把自己缩成一团。

吉尔高声说："麦克！停止！立刻停止！不准你离开！"

麦克控制住自己的本体，做了水兄弟要求他做的事。"好的，吉尔。"他答应了。

"听我说，麦克，我要你想起那个时候——但你不可犯愁或离开，只要回想就行。有两个男人在那里，其中一个人拉你出来，进入起居室。"

"地板有欢乐小草的房间。"他回答。

"对的，他拉你出来，进入地板有草的房间，我想要阻止他。他打我,然后他不见了。你记得吗?"

"你不生气吗?"

"什么?不会,完全不生气,但我吓坏了。一个男人消失了,然后另一个人用枪指着我——他也不见了。我很害怕——但我并不生气。"

"你现在不生我的气吗?"

"麦克,亲爱的——我从不曾生你的气,但有几次是吓坏了。我当时很害怕——但我现在不怕了。朱伯和我想要知道发生了什么事。那两个男人在那里,跟我们在那个房间。那时候,你做了什么事……他们就不见了。你做了两次。你做了什么事?你能告诉我们吗?"

"是,我会告诉你们。那个男人——大个子——打了你……我也害怕了。所以我……"他用火星语咕哝了几声,随即一脸困惑,"我不知道用什么单词。"

朱伯说:"麦克,你能不能用很多单词,一次解释一点点呢?"

"我会试,朱伯。有什么东西在那里,在我前面。那是错的东西,不可以在那里,它必须走开。所以我伸手出去,然后……"他又住了口,显得茫然不知所措,"这是那么简单的事,那么容易的事。任何人都能做到。绑鞋带困难多了。但没有单词。很抱歉,我会学更多单词。"他考虑了一下,"也许适用的词在 Plants 到 Raym、Rayn、Sarr 之间,或是从 Sars 到 Sorc。我今晚会读,早餐的时候告诉你。"

"也许吧!"朱伯承认,"稍等一下,麦克。"他站起来,离开书桌,走到一个角落,拿着一个大纸板箱回来,不久前,箱里还有十二瓶标准容量的白兰地。"你能不能让这个离开呢?"

"这是错的东西,不可以在这里吗?"

"嗯，假设是。"

"可是……朱伯，我必须知道这是错的东西。这是一个酒箱，我不灵悟它的存在有错。"

"嗯……我明白了。我想我明白。假设我拿起这个酒箱，扔向吉尔的头呢？用力一扔，这样就会伤害她呢？"

史密斯用温柔的悲伤语气说："朱伯，你不会对吉尔做那样的事。"

"呃……真要命，我猜想我不会。吉尔，你要不要把酒箱扔向我？对准，用力扔——如果麦克不能保护我，也只是会擦伤头皮。"

"朱伯，我不怎么喜欢这个点子。"

"噢，快点吧！为了科学……也为了本·卡克斯顿。"

"可是……"吉尔突然跳起来，抓了酒箱，就对准朱伯的头扔过去。朱伯打算站稳身体，承受冲击——但本能与习惯赢了，他躲开了。

"没打到我，"他说，"可是，去了哪里？"他环顾四周。"该死，我没注意看。我还打算一直盯着不眨眼的。"他看着史密斯，"麦克，是不是那样？孩子，怎么回事？"

火星来客颤抖着，看起来很不快乐。吉尔急忙奔向他，搂住他的肩膀："好了，好了，亲爱的，没事了！你做得很漂亮——无论你做了什么。箱子根本没碰到朱伯，就那么消失了。"

"我猜是这样，"朱伯承认，环顾四周，咬着拇指，"安妮，你刚才看着吗？"

"是的。"

"你看到了什么？"

"酒箱并不是单纯消失。这个过程不完全是瞬间的，而是持续了算是可测量的几分之一秒。从我坐的地方看过去，它似乎非常非常迅速地收缩，仿佛消失到远处。但它没去书房外面，因为我看得见，直到它消失的那一刹那。"

"可是，去了哪里？"

"我能报告的只有这么多。"

"嗯……我们稍后再来检查影片——但我信了。麦克……"

"是，朱伯？"

"那个酒箱现在去了哪里？"

"那个酒箱……"史密斯停顿了一下，"我再一次找不到词，我很遗憾。"

"我并不遗憾，但我确实糊涂了。那么，孩子，你能不能再伸手进去，把它拖出来，把酒箱带回这里呢？"

"请见谅，你说什么？"

"你让它离开了，现在让它回来。"

"我怎么可能做到呢？酒箱不在了。"

朱伯像是陷入沉思："假如这个方法哪天流行起来，我们必须修订关于犯罪事实的规则。'我有一张小小名单……永远不会怀念他们。'吉尔，我们会找别的东西，它们要能变成某种不算太致命的武器；这次我会睁大眼睛注意。麦克，要做到这招，你必须距离多近？"

"请见谅，你说什么？"

"你的施展范围有多大？倘若你站在外面的走廊，而我在后面的窗边——噢，比如说三十英尺——你能阻止那个酒箱击中我吗？"

史密斯显得有点惊讶:"是的。"

"嗯……过来这里,靠近窗子。现在,往下看着游泳池那里。假设吉尔和我在池子的另一边,你就站在现在这个地方。你可以从这里阻止酒箱吗?"

"可以,朱伯。"

"嗯……假设吉尔和我出去,站在闸门那里的路上,也就是四分之一英里外的地方。那里有灌木丛遮挡着闸门,假设我们就站在灌木丛的这一侧,你可以清楚地看到我们。那样会太远吗?"

史密斯犹豫了很久,然后慢慢地说:"朱伯,这不是距离。不是看,而是知道。"

"嗯……我们来看看,我能不能灵悟,或是灵悟其中一部分。一件东西多远或多近并不重要,你甚至不必看到事情发生。但如果你知道有一件坏事正在发生,你就能伸手制止。对吗?"

史密斯显得有点为难:"几乎对了。但我离巢不久,若要知道,我必须看见。但元老不需要眼睛就会知道。他知道,他灵悟,他行动。我抱歉。"

"我不知道你有什么好抱歉的,孩子,"朱伯粗声说,"十分钟后,和平部长就会宣告你是最高机密。"

"请见谅,你说什么?"

"没关系,你做的在这一带算是相当好了。"

朱伯回到书桌前,若有所思地环顾四周,然后拿起一个沉重的金属烟灰缸:"吉尔,这次别瞄准我的脸,这东西有尖角。好,麦克,你退出去,站在外面的走廊。"

"朱伯……我的兄弟……请不要!"

"孩子，有什么困扰吗？几分钟前，你做得很漂亮。我想再来一次示范——这次，我不会让视线移开。"

"朱伯……"

"吉尔，什么事？"

"我认为我灵悟了麦克在烦恼什么。"

"那就告诉我，因为我不明白。"

"我们安排了一项实验，要我用那个酒箱攻击伤害你。但我们两个都是他的水兄弟——所以麦克很苦恼，我竟然试图伤害你。我想，这样做也许没有火星人的节操，造成麦克左右为难，忠诚分裂。"

哈绍皱了皱眉："也许应该受到非火星人活动委员会的调查。"

"朱伯，我不是在开玩笑。"

"我也不是——因为我们可能很快就需要这样的委员会。我纳闷儿着欧莱利太太的牛踢到灯笼的时候，它有什么感觉？好了，吉尔，你坐下，我换个方式做实验。"哈绍把烟灰缸拿给麦克，"小伙子，感觉一下这东西有多沉重，也看看那些尖角。"

史密斯有点小心翼翼地仔细检查。哈绍继续说："我打算把它往上抛，飞向天花板——让它掉下来的时候击中我的脑袋。"

麦克盯着他："我的兄弟……你现在要尸解了吗？"

"呃？不，不！这个不会砸死我，我也不想死。但这东西会伤到我——除非你阻止它。我们开始！"哈绍把它直直往上抛，飞到距离高处的天花板只有几英寸，眼睛一直盯着，就像等待机会用头顶传球的足球员。他专心看着，同时还用一部分的心思想着，在最后一瞬间，要把脑袋一偏，可不能让它砸中，否则那个沉重、丑陋的东西肯定会给他的头皮造成严重的伤口——还有一小片的心思却冷冷地想

183

着，自己绝对躲不过这个物件；他一向不喜欢它——但这是别人送的一件礼物。

烟灰缸到了抛物线的最高点，停在那里。

哈绍看着它，感觉好像自己卡在电影停格的画面。过了一会儿，他才想起来要呼吸，也发现自己需要，迫切需要。他没有移开视线，他哑着嗓子说："安妮，你看见什么？"

她用单调的语气回答："那个烟灰缸停在距离天花板五英寸的地方。我看不见有任何东西在支撑它。"然后她用不太确定的语气补充说："朱伯，我认为我看到的情况是这样……可是，如果摄像机放映出来的不一样，我打算上缴我的法袍，撕掉我的执照。"

"呃，吉尔？"

"它飘浮着，就这么飘浮着。"

朱伯叹了一口气，回到自己的座位，重重坐下，眼光一直不曾离开那个违背规律的烟灰缸。"麦克，"他说，"出了什么错？为什么它没有像酒箱那样消失？"

"可是，朱伯，"麦克语带歉意地说，"你说阻止它，没说让它离开。刚才我让酒箱不在，你又想要它在。我做错了吗？"

"噢，没有，你做得很对。我老是忘记你总是按照字面意义理解。"哈绍想起早年某些常挂在口头上的骂人言辞——用力提醒自己，绝对、绝对不准对迈克尔·瓦伦丁·史密斯用诸如此类的话——因为倘若他告诉这小子去死，或是消失，哈绍现在确信，这小子肯定会马上按照那些话的字面意义去做。

"我很高兴，"史密斯严肃地回答，"很抱歉我不能让酒箱回来。再次抱歉，我浪费了那么多食物。但我当时不知道还能怎么办。

当时有必要那样做，或者说我灵悟的是这样。"

"呃？什么食物？"

吉尔急忙说："朱伯，他说的是那两个人，柏奎斯特，还有跟他一起的警察——如果他真的是警察——詹森。"

"噢，是。"哈绍反省了一下，他自己对食物仍然保留着非火星人的想法，至少下意识还是这样，"麦克，我不会担心浪费那个'食物'。肉很有可能老得嚼不动，而且味道欠佳。我怀疑肉品检验员会不会判定他合格。事实上，"他想起联邦对"长形猪"的公约，补充说，"我确定，他们肯定会被宣告为不宜食用。所以就别担心这件事了。更何况，就像你说的，当时有必要。你充分灵悟到了，做了对的行动。"

"我很欣慰，"麦克回答，好像松了一大口气，"唯有元老能确定在分界线做对行动……我还有很多要学习，还有很多要成长，才可以加入元老。朱伯，我可以移动那个吗？我累了。"

"你要让它离开吗？做吧。"

"但现在我不能。"

"呃？为什么不能？"

"你的头不在那底下了。我没有灵悟到它在那里有错。"

"噢，好，移动吧。"哈绍继续看着烟灰缸，以为它会飘到自己头上的位置，因此又变得有错。可是，烟灰缸反而以缓慢稳定的速度向下移动，再往旁边移动，直到接近桌面，盘旋了一会儿，然后滑向一个空位，做到几乎没有声息地降落。

"感谢你，朱伯。"史密斯说。

"呃？感谢你，孩子！"朱伯拿起烟灰缸，好奇地检查。它既不热也不冷,也没让他的手指头刺痛——就像五分钟前一样丑陋、过度装饰、寻常、脏污。"是,感谢你,自从帮佣姑娘带我上阁楼那天之后,这是最令我惊奇的体验。"他抬起头来,"安妮,你曾经在莱茵受训。"

"是。"

"你见过悬浮吗?"

她稍微犹豫了一下:"我见过有人用骰子做到所谓的心灵致动——但我不是数学家,而且我不能作证说我看到的就是心灵致动。"

"真要命,如果碰上阴天,你不会作证说太阳升起了。"

"我怎么能呢?可能有人在云层上方提供人造光。我的一个同学好像能使物体悬浮,差不多一支回纹针的质量——但他必须达到三杯的酒醉程度,有时候他完全做不到。我一直不能对这个现象做够仔细的检验,达到足以作证的程度……有一部分是因为我通常到那时也有三杯的酒醉程度。"

"那么,你从没看过像这样的事吗?"

"没有。"

"嗯……我需要你见证的部分就到这里,我信了。如果你想留下来看看还会发生什么事,请挂好你的法袍,自己找椅子坐。"

"谢谢,我会——两样都做。但是,想到你给吉尔讲过的清真寺及犹太会堂的课,我会先回房更衣。我可不想打扰你们的教学。"

"随你便。你出去的时候,叫醒杜克,告诉他,我要他把那两台摄像机再保养一下。"

"遵命,老板,先别让任何令人惊奇的事发生,等我回来。"安妮走向门口。

"不能保证。麦克，过来这里，坐在我的书桌旁边。吉尔，你也是——靠过来这里。现在，麦克，你能让那个烟灰缸升高吗？给我看看。"

"好的，朱伯。"史密斯伸手去拿。

"不是这样！"

"我做错了吗？"

"没有，是我的错。麦克，放回去。我想要知道，如果不碰触，你可以让那个烟灰缸升高吗？"

"可以的，朱伯。"

"怎么样？你累了吗？"

"不会，朱伯，我没有太累。"

"那是怎么回事呢？这必须有某种'错'吗？"

"不用的，朱伯。"

"朱伯，"吉尔打岔说，"你没告诉他去做——你只是问他能不能做到。"

"噢，"朱伯好像有点不好意思，难为情的程度是他能表现的极限，这并不多，"我该记住的。麦克，请你不要用你的手碰触，让那个烟灰缸升高到书桌上方一英尺处，好吗？"

"好，朱伯。"烟灰缸升高了，稳稳飘浮在书桌上方。"朱伯，你要测量吗？"麦克焦虑地说，"如果我做错了，我会移上去或下来一些。"

"这样就行了！你能把它留在那里吗？如果你累了就告诉我。"

"我能。我会说。"

"你能不能同时让别的东西升高？比如说这支铅笔呢？如果你

187

能，那就做。"

"好，朱伯。"铅笔整齐地排在烟灰缸旁。

应观众要求，麦克让桌上的其他几件小物加入那层飘浮的物件。安妮回来，拉了椅子坐下，看着表演，一言不发。杜克进来，扛着一张四脚梯，看了这群人一眼，又看了第二眼，但没说什么，只是把梯子安置在一个角落。终于，麦克迟疑地说："我不确定，朱伯，我……"他住了口，似乎在搜寻某个词，"我对这些事很笨。"

"别把自己累坏了。"

"我可以再多想一个。我希望。"麦克对面桌上的一件镇纸微微震动，往上升——十几件飘浮的东西一下子掉了下来。麦克似乎快要哭了，不过没有眼泪："朱伯，我很抱歉。我非常抱歉。"

哈绍轻拍他的肩膀："你应该自豪，不是抱歉。孩子，你似乎没察觉，但你刚才做的事……"朱伯寻找某个比喻，又迅速抛弃了脑海中冒出来的许多例子，因为他发觉这些完全搭不上麦克的经历，"你刚才做的事比绑鞋带困难多了，在我们看来，比完美做到后空翻一圈半精彩多了。你做得，呃，'好亮好亮好漂亮'。你灵悟了吗？"

麦克显得很惊讶："我不确定，朱伯，我不该感觉羞愧吗？"

"你绝对不该感觉羞愧。你应该感觉自豪。"

"是的，朱伯，"他心满意足地回答，"我感觉自豪。"

"很好。麦克，不碰触的话，我连一个烟灰缸都不能让它升高呢。"

史密斯显得很吃惊："你不能吗？"

"不能，你能教我吗？"

"好，朱伯。你……"史密斯突然住了口，显得很尴尬，"我又没有词了。对不起，但我会阅读，我会阅读再阅读，直到我发现词。然后，我会教我的兄弟。"

"别把心思放在那上面。"

"请见谅，你说什么？"

"麦克，如果你找不到对的词，不要觉得失望。在英语当中，你可能找不到。"

史密斯想了相当久："那么，我会教我的兄弟我巢里用的语言。"

"也许吧！我会想要试试——但你可能来迟了差不多五十年。"

"我的行动错了吗？"

"完全没有。我以你为荣。一开始，你可以先试着教吉尔说你的语言。"

"会让我喉咙很痛。"吉尔插嘴。

"试试用阿司匹林加水漱口，"朱伯看着她，"这是很愚蠢的借口，护理师——但我突然想到，这给了我一个借口，把你挂到薪资账册上……因为我怀疑他们还会不会接受你回贝塞斯达去。好吧，你是我的火星语言学研究助理……包括可能需要的额外职责，跟姑娘们协调。安妮，把她记到薪资账册上——也要确实输入税务记录。"

"她来到这里的第二天就开始分担厨房的工作。我要回溯吗？"

朱伯耸了耸肩："别拿细节来烦我。"

"可是，朱伯，"吉尔尖声抗议，"我认为我学不来火星语！"

"你可以试试看，不行吗？哥伦布就是那样做的。"

"可是……"

"你刚才对我讲那个'感恩'是什么空话？你要接受这个职位吗？或是不要？"

吉尔咬了咬唇:"我会接受。是的……老板。"

史密斯怯怯地伸手去碰她的手:"吉尔……我会教。"

吉尔轻拍他的手:"谢谢,麦克。"她看着哈绍:"我会学,就为了气你!"

他对她咧嘴一笑,态度亲切:"这是我完全灵悟的动机——你会好好学习。接着谈正事——麦克,还有什么事是你做得到,而我们做不到的?除了让东西离开——当这些东西有'错'的时候——以及不碰触就能让东西升高。"

史密斯一脸困惑:"我不知道。"

"他怎么可能知道呢?"吉尔抗议说,"他又不是真正知道我们能做什么,不能做什么。"

"嗯……也对。安妮,把那个职称改成'火星语言学、文化及技术研究助理'。吉尔,学习他们的语言,你一定会偶然碰见一些有所不同、真正不同的火星事物——你碰见的时候,请告诉我。关于某个文化的一切,任何事物,都能从语言的表现形式推测出来——你大概够年轻,还能学着像火星人那样思考……我担心我不够年轻。而你呢,麦克,如果你注意到什么你做得到但我们做不到的事,请告诉我。"

"朱伯,会是什么样的事呢?"

"我不知道。像是你刚才做的事……以及能够留在池底很久,比我们能留的时间长多了。嗯……杜克!"

"老板,怎么了?我现在两手都抓满了胶卷,先别打扰我。"

"你还能说话吧?我注意到池子相当混浊。"

"是啊,我打算今晚加沉淀剂下去,早上再用真空吸。"

"含菌量怎么样？"

"数量还好，水要端上桌喝都够安全，只是看起来脏脏的。"

"暂时让池水保持混浊，照常检验就行。我要清理的时候再让你知道。"

"见鬼了，老板，池子水看起来像洗碗水，没有人喜欢在里面游泳。要不是这星期发生了那么多鸟事，我早就收拾好了。"

"要是有谁太挑剔，不想游泳，也可以保持干爽。别再唠叨了，杜克，我以后再解释。胶卷准备好了吗？"

"五分钟。"

"好。麦克，你知道枪是什么吗？"

"枪，"史密斯小心翼翼地回答，"是一件武器，通过某种爆炸物——例如火药——的力量发射弹丸；结构包含一端封闭的管或筒，其中……"

"好了，好了。你灵悟这个吗？"

"我不确定。"

"你看过枪吗？"

"我不知道。"

"哎呀，你当然看过。"吉尔打岔说，"麦克，回想我们刚才说的那个时候，在地上有草皮的房间——但先别急着苦恼！那个大男人打我，你记得。"

"是的。"

"另一个男人拿着东西指着我。在他的手里。"

"是的，他用一个坏东西指着你。"

"那就是枪。"

"我有想到，表示那个坏东西的词可能是'枪'。《韦氏新国际英语词典》（第三版）……"

"行了，孩子，"哈绍急忙说，"那当然是一把枪。现在，仔细听我说。如果再有人用枪指着吉尔，你会怎么做呢？"

史密斯停顿得比平常更久："如果我浪费食物，你不会生气吗？"

"不会，我不会生气。碰到诸如此类的情况，没有人会对你生气。但我还想弄清楚别的事。你能不能只让枪离开，不让拿枪的人离开呢？"

史密斯考虑了一下："保存食物吗？"

"呃，我不完全是那个意思。你能不能让那把枪离开，而不伤到那个人呢？"

"朱伯，他完全不会受伤。我会让那把枪离开，但那个人，我只会停止。他不会感觉痛苦。他只会尸解，他留下的食物完全不会损坏。"

哈绍叹了一口气："是的，我相信是这样。但你能不能只让枪离开，不做别的事呢？不要'停止'那个人，不要杀他，只要让他继续活着？"

史密斯考虑了一下："那样会比同时做两件事容易得多。可是，朱伯，如果我留他活着，他可能还是会伤害吉尔。或者说我是这么灵悟的。"

哈绍停顿了一会儿，只是提醒自己，这个天真无邪的宝宝既不幼稚，也不天真——他开始有点概念，无论多么模糊，这孩子来自一个高度发展的文明，在某些很神秘的地方，先进程度远远超越人类文化……这些天真的话语出自一个超人——或者不说"超人"，暂时用什么词来代替。然后，他回答史密斯，最谨慎地选择用词，因为他想到了一个危险的实验，可不想引起语义方面的不幸事故，导致灾难随之而来。

"麦克……如果你来到某个'分界线'——在那里，你必须做什么事来保护吉尔，你就做吧。"

"是，朱伯。我会。"

"不要担心浪费食物，不要担心别的事。保护吉尔。"

"我会一直保护吉尔。"

"好。但假设有一个人用枪指着某个人——或者只是握在手里。假设你不想杀他……但你需要让那把枪离开。你能做到吗？"

麦克只短暂停顿了一下。"我认为我灵悟了。枪是错的东西。但可能有需要让人继续活着。"他想了一下，"我能做到。"

"好。麦克，我会给你看一把枪。枪是错的东西。"

"枪是很错的东西，我会让它离开。"

"不要一看见就让它离开。"

"不要吗？"

"不要。我会把枪拿起来，开始指着你。像这样。在我能指向你之前，就让它离开。但不要阻挡我，不要伤到我，不要杀掉我，不要对我做任何事。只要处理那把枪。也别把我当成食物浪费。"

"噢，我绝对不会，"麦克诚挚地说，"当你尸解的时候，我的兄弟朱伯，我希望能够允许我亲自吃你，每一口都赞美你、珍惜你……直到我充分灵悟你。"

哈绍控制住自己几十年不曾感觉过的晕船反射，严肃地回答："谢谢你，麦克。"

193

"我才必须谢谢你,我的兄弟——如果是我比你先被选中,我希望你会发现我值得灵悟。与吉尔一起分享我。你会与吉尔分享我吗?可以吗?"

哈绍看了吉尔一眼,见到她的脸色安详如常——心想她可能曾经是稳如磐石的专业手术护士。"我会与吉尔分享你,"他严肃地说,"可是,麦克,我们任何一个都不会是食物,今天不会,最近不会。现在,现在我要给你看这把枪——你要等到我说……然后你要很小心,因为我还没准备好尸解,我还有很多事要做。"

"我会小心,我的兄弟。"

"好。"哈绍俯身向前,稍微咕哝了一声,打开他书桌下层的一个抽屉,"看这里面,麦克,看到枪了吗?我会把这个拿起来。但先别做什么,等到我告诉你。姑娘们——起来,移到左边;我不想让枪口指着你们。好的,麦克,还没好。"哈绍伸手拿出抽屉里的枪,很老式的警察特装。"准备好,麦克,现在!"哈绍尽力将武器瞄准火星来客。

他的手突然空了。没有震动,没有摇晃,没有扭转——枪不见了,就这样。

朱伯发现自己在颤抖,赶紧打住。"完美,"他对麦克说,"你在我还没对准你时就做了,漂亮极了。"

"我很快乐。"

"我也是。杜克,都录进摄像机了吗?"

"是的,我插入了新的胶卷。虽然你没说。"

"好,"哈绍叹了一口气,觉得很疲倦,"今天就到这里了,孩子们。走吧,去游泳。安妮,你也去。"

安妮说:"老板,影片录到的情形,你会告诉我吗?"

"要留下来看吗?"

"噢,不!不行,我不能看自己见证过的部分。但我会想知道——以后——我有没有失误。"

"好吧。"

第 13 章

他们离开之后,哈绍正准备指示杜克做些什么,却暴躁地说:"你脸色那么难看是怎么回事?"

"老板,我们什么时候才会甩掉那个食尸鬼?"

"食尸鬼?哎呀,你这乡下来的野人!"

"好嘛,我从堪萨斯来的,你不会在堪萨斯发现任何食人案例——再往西部更远处才有。对于谁是野人,谁不是,我有自己的看法……但我要在厨房吃饭,直到我们甩掉他。"

哈绍冷冰冰地说:"是吗?你别自找麻烦。只要五分钟,安妮就能把你的薪资结清支票准备好……你要打包你的漫画书,以及你另一件衬衫,应该用不了十分钟。"

杜克本来正在设置放映机。他停了下来,挺直身子:"噢,我又没说我要离职。"

"小伙子,在我听来就是那个意思。"

"可是……我的意思是,搞什么鬼呀?我在厨房吃饭的次数很多。"

"确实是。为了你自己省事，或是避免给姑娘们造成额外的工作，或是诸如此类。你可以在床上吃早餐，我也不管，如果你能买通姑娘们端给你的话。但睡在我屋里的人，谁也不准因为不想跟别人同桌用餐，就不肯在我的餐桌上吃饭。我碰巧是某个几乎灭绝的种族，一个老派的绅士——意思就是只要我高兴，我可能脾气暴躁得很。我现在就高兴这样……也就是说，不允许任何一个无知、迷信、有偏见的土包子告诉我，谁适合或不适合在我家的餐桌上进食。如果我选择和税吏并罪人一同吃饭，那也是我的事。但我不会选择与法利赛人分食面包。"

杜克涨红了脸，慢吞吞地说："我应该揍你一拳——如果你我年纪差不多，我就会。"

"不必考虑年纪，杜克，我可能比你想的更结实……即使我打不过你，骚动大概也会引来别人。你以为你应付得了火星来客吗？"

"他？我用一只手就能把他拆成两半！"

"有可能……如果你的手能碰到他的话。"

"嗯？"

"你看到了我拿手枪指着他。杜克——那把枪在哪里？在你动用你的肱二头肌之前，先停下来思考——或者随便你用什么代替思考都行。找到那把枪，然后告诉我，你是否仍然认为你能把麦克拆成两半。但请先找到那把枪。"

杜克皱起了额头，然后继续设置放映机："某种巧妙的手法，影片会证明。"

哈绍说："杜克，先别弄那台放映机了。坐下！我会等你离开之后再来处理，自己放影片。但我想要先跟你谈一谈。"

"嗯？朱伯，我不希望你碰这台放映机。每次你一碰，都要搞出问题。这是很精细的机械。"

"我叫你坐下。"

"可是……"

"杜克，这是我的放映机，若是我愿意，我可以砸烂那个鬼东西。或者，我会叫赖瑞帮我处理。可是我不会接受已经辞职的人继续服务。"

"见鬼了，我又没辞职！是你乱发脾气，大声嚷嚷，无缘无故要炒我鱿鱼。"

"坐下，杜克，"哈绍轻声说，"要么就坐下……让我试着救你的命——不然就尽快离开这个地方，我再把你的衣物、薪水寄给你。别停下来打包，风险太大了。你可能活不了那么久。"

"你说这话到底是什么意思？"

"就是我说的意思。杜克，无论你是辞职或是被解雇都无关紧要；当你宣布你不要在我家餐桌上吃饭时，你就终止了你在这里的工作。然而，倘若你死在我的地方，我会觉得很不爽。所以，坐下，我会尽我所能避免这种事。"

杜克看起来很吃惊，张开嘴巴——又合上，坐了下来。哈绍接着说："你是麦克的水兄弟吗？"

"嗯？当然不是。噢，我听过这样的瞎扯——但这是胡闹，如果你问我的话。"

"不是胡闹，而且没人问你；你没有足够的能力可提供这方面的见解。"哈绍皱了皱眉，"太糟了，我明白了，我不只必须让你走——杜克，我不想炒你鱿鱼，你做得很好，维持这里的玩意儿正常运作，省得我伤脑筋应付我完全没兴趣的机械问题。但我不仅必须让你安全离开这个地方，也必须马上搞清楚这里还有谁对麦克而言还不是水兄弟……要么确保他们成为水兄弟——不然就得让他们离开这地方，免得他们出事，"朱伯咬了咬唇，盯着天花板，"也许这样就够了，只要麦克郑重保证，没有我明确允许，绝不伤害任何人。嗯……不，我不能冒这种风险。这里有太多的互相捉弄——总是有意想不到的可能，麦克也许会误解原本只是图个好玩的事。假设你——或者应该说赖瑞，因为你不会在这里了——把吉尔抓起来，扔进游泳池，赖瑞可能会跟那把枪去同样的地方，我还来不及向麦克解释，一切只是好玩而已，吉尔没有危险。我可不希望赖瑞由于我的疏忽而送命。赖瑞的愚蠢行为，那是他的事，但不该由于我的粗心大意而折寿。杜克，我相信每个人都是用自己的方式毁灭自己……然而，成年人不能用这个借口，拿雷管给小婴儿当玩具。"

杜克慢悠悠地说："老板，你的语气好像拉链没拉就过来了。麦克不会伤害任何人——啧，讲这种食人的事让我很想吐，但别搞错我的意思。我知道他只是野人，还不懂事。见鬼啦，老板，他温顺得像小羊羔，绝对不会伤害任何人。"

"你这样想吗？"

"我很确定。"

"是吗？你房间有两三把枪。我说他危险。现在是火星人狩猎季，所以挑一把你信得过的枪，下楼去游泳池那里，杀了他。不必担心法律问题，我会担任你的律师，保证你不会被起诉。去做吧！"

"朱伯……你不是认真的。"

"我不是认真的，因为你做不到。假如你尝试，你的枪就会跟我

199

的枪去同样的地方——倘若你把他逼急了，你大概也会跟着去。杜克，你不知道自己在乱讲什么——我也不知道，只是我知道这很危险，而你不知道。麦克不是'温顺得像小羊羔'，而且他不是野人，我怀疑我们才是野人。养过蛇吗？"

"呃……没养过。"

"我养过，童年的时候，我以为我长大会成为动物学家。当时我在佛罗里达，有一年冬天，我抓到一条蛇，我以为那是猩红蛇。知道它们什么模样吗？"

"我不喜欢蛇。"

"又是偏见，阶级偏见。大多数的蛇无害、有用，养着好玩。猩红蛇很漂亮——红、黑、黄相间——性情温顺，很适合当宠物。我认为这个小家伙喜欢我，用它那种迟钝的爬行类的方式。当然，我知道如何弄蛇，怎样才不会惊动它们，不让它们有机会咬人，因为即使是无毒的蛇，被咬到也很烦人。但我很喜欢这个宝贝。它是我采集到的珍品。我常常带它出去，炫耀给大家看，托着它的后脑袋，让它缠绕着我的手腕。

"有一天，我有机会给坦帕动物园的爬行学家看我的收藏——我先向他炫耀我的宝贵珍品。他几乎歇斯底里地发作。我的宠物不是猩红蛇——而是幼年的珊瑚蛇，属于美洲眼镜蛇科……北美最致命的蛇。杜克，你明白我要讲的重点吗？"

"我明白养蛇很危险。我大可告诉你。"

"噢，我的天！我那时已经养了响尾蛇和食鱼蝮。毒蛇并不危险，不会比上膛的枪更危险——无论是蛇或枪，前提都是要处理得当。那条珊瑚蛇之所以危险，是因为我还不知道它是什么，它能做什么。倘若我由于无知而粗心大意地对待它，它会害死我，就像小猫抓伤人那样无意又无辜。对于麦克，这就是我要告诉你的。他似乎温顺得像小羊羔——我相信他真的很温顺，而且只要是他信任的人，他都友好得毫无保留。可是，如果他不信任你——那么，他就不是表面上看起来的样子。他似乎是普通的年轻男人，发育不全、笨拙得很明显，而且无知得深不可测……但很聪明、非常温顺，而且渴望学习。这一切都是事实，考虑到他的血统出身，以及他奇异的背景，也不令人惊讶。可是，就像我的宠物蛇，麦克不是表面上看起来那么单纯。如果麦克不信任你，盲目且毫不保留，他可能会立即变得有攻击性，而且比那条珊瑚蛇致命多了。尤其是如果他以为你要伤害他的一个水兄弟，如吉尔，或是我。"

哈绍忧伤地摇了摇头："杜克，几分钟前，我告诉你关于你自己某些日常事实的时候，倘若你克制不住本性的冲动，真的揍我一拳，而且倘若麦克就站在你身后的门口……嗯，我确信，你根本没有机会，完全没有。你还没搞清楚怎么回事就死了，事情发生得太快，我来不及阻止他。然后麦克会悲伤难过地道歉，因为他'浪费食物'——也就是你健壮、结实的躯体。噢，他会为此感到内疚，你刚才听到他说了。但他不会为了杀死你而感到内疚，是你逼他不得不这做……而且反正不是重要的事，对你而言也没什么大不了。你知道，麦克相信你的灵魂不死。"

"嗯？嗯，见鬼，我也信。可是……"

"你信吗？"朱伯冷冷地说，"我怀疑。"

"哎呀，我当然信！噢，我承认我不常上教堂，但我受到适当的教养。我不是离经叛道的人，我有信仰。"

"好。虽然我自己从来不能理解信仰，我也想不通，一个公正的神，怎么可能指望他创造出来的生物，要从数不尽的假宗教当中，挑选出唯一真理的宗教——仅仅靠着信仰。在我看来，这样管理一个组织实在草率，无论这个组织是宇宙，还是比较小的单位。不过，既然你有信仰，而且相信你自己灵魂不死，我们就不需要再添麻烦，担心你的偏见可能导致你早逝。那么，你想要火葬还是土葬呢？"

"嗯？噢，拜托，朱伯，别再故意惹我生气了。"

"绝对没有，只要你坚持认为某一条珊瑚蛇是无害的猩红蛇，我就不能保证你会安全离开我的地方——你犯的任何失误，都可能是你的最后一次。但我答应你，我不会让麦克吃你。"

杜克张大了嘴，愣了一阵子才终于回答，语气暴躁、脏话连篇、语无伦次。哈绍听着，然后恼火地说："好吧，好吧，可是先安静下来。你可以跟麦克讨论任何你喜欢的安排。我以为我是在帮你忙。"哈绍转身，弯腰调整放映机，"我想要看看这些画面。如果你愿意，留下来等我看完。可能比较安全。该死！"他又说："讨厌的东西，搞得我很恼火。"

"你不能用蛮力硬来。这里……"杜克把哈绍没弄好的调整做完，然后继续处理，插入第一盒胶卷卡匣。两人都没再提起杜克到底是不是仍然为朱伯工作的问题。摄像机是米切尔牌，放映机是雅西农桌上型立体箱，有适配器可接受兰德"实影音"的四毫米胶卷。不一会儿，他们就听到、看到在白兰地酒空箱消失之前发生的各种情况。

朱伯看着酒箱被扔向自己的头，看到它在半空中突然不见。"够了，"他说，"安妮知道了会很高兴，摄像机证实了她的说法。杜克，我们再看一次最后一小段，用慢动作。"

"好，"杜克倒带回去，然后说，"这是十分之一的速率。"

场景还是一样，但动作慢下来，声音就没用了，杜克干脆关掉声音。酒箱慢慢从吉尔的手飘向朱伯的头，然后相当突然地就没了。但东西并不是单纯一闪就不见的，在慢动作的投影下，可以看得出它在收缩，越来越小，直到不复存在。

朱伯若有所思地点了点头："杜克，你还能再放慢吗？"

"等一下，立体箱的配置出了什么问题。"

"什么？"

"我搞得清楚才怪！快速放映看起来没问题。可是当我放慢速度后，景深效果竟然逆转了。你刚才也看到了。那个酒箱很快远离我们，快得不得了——但看起来总是比墙壁近。当然是交换视差。可是我根本没取下卷轴上的那个胶卷。莫名其妙的故障。"

"噢，且慢，杜克，播放另一台摄像机的影片。"

"呃……噢，我明白了。我们会看到呈九十度的另一个视角，即使我真的没弄好这影片，我们也会看得清楚。"杜克换了胶卷，"快速看完第一段，好吗？然后在关键部分放慢十倍。"

"做吧。"

场景一样，只是角度不同。看到吉尔抓着酒箱的画面，杜克放慢速度，他们再次看着酒箱离开。

杜克咒骂着说："第二台摄像机也出了毛病。"

"是吗？"

"当然，这是从侧面看的，所以酒箱应该从画面的一边或另一边出去，可是没有，反而又是笔直离开我们。嗯，不是吗？你看到了，它笔直离开了我们。"

"是，"朱伯同意，"笔直离开了我们。"

"但不可能——不会从两个角度看都这样。"

"你说不可能是什么意思？已经发生了，"哈绍补充说，"假如我们把两台摄像机都换成都卜勒雷达，不晓得会显示什么情况。"

"我怎么知道？我打算把这两台摄像机都拆开检查。"

"不必费事了。"

"可是……"

"别浪费时间了，杜克，摄像机没问题。跟着其他一切转九十度的是什么？"

"我不擅长猜谜语。"

"这不是谜语，我说这话很认真。我可以介绍你去请教《平面国》的方先生，不过我还是自己回答了。与其他一切都成直角的是什么？答案：两具尸体、一把旧枪，还有一个空酒箱。"

"老板，你这样讲到底是什么意思？"

"我这辈子还没讲过那么直白的话。试着相信摄像机拍到的情况，而不是因为看到的不是你预料的情况，就坚持认为摄像机肯定有毛病。我们再来看其他的影片。"

哈绍看着影片放映，没再说什么，都是他已经知道的情况，没再增添新情况，但证实了这些事且提供了依据。烟灰缸飘近天花板时，离开了摄像机的拍摄范围，但影片录到了它慢悠悠下降再落到桌面的经过。枪在立体电视机中的影像相当小，但就他能看到的程度，枪与酒箱看起来的情况一样：缩到远处，没有移动。由于哈绍当时一直紧紧抓着枪，眼睁睁看到过枪突然收缩脱离他的手，因此他很满意——他暴躁地暗自加了一句，如果"满意"是正确用词的话。至少他是"信服"了。

"杜克，你有空的时候，把这些影片都复制一份。"

杜克犹豫了一下："你的意思是我还在这里工作吗？"

"什么？噢，真要命！不许你在厨房吃饭，没的商量。杜克，试着排除你的地域偏见，好好听一下。真正努力试一试。"

"我会听。"

"刚才麦克问我，有没有荣幸吃我这又韧又老的皮囊，他是在给我他所知的最大敬意——按照他知道的常规，可以说是他'在母亲身边学到'的事。你懂吗？你听到了他的语气，看到了他的态度。他是在向我致以最崇高的敬意——请求我施予恩惠。你明白吗？别管他们在堪萨斯对这种事会怎么想，麦克用的是他在火星受到教导的价值观。"

"我想我会选择堪萨斯。"

"嗯，"朱伯承认，"我也会。但这不是自由选择的问题，对我不是，对你也不是——对麦克也不是。我们三人都是早年所受思想的囚徒，因为很难，几乎不可能，摆脱最早年的教养。杜克，你能不能想通，倘若你在火星出生，由火星人抚养，那么对于吃与被吃的态度，你自己会不会与麦克完全相同呢？"

杜克考虑了一下，然后摇了摇头："朱伯，我不信。当然，大多数事，只能怪麦克运气不好，他不是在文明社会成长的——我运气好，我是。我愿意包容他。但这不一样，这是一种本能。"

"本能个屁！"

"但这就是！我可不是'在母亲身边学到'不食人。见鬼，我不需要。我向来知道这是罪——很糟糕的罪。哎呀，光是想到这件事就

205

会让我的胃翻腾。这是最起码的本能。"

朱伯呻吟着说:"杜克,你怎么可能懂得那么多机械的事,却对自己的运作一无所知呢?你感觉到的那种作呕——那不是本能,而是一种条件反射。你的母亲不必对你说:'亲爱的儿子,不能吃你的玩伴,那样不好。'因为你从我们的整个文化中吸收到这点——我也是这样。关于食人族与传教士的笑话、漫画、童话、恐怖故事,数不尽的小事。但这与本能无关。嘁,小伙子,那不可能是本能……因为食人是历史上最普遍的人类习俗之一,人类的每一分支都曾有过。你的祖先,我的祖先,每一个人。"

"也许你的祖先有,别把我的祖先扯进来。"

"呃,杜克,你是不是曾经告诉我,你有一点美洲原住民血统?"

"嗯?是啊,八分之一。我在陆军的时候,他们叫我酋长。那又怎么样?我并不觉得羞愧,我还挺得意。"

"没有理由觉得羞愧——就此而言,也没什么好说的。虽然我们两个的家谱图上都有食人者,但说到与食人生番相隔多远,大有可能你比我近了好几代,因为……"

"哎呀,你这个秃头老……"

"冷静冷静!你说要听,记得吗?食人仪式是美洲原住民文化中普遍的习俗。但不必听信我说的话,你自己去查。除此之外,我们两个都是在北美出生,单看这一点,甚至有可能掺了那么一点儿刚果血统,只是我们不知道……但是,即使我们两个都是地道的北欧血统,由美国养犬俱乐部鉴定(愚蠢的念头,因为人类之间偶然有私生子,远多于曾受承认的数量)——即使是真的,这样的血统也只会告诉我们，我们是哪几支食人族的后代……因为人类种族的每一支，无一例外，都曾在历史进程中食过人。杜克，既然曾经有几亿人这么做，还要说这种做法'违反本能'，那也未免太可笑了。"

"可是……好了，朱伯，我早该清楚别跟你争论，因为你总是能扭曲事物。可是，假设我们真的都是蒙昧无知的野人繁衍的后代——我不是承认，只是假设。就算是，那又怎么样？我们现在是文明人了。或者说至少我是。"

朱伯愉快地咧嘴一笑："暗示我不是。小伙子，我自己也会有条件反射，抗拒大嚼谁的——嗯，例如你的一块烤腿肉。暂且不论这个教养习得的情感偏见，出于冷酷的实际原因，我认为我们对食人的禁忌是绝妙的点子……因为我们并不文明。"

"嗯？"

"显而易见。假如我们对这种事没有那么强烈的部落禁忌，强烈到你真心相信这是一种本能，那么，说到让我不会放心转身背对的人，我能想到一长串名单，更何况今天的牛肉价格这么高。对吧？"

杜克勉强咧嘴一笑："也许你说得有点道理。我不想冒险背对我的前岳母，她恨透我了。"

"你看吧？或是我们南边那个奇葩邻居，每到狩猎季节，他对别人的围篱与牲畜都随便得很，又怎么说呢？倘若我们没有那种禁忌，我可不敢保证你和我最后不会进到他家的冷冻库。但麦克呢，我会彻底信任——因为麦克是文明人。"

"嗯？"

"麦克是彻底的文明人，火星款式的。杜克，我并不理解火星人的观点，或许永远不会理解。但我与麦克讨论过这个主题，聊得够多，知道火星人的做法根本不是狗吃狗……或是火星人吃火星人。确实，他们吃掉死者，而不是埋葬、焚烧，或是暴尸在外给秃鹫。但这习俗极其正式，而且有深刻的宗教意味。绝不会有哪个火星人违反自己的意愿被抓起来屠宰。事实上，就我目前能明白的，也许火星人甚至没有谋杀的概念。火星人通常是决定要死才会死，还要先与朋友讨论、商量，还要得到祖先鬼魂的同意。决定要死就会死，像你闭上眼睛一样容易——没有暴力，没有缠身的疾病，甚至不需要服用过量的安眠药。上一秒，他还活得好好的，下一秒，他就成了鬼魂，留下一具尸体。那时，或许稍后（麦克对时间的概念总是很模糊），他最亲近的朋友就会食用对他已经没什么用处的部分，就像麦克说的'灵悟'他，而且在涂抹酱料的同时，赞美他的品德。新鬼亲自出席盛宴，像是成人礼或坚信礼之类的宗教仪式，通过这个仪式，该鬼获得'元老'的地位——变成某种德高望重的老前辈，据我理解是这样。"

杜克做了个表示作呕的鬼脸："老天，什么迷信的垃圾！我要反胃了。"

"是吗？对麦克，这是最庄严——却又充满喜悦——的宗教仪式。"

杜克哼了一声："朱伯，你不会相信鬼魂那种东西吧？噢，我知道你不信。只是食人，结合了最极端的那种迷信。"

"嗯，我暂时不会信到那种程度。我承认，这些火星'元老'，我觉得有点难以置信——但麦克说到他们却很实际，就像我们说到上星期三。至于其余的——杜克，你是在哪个教会长大的？"杜克回答了，朱伯点了点头，继续说："我想可能是在堪萨斯，大多数的人若不是你那个教会，就是另一个类似的教会，你得去看前门上的标志才分得清它们哪个是哪个。告诉我……象征食人的概念，在你们教会的许多仪式中都有至关重要的作用，你当年参与的时候感觉如何？"

杜克瞪着他："你说这鬼话是什么意思？"

朱伯眨了眨眼，表情严肃："你真的是教徒吗？或是只有小时候被送去上主日学校？"

"嗯？哎呀，我当然是教徒。我们全家都是！我现在还是……即使不常去教堂。"

"我还以为也许你没有资格领受。但你显然有，所以你知道我在说什么，如果你停下来想一想。"朱伯突然站了起来，"但我不属于你的教会，也不信麦克的教，所以，既然都是食人仪式，我不会试图争论这种形式与那种形式之间的微妙差异。杜克，我还有急事要办，不能再耗时间试着动摇你的偏见。你要离开吗？如果要，我想我最好还是陪你离开这个地方，确保你的人身安全。或是你想留下呢？我的意思是，留下守规矩——跟我们这些食人生番同桌吃饭。"

杜克皱了皱眉："估计我会留下。"

"随你便。因为从这一刻起，我就洗手不干了，不再负责你的人身安全。你看了那些录像，如果你够聪明，要辞职走人，那你就是明白了，和我们待在一起的这个人裔火星人，可能造成不可预测的危险。"

杜克点了点头："我明白，朱伯，我并不像你以为的那么笨。但我也不会让麦克赶我离开这个地方。"他又说："你说他危险……我也明白，要是把他逼急了，他可能有多么危险。但我不会惹火他。啧，朱伯，我喜欢那个小呆瓜，大多数的时候。"

"嗯……要命,我还是认为你低估了他。杜克,听着,如果你对他真心感觉友好,最好的做法就是拿给他一杯水,与他共饮。明白我的意思吗?成为他的水兄弟。"

"呃……我会考虑。"

"但如果你决定要,杜克,千万别做假动作骗人。如果麦克接受你成为水兄弟,他会认真得要命。他会彻底信任你,无论怎样——所以,除非你同样愿意信任他,支持他,无论情况变得多么艰难。要么就全心全意——不然就别做。"

"我明白这一点,所以我才说我会考虑。"

"好。但要下定决心,别拖太久……因为我料想情况不久就会变得很艰难。"

第14章

根据《格列佛游记》的叙述，在飞岛国，任何重要的人物想听见或说话，都需要某种仆人的协助，姑且称之为"拍仆"，因为这类仆人唯一的职事，就是每当他们认为适合让主人说或听的时候，就用一个干燥的气囊拍动主人的嘴巴和耳朵。

要是没有拍仆的同意，就不可能得到飞岛国任何主人阶级的注意。

地球人通常认为《格列佛游记》是某个尖酸刻薄的牧师杜撰的一派谎言。也许是，但毫无疑问，此时，"拍仆制度"在地球上流行甚广，并且经过扩展、改进、增殖，直到除了精神尚在，其余内容就连飞岛国人也认不出来。

在早期的原始时代，任何地球君主的首要职责就是经常公开露面，好让最卑微的人也能来到他面前，要求裁决，不必经过任何中间人。在君王变得稀少且无力之后，原始君权这方面的遗迹还在地球上持续了很久。英格兰人仍然有权利"喊冤"，但很少人知道，也没人那么做。整个二十世纪，成功的城市政治领袖自设公堂，敞开办事处的大门，听取任何临时工或流浪汉进来表达诉求。

这条原则本身从未被废除，遗留在美利坚合众国《宪法》第一及第九修正案中——因此，名义上是适用于很多人的法律——即使基本文件在实务上几乎被世界联邦条文所取代。

可是，联邦太空船"拥护者号"从火星返回地球的时候，这个"拍仆制度"早已发展了一百多年，达到极为错综复杂的阶段，许多人唯一的职责就是执行相关的仪式。公众人物与庶民不轻易会面，只要看看中间到底隔了几层拍仆，就能估计人物的重要程度。但中间这些人不再被叫作"拍仆"，而被称为行政助理、私人秘书、私人秘书的秘书、新闻秘书、接待员、预约员，等等。事实上，可能是任何头衔，或是（有些最有权势的）根本没头衔，但以职责而言，他们都能被视为"拍仆"：名义上的长官是大人物，对于任何试图从外界传达给大人物的信息，各个拍仆都握着武断及连续的否决权。

每一个重要人物的周围，都有居间的官方人员构成错综复杂的罗网，这种罗网理所当然地导致发展出某一类非官方人员，他们不需要官方拍仆的许可，就能拍打大人物的耳朵，（通常）在社交或伪社交的场合，还是（最成功的那些）经由走后门搞特权或不公开的电话号码发挥这项功能。这些非官方人员通常没有任何正式的头衔，却有各式各样的称呼："高尔夫球伴""厨房内阁""说客""政界大佬""抽成5%"，等等。他们与官方拍仆壁垒良性共生，因为几乎众所周知，系统越紧密，就越需要安全阀。

最成功的非官方人员，往往会培养自己的拍仆罗网，直到这些非官方门路几乎像大人物那样难以接触……在这种情况下，次级非官方人员就会冒出来，绕过首要非官方人员的拍仆。而最重要的人物，如自由世界联邦秘书长，通过非官方人员绕道构成的迷宫，就像对付普通重要人物周围的大群官方拍仆那么难。

有些地球学者提出，事实上，飞岛国人肯定是来访的火星人，引用佐证的不只说他们对冥想生活着魔，非常不属于尘世，更提出了两件具体的事：第一，据说飞岛国人知道火星的两颗卫星，比地球天文学家的观察早了至少一百五十年；第二，根据游记对飞岛国本身大小、形状、运转方面的描述，唯一适用的英语名词是"飞碟"。但这个推论站不住脚，因为"拍仆制度"对飞岛国社会极为重要，在火星却无人知晓。没有身体就无须受制于时空，无形的火星元老不怎么用得着拍仆，就像蛇用不着鞋。有形的火星人想必用得着拍仆，但他们并未采用；这个概念与他们的生活方式背道而驰。

火星人若需要几分钟或几年时间沉思，他就会去做。如果另一个火星人希望找他说话，这位朋友就会等着，需要等多久就等多久。他们有整个永恒可利用，没理由匆忙——事实上，"匆忙"并不是能用火星语言表示的概念，因此必然被认定为不能想象。速率、速度、同时性、加速度，以及其他涉及永恒形态的数学抽象，都属于火星人的数学，但不属于火星人的情感。反之，人类生活方式中不停歇的匆忙与混乱，并不是来自时间的数学必然性，而是来自人类两性隐含的疯狂紧迫感。

朱伯·哈绍医师，职业丑角，业余颠覆分子，情愿当寄生虫，长久以来一直试图消除自己生活模式中的"匆忙"以及各种相关的情绪。他知道自己只剩下很短的时间能活，而且对自己能否灵魂不死，他没有火星人或堪萨斯人的信仰，所以他的人生目的就是把每一个黄金时刻活得仿佛永恒——不带恐惧，不带希望，但有纵情逸乐的滋味。为了这个目的，他发现自己需要些什么，大于第欧根尼的容身桶，但小于忽必烈的安乐宫，以及五里见方的沃土，围墙与塔楼环抱。他有个简单的小地方，几亩地大小，用通电围篱隔绝外界打扰，内有一座大约有十四间房的屋子，安排了管事的秘书，以及所有其他现代化的便利设施。为了维持他这质朴的安乐窝及一帮员工，他付出最小的心力，换取最大的回报，只因为富有比贫穷轻松——哈绍只愿过自己喜欢的生活，做他认为最适合自己的事。

因此，他虽因形势所迫必须匆忙而着实感到委屈，却也不得不承认已经很多年不曾这么快活。

这天早上，他觉得需要找第三行星的最高首长谈谈。他充分明白，由于"拍仆制度"，普通公民几乎不可能与政府首脑有这种联系，虽然以哈绍的地位，也能用适合的缓冲人把自己包围起来，但他很不屑这么做——如果信号闪烁的时候，哈绍碰巧在旁边，他可能会亲自接电话，因为每一通来电都有很高的概率让他有正当理由无礼对待某个陌生人，责骂对方没有正当理由就敢来侵犯他的隐私——是不是"正当理由"，这是哈绍的定义，不是陌生人的定义。

朱伯知道，他不能指望行政宫也会有同样的情况；秘书长先生不会亲自接电话。不过，对于智胜人类惯例的技法，哈绍已有多年的练习。刚用过早餐，他就兴高采烈地处理这件事。

耗了一段时间，他疲倦了，而且受尽挫折。他只是报上姓名，对方就带着他通过三层的官方拍仆防御，因为他勉强算是够格的人物，所以他的电话一直没被挂断。

然而，电话从一个秘书转到另一个秘书，终于转到一个品貌兼优、彬彬有礼的年轻人，与他进行语音与视频通话，不管哈绍说什么，他都似乎很愿意没完没了地讨论下去，看不出一丝不耐的神色——但不同意帮他转接给尊贵的道格拉斯先生。

哈绍知道,如果提到火星来客,就会引起行动;如果宣称火星来客在他身边,肯定会引起很快速的行动,但他不能肯定由此导致的行动将会是接通道格拉斯的面对面谈话。反之,他估计,要是提到史密斯,就会扼杀任何找到道格拉斯的机会,更会立即引起部属的暴力反应——这可不是他想要的。他从一辈子的人生经验知道,跟最高层的人打交道总是比较容易。由于很可能危及本·卡克斯顿的生命,哈绍不能冒险,就怕因某个下属职权不够或野心太大而失败。

但这种软钉子是在考验他的耐性。最后,他咆哮着说:"年轻人,如果你自己没有职权,就让我跟某个有职权的人说话!帮我转给柏奎斯特先生。"

那个幕僚奴才的脸突然失去笑容,朱伯高兴地想,终于打中他的痛处。于是他乘势逼进:"怎么样?别干坐在那里!用你的内线找到基尔,告诉他,你在让朱伯·哈绍干等着,告诉他你让我等了多久。"朱伯运用过人的记忆力,回想见证人卡文迪西报告的有关失踪的柏奎斯特的一切,加上侦探社提供的相关报告。他快乐地想,好呀,这个小伙子至少比柏奎斯特的阶层低了三级——那就让我们把他摇晃一下……在这个过程中再往上爬两阶。

那张脸木然地说:"我们这里没有柏奎斯特先生。"

"我不在乎他在哪里。找到他!如果你不认识基尔·柏奎斯特,问问你的上级。基尔柏特·柏奎斯特先生,道格拉斯先生的私人助理。如果你在行政宫待的时间超过两星期,你至少远远看过柏奎斯特先生——三十五岁,大约六英尺高,一百八十磅,黄棕色头发,顶发有些稀疏,经常面带微笑,牙齿完美无缺。你见过他。如果你自己不敢打扰他,那就丢给你的上级。但别再咬指甲,真正做点儿事。我开始不耐烦了。"

那个年轻人还是面无表情,说:"请稍候,我会问问。"

"我当然会稍候,帮我找到基尔。"电话屏幕上的影像换成了动画抽象图案,一个悦耳的女声(录音)说:"请稍候,您的通话保留中。这段延迟不计入您的账户费用。请放松心情等候……"舒缓的音乐响起,掩盖了说话声。朱伯坐着,往后一靠,环顾四周。安妮在等候,读着书,在电话视频看不到的角度。另一边是火星来客,也在电话镜头看到的范围外,他正在看着立体电视的画面,用耳机听声音。

朱伯心想,一旦紧急情况结束,他必须记得叫人把那个可憎的吵闹箱放进地下室,去它该去的地方。"孩子,你在看什么?"他问,俯身向前,打开喇叭,转低声音。

麦克回答:"朱伯,我不知道。"

那个声音证实了朱伯从刚才瞥见影像时就在怀疑的事:史密斯正在听福斯特教礼拜式的广播。画面中的牧师并不是在讲道,但似乎正在读教会的公告:"……少年圣灵作战团将在晚餐前做一场练习示范,所以请提早到场看热闹!我们的团队教练洪斯比兄弟请我转告队上的各位小子,只带头盔、手套及球棍——我们这次不追击罪人。然而,小天使们还是会随身携带急救药箱,以防有人高度热情。"牧师停顿一下,笑容满面:"接下来是美好的消息,我的子民!兰姆天使有信息传递给亚瑟·任尼克兄弟,以及他的好妻子桃乐丝。两位的祷告已获得批准,他们将会在星期四的黎明前往天国!亚瑟,请起立!桃乐丝,请起立!向大家鞠躬致意!"

摄像机角度切到反方向,拍到的是会众,焦点放在任尼克夫妇身上。众人热烈鼓掌，高喊："哈利路亚！"任尼克兄弟的反应是两手高举在头上，做了个拳击握手式，他妻子则红着脸，面带微笑，在他身边轻轻拭泪。

摄像机又切回去，只见牧师举手示意众人肃静，继续利落地说："任尼克夫妇的欢送派对将于午夜准时开始，时间一到就会锁门——所以请大家提早光临，我们要这个派对成为我们看过的最快乐的狂欢，因为我们都以亚瑟与桃乐丝为荣。葬仪礼拜式会在黎明后三十分钟举行，随后立即供应早餐，为了必须早起上班的人着想。"牧师突然显得很严厉，摄像机水平移动拉近，直到他的大头塞满电视机，"在我们上次的欢送会之后，教堂司事在其中一间快乐室发现一只空酒瓶……属于罪人所蒸馏的牌子。过去就过去了，因为夹带酒的兄弟认了罪，并且赔还七倍的罚款，甚至拒绝平常的现金折扣——我确信他不会故态复萌。但是停下来，想一想，我的子民——为了一件世俗商品节省几毛钱，难道值得冒着失去永恒快乐的风险？务必认明那个快乐、神圣的认证标章，上面有迪格比主教微笑的脸。切勿让罪人拿什么'一样好'的东西哄骗你们。我们的赞助商支持我们，他们值得各位的支持。亚瑟兄弟，很抱歉，不得不提出这样的话题……"

"没事，牧师！继续说！"

"……在如此幸福快乐的时刻。但我们千万不能忘记……"

朱伯伸手关掉扩音器线路："麦克，这不是你该看的。"

"不是？"

"呃……"朱伯想了一下，啧，这孩子迟早都得知道诸如此类的事，"好，那就看吧，但稍后回来找我谈谈这件事。"

"是，朱伯。"

哈绍正准备补充什么劝告，以纠正麦克照字面解读任何所见所闻的倾向，但是，电话令人宽心的"等候"音乐突然变小声，然后停止，屏幕中出现了一个人影——四十多岁的男士，朱伯立刻在心底给他贴上"警察"的标签。

朱伯凶巴巴地说："你不是基尔·柏奎斯特。"

那个人说："你找基尔柏特·柏奎斯特有何贵干？"

朱伯表情痛苦，耐着性子回答："我希望找他谈谈。先生，请听我说，你是公职人员吗？"

那人几乎没有犹豫："是的，你必须……"

"我没有什么必须！我是记录良好的公民，我缴税付你的薪水。一整个早上，我只想打一通简单的电话——而我的电话却从一头转接到另一头，全都是脑子混乱的蠢牛，而且每一头都从公共饲料槽取食。我受够了，我不打算再忍受下去。现在，你，把你的姓名、职务，还有你的雇员编号给我。然后我会跟柏奎斯特先生说话。"

"你没回答我的问题。"

"算了吧！我没必要回答你的问题，我是普通公民，但你不是……而且，我问你的问题，任何公民都可以要求任何公务员回答。参考欧凯利对加利福尼亚州1972年的案例。我要求你表明身份——姓名、职位、编号。"

那人语气单调地回答："你是朱伯·哈绍医师。来电地点是……"

"拖了那么久，就为了这个吗？停下来叫人追踪这通电话。这很蠢！我在家，而且我的地址公开，从任何公共图书馆、邮局，或是电话信息服务都能查到。至于我是谁，每个人都知道我是谁——应该说，每个读书识字的人。你识字吗？"

那男人继续说:"哈绍医师,我是警官,我需要你的合作。你有什么事要找……"

"好了,先生!我是律师。要求普通公民与警方合作,仅适用于某些特定的情况。例如,紧急追捕期间——在这种情况下,警官还必须出示证件。先生,请问这是紧急追捕吗?你打算钻进这个见鬼的设备穿过来吗?第二,警方在调查的过程中要求普通公民合作,必须在合理且合法的范围……"

"这是调查。"

"先生,调查什么?在你能要求我合作协助调查之前,你必须表明自己的身份,你的诚意要令我满意,要说明你的来意,还要——如果我要求——举出相关条例,并且表明'合理的必要'确实存在。以上这几项,你都没做到。我想要找柏奎斯特先生说话。"

那人的咬肌在跳动,但他还是轻声回答:"哈绍医师,我是联邦特勤局的海因里希上尉。你打电话到行政宫,却转到我这里,这就应该足以证明我说的身份正确。然而……"他掏出皮夹,翻开,拿到他那端的摄像头前。画面模糊了一下,又很快重新对焦。哈绍瞄了一下对方出示的证件,认为证件看起来足够真实——不过哈绍并不在乎是不是真的。

"很好,上尉,"他咆哮着说,"你现在能不能解释给我听,为什么你阻挠我跟柏奎斯特先生说话呢?"

"找不到柏奎斯特先生。"

"那你为什么不早说呢?既然如此,请把我的电话转给某个与柏奎斯特同级的人。我的意思是五六个直接为秘书长工作的人之一,就像基尔那样。我不打算再被某个初级助理走狗搪塞,那种人没什

219

么职权，就连自己擤个鼻涕也不能决定！如果基尔不在那里，也不能处理事情，那么看在老天的面子上，帮我找个相同层级、能处理事情的人！"

"你是想打电话给秘书长。"

"正是。"

"好，你可以解释给我听，你找秘书长有什么事？"

"不可以。你是秘书长的机要助理吗？你知道他的秘密吗？"

"这不是重点。"

"这正是重点。身为警官，你应该更明白。我就算要解释，也必须向据我所知可接触敏感文件且道格拉斯先生信得过的人解释，这人足以让秘书长和我说话。你确定找不到柏奎斯特先生吗？"

"相当确定。"

"那就太遗憾了，他可能很快就能处理好。那就得找另一位了——像他一样的高层。"

"如果是那么秘密的事，你不应该使用公众电话系统拨打。"

"我的好上尉！我可不是昨天出生的——你也不是。既然你叫人追踪到了这次来电，我确定你也知道了我的私人电话有专门的配备，可以接收最高机密的回电。"

那位特别勤务官员没有直接回答，反而说："医师，我会直言不讳，节省时间。除非你说明有何贵干，否则不会有任何进展。如果你挂断再拨行政官的电话，你的通话还是会转到这个办公室。拨打一百次……或是从现在算起一个月，还是一样。直到你决定合作。"

朱伯露出快乐的微笑："现在不会有必要了，因为你说漏嘴了一项我们采取行动前需要知道的数据——是无意疏忽，还是有意为之呢？我可以拖延到天黑……但这个代号再也不是柏奎斯特了。"

"你说这鬼话到底什么意思？"

"亲爱的上尉，拜托！我们肯定不能通过未加密的线路谈吧？但你知道，或说应该知道，我是现役的资深哲秘。"

"再说一次？"

"难道你没学过糊弄学吗？老天，这年头的学校都在教什么呀！回去玩你的纸牌，我不需要你。"朱伯立刻挂断电话，设定十分钟拒绝接听，说，"孩子们，来吧！"然后返回泳池边——他最喜爱消磨时间的地点。到了那里，他告诫安妮，无论日夜，都要把见证人法袍留在身边，直到得到进一步通知，告诉麦克留在他听力所及的范围内，并且给了米丽茵有关电话的指示。然后，他放松下来。

他对努力的成果并没有不满。通过官方渠道，他不指望能够立刻找到秘书长。他觉得自己的晨间勘察还是有用的，在围住秘书长的墙壁上逐渐产生了至少一处脆弱点，他预期——或者说希望——刚才跟海因里希上尉的激烈通话，将会导致有人回电……来自更高层的人。

或是什么的。

如果没有，与特勤警察你来我往的对话本身就很值得，留给他巧技得以施展之后的兴高采烈。哈绍持有这样的见解：某些脚就是用来给人践踏的，以此改善品种、提升整体福祉，并且减少公署古老的傲慢态度；他立刻就看出了海因里希有那样的脚。

可是，如果对方没有展开行动，哈绍猜想着自己还能等多久。除了他的"定时炸弹"即将垮掉，以及他事实上等于承诺了吉尔，他会采取对本·卡克斯顿有利的行动（这孩子为什么就是不明白，可能他帮不了本——事实上，几乎肯定帮不了——而且，任何直接或草率的行动，都可能大幅减少麦克维持自由之身的机会呢）。除了这两项因素，又冒出一件令他焦急的新状况：杜克不见了。

朱伯并不知道，杜克是出去一天就回来，还是永远不回来了（或是回不来）。昨天晚餐的时候，杜克还在，今天却没见到他出来吃早餐。在哈绍规矩松散的家里，这两件事本来没什么值得注意的，其他人也似乎没有提到少了杜克。朱伯自己通常不会注意到，除非他有事要喊杜克过来。但今天早上，朱伯（当然）注意到了……至少有两次，他碰到通常会喊杜克的情况却按捺下来。

朱伯郁闷地望向游泳池那边，看着麦克尝试跳水，完全按照朵卡丝刚才做的动作，他暗自承认，他需要杜克的时候却没喊，他是故意的。事实是，他只是不想问熊，阿吉发生了什么事。就怕熊知道。

嗯，只有一个办法可以对付这种担心。"麦克！过来一下。"

"好的，朱伯。"火星来客爬出游泳池，小跑过来，像一只热情洋溢的幼犬，等待着。哈绍打量着他，判断自从他来之后，体重肯定增加了至少二十磅，而且看起来都是肌肉："麦克，你知道杜克在哪里吗？"

"不知道，朱伯。"

嗯，这就解决了；这个小子不知道如何说谎——等一等，还没完！朱伯提醒自己，麦克回答问题的习惯很像电脑，完全不懂得转弯……而麦克还不知道，或者说看样子并不知道，那个讨厌的酒箱一旦不见了之后去了哪里。"麦克，你上次看到他是什么时候？"

"今天早上，吉尔和我下楼，正要准备早餐的时候，我看到杜克上楼。"麦克自豪地说，"我帮忙做早餐。"

"那是你最后一次看到杜克吗？"

"我后来就没看到杜克了，朱伯。我很自豪，烤了面包。"

"我相信你做到了。你一不小心就会变成某个女人的好丈夫。"

"噢，我最小心烤了。"

"朱伯……"

"嗯？安妮，怎么了？"

"杜克一早就吃了早餐，出门去市区了。我以为你知道。"

"嗯，"朱伯顺着她的话说，"他确实说了什么，我以为他打算今天午餐后才离开。没关系，都可以。"朱伯突然发觉，心里的大石头落了下来。倒不是杜克对他有多么重要，除了是能干的帮手——不，当然不是！多年来，他一直避免让任何人对自己重要——尽管如此，他不得不承认，这事会令他困扰。无论如何，至少有一点。

将一个人转到跟其他一切正好九十度的地方，又违反了什么法规吗？

不是谋杀，只要这小子仅用于自卫，或是保护他人（例如吉尔）。据说已废除的宾夕法尼亚州反巫术法律可能适用这种情况……他倒想看看检察官的起诉书要怎么措辞，肯定很有趣。

可能存在对他的民事诉讼——窝藏火星来客，能不能算是"持有诱人的麻烦物"？有可能。但更有可能必须研拟全新的法规。麦克已经动摇了医学与物理学的根基，即使这些领域的专家仍然天真，没有察觉将要面对的混乱。哈绍挖掘久远的记忆，想起相对论力学对许多杰出的科学家造成了个人悲剧。由于头脑长久的习惯，他们无法消化新理论，竟然诉诸盲目愤怒，抨击爱因斯坦本人，以及任何胆敢认真看待他的人。但他们走进了一条死胡同，顽固的老守卫迟早凋零殆尽，让仍然灵活的青年才俊接手。

哈绍想起祖父曾经告诉他，医学领域也发生过类似的情况，细菌学说出现的时候，许多老医师到死也不相信，他们说巴斯德是骗子、傻瓜或是更难听的——却没有仔细检验证据，只凭他们的"常识"告诉他们不可能。

嗯，他可以预见，麦克将会导致天翻地覆的动荡，比巴斯德与爱因斯坦加起来的更多——还要平方再立方。这倒是提醒了他——"赖瑞！赖瑞在哪里？"

"这里，老板，"在他身后的屋檐下，架设的扩音器出声了，"在底下的工作间。"

"拿着紧急呼叫按钮吗？"

"肯定的，你叫我睡觉也要带着。我现在带着，我一直带着。"

"赶快上来屋子这里，拿给我。不对，拿给安妮。安妮，你拿着，跟你的法袍放在一起。"

她点了点头。赖瑞的声音回答："马上来，老板。准备倒数了吗？"

"做就对了。"朱伯抬起头来，却吓了一跳，发现火星来客还站在他面前，安静得有如雕像。雕像？是的，他确实令人联想到某一座雕像……呃——朱伯搜寻自己的记忆。米开朗琪罗的"大卫像"，就是它！是的，甚至是稚气未脱的手脚，安详感性的脸，凌乱的长头发。"麦克，没别的事了。"

"是，朱伯。"

但麦克继续站在那里。朱伯说："孩子，你有心事吗？"

"关于我在那个天杀的吵闹箱看到的事。你说：'好，那就看吧，但稍后回来找我谈谈这件事。'"

"噢，"哈绍想起新启示教会的广播礼拜式，脸上的肌肉抽搐了一下，"好，我们会谈谈。但先说好——别把那个东西叫作天杀的吵闹箱。这是立体电视接收器，要这样称呼它。"

麦克看起来很困惑："那个不是天杀的吵闹箱吗？我听得不对吗？"

"你听得对，那玩意儿也确实是天杀的吵闹箱。你以后会再听到我这么叫，还有其他称呼。但你必须称呼它为立体电视接收器。"

"我会称呼它为立体电视接收器。朱伯，为什么？我不灵悟。"

哈绍叹了一口气，有一种疲倦的感觉，好像爬这些同样的楼梯太多次了。与史密斯的任何对话，都或多或少涉及一些需要解释的人类行为，是用逻辑说不通，但至少史密斯能理解的说法，尝试解释只会耗费时间。"我自己也不灵悟，麦克，"他承认，"但吉尔想要你那样说。"

"我会做，朱伯，吉尔想要这样。"

"现在，告诉我，你在那立体电视接收器前看到、听到了什么——以及你灵悟到了什么。"

随后的对话比平常与史密斯的谈话更冗长、更令人困惑，也更漫无边际。麦克准确记得他在吵闹箱前所见所闻的每一个字词、每一个动作，包括所有的电视广告。由于他几乎读完了百科全书，因此读过其中论"宗教"的文章，但他对此一点都灵悟不到。

朱伯在心里终于弄清楚了某些情况：一、麦克不知道福斯特教礼拜式是宗教仪式；二、麦克记住了自己读过的有关宗教的内容，但把这类数据归档，以备日后沉思，并承认自己并不理解这些内容；三、事实上，对于"宗教"这个词意味着什么，麦克只有最困惑的概念，即使他都能背诵出来未删节词典提供的全部九个定义;四、火星语言里没有任何单词(以及概念)能够让麦克将之与这九个定义的任何一个画等号;五、杜克描述为火星人"宗教仪式"的那些习俗,对麦克来说根本不是那么回事,在麦克看来,这种事切合实际,就像食品杂货市场之于朱伯;六、火星语,不可能区分这些人类概念——"宗教""哲学"及"科学"——而且,由于麦克仍然用火星语思考,即使他现在讲英语很流利,但对于这样的概念,他还不可能分清其中一个与另外两个的不同。这些事都只是来自"元老"的"学问"。他从来没怀疑听过的,而且没有必要研究调查(这两个概念都没有火星语对应的词);任何疑问的解答,都应该从元老那里获得,他们无所不知(至少在麦克所知的范围内)而且绝不会错,无论主题是明日的天气,还是宇宙的目的(麦克看过吵闹箱播送的天气预报,毫无疑问认定这是人类"元老"传来的信息,为了帮助还活着的人。经过进一步的询问,朱伯发现他对《大英百科全书》的作者们也有类似的假设)。

但最后这项,在朱伯看来是最糟糕的,令他困惑又惊愕,麦克灵悟到了福斯特教礼拜式宣布的一场即将到来的尸解(在许多他尚未灵悟到的事物中),两个人即将加入人类"元老"——麦克对这个消息非常兴奋。他灵悟得对吗?麦克知道自己对英语的理解力并不理想;由于无知,他继续犯错,他"只是一颗卵"。但他正确灵悟到这个了吗?他一直在等待拜会人类"元老",因为他有许多问题要问。这是机会吗?或是还需要更多水兄弟们的学问,他才能准备好呢?

开饭铃声解救了朱伯。朵卡丝端着三明治及咖啡过来,天气好的时候,这家人通常在户外用午餐。朱伯默不作声地吃着,这正合史密斯的意,因为根据他接受的教养,进食是适合沉思的时间——大家同桌用餐时经常闲聊，令他觉得相当不安。

朱伯拉长了用餐时间，同时仔细衡量要告诉麦克什么话——并且咒骂自己愚蠢，一开始根本不该允许麦克看电视。噢，他想这小子肯定会在某个时间点碰到人类宗教——如果他要在这一颗令人晕眩的行星度过余生，那是免不了的。可是，真要命，最好还是等到麦克更习惯人类行为整体上荒唐离谱的模式……而且无论如何，当然不该第一次就体验福斯特教！

身为虔诚的不可知论者，朱伯理性地评价所有的宗教，从喀拉哈里丛林人的泛灵论，到西方主流信仰当中最清醒、最理智的教派，皆平等看待。但在情绪上，他特别不喜欢某几个……新启示教会更是令他牙根发酸。福斯特教徒断然宣称，通过直达天国的路径，可以得到绝对的灵知；他们傲慢自负，不容异己，无论到哪里，只要他们够强，就可以不受制裁，就会公开迫害所有其他宗教；他们的礼拜式有那种爆汗足球队集合及销售大会的味道——这些相关特性都令他郁闷。如果真的非得上教堂不可，为什么他们不能稍微有点儿格调？

若【前提一】神存在（对此问题，朱伯保持一丝不苟的知识分子式的中立），且若【前提二】神希望被崇拜（这个命题，朱伯觉得固然不大可能，但鉴于自己蒙昧无知，不难想象确有可能），则（以上两者皆明确规定）【结论】在朱伯看来，仍然似乎极不可能，甚至到了荒谬的程度：一个有能力塑造星系的神，竟然会因为福斯特教徒献给他所谓"崇拜"的胡扯逗乐，进而特别偏袒他们。

但朱伯毫不遮掩诚实，他暗自承认，宇宙（修正：他本人见过的那片宇宙）很可能完全是被归纳到荒谬的一个例子。在这种情况下，福斯特教徒可能掌握了真理，确切无误，真实不虚。宇宙充其量是愚蠢得要命的地方……但对其存在最不可能的解释，就是没有解释的随机偶然，比如像这样的奇思妙想：某些抽象的什么东西"碰巧"由某些原子聚在一起，组成的构型"碰巧"看起来像相合的法则，然后某些这类构型"碰巧"拥有自我觉知，其中两个这样的"碰巧"，一个是火星来客，另一个是秃头老傻瓜，朱伯本人就在那里面。

不，朱伯不会接受这个"碰巧"理论，尽管在很多自称科学家的人当中很流行。随机偶然不能充分解释宇宙——事实上，随机偶然都不足以解释随机偶然；锅装不了锅本身。

然后呢？"极简假说"不会是优先选择。奥卡姆剃刀切不开原始的问题，神意的本质（还不如那样称呼你自己，你这个老坏蛋，这是又短又简单的词，并不是禁忌的脏话——对于你不理解的东西，已经是很好的标记）。

同样是充分的假说，有没有任何根据要偏好其中一个，而不选择另一个呢？当你根本一无所知的时候：不！朱伯欣然暗自承认，尽管经历了长寿的人生，他完全且彻底不了解宇宙的几个基本问题。

这么说，福斯特教徒可能是对的。朱伯甚至不能证明他们可能错了。

可是，他狠狠提醒自己还有两件事：他自己的品位，以及他的自尊心。倘若福斯特教徒（如他们宣称的）确实垄断了"真理"，倘若天国只开放给福斯特教徒，那么他，朱伯·哈绍，身为绅士，身为自由公民，宁愿承受永世充满痛苦的诅咒——所有拒绝"新启示"的"罪人"都要受这样的惩罚。他或许看不见神的真面目……但他的眼力够好，看得出哪些人跟他合得来——那些天杀的福斯特教徒根本不够格！

但他看得出来麦克怎么会受到误导。福斯特教在预先选定的时间与地点"前往天国",听起来确实像自愿且计划好的"尸解",朱伯并不怀疑,在火星,这是受到认可的做法。朱伯暗自怀疑,福斯特教的那种做法,可能有更贴切的名词,就是"谋杀"——但这种论点从不曾得到证实,也很少有人公然暗示,更不用说有人指控了,甚至在创教初期,规模较小的时候也没有。很多年来,不曾有任何验尸官或地区检察官胆敢探究这类死亡案例。

倒不是说朱伯在乎他们是自发还是受到诱导。依他的看法,好的福斯特教徒,就是死的福斯特教徒。随他们去吧!但朱伯很难向麦克解释。

拖延无益,再喝一杯咖啡,事情也不会容易一些——"麦克,谁创造了世界?"

"请见谅,你说什么?"

"看看你周围。这一切,还有火星。群星,万物,你和我,还有每一个人。元老可曾告诉你,是谁创造的吗?"

麦克看起来很困惑:"没有,朱伯。"

"嗯,你曾经有这样的疑惑,是不是?太阳从哪里来?是谁将群星放在天上?是谁开始这一切?这一切,万事万物,整个世界,宇宙……这样你和我才会在这里说话。"朱伯停顿一下,对自己感到惊讶。他本来打算采用惯常的不可知论方法……却不自觉地强制用上了自己的法学养成,不由自主地成为诚实的辩护律师,试图支持一个自己不信但大多数人接受的宗教信仰。他发现,不管愿意不愿意,他是代表自己这族正统信仰的律师,去对抗——他不确定对抗什么,或许是某个非人类的观点。"你们的元老怎么回答这类疑问呢?"

"朱伯,我不灵悟……这些是疑问。对不起。"

"呃?我不灵悟你的回答。"

麦克犹豫了很久:"我会试试。可是词……不在……对。不是'放',不是'造',是当下。现在的世界,过去的世界,未来的世界。现在。"

"'始初如此,现今如此,后来亦如此,永无穷尽……'"

麦克露出快乐的微笑:"你灵悟了!"

"我不是灵悟,"朱伯生硬地回答,"我是引述,呃,某个'元老'说过的话。"他决定退后一步,尝试新的途径;显然,要尝试对麦克解释,"造物主"不是最容易用来开场的神性观点……因为麦克似乎没有领会"神创造天地"的概念。嗯,朱伯也不确定自己有没有领会——很久以前,他就跟自己达成了协议,逢偶数日假设神创造宇宙,逢奇数日假设兜圈儿转的是永恒且自存的宇宙——因为这两个假说虽然同样矛盾,却巧妙避免了彼此的悖论——当然,每逢闰年则休息一天,供纯粹的唯我论者去放荡。如此就搁置了一个无法回答的问题,至少他已二十几年没再想过。

朱伯决定尝试以最广泛的意义来解释宗教的整个概念,以后再来对付神性及相关的概念。

麦克欣然同意,学问有不同的大小,有即使是巢雏也能灵悟的小小学问,也有唯有元老能充分圆满灵悟的大学问。但朱伯试图在小学问与大学问之间画一条线,并让人类的"宗教问题"属于"大学问"。他没有成功。因为,在麦克看来,有些宗教问题(例如"创造")似乎没有任何意义,有些在他看来则是"小"问题,有显而易见的答案,甚至连巢雏也知道——例如死后的生命。

朱伯不得不到此为止，转到人类宗教的多样性。他解释（或说试着解释），人类有几百种不同的方式教导这些"大学问"，各个都有自己的答案，各个都声称自己是真理。

"真理是什么呢？"麦克问。

（"真理是什么呢？"有个罗马判官这么问，然后甩手不管这个麻烦的问题。朱伯希望自己也能这么做。）"回答时说得对就是真理，麦克，我有几只手？"

"两只手。我看到两只手。"麦克修正。

安妮正在织毛线，抬头看了一眼："只要六周，我就能训练他成为见证人。"

"你别搅和，安妮，眼下的事就够艰难了，你还想帮倒忙。麦克，你说得对，我有两只手。你的回答是真理。假如你说我有七只手呢？"

麦克一脸苦恼："我灵悟我不能那样说。"

"对，我认为你不能。倘若你那样说，你不会说得对；你的回答不会是真理。可是，麦克——他们都声称自己是真理，可他们对同一个问题的回答，却像两只手与七只手的不同。"

麦克似乎费了很大的努力想要理解："他们都是对的吗？朱伯，我灵悟不到。"

"我也不能。"

火星来客显得非常苦恼，却又突然露出微笑："我会请福斯特教徒问你们的元老，然后我们就会知道，我的兄弟。我要怎么做这件事呢？"

几分钟后，朱伯心里很不愿意，因为他竟然答应麦克安排会见某一只福斯特教大嘴鱼——或者说麦克似乎认为他答应了,反正是一样的意思。他还不能动摇麦克的信念,他以为福斯特教徒与人类"元老"有密切联系。看起来,麦克对理解真理的本质有困难,就是他不知道谎言是什么——"谎言"与"虚假"的词典定义在他的脑海里存档了,却没有一丝灵悟的痕迹。人会"说错",无非是由于意外或误解。所以,对他在福斯特教礼拜式听到的话,他必然照单全收。

朱伯努力解释,所有的人类宗教都宣称与"元老"有某种方式的联系;然而,他们的答案却各不相同。

麦克显得苦恼却有耐心:"朱伯,我的兄弟,我试了……但我不能灵悟这怎么可能是对的说法。在我族人那里,元老总是说得对。你的族人……"

"等一等,麦克。"

"请见谅,你说什么?"

"你说'我的族人'的时候,你说的是火星人。麦克,你不是火星人,你是人。"

"人是什么?"

朱伯暗自叫苦。他确信,麦克能引述一整列的词典定义。然而,这小伙子提问绝不会只是为了烦人;他提问总是为了获得信息——并且指望他的水兄弟朱伯能够告诉他。"我是人,你是人,赖瑞是人。"

"可是,安妮不是人吗?"

"呃……安妮是人,女性的人。女人。"

("谢谢,朱伯。"——"闭嘴,安妮。")

"婴儿是人吗?我没看过婴儿,但我看过图片——也在天杀的吵——立体电视里看过。婴儿的形状不像安妮……安妮的形状不像你……你的形状不像我。但婴儿是巢雏的人吗？"

"呃……是，婴儿是人。"

"朱伯……我认为，我灵悟我的族人——'火星人'——是人。不是形状。形状不是人。人在灵悟。我说得对吗？"

朱伯决心果断退出美国哲学会，开始学梭织。"灵悟"是什么？他自己用这个单词一星期了——仍然没有灵悟它。但"人"是什么？一种无羽毛的双足动物？神的形象？或者是在某种完全迂回又同义反复的定义下，"适者生存"的偶然的结果？死与税的继承者？火星人似乎已经战胜死亡，而且他已经明白，他们似乎没有符合人类概念的金钱、财产或是政府——既然这样，又怎么可能有税呢？

然而，这小子说得对；形状与"人"的定义并不相关，就像装酒的瓶一样不重要。你甚至能把一个人从他的"瓶"里取出来，像那个可怜的家伙，那些俄罗斯人坚持"保存"他的生命，把他活生生的脑放进玻璃壳，接上各种线路，弄得像电话交换机。天哪，多么可怕的笑话！他很好奇那个可怜的家伙对自己的经历怎么想，会不会欣赏那种令人毛骨悚然的幽默。

可是，从一个火星人无偏见的观点来看，人与地球上的其他动物在本质上有何不同？一个能够悬浮（天知道还有什么别的本事）的种族，会不会欣赏工程呢？如果真的会，那么赢得一等奖的会是阿斯旺水坝，还是一千英里的珊瑚礁呢？人的自我觉知？纯粹是夜郎自大；内陆的郡县不曾报告，因为没有办法证明，抹香鲸或巨大红杉不是远超过人类价值的哲学家或诗人。

有一个领域，人类无与伦比：他们展现了无限的聪明才智，设计出各种更大规模、更有效率的方法，用来杀戮、奴役、滋扰，在各方面都成为自己受不了的麻烦。人是自己最残忍的笑话。幽默的基石是……

"人是懂得放声大笑的动物。"朱伯回答。

麦克认真考虑这一点："那么，我不是人。"

"什么？"

"我不会放声大笑。我听过笑声，吓坏我了。然后我灵悟到了，那样不会痛。我试着学……"麦克的头向后仰，发出刺耳的嘎嘎声，比笑翠鸟的傻叫声更令人神经紧绷。

朱伯掩住耳朵："停！停！"

"你听到了，"麦克悲伤回应，"我不能做对。所以我不是人。"

"等一下，孩子。别那么快放弃。你只是还没学会放声大笑……通过练习，你永远学不会。但你会学到，我向你保证。如果你在我们当中生活得够久，有一天，你会明白我们有多么可笑——那时你就会放声大笑。"

"我会吗？"

"你会。别担心这个，也别试着灵悟；只要顺其自然。哎呀，孩子，即使是火星人，一旦灵悟了我们之后也会放声大笑。"

"我会等。"史密斯平静地表示赞成。

"你在等待的同时，千万别怀疑自己不是人。你确实是妇人所生，而且生来就找麻烦……有朝一日，你会灵悟其圆满，你会放声大笑——因为人是会笑自己的动物。关于你的火星人朋友，我不知道。我从没见过他们，我不能灵悟他们。但我灵悟他们可能是'人'。"

"是，朱伯。"

哈绍以为这场讨论结束了，觉得松了一口气。上次碰到这么尴尬的情况，还真是很久以前的某一天，父亲试着对他解释传宗接代的事——迟了太多。

但火星来客还没完："朱伯，我的兄弟，你刚才问我：'谁创造了世界？'我当时没有词语，不能说我为什么不懂这是疑问。之后我一直在想词语。"

"是吗？"

"你告诉我，'神创造世界'。"

"不对，不对！"哈绍急忙说，"我告诉你，虽然这么多的宗教都说了很多事，但其中大多数说到'神创造世界'。我也告诉你，我并没有充分灵悟，但'神'是他们使用的词。"

"是的，朱伯，"麦克同意，"词是'神'。"他又说："你灵悟。"

"不，我必须承认我并不灵悟。"

"你灵悟，"史密斯又说一次，语气坚定，"我解释。我没有词语。你灵悟。安妮灵悟。我灵悟。我脚下的草灵悟快乐的美。但我需要这个词，这个词就是'神'。"

朱伯摇了摇头，想把这弄清楚："说吧！"

麦克欢欣地指着朱伯："尔乃神！"

朱伯伸手拍了自己的脸："噢，耶稣……我做了什么？听着，麦克，放轻松！冷静下来！你没有理解我。对不起，非常抱歉！暂且忘了我刚才说的话，我们改天再重新开始。可是……"

"尔乃神，"麦克又说一次，语气安详，"神即灵悟者。安妮是神。我是神。快乐的草是神。吉尔总是灵悟美。吉尔是神。所有的形塑、制作、创造都在一起……"他用低沉沙哑的火星语说了什么，微微一笑。

"好了,麦克,但暂且先这样。安妮,你把这一切都记下来了吗?"

"当然了,老板!"

"帮我做一份录音带。我必须花点工夫处理,不能让情况继续下去。我必须……"朱伯抬头看了一眼,说,"噢,我的天!全员备战!安妮!将紧急呼叫按钮设定在'出人命了'位置——拜托你的拇指随时准备压下去;他们可能不会来这里。"他再次抬头看一眼,只见两辆大型飞车从南方过来,正在接近这里。"但恐怕他们真的来了。麦克!躲到游泳池里!记住我告诉你的话——下到最深的地方,留在那里,维持不动——不要上来,等我让吉尔去叫你才可以上来。"

"是,朱伯。"

"立刻去!动作快!"

"是,朱伯。"麦克跑了几步,跳进水里,消失。他记住要脚尖朝下,膝盖伸直,两脚并拢。

"吉尔!"朱伯大声喊道,"跳进池里再爬出来。赖瑞,你也是。假如刚才有人看到史密斯跳水,我要他们搞不清楚有几个人在用游泳池。朵卡丝!快爬出来,再跳进去。安妮——不对,你拿着紧急呼叫按钮,不能下水。"

"我可以带着法袍,走到游泳池边。老板,你要不要这个'出人命了'设定留一些延迟呢?"

"呃,要,三十秒。如果他们降落在这里,立刻穿上你的见证人法袍,再把拇指放回按钮前。然后等着——如果我喊你过来,你再发信号。可是,我不敢随便喊'狼来了',除非……"他掩住双眼,

"其中一辆肯定要降落了……没错，有几分像囚车。噢，要命，我以为他们会先谈判。"

第一辆飞车盘旋着，然后垂直降落在游泳池边的园艺区；第二辆来到低空，开始慢慢绕圈。这两辆是黑色的，大小像是运载巡警的车，只看得到一个不起眼的小徽章：联邦的地球标志。

安妮暂时放下"放气球上去"的无线电中继链路，迅速披上法袍，再次拿起链路，将拇指移回按钮上。第一辆飞车一落地就开门，朱伯立刻冲过去，像只自负好斗的狮子狗。看到一个男人下车，朱伯怒吼着说："挪走那辆天杀的破车，离开我的玫瑰丛！"

那个人说："朱伯·哈绍吗？"

"你听到我的话了！告诉那个帮你驾驶的笨蛋，把那个桶抬高，往后退！离开花园，停到草皮上！安妮！"

"来了，老板。"

"朱伯·哈绍，我这里有令状，要……"

"就算你有令状要给英格兰国王，我也不在乎。你先挪走那堆废铁，离开我的花丛！然后，我对天发誓，我会告你告到……"朱伯瞥了一眼来人，好像才第一次见到他。"噢，原来是你，"他用苦涩的轻蔑语气说，"海因里希，你是生来就蠢，还是后来才学蠢的呢？为你做事的那头穿制服的蠢驴又是什么时候学的飞行？今天稍早吗？我跟你讲电话之后？"

"请详阅这份令状，"海因里希上尉谨慎地耐着性子说，"然后……"

"马上把你的卡丁车弄出我的花坛，否则我会提起民权诉讼，让你们赔掉退休金！"

海因里希犹豫了一下。"马上!"朱伯尖声叫喊,"还有,转告另外几个下车的乡巴佬儿,抬起他们的大脚!那个龅牙的傻瓜,站在珍贵的伊丽莎白·休伊上面!"

海因里希转过头。"你们这些人——小心那些花。帕斯金,你踩到花了。罗杰斯!飞车升空,退后大约五十英尺,离开花园的范围。"他把注意力转回哈绍,"你满意了吗?"

"等他真的挪开再说——但你们仍然要赔偿损失。让我们看你的证件……然后拿给诚实见证人看,也要大声且清楚地向她说明你的姓名、军阶、单位,以及雇员编号。"

"你知道我是谁,现在我有一份令状,要……"

"我有普通法的批准,有权用猎枪把你的脑袋从中间轰开,除非你做事合法,而且照顺序来!我不知道你是谁。你看起来很像我今天稍早通电话看到的一个官架子——但这不是证据,而且我不认得你。你必须先证明自己的身份,依法律规定,《世界法典》第1602项之二,才可以执行令状。另外几只猿也要,还有为你驾驶的那只古猿寄生动物。"

"他们是警察,根据我的命令行事。"

"我可不知道他们是谁,那些不合身的警服可能是租来的。先生,法律条文!你们闯入我的家园。你说你是警官——你宣称你有令状进行这种入侵。但我说你是非法入侵,除非你证明不是……我可以行使主权,动用一切必要的武力驱逐你们——我会在大约三秒钟内开始。"

"我建议不要。"

"你凭什么建议?如果我在尝试行使这项权利的过程中受伤,你的行动就会变成推定施暴——使用致命武器，如果那几只骡子带着的东西是枪，因为看起来像。民事与刑事的责任都有——哎呀，好家伙，到最后，我能让你扒掉一身皮，做门口的踏脚垫！"朱伯收回一只干瘦的臂膀，握紧骨节突出的拳头，"离开我的土地！"

"等一下，医师，我们会照你的方式做。"海因里希的脸色涨得通红，但一直极力控制自己的语气。他出示身份证件，朱伯瞥了一眼就还给他，让他拿给安妮看。然后海因里希报上全名，说自己是联邦特别勤务局的警备队长，也报了雇员编号。在海因里希脸色凝重的命令下，方才下车的另外六个人，最后连驾驶员，也都逐一做完同一套冗长烦琐的程序。

做完之后，朱伯亲切地说："那么，海因里希上尉，我能帮你什么呢？"

"我这里有一份搜查令，要找基尔柏特·柏奎斯特，指明搜查这处房产、建筑物及场地。"

"给我看，然后给见证人看。"

"我会的，但我另外有一份搜查令，类似第一份，吉莉安·博德曼。"

"谁？"

"吉莉安·博德曼，罪名是绑架。"

"天哪！"

"另一份是赫克托·詹森……还有一份是瓦伦丁·迈克尔·史密斯……还有一份是你，朱伯·哈绍。"

"我？又是税的问题吗？"

"不是，看一下。这一件和那一件的罪名是从犯……在某些其他案件中则是重要证人……要不是有令状，没必要这么麻烦，我会亲自押你回去，因为你妨碍司法。"

"噢，上尉，罢了！自从你表明身份，开始以合法的方式行事之后，我一直尽力合作。我也会继续表现这样的行为。当然，我仍然会控告你们所有人——还有你的顶头上司以及政府——针对你们在那之前的非法行动……至于你们任何一个在这之后可能做的任何事，我也不会放弃任何权利或追索权。嗯……相当长的受害者名单。我明白了你们为什么多带了一辆车。可是——老天爷！这里有点奇怪。这个，呃，博德曼太太是吗？——我看到刚才那一份文件指控她绑架史密斯这个家伙……但另一份令状似乎又指控他逃避羁押。我糊涂了。"

"两样都有。他逃了——她绑架他。"

"这不是很有难度吗？我的意思是，怎么可能两个罪名都有？再说，他被关押又是根据什么罪名？令状似乎没说。"

"我怎么知道？他逃了，就这样。他是逃犯。"

"我的老天爷！我还在想，我可要分别向他们两人提供我的服务，担任辩护律师。值得玩味的案件。如果有什么地方搞错了——或许不止一个错误——又可能导致其他问题。"

海因里希冷冷地咧嘴一笑："你会觉得不容易，因为你也会进牢里。"

"噢，不会太久，我相信，"朱伯拉高了嗓音，超过必要的程度，转头看着屋子那边，"我确实认识另一位律师。我想，如果霍兰法官正在听，他可能很快就会启动人身保护令的程序——给我们每一个人。如果美联社碰巧有辆采访车在附近，就不会损失什么时间，他们马上知道要去哪里执行这类令状。"

"哈绍,你一向是个讼棍,是吧?"

"这是诽谤,亲爱的先生,我记住了。"

"这对你不太可能有什么好处。这里只有我们了。"

"是吗?"

第 15 章

瓦伦丁·迈克尔·史密斯穿过混浊的水,来到位于跳水板下方游泳池的最深处,把自己安顿在池底。他不知道他的水兄弟朱伯为什么叫他去藏在那里;其实他不知道自己正在躲藏。他的水兄弟朱伯告诉他这么做,留在那里,直到他的水兄弟吉尔来找他;这就是很充分的理由了。

他一确定自己在最深的水域,就立刻蜷起身体,抱成胎儿姿势,呼出肺里大部分的空气,舌头向后卷,眼睛向上翻,心跳放慢到几乎静止,就像"死"了,只差没有实际尸解,而且他可以随意重新启动他的引擎。他也决定伸展时间感,直到几秒的流动像几小时,因为他有很多事要沉思,而且不知道吉尔会多快过来找他。

他知道,他尝试达成水兄弟之间应该存在的那种完美的理解和相互融合的通感——灵悟——却又失败了。他知道这是自己的失败,由于用错古怪多变的人类语言而导致,因为刚才自己一开口说话,朱伯立刻心烦意乱。

他现在知道他的人类兄弟可能遭受了剧烈的情感激动,但不会有任何永久损伤。然而，史密斯难过得发愁，因为他是导致朱伯这么忧心忡忡的起因。在他看来，当时他终于完美灵悟了一个最困难的人类单词。他早该知道得更清楚，因为在他的兄弟马穆德指导他学习的早期，他就发现了，很长的人类单词（越长越好）反而简单容易、不会弄错，而且很少改变意义……但短的单词很棘手、难以捉摸，意义的变化没有什么规律。或者说他灵悟到的似乎是这样。短的人类单词从来不像短的火星语单词——例如"灵悟"，永远精确意味着同一件事。短的人类单词就像是拿刀舀水。

这一个是很短的单词。

史密斯仍然觉得自己灵悟对了"神"这个人类单词——误解是由于自己挑选不出其他的人类单词。这个概念如此简单，如此基本，如此必要，任何巢雏都能解释得很完美——用火星语。那么，问题就是要找到适用的人类单词，让他能说对，确保自己用对模式，圆满对应到用他自己族人的语言说出来的方式。

他感觉到短暂的困惑，这件事很奇怪，要说出来竟然有困难，即使用英语也说不明白，有一瞬间，他对这件奇怪的事感到困惑，因为这是每一个人都知道的事……否则他们就不能活着灵悟了。可能他应该问人类元老怎么说，而不是使劲应付人类单词意义变化多端的问题。如果是这样，他必须等到朱伯安排，因为在这里，他只是一颗卵，所以不可能自己安排。

他感觉到短暂的遗憾，亚瑟兄弟与桃乐丝兄弟即将尸解，他不会有这个荣幸在场观礼。

然后，他平静下来，在脑海里重温《韦氏新国际英语词典》（第三版）。

从远处传来某种不安，打断了史密斯的思绪，让他察觉到自己的水兄弟们有了麻烦。他暂停在"sherbacha"与"sherbet"之间，思考刚才知道的事。他是不是应该启动自己，离开包围他的生命之水，去跟他们一起灵悟，分担他们的麻烦呢？在家乡，这不可能有任何疑问；有难同当，让困难化为充满喜悦的亲密。

但这个地方在各方面都很奇怪……而且朱伯告诉他，要等吉尔过来。

他温习朱伯说的话，用长时间的沉思，对照许多其他的人类单词来加以检验，确保自己灵悟了。不，朱伯说得对，他也灵悟得对。他必须等到吉尔来。

然而，由于确实知道他的兄弟们有麻烦，他非常不安，实在无法继续刚才的单词搜索。最后，他想到一个主意，充满了如此欢快的勇敢，要不是身体还没做好颤抖的准备，他肯定会激动得颤抖。

朱伯刚才告诉他，要他把身体放在水底，留在那里，等到吉尔来……但朱伯可曾要他必须跟着身体一起等待？

史密斯知道朱伯使用的那些不明确的英语单词很容易导致（也经常导致）他犯错，所以他花了很长的时间，仔细考虑这个问题。他推论，朱伯并没有明确命令他与自己的肉体留在一起……那就留下一条出路，避免兄弟有麻烦自己却没分担的错。

于是，史密斯决定去走一走。

他对自己的大胆有点迷茫，因为，虽然他曾经做过两次，却从来不曾"单飞"。每次，都有一个元老陪伴他，看顾他，确保他的身体安全，防止他在这新的体验中迷失方向，陪着他，直到他返回自己的身体，然后再次发动。

现在，没有元老帮助他，但史密斯一向学得很快；他知道怎么做，有信心认为自己单独一人也能勉强做到，让他的老师也引以为荣。于是他先仔细检查自己身体的每一个部分，确定身体在他离开的这段时间不会受到损坏，然后小心翼翼地出去，只留下看守与照料所需的一小部分自己。

然后，他往上升，站在游泳池的边缘，记起要表现得像身体仍然跟着自己，这是避免迷失方向的一道防护——以免失去游泳池、身体、一切的线索，偏离到未知的地方，找不着回来的路。

史密斯环顾四周。

一辆飞车正要降落在游泳池边的花园，底下的生命体正在抱怨飞车对它们的伤害与侮辱。也许这就是他能感觉到的麻烦？草地适合在上面走，花和灌木丛不适合——这是一种错。

不对，还有更多错。有个男人正要从飞车上下来，一只脚就要碰触地面，朱伯正在跑向他。史密斯看得出来，朱伯正在对那个人厉声叫骂，大发雷霆，那种冰冷愤怒的猛烈谴责，倘若一个火星人对另一个火星人这么厉声叫骂，两个都要立即尸解。

史密斯记下这是他必须思考的事，因为这似乎是一条必要的分界线，如果真的是，他决定必须做什么来帮助自己的兄弟。然后他察看其他朋友。

朵卡丝正要从游泳池里爬出来；她觉得困惑，而且相当忧虑，但还不算太忧虑；史密斯感到她对朱伯有信心。赖瑞在游泳池边上，刚刚从水里出来，从他身上掉落的水滴还在半空中。赖瑞并不忧虑，而是兴奋又高兴；他对朱伯有绝对的信心。米丽茵在他附近，她的情绪在朵卡丝与赖瑞的中间。安妮站在她刚才坐着的地方，穿上了她一整天都带在身边的长长白色衣物。史密斯不能充分灵悟她的心情；他感觉她的内在有些像是元老心智那样冷酷不屈的纪律。他吓了一跳，因为安妮总是温柔、和善，而且亲切友好。

他看到她正在密切观察着朱伯，随时准备协助他。赖瑞也是！……还有朵卡丝！……还有米丽茵！一阵感同身受的情绪突然爆发，史密斯懂了，这几个朋友都是朱伯的水兄弟——因此也是他的水兄弟。出乎意料地从蒙昧无知中释放出来，这令他大为震惊，差一点就失去对这个地方的寄托。他按照别人教他的方式让自己平静下来，他停下来，赞美并且珍惜他们每一个人，先是一个接一个，然后所有人一起。

吉尔的一只手臂搭着游泳池的边缘，史密斯知道她刚才下来过，检查他是否安全。她刚才下来时，他察觉到了……但现在他知道了，她不只是担心他的安全；吉尔感觉还有其他更大的麻烦，知道她负责照顾的人安全稳妥地待在生命之水底下，还是不能减轻那种麻烦。这使得他相当烦恼，他考虑过去找她，让她知道他陪着她，也会分担她的麻烦。

倘若不是因为某种隐约、不安的罪恶感，他就会那么做了：他并不是绝对确定朱伯打算允许他到处走动，只要他的身体藏在游泳池里。他用了折中办法，告诉自己，他会分担他们的麻烦——如果情况演变得有需要，就让他们知道他在场。

然后，史密斯察看正要踏出飞车的人，感觉那人的情绪，这些情绪令他畏缩，他却还是强迫自己仔细检查那人，里里外外看个透。

那人腰间有个形状特殊的口袋，绑在腰带上，那个男人带着枪。

史密斯几乎确定了这是枪。他极为详细地检查，将它与先前短暂见过的两把枪比较，对照《韦氏新国际英语词典》（第三版）书中的定义，检查它看起来的样子。

没错，那是一把枪——不只形状，还有错包围它且穿透它。史密斯俯视着枪管，看出这是怎么运作的，错也凝视着他。

他应该把它转向，让它带着它的错去别的地方吗？立刻就做，别等到那人完全下车吗？史密斯感觉自己应该……然而，另一次，朱伯曾经告诉他，不要对枪这么做，等到朱伯告诉他，时候到了，才可以这么做。

他现在知道了这确实是必要的分界线……但他决定先在分界线的点上摇摆不定，直到他灵悟一切——朱伯可能是知道了有一道分界线正在接近，因而打发他到水底下，以免他在分界线做错事。

他会等……但在等的同时，他会小心翼翼地盯住这把枪及其错。这时候他不会受限于两只眼睛总是面朝一个方向，如有需要，他能看到周围的一切，他继续监视着那把枪及下车的人，同时也进入车内查看。

他不愿意相信竟然可能有那么多错！那里还有几个人，除了一个人，其他人都挤向门口。他们的心思嗅起来像一群寻水兽，察觉了毫无戒备的稚年……而且每个人的手里都握着一件什么有错的东西。

正如他曾经告诉朱伯的，史密斯知道，形状一向不能当成主要的判断因素；为了灵悟，有必要超越形状，进入本质。他自己的族人会经历五种主要的形状：卵、稚年、巢雏、成年——以及没有形状的元老。然而，元老的本质在卵里已经有了模式。

这些人携带的这些东西好像是枪。但史密斯并没有认定那些是枪；他先极为仔细地研究一个。这个比他见过的任何枪都大得多，形状很不一样，而且细节大不相同。

247

这是枪。

他逐一检查其他的东西，单独评估，而且同样仔细。这些是枪。

那一个仍然坐着的男人，身上也系着一把小枪。

飞车本身就内置了两座巨大的枪——加上其他史密斯无法灵悟，但觉得也有错的东西。

他停下来，认真考虑扭转飞车、车内的东西，以及一切——让它翻转不见。但是，除了从小被禁止浪费食物，他也知道自己没有充分灵悟发生了什么事。最好还是慢慢行动、谨慎观察，在分界线时帮忙与分担，听从朱伯的引导……如果他该做的适当的行动是维持被动，那就在通过分界线后回到自己的身体，以后再与朱伯讨论这一切。

他回到车外，看着，听着，等着。

第一个下车的人找朱伯说话，谈到许多史密斯只能暂时归档而不能灵悟的事，因为这些超过了他的经验范围。另外几个人出来，各自散开；史密斯将自己的注意力散开，观察着他们全部的人。那辆车升高，往后退，又停下来，解除了刚才被压的生命体所受的痛苦。史密斯尽量腾出注意力，与它们一起灵悟，试着抚慰它们的伤痛。

第一个人拿着文件交给朱伯，然后递给安妮。史密斯跟着她一起读。他看到字词的形状，认得这些涉及了某些疗愈及平衡的人类仪式。可是，由于他只曾在朱伯的法学图书室遇到这些仪式，他当时并未试图灵悟那些文件，尤其是因为朱伯似乎对这些相当不以为意——那个错在别的地方。他认得其中两份文件有自己的人类姓名，这让他觉得很高兴；每次读到这几个字，他总是有一种奇怪的兴奋感，仿佛自己同时在两个地方——不可能的，因为只有元老才做得到。

朱伯与第一个人转身走向游泳池，安妮紧跟在后。史密斯稍微放松了时间感,让他们移动得快些,但还是有足够的伸展,好让自己能安逸地同时观察着所有的人。其中两个男人走过来,一左一右靠近这一小群人。

第一个人走近池边那群朋友,停下来看着他们,然后从口袋里掏出一张图片,看看图片,再看看吉尔。史密斯感到她的恐惧与困扰在上升,他不禁提高警觉。朱伯曾经告诉他:"保护吉尔。不要担心浪费食物,不要担心别的事。保护吉尔。"

当然,他无论如何会保护吉尔,即使要冒着行动出错的风险。但有朱伯的全面保证还是好的,这让他的心思不必分裂,不受扰乱。

当第一个人指着吉尔,而且他左右两人拿着有很大错的枪匆忙奔向她的时候,史密斯透过自己的"生魂"出手,给他们每人一下那种造成翻转的小小扭曲。

第一个人瞪着他们刚才所在的地方,伸手拿身上的枪——他的枪也不见了。

另外四人开始围拢。史密斯不想扭转他们。他觉得,如果只是阻止他们,他会让朱伯更高兴。但阻止东西就是做"功",即使只是烟灰缸——而史密斯没有自己的身体可以运用。元老就能做到,把四个人都一起解决,但史密斯只能尽力而为,不到万不得已才做。

四下羽毛般的碰触——他们就不见了。

他感觉到更剧烈的错,来自地面上的车所在的方向,于是立刻过去——灵悟到了一个快速的决定,然后车与驾驶员就不见了。

他差点就忽略了在空中掩护巡逻的那辆车。刚才解决了地上那辆车的时候,史密斯开始放松——却突然感觉错与麻烦增加了,于是他抬起头来。

第二辆飞车正在靠近,就要降落到他所在的地方。

史密斯将时间感伸展到个人的极限,然后上了空中的飞车,仔细检查,灵悟到它像第一辆那样塞满了十足的错……将它送进永无之境。然后,他返回游泳池边的那群人。

他的朋友似乎都相当激动;朵卡丝啜泣着,吉尔抱着她,安慰她。唯独安妮似乎不为所动,没有受到史密斯感觉到的周围翻腾的各种情绪的影响。但错不见了,全部消失了,刚才扰乱他冥想的烦恼也随之而去。他知道,由吉尔来疗愈朵卡丝,比任何人都能让朵卡丝恢复得更快也更好——吉尔总是能充分且立即灵悟到伤痛。周围的各种情绪令他不安,有点担心刚才在分界线的点上,他可能没有在各方面都做了对的行动——或者朱伯可能那样灵悟他——史密斯决定,现在可以离开了。他回到游泳池,滑进水里,找到自己的身体,灵悟到了这仍然是他刚才离开的情况,身体未受损伤——他迅速穿回身体。

他思考着发生在分界线的几件事。但这些太新了,太近了;他还没准备好拥抱这些事,还没准备好赞美及珍惜不得不移走的这些人。他只好快乐地回去继续做刚才正在做的事。"Sherbet" "Sherbetlee" "Sherbetzide"……

他达到了"Tinwork",正准备细想"Tiny"的时候,他感觉到吉尔的碰触正要接近他。他把刚才往后吞的舌头吐出来,让自己准备好,他知道他的兄弟吉尔不能留在水底下很久,时间长了就会痛苦。

她触碰他的时候,他伸出双手捧住她的脸,吻了她。这是他最近才学会做的事,他并不觉得自己灵悟得很理想。这有饮水礼的那种亲近。但还有别的……他非常想要灵悟得理想圆满的东西。

第 16 章

朱伯·哈绍没等吉莉安将她的问题儿童捞出游泳池,只交代了要给朵卡丝打镇静剂,就急忙赶往书房,任凭安妮去解释(或不解释)刚才十分钟发生的事。"前台!"他转头喊。

米丽茵转身追上他。"我猜我一定是'前台',"她上气不接下气地说,"可是,老板,这到底是……"

"姑娘,先别说话。"

"可是,老板……"

"我说了,闭嘴。米丽茵,再过一星期左右,我们会全都坐下来,让安妮告诉我们,我们真正看到了什么。但现在每一个人,甚至各人的一干亲戚,都要打电话来这里,记者也会从树丛里爬出来——我必须先打几通电话。我需要帮忙。你是那种需要出力的时候偏偏失灵的没用妇人吗?这倒提醒了我——记下朵卡丝歇斯底里发作的时间,扣掉她的薪资。"

米丽茵倒抽一口气:"老板!你要是敢那么做,我们每一个都立刻辞职不干!"

"胡说!"

"我说真的。别再苛责朵卡丝了。哎呀,要不是她比我抢先一步,我自己就会歇斯底里地发作。"她又说,"我想,我现在就要歇斯底里地发作了。"

哈绍咧嘴一笑:"你敢做,我就打你屁股。好了,记下朵卡丝,加上'额外危险职务'津贴。你们几个都有额外津贴,尤其是我,我应得的。"

"好吧,可是,谁付你的津贴呢?"

"当然是纳税人。我们会找到方法弄钱——该死!"他们到了书房门口,电话已经在响了。他滑进电话前面的座椅,按键接通:"我是哈绍,你见鬼的是谁?"

"别来这套了,医师,"应声的是一张爽朗的面孔,"你好几年没吓到我了。一切都好吗?"

哈绍认出了这张脸,原来是托马斯·麦肯锡,新世界网络的节目制作总经理,于是稍微温和一点:"还行,汤姆[1],但我正在赶时间,所以……"

"你赶时间?过来试试我一天挤四十八小时的日子。我会长话短说。你仍然认为你会有什么东西给我们吗?我不介意你绑住的昂贵器材,我可以设法摊到管理费用。不过呢,公事公办——而且我必须付钱给三组工作人员待命等你的信号。这是工会规定——你知道那是怎么回事。你要我帮忙任何事,我都愿意。我们过去用了很多你的脚本,希望未来还会用更多——但我开始担心,我要怎么告诉我们的审

---

[1] 托马斯的昵称。

计长。"

哈绍盯着他看:"难道你认为你刚才得到的现场报道,还不够支付费用吗?"

"什么现场报道?"

几分钟后,哈绍说了再见,切断通话,确信了新世界网络根本没看到他家里发生的最新事件。他敷衍应付麦肯锡对此的疑问,因为他沮丧地确定,要是老实叙述,只会让麦肯锡确信可怜的老哈绍终于不行了。哈绍也不能责怪他。

不过,两人讲好了,如果接下来二十四小时都没发生任何值得报道的事,新世界可以切断连线,拆除他们的摄像机及其他设备。

屏幕画面消失之后,哈绍下令:"叫赖瑞过来,叫他拿着那个紧急呼叫按钮——可能在安妮那里。"然后,他开始打另一通电话,接着再打第三通。赖瑞来到的时候,哈绍确信了特勤小组企图袭击他家的时候,没有任何电视网正在看。没有必要检查他先前录制的那二十几条"保留"信息是否传送出去,"保留"信息的传递取决于新闻频道未能收到的同样信号。

他转身离开电话时,赖瑞就给他拿来了"紧急呼叫按钮"——便携式无线电连接器:"老板,你要这个吗?"

"我只是要嘲笑它,看它会不会嘲笑回来。赖瑞,让我们记取这个教训:绝对不要信任比刀叉更复杂的机械。"

"好的。还有别的事吗?"

"赖瑞,有没有办法检查那个装置,看看是不是运作正常?我的意思是,不用实际上把三大电视网从床上拖出来。"

"当然。技术人员在下面的工作间安装了收发机,上面有个开关,正是为了这个用途。拨动开关,压下按钮,有一颗灯会亮。要测试有没有通,你只要呼叫他们,就从收发机呼叫,告诉他们你想要一次高温测试,检查通过那几台摄像机以及返回监测站的信号。"

"假设测试显示我们没有接通呢?如果是这里有麻烦,你能不能找到问题在哪里?"

"嗯,也许可以,"赖瑞含糊地说,"如果只是连线松脱之类的小问题。但杜克是这里管电子的人——我比较像是知识分子。"

"我知道,年轻人——我对实务方面的事也不太灵光。那么,你尽力而为。让我知道结果。"

"朱伯,还有别的事吗?"

"有,如果你看到发明轮子的那个人,请他上来;我要告诉他我的想法。没事找事!"

接下来的几分钟,朱伯陷入最深的沉思。他考量有没有可能杜克故意破坏了"紧急呼叫按钮",但随即挥开这个想法,因为它就是浪费时间。他放任自己猜想了一下,刚才在他的花园里究竟发生了什么,那小子又是如何做到的——从水下三米。因为他毫不怀疑,在那些不可能的把戏背后,肯定是火星来客在搞鬼。

无可否认,他昨天在这间书房里看到的事,在理智上令人惊愕的程度,并不亚于这些后来发生的事件——但情绪的冲击是另一回事。小鼠是生物学的奇迹,奇妙的程度并不亚于大象;然而,两者还是有个重要的区别:大象比较大。

看到一个空酒箱——即使只是垃圾——凭空消失,逻辑上意味着一辆载满巡警的飞车也有可能以同样的方式消失。但其中一件事就像有人踢了你的牙齿——另一件没有。

嗯，他不打算浪费眼泪哀悼那些巡警。朱伯勉强承认，警察的工作倒是还好，他这辈子曾经遇见过几个诚实的警察……即使是分赃抽成的村头巡佐，也不该像吹熄一根蜡烛那样被轻易灭掉。警察应该像海岸防卫队那样，而且这样的警察相当常见。

但要成为特勤小组的一员，那个人必须心里有贪念，灵魂里有病态的残忍。盖世太保、冲锋队员，为任何掌权的政客效劳。朱伯渴望美好的旧日时光，那时律师可以引用《权利法案》，而不会让某个更高的联邦诡计击败自己。

算了——按照逻辑推论，接下来会如何呢？海因里希的特遣队肯定与基地有无线电联络；因此，只要他们没了声息，就会有人注意到信号中断。不久就会有更多特勤警官来找他们——如果第二辆车在报告行动的中途被切断，可能已经有人朝这个方向来了。

"米丽茵……"

"在，老板。"

"我要麦克、吉尔、安妮立刻来这里。然后，找到赖瑞——可能在工作间——你们两个都进屋，锁上所有的门，还有一楼所有的窗。"

"还有麻烦吗？"

"动作快，姑娘。"

如果特勤局的猿再次现身——不对，肯定会现身，只是时间早晚而已——他们可能不会有一份或多份令状。如果带头的警官够蠢，没有令状就闯进上锁的房屋，嗯，他可能不得不放出麦克去对付他们。但这种盲目的消耗战必须停止——这就意味着朱伯非得接通秘书长的电话不可。

怎么做？

再打电话到行政宫吗？海因里希说的大概是实话，要是重新再试，只会转到海因里希，或是转给这时正在帮海因里希的座椅保暖的特勤局主管，海因里希再也不会需要这椅子了。怎么样？他们派了一队人马来逮捕的人，要是若无其事地打电话进来，跟他们面对面，肯定会让他们大吃一惊——他也许能一路挤到最高层，那个指挥官，姓什么来着，那家伙的脸像只喂饱了的白鼬，对了，特维契尔。特勤局的恶霸指挥官，肯定能直接找到大老板。

不妙。必须想个办法让事情有大进展。要对一个相信枪的人说，你的东西比枪更好，而且他不能逮捕你，还是算了，你只会白费唇舌。特维契尔还是会继续投掷人与枪对付他们，直到两者都耗尽——但他绝对不会承认，知道了一个人的位置，怎么可能抓不到那个人。

嗯，前门走不通的时候，你就设法从后门溜进去——基本的政治。朱伯有少许后悔，因为近二三十年不曾过问政治。真要命，他需要本·卡克斯顿——本会知道谁有后门的钥匙……而朱伯有人脉，会知道谁认识其中一个。

但本不在，正是这场愚蠢骑驴大赛的全部原因。既然不能问本，他还认识哪一个会知道答案的人？

见鬼了，笨蛋，刚才跟他通电话的就是一个！朱伯转头回到电话前，尝试再次找到汤姆·麦肯锡，一路上只碰到三层阻碍，他们全都认识他，很快帮他把电话转过去。他在做这件事的时候，他的手下与火星来客进来了。朱伯没理会他们，于是他们自己坐下，米丽茵先走到一旁，拿起便条簿，写道："门窗锁好了。"

朱伯对她点了点头，在底下写道："赖瑞拿着紧急呼叫按钮吗？"

然后对着屏幕说："汤姆，抱歉，再次打扰你。"

"是我的荣幸，朱伯。"

"汤姆，如果你想要找道格拉斯秘书长说话，你会怎么做呢？"

"呃？我会打电话给他的新闻秘书，吉姆·桑弗思。或者可能是乔克·杜蒙，取决于我想要什么。但我完全不会找秘书长说话，吉姆会处理。"

"可是，假设你想要与道格拉斯本人谈话。"

"哎呀，我会告诉吉姆，让他安排。不过，直接把我的问题告诉吉姆还会比较快，因为他把我挤进去可能还要一两天……即便如此，我可能也会被什么更紧急的事挤开。听我说，朱伯，电视网对政府很有用处——我们知道，他们也知道。但我们没有必要不会轻易动用。"

"汤姆……假设有这样的必要。假设你就是必须跟道格拉斯谈话。现在就要，不是下星期，而是十分钟内。"

麦肯锡的眉毛跳了起来："那么……如果我确实必须这么做，我会向吉姆解释为什么如此紧急……"

"不行。"

"讲道理。"

"不行，我就是不能这样做。假设你发现吉姆·桑弗思不可靠，所以你不可能告诉他紧急情况到底是什么。但你必须马上找道格拉斯谈话。"

麦肯锡叹了一口气："我想我会告诉吉姆，我就是必须找老板谈……而且，如果他没有立即帮我转过去，这任政府绝对不会再得到电视网一丝一毫的支持。当然要很有礼貌，但要让他明白我说到做到。桑弗思不是傻瓜，绝对不会把自己的脑袋放在盘子上。"

"好的，汤姆，做吧。"

"嗯？"

"留着这条线路，用另一套设备打给行政宫——同时叫你的手下准备，立刻帮我切进去。我必须马上找秘书长谈话！"

麦肯锡面有难色："朱伯，老朋友……"

"意思是你不肯？"

"意思是我不能。你梦到了一个假想的情况，某个——恕我直言——洲际电视网的高层主管在迫切必要的情况下可能跟秘书长说得上话。但我不能把这个入场许可交给别人。听我说，朱伯，我尊敬你。除此之外，现今还在世的六位最热门的作家，你可能排第四。电视网很不乐意失去你，而且我们很清楚你不会让我们用合同绑住你。但我不能这么做，即使是为了让你高兴。你必须明白，你不会轻易打电话给政府的世界领袖，除非他想跟你说话。"

"假设我真的签一份独家七年合约呢？"

麦肯锡的表情仿佛牙疼得厉害："我还是不能做。我会丢掉我的工作——你还是必须履行你的合约。"

朱伯考虑要不要叫麦克过来在电话摄影镜头前说明他的身份，又立刻打消这个主意。麦肯锡自己的节目播送了那个冒牌"火星来客"的访谈——有两种可能，一是麦肯锡是个骗子，参与了骗局……二是他诚实做事，就像朱伯认为的那样，根本不会相信自己被耍了。"好吧，汤姆，我就不为难你了。但是，你对政府熟门熟路，至少比我清楚。有谁可以随时打电话给道格拉斯——而且可以找到他呢？我指的不是桑弗思。"

"没有人。"

"见鬼了,没有人活在真空中!肯定至少有十来个人可以打电话给他,且不会被秘书挡开。"

"我想,有几个议员可以,还不是全部都行。"

"我一个都不认识,我脱离人脉了。但我指的不是职业政客。谁跟他够熟,能够打电话到他的私人线路,邀请他打牌呢?"

"嗯……你要得不多,是吧?嗯,有个杰克·艾伦比,不是演员,是另一个杰克·艾伦比,搞石油的。"

"我见过他。他不喜欢我,我不喜欢他。他知道。"

"道格拉斯没有几个私人朋友。他太太相当不鼓励他交友——话说,朱伯……你觉得占星术怎么样?"

"从来不碰那东西,我比较喜欢白兰地。"

"嗯,这是品位的问题。可是……听我说,朱伯,要是你向任何人透露风声,说我告诉你这件事,我会割掉你说谎的喉咙,就用你自己的手稿。"

"记下了,同意,请继续。"

"嗯,艾格妮丝·道格拉斯会碰那东西……而且我知道她从哪里得到的。她的占星师随时可以打电话给道格拉斯夫人——相信我,道格拉斯夫人随时可以对秘书长吹耳边风。你可以打电话给她的占星师……剩下的就看你的了。"

"我似乎不记得我寄圣诞卡的名单里有任何占星师,"朱伯半信半疑地回答,"这位先生是谁?"

"是女士。你可以试试给她银币,只要面额有说服力。她是埃丽珊德拉·维桑夫人,登记在华盛顿电信局。"

"我记下了,"朱伯高兴地说,"汤姆,你帮了我天大的忙!"

"希望如此。很快就有什么东西可以给电视网吗?"

"等一等。"朱伯看了一眼米丽茵刚才放在他肘边的纸条,上面写着:"赖瑞说那台收发机不能发送——他不知道为什么。"朱伯继续说:"稍早那个现场报道失败了,因为这里有个收发机故障——而且我这里没有人懂得修理。"

"我会派人过去。"

"谢谢!再次谢谢。"

朱伯挂断电话,用查号台报上姓名接通电话,并且指示接线员,如果那个号码有隐私加密设备就设定使用。确实有,他并不惊讶。很快,他的屏幕上就显现出维桑夫人端庄的容貌。他对她咧嘴一笑,喊着:"喂,土包子!"

她好像吓了一跳,随即看得更仔细:"哎呀,哈绍医师,你这老坏蛋!主爱你,见到你真好。你一直在哪里躲藏?"

"正是这样,贝琪——躲藏。警察要拘捕我。"

贝琪·维希没有问为什么,她立即回答:"我能帮什么忙吗?你需要钱吗?"

"我不缺钱,贝琪,但还是多谢。钱帮不了我;我遇到的麻烦比那个严重得多——而且我想,没有别人帮得了我,除了秘书长本人,道格拉斯先生。我需要找他谈谈——而且立刻就要。现在……就怕来不及。"

她露出茫然的表情:"医师,这是很难办的事。"

"贝琪,我知道——因为我想尽办法,努力了一星期,试着找到他……却做不到。可是,贝琪,你千万别蹚这潭浑水……因为,姑娘,我比冒烟的轴承还要烫手。我只是碰运气,想着你也许能给我建议——也许有个电话号码,可以让我找到他。但我不想让你自己蹚这浑水。你会受伤——要是我再遇到教授,我绝对没有脸见他……愿神让他的灵魂安息。"

"我知道教授会要我怎么做!"她急忙说,"所以,医师,我们还是别讲废话了。教授总是发誓说,你是唯一能胜任切人的外科医师,其他人都只会割肉。他永远忘不了在埃克顿的那一次。"

"罢了,贝琪,我们别提那个,我收了钱的。"

"你救了他的命。"

"不是我的功劳;是他有强健的体质,以及抵抗病痛的意志——还有你的照顾。"

"呃……医师,我们在浪费时间。你到底有多烫手?"

"他们拿法律来压我……而且任何人靠近我,都可能受到牵连。有一份令状要抓我——是联邦的令状——而且他们知道我在哪里,我又跑不了。那个令状随时会执行……而且唯一可能阻止这件事的人,就只有道格拉斯先生。"

"他们会放你出来,我敢保证。"

"贝琪……我相信你行,但可能需要几个小时。我怕的是那个小黑屋,贝琪,我太老了,经不起这种折腾。"

"可是……噢,老天!医师,难道你不能给我一些细节吗?我真的应该为你算一份天宫图,然后我就会知道怎么做。当然,你是水星,因为你是医师。可是,如果我知道要看哪个宫位来找到你的烦恼,我能做得更好。"

"姑娘,没时间做那个了,但还是谢谢。"朱伯迅速思考,有谁可以信任，又是什么时候，"贝琪，单是知道一点细节，就可能让你惹上跟我同样多的麻烦……除非我能说服道格拉斯先生。"

"告诉我，医师，我从来不怕麻烦——你知道的。"

"好吧！所以我是'水星'，但麻烦是在火星。"

她突然看了他一眼："怎么说？"

"你看到新闻了。你知道，那个火星来客应该是在安第斯山区高处的某个地方休养。嗯，并不是。那只是骗骗乡民。"

贝琪似乎很惊讶，但没有像朱伯预期的那么惊讶："医师，你在这件事中究竟扮演什么角色？"

"贝琪，在这颗可悲的行星上，到处都有人想要得到那个孩子。他们想利用他，要他照他们的方式戏耍。但他是我的委托人，我不打算坐视不管。但愿我帮得上忙。可是，我唯一的机会，就是找到道格拉斯先生本人，面对面谈话。"

"火星来客是你的委托人？你能交出他吗？"

"是的，但只能交给道格拉斯先生。你知道的，贝琪——镇长可能是个好好先生，亲切对待儿童与狗。但他不见得知道镇上的警察所做的一切——尤其是如果他们拉某个人进去，把他关进那间小黑屋。"

她点了点头："我受够了警察找麻烦。警察！"

"所以，我需要找道格拉斯先生谈判，不能等他们硬拉我进去。"

"你只是想要透过电话跟他谈吗？"

"是的，如果你能办到。好了，我给你我的号码——我就坐在这里等，希望接到电话……直到他们来抓我。如果你不能办到……无论如何还是谢谢,贝琪,万分感谢,我知道你尽力了。"

"先别挂断!"她急忙说。

"呃?"

"留在线上,医师,我看看我能做些什么。如果我运气好,他们可以把这个线路转接过去,就能节省时间。所以先别挂断。"维桑夫人离开屏幕,没说再见,然后打电话给艾格妮丝·道格拉斯。她用冷静而自信的语气说话,提醒艾格妮丝,这正是星象预言的进展——完全按照时间表。现在,关键的时刻已经来临,艾格妮丝必须充分运用女性的聪明与智慧,引导并支持丈夫采取明智的行动,毫不拖延。"亲爱的艾格妮丝,这个星象配置一千年也不会重复——火星、金星、水星形成完美的三合相,恰好在金星抵达子午线的同时,金星在此时有主导优势。因此,你看……"

"埃丽,星象告诉我怎么做?你知道我不懂这个科学的部分。"

这并不奇怪,因为她描述的天体关系根本不是此刻得到的情况。维桑夫人还没时间计算新的天宫图,只能即兴发挥。但她并不觉得为难;她说的是某种"更高的真理",提供有益的建议,帮助她的朋友。能一次帮到两个朋友,贝琪·维希特别快乐:"亲爱的,你是真的懂,这是你生来就有的天赋。你是金星,一向如此,而火星既代表你的丈夫,也代表史密斯那个年轻人,在这场危机持续的期间,两人都增强了火星的作用。水星是哈绍医师。要抵消火星作用增强而导致的不平衡,金星必须得到水星相助,直到危机过去,但你只有很少的时间用来反应;金星的影响力逐渐盈满,直到抵达子午线,距离现在只有七分钟——在那之后,你的影响力就会减少。你必须迅速行动。"

"你应该早点提醒我。"

"亲爱的,我在电话旁边等了一天,准备立即行动。星象告诉我们每个危机的本质,却从来不告诉我们细节。但我们还有时间。我已经请哈绍医师在电话线路上等待,只需要安排他们面对面——如果可能,最好在金星抵达子午线之前。"

"那么——好吧,埃丽,乔瑟夫还在开某个愚蠢的会议,我得去把他弄出来,但我会找到他。保持这条线路畅通。你有这个哈绍医师的电话,能不能把号码给我——或者说,能不能把电话转接过去?"

"我可以从这里转过去,只要找到道格拉斯先生就行。赶快,亲爱的。"

"我会的。"

艾格妮丝·道格拉斯的脸离开屏幕之后,贝琪又再打了另一个电话。她的职业需要充足的电话服务,这是她最大的一项业务支出。她愉快地哼着曲子,打电话给她的股票经纪人。

第 17 章

维桑夫人离开了电话屏幕，朱伯·哈绍随即往后一靠。"前台！"他说。

"好的，老板。"米丽茵回应。

"这篇属于'真实经历'那一组。在开头页注明，我要这个叙述者有性感的女低音……"

"也许我应该试试看。"

"没那么性感，闭嘴。把我们从人口普查局取得的那份无人使用姓氏列表找出来，挑一个姓，搭配一个纯真的、属于哺乳动物的名，用来当成笔名。结尾字母是 a 的女子名，总是暗示她有 C 罩杯。"

"嗯！我们没有一个人的名字结尾是 a，哎呀，你真卑鄙！"

"都是平胸，对不对？'安琪拉'。她名叫'安琪拉'。标题：'我嫁给了火星人'。开始：我这一生都一直渴望成为太空人。下一段：我还很小的时候，鼻头有雀斑，眼眸有星光，我像哥哥弟弟那样留着产品盒顶——如果妈咪不肯让我戴着我的太空军校头盔上床睡觉，我就会哭。下一段：在那无忧无虑的童年时期，我做梦也想不到，我这假小子的野心，将会给我带来怎样苦乐参半的奇异命运……"

"老板！"

"朵卡丝，什么事？"

"又来了两车东西。"

朱伯起身离开电话前的椅子。"保留待续。米丽茵，坐在电话前面。"他奔到窗前，看到了朵卡丝发现的那两辆飞车，判断可能是巡警的车，而且可能即将降落在他的私宅，"赖瑞，闩上这间书房的门。安妮，穿上你的法袍。注意他们，但别靠近窗口，我想要他们以为屋子空着。吉尔，你守在麦克身边，别让他轻举妄动。麦克，吉尔告诉你怎么做，你就照做。"

"是，朱伯，我会做。"

"吉尔，尽量别放他动手，除非不得已。我的意思是，除非他们要射击我们。如果他们破门而入，就让他们做——我宁愿他们这么做。吉尔，倘若万不得已，我宁可他只夺枪，别把人弄走。"

"好的，朱伯。"

"务必让他了解，这种无差别消灭警察的行为必须停止。"

"老板，电话！"

"来了。"朱伯不慌不忙回到电话前，"你们都留在镜头可以拍摄到的范围外。朵卡丝，你可以小睡一下。米丽茵，记下另一篇的标题，以后再写：'我娶了地球人'。"他滑进米丽茵让出来的座位，说："喂？"

一个温文尔雅的男士看着他："哈绍医师吗？"

"是的。"

"请稍候，秘书长将会与你说话。"语调暗示着地位尊卑。

"好。"

屏幕闪烁了一下,然后画面出现尊贵的乔瑟夫·埃格顿·道格拉斯阁下,自由国世界联邦秘书长。"哈绍医师吗?听闻你需要和我谈话。请说。"

"先生,非也。"

"呃?可是,我了解……"

"我换个精确的说法,秘书长先生,你需要和我谈话。"

道格拉斯显得很惊讶,然后咧嘴一笑:"你对自己很有把握,是不是?嗯,医师,你只有十秒钟证明这一点。我还有其他事要做。"

"好的,先生,我代表火星来客。"

道格拉斯随意的表情突然消失了:"再说一次。"

"我代表瓦伦丁·迈克尔·史密斯,亦称为火星来客。全权代表。事实上,把我想成事实上的火星大使,这样可能有帮助……也就是说,本着拉金判决的精神。"

道格拉斯盯着他看:"先生,你一定是疯了!"

"我也常常这样认为,尤其是最近。然而,我现在代表火星来客,他准备好要谈判了。"

"火星来客在厄瓜多尔。"

"拜托,秘书长先生,这是私人谈话。他不在厄瓜多尔,你知我知。史密斯——真正的瓦伦丁·迈克尔·史密斯,不是上新闻广播亮相的那一个——他逃离了监禁——我应该补充,是非法监禁——这是上星期四,在贝塞斯达医疗中心,由吉莉安·博德曼护理师陪同。他终获自由,现在自由了——也会继续保持自由。在你的一大班幕僚助手当中,如果有谁告诉你别的情况,就是有人在对你说谎……所以我才要找你本人说话，好让你了解情况。"

道格拉斯的模样像是在认真推敲。显然有人从屏幕外对他说话，但没有话语透过电话传来。最后，他说："医师，即使你说的是事实，你也不可能有立场代表年轻的史密斯，因为他受到国家保护。"

朱伯摇了摇头："不可能。拉金判决。"

"先等一等，听我说，身为律师，我向你保证……"

"本人也是律师，我必须依自己的见解——并且保护我的委托人。"

"你是律师？我以为你说的代表是法律代理人，而不是律师。"

"两样都是。你会发现我是合格律师，信誉良好，而且获准在高等法院执业。我如今不挂牌执业了，但我是。"朱伯听到楼下传来一声沉闷的巨响，于是看了旁边一眼。赖瑞低声说："我想是前门，老板——我要去看看吗？"

朱伯摇头表示否定，继续对着屏幕说话："秘书长先生，我们在这里说俏皮话的同时，时间正在消逝。此时此刻，你的人——你的特勤局流氓——正在闯进我的屋子。在自己家里被围攻，实在太令人反感。现在，我第一次也是最后一次问，你愿意消除这种滋扰吗，好让我们可以和平且公平地谈判？或者我们要上高等法院打官司，免不了面对随之而来的一切纠纷及丑闻呢？"

秘书长好像又在跟屏幕外的某个人说话。他转头回来，显得很苦恼："医师，如果特别警察试图逮捕你，这对我来说是个新闻。我不明白……"

"先生，如果你仔细听，你会听到他们大步踩着我家的楼梯上来！麦克！安妮！过来这里。"朱伯将座椅向后推，让摄像机能够拍进三个人,"道格拉斯秘书长先生——火星来客!"他当然没介绍安妮,但她和身上代表诚实的白袍让人看得一清二楚。

道格拉斯盯着史密斯。史密斯也看着他,似乎很不自在:"朱伯……"

"稍等一下,麦克。秘书长先生,怎么样?你的人闯进了我的屋子——此时此刻,我听到他们正在猛力敲击我书房的门。"朱伯转头,"赖瑞,解开门闩,让他们进来。"他的一只手搭在麦克身上,"小伙子,别激动,除非我告诉你做什么。"

"好,朱伯。那个人,我认得他。"

"他也认得你。"朱伯转头,对着这时已经打开的门大喊,"请进,警官,就在这里。"

特勤官站在门口,拿着镇暴枪瞄准,没走进来,而是大喊:"少校!他们在这里!"

道格拉斯说:"医师,让我对负责带队的长官说话。"他又对着屏幕外的人说话。

看到警官喊的少校现身的时候,那人的随身武器还在枪套里,朱伯松了一口气;他一只手按着麦克的肩,自从那个警官的枪进入麦克的视线之后,他的肩膀一直在颤抖——虽然朱伯对这些警察没有什么兄弟之爱,但是他不想要史密斯展示自己的威力……因而导致尴尬的疑问。

少校扫视了一下书房:"你是朱伯·哈绍吗?"

"是的。过来这里,你们老大要找你。"

"别给我来这套。你跟我走,此外,我还要找……"

"过来这里!秘书长本人有话要对你说——就在这通电话里。"

特勤局少校好像吃了一惊,随即走进书房,绕过朱伯的书桌,来到屏幕的视线范围内——看着画面,突然利落地立正、敬礼。道格拉斯点了点头:"姓名、职级、职务。"

"报告长官,布洛赫少校,特别勤务切利欧中队,马里兰特区营。"

"现在,告诉我你在那里做什么,以及为什么。"

"长官,情况相当复杂,我……"

"那就请你为我讲明白。少校,说吧。"

"遵命,长官。我奉命来这里。您晓得……"

"我不晓得。"

"嗯,长官,大约一个半小时前,一个飞行小组被派到这里逮捕几个人。他们应该回报的时候没有回报,我们通过无线电又联络不到他们,所以我奉命带领后备小组过来寻找他们,视需要提供协助。"

"谁的命令?"

"呃,报告长官,指挥官的命令。"

"那么,你找到他们了吗?"

"报告长官,没有他们的踪迹。"

道格拉斯看看哈绍:"律师,稍早的时候,你看到过另一个小组的影子吗?"

"秘书长先生,我没有义务掌握你奴仆的行踪,也许他们找错地址了,或者只是迷路了。"

"这不算回答了我的问题。"

"你说得正确,先生,我不是受到审问,我也不会接受审问,除非通过合法诉讼程序。我是律师,代表我的委托人;我不是保姆,还得照看这些穿着制服的……呃，人。不过，我看到了他们行动的情况，由此可知，即使浴缸里有只猪，他们也可能找不到。"

"嗯……有可能。少校，叫你的人集合，即刻返回。我会经由频道确认。"

"遵命，长官！"少校敬了礼。

"等一下！"哈绍厉声说，"这些人闯进了我的屋子，我要求看他们的令状。"

"噢，少校，给他看你的搜查令。"

布洛赫少校的脸涨成砖红色："长官，令状在我上级那里，海因里希上尉，失踪的那一位。"

道格拉斯盯着他："年轻人……你是打算站在那里告诉我，你们没有令状就擅闯民宅吗？"

"可是……长官，您有所不知！有令状——有几份令状，我看到了。不过，当然是海因里希上尉带走了。请长官知悉。"

道格拉斯只是看着他："回来。到了之后，自请扣留。我稍后会见你。"

"遵命，长官。"

"且慢，"哈绍要求，"在这种情况下，我不会让他离开。我要行使公民逮捕的权利。我要拿下他，交给本市当局，将他收押在我们本地的拘留所。这是'武装入侵，擅闯民宅'。"

道格拉斯若有所思地眨了眨眼："先生，有这个必要吗？"

"我认为有。这些家伙这么走掉，之后当你要找他们的时候，似乎会很难找到——所以我不想让这个人离开我们本地的管辖区域。哎呀，除了严重的刑事指控，我甚至还没机会评估我的财产损失。"

"先生，我向你保证，你会得到全额赔偿。"

"谢谢，先生，可是，要怎么避免另一个穿着制服的小丑出现——可能只过了二十分钟，也许还带着令状呢？哎呀，他甚至不会需要破门！我的城堡遭到侵犯了，任何入侵者都能随意进来。秘书长先生，还好我家那扇曾经坚固的门拖延了少许宝贵的时间，否则我还来不及通过电话找到你，就要被这个流氓拖走……你听到他说了，还有一个像他那样的家伙行踪不明——还带着，他说的，令状。"

"医师，我向你保证，我对这份令状完全不知情。"

"不止一份，先生，他说'逮捕几个人'的令状。不过，也许更贴切的术语是'监禁令'。"

"这是很严重的指责。"

"这是很严重的事情。你看到了他们已经对我做了什么。"

"医师，如果这些令状存在，我也一无所知。但我亲自向你保证，我会立刻调查这件事，了解为什么会核发这些令状，然后根据调查结果依法采取适当的行动。我还能多说什么吗？"

"先生，你还能说的可多了，为什么会核发这些令状，我能推想出确切的原因。为你效劳的某一个人，做事热心过头了，导致某个听话的法官核发令状……就为了抓我本人以及我的客人，以便质问我们，稳妥地在你看不到的地方进行，先生，在谁都看不到的地方！我们愿意与你讨论所有的事……但我们不愿被这样的生物质问……"朱伯伸出一根手指，朝特勤局少校一比，"在某个没有窗的小黑屋！先生，我希望，也期望，在你手上得到正义……但如果那几份令状没有立即撤销，如果我没有得到你的亲自保证：火星来客、博德曼护理师以及我本人，都不会受到干扰，可以自由行动，那么……"朱伯打住,无可奈何地耸了耸肩,"……我必须另寻保护者。如你所知,在政府之外,还有一些个人与势力对火星来客的事深感兴趣。"

"你在威胁我。"

"不是,先生,我在恳求你。我先来找你,我们希望谈判。可是,受到追捕的时候,我们不能轻松说话。我求你,先生——召回你的鹰犬!"

道格拉斯往下看了一眼,又抬起头来:"那些令状,如果有的话,也不会执行。待我查清楚来源,就会立即撤销。"

"谢谢你,先生。"

道格拉斯看了布洛赫少校一眼:"你还是坚持要送他到地方警局吗?"

朱伯轻蔑地看着他:"他?噢,让他走,他只是穿着制服的傻瓜。赔偿损失也可以作罢,你我还有更重要的事要讨论。"

"少校,你可以走了。"特勤官敬礼之后就唐突地离开了。道格拉斯继续说:"律师,我的想法是,我们现在需要当面谈话。你提的这些事很难通过电话解决。"

"我同意。"

"你和你的,呃,委托人,你们会是我请来行政宫的客人。我会派我的快艇去接你们。你们一个小时可以准备好吗?"

哈绍摇了摇头:"谢谢你,秘书长先生,但没有必要那样。我们会睡在这里……会面时间到的时候,我会挖出一辆狗拉的雪橇,或是什么的。没有必要派你的快艇过来。"

道格拉斯先生皱了皱眉:"别这样,医师!你自己强调说,这类对话将是半外交的性质。提供合适的礼节,就等于我实际上承认了这一点。因此，必须让我能提供官方的招待。"

"嗯，先生，请容我指出，我的委托人受到的官方招待已经太多——他费了好大的工夫闪避。"

道格拉斯的脸变得僵硬："先生，你是在暗示……"

"我不是在暗示什么。我只是说，史密斯经历了很多事，而且不习惯高端的礼仪。他在这里感觉很自在，他会睡得比较好。我也一样。我是个坏脾气的怪老头，先生，我更喜欢自己的床。也请容我指出，我们的会谈可能会破裂，那么我的委托人和我就不得不另外寻找地方——如果是这样，我会觉得在你屋檐下做客很尴尬。"

秘书长的脸色很难看："又是威胁。先生，我以为你信任我呢！而且我听得很清楚，你说'准备谈判'了。"

"我确实信任你，先生。"差不多能大发脾气了！"而且我们确实准备谈判了。但我用的'谈判'是原始的意义，不是'妥协'这种新奇的意义。然而，我们打算讲理。但无论如何，我们还不能开始谈；我们还缺一项因素，因此我们必须等待。至于多久，我不知道。"

"你是什么意思？"

"我们认为你可以选择哪些人代表政府出席这些会谈——我们也有同样的权利。"

"当然，但我们不要搞大。我会亲自处理这件事，只带一两个助手。律政官，我想……还有我们的太空法专家。但要处理业务，你需要一个小组——越小越好。"

"确实。我们也会是小团体。史密斯本人、我本人，我会带一名诚实见证人……"

"噢，算了吧！"

"见证人不会拖慢事情，我建议你也找一个。我们也许还会有另外一两个人——但我们还缺一个关键的人。我有委托人的明确指示，有一位名叫本·卡克斯顿的家伙必须在场……我却怎么也找不到那家伙。"

朱伯折腾了几个小时，运用最复杂的拐弯抹角，只为了抛出这一句话，现在他板着他最好的扑克脸，等着看会发生什么事。道格拉斯瞪着他："本·卡克斯顿？你说的当然不是那个低劣的温彻尔吧？"

"我说的本·卡克斯顿是一个新闻工作者。他在报业联盟上有个专栏。"

"绝对没的谈！"

哈绍摇了摇头："那就没的谈了，秘书长先生。委托人给我的指示很明确，没有转圜的余地。很抱歉，浪费了你的时间。请允许我告退。"他伸手作势要切断电话。

"且慢。"

"先生？"

"别切断线路，我还没讲完！"

"鄙人恳求秘书长赦罪。当然要等秘书长允许我们离开。"

"好了，好了，不必客套了。医师，从这座国会大厦传出来的，号称是新闻的垃圾话，你也看吗？"

"老天爷，不看！"

"但愿我也不必。无论如何，这种会谈让记者在场未免太荒谬了。我们稍后会让他们进来，等到一切谈妥之后。但即使我们有任何记者在场，卡克斯顿也不会是其中一个。那个人简直有毒……是个钥匙孔嗅探犬，最糟糕的那种。"

"秘书长先生，我们不反对全程公开。事实上，我们会坚持这么做。"

"太离谱了！"

"有可能。但我要以自认为最好的方式服务我的委托人。如果我们达成协议，从而影响火星来客以及他的家乡行星，我希望这颗行星上的每一个人都有机会确实知道协议是怎么达成的，以及同意了什么。反过来说，如果我们无法达成共识，众人也必须听闻会谈如何破裂，又是在哪些点上谈不拢的。秘书长先生，这可不能搞密室协商。"

"糟透了，先生，我不是要搞密室协商，你也知道！我只是想要安静、有条理的会谈，以免我们受人掣肘！"

"那就让新闻界进来，先生，透过摄像机与麦克风……但记者留在外面。这倒提醒了我——今天稍晚，我们会接受采访，我的委托人和我，通过一家电视网——我会宣布即将进行的会谈，我们希望充分宣传。"

"什么？你们现在不可以接受采访——哎呀，这就违背了这次讨论整体的精神。"

"我可看不出来。我们当然不会讨论这次的私密对话——可是你在暗示，普通公民要对新闻界说话，必须得到你的允许吗？"

"不，当然不是，可是……"

"无论如何，恐怕太迟了。事情都安排好了，现在要阻止这件事，只能有一个方法，就是多派几车你的恶棍——不管有没有令状。但即便如此，恐怕也来不及。我之所以提到这点，唯一的理由是，我突然想到,你可能希望发布新闻稿——赶在这次采访之前——告诉大众,火星来客已经从安第斯山区的疗养所归来……目前正在波科诺山区度假。这是为了避免政府面对可能显得措手不及的情况。你明白我的意思吗?"

"我明白你的意思——相当清楚。"秘书长说完,默不作声地瞪着哈绍好一会儿,然后说,"请稍候。"他完全离开了屏幕。

哈绍示意赖瑞来他身边,同时伸长了另一只手,盖住电话的收音筒。"听着,小伙子,"他低声说,"那台收发机没作用,我是在虚张声势。我不知道他走开,到底是为了核发我提议的那个新闻稿……还是把我绑在电话前,又去派走狗来对付我们。无论是哪一种,我都不会知道。你赶紧离开这里,打电话找到汤姆·麦肯锡,告诉他,如果他不马上弄好这里的设备,就会错过自从特洛伊城沦陷之后最大的新闻。然后,回家路上小心——可能有警察从缝里爬出来。"

"收到,可是,我要怎么打电话给麦肯锡?"

"呃……"他看到道格拉斯回到屏幕前,正要坐下,"去问米丽茵。"

"哈绍医师,我接受你的建议。一份新闻稿,很接近你建议的措辞……加上几项足以佐证的细节。"道格拉斯露出温和的笑容,一如他老好人的公众形象,"也不必遮遮掩掩。我明白,如果你坚持公开宣传,也没有办法阻止你,虽然在公开场合进行探索性会谈实在愚蠢。所以我在新闻稿上补充说,政府已经安排要与火星来客讨论未来的行星际关系——他刚长途旅行回来,等他休息过后——而且将会公开讨论……相当公开。"他的微笑蒙上一层寒霜,变得再也不像老好人乔·道格拉斯。

哈绍乐得咧嘴一笑，由衷佩服——哎呀，那个老贼挨了一拳，竟然能顺势一滚，把挫败变成政府成功的妙招。"完美极了，秘书长先生！这些消息由政府官方释出，真是再好不过了。我们会全力配合演出！"

"谢谢！再说到卡克斯顿这个人——新闻界会进来，但他不会。他可以坐在家里看电视，根据直播编造他的谎言——毫无疑问，他肯定会。可是，会谈的时候，他不会在场。抱歉，不行。"

"那就不会有会谈了，秘书长先生，无论你对新闻界说了什么。"

"我相信你不了解我的意思，律师先生，这人冒犯了我的个人权利。"

"你说得正确，先生，事关个人权利。"

"那么我们就不再说这件事了。"

"你误解了我。确实是个人权利，但不是你，而是史密斯的权利。"

"呃？"

"你有权挑选你的顾问出席这些会谈——即使请到魔王本人，我们也绝无怨言。史密斯有权挑选自己的顾问，让他们在现场。如果卡克斯顿不能到，我们不会去那里。事实上，你会发现我们在街道对面，出席某个相当不同的会议，一个你不会受欢迎的地方，即使你会讲流利的印地语。现在你明白我的意思吗？"

对方静默了很久，在此期间，哈绍从临床分析角度想着，道格拉斯这个年纪的人其实不应该纵容自己陷入这么明显的愤怒。道格拉斯没离开屏幕，但他在与屏幕外的人商量，而且没有声音传来。最后，他出声了——对火星来客说话。

刚才这段时间，麦克一直留在屏幕上，静默不语，而且至少像见证人那么有耐心。道格拉斯对他说:"史密斯,你为什么要坚持这种荒谬的条件?"

哈绍伸出一只手按着麦克,立即说:"麦克,别回答!"然后对道格拉斯说:"啧啧啧,秘书长先生!请尊重业界规范!你不能问我的委托人为什么指示我。也请容我补充,此举尤其严重违反准则,我的委托人最近才开始学英语,不能指望他自己应付你。倘若你不嫌麻烦,可以先学火星语,我可能会允许你再问一次这个问题……用他的语言。否则我不会允许,今天肯定不行。"

道格拉斯叹了一口气:"好的,也许应该问问你玩弄的是什么样的规范,这可能有关系——但我没有时间;我有政府要管理。我让步,但别指望我会跟这个卡克斯顿握手!"

"如你所愿,先生,再回来谈第一点。我们眼下遇到了困难,我一直没办法找到卡克斯顿,他办公室的人说他出城了。"

道格拉斯哈哈大笑:"这不是我的问题。你坚持的权利——是我个人觉得受到冒犯的事。想要带谁随你喜欢,但你自己去找人。"

"合理,先生,合理之至。不过,你可愿意帮火星来客一个忙呢?"

"呃?什么忙?"

"要先找到卡克斯顿,会谈才会开始——这件事直截了当,没有转圜的余地。可是我使尽方法,一直找不到他……我的委托人越来越躁动不安。我只是普通公民……但你有各种资源。"

"你说这话是什么意思?"

"几分钟前,我谈到特别勤务部队的时候,语气相当贬损——对一个家里大门刚刚被砸烂的人,有这种恼怒也不算是反常。但事实上，我知道他们有惊人的效率……而且随时能得到各地警力，地区、州、全国，以及整个联邦各部门的合作。秘书长先生，只要召来你的特勤局指挥官，告诉他，你急着尽快找到某个特定人士，要尽人力所及的可能——嗯，先生，可能不到一小时，就会得到有用的线索，我自己用一百年也没有希望做到。"

"我到底为什么要通知各地的警力，寻找一个贩卖丑闻的记者？"

"话不是这么说的。我请求你把这个当成帮火星来客一个忙。"

"嗯……这是很离谱的要求，但我同意。"道格拉斯直视着麦克，"只是为了帮史密斯一个忙，但我期望，我们谈正事时，也会得到类似的合作。"

"我向你保证，这有助于大大改善情况。"

"嗯，我不能保证任何事。你说那个人失踪了，如果真是这样，他可能摔倒在卡车前面；他可能死了——很多人不会哀悼，我是其中一个。"

哈绍显得很严肃："希望不是，为了我们大家着想。"

"你是什么意思？"

"我曾经试着向我的委托人提出这种悲哀的可能——但说了也是白说，他根本听不进去这种想法。"哈绍叹了一口气，"一团糟，先生，如果我们找不到这个卡克斯顿，我们双方就会面临这个：一团糟。"

"嗯……我会试试，医师，但别指望奇迹。"

"我不会，先生，我的委托人会。他有火星人的观点……他确实会指望奇迹。所以，我们就祈祷奇迹吧。"

"你等我消息，我现在只能这么说。"

哈绍没有起身，鞠了个躬："鄙人听候差遣。"

看着秘书长的影像从屏幕上消失，朱伯叹了一口气，站起来，随即发现吉莉安搂着他的脖子："噢，朱伯，你太厉害了！"

"孩子，我们还没走出森林。"

"我知道。可是，要是有什么能救得了本，你做到了。"她吻了他。

"喂，别来这套！我发誓戒掉亲亲的时候，你还没出生呢。所以，行行好，请尊重我的年纪。"他仔细且彻底地吻了她，"只是为了去掉道格拉斯留在我嘴里的气味——对他软硬兼施，使尽花招，我都觉得恶心了。现在，去亲亲麦克吧。他应得的——因为他一动不动，让我讲这些该死的谎话。"

"噢，我会的！"吉尔放开哈绍，搂住火星来客，"朱伯，多么精彩的谎言！"她吻了麦克。

朱伯深感兴趣地看着麦克自己发动第二次的吻，做得很郑重，但不完全是新手——哈绍认为他的吻有点笨拙，但他没碰到鼻子，也没畏缩不前。哈绍给他打"乙下"，他再努力可以得到"甲"。

"小伙子，"他说，"你不断地带给我惊奇。我还以为这样会导致你昏厥，蜷成一团。"

"我曾经这样，"麦克认真回答，没松开吉尔，"第一次吻的时候。"

"嗯！恭喜，吉尔。直流电还是交流电呢？"

她看着哈绍："朱伯，你就喜欢取笑人，但我无论如何还是爱你，不会让你惹恼我。麦克曾经有一点心绪混乱——但后来就不会了，你看得出来。"

"是,"麦克附和说,"这是美好。对于水兄弟,这是一种亲近。我做给你看,怎么样?"他放开了吉尔。

朱伯急忙举起一只手掌:"不。"

"不行吗?"

"别放在心上,但你会失望,小伙子,用这种方式让水兄弟更亲近,仅适用于年轻漂亮的姑娘——例如吉尔。"

"我的兄弟朱伯,你说得对吗?"

"我说得很对。想怎么吻姑娘就去吻——比打牌好玩太多了。"

"请见谅,你说什么?"

"这是一种很好的亲近方式……但只适用于姑娘。嗯……"朱伯环顾室内,"我想知道,那个第一次现象会不会重复?朵卡丝,我想要你协助进行一项科学实验。"

"老板,我不是天竺鼠!你去死吧。"

"时候到了,我自然会去。姑娘,别执拗了。麦克没什么传染病,否则我不会让他用游泳池——这倒提醒了我:米丽茵,赖瑞回来的时候,告诉他,我希望池水今晚排干再灌满——我们不需要浑水了。朵卡丝,怎么样?"

"你怎么知道我们是不是第一次?"

"嗯,也对。麦克,你吻过朵卡丝吗?"

"没有,朱伯。到今天我才了解,朵卡丝是我的水兄弟。"

"是吗?"

"是的,朵卡丝,还有安妮,还有米丽茵,还有赖瑞。他们是你的水兄弟,我的兄弟朱伯。"

"嗯,是,本质上正确。"

"是，本质是在灵悟——不是水的共享。我说得对吗？"

"很对，麦克。"

"他们是你的水兄弟，"麦克停下来想词，"经由连接组合，他们是我的兄弟。"麦克看着朵卡丝，"对于兄弟，更亲近很好。但我以前不知道。"

朱伯说："朵卡丝，怎么样？"

"嗯？噢，老天！老板，你就喜欢取笑人，简直是全世界最糟的老板。但麦克不是在取笑人，他很可爱。"她走近他，踮起脚尖，张开双臂，"麦克，吻我。"

麦克做了。有几秒钟，他们"更亲近"。朵卡丝昏了过去。

朱伯发现了，及时接住，她才没倒下去，麦克太缺乏经验，不懂得怎么处理。然后，麦克看到朵卡丝的情况，竟然开始颤抖，吉尔不得不厉声提醒，以免他又陷入抽离。幸好朵卡丝很快就醒了，能够告诉麦克放心，她没事，她确实与他"更亲近"了，也会很乐意再次更亲近——但她需要喘口气。"呼咻！"

米丽茵睁大了眼睛看着："不知道我敢不敢冒险一试？"

安妮说："拜托，长幼有序。老板，你要我当见证人的工作结束了吗？"

"结束了，至少暂时不需要。"

"那就帮我抓着法袍，"她滑了出来，"要打赌吗？"

"押哪一边？"

"二赔七，赌我不会昏倒——但我不介意输。"

"行！"

"几块钱，不是几百。亲爱的麦克……我们多多亲近。"

283

过了一会儿，安妮不得不由于单纯缺氧而放弃，然而，由于受过火星的训练，麦克没有氧气可以维持的时间长了很多。她喘着气说："我觉得我刚才没准备好，老板，我打算再给你一次赢钱的机会。"

她正要再把脸凑过去，但米丽茵轻拍她的肩膀："让开。"

"别那么急。"

"我说了，让开。姑娘，你再去后面排队吧。"米丽茵坚持。

"噢，算了！"安妮匆匆亲了一下麦克就让开。米丽茵靠了过来，对他微微一笑，没说什么，没必要说。两人更亲近，也继续越来越亲近。

"前台！"

米丽茵环顾四周："老板，你没看到我正在忙吗？"

"好吧，好吧！但请让一下，离开摄影的范围——我自己接电话。"

"老实说，我根本没听到。"

"显然。但这一阵子，我们在这里必须稍稍装模作样扮体面——来电的可能是秘书长，所以请离开摄影范围。"

原来是麦肯锡先生："朱伯，见鬼了，怎么回事？"

"有麻烦吗？"

"不久前，我接到一通莫名其妙的电话，有个年轻人自称代表你，催促我放下一切，开始行动，因为你终于有什么东西给我。由于我已经叫了一组机动单位前往你的地方……"

"一直没到这里。"

"我知道。他们打电话回来，原来是在你家北方的某处找了好久。我们的调度员协助他们弄清楚了，现在他们应该随时会到那里。

我打电话给你，试了两次，你的线路一直在忙。我错过了什么吗？"

"暂时还没有。"朱伯考虑了一下。糟糕！他早该叫人盯着那个聒噪箱。道格拉斯有没有真的发布那份新闻稿？道格拉斯说话算话吗？还是又会出现一批新的警察？就在刚才孩子们玩亲亲的时候！朱伯，你老糊涂了。"我还不确定会有。刚才这一个小时，有没有什么特别的事，像新闻快报之类的呢？"

"哎呀，没有……噢，有一件：行政宫宣布，火星来客已经北返，目前正在度假，地点在……朱伯！你跟那个有牵连吗？"

"等一下。麦克，过来电话这里。安妮，去拿你的法袍。"

"拿到了，老板。"

"麦肯锡先生——见见火星来客。"

麦肯锡的下巴掉了下来，然后，他的职业反应帮上了忙："别动！先留在那里别动，我要用摄像机对着这个！我们先取得平面影像，就从电话屏幕拍摄——等我那些搞笑的家伙一抵达那里，我们马上换成立体的。朱伯……这事可靠吗？你不会……你不会……"

"有个诚实见证人在身边，我会诓骗你吗？是的，我会，如果有必要的话。但我不是在逼迫你做这次采访。事实上，我们应该等一等，跟'百眼网'与'跨行星网'一起联访。"

"朱伯！你不能这样对我。"

"我也不会。先前跟你们都讲好的协议，是要监视那几台摄像机看到的内容……我一发出信号就开始。然后，如果有新闻价值就利用。但我可没答应除此之外提供采访——新世界可以做这次采访，噢，暂且说，比其他两家提早三十分钟……如果你要的话。"朱伯补充说，"你们不仅借给我们所有的连线设备，你个人更是帮了我很大的忙,汤姆,我无法表达你帮了多大的忙。"

"你的意思是,呃,那个电话号码?"

"正确!"

"有结果吗?"

"有的。但先别问这个,汤姆,不能在电话里谈。私下问我——明年吧。"

"噢,我根本不想问。你闭紧你的唇,我也闭紧我的。现在,先别走开……"

"还有一件事。你帮我保管,万一收到同样信号就发出的那卷信息,务必确保那些不会外流,送回来给我。"

"呃?好吧,好吧——我一直放在自己桌下的抽屉里,你当时就那么大惊小怪的。朱伯,我现在有一支摄像机对准这个电话屏幕。我们可以开始了吗?"

"开始吧。"

"我打算亲自上场做这个采访!"麦肯锡转头望向别处,显然看着摄像机,"新闻快报!这里是新世界网络记者在现场热腾腾的报道!火星来客刚刚来电,连线到各位的本地台,想要对各位说话!停拍!监控,插播新闻快报,然后答谢赞助商。朱伯,我应该问他什么特别的事吗?"

"别问他关于南美洲的问题——他不是游客。游泳是你最稳妥的主题。至于他未来的计划,你可以问我。"

"好,停拍结束。各位朋友,现在面对面、声对声的是瓦伦丁·迈克尔·史密斯,火星来客!新世界网络一向抢先爆料,我们稍早时告诉各位,史密斯先生刚刚从安第斯山高地隐居静养回来——我们欢迎他回来！史密斯先生，挥手问候你的朋友……"

（"对着电话挥手，孩子。微笑，同时挥手。"）

"谢谢你，瓦伦丁·迈克尔·史密斯。我们很高兴看到你看起来那么健康，肤色深了一些。据我了解，你通过学游泳来增强体力吗？"

"老板！有访客，或是什么的。"

"这里剪掉，回到打盆之前——到游泳那里。朱伯，到底怎么回事？"

"我得去看看。吉尔，照顾着麦克——可能要全员备战。"

还好不是，原来是新世界网络机动队降落了——玫瑰花丛再次遭殃——进村打电话给麦肯锡的赖瑞刚回来，杜克也回来了。麦肯锡决定快速结束平面黑白采访，因为现在可以通过机动单位取得景深与色彩了，同一时间，技术人员也能检查借给朱伯的设备有什么毛病。赖瑞和杜克跟着他们去。

这次采访先以一些空话做结，麦克不明白的问题就由朱伯代答。麦肯锡准备下线，同时向观众保证，三十分钟后，就会有彩色立体影像的火星来客专访。"敬请锁定本台！"他保留电话连线，等待技术人员回报。

技术小组的头儿几乎立即回报了："那台收发机没什么问题，麦肯锡先生，这个现场设置也没有哪个部分出问题。"

"那么，先前出了什么差错呢？"

那名技师看了赖瑞和杜克一眼，随即咧嘴一笑："没什么差错。只是，如果有通电，应该很有帮助。电路板那端的断路器开着。"

赖瑞与杜克吵了起来，哈绍连忙制止。两人争的似乎是关于各种愚蠢行为相对的功过，而不只是这个问题——杜克到底有没有告诉赖瑞，某个跳脱的断路器必须重设，如果预先考虑到要使用借来的设备。朱伯性格中爱出风头的一面感到遗憾，摄像机没拍到"自从以利亚大败巴力的众祭司以来，最精彩的即兴演出"。但他政治上的一面则是松了一口气，幸好出了差错，让麦克奇怪的天赋仍然是不为人知的秘密——朱伯预料他可能还需要这些，当成某种秘密武器……更不用说，他也不想对表示怀疑的陌生人解释，某个警察加上两台警用飞车目前的下落。

至于其余方面，只是印证了他自己的信念：科学与发明已随着福特T形车达到巅峰，从那时起就开始稳定走下坡，越来越衰败。

此外，麦肯锡想要改换景深与色彩继续访问……

他们只用最少的排练就完成了访问，朱伯只是确定对方不会问特定问题，可能影响官方向大众虚构火星来客刚从南美洲回来的事。麦克问候了"拥护者号"的朋友及兄弟，包括给马穆德博士的一句话，用低沉沙哑、刺激喉咙的火星语传达——朱伯认为麦肯锡花的钱值回票价。

终于，家里可以安静下来了。朱伯将电话设置为两小时拒接，站起来伸伸腰，叹了一口气，感觉疲惫不堪，纳闷儿着自己是不是老了："晚餐在哪里？你们这些小妞儿今晚是哪一个应该准备晚餐？又为什么还没去做呢？天哪，这个家就要崩溃瓦解了！"

"今晚轮到我准备晚餐，"吉尔回答，"可是……"

"借口，总是有借口！"

"老板，"安妮突然打岔说，"你把我们每一个都关在你的书房，整个下午在这里，怎么还能指望谁去做饭？"

"这是无关紧要的问题，"朱伯顽固地说，"我要各位清楚理解，即使世界末日就要在眼前发生，我也指望准时享用热食餐点，直到最后的号角。更何况……"

"更何况，"安妮替他说完，"现在也才七点四十分，还有充分的时间，可以赶在八点前吃晚餐。所以，别再鬼叫了，老板，真的有什么大不了的事再来鬼叫。爱哭宝宝！"

"真的还有二十分钟才到八点吗？可从午餐到现在，好像过了一星期。总之，你们没留给我像样的时间来一杯餐前酒。"

"可怜的你！"

"谁给我倒杯酒，给每一个人倒杯酒。再想一想，我们今晚不如跳过正式晚餐，开酒宴喝个痛快。我觉得自己紧绷得像雨天的帐篷绳索。安妮，要是来个北欧自助餐，我们的菜色怎么样？"

"多得很。"

"何不解冻个十八九种，摆出来，谁想吃什么就吃什么，什么时候想吃就吃呢？那还有什么好争的呢？"

"马上准备！"吉尔同意。

安妮停下来，吻了他的秃顶："老板，你表现出了高贵的情操。我们会喂饱你、灌醉你，然后扶你上床睡觉。等一下，吉尔，我来帮忙。"

"我也可以帮忙吗？"史密斯热切地问。

"当然可以，麦克，你可以端托盘。老板，晚餐就在泳池旁边吃。今晚很热。"

"要不然呢？"他们离开之后，朱伯对杜克说，"你一整天都在哪里？"

"思考。"

"没有报酬，只会让你对你所见的情况感到不满。有任何结果吗？"

"有，"杜克说，"我决定了，麦克吃什么，或是不吃什么，都不关我的事。"

"恭喜！希望你不要插手管别人的事，这是人类智慧的至少百分之八十……另外百分之二十并不是很重要。"

"你就插手管别人的事，一向如此。"

"谁说我有智慧？我是专业的坏榜样。你看着我就能学到很多，或是听我说，随便你选。"

"朱伯，如果我走到麦克面前，给他一杯水，你认为他会做完那一套结义的动作吗？"

"我觉得他肯定会。杜克，麦克好像几乎只有一项人类的特质，就是非常渴望被人喜欢。但我想要确定你知道他对这种事有多么当真，比结婚严肃多了。我还没理解就先接受了与麦克的水兄弟关系——我灵悟得越多，就越深感纠结其中的责任。你会承诺永远不对他说谎，永远不用任何方式误导或欺骗他，无论发生什么事都要忠于他——因为他就会这样对待你。最好还是考虑一下。"

"我想过了，想了一整天。朱伯，麦克有某种特质，让你想要照顾他。"

"我知道。你可能从来没有遇到过完全的诚实——我知道我没有——和纯真。麦克从没尝过'知善恶'的禁果……所以我们这些尝过的人，并不了解他的心思是怎么运作的。嗯，你决定了就自己负责，我希望你永远不后悔。"朱伯抬起头来，"噢，你来了呀！我还以为你去蒸馏那个东西了呢。"

赖瑞回答："一开始是找不到开瓶器。"

"又是机械问题。你为什么不咬掉瓶塞？杜克，你会发现上面那本《忧郁的解剖》后面藏了几个酒杯……"

"我知道你藏在哪里。"

"……我们先很快喝一杯，不掺水，再下楼喝个痛快。"杜克取来酒杯，朱伯倒了酒，举起自己这杯，"意大利的金色阳光凝结成泪，这杯敬的是酒兄弟情谊……比任何其他情谊更适合脆弱的人类灵魂，如果人有灵魂的话。"

"干杯。"

"干杯。"

朱伯让酒慢慢滑下喉咙。"啊！"他快乐地说，打了个嗝，"杜克，待会儿给麦克喝一些，让他学到身为人类有多好。酒让我感觉有创造力。前台！我需要那几个姑娘的时候，她们为什么总是不在旁边？前台！！"

"我仍然是'前台'，"米丽茵站在门口回答，"可是……"

"我知道。我刚才在说：'我这假小子的野心将会给自己带来怎样苦乐参半的奇异命运……'"

"可是，你还在跟秘书长讲电话的时候，我就把那篇故事写完了。"

"那你就不是'前台'了，寄出去吧。"

"你不想先读一读吗？反正我要修改一下——吻麦克让我对此有了新的体会。"

朱伯打了个寒战："读一读？老天，不要！写那种东西就够糟糕了。还有,根本不要考虑修订,当然更不要符合事实。孩子,一篇真正的忏情记,绝对不该受到任何一丝事实的玷污。"

"好的,老板。还有,安妮说,如果你想先吃点东西垫垫肚子,就可以下来到泳池边了。"

"时间恰到好处!那么,各位先生,我们转移阵地吗?"

池边的派对进行得很顺利,有鱼片及其他北欧高热量食品下酒。朱伯邀请麦克尝试白兰地,加水冲淡了一些。麦克发现由此产生的感觉令他极为不安,所以他分析了自己的麻烦,在一个逆向发酵的内部过程中对乙醇加入氧,将乙醇转化为葡萄糖及水,这就没有给他什么麻烦。

朱伯一直饶有兴趣观察第一次喝酒对火星来客的影响——看到他几乎立刻醉了,又看到他更快清醒。为了想要明白刚才发生的情况,朱伯劝麦克再多喝一些白兰地——麦克欣然接受,因为是水兄弟请他喝。麦克吸收挥霍了大量的高级进口酒,朱伯才愿意承认不可能灌醉他。

朱伯的情况可不是这样,虽然他已有多年的饮酒经验;在实验的过程中与麦克把酒言欢,使他的机智变得有些迟钝。于是,当他试着问麦克做了什么,麦克以为他问的是特勤局突袭期间发生的各种事件——麦克对那些仍然隐隐约约觉得内疚。他试着解释,如有需要,希望得到朱伯的原谅。

朱伯终于搞清楚那小子在说什么,赶紧打岔说:"孩子,我不想知道你做了什么,或是你怎么做到的。你做了当时需要做的事——恰当,再恰当不过了。可是……"他像猫头鹰那样眨了眨眼,"别把这件事告诉我,也永远别告诉任何人。"

"不行吗?"

"不行。自从我那个有两颗头的舅舅与自我辩论自由铸造银币,然后成功驳倒自己以来,我还没见过这么要命的事。一解释就不好玩了。"

"我没有灵悟对吗?"

"我也没有。所以我们还是别担心了,再喝一杯。"

派对气氛还在升温的同时,记者及其他新闻从业人员陆续抵达。朱伯客气有礼地接待每一个人,邀请他们吃吃喝喝,轻松一下——但别来纠缠他自己或火星来客。

要是有谁未能遵从他的禁令,就要被扔进泳池。

起先,朱伯要赖瑞和杜克当左右护法,视需要施行"洗礼"。不过,虽然有几个纠缠不休的倒霉家伙因而恼怒,使出各种威胁,朱伯却对这些事不以为意(除了告诫麦克不要采取任何行动),其他人放松接受不可避免的事,甚至自愿加入浸水小队,展现改变信仰的狂热激情——朱伯不得不阻止他们第三次把《纽约时报》的老前辈李普曼按进水里。

晚间,朵卡丝从屋里出来,找到了朱伯,低声在他耳边说:"电话,老板,找你的。"

"请对方留言。"

"老板,你非接不可。"

"我要拿着斧头去接!杜克,给我拿把斧头。我早就想弄掉那个折磨人的鬼东西——我今晚就有那样的心情。"

"老板……你会想接这一通,是今天下午和你谈了很久的那个人。"

"噢,你为什么不早说?"朱伯费力走上楼梯,确定闩上了书房的门,才走到电话前。屏幕上是道格拉斯另一个帅气的随从,但很快就换成道格拉斯,"等你接个电话还真够久的。"

"这是我的电话,秘书长先生,有时候我根本不接。"

"看来是这样。你为什么没告诉我卡克斯顿这个家伙是酒鬼呢?"

"是吗?"

"肯定是!他没失踪,而是来了一次狂饮。找到人的时候,他正在索诺拉的一家廉价旅社里睡觉。"

"听你说找到他,我就很高兴了。谢谢你,先生。"

"接他走的时候,用的是'流浪罪'。我们不会真的起诉他——而是会把他交给你。"

"感激不尽,先生。"

"噢,不能算是帮忙帮到底!我要把他原封不动地交给你,维持他们找到他时的状态——肮脏,没刮胡子,而且据我了解,酒气熏天。我想让你亲眼看看,他是什么样的流浪汉。"

"好的,先生,我什么时候能见到他呢?"

"我想应该马上到了,快递直飞,离开诺加莱斯一段时间了。速度三马赫以上,应该很快就到你们头顶上。驾驶员收到指示,将他交给你,而且要拿到收据。"

"他会拿到的。"

"好,律师……把他送到之后,就不关我的事了。我会静候你,以及你的委托人,光临会谈,无论你带不带那个酒醉的诽谤者。"

"同意。什么时候?"

"我们暂定明天,十点钟怎么样?在这里。"

"还是快点完成最好,同意。"

朱伯回到楼下,在他破损的门口停了一下:"吉尔!过来这里,孩子。"

"好的,朱伯。"她小跑过来找他,有一名记者紧跟着她。

朱伯挥手让那人退回去。"私事,"他坚定地说,"家庭事务。去喝杯酒。"

"谁家?"

"如果你坚持要问,好吧,你家里有人死了。走开吧!"那名新闻记者咧嘴一笑,走开了。朱伯俯身靠近吉莉安,轻声说:"这招有效,他安全了。"

"本?"

"是的,他很快就到。"

"噢,朱伯!"她差点就要号啕大哭。

他抓住她的肩膀。"克制一下,"他坚定地说,"进屋里,锁上房门,直到你能控制自己再说。这不能给新闻界知道。"

"好的,朱伯。是的,老板。"

"这才乖。去抱着枕头哭,然后洗把脸。"他继续往外走到游泳池边,"大家安静!请安静!我要宣布一件事。我们很高兴各位赏光——可是,派对结束了。"

"太扫兴了!"

"随便哪个人,把他扔进游泳池。我明天一大早还有工作要做,我老了,需要休息,我的家人也需要。请静静离开,越快越好。提供黑咖啡给需要的人——但就这样了。杜克,把酒瓶都塞上。姑娘们,把食物收拾干净。"

有轻微的抱怨,但几个比较负责的记者劝同行安静下来。不到十分钟,就没有外人了。

不到二十分钟,本·卡克斯顿就到了。指挥快递飞车的特勤局官员出示预先准备的收据,默不作声接受哈绍的签名与拇指印,然后立即离开,吉尔还继续靠着本的肩膀啜泣。

朱伯就着泳池的灯光仔细观察他:"本,你真是一团糟。我听说你醉了一星期——看起来就是这样。"

本咒骂着,流利又彻底,同时继续轻拍吉尔的背。

"我是醉茫茫——但没喝过一杯酒。"

"发生了什么事?"

"我不知道。我不知道!"

一小时后,本的胃被排空(只有酒精与胃液,没有食物)。朱伯给他输液,抵消酒精与巴比妥酸盐;他洗了澡,刮了胡子,穿上了不合身的干净衣服,见到了火星来客,在摄取牛奶以及清淡食物的同时,也概略了解了事态发展的最新情况。

但他却说不清楚自己这几天的经历。对本来说,过去这星期没有发生——他在华盛顿的一辆出租飞车里失去意识;两小时前,他才被摇晃着进入醉酒清醒的状态。"当然,我知道发生了什么事。他们对我用药,关在完全黑暗的房间……把我挤干。我依稀记得零碎部分,但我不能证明什么。村里的老大,以及他们带我去的那家低级酒馆的老板娘——此外,我确定,还有很多其他证人——可以发誓这个美国佬在这段时间究竟经历了什么。而我对此无能为力。"

"那就别用力了,"朱伯建议,"放松,快乐起来。"

"见鬼才会!我会抓到那个……"

"啧啧啧！你赢了，本，而且你活着……直到今天稍早，我还认为希望渺茫。道格拉斯会完全按照我们的意愿去做——而且会微笑着，欢喜地去做。"

"我想要谈谈这件事。我认为……"

"我认为你要上床睡觉。现在就睡，先喝一杯温牛奶，内藏哈绍老医师给秘密酒客的秘密配方。"

不久之后，卡克斯顿上了床，开始打鼾。朱伯还在踱来踱去，准备就寝时，他在楼上的走廊遇见安妮。他疲惫地摇了摇头："姑娘，今天真是惊险刺激。"

"确实是。我不会愿意错过……也不想再来一次。去睡吧，老板。"

"一会儿就去。安妮，告诉我一件事。那个小伙子亲吻的方式，到底有什么特别的？"

安妮露出梦幻般的表情，然后笑出了酒窝："他邀请你的时候，你应该试试看的。"

"我太老了，改变不了我的方式。但我有兴趣了解这个孩子的一切。这个真的也有什么不一样吗？"

安妮思索了一会儿："是的。"

"怎么样？"

"麦克亲吻时就是全神贯注投入。"

"噢，瞎扯！我也是。或者说我当年也是。"

安妮摇了摇头："不对，有些男人试着这么做。吻过我的男人当中，有些确实做得很好。但他们吻女人的时候，其实没有用上全副心思。他们做不到。无论他们多么努力，他们心思的某些部分就是会想到别的事。也许是错过末班车，或是泡到这个姑娘的概率如何或是他们自己的亲吻技巧又或许是担心工作、烦恼钱，或是怕丈夫、爸爸或邻居发现，或是什么的。麦克现在还没有什么技巧……但是，麦克吻你的时候，他完全没有分心做任何别的事。什么都没有。在那一刻，你是他的整个宇宙……而那一刻就是永恒，因为他没有任何计划，他不会去任何地方，就只是吻着你。"她打了个寒战，"女人会注意到，令人无法抗拒。"

"嗯哼……"

"别对我'嗯哼'，你这个色老头！你不懂。"

"是不懂。我也很遗憾地说，我可能永远不会懂。那么，晚安——还有，噢，顺便说一声……我告诉麦克，今晚闩上房门。"

她对他做了个鬼脸："扫兴！"

"他学得够快了，可不能催促他。"

第 18 章

会议推迟到下午,然后又很快再延到第二天上午,这就多给了卡克斯顿二十四小时迫切需要的复原,使他有机会听到他遗失的这一星期的细节,有机会与火星来客"更亲近"——因为麦克立即灵悟到了,吉尔与本是"水兄弟",与吉尔商量这件事后,他郑重地端水给本。

本已经得到吉尔充分的说明。他同样郑重地接受了水,而且没有心理上的保留……在深刻自省、探索灵魂之后,他认为自己的命运(事实上)与火星来客的命运交织在一起——而且他自己主动开始的,早在他遇见麦克之前。

本不得不深入自己灵魂的缝隙,追逐一种不安的感觉,才有能力做到这一点。他终于断定这是单纯的嫉妒,既然如此,就必须烧灼掉那种情绪。他发现,麦克与吉尔的亲近令他感到苦恼。他明白了,经过行尸走肉般的一星期,自己原本喜欢独身的性格改变了;他很想结婚,对象是吉尔。他一有机会与她单独相处,就再次向她求婚,没有一丝玩笑的意味。

吉尔避开了他的目光："本，拜托！"

"有何不可呢？我付得起账单，工作还可以，身体健康——或者说我会恢复健康，一旦我把他们弄进我身体的那些该死的'吐实话'药物冲掉之后……既然我还没排干净，我感到强烈的冲动，想要吐露实话，现在非说不可。我爱你，希望你嫁给我，让我揉揉你可怜的疲倦脚丫。所以，有何不可呢？我没什么你不能接受的坏习惯，而且我们相处得来，比大多数夫妇好。我年纪太大，不适合你吗？我没那么老！还是你打算嫁给别人呢？"

"不是，两样都不是！亲爱的本……本，我爱你。但现在不要叫我嫁给你。我有……责任。"

他无法动摇她的坚定。不可否认，麦克与吉尔年龄更相近——事实上，两人几乎同龄，也就是说本比他们两个大了十来岁。但他相信吉尔说的，年龄不是原因；他们的年龄差距并不是太大，更何况，从各方面考虑，丈夫的年纪比妻子大一些是有好处的。

但他终于明白了，火星来客不可能是情敌——他只是吉尔的患者。就在这时，本想通了，护理师对自己负责照顾的人有母性，娶护理师为妻的男人必须容忍这种情况——他又想，容忍并且喜欢，因为要不是吉莉安有那种使她成为护理师的性格，他也不会爱她。他爱的不是她行走时翘臀摇摆成令人赏心悦目的"8"字形，甚至不是从另一个方向看到的那种更养眼且很有哺乳类特征的风景——谢天谢地，他不是永久停留在婴儿期的那种男人，只对乳腺的大小感兴趣！不，他爱的是吉尔本人。

既然她是这样的人，时不时就会让他有必要排在第二位，让需要她的患者优先（当然，除非她退休，而即便退休，他也不确定她到时会不会完全停止这种母性,因为吉尔毕竟是吉尔),那么他绝对不该从嫉妒她现在照顾的患者开始!麦克是个好孩子——就像吉尔描述的那样天真无邪。

此外,他也不能给吉尔安逸的生活;新闻工作者的妻子也要忍受很多情况。他可能会——肯定会——有时候一出门就是几星期,而且工作时间一向很不规律。如果吉尔为了这种事发牢骚,他也不会喜欢。但吉尔不会,吉尔不是这种女人。

得到这个结论之后,本全心全意接受了麦克的饮水礼。

朱伯需要这个多出来的一天规划战术。"本,当你把这颗烫手山芋扔给我的时候,我告诉吉莉安,我才不会出一点力,帮这小子争取所谓的'权利'。但我改变心意了,我们不打算让政府拥有这一大笔横财。"

"当然不能给这一任的政府!"

"也不能给其他哪一任的政府,因为下一任很可能更糟。本,你低估了乔·道格拉斯。"

"他是个低劣、县城等级的政客,品德水平也在那种程度!"

"是,除此之外,他无知到小数点以后六位。但他也还算是干练、有点良心的世界行政官——比我们预期的好,可能比我们应得的好。我会乐意跟他打一场扑克……因为他不会作弊,他不会赖皮,他会带着微笑付钱。噢,他是浑球——但可能浑得有用,他还算有分寸。"

"朱伯,要是我明白你的意思,那可真是见了鬼。昨天,你还告诉我,你本来相当肯定道格拉斯叫人杀了我……相信我,其实没差很远!你使尽了招数让我能活着出来,期待万一我还活着……你确实帮助我重见天日,天知道我对你有多么感激!可是,道格拉斯在背后指使一切,你指望我忘掉吗?我现在还活着,完全不是他要的——他宁愿看到我死。"

"我猜他会,可是,是呀,就是那样——忘掉吧。"

"我能忘掉才怪!"

"你不忘掉才蠢。首先,你无法证明什么;其次,没有人要你感激我,我也不会让你把这个重担压在我身上。我这样做,并不是为了你。"

"嗯?"

"我这样做是为了一个小姑娘,她就要冲出去,也许会以差不多相同的方式送命——倘若我不做什么的话。我这样做,是因为她是我的客人,我暂时代替她的父亲。我这样做,是因为她空有胆量及勇气,但她太无知,不能放任她去耍弄那样的电锯,她会受伤的。可是,你,我这位愤世嫉俗、沾染罪恶的朋友,对那些电锯清楚得很。如果你自己顽固粗心导致你又陷入危险,我又何德何能干涉你的业?你自找的。"

"嗯……我明白你的意思了。行,朱伯,你可以下地狱——因为干涉我的业。如果我有的话。"

"尚有争议的观点。据我最后听到的消息,命定论者与自由意志论者打到第四节还是平手。无论谁赢,我都无意吵醒一个睡在阴沟里的人。我会先认定他本来就属于那里,除非后来证明不是。大多数不切实际的好心人,总让我想到对血友病的治疗——唯一真正的良方,就是让血友病患者流血至死……别让他们生养更多血友病患者。"

"你大可让他们绝育。"

"你要我扮演神吗？但我们离题了。道格拉斯并没有试图派人暗杀你。"

"谁说的？"

"绝无谬误的朱伯·哈绍说的，从他的肚脐眼以权威讲述。听我说，小伙子，如果有个副警长拷打犯人致死，若说郡里的司法长官没有下令、不知道这件事，没有允许过，这是中头彩的概率。至少，他们视而不见——事后补救——而不是扰乱他们自己的计划。但是，暗杀从来不是这个国家可接受的政策。"

"有相当多起我调查过的死亡案件，我想给你看看背景资料。"

朱伯挥手不理会："我说这不是政策。我们一直都有政治暗杀——从休伊·朗之类的惊天大案，到普通人在自家门口的阶梯被打死，顶多报纸社会版提一下而已。但在这里从来没有这样的政策，你此时此刻还能坐在阳光下的原因，就是这不是乔·道格拉斯的政策。想想看，他们抓你干净利落，没有引起惊动，没有引起猜疑。他们把你挤干——然后他们用不到你……他们大可暗中把你处理掉，就像把一只死鼠丢进马桶冲掉。但他们没有。为什么没有？因为他们知道老板不是真的喜欢他们那么粗暴……要是老板确信他们动了手（无论是在法庭内或法庭外），他们会丢掉饭碗，甚至可能被判刑。"

朱伯停顿一下，喝了口酒："可是，想一想，那些特勤局恶棍只是工具，还不是挑选新君主的罗马禁卫军。既然如此，你真正想要谁成为君主呢？县官老乔接受的基本信念可追溯到这里还是一个国家的时代，不只属于有许多传统的多语言帝国的辖地……要选不能真正忍受暗杀的道格拉斯吗？或是你想要拉他下台——你知道，我们明天就可以，只要出卖他，利用我引导做他期望的交易——扔掉他，从而

303

让新任秘书长上台,却是来自人命一向不值钱、自古就有政治暗杀传统的地方?倘若你这么做,本——告诉我,下一个到处窥探的新闻记者,一不小心走进暗巷,又会碰到什么事?"

卡克斯顿没有回答。

"就像我说的,特勤局只是工具。总是有人愿意拿钱办脏事。假如你用肘轻推,把道格拉斯顶出他的多数派,那个脏事又会变得多脏呢?"

"朱伯,你是在告诉我,我不应该批评政府吗,在他们错的时候,在我知道他们错了的时候吗?"

"不是。像你这样的牛虻绝对有必要。我也不反对'把流氓赶出去'——这通常是最合理的政治法则。但是,暂时别急着抓住机会将现任的流氓赶出去,不妨先看看你会得到什么样的新流氓。民主充其量只是一个差劲的政府体制,老实说,唯一的支持论点,就是比起人类曾经尝试过的任何其他方法,它的好处大约是八倍多。民主最严重的缺点,就是领导者可能反映了选民的缺点与美德——档次低得令人沮丧,但你还能有什么期待呢?所以,看一下道格拉斯,想一想,他的无知、愚蠢、追逐私利,像极了他的美国同胞,包括你我……事实上,他比平均水平高出一两个档次。然后,再看看如果他的政府倒台,将会取代他的那个人。"

"少得可怜的选择。"

"总是有选择!这一个是要选择'糟'或'更糟'——这样的差别,比起选择'好'或'更好'还要尖锐。"

"嗯,朱伯,你期望我做什么?"

"不做什么,"哈绍回答,"因为我打算自己主导这场表演。或者几乎什么都不做。我希望你先忍住，考量这场即将到来的对决，暂时别在你写的那个每日内幕里严厉批评乔·道格拉斯——也许甚至给他一点赞美，说他有'政治家的克制'……"

"你要害我吐了！"

"别吐在草地上，拜托，用你的帽子接着。因为我会提前告诉你我会做什么，为什么这样做，以及乔·道格拉斯为什么会同意。骑虎的首要原则，就是紧紧抓住虎的双耳。"

"别再浮夸了。怎么回事？"

"别再愚钝了，仔细听。倘若这小子是身无分文的无名之辈，根本不会有问题。但他将会不幸地继承富可敌国的财产，这是无可争议的……再加上高度争议的，通过某件离谱的政治司法先例而得到更大的政治权力，而他本人纯粹驽钝，简直无与伦比。自从福尔部长由于收贿而被判刑，行贿的多赫尼却被判无罪的时代以来，还没有这么离谱的事。"

"没错，可是……"

"我在发言。就像我告诉吉尔的，我对'真王子'的胡言毫无兴趣。我也不会认为那一切的财富都是'他的'；他没有产生一毛钱。即使是他自己赚来的——以他的年纪不可能——'财产'不是大多数人认为理所当然、显而易见、不可避免的概念。"

"再说一遍？"

"所有权，任何事物的所有权，都是某种极为错综复杂的抽象、不可思议的关系，真的。天知道，我们的法律理论家把这个奥秘搞得真够复杂——但我在感受到火星人对此的观点之后，才开始察觉这个有多么微妙。火星人没有财产。他们不会'拥有'任何事物……甚至自己的身体。"

"等一下，朱伯，即使是动物也有财产，更何况火星人不是动物，他们是高度发达的文明，有宏伟的城市，还有各式各样的东西。"

"是的，'狐狸有洞，天空的飞鸟有窝'。说到懂得地盘界线，以及'我的你的'，谁也比不上一只看门狗。但火星人不同。除非你把几百万或几十亿老前辈——我的朋友，你认为他们是'鬼魂'——对一切不可分配的共同所有权都认为是'财产'。"

"话说，朱伯，麦克说的这些'元老'又是什么呢？"

"你想要官方版，还是我私人的见解？"

"嗯？你的私人见解，你真正的想法。"

"那么，你知道就好，别说出去。我认为这是一大堆虔诚的胡扯，适合用来给草坪施肥。我认为这是某种迷信，早年就烙印在那小子的脑子里，他根本没机会摆脱。"

"吉尔说得仿佛她相信似的。"

"换成其他场合，你也会听到我说得仿佛我相信似的。这是一般的礼貌。在我最敬重的朋友中，有一个相信占星术；我绝对不会冒犯她，把我对此的想法告诉她。人类心智可以虔诚相信在我看来高度不可能的事——从相信碟仙，到相信自己的孩子特别优异——这种能力深不可测。信仰给我的感觉，就是智力方面的懒惰，但我不会争辩——尤其是我很难得有立场可以证明这是错的。否定举证通常不可能。麦克对他那些'元老'的信仰，不合理的程度比不上有人坚信通过祈雨可以影响宇宙的动态。此外，证据对他有利，他去过那里，我没去过。"

"嗯，朱伯，若说灵魂不死是事实，我坦承我有点怀疑——但我很高兴，我祖父的鬼魂没继续对我行使任何控制权。他是个怪脾气的坏老头。"

"我祖父也是，我现在也是。可是，只因为某个人碰巧死了，他的公民参政权就要作废，有什么真的很好的理由吗？回想起来，我成长的教区曾经有一次很大规模的幽灵投票——几乎像火星人了。然而，那个小镇是生活愉快的地方。也许，我们的麦克小子不能拥有任何事物，因为'元老'已经拥有一切。所以你就明白，我对他解释他拥有超过一百万股的盈月企业，加上莱尔引擎，加上各式各样的动产、证券的时候，为什么会碰到困难。原始拥有者已死，不仅无益，反而更糟，他们是'元老'——麦克做梦也不会想去窥探'元老'的事。"

"呃……真要命，他显然在法律上无行为能力。"

"当然。他不可能管理财产，因为他不相信财产的奥秘——就好像我不相信他的鬼魂。本，此时此刻，麦克拥有的一切就只是我给他的一支牙刷——而且他还不知道他拥有那个。如果你把它拿走，他不会反对，他甚至不会对我提起这件事——他只会认定是'元老'授意这项改变。"

朱伯叹了一口气："他确实没有行为能力……即使他能背诵财产法，一字不差。在这种情况下，我不会容许他的能力受到考验……甚至不能提到——想想政府会给他指定什么样的监护人呢？"

"哼！道格拉斯。或者应该说是他的一个走狗。"

"本，你确定吗？考虑到高等法院目前的组成，指定监护人难道不可能是沙逢纳翁？还是纳迪，或是基伊呢？"

307

"呃……你想的可能对。"

"在这种情况下,那个小伙子可能活不了多久。或者,他可能会活到高寿,在某个有怡情花园的单人监牢里,逃脱起来比贝塞斯达医疗中心困难太多了。"

"你打算怎么做?"

"那小子名义上拥有的权力,对他来说太危险,也太累赘,他根本应付不来。所以我们干脆扔掉那些。"

"那么多钱,你要怎么散尽?"

"你不会。你不能。根本不可能。光是散财的行动、行使钱财的潜在力量,这就会改变权力的平衡——要是试图做这种事,马上就会导致那小子的管理能力受到检验。所以,我们反而要纵虎狂奔,同时拼命抓着虎耳不放。本,让我概略说明我打算交给道格拉斯的'既成事实'……然后你要尽你所能挑出其中有什么漏洞。不是法规方面的,因为道格拉斯的法务幕僚会写故弄玄虚的言辞,我会检查有什么陷阱——别担心那个。我的构想是要给道格拉斯一个他不想设陷阱的计划,因为他会喜欢这个。我想要你嗅一嗅政治上的可行性,不管我们能不能蒙混过去。以下就是我们要做的……"

第 19 章

次日上午，十点前不久，朱伯·哈绍组织的"火星外交代表团暨不限定兄弟会"降落在行政宫的起降坪。不矜持的火星僭王麦克·史密斯并不担心这次旅行的目的；他只是享受这趟南下短途飞行的每一分钟，带着彻底且纯真的喜悦。

他们包租了一辆"飞行灰狗巴士"，麦克坐在驾驶座上方的观测圆顶，吉尔在他的一边，朵卡丝在另一边，两位姑娘指出各种景色给他看，在他耳边说个不停，他则瞪大眼睛看这看那，充满敬畏的惊奇。两人的座位塞了三人很挤，但麦克并不介意，因为这必然产生令人温暖的亲近程度。他一边搂着一个，边看边听，努力灵悟，觉得就像在水下十英尺那么快乐。

事实上，这是他第一次看到地球文明。从"拥护者号"转移到贝塞斯达医疗中心 K-12 套房的路上，他什么都没看到。十天前，他确实在出租飞车上待了几分钟，从医院到本的公寓，但在当时，他却什么也没灵悟到。在那之后，他的世界就框在一栋屋子与一座游泳池之间，加上周围的花园、草地、树木——他还不曾走出朱伯家的大门。

但比起十天前,他现在对人情世故的理解增进太多了。他懂得窗,明白包围着他的玻璃罩是某种窗,用来眺望外面,而他看到的那些不断变动的景象,确实是这些人的城市。他懂得地图,他们前面的桌板有一份展开的地图,通过姑娘们的帮助,他能辨认出他们在地图上的哪里,以及眼前景物又对应到地图上的什么。当然,他一向知道地图,只是最近才晓得人类也知道地图。第一次灵悟人类地图的经验,给了他一阵快乐乡愁的刺痛。相较于他的族人使用的地图,这确实是静态的死物——但终究还是地图。说到惹人不快的比较,麦克先天没有这种倾向,后天当然也没有这种养成;即使是人类的地图,本质上也有火星人的味道——他很喜欢。

这时,他看到将近两百英里的乡间,大部分是不断蔓延的世界都会,他品味它的每一寸,试着灵悟它。人类城市规模庞大,活动繁忙,即使从空中都能看见,他觉得很震惊,这与自己族人城市那种慢动作、修道院庭园的步调大不相同。在他看来,人类城市几乎立刻耗竭,塞满了生活体验,只有最强的元老能承受探访其中荒凉的街道、沉思灵悟其中无数层层叠叠的事件与情绪。他参观过家乡的废弃城市,但只有几次美妙又可怕的机会。后来,老师们就不让他这么做了,他们灵悟他不够坚强,不适合这样的体验。

他小心翼翼地问吉尔与朵卡丝,然后将得到的答案与读过的东西关联起来,好让他能灵悟一部分,足以稍微抚慰他的心思:这座城市还很年轻,成立至今只有两百多个地球年。由于他对地球时间单位没有真正的概念,因此他转换成火星年及火星数字——"三充"加"三待"年($3^4 + 3^3 = 108$ 火星年)。

可怕又美丽!哎呀,这些人肯定准备放弃这座城市,任其思绪丛生，然后城市由于压力而破碎，不复存在。然而，纯粹看时间，这座城市只是一颗卵。

麦克期待一两百年后返回华盛顿，走在空荡荡的街上，试着亲近它无尽的痛苦与美丽，渴求灵悟，直到自己就是华盛顿，而这城市就是他自己——如果他到那时够强。然后他坚决把这个想法归档，因为他知道自己必须先成长、成长再成长，才会有能力赞美及珍惜这城市巨大的痛苦。

灰狗巴士驾驶员一度转向东方，因计划外的交通导致临时改道（麦克并不知道，导致这情况的正是他自己），于是麦克第一次看到了海。

他还得要吉尔指给他看，告诉他那是水，朵卡丝补充说那是大西洋，并用手指在地图上描出海岸线。麦克并非无知，他还是巢雏的时候就知道了，离太阳更近的下一颗行星几乎覆盖着生命之水。最近，他才了解这些人接受了这种奢侈的丰富却不以为意。他甚至跨越了困难得多的障碍，不靠他人协助，终于灵悟这个火星人的正统说法：饮水礼不必有水，水只是象征仪式的本质……美丽，但并非不可或缺。

但是，就像许多人对于某些重大的人类体验仍然陌生，麦克发现，知道一件事的抽象意义，以及真正体验其实相，两者完全不一样；看见大西洋，使得他充满敬畏，吉尔捏着他，厉声说：“停下来，麦克！别这样！”

麦克切断自己的情绪，先收起来，以后再用。然后他凝望着海洋，延伸到遥远得难以想象的水平线，试着在脑里量度其规模，直到脑袋嗡嗡作响，挤了一堆三、三的幂、幂的超幂。

他们降落的时候，朱伯喊着说：“姑娘们，记住了，组成方阵包围他，要是碰上不长眼的笨蛋，毫不犹豫地用细鞋跟使劲踩他的脚背，或是用肘戳他的太阳穴神经丛。安妮，我晓得你会穿着法袍，但如果有人挤你，没有理由不踩对方的脚。对不对？"

"老板，别担心了，没有人敢挤见证人——但我穿着尖细高跟鞋，而且我比你重。"

"好吧！杜克，你知道该做什么——尽快让赖瑞搭乘巴士回到这里，我不知道我什么时候会需要飞车。"

"我灵悟了，老板，别紧张了。"

"我怎么紧张随我高兴。我们走吧！"哈绍先出来，四位姑娘簇拥着麦克，卡克斯顿随后下车，巴士立刻起飞。哈绍松了一口气，却又对起降坪没有挤满新闻记者感到忧虑。

但也不是空无一人。有个男士立刻认出了他，脚步轻快地走上前来，热诚地说："哈绍医师吗？我是汤姆·布雷德利，秘书长的高级行政助理。请你直接去道格拉斯先生的私人办公室。在会议开始之前，他需要先跟你谈一下。"

"不行。"

布雷德利眨了眨眼："我想，你可能不了解我的意思。这些是秘书长的指示。噢，他说，史密斯先生可以跟你一起来——我指的是火星来客。"

"不，这帮人都在一起，甚至上洗手间也不分开。现在，我们就去那个会议厅。叫人带路吧！还有，请这些人让一让，因为他们挤着我们了。同时，我有件差事请你跑腿。米丽茵，那封信。"

"可是，哈绍医师……"

"我说了，不行！难道你听不懂白话吗？但你要立刻将这封信交给道格拉斯先生,而且要交给他本人——然后拿他的回条给我。"哈绍停顿一下,在米丽茵交给他的信封盖口上签名,还在签名处摁了拇指印,然后交给布雷德利,"告诉他,最紧迫的就是他立刻阅读这封信——在会议开始之前。"

"可是,秘书长明确希望……"

"秘书长希望看到那封信。年轻人,我有预见未来的能力……我敢预言,如果你再浪费时间,不赶快拿给他,你今天稍后就不会在这里工作了。"

布雷德利与朱伯眼光对视,然后说:"吉姆,请你接手。"说完他就带着那封信离开了。朱伯内心暗自叹息。他费了很大的劲写那封信;安妮与他熬了将近一夜来准备,拟写草稿,改了又改。朱伯绝对有意公开,在全世界的新闻摄像机与麦克风的见证下——可他无意突然提起,让道格拉斯措手不及。

另一个人回应布雷德利的命令,走上前来。朱伯打量一眼,评估他是聪明、良知泯灭、上进青年的典范,愿意向当权者靠拢,给他们做肮脏事;朱伯一见到他就不喜欢。那人热情微笑,口齿伶俐地说:"医师,敝人是吉姆·桑弗思——我是老大的新闻秘书。从现在起,我会做各位对外的缓冲带——安排新闻采访等。我很遗憾地说,会议厅还没完全准备好,最后临时有一些改变,因此我们不得不换到更大的会议厅。那么,我的想法是……"

"我的想法是,我们现在就去那间会议厅。我们先站着,等我们的座椅安排好。"

"医师,我相信你不明白情况。他们还在布置线路,诸如此类,而且会议室挤满了记者,实况报道……"

"很好，我们就跟他们聊，等你们准备好。"

"不，医师，我收到的指示……"

"小伙子，你可以收起你的指示，折叠成边边角角——全都塞进你们的垃圾输送管。我们不听你们使唤，你不用帮我们安排新闻采访。我们来此只有一个目的：公开会议。如果会议还没准备好，我们现在就见新闻界——就在会议厅。"

"可是……"

"我还没说完，你让火星来客站在风大的屋顶，"哈绍拉高了声音，"这里有没有谁够聪明，可以带我们直接到这间会议厅而不迷路？"

桑弗思忍不住了，说："请跟我来，医师。"

会议厅确实挤满了新闻记者与技术人员，但有一张大椭圆桌，很多张椅子，还有几张小桌。众人马上发现了麦克，桑弗思的抗议没能阻挡他们挤上前来。但麦克有业余亚马逊女战士组成的楔形阵，护着他走到大会议桌。朱伯让他坐定，安排朵卡丝和吉尔坐在他左右，诚实见证人和米丽茵坐在他后面。安排好之后，朱伯就不再试图阻挡记者提问或摄影。他们早已提醒麦克，他会遇到很多人，其中有许多人会做些奇怪的事，朱伯特别警告他，不准采取令人意外的行动（例如导致人或东西消失，或是阻挡什么），除非吉尔告诉他这么做。

麦克严肃对待现场的混乱，没有明显表现出沮丧；吉尔握着他的手，她的触碰令他放心。

朱伯想要新闻摄影，多多益善；至于有人直接向麦克提问，朱伯并不担心，也没有试图巧妙回答。朱伯这一星期努力与麦克谈话，已经深信不疑，在短短几分钟内，记者不可能从麦克口中问出任何重要的事——除非有专家协助。麦克回答问题的习惯，经常是照字面回答，然后打住，要是有谁试图向他探问情况，多半只会白费力气。

事实也证明了这一点。对于大多数的问题，麦克的回答就是礼貌的"我不知道"，或是更没准头的"请见谅，你说什么"。

不过，有一个问题让提问的人自讨苦吃。有个路透社记者料想，麦克身为继承人的地位肯定会引发惊天战斗，于是他试着考验麦克的能力："史密斯先生，你对这里的继承法了解多少？"

麦克知道自己还不能充分灵悟人类对财产的概念，特别是遗赠与继承的各种问题。所以他极为谨慎地避免插入自己的想法，只说书上的话——朱伯很快就听出来，这是《以利论继承与遗赠》第一章。

麦克叙述自己读过的内容，精准、谨慎、缺乏表情，像个无趣又严格的法学教授，一页又一页，单调乏味，室内逐渐安静，众人震惊得哑口无言，提问的人倒抽了一口气。

朱伯让他继续说，直到在场的每一个记者听了太多压根儿不想知道的事，什么夫亡或妻亡所得配偶遗产、同父异母与同母异父、血脉亲疏与每人平均，以及各种相关的奥秘。终于，朱伯轻碰他的肩膀，说："麦克，够了。"

麦克一脸困惑，说："还有很多。"

"是的，但以后再说。谁还有其他的问题吗？"

有个发行量极为庞大的伦敦八卦小报的记者插话了，提出更值钱的问题："史密斯先生，我们明白你喜欢地球这里的姑娘，但你吻过姑娘吗？"

"是的。"

"你喜欢吗？"

315

"是的。"

"你觉得怎么样？"

麦克几乎没有犹豫就回答："亲吻姑娘是美好的事。"他很认真地解释，"这是一种亲近。比打牌好玩太多了。"

他们的掌声吓坏了他。但他能感到吉尔与朵卡丝并不害怕，两人都很愉快，努力抑制着那种他学不来、无法理解的愉快声音的表达。于是他平息自己的惊恐，严肃等待接下来可能发生的任何事。

接下来发生的事解救了他，使他不必再回答进一步的提问，不管能不能回答，他都感到非常喜悦。他看到一张熟悉的脸，那身影正要从侧门进来。"我的兄弟马穆德博士！"麦克继续说话，兴奋极了——但说的是火星语。

"拥护者号"的语义学家挥手、微笑，用同样刺耳的语言回答，同时匆匆走到麦克身边。两人继续用非人类的符号谈话，麦克说得很急，有如洪流，马穆德说得没那么快，音效就像一头犀牛冲撞一辆载满铁器的卡车。

记者们忍耐了一会儿，广播记者持续录音，文字记者则写成地方报道。终于，有一个人打岔了："马穆德博士！你们在说什么？给我们提示一下！"

马穆德转身，微微一笑，用清脆的牛津腔说："主要是我在说：'亲爱的孩子，请你说慢一点——拜托。'"

"他又说了什么？"

"我们其余的谈话，都是关于个人的、私密的，别人不可能有兴趣的事，我向各位保证。问候之类的，各位知道，老朋友嘛。"他转回麦克那边，继续聊——讲火星语。

事实上，麦克正在告诉他的兄弟马穆德，自从两人上次见面，这两星期以来发生在他身上的一切，好让他们灵悟得更亲近——但麦克提炼的内容纯粹是火星人的概念，主要是关于新的水兄弟，以及每个人的独特风味……吉尔是温柔的水……安妮的深奥……有件事很奇怪，他未能充分灵悟，朱伯有时像一颗卵，有时又像元老，但两者皆非——朱伯是海洋那般无法灵悟的浩瀚……

马穆德能告诉麦克的比较少，因为以火星人的标准来看，在这段时间发生在他身上的事比较少——有一次相当不像火星人的狄奥尼索斯式放纵，他并不觉得光彩；漫长的一天，他俯伏在华盛顿的苏莱曼清真寺，得到哪些成果，他尚未灵悟，也还没准备讨论。他没有新的水兄弟。

不久，他先请麦克打住，伸手要去跟朱伯握手："你是哈绍医师，我知道。瓦伦丁·迈克尔以为他已经介绍我们大家认识了——按照他的规则是这样。"

两人握手的时候，哈绍仔细打量他。这家伙的外表与言谈像打猎消遣的英国佬，从粗花呢布的昂贵休闲服，到精心修剪的灰白八字胡髭……但他的皮肤是天然黑，并不是晒黑的，而且那种鼻型的基因来自黎凡特地区附近什么地方。哈绍不喜欢任何假东西，他宁愿选吃冷掉的玉米面包，也不要最完美的合成的西冷牛排。

但麦克把他当作朋友，所以他就是"朋友"，除非日后证明不是。

在马穆德看来，哈绍就像他认为的"美国佬"的典型范例——粗俗、在这种场合穿着太随便、大嗓门儿，可能蒙昧无知，几乎肯定有地域偏见，却也是专业人士。这就更糟了，因为按照马穆德博士的经验,大多数美国专业人士教养不足,见识狭窄,只能算是技师。对于美国的一切事物,他都怀抱着极大的厌恶,但小心翼翼地隐藏。当然还有他们对宗教令人难以置信的多神崇拜及百家争鸣,虽然几乎没有人责怪他们这一点……他们的烹饪(烹饪!!!)、他们的行为举止,他们浑蛋的建筑、病态的艺术……以及他们盲目、可悲、傲慢、自诩优越的信念,他们的太阳早已西沉,还自以为高人一等。他们的女人!尤其是他们的女人,傲慢、强势的女人,她们节食过度的瘦削身体,却又令他心神不宁,联想到天堂中的美女。有四个美女在这里,围着瓦伦丁·迈克尔——在当然应该全由男性参加的会议上。

但瓦伦丁·迈克尔向他介绍这些人——包括这些无所不在的女性生物——得意且热切,说他们是他的水兄弟,因此马穆德对他们就有了家人的恩义,比堂兄弟的关系更亲近更密切。 马穆德是通过直接观察这个词对火星人意味着什么来理解这类增生关系的火星用语,所以并不需要"拼贴词语"来翻译得笨拙又不适当,甚至不需要"等价代换"。他见过火星人在家乡的生活,他知道他们极端贫穷(以地球的标准来看),他明白——更多的是猜想——他们的文化极端富有,也灵悟得相当准确,人际关系对火星人具有至高无上的价值。

嗯,这也别无选择了——他既然与瓦伦丁·迈克尔共享过水,现在就必须力挺朋友的信念……只希望这些美国佬不是彻底没文化。

于是,他热情微笑,握手坚定有力:"是的,瓦伦丁·迈克尔曾经对我解释——得意至极——你们都是他的……"(马穆德用了一个火星语的单词)

"呃?"

"水兄弟的关系,理解吗?"

"我灵悟。"

马穆德强烈怀疑哈绍是不是真的理解,但他继续圆滑地说:"既然我本人与他已经有那样的关系,我就必须请求各位视我为家中的一员。我知道你的大名,也猜到了这位必定是卡克斯顿先生——事实上,卡克斯顿先生,我看过你的专栏,上面有你的相片,我有机会就拜读。不过,我来看看能不能认出这几位年轻女士。这位一定是安妮。"

"是的,但她此刻穿着法袍。"

"当然,我会等到她不执行业务时再向她致意。"

哈绍把他介绍给另外三个……吉尔吓了他一跳,她竟然用水兄弟的正确敬语称呼他,发音比任何成年火星人说话高了三个八度,但有那种让喉咙痛的纯正口音。她能听懂一百多个火星语单词,能说少少的十几个——但这个词她很熟了,因为她每天都听过说过很多次。

马穆德博士的眼睛睁大了一些——也许这些人终究不是未受过割礼的蛮族……而且他这位年轻朋友确实有很强的直觉。他立即用正确的敬语回应吉尔,并且执手鞠躬为礼。

吉尔看到麦克显然很高兴。水兄弟的应答有九种形式,她勉强咳出了最短的一种,虽然含糊但还差强人意——不过她并未充分灵悟,更不会考虑(用英语)说出最接近人类生物学的对应词……对一个她初次见面的男人,当然不会!

然而,马穆德理解这个词,认为她表达的是其象征意义,而不是(对人类不可能的)字面意义,于是说了对的回应。但这已经超出吉尔语言能力的范围,她完全听不懂他的回答,即使用平常的英语也答不出来。

但她突然灵光一闪。在大会议桌的周边，每隔几个座位就放置着古老的人类会谈设备——每个水罐搭配一组水杯。她伸手去拿水罐和水杯，倒了一杯水。

她看着马穆德的眼睛，诚挚地说："水，我们的巢是你的巢。"她以杯就唇，然后交给马穆德。

他用火星语回答，发现她没有听懂，于是翻译说："共享此水，共享一切。"他啜了一口，准备将水杯交还给吉尔——却又打住，看着哈绍，然后将水杯交给他。

朱伯说："孩子，我不会讲火星语——但谢谢这水。愿你永不干渴，"他啜了一小口，然后喝掉大约三分之一，"啊！"他将水杯递给本。

卡克斯顿看着马穆德，很严肃地说："更亲近。透过生命之水，我们更亲近。"他举杯沾湿嘴唇，然后递给朵卡丝。

尽管已经开了先例，朵卡丝还是犹豫了一下："马穆德博士？对麦克而言，这有多么认真，你确实知道吧？"

"我知道，小姐。"

"嗯……我们也是同样认真。你理解吗？你……灵悟吗？"

"我灵悟其圆满……否则我就会婉拒饮水。"

"好，愿你随时得以畅饮，愿我们的卵共享一巢。"泪水开始沿着她的脸颊流下，她喝了一口，慌忙将水杯递给米丽茵。

米丽茵低声说："小朋友，控制一下自己。"然后对麦克说："我们以水欢迎兄弟。"然后对马穆德说："巢、水、生命。"她喝了水。"我们的兄弟。"她将水杯交给他。

马穆德饮尽杯里的水，说了一句话，既不是火星语，也不是英语，而是阿拉伯语："如果你的事务与他们的事务掺混了，他们就是你的兄弟。"

"阿门！"朱伯表示同意。

马穆德博士看了他一眼，决定暂时不问哈绍究竟是听懂了，还是只是礼貌回应。时间或地点都不适当，任何可能流露自己的烦恼、自己的疑虑的这些话都不该说。话虽如此，他还是感觉灵魂激动——水仪式一向如此——即使有异端的味道。

这时，礼宾司长副手匆匆忙忙跑过来，打断了他的思绪。"你是马穆德博士？你应该坐在会议桌的另一边。博士，跟我来。"

马穆德看着他，再看着麦克，然后微微一笑："不，我应该坐在这里，跟我的朋友一起。朵卡丝，我能不能搬一张椅子过来，坐在你和瓦伦丁·迈克尔的中间呢？"

"博士，当然可以。这里，我挪一下。"

礼宾司长副手几乎不耐烦地跺脚了："马穆德博士，拜托！根据座次图，你该坐在会议室的另一边！秘书长随时可能会来——这地方还挤满了记者，以及天知道还有谁不属于这里……我不知道要怎么办！"

"那就去别的地方办，小毛头。"朱伯建议。

"什么？你是谁？你在名单上吗？"他忧心忡忡地查阅手上拿着的座次图。

"你是谁？"朱伯回答，"侍应领班吗？我是朱伯·哈绍。如果我的姓名不在那份名单上，你可以撕掉重做。听着，小子，如果火星来客想要他的朋友马穆德博士坐在身边，这就没什么好争了。"

"可是，他不能坐在这里！主会议桌的座位保留给部会首长、各界代表团的团长、高等法院法官这类级别的人——假如还有更多人现身，我不知道我要怎么把他们都挤进去——当然还有火星来客。"

"当然。"朱伯冷冷回应。

"当然，马穆德博士必须在秘书长附近——就在他后面，这样他可以视需要随时口译。我不得不说，你真是不帮忙。"

"我会帮忙，"朱伯扯下官员手里拿的那张纸，坐在桌边研究起来，"嗯……我看看。火星来客要坐在秘书长的正对面，差不多就是他现在坐的位子。那么……"朱伯拿出一支粗软芯铅笔，在那份座次图上用力画着，"……主桌这整整一半，从这里到这里，全都属于火星来客。"朱伯在两个地方画了大大的黑色十字记号，标出界线，再画一条粗黑弧线连接起来，然后开始画掉分配在大桌这一侧座位的姓名。"这样就处理了你的一半工作……因为我会安排我们这边的座位。"

礼宾官震惊得一时语塞，抽动着嘴角，却发不出任何有意义的声音。朱伯和颜悦色地看着他："有事吗？噢——我忘了要正式点儿。"他在修正处下方潦草地写道：哈绍代表史密斯。"年轻人，现在可以小跑回去找你们总管，拿给他看。告诉他查一下他的手册，看看友好行星首长正式来访的守则。"

那人看着，张开了嘴——然后快步离开，顾不得闭上嘴。但他很快就回来了，尾随着另一个年纪较大的男人。新来的这位态度严肃，语气坚定地说："哈绍医师，我是勒胡，礼宾司长。你真的需要主桌的一半吗？据我了解，你的代表团规模相当小。"

"这不是重点。"

勒胡微笑了一下下："先生，对我来说，恐怕这正是重点。为了安排座位，我已经用尽方法。今天，几乎每一个联邦一等官员都决定出席。如果你预料还有更多人——不过我真希望你提前通知我——我会准备一张桌子，放在保留给史密斯先生和你自己的这两个座位后面。"

"不行。"

"恐怕必须这样安排，我很遗憾。"

"我也遗憾——为你遗憾。因为如果主桌的一半没有保留给火星代表团，我们现在马上要离开。烦请转告秘书长，你搞砸了他的会议，因为你对火星来客失礼。"

"你肯定不是说真的吧？"

"难道你没收到我的信息吗？"

"呃……嗯，我以为是开玩笑。相当高明的玩笑，我承认。"

"年轻人，这样的代价，我可开不起玩笑。史密斯可能算是来自另一颗行星的元首，正式访问这颗行星的元首——在这种情况下，他有资格得到你们的大阵仗欢迎；或者，他只是单纯的观光客，这就不会得到任何形式的官方礼仪。不可能两样都是。但我建议你环顾四周，算一算你所谓的'一等官员'，很快猜一下，倘若史密斯在他们心目中只是观光客，他们会不会费事出席呢。"

勒胡慢慢地说："没有先例。"

朱伯哼了一声："刚才，我看到新月共和国代表团的团长进来——去告诉他，没有先例。然后闪开！我听说他是脾气暴躁的急性子。"他叹了一口气，"可是，小伙子，我是老头子，昨晚没睡好，我也不需要教你怎么做事。只要转告道格拉斯先生，我们改天再来拜会他……等他准备好以适当的礼节接见我们。麦克，走吧。"他作势

323

要起身，一副痛苦的模样。

勒胡急忙说："不，别这样，哈绍医师！我们会腾出大桌的这一侧。我会——嗯，我会做点什么，反正这里是你们的了。"

"是好一点。"但哈绍还是摆着准备起身的姿势，"可是，火星的旗帜在哪里？还有礼仪呢？"

"恐怕我不明白你的意思。"

"活到这把年纪，我还没想过讲白话英语有这么多麻烦。听着——看看秘书长要坐的地方，看到后面的联邦旗帜了吗？这里上面也要有一个像那样的，代表火星，在哪里呢？"

勒胡眨了眨眼："我必须承认，你让我措手不及。我不知道火星人用旗帜。"

"他们不用，但你确实不可能打出他们用在国家盛会场合的东西。（我也不行，小伙子，但这不是重点。）那么我们也不为难你，意思到了就好。米丽茵，拿一张纸来——行了，像这样。"哈绍画了一个矩形，在框里简单几笔画了人类传统的火星符号，一个圆圈，伸出箭头指向右上角。"底色就用白色，火星的印记用红色——当然该用针线缝在制旗布上，但如果有一张干净床单和一桶油漆，任何童军都能在十分钟内临时凑合做一个。你当过童军吗？"

"呃，离当过有一段时间了。"

"很好，那你就知道童军名言。再说到礼仪——或许你在那方面也是措手不及，对吧？秘书长进场的时候，你们想必会演奏《主权和平万岁》吧？"

"噢，我们必须奏乐，这是一定要的。"

"那你们接着就要奏火星颂歌。"

"我不晓得怎么可能。即使真的有……更何况我们没有。哈绍医师,讲点道理!"

"听我说,小伙子,我很讲道理。我们来这里,是为了安静低调的小型非正式会议——只谈正事,却发现你们把这个变成了马戏团。嗯,你们既然要搞马戏团,就得有几头大象,不可能又要这样又要那样。好,我们晓得你们奏不出火星人的音乐,就像小男孩没法用哨笛吹奏交响曲。但你们可以奏个交响曲——例如《十大行星交响曲》。灵悟吗?我的意思是:'你了解吗?'就用音乐带,截取火星乐章的开头;播放那个……或是至少几个小节,让人听得出来主题。"

勒胡显得若有所思:"是,我想我们做得到——可是,哈绍医师,我答应给你一半的桌面……但我不明白怎么答应元首礼仪——旗帜与音乐——即使用这个临时凑合、纯属象征的音阶。我……我想,我没有职权。"

"也没有胆识。"哈绍涩涩地说,"嗯,我们不想要马戏团——所以呢,告诉道格拉斯先生,等他没那么忙……也没那么多访客的时候,我们再回来。年轻人,很高兴能跟你聊天。我们下次再来的时候,请务必到秘书长办公室打声招呼——如果你还在这里的话。"他又开始表演那一套慢吞吞、显然痛苦的动作,表明他是年迈体衰、起身都不轻松的老人。

勒胡说:"哈绍医师,请留步!呃……秘书长会等我传话过去说我们准备好了,他才会进来——所以,让我看看能做些什么。怎么样?"

哈绍哼了一声,放松了些:"随你便。不过,趁你还在这里,还有一件事。刚才我听到大门口一阵骚动——据我了解,有一名'拥护者号'的船员要进来。他们都是史密斯的朋友,所以请让他们进来。我们会照料他们,也有助于坐满会议桌的这一侧。"哈绍叹了一口气,揉揉自己的老腰。

"好的,先生。"勒胡生硬地答应,离开了。

米丽茵撇着嘴角,小声说:"老板——你是不是前天晚上倒立,拉伤了背肌呀?"

"安静,姑娘,否则我会打你屁股。"朱伯表情严肃,满意地环顾室内,还有高官陆续进场。他告诉道格拉斯,他要"小型、非正式"的会谈——不要什么礼节,却又笃定知道,光是宣布这样的会谈,肯定会吸引各种握有权势和渴求权势的人,就像灯火必然吸引飞蛾。而现在(他觉得肯定是)麦克即将被到场的每一个重要人物当成君主来看待——而且全世界都在看。在这之后,要是胆敢到处搜捕这小子,就让他们试试看!

桑弗思还在拼命把剩下的新闻记者赶出去,倒霉的礼宾司长副手被上级抛在现场,像个紧张兮兮的保育员,尝试带大家玩"大风吹",偏偏椅子太少,名人太多。还有人陆续进来,朱伯推断,这场公开集会,道格拉斯根本没打算在十一点钟之前开始,而且别人都知道了——提早朱伯的时间是为了刚才道格拉斯要求而朱伯拒绝的私密"会前会"。嗯,这样的延迟,正适合朱伯的打算。

东方联盟的领导进来了。由于库昂先生自己决定不担任国家代表团名义上的团长,所以,严格按照外交礼节来算,他的地位只相当于议员——可是,焦头烂额的礼宾司长副手放下了手边的工作,急忙奔向道格拉斯的主要政敌,安排他坐在主桌,很靠近秘书长的席位,朱伯看到了一点儿也不惊讶;这只是加强了朱伯的观点,道格拉斯不是傻瓜。

"拥护者号"的纳尔森医师与范特隆普船长一起进来，麦克欢欢喜喜地上前迎接。朱伯也很高兴，因为这小子在摄像机底下就有事可做了，不会像傀儡那样干坐着不动。朱伯利用这场骚动重新安排座位，因为这时再也不需要安排保镖围着火星来客。他安排麦克坐在秘书长席位的正对面，他自己坐在麦克左边的席位——这么靠近他，不只是为了担任他的律师，也是为了能实际碰触麦克而不引人注意。由于麦克对人类习俗规矩懵懵懂懂，朱伯先跟他讲好了几个别人看不出来的暗号，像是骑师给马的指令，引导它完成马术动作——"起立""坐下""鞠躬""握手"——差别在于麦克不是马，他的训练只需要五分钟就能达到绝对可靠的完美。

同船伙伴团聚，还在聊着，马穆德却绕了过来，对朱伯私下说："医师，我必须解释，船长与船医也是我们兄弟的水兄弟——迈克尔·瓦伦丁想再通过仪式坚定这种情谊，我们大家都一起来。我告诉他，先等一等。你同意吗？"

"呃？是，当然同意。这里闲杂的人太多，不适合。"朱伯担心了一下。真要命，麦克到底有多少个水兄弟？这一串名单有多长？"也许，我们离开的时候，你们三位可以跟我们一起走？吃点东西，私下聊一聊。"

"我很荣幸。我觉得另外两位也会来，如果可能的话。"

"好，马穆德博士，你可知道，我们的小兄弟是不是还有其他兄弟可能现身？"

"没有了，至少'拥护者号'的船员没有。没有别人了。"马穆德犹豫了一下，然后决定不反问了，因为这就像在暗示，他——刚开始——有多么不安地发现自己承诺的兄弟盟约范围之广。"我会告诉史温和老大。"他走回他们身边。

哈绍看到教廷大使进来，看到他在主桌入座，暗自微笑——那个耳朵长长的勒胡，倘若他对这次会议的官方性质还有任何疑虑，现在不用担心了！

有人走到哈绍身后，拍了拍他的肩膀："火星来客在这附近吗？"

"是的。"朱伯回答。

"他是哪一位？我是汤姆·布恩——也就是布恩参议员——我有话要带给他，来自迪格比最高主教。"

朱伯压抑住自己的个人情绪，让自己的脑皮质进入紧急高速状态。"我是朱伯·哈绍，参议员……"他示意麦克站起来，握手，"这位是史密斯先生。麦克，这位是布恩参议员。"

"您好，布恩参议员。"麦克用完美的标准社交仪式说话，饶有兴致地看着布恩。他已经清楚"参议员"与"元老"字面上似乎很像，但意义并不相同；然而，他还是有兴趣看看"参议员"究竟是什么。他认为自己还不能灵悟。

"谢谢你的问候，史密斯先生。我不会占用你的时间，他们这场盛会似乎就要开始了。史密斯先生，迪格比最高主教派我来，他以私人名义邀请你参加礼拜式，地点在新启示教会的福斯特大天使大礼拜堂。"

"请见谅，你说什么？"

朱伯抢过话题："参议员，你也知道，这里有很多事——每一件事——对火星来客都是新的。不过，史密斯先生碰巧已经看过你们的教会礼拜，立体电视转播的……"

"不一样的东西。"

"我知道。但他对此表示极大的兴趣,也问了很多问题——有很多问题,我答不出来。"

布恩直视着朱伯:"你不是信徒吧?"

"我必须承认不是。"

"你也一起来。我们总是希望欢迎罪人。"

"谢谢你,我会。"(对啦,我会,朋友!——因为我肯定不会让麦克一个人进入你们的圈套!)

"那就下星期天——我会转告迪格比主教。"

"下星期天,如果可能的话,"朱伯更正说,"我们可能在这之前就会进监狱。"

布恩咧嘴一笑:"总是有可能,对不对?请人传话给我,或是给最高主教,你们不会蹲太久。"他看看拥挤的室内,"这里的座椅好像不太够。一个普通参议员,没什么机会跟这些大人物套近乎。"

"参议员,也许你愿意赏光,"朱伯顺势回答,"跟我们一起坐在这张会议桌?"

"呃?哎呀,谢谢先生!我不介意——很好的观察位置。"

"意思是,"哈绍补充说,"如果你不介意被人看到与火星官方代表团同席的各种政治含义。我们可不想害你陷入尴尬的情况。"

布恩几乎没有犹豫:"完全不会!谁在乎别人怎么想?事实上,我私下告诉你,主教对这个年轻人非常非常感兴趣。"

"很好,那里有个空位,挨着范特隆普船长——在那边的先生……但有可能你认识他。"

"范特隆普?当然,当然,老朋友,很熟了——在欢迎会上见过他。"布恩参议员对史密斯点了点头,大摇大摆地走过去,自己坐下。

在场的人大多已坐定,通过门口警卫的人也减少了。朱伯看着一桩由于座位安排而起的争论,看得越久,越觉得烦躁。终于,他实在受不了,不能看着这不体面的事继续下去。于是他靠近麦克,低声说话,确保即使麦克不明白为什么,至少明白朱伯要他做什么。

麦克听着:"朱伯,我会做。"

"谢谢,孩子。"朱伯起身,走近在一起的三个人:礼宾司长副手、乌拉圭代表团的团长,而第三个人似乎很生气,又有些为难。

乌拉圭人激烈地说:"……安排他入座,你就必须找座位给其他的国家元首——八十个以上。你承认了你不能那么做。我们现在站的这里是联邦土地……同样都是国家元首,绝对不能厚此薄彼。要是开了特例……"

朱伯打岔,对第三个人说:"先生……"他稍微等了一下,只是为了足以得到别人的注意,然后继续说:"火星来客指示我问你,有没有这个荣幸请你和他坐在一起……如果你不是另有要事的话。"

那人显得很吃惊,然后毫不掩饰地微笑:"哎呀,好啊,这就圆满了。"

另外两人,行政宫的官员与乌拉圭的显贵,正准备开口反对,朱伯转身不看他们:"先生,我们快走——我想我们时间不多了。"他刚才看到两个人进来,拿着东西看起来像圣诞树台座,以及一张染血的床单——几乎肯定是"火星旗"了。麦克看见他们快步走近,随即起身,站在那里等他们。

朱伯说:"先生,请容我介绍瓦伦丁·迈克尔·史密斯。迈克尔——美国总统！"麦克深深鞠躬。

  勉强来得及安排他坐在麦克右边，后面的工作人员还在架设临时凑合的旗帜。这时，音乐响起，大家都站了起来，有个声音宣布：

  "秘书长到！"

第 20 章

朱伯曾经考虑让麦克在道格拉斯进场时坐着,但抛弃了这个主意;他不打算让麦克的地位显得比道格拉斯高一点,只是要确认这是一场双方对等的会议。所以,他站起来的时候,也示意麦克照做。随着《主权和平万岁》开头的音乐响起,会议厅后方巨大的双层门打开,道格拉斯进来了。他径直走到自己的座椅,准备坐下。

朱伯立刻示意麦克坐下,结果是麦克与秘书长同时坐下——其他人则是长久恭敬地停顿了几秒才坐下。

朱伯屏住呼吸。勒胡做了吗?还是没有呢?他不曾明确承诺。

然后,《火星乐章》第一段极强的钟声响彻会议厅——"战神"主旋律,即使是有所期待的听众也会震惊。朱伯看着道格拉斯,见到道格拉斯也看向他,他立刻起身,像个害怕的新兵一样立正站好。

道格拉斯也站了起来,没那么快,但还算迅速。

但麦克没有起身,因为朱伯并未示意他这么做。他静静坐着,无动于衷,秘书长站起来时,其他人无一例外很快又站起来,这件事并未令麦克觉得尴尬。他不了解任何部分,只是心甘情愿去做水兄弟叫他做的事。

刚才要求演奏"火星国歌"之后，朱伯稍微想了一下。如果他们照办了，奏乐的时候，麦克应该怎么做？这是微妙的一点，答案取决于麦克在这场喜剧中究竟扮演什么角色。

音乐停了。这时，朱伯示意麦克站起来，很快鞠躬，随即坐下，在秘书长及其他人差不多坐定的同时，朱伯自己也坐下。这次，他们坐回去的动作快多了，因为麦克在奏"国歌"的时候继续坐着，不可能有人没注意到这么显眼的事。

朱伯松了一口气。他侥幸成功了。很多年前，他见过一个正在消失的王室部落（在位的女王）阅兵——他注意到，这位高贵的女士在国歌演奏完毕后才鞠躬致意，她是在答礼，回应别人对她身为君主的敬礼。

但是，民主国家的政治领袖在演奏本国的国歌时，会像其他公民那样起立，脱帽致敬——因为他不是君主。

但是，正如朱伯提醒勒胡的，只有两种可能，不可能两样都是。麦克要么只是普通公民（在这种情况下，这场愚蠢的竞技赛事根本不应该举行，道格拉斯应该大胆告诉这些盛装出席的寄生虫通通留在家里！）——要么，根据存在于拉金判决本身的荒谬法律论点，这小子单独一人，就是个主权国家。

朱伯很想给勒胡一点奖励。嗯，这一点，至少有一个人看出了端倪——教廷大使的表情一本正经，但眼睛闪烁着光芒。

道格拉斯开始说话："史密斯先生，今天我们很荣幸也很高兴欢迎你来到这里，成为我们的宾客。我们希望你会将地球行星当成你的家，就像你出生的行星，我们的邻居——我们的好邻居——火星……"他继续说了一段时间,小心、圆润、愉快,却又好像没说什么。麦克受到欢迎——但受欢迎的身份究竟是君主、外地来的观光客,还是返乡的公民,从道格拉斯的话语却不太可能判断(朱伯认为)。

朱伯看着道格拉斯,希望吸引他的目光,寻找某种点头示意或表情,能显示道格拉斯怎么看待朱伯刚才抵达时立刻请人亲手交给他的信件。可是,道格拉斯一直没看他。不久,道格拉斯说了结语,仍然等于没说什么,却又说得很好。

朱伯轻声说:"麦克,该你了。"

史密斯致辞,对秘书长说话——讲的是火星语。

但他在众人的惊愕还没来得及反应之前就停口,严肃地说:"地球行星自由联邦的秘书长先生……"接着又用火星语继续说话。

然后用英语:"我们感谢你今天对我们的欢迎。我们给地球人民带来火星贤达的问候……"再次切换到火星语。

朱伯觉得"贤达"是很好的润饰,比"元老"更有优势,麦克并没有反对改变用词。事实上,虽然麦克坚持要"说得对",但朱伯的草稿并不需要太多修改。至于一句火星语、一句英语的说话方式,则是吉尔的点子——朱伯很满意,承认她的花招效果很好,让一个像竞选承诺那样缺乏实质内容的正式致辞膨胀起来,变得像瓦格纳歌剧那样轰动惊人(朱伯暗自补了一句:也差不多同样让人难明白)。

这对麦克来说没差别。他能轻松插入火星语翻译,就像他能记忆并背诵修改后的英语版本,两件事都毫不费力。如果说这些话会让他的水兄弟们高兴,麦克就会高兴。

有人碰了一下朱伯的肩膀,拿着一个信封塞到他手里,低声说:

"秘书长传来的。"朱伯抬头一看，原来是布雷德利静悄悄快步离开。朱伯低头在膝上打开信封，里面只有一张纸，他看了一眼，纸上写着一个字：可，并签着代表道格拉斯姓名的首字母——用的是著名的绿色墨水。

朱伯抬起头来，发现道格拉斯正看着他；朱伯动作很轻地点了点头，道格拉斯立即望向别处。会议结束了，剩下的就是公之于世。

麦克铿锵有力的空话快讲完了，朱伯听到自己的词语——"更加亲近，双方互惠互利"，以及"循其天性，两族各自努力"——但没有真正听进去。然后，道格拉斯向火星来客致谢，简短而温馨。现场安静了片刻。

朱伯站了起来："秘书长先生……"

"哈绍医师，什么事？"

"如你所知，史密斯先生今天在这里有双重身份。像是我们这个伟大种族在历史上曾经出访的君主，乘车通过沙漠，乘船跨越未知的浩瀚，来到某个遥远的国度，他给地球带来火星贤达主政者的善意祝福。但他也是地球人，是联邦的公民，也是美利坚合众国的公民。既然是公民，他有权利，有财产，也有义务。"朱伯摇了摇头，"我很遗憾地说，这些挺麻烦的。身为他的律师，协助他身为公民，也是人类的责任，我一直琢磨不透他的商业事务，对于他拥有些什么，我甚至还没做出一份完整的列表——更不用说决定要对税务员说什么。"

朱伯停下来喘口气："我老了，可能活不到完成这件任务。你知道，我的委托人不曾有商业经验，以人类的概念来看——火星人对这些事的做法不同。但他是个智力很高的年轻人——全世界都知道他的父母是天才——血缘可以证明。毫无疑问，如果他愿意，只要短短几年，他自己就能做得很好，不需要一个年老体衰的律师协助。但他的事务今天就需要照料，生意可不等人。

"但是，事实上，他更渴望了解他的第二个家，学习历史、艺术以及这里的各种人文，而不是急于把自己埋进债券、股票、版税——我认为，在这方面，他很明智。史密斯先生虽然没有商业经验，但他拥有某种直接且简单的智慧，持续不断地令我惊奇……令所有遇见他的人感到惊奇。当我向他解释我面临的问题时，他只是用清晰、冷静的目光看着我，说：'哎呀，朱伯，那不是问题——我们会问道格拉斯先生。'"朱伯停顿一下，又担忧地说，"接下来只剩他个人的事务，秘书长先生，我是不是应该私下见你？让其他女士们、先生们回家呢？"

"哈绍医师，请直说吧，"道格拉斯补充说，"现在可以暂时省掉外交礼节了，有谁想离开都请自便。"

没人离开。

"好吧，"朱伯继续说，"我可以用一句话总结。史密斯先生希望委托你担任他的代理人，全权处理他所有的商业事务，就是这样。"

道格拉斯表现出来的惊讶很有说服力："医师，这是很高的要求。"

"先生，我知道，我提醒他了，这实在强人所难，你是这颗行星最忙的人，可没有时间处理他的事务。"朱伯摇了摇头，微微一笑，"但是他还是不为所动——在火星似乎是这样，一个人越忙碌，众人对他的期望就越高。史密斯先生只是说：'我们可以问他。'所以我现在就要问你。当然，我们不指望马上有答案——这是另一项火星人的特质：火星人从来不急。他们也不愿意把事情搞得太复杂。不用担保，不用查账，不必搞什么形式——也许有一份书面委托合同，如果你认为有必要，但对他来说并不重要；他会同样乐意，口头约定，现在就有效——全然信任。这是另一项火星人的特质：如果一个火星人信任你，他就会彻头彻尾地信任你。他不会到处窥探，看看你有没有遵守诺言。噢，我应该补充说明：史密斯先生并不是对秘书长提出这项请求，他求助的是乔瑟夫·埃格顿·道格拉斯——你个人。日后，你从公职退休，也丝毫不会影响这一点。不管是谁继任，都不会涉入其中。他信任的是你……不是刚好在这座行政宫，占用那间八角办公室的人。"

道格拉斯点了点头："无论我的答复是什么，我都感到荣幸……以及谦卑。"

"因为，如果你婉拒，或是不能接手，又或者承担这项工作之后却想要放弃，或是有什么变化，史密斯先生的心目中还有第二人选——就是本·卡克斯顿。本，站起来一下，让大家看到你。如果你和卡克斯顿都不能或不肯，他的下一个选择呢——嗯，我猜我们目前会先保留那个姓名。暂且说，后续还有一系列的选择。呃，先让我看看……"朱伯显得有些糊涂，"我没有站着说话的习惯了。米丽茵，我们列清单的那张纸在哪里？"

朱伯接了她递过来的一张纸，又说："最好把另外几份也拿给我。"她递给他厚厚一叠纸张。"这是一份小小的备忘录，先生，我们为你准备的——或说是为卡克斯顿准备的，假如结果变成那样的话。嗯，我看看——噢，是的，管理人可以付给自己他认为这件工作应有的价值，但不少于——嗯，一笔可观的金额，其实也不关别

337

人的事。管理人将钱存入某个取款账户，提供第一方当事人的生活费——呃，噢，是的，我想，比方说，也许你会想用上海银行做存款，再用劳合社做业务代理——或许反过来也行——只是要保护你自己的名声。但史密斯先生不会知悉任何具体的指示——就只是无限制的权力委托，双方都能主动撤销。后面这么多，我就不念了，所以我们写出来。"朱伯转身，茫然地环顾四周，"呃，米丽茵——快跑过去，把这个交给秘书长，好姑娘。呃，另外这几份，我会留在这里。你可能想要传给大家看看……或者自己留下。噢，我最好还是拿一份给卡克斯顿先生——本，给你。"

朱伯环顾四周，面带忧色："呃，我猜我要说的就是这些，秘书长先生。你还有什么话要对我们说吗？"

"等一下！史密斯先生？"

"道格拉斯先生，什么事？"

"这是你要的吗？你是不是想要我做这份文件上面写的事？"

朱伯屏住呼吸，刻意不看自己的委托人。他们曾经仔细指导麦克，料想会有这样的问题……但不晓得会以什么样的形式出现，事前也无法预知麦克照字面解读可能惹出什么差错。

"是的，道格拉斯先生。"麦克的声音很清楚，响彻大会议室——透过电视传送到行星各地的无数房间。

"你想要我处理你的商业事务吗？"

"拜托了，道格拉斯先生。这是好事，我感谢你。"

道格拉斯眨了眨眼："嗯，这样够清楚了。医师，我暂时保留我的答复——但你很快就会收到。"

"谢谢你，先生。我代表我的委托人，也代表我自己。"

道格拉斯准备站起来，库昂议员却突然厉声插嘴："等一下！拉金判决怎么样呢？"

道格拉斯还来不及说话，朱伯先抢过话题："啊，是的，拉金判决。我听过相当多谈论拉金判决的胡说八道——但大多来自不负责任的人。库昂先生，拉金判决怎么了吗？"

"我问的不是你而是你的……委托人，或者秘书长。"

朱伯温和地说："秘书长先生，我可以发言吗？"

"请说。"

"好的。"朱伯停顿了一下，慢吞吞掏出一块大手帕，拖长了时间擤鼻子，产生了比中央C低了三个八度的小和弦。然后他盯着库昂，郑重地说："议员先生，我这话是对你说的——因为我知道，既然秘书长本人在场，就没必要对政府说。很久很久以前，我还很小的时候，另一个小男孩，同样年幼无知，和我组成了一个会社，就我们两个。既然我们有了会社，我们必须有规则……我们通过的第一条规则——我应该补充说，全体一致通过——就是，从今以后，我们都要叫我们的母亲'泼辣'。这当然很蠢……但我们当时年幼无知。库昂先生，你能不能推断那条'规则'的后果呢？"

"我不会猜，哈绍医师。"

"有一次，我试着落实我们的'泼辣'判决。一次就够了，也省得我的小伙伴犯同样的错。我得到的就只有幼嫩的臀部被一条桃枝鞭抽得热辣辣，那就是'泼辣'判决的结局。"

朱伯清了清喉咙："请稍等，库昂先生，我知道肯定会有人提出这个不存在的问题，也试过向我的委托人解释拉金判决。起初他觉得难以理解，怎么会有人认为这个条律法适用于火星。毕竟，火星有居民，他们是古老且有智慧的种族——比你的种族古老得多，先生，可能更有智慧。但他真正明白之后，却被逗乐了。就这样，先生——因为宽容才觉得有趣。那一次——就只有一次——我低估了母亲惩罚小男孩冒失的权力。那个教训代价低廉，便宜得很。但这颗行星承受不起这种行星规模的教训。在试图瓜分不属于我们的土地之前，应该要先确定有什么样的桃枝鞭，挂在火星人的厨房里。"

库昂无动于衷，并不服气："哈绍医师，如果拉金判决只不过是小男孩的蠢事……为什么要给史密斯先生国宾礼仪呢？"

朱伯耸了耸肩："这个问题，应该拿去问政府，不是拿来问我。但我可以告诉你我如何解读——基本的礼貌……向火星的诸贤达致意。"

"请说明白？"

"库昂先生，这些礼仪不是拉金判决下的装模作样。以超越人类经验的角度看，史密斯先生就是火星这颗行星！"

库昂甚至没眨眼："继续说。"

"或者更应该说，整个火星族人。通过史密斯本人，火星的贤达访问我们。给他的礼仪，就是给他们的礼仪——对他的伤害，就是对他们的伤害。这是一种很直白但完全不属于人类的概念，但确实如此。我们今天给予邻居这样的礼仪，是明智且审慎的做法——但其中的明智与拉金判决无关。只要是负责任的人，都不曾主张拉金判决适用于已有居民的行星——我冒昧地说，以后也不会有。"朱伯暂停一下，抬起头来，仿佛向苍天祈求帮助，"但是，库昂先生，请放心，我们怎么对待火星的使节，那些贤达统治者一定会注意到。通过他而给予他们的礼仪，就是善意的象征。我确信，本行星的政府由此展现了明智。假以时日,你会了解这也是最审慎的行为。"

库昂无动于衷地回答:"医师,如果你想吓唬我,你没有成功。"

"我没那样想。但是,幸好,这颗行星的福祉不受你的看法左右。"朱伯又转头对道格拉斯说,"秘书长先生,我已经多年不曾公开露面这么久……我觉得疲劳不堪。我们能不能先休会,同时静候你的决定呢?"

第 21 章

散会之后,朱伯打算尽快把自家人弄出行政宫,却发现碰到了阻碍,美国总统与布恩参议员在场,两人都想跟麦克聊聊,他们都是务实的政客,很清楚被大家看见自己与火星来客关系亲密的价值近来突增——两人都相当清楚,全世界的目光,经由立体电视的传播,仍然在他们身上。

其他饥饿的政客也在逼近。

朱伯立刻说:"总统先生、参议员——我们马上要离开,准备用午餐。两位愿意赏光吗?"他心想,私下应付两个人比较容易,总好过在公开场合应付二十几个人——他必须尽快把麦克弄出去,免得出什么差错。

还好两人都另有行程,他松了一口气。朱伯觉得自己答应得太多了,不只要带麦克去那个可憎的福斯特教礼拜仪式,还要带他去白宫——嗯,如有必要,那小子也随时可以"身体不适"嘛。"姑娘们,各就各位!"

姑娘们再次包围麦克,护送他到屋顶,安妮一马当先,因为她会记住一切——而且她的身高、女武神般的金发和美貌，以及令人肃然起敬的诚实见证人法袍，产生了相当大的冲击波。朱伯、本以及"拥护者号"的三位高级船员断后。赖瑞与灰狗巴士正在屋顶等候。几分钟后，驾驶员带他们来到新五月花的屋顶。新闻记者当然追到了那里，但几位姑娘继续护卫麦克下楼，进了杜克先行入住的套房。她们变得相当在行，而且乐在其中；米丽茵和朵卡丝表现得尤其凶猛，让朱伯联想到护崽的母猫——只不过她们把这个当成某种竞赛，互相攀比得分。要是哪个记者靠近她们当中任何一个三英尺内，脚背肯定会吃上一记细高跟。

他们发现走廊有特勤局的人巡逻，套房门外还有一位警官把守。

朱伯觉得背脊发凉，但也意识到（或说是"希望"，他更正自己）有他们在场，意味着道格拉斯在尽全力执行他那部分的协议。朱伯在会议之前请人给道格拉斯带了封信，解释他打算做什么、说什么，以及为什么，信中也恳求道格拉斯，从此以后，运用他的权力及影响，保护麦克的隐私——好让这个不幸的小伙子可以开始过正常的生活（朱伯再次更正自己，倘若麦克还可能有"正常"生活的话）。

于是，朱伯只是喊道："吉尔！看住麦克，没事。"

"好的，老板。"

于是风平浪静。守门的警官简单敬了个礼。朱伯看了他一眼："哈！你好呀，少校，最近砸门了吗？"

布洛赫少校涨红了脸，但眼睛仍然直视前方，没有回答。朱伯纳闷儿着这件任务是不是给他的惩罚？不，很可能只是碰巧赶上；这种差事，大概只有少数几位位阶合适的特勤官能担当。朱伯本来想在伤口上撒盐，说有一只臭鼬溜进那扇门，毁掉了他的起居室家具——请问少校打算怎么办。但他决定还是别说了;这不仅有失体面,也不符合实情——杜克用胶合板凑合了一个临时的隔断门,总算没让情况演变得不可收拾。

杜克在里面等着。朱伯说:"请坐,各位先生。杜克,怎么样?"

杜克耸了耸肩:"谁知道呢?自从我进来之后,还没人对这间套房动手脚窃听,我可以保证。我照你说的,拒绝了他们给我的第一间套房,然后挑了这一间,因为这间有厚重的天花板——舞厅就在我们上面。我也花时间搜索了这个地方。可是,老板,我对电子设备有足够的经验,我知道什么鬼地方都可能被窃听,不把建筑物拆掉根本找不到。"

"行,行——但我指的不是那个。这么大的旅馆,他们不可能到处都装窃听器,只因为我们可能租下其中一间——至少我认为他们应该做不到。我的意思是,补给品怎么样?我饿了,小子,而且很渴——更何况我们午餐多了三个人。"

"噢,那个。那东西在我的眼皮底下卸货、搬下楼,就放在门内;我亲自把东西通通放进食品储藏间。老板,你真是天性多疑。"

"确实是——如果你想活到我这个年纪,最好也要养成这样的习惯。"朱伯刚才托付给道格拉斯一笔财富,相当于中等规模的国债——但不能认定道格拉斯那几位过度热心的副官就不会对食物和酒水动手脚。所以,为了避免有人提供"试吃"服务,他大老远从波科诺山区带来了丰富的食物、绰绰有余的酒,以及少许饮用水。当然,还有冰块。他很纳闷儿,没有冰块,恺撒怎么打败高卢人。

"我并不想。"杜克回答。

"品位问题。整体来说,我的日子过得挺美。姑娘们,动作快。

安妮，脱下法袍，搭把手。第一个给我端回酒来的姑娘豁免下次轮值'前台'。我的意思是，优先给我们的客人。请坐，各位先生。史温，你最爱的毒药是什么？我猜是阿夸维特——赖瑞，下楼去找一家酒铺，带两瓶阿夸维特回来，也给船长准备一杯荷兰金酒。"

"等一等，朱伯，"纳尔森坚定地说，"没有事先冷藏一晚的阿夸维特，我是不会碰的——我宁可喝苏格兰威士忌。"

"我也是。"范特隆普附和。

"没问题，我们备的量足够淹死一匹马。马穆德博士呢？如果你偏好不含酒精的饮料，我记得姑娘们带了一些。"

马穆德一脸愁闷："我不该允许自己受到烈酒的诱惑。"

"不必这样。让我这个医师给你开个处方。"朱伯打量着他，"年轻人，看你的模样仿佛受到相当大的神经压力。要缓解这个问题，我们可以用美普巴，但因为手边没有，我不得不改用两盎司的九十度乙醇，视需要增添剂量。只是要冲淡药味。你有没有什么特别偏好的风味呢？有气泡还是不含气泡？"

马穆德微微一笑，原本的英式派头突然不见了："谢谢你，医师——但我自己的罪过自己承担，自己面对。请给我来杯金酒，再来一杯水。或是伏特加，或是有什么都行。"

"或是药用酒精，"纳尔森补充说，"朱伯，别让他骗了，腥膻什么都喝——喝完又后悔不迭。"

"我确实后悔，"马穆德诚挚地说，"因为我知道这有罪。"

"史温，那就别在他的伤口上撒盐，"朱伯直率地说，"如果腥膻通过后悔就能让他的罪发挥更大的效益，那是他的事。我自己的后悔线路，早在29年市场崩盘那会儿就因过载烧断了，我一直还没更

345

换——那是我的事。各管各的。腥膻，食物怎么样呢？安妮可能在哪个食物篮里塞了一条火腿——可能还有其他非清真的东西，不太好辨认的那种。需要我检查一下吗？"

马穆德摇了摇头："我没那么传统，朱伯，那个律法是很久以前制定的，依据的是当时的需要。现在时代不同了。"

朱伯突然一脸忧伤："是的，但时代有变得更好吗？没关系，这个时代也会过去，而且不会留下一架子的羊肉。你想吃什么就吃什么，我的兄弟——出于必要，神会宽恕。"

"谢谢！但是，说实话，我中午常常不进食。"

"最好还是吃些，否则医师处方的乙醇，药效就不只是让你放松而已。此外，为我工作的孩子们虽然有时会写错别字……但个个厨艺一流。"

米丽茵用托盘端着四杯酒，来到朱伯身后，朱伯还在嚷嚷的同时，各人点的酒都上了。"老板，"她打岔说，"我听到了。能把那句话写下来吗？"

"什么？"他急忙转身，瞪着她看，"爱偷听！你，放学后留下来，罚写一千遍'我不会偷听私人谈话'，写完才准离开。"

"遵命，老板。船长，这杯是你的……纳尔森医师，你的……还有，马穆德博士，这杯是你的。你是说另外给你一杯水吗？"

"是的，米丽茵，谢谢。"

"哈绍家一贯的服务——马马虎虎，但很快速。老板，这是你的。"

"你掺了水！"

"安妮吩咐的，她说你太累了，不能喝加冰块的。"

朱伯做出一副长期受苦的表情:"各位先生,你们看到我受的苦了吗?我们永远不该让她们穿鞋。米丽茵,刚才那个'罚写一千遍',用梵文写。"

"是,老板。等我一有时间就去学。"她轻拍他的脑袋,"亲爱的老板,你要得意就得意吧,是你应得的。我们都以你为荣。"

"女人,回厨房去。等一等——其他人都有酒了吗?本的酒在哪里?本在哪里?"

"现在都有了。本在用电话口述专栏文章,他的酒就在手边。"

"好的,你可以静悄悄退出去,不必客套——请麦克进来。各位先生!墨克阿罗哈帕奥欧雷!——虽然我们的人数每年都在减少。"他举杯饮酒,其他人也跟着加入。

"麦克在帮忙。他很喜欢帮忙——我想,等他长大以后,他会成为管家。"

"我还以为你离开了呢。无论如何,还是叫他过来,纳尔森医师想要给他做个身体检查。"

"不急,"船医连忙说,"朱伯,这是上等的苏格兰威士忌——但你刚才说的是什么祝酒词?"

"抱歉,波利尼西亚语,'愿友谊长存'。就当作今天早上饮水礼的一个脚注吧。顺便说一声,各位先生,赖瑞与杜克也都是麦克的水兄弟,你们不必担心。他们不会烹饪……但他们是你在暗巷里可以转身背对的人。"

"朱伯,既然有你担保他们,"范特隆普请他放心,"准他们进来,把门守好。但我们几个先敬姑娘们。史温,你们要向姑娘敬酒时是怎么说的?"

"你的意思是向各地所有漂亮姑娘敬酒的词吗?我们就先敬在场的四个。斯库阿!"他们向女性的水兄弟敬酒,纳尔森继续说,"朱伯,你在哪里找到她们的?"

"在我自家地窖里养的。然后,就在我把她们培训到对我有用的时候,总是会有某个城市骗子来哄她们嫁人。真是稳赔不赚的买卖。"

"我明白你受的苦。"纳尔森语带同情地说。

"确实是。诸位男士想必都结婚了吧?"

两个已婚,马穆德不是。朱伯冷眼看着他:"你能不能好心自己尸解呢?当然是午餐之后——我倒也不希望你饿着肚子这么做。"

"我不构成威胁,我一辈子打光棍。"

"先生,得了吧!我看见朵卡丝向你暗送秋波……你挺乐的呀。"

"我安全无害,我向你保证。"马穆德本来想告诉朱伯,他永远不会与信仰不同的人结婚,但决定还是算了,异教徒会认为这种话不合适——即使是像朱伯这样罕见的例外。他换了话题:"可是,朱伯,千万不要对麦克做那样的提议。他不会灵悟你在开玩笑——你可能真的会得到一具尸体。我不知道……我不知道,麦克用想的能不能把自己想死。但他会试……如果他是真正的火星人,那就会行得通。"

"我确信他可以。"纳尔森坚定地说,"医师——我是说'朱伯'——你可曾注意到,麦克的新陈代谢有什么奇怪之处吗?"

"呃,我这么说吧,他的新陈代谢呢,只要是我注意到的,没有一处不奇怪,非常奇怪。"

"一点不错。"

朱伯转身看着马穆德："但别担心我会叫麦克自杀。我学会了不跟他开玩笑，绝对不要。我灵悟到他不能灵悟开玩笑。"朱伯眨了眨眼，陷入沉思，"但我不灵悟'灵悟'——没有真正做到。腥膻，你会讲火星语。"

"会一点。"

"你讲得很流利，我听见了。你灵悟'灵悟'吗？"

马穆德显得若有所思："不，没有真正灵悟。'灵悟'是火星人语言里最重要的单词——我打算用接下来的四十年努力理解，也许出版几百万字的专著试图解释。但我不指望能成功。你需要用火星语思考，才可能灵悟'灵悟'这个词。麦克用火星语思考……我不是。也许你注意到了，对于某些最简单的人类概念，麦克的理解方式偏差非常大！"

"怎么没有！我头都大了！"

"我也一样。"

"食物！"朱伯宣布，"午餐，也差不多是时候了。姑娘们，把午餐放在我们伸手可及的地方，然后请保持静默。博士，如果你愿意，请继续说。还是说，既然麦克在场，稍后再谈比较好？"

"没关系。"马穆德用火星语对麦克说了些什么。麦克回答了他，展露阳光般的微笑，然后表情又变得一片茫然，自己专心对付食物，看起来能静静地吃就相当满足了。"我告诉他我想做什么，他告诉我，我会说对；这不是他的看法，他只是简单陈述事实，陈述某种必然。我希望，如果我没说对，他会注意到，并且告诉我。但我猜他可能不会。你知道,麦克用火星语思考——这就给了他一份完全不同的宇宙'地图',有别于你我使用的地图。你明白我的意思吗?"

"我灵悟,"朱伯表示同意,"语言本身就会塑造个人的基本思想。"

"没错,可是……医师,你会说阿拉伯语,是不是?"

"呃?我以前会,讲得很差,很多年前的事,"朱伯承认,"我曾经是美国战地服务团的医官,在巴勒斯坦的时候,用功了一段时间。但我现在不会了。我还能读一点……因为我宁愿阅读先知穆罕默德的原话。"

"很恰当。因为《古兰经》是无法翻译的——这份'地图'遇到翻译就会改变,无论多么谨慎地尝试。那么,你就会理解我觉得英语有多么困难。不仅因为我母语的词形变化简单得多,时态也比较有限,而且因为整个'地图'改变了。英语是最庞大的人类语言,语汇量是第二大语言的好几倍——光是这一点,就不可避免会让英语最终成为这颗行星的通用语,其实已经是了,因为英语最丰富且最灵活——尽管有野蛮的吸积作用……或者我应该说,因为有野蛮的吸积作用。英语吞噬了路上遇到的任何东西,形成英语的样貌。没有人试图阻止这个过程,就像某些语言受监管以及有限制那样……可能是因为从来不曾真的有'纯正英语'这种东西——因为'纯正英语'是法语。英语其实是杂种语言,没人在乎它怎么长大……它确实长大了!——长成庞然大物。直到除非你尽己所能拥抱这个怪物,否则你不可能指望自己成为通晓英语的人。

"正是因为英语有这种变化多样、微妙、毫无道理、惯用语的错综复杂,因此有些事物可能用英语表达,但就是不能用任何其他语言表达。这几乎把我逼疯了……直到我学习用这语言思考——这也在伴随我成长的那张世界'地图'上,叠加了一份新的世界'地图',叠在我成长的那一份之上。从很多方面来讲,也是更好的一份——这一份细节当然更丰富。

"然而,还是有一些东西,能用简单的阿拉伯语来说,却不能用英语。"

朱伯点头表示同意:"说得对。因为这样,我才会继续阅读阿拉伯文,哪怕只是一点点。"

"对,但火星语言比英语复杂多了——而且对宇宙的抽象提取方式有很大的不同——相较之下,大可将英语与阿拉伯语视为同一种语言。英国人与阿拉伯人可以学着用对方的语言思考对方的想法。但我不能肯定,有朝一日我们是不是能用火星语思考(但不是通过麦克学习火星语的那种独特方式)——噢,我们可以学某种'洋泾浜'火星语,是的——我说的正是这种火星语。

"就拿'灵悟'一词来说,我怀疑可追溯到火星人种族的起源,最初思考、说话的生物——这个词汇照亮了他们的整份'地图',其字面意义相当简单。'灵悟'的意思就是'饮用'。"

"嗯?"朱伯说,"可是,麦克单单谈到饮用的时候,从来不说'灵悟'。他——"

"等一下。"马穆德用火星语对麦克说了些什么。

麦克显得有点惊讶,说了句"灵悟是饮用",就不再提这件事了。

"但倘若我列出另外一百个英语单词,"马穆德继续说,"代表我们认为是不同概念,甚至是对立概念的单词,麦克也会赞同。'灵悟'有这一切的意思,取决于你如何使用。它意味着'恐惧',

意味着'爱'，意味着'恨'——真正的恨，因为按照火星人的'地图'，你不可能恨任何东西，除非你对它完全灵悟、彻底理解，你与它融合，它与你融合——此时，唯有此时，你才可能恨它，通过恨你自己。但这也必然意味着你也爱它，并且珍惜它，不会有其他情绪。然后，你可以恨——火星人的恨可真是一种非常黑暗的情绪，最接近的人类对应词也只是'轻微的厌恶'。"

马穆德的脸扭成一团。"这个词意味着'全等'的数学概念。人类的那句陈词滥调，'这伤害我比伤害你更深'，有某种火星人的意味，虽然只有微量。我们从近代物理中历尽艰辛学到的事，火星人似乎凭本能就知道：仅仅通过观察的过程，观察者与被观察者就会相互作用。'灵悟'意味着理解得如此彻底，以至于观察者成为被观察过程的一部分——融合、混杂、通婚，在群体经验中失去个人身份。'灵悟'几乎意味着我们宗教、哲学及科学所指的一切——但对我们意义甚微，就像颜色对盲人的意义。"马穆德停顿了一下，"朱伯，倘若我把你剁开，把你做成炖肉，你和炖肉，或者锅里的无论其他什么东西，就会灵悟——当我吃你的时候，我们会一起灵悟，什么都不会失去，而且我们之中的哪一个做剁肉吃肉的事，其实都无关紧要。"

"对我来说可不是无关紧要！"朱伯坚定地说。

"你不是火星人。"马穆德又停下来，用火星语对麦克说话。

麦克点了点头。"你说得对，我的兄弟马穆德博士。我一直这样说：尔乃神。"

马穆德无奈地耸了耸肩。"你知道这有多么令人绝望了吗？我得到的只有亵渎。我们不是用火星语思考。我们不能领悟。"

"尔乃神，"麦克欣然说，"神灵悟。"

"见鬼了，我们换个话题！朱伯，我能不能利用我的兄弟身份，再添一些金酒呢？"

"我去拿。"朵卡丝一跃而起。

这是一次愉快的家庭聚餐，气氛轻松愉快，这得益于朱伯和他员工的热情、不拘小节，加上三位新来者本身也是同样容易相处的人——各个都博学多闻、声誉卓著，没有必要力争上位。而且，在场的四位男士对麦克都有养父般的关心。甚至马穆德博士，他信仰至仁至慈的真主，顺服神的旨意，与信仰不同的人相处时，他难得真正卸下心防，但这时也觉得放松且快乐。得知朱伯读过先知穆罕默德的智言，他觉得很高兴……这时，他停下来才注意到，朱伯家的女人们其实比他第一眼的印象丰满得多。黑发的那位——但他立刻挥开这个念头，他毕竟是客人。

不过他非常高兴，这几位女人并不碎嘴，不介入男人的严肃谈话，但热情待客，总是很快送上吃的喝的。米丽茵对她老板漫不经心的不尊重曾让他感到震惊，随即他明白了这是怎么回事：就好像家里没外人时，那种对猫和受宠孩子的纵容。

朱伯稍早解释过，他们什么都不用做，只是等秘书长回话。"如果他认真看待——我认为他已经准备好做交易了——我们今天可能就会得到他的回复。如果没有，我们今天晚上就回家……如果有必要，我们再回来。可是，如果我们留在行政宫，他可能会忍不住讨价还价。在这里，我们自己挖个洞藏身，可以拒绝跟他谈条件。"

"还要谈什么条件？"范特隆普船长问，"你已经给了他想要的。"

"不是他想要的全部。道格拉斯更想让那个委托授权永久不可撤销……而非取决于他行为是否良好,权力随时可能属于一个他鄙视且害怕的人——也就是那边那个带着纯真微笑的坏蛋,我们的兄弟本。可是,除了道格拉斯,还有别人,他们肯定也想谈条件。库昂那尊笑面佛恨透我了,我刚才给了他一个措手不及。可是如果他想得出一个能诱惑我们的交易——赶在道格拉斯敲定这码事之前——他就会提出来。所以,我们也不去挡他的路。为什么我们只吃喝箱内的东西,库昂是一个原因。"

"你真的觉得有必要担心这点吗?"纳尔森问,"老实说,朱伯,我原本以为你是个美食家,所以即使离家也坚持自备美馔佳肴。在那么大型的旅馆里被下毒,我可无法想象。"

朱伯忧愁地摇了摇头:"史温,你这种老实人总以为别人都一样老实——通常是对的。确实,没有人会试图下毒害你……但你太太可能会领到你的保险理赔,只因为你跟麦克吃了同一盘菜。"

"你真的那样想吗?"

"史温,无论你想吃什么,我都愿意叫人送来。但我不会碰,也不会让麦克碰。因为我敢打赌,进了这间套房的任何服务员,都可能收了库昂的钱……也许另外还有两三个人给钱。对方可能躲在暗处,却知道我们在哪里——而且他们有几个小时可以行动。史温,说实在话,我到目前最担心的是怎么让这小子活着,要争取足够的时间想出办法,让他所代表的权力失效、固化……这样万一他死掉,对谁都没有好处。"

朱伯叹了一口气:"想想黑寡妇蜘蛛,一种易受惊吓的小动物,不仅能捕食害虫,而且在我看来是蛛形类中最漂亮的一种,漆皮光泽的腹部，衬着红色沙漏斑记。但这可怜的东西有个致命的不幸：就体形大小而言，它拥有的威力太过巨大了。所以人人一见它就杀。

"黑寡妇蜘蛛无可奈何，没办法不拥有剧毒的威力。

"麦克的困境也是一样。虽说他不像黑寡妇蜘蛛那么漂亮……"

"哎呀，朱伯！"朵卡丝气愤地说，"这么说话太刻薄了！而且完全不符合实情！"

"抱歉，孩子。在这件事上我没有你的性别偏见。不管漂不漂亮，麦克都甩不掉那笔钱，而他有了那笔钱也不安全。而且不只是库昂，高等法院可能没那么'去政治化'……不过，他们的解决方法可能是囚禁他，而不是杀死他——在我看来，这样的命运生不如死。更别提还有另外十几个利害相关的人，公职、非公职的都有……那些人可能会也可能不会杀害他，但他们心里肯定都盘算过，倘若麦克成了葬礼的主角，究竟会怎样影响他们的财运。我……"

"老板，电话。"

"安妮，你刚刚打断了一条深奥的思路，真是个扫兴的波洛克人[1]。"

"错，我是达拉斯人。"

"不管是谁打来的电话，我都不接。"

"她让我告诉你，她是贝琪。"

"怎么不早说？"朱伯急忙走出起居室，发现维桑夫人亲切的脸出现在屏幕上，"贝琪！见到你真高兴，姑娘！"他没费事问她怎么

---

[1] 诗人柯勒律治曾在梦中得到《忽必烈汗》一诗的灵感，醒来后正在将灵感写成诗句，一位波洛克人来访，打断了他的思路。后世以"波洛克人"比喻破坏灵感、不受欢迎的人。

知道打电话到哪里找他。

"嘿,医生,我看到你的表演了——实在忍不住要打电话告诉你。"

"我的表现怎么样?"

"教授也会以你为荣。我从没看过这么巧妙的手法,然后,观众还没搞清楚怎么回事,你就打发他们离开了。医生,真可惜你不是双胞胎,让这一行少了一个宣传大使。"

"贝琪,这话从你口中说出来,真是很高的赞美。"朱伯迅速想了一下,"但演出是靠你安排的,我只是搭个便车——搭上了运钞车。所以呢,贝琪,你就开个价码,别不好意思。"他暗自决定,无论她开价多少,他都要加倍。比起他要求给麦克开的那个提款账户,这点钱根本不痛不痒……爽快大方地付钱给贝琪,总比欠着人情好,好多了。

维桑夫人皱了皱眉:"哎呀,你这话可伤了我的感情。"

"贝琪,贝琪!你是个大姑娘了,亲爱的,鼓掌欢呼谁都会——但最好是在一堆软绵绵、绿油油的钱里鼓掌欢呼。反正不是我的钱,火星来客会付这笔账,相信我,他付得起。"他咧嘴一笑,"但是,你会从我这里得到的,就是谢谢,加上拥抱与亲吻,我下回见到你就要抱得你肋骨噼啪作响。"

她放松下来,微微一笑:"那你可得说到做到。我记得你曾经拍着我的屁股,同时叫我放心,教授肯定会好起来——你总是能让人家的身体感觉良好。"

"我真不敢相信我做过那么不专业的事。"

"你做过,你知道你做过。而且还不是像长辈关爱晚辈的那种拍法。"

"也许是这样。也许我当时认为你需要这样的治疗呢。为了大斋期，我已经戒了拍屁屁——但我会为了你破例。"

"最好如此。"

"你也最好算一算那笔费用，别忘了多加几个零。"

"呃……我会考虑。可是，老实说，医生，收费的方式有很多种，不见得要赚眼前这点不够看的小钱。你今天看过股市行情吗？"

"没有，也别告诉我。还是过来喝杯酒吧。"

"呃，我还是不去了。我答应了……嗯，一个相当重要的顾客，我得为他的咨询随时待命。"

"我明白了。嗯……贝琪，你认为，星象会不会这样显示，如果一切尽快完成，签名、盖章，并且公证，整件事的结果会对每一个人都最好，比如说今天？也许就在股市收盘之后呢？"

她显得若有所思："我可以深入研究一下。"

"去做吧。还有，等你没那么忙的时候，过来跟我们住一阵子。想住多久都随你喜欢，而且不必一直穿着不舒服的鞋。你会喜欢这个孩子。他怪得像穿背带裤的蛇，但也甜得像一个偷来的吻。"

"呃……我会的。我一有空就去。谢了，医生。"

他们道了再见，朱伯回来，发现纳尔森医师带着麦克进了一间卧室，正在给他做检查。朱伯拿了自己的装备进去给纳尔森使用，因为纳尔森没有带着自己的出诊包。

朱伯发现麦克脱光了衣服，船医则是一脸迷惑不解。"医师，"纳尔森说，语气几近愤怒，"我上次看到这名患者，也只是十天前而已。告诉我，他上哪儿长了这些肌肉？"

357

"哎呀，他从《雄风：健美先生杂志》封底拿了一张优惠券寄回去。你知道那种广告，鼓吹九十几磅的弱鸡如何……"

"医师，拜托！"

"你为什么不问他呢？"朱伯建议。

纳尔森问了。"我想的。"麦克回答。

"说得对，"朱伯附和说，"他'想'的。我刚收治他的时候，也就在一个多星期前，他的状况一团糟，瘦弱、松软、苍白。模样仿佛是在洞穴里长大的——我猜想他确实在那儿长大的，或多或少。于是我告诉他，他必须强壮起来，所以他就强壮起来了。"

"通过锻炼吗？"纳尔森狐疑地问。

"没有系统化。游泳，随便他什么时候，想游就游。"

"游一星期的泳不会让一个人看起来像这样，这像是举杠铃苦练多年！"纳尔森皱了皱眉，"我知道麦克可以随意控制所谓的'不随意肌'。但那倒不是完全没有前例。另外，这个，我不得不假定……"

"医师，"朱伯轻声说，"你为什么不干脆承认你不能灵悟，省得耗费心力呢？"

纳尔森叹了一口气："也许正该如此。迈克尔，穿衣服。"

意气相投的同伴与葡萄酒有放松的作用，过了一段时间，朱伯向"拥护者号"的三个人坦白，自己对上午这场努力有些疑虑。"财务这端很简单：只要把麦克的钱捆紧，好让争夺的情况不可能发生。即使他死了也不会，因为我已经私下让道格拉斯知道，倘若麦克死亡，他的管理权就会终止，同时，会有个传闻，出自一向可靠的消息来源——也就是我——传到库昂及其他几位那里，意思是'假如麦克死亡，道格拉斯就会有永久控制权。当然，倘若我能施魔法，我会帮那小子不仅摆脱有政治意义的一切，也抛掉他继承的每一分钱。那个——"

"朱伯，你为什么会那样做呢？"船长打岔问。

哈绍一脸惊讶："船长，你富有吗？我的意思不是生活开销无虞，还有足够的私房钱支应自己的荒唐爱好，想买什么就买什么。我的意思是富可敌国……钱袋饱满到你绕过会议桌，走到董事会主席位置就座时，脚下的地板都会下陷。"

"我吗？"范特隆普哼了一声，"我按月领薪资支票，最终会有一笔退休金，住房有贷款——还要供两个女儿上大学。我不介意告诉你，我倒想试试富有一阵子呢！"

"你不会喜欢的。"

"哼！如果你有两个女儿在上学，你就不会那样说了。"

"告诉你，我供四个女儿读完了大学——我为此一度债台高筑。其中一个证明了投资是划算的；她是她那个专业领域的顶尖人物——她执业用的是夫姓，因为我是个不光彩的老浑蛋，写流行的垃圾赚钱，不能在《名人录》中她的段落里留下受人尊敬的回忆。另外三个是好人，总是记得我的生日，但除此之外不来烦我。我不能说受教育对她们有什么损伤，但我的女儿跟这个没有关系，只是证明我理解，男人无论能挣多少，永远想要更多。但钱的事容易解决，你大可辞职退役，接受某个工程公司的职位，他们愿意付你好几倍薪水，你只要挂个名就行。通用原子公司，还有另外几家。有人请你去——对不对？"

"那不是重点，"范特隆普船长生硬地回答，"我是专业人士。"

"意思是说，在这颗行星上，没有足够的钱可以打动你放弃指挥太空船。我懂了。"

"但我也不介意有钱。"

"多一点钱,对你不会有什么好处——因为无论男人从事任何正常职业,无论能赚到多少钱,女儿们都能用掉超过百分之十。这是一条许多人都有经验,但还没有人正式提出的自然法则,此后就称为'哈绍定律'。可是,船长,真正的财富,达到需要雇用一批骗子帮忙避税的那种,肯定会让你留在地面,跟辞职差不多。"

"为什么非得如此?我会全部买成债券,只领利息就行。"

"你会吗?倘若你是一开始就取得巨大财富的那种人,你不会那么做。赚大钱不难。要付出的代价不过是一辈子专心致志取得财富,并且用钱去滚更多钱,彻底放弃其他所有的兴趣。他们说机遇时代已经过去。胡说!这颗行星上最富有的人,十个有七个在人生一开始身无分文——还有很多奋斗者正在崛起。高税率,甚至社会主义,都阻挡不了这样的人;他们只会先调整自己,适应新的规则,不久他们就会改变规则。首席芭蕾舞者再勤奋仔细,程度也比不上发家致富的人。船长,你不是这种人;你不想赚钱,你只想有钱——为了花钱而已。"

"先生,完全正确!因此我才不明白你为什么非要把麦克的财富弄走。"

"因为麦克不需要,而且那些钱会让他寸步难行,比任何身体残疾更糟。财富——巨大的财富——是一种诅咒……除非你致力于赚钱游戏,为了赚钱而赚钱。就算是,财富也有严重的弊端。"

"噢,胡说!朱伯,你讲话的语气就像某个后宫侍卫,试图说服健全的男人,说当太监有哪些好处。恕我直言。"

"很有可能,"朱伯同意,"也许出于同样的原因;人类的心理有能力将自己的短处合理化,说成美德,这种能力极为强大,我也不例外。因为我呢，先生，我跟你一样，对钱的兴趣仅止于花钱而已，我一向没有丝毫的机会得到什么可观的财富——我的钱只够满足我的恶习。既然需要的金额不多，也就没有弄不到的危险，任何人只要够识相，懂得见好就收，总是能设法满足自己的恶习，无论是纳什一税还是嚼槟榔。可是巨大的财富呢？你看到了今天早上的那场表演。现在，老实回答我。你会不会认为我大可稍微修改一下，好让我自己独吞所有的劫掠物——成为唯一的管理者，以及事实上的拥有者，同时巧立名目，榨取各种收益，中饱私囊——还能用点其他手腕，让道格拉斯也支持这样的结果呢？先生，我有没有可能那样做呢？麦克信任我，我是他的水兄弟。我有没有可能偷他的财产，而且安排得让道格拉斯先生代表的政府容忍此事呢？"

"呃……真要命，朱伯，我想你做得到。"

"当然肯定行。因为我们偶尔也可敬的秘书长不会比你更爱钱。驱动他的是政治权力——这东西对我没有吸引力。倘若我向道格拉斯保证（噢，当然要说得漂亮——盗亦有道），史密斯的资产将会继续为他执政保驾护航，那么我就不会受到阻挠，可以对财产收益为所欲为，并且让我的代理监护权变成合法的。"

朱伯打了个寒战："我以为我必须那样做，只为了保护麦克不受聚集在他周围的秃鹰的伤害——我当时惊慌失措。船长，你显然不知道富可敌国是怎么回事。不是荷包满满，有时间花。巨富的拥有者会发现自己四面环敌，每时每刻，无论去哪里，都有喋喋不休的陈情者，像孟买的乞丐，各个都求他投资，或是散财。他开始怀疑有没有真诚的友谊——真诚的友谊确实难遇；那些原本可能成为他朋友的人耻于和乞丐为伍，为了面子，不愿冒被误认为别有用心的风险。

361

"更糟的是,他的生命,以及他家人的生命总是处于险境。船长,你的两个女儿,可曾受到绑架的威胁?"

"什么?老天爷,我希望没有!"

"倘若你拥有麦克被迫接受的那种财富,你会请人日日夜夜保护两个女儿——即便如此,你也不会安心,因为你永远不能确定那些保镖不会动心起念。看看近一百年这个国家的绑票案记录,留意一下其中有多少涉及亲信员工……也留意一下,活着逃出来的受害者是如何少之又少。然后,问你自己:财富能不能买到什么奇珍,值得让你两个美丽女儿的生命总是冒着危险呢?"

范特隆普看起来像在思索:"没有。我猜我还是会选择还房贷——这样比较符合我的步调。朱伯,我只有这两个宝贝女儿。"

"阿门!这种情景让我不寒而栗。财富对我没有吸引力。我只想过自己懒散、没用的生活,睡在自己床上——不受打扰!我还以为我的风烛残年不得不耗在那样的日子里,坐在办公室,处理层层人事关系,长时间工作,给麦克当经纪人。

"然后,我想到一个妙计。道格拉斯已经生活在那样的屏障后面,已经有那样的幕僚。既然我不得不将运用那笔钱的权力交给道格拉斯,只为了确保麦克维持健康与自由,为何不让那家伙也付出代价,把一切都交给他去头疼呢?我不怕道格拉斯偷麦克的钱;二流的政客才会贪财——道格拉斯虽然有很多缺点,却绝不是等闲之辈。本,别绷着脸了,希望他不会把重担丢给你。

"所以,我把整副重担都丢给道格拉斯——现在,我可以回自己的花园了。可是,就像我说的,一旦我想明白了,钱的事相对简单。我烦恼的是拉金判决。"

卡克斯顿说:"朱伯,我觉得你在那桩事上有欠考虑——竟然让他们给麦克元首'礼仪'的那件蠢事。还礼仪呢!老天爷,朱伯,根据那个荒唐的拉金理论,要是有任何权益,你应该干脆让麦克签字通通转让掉。你知道,道格拉斯想让他——吉尔对你说了。"

"本,好小子,"朱伯温和地说,"身为记者,你很勤奋,写的东西有时候还能读。"

"哎哟,谢谢!我的读者。"

"但你对战略的概念像个尼安德特人。"

卡克斯顿叹了一口气:"我感觉好多了,朱伯,刚才有那么一下子,我还以为你年纪大了,竟然变得心软到多愁善感。"

"真到那个时候,请一枪毙了我。船长,你们留了多少人在火星?"

"二十三个。"

"那么,根据拉金判决,他们的身份如何?"

范特隆普面有难色:"我不能说。"

"那就别说,"朱伯要他放心,"我能推断出来,本也能。"

纳尔森医师说:"船长,腥膻和我都恢复平民身份了。我要在哪里说,要怎么说,都随我高兴——"

"我也一样。"马穆德附和说。

"……如果他们想给我找麻烦,他们知道该拿我的后备军官身份怎么办。政府凭什么不叫我们讲话?那些坐办公桌的又没去过火星,去的是我们。"

"史温,别说了。我打算讲——这些都是我的水兄弟。可是,本,我不希望在你的专栏看到这个。我以后还想继续指挥太空船。"

"船长,我知道'不公开报道'的意义。可是,如果能让你感觉自在一些,我会去麦克和姑娘们那边待一会儿——反正我本来就想看看吉尔。"

"请别离开。可是……这是水兄弟之间的事。对于我们留下的那个名义上的殖民地,政府也很烦恼。参加的每个人,都联名签字放弃了自己的所谓拉金权利——让渡给政府——在我们离开地球之前就签了。我们到了火星,却发现麦克在那里,这下子事情就大大地乱了套。我不是律师,但我了解,无论麦克可能有哪些权利,要是他真的放弃,等到涉及分配有价值的东西时,就会让政府坐上驾驶座。"

"什么有价值的东西?"卡克斯顿追问,"我的意思是,除了纯粹科学。听我说,船长,我不是在贬低你们的成就,但就我看过及听过的一切而言,火星对人类并不是有价值的地产。还是说有什么仍然属于'严禁泄露'的机密?"

范特隆普摇了摇头:"不,我相信,科学与技术报告都解密了。可是,本,我们第一次登月的时候,月球只是一块不值钱的岩石。再看看现在。"

"一针见血!"卡克斯顿承认,"真希望我爷爷买了盈月企业,而不是加拿大铀矿。对于致富,我可不像朱伯那么反对。"他又说:"可是,无论如何,火星已经有居民了。"

范特隆普看起来很不高兴:"对,可是……腥膻,你告诉他。"

马穆德说:"本,火星有大把空间供人类开拓殖民……而且,据我迄今为止的了解,火星人不会干涉。我们告诉他们我们打算留下殖民地的时候,他们没有反对。他们似乎也没高兴,对此根本不感兴趣。我们现在就是升起旗帜,声称有治外法权。但我们的地位可能更像是一座蚂蚁城市，就是有时在学校教室看到，用玻璃罩起来的那种。我对此一直不能灵悟。"

朱伯点了点头："正是。我也一样。今天上午，我对真实的情况没有丝毫概念……我只知道政府急着得到麦克这些所谓的拉金权利。除此之外，我一无所知。所以，我假设政府同样一无所知，也就大胆前进了。'胆大无畏'——最合理的战略原则。当医师，我学到了，在你最不知所措的时候，你反而必须表现得有信心。当律师，我学到了，在你的案子似乎毫无希望的时候，你必须从容有把握，给陪审团留下深刻印象。"

朱伯咧嘴一笑："我读中学的时候，有一回赢了一场关于航运补贴的辩论，引用的是'大英殖民航运局'卷宗里的一个压倒性的论点。对方完全无法反驳我——因为根本就没有什么'大英殖民航运局'，全都是我编出来的。

"今天早上，我同样无耻。政府想要麦克的'拉金权利'，而且很怕我们可能跟库昂或某个人达成协议。于是，我利用他们的贪婪与忧虑，逼着他们面对自己异想天开的法律理论里那个终极逻辑的荒谬，通过明确无误的外交礼仪，公开承认麦克是地位等同于联邦本身的君主——因此必须受到相应的对待！"朱伯一脸得意。

"因此，"本冷冷地说，"在人尽皆知的湍流里行舟，却没有划船的桨。"

"本，本，"朱伯用责备的语气说，"引喻失当。不是行舟，而是骑虎。或者说称王。他们按照自己的逻辑，已经公开给麦克加冕。虽然有句老话形容戴着王冠的脑袋不安稳，然而，公开称王还比较安全，胜过躲躲藏藏僭位，这难道需要我提醒吗？国王为了保命通常可

365

以逊位；僭王可以声明放弃名号，但并不会让他的性命更安全——事实上，更不安全了，因为这就会让他赤裸裸地面对敌人。不，本，库昂看到了，通过几小节的音乐和一张旧床单，麦克的地位大幅强化了，即使你不这么看——库昂一点都不喜欢。

"但我这么做是出于必要，并不是我愿意，而且，虽然麦克的地位改善了，但还是不稳妥。根据拉金判例，以法律之名的胡言乱语，麦克目前是受到承认的火星君主，因此有权批准特许权、交易权、圈地等各种令人作呕的事。他只有两条路，一是必须自己做这些事……因而可能承受压力，比起管理庞大财富的压力更糟，而且这种事更不适合他——不然就必须放弃他名义上的地位，让他的拉金权利转移给如今留在火星的二十三人，也就是给道格拉斯。"

朱伯一脸苦恼："这两条路，我几乎同样不喜欢，因为两者都是基于这个可恶的论点：拉金判决可适用于已有居民的行星。各位先生，我不曾见过任何火星人，没有资格为他们代言——但我不能任凭我的委托人陷入这样的闹剧。拉金判决本身必须被认定无效，连同根据此判决关于火星这颗行星的所有权利主张也是一样——趁着这件事还在我们手上，不让高等法院有机会判决。"

朱伯面露稚气，咧嘴一笑："因此，我上诉到上级法庭，要求裁决拉金判例无效——我杜撰了一个'大英殖民航运局'。我说谎说到脸色发青，为了创造新的法律理论。元首礼仪给了麦克，既成事实，世人都看到了。但元首礼仪可以给元首……或是给代表元首的人，也就是总督或大使。所以我主张，麦克不是什么依据某个愚蠢不重要的人类判决得来的挂名元首——而是货真价实的大使，代表伟大的火星国！"

朱伯叹了一口气:"纯粹是虚张声势……我还真怕有谁会要求我证明这些主张。但我之所以敢虚张声势,是因为我希望且强烈相信,其他人——道格拉斯,尤其还有库昂——对各项事实不如我这么有把握。"朱伯环顾四周,"但我胆敢冒险虚张声势,因为你们三位刚才和我们坐在一起,你们是麦克的水兄弟。如果你们三个坐在旁边,没有质疑我的谎言,那就等于必须承认麦克相当于火星大使——拉金判决也不用考虑了。"

"我希望是,"范特隆普船长严肃地说,"可是,朱伯,我认为你说的那些话不是谎言,而是简单的事实。"

"呃?但我可以向你保证不是。我是在编造花哨的语言,临场发挥。"

"无所谓,不管是灵感还是推论——我认为你说出了真相。""拥护者号"船长犹豫了一下,"只不过,我不会称呼麦克是大使——我认为他是某种远征军。"

卡克斯顿的下巴掉了下来。哈绍没有争论,而是用同样严肃的语气回答:"先生,此话怎讲?"

范特隆普说:"我换个说法,这么说比较好,我认为他像是远征军的侦察兵,为他的火星主宰侦察我们。他们甚至有可能与他一直维持心灵感应的联络,他甚至不需要回报。我不知道——但我确实知道,探访火星之后,我觉得自己更容易接受这类想法……我知道这一点:每个人似乎都理所当然地以为在火星找到一个人类,我们当然会带他回家,而且他会迫不及待想要回家。结果根本不是那么回事。呃,史温?"

"麦克恨透了这个主意,"纳尔森附和说,"我们一开始根本无法接近他，他很怕我们。然后，他受命跟我们回去……从那时起，我们告诉他做什么，他就做什么。他表现得像军人，完全服从纪律，执行自己很害怕的命令。"

"请稍等，"卡克斯顿提出异议，"船长，即便如此——火星攻击我们？火星？你对这类事物知道得比我多，但这不就差不多像是我们攻击木星吗？我想说的是，我们的表面重力大约是火星的两倍半，木星的表面重力也大约是我们的两倍半。在压力、温度、大气等方面，两种情况都有近似的差异。我们在木星不能维生……我也看不出来火星人怎么可能受得了我们的环境。难道不对吗？"

"差不多。"范特隆普承认。

"那么，告诉我，我们为什么要攻击木星呢？或是火星为什么要攻击我们呢？"

"嗯……本，你可曾看过尝试在木星建立滩头堡的提案？"

"看过，可是……嗯，顶多只到做梦的阶段，并不实际。"

"不到一百年前，太空飞行还不实际。回顾历史档案，看看你的同行说了些什么——噢，大约是1940年。这些木星的提案，最多只到蓝图规划的阶段——但从事这些的工程师们相当认真。他们认为，运用我们从深海探索学到的一切，加上穿着动力服可飘浮的装备，应该有可能让人类登上木星。千万不要以为火星人的智力比不上我们。你应该看看他们的城市。"

"呃……"卡克斯顿说，"好，我闭嘴。我仍然不明白他们何必费事。"

"船长？"

"朱伯，什么事？"

"我想明白了另一个反对的理由——文化方面的。你知道,不同的文化可以大致划分为'阿波罗型'与'狄奥尼索斯型'。"

"我大致上知道你的意思。"

"嗯,在我看来,若是在火星,即使是祖尼[1]文化,也会被看作'狄奥尼索斯型'。当然,你去过那里,我没去过——但我与麦克一直有交谈。那孩子从小接受的是极为阿波罗型的文化——这样的文化没有侵略意图。"

"嗯……我明白你想说什么——但我觉得不见得。"

马穆德突然说:"船长,有强力的佐证支持朱伯的推论。你可以从语言上分析文化,屡试不爽——火星语中没有任何表示'战争'的单词。"他住了口,显得有些困惑,"至少我认为没有,也没有任何单词代表'武器'……或是'作战'。如果语言当中没有代表某个概念的单词,那么这个文化中就根本没有缺失的单词所指的对象。"

"噢,腥膻,胡说!动物会搏斗——甚至蚂蚁也有战争。难道你想告诉我,它们必须有指代的单词才可能去搏斗吗?"

"我正是这个意思,"马穆德坚持说,"适用于任何使用语言的种族,比如说我们,比如说火星人——他们甚至比我们更高度语言化。使用语言的种族,对于每一种古老的概念都有代表的词……每当新的概念出现,就要创造新词,或是赋予旧词新的定义。一向如此!能用语言表达的神经系统,就避免不了用语言表达,这是理所当然的事。如果火星人知道'战争'是什么,他们就会有个代表战争的单词。"

---

[1] 一个美州原住民部落。

"有个快速的方法可以解决争议,"朱伯建议,"叫麦克进来,问他。"

"等一等,朱伯,"范特隆普反对说,"多年前,我就学到了不要与专家争论;你不可能争得赢。但我也学到了,进步的历史就是一长串对自己最肯定的事大错特错的专家——抱歉,腥膻。"

"船长,你说得很对——只不过,这次我没错。"

"也许是,麦克只能解决他知道的某个特定的词……可能像请一个两岁小孩来定义'微积分'。这证明不了什么,我希望暂时只看事实就好。史温,可以说艾格纽的事吗?"

纳尔森回答:"船长,由你决定。"

"嗯……各位先生,这仍然是水兄弟之间的私密对话。艾格纽中尉是我们的副医官。在专业方面,史温告诉我,他的表现相当出色,在其他方面,我对他也没什么抱怨,他的人缘还不错,但他无疑有某种潜伏的异族恐惧症。对人类不会有,但他就是不能忍受火星人。当时我们已经发现火星人看起来爱好和平,我立即下令禁止武装离开太空船——不然太容易出事了。

"显然,年轻的艾格纽没有服从我的命令——至少我们后来一直找不到他个人的随身武器,而且在他生前最后看到他的两个人也说他有佩枪。但我的日志记载的是'失踪,推定死亡'。

"我来说说为什么。有两个船员看到艾格纽走进两块巨石之间的某种通道——这种地形在火星相当罕见;大多地方都千篇一律。然后,他们看到一个火星人进了同一条路……他们急忙赶过去,因为大家都清楚艾格纽医师的怪癖。

"两人都说听到枪声。有一个说,他走到这个开口的时候,刚好瞧见艾格纽经过那个火星人身边，火星人相当高大，差不多塞满了岩石缝的空间。然后他就没看到艾格纽了。第二个人说，他到那里的时候，火星人正好出来，经过他们身边，自顾自离开——火星人的个性就是这样；如果他跟你没事要说，他根本不理你。没有了火星人挡住去路，两人都看到了岩石夹缝的空间……那是一条死路，空空如也。

"我知道的只有这些，各位先生……还有，艾格纽可能跳下了那个岩壁，由于火星的表面重力低，他又受到恐惧的推动——但我不能，我试过了。另外，这两个船员戴着呼吸器——在火星表面非戴不可——而且缺氧可能影响人的感官，让人变得相当不可靠。我不知道第一个船员是不是由于缺氧而头晕；我提到这个，只因为这样的解释更容易让人相信，而他回报的事……也就是艾格纽凭空消失，一眨眼就不见了，这简直匪夷所思。事实上，我尽可能给他暗示，而且命令他一定要先检查需求阀以及呼吸器装备的其余部分，才准许他再次外出。

"话说，我以为艾格纽不久就会出现……我还期待着严厉批评他，关他禁闭，一是处罚他武装外出（如果他有），二是处罚他单独外出（这点似乎无疑），这两件都是公然违反纪律的行为。

"但他再也没有回来，我们一直没找到他，也没找到尸身。我不知道发生了什么事，但我自己对火星人的疑虑就是始于那次事件。在我心目中，他们再也不只是高大、温柔、无害、相当滑稽的生物，即使我们跟他们之间从来没有任何麻烦，而且，一旦腥膻弄明白怎么向他们索求之后，我们要任何东西，他们总是会给。我对这件事尽量轻描淡写——离家一亿英里的时候，不能让人们惊慌。噢，艾格纽医官失踪，太空船的全体船员都在搜索他，这是事实，我不可能轻描淡写。但我压制了任何不可思议的联想，情况是——艾格纽在那堆岩石之间迷了路，最终氧气耗尽，必死无疑……被埋在砂流底下，或是什么的。在火星上的日出与日落时分，你会碰到很大的阵风，它确实会导致沙尘飘移。所以，我利用这个理由更严厉地规定，船员必须结伴同行、必须与太空船保持无线电联络、必须检查呼吸器……用艾格纽作为一个可怕的例子。我没告诉那名船员闭嘴；我只是暗示，他的故事令人难以置信，尤其是因为同行的伙伴不能支持他的说法。我想，官方说法最终获胜了。"

马穆德慢悠悠地说："我就信了，船长——这是我第一次听到艾格纽的事有什么神秘之处。老实说，我宁愿相信你的'官方'版本——我不怎么喜欢迷信。"

范特隆普点了点头。"我就是希望这样。只有史温和我听到了那位船员说的离奇故事——我们没对别人说起。然而……"太空船的船长突然显得很苍老，"我仍然会在夜里醒来，问自己：'艾格纽到底怎么了？'"

朱伯听着船长的叙述，不发一语。他还在思索，船长讲完之后，他应该补充些什么。他也不晓得吉尔有没有对本说起柏奎斯特，以及另一个家伙——詹森。他知道自己没说。本获救的那晚没有时间……在次日黎明的熹微光线中，这种事似乎别提比较好。

孩子们可曾对本说起游泳池的战斗以及失踪的两车警察？这又似乎不可能；孩子们知道，"官方"版本就是第一支特遣队不曾现身，他们都听到了他与道格拉斯讲电话。朱伯家的所有人都很谨慎，无论是客人还是员工，爱八卦的人很快就会被赶出去——朱伯认为八卦是自己的特权，只有他能八卦。

但吉尔可能已经告诉本……

嗯，如果她说了，她肯定也曾经要求他缄口；本不曾向朱伯提到有人失踪……而且这时也没试着向朱伯使眼色。

真要命，唯一能做的就是默不作声，继续努力让那小子铭记在心，绝对不能动不动就让讨厌的陌生人消失！

这时候，安妮过来了，把朱伯从更深刻的自我反省中拯救了出来（也打断了男士们的对话）。"老板，那个布雷德利先生在门口，就是自称'秘书长高级行政助理'的那个人。"

"你没让他进来吗？"

"没有。我通过单向窗和对讲机跟他说的话。他说他有文件要当面交给你，他会等候答复。"

"请他从活板中递过来。还有，你告诉他，你是我的'高级行政助理'，你会去拿我本人确认收到的回执，如果他要收据的话。这里仍然是火星大使馆——直到我检查完那些文件的内容。"

"就让他站在走廊吗？"

"我相信布洛赫少校能帮他找张椅子。安妮，我知道你受到的家教就是要温柔待人——但目前这种情况，强势无礼才行得通。我们寸步不让，不说一句好话，直到完全得到我们要的。"

"是，老板。"

包裹很笨重，因为一式有很多份，其实只有一样文件。朱伯把每个人都叫来，请大家传阅："姑娘们，看看有什么漏洞、陷阱或模棱两可的地方，找到一个，我就请一根棒棒糖——男士也有相应奖品。现在，大家都安静。"

不久，朱伯打破沉默："他是个诚实的政客——收买了就不会变卦。"

"看样子是。"卡克斯顿承认。

"有谁看出问题吗？"没人出来领奖。道格拉斯让一切简单明了，只是落实稍早达成的协议。"好，"朱伯说，"每一份文件，在麦克签名之后，每个人都要签名作证——尤其是你们，船长，史温，还有腥膻。把你的印章拿来，米丽茵。罢了，让布雷德利进来，也请他见证——然后给那个可怜的家伙一杯酒。杜克，打电话给柜台，告诉他们送账单上来，我们要退房了。然后打电话给灰狗巴士，告诉他们备车。史温、船长、腥膻——我们要头也不回地离开这里，就像罗得离开所多玛那样，你们三位何不跟着我们一起到乡间，脱掉鞋子，放松放松呢？床位充足，家常烹饪，无忧无虑。"

两位已婚男士请求改期，也获得了同意，马穆德博士则接受了邀请。签约花了相当久，主要是因为麦克很喜欢签自己的姓名，带着极大的谨慎与艺术上的满足画出每一个字母。将所有的文件都签名、盖章的时候，野餐剩下的可利用物资（主要是没开瓶的酒）被送上楼，搬上车，旅馆账单也送来了。

朱伯瞄了一眼可观的账单总数，没有费事去计算，而是在上面写"同意付款——哈绍代史密斯"，然后交给布雷德利。

"这就交给你老板操心了。"他告诉布雷德利。

布雷德利眨了眨眼："先生？"

"噢，只是遵循正常流程罢了。道格拉斯先生大概会把这个交给礼宾司长。通常的程序不是这样吗？我对这些事务相当生疏。"

布雷德利接过账单。"是，"他慢条斯理地说，"没错，勒胡会处理——我会交给他。"

"谢谢你，布雷德利先生，感谢你做的一切！"

第三部

古怪的教育

第 22 章

在某螺旋星系的一条旋臂上,有一颗被某些依靠者称为"太阳"的恒星,在那附近还有一颗属于同一类型的恒星,经历了灾难性的调整,变成了新星。再过"三满年"(729 年),或者说 1370 个地球年,就会在火星上看见它的荣光。不久,元老们注意到这即将到来的事件有利于教诲后生小辈,同时,为第五行星之死而编织的新史诗还有诸多美学问题,他们从未停止对这些问题令人激动且至关重要的讨论。

"拥护者号"太空船出发前往母星,火星人注意到了,没有评论,而是持续观察太空船送回去的异族巢雏,但仅止于此,因为还需要一段时间,灵悟其结局才会有成果。留在火星的二十三个人还算成功地应付了环境困难,那里的环境对毫无防护的人类有致命的危险,但整体而言的困难度低于南极洲自由国。其中一个由于某种未确诊的病而尸解,这种病有时称为"心碎",有时称为"乡愁"。元老珍惜受伤的灵魂,将它送回它该去的地方,让它获得进一步的疗愈;除此之外,火星人并未干涉地球人。

在地球,没人注意到爆炸的邻近恒星,人类天文学家仍然受到光速的限制。火星来客曾经短暂回归新闻焦点，但热度稍纵即逝。联邦参议院的少数派领袖呼吁采取"大胆的新方案"对付东南亚人口过剩与营养不良的双重问题——从向超过五名子女的家庭增加紧急补助金开始。苏彻克太太控告洛杉矶市、郡的督导官员，要求为她的宠物贵宾犬"小宾"的死亡负责，因为死亡发生在为时五天的逆温层滞留期间。辛西娅公爵夫人宣布，她会通过经科学方式挑选匿名捐赠者，以及同样理想的代理孕母，得到"完美的宝宝"，只等一群专家对确切的受孕瞬间完成计算，确保这个神奇宝宝将会是在音乐、艺术、政治方面同样出色的天才，就会立刻进行——而且她会（通过激素疗法辅助）亲自哺乳。她发出一份声明给新闻界，强调哺喂母乳在心理上的益处，允许（或说坚持）新闻界拍摄照片，证明她的身体可以负起这个幸福的责任——事实上，她平常的宣传照片一向都明确展示了这点。

迪格比最高主教谴责她是巴比伦淫妇，并且禁止任何福斯特教徒接受委托，不准捐精，也不准代孕。报道引述了艾丽丝·道格拉斯[1]的话："虽然我个人并不认识杜彻丝小姐，但不得不敬佩她。她勇敢的榜样对各地的母亲应该都是一种激励。"

朱伯·哈绍偶然翻阅某个访客留在他家的一本杂志，看到了其中一张图片，以及附图的报道。他笑得乐不可支，于是把它贴在厨房的布告栏上……然后注意到（如他所料）照片在那里没留多久，他又笑得乐不可支。

那个星期，他没有太多笑得出来的事；这世界太让他受不了。故

---

[1] 即艾格妮丝·道格拉斯，海因莱因遗孀未修改此处笔误，此版沿用。

事显然结束之后，正经的媒体很快就不再烦扰麦克及哈绍一家，而且哈绍不打算让任何新鲜的新闻发生——但成千上万个其他不从事新闻行业的人并没忘记麦克。道格拉斯真诚努力地确保麦克的隐私；现在有特勤警队巡逻哈绍家的围篱，上方还有一辆特勤飞车盘旋，盘问任何试图降落的飞车。但哈绍很讨厌必须有警卫这件事。

警卫确保闲人勿近，但邮件与电话还是会进来。朱伯对付电话的方式是更换号码，并且将所有的来电都通过接听服务过滤，这个接听服务有一份短短的名单，上面列出了哈绍愿意接电话的人——而且，大部分的时间，他将屋里的电话设备设置成"拒绝接听，请留言"。

但邮件总是会进来。

起初，哈绍告诉吉尔，这是麦克的问题。男孩总有一天要长大；他可以从处理自己的邮件开始……而她可以从旁协助，给他建议。"但别拿那个来烦扰我，我自己碰到的古怪邮件就够麻烦了！"

朱伯的这个决定却不能落实，因为邮件太多了，吉尔实在不知如何是好。

光是邮件分类就很令人头痛。朱伯解决的方式是先打电话给本地邮局主管（没有结果），然后打电话给布雷德利，在高层的"建议"缓慢流回地区层级之后，确实得到了结果；此后，寄给麦克的邮件按第一级、第二级、第三级、第四级分袋送来，而寄给家里其他人的邮件另外装一袋。

第二级与第三级邮件用来给大宅北面一座新的根菜地窖做隔热，因为前任屋主挖了旧的地窖，当成抗放射落尘的防空洞，储藏效果一直不能令人满意。一旦新的根菜地窖过度隔热，不能再塞进信件了，朱伯就告诉杜克，把这类邮件拿去填沟，控制水土流失；搭配少量的梢料，这类邮件被压得相当密实。

第四级邮件是个问题，尤其是因为有一个包裹在村里的邮局过早爆裂，炸掉了公告栏几年来的"通缉要犯"告示，也毁坏了一块"请至下一个窗口"牌子——幸好，邮务局长刚好出去喝咖啡，他的助手是个肾功能衰弱的老妇，她刚好在洗手间才逃过一劫。朱伯本来考虑，所有寄给麦克的第四级邮件，都先由为秘书长提供同样服务的特勤拆弹专家处理。

结果发现没有这个必要；麦克不必拆开包裹就能发现某种"谬误"。从此以后，所有的第四级邮件刚进大门，就整袋倒出来，放成一堆；等到邮差离开后，麦克会从远处逐一撬开，让任何有害的包裹消失；然后赖瑞把剩下的装上车，拉到屋里。朱伯觉得这个方法好得多，用不着浸泡可疑的包裹、在黑暗中拆包裹、照射X光，或是用上任何其他常规的方法。

麦克喜爱拆无害的包裹；对他来说，这样每天都像在过圣诞节。收件地址有他自己的姓名，他特别喜欢读。他对里面的礼物不一定感兴趣，通常会把东西给别人——在他发现他能送礼物给自己的朋友的这个过程中，他终于学到了"财产"是什么。没人要的东西，最终就去填沟；所谓"没人要的东西"，包括所有的食品类礼物，因为朱伯并不确定，麦克察觉东西有"谬误"的能力有没有扩及毒物……尤其是在麦克（误）饮了一大杯有毒性的溶液之后，那溶液是杜克暂时放在冰箱，用来处理摄影工作的——麦克只是稍微提了一下，说那罐"冰茶"有种味道，他不确定自己是不是喜欢。

朱伯告诉吉尔，通过包裹邮寄给麦克的东西，无论怎么注明，倘若完全不需要付款、致谢、归还，都可以留下。有些东西是正当的礼品，更多的是他们没订购的商品。无论是哪一种，朱伯断然认为，出自陌生人的不请自来的动产，为的总是费尽心机，试图利用火星来客，因此不值得感谢。

牲畜例外，从雏鸡到幼鳄，朱伯都建议她退回去——除非她愿意保证照料、喂养动物，并且负责防止动物掉进泳池。

第一级邮件是另一种头痛。看了大约一大桶麦克的第一级邮件，朱伯建立了分类列表。

A类：要钱的信，不管是来自个人或机构——填沟，控制水土流失。

B类：要命的信——归档，不回。同一寄件人若再次来信，则转交给特勤局。

C类：各式各样的商业提议——转寄给道格拉斯，不回。

D类：不带威胁的古怪信件——内容精彩的用来传阅，其余的填沟。

E类：友好的信——唯有附上已贴邮票的回邮信封才回信……如果回信，就从几款制式信函里挑一款来用，由吉尔签名（朱伯指出，火星来客签名的信本身就有价值，容易招致更多无用的邮件）。

F类：污秽的信——转给朱伯（他跟自己打赌，这类信件不可能出现一点文学表达上的新意），以便进一步处置，亦即填沟。

G类：提亲，以及其他不那么正式的提议——不理睬，归档。犯第三次则使用B类程序。

H类：科研及教育机构来信——处理方式比照E类；如果真要回信，使用制式信函解释说火星来客不便参与任何事；如果吉尔觉得用制式信函的打发方式行不通,转交给朱伯。

I类:实际见过麦克的人来信,如"拥护者号"全体船员、美国总统,以及其他少数几个人——让麦克回信,他高兴怎么回就怎么回;练习书写对他有好处,而练习人类的人际关系,他更需要(如果他想要建议,就让他问)。

这份指南大幅减少了必须回复的信件,让信件达到可应付的数量——吉尔每天只要回几封信,难得有一封需要麦克回。一开始光是拆开邮件就要费一番工夫,但吉尔发现,习惯了之后,她可以快速浏览,加以分类,每天大约一小时就能做完。前四类信件一直很多,G类信件则是在行政宫放送全球立体电视广播之后的两星期里有很多,然后逐渐减少,曲线扁平到稳定的稀稀落落。

朱伯告诫吉尔,虽然麦克应该只用亲自回复熟人及朋友的来信,但寄给他的邮件就是他的,他想读就读。

分类制度生效后的第三天早上,吉尔拿着一封G类的信来找朱伯。供应这一大类信件的淑女及其他女性(加上几个"误入歧途"的男性),有一大半都附了据说是本人的照片;这类照片有些没留下多少想象空间,就像许多来信本身。

这封信所附的照片不仅没留下想象空间,反而激发了新鲜的想象。吉尔说:"老板,看看这个!请你看看!"

朱伯读了信,然后看了照片:"她似乎知道自己要什么。麦克对此有什么想法呢?"

"他还没看到。所以我才先拿来给你。"

朱伯又看了照片一眼:"我年轻的时候,我们称这种类型为'丰满'。嗯,她的性别毋庸置疑,灵活度也不成问题。但你为什么拿来给我看呢?我看过更好看的,我向你保证。"

"可是,我应该怎么处理呢!信就够糟糕了……但那张不堪入目的照片——我应该撕掉吗?别让麦克看到!"

"哦,坐下,吉尔护士,信封上面写了什么?"

"没什么。只有收件地址以及回邮地址。"

"收件人怎么写的?"

"嗯?'瓦伦丁·迈克尔·史密斯先生,火星来……'"

"噢,那就不是寄给你的了。"

"哎呀,当然不是……"

"我只要确定这个。有件事,我们先讲清楚。我不是麦克的监护人。你不是他的母亲,也不是他的监护人。我只是指派你担任他的秘书。对于送来这里的、指定收件人是麦克的每一件东西,包括三级垃圾邮件,他想看就看,这是他的自由。"

"嗯,他确实会读,几乎所有那些广告都看。但你肯定不会想让他看脏东西吧?朱伯,麦克不知道这个世界是什么模样。他很纯真。"

"是吗?吉尔,到目前为止,他杀了几个人?"

吉尔没有回答,一脸愁容。

朱伯继续说:"如果你想帮助他,你会集中精神教他:这个社会不赞成随意杀人。否则,当他去外面的世界时,肯定会闹得恶名昭彰。"

"呃,我认为他并不想'去外面的世界'。"

"嗯,一旦我认为他能飞,我绝对会把他推出巢外。他愿意的

383

话,以后随时可以回来——但我不可能做到让他一辈子生活在这里,当个长不大的婴儿。首先,我不能,即使我想这么做……因为麦克可能在我死后还会活六七十年,到时候这个巢早就消失了。但你说得对,麦克很纯真——以我们的标准来看。吉尔护士,你有没有去过圣母大学那个无菌实验室?"

"没有。我读过报道。"

"那里有世界上最健康的动物——但永远不能离开实验室。孩子,我不是在管理无菌实验室。麦克必须熟悉你说的'脏东西'——才会产生免疫力。总有一天,他会遇见写这封信的女孩子,或是其他这样的女孩子——事实上,他会遇见几十个、几百个她。啧,以他的名声及长相,他的人生大可这样,从一张温暖的床跳到另一张,如果他喜欢的话。你不能阻止,我无法阻止,这取决于麦克。此外,我也不想阻止,虽然就我的品位而言,人生这样子过,也未免太糊涂了——我的意思是,一遍又一遍做同样单调的运动。你认为怎么样?"

"我……"吉尔住了口,脸红了。

"我收回这个问题。也许你不觉得单调——但无论是不是,都不关我的事。但如果你不想让麦克毫无防备,被找到机会与他单独相处的五百个女人欺骗——我也觉得这不是好主意,他应该也要有其他的兴趣——那就别试图拦截他的邮件。像那样的信可能会给他稍稍打个预防针……或者至少让他有点戒心。别把这当一回事,只要夹在一堆信件里交给他,连同那张'肮脏的'照片。如果他问起,就回答他的问题……还有,尽量不要脸红。"

"呃,好吧。老板,你有理有据的时候真是令人恼火!"

"是啊，一种最让人不自在的争论方式。好了，快去做你的事吧。"

"好吧。不过，等麦克看过之后，我会撕掉那张照片。"

"哦，别那么做！"

"什么？老板，你要吗？"

"万万不可！我告诉你了，我看过更好的。但杜克不像我这么有偏见，他收集这类照片。如果麦克不要——我跟你打赌，赔率五比一，他不会要——拿给杜克。他会很高兴。"

"杜克收集这种垃圾？可他看起来像个正派的人。"

"没错，确实是很正派的人，否则我会踢他出去。"

"可是……我不能理解。"

朱伯叹了一口气："我大可坐在这里解释一整天，你还是不会理解。亲爱的，有些关于性的观点，我们种族的两性之间不可能沟通。有时候，少数特别有天赋的个体，能够通过直觉灵悟这些事，跨越我们之间的鸿沟。但话语无用，所以我就不尝试了。只要相信我说的话：杜克有骑士风度，无可非议——可他会很乐意拥有那张照片。"

"好，如果麦克不留，可以给他。但我只会拿给你去转交，我不会亲自给杜克——他可能会起什么念头。"

"胆小鬼！你可能会喜欢他那个念头。除了这个，还有没有什么不寻常的邮件？"

"没有。还是通常那一批人，想要麦克背书这个那个，或是叫卖'火星来客官方认证'这个那个——有个家伙竟然厚颜无耻到要求五年独家使用名称、免费授权，还要麦克出资。"

"我很佩服那种全心全意的贼。鼓励他！告诉他，麦克太有钱了，竟然用拿破仑白兰地制作火焰薄饼，而且需要抵税——那他要多少担保？"

"老板，你是认真的吗？我已经分类了一叠信件，准备寄给道格拉斯先生，我得从那堆信件里把它找出来。"

"当然不是认真的。那个贼明天就会现身，带着全家老小。但你给了我一个写小说的妙点子，所以先走开。前台！"

麦克对那张"不堪入目"的照片并非不感兴趣。他准确地灵悟出（如果只是理论上）这封信及照片象征着什么，他端详这张照片，就像端详每一只飞过的蝴蝶，清澈的眼神里满是愉悦。他发现蝴蝶与女人都非常有趣——事实上，他周围的一切待灵悟世界都很迷人，他想要深入畅饮一切，好让自己得到完美灵悟。

他从理智上理解这些信件向他提议的机械与生物过程，但他很纳闷儿，这些陌生人为什么想要他帮忙活化卵子呢？麦克理解（却没有灵悟），这些人把这种简单的必然变成了仪式，某种"更亲近"，有可能几乎像饮水礼那么重要且宝贵。他渴望灵悟。

但他并不急，"急"是他完全不能灵悟的一项人类概念。他敏感地察觉到，对所有行动而言，掌握正确时机至关重要——但他用的是火星人的方法：要达成正确的时机，须通过等待。他当然注意到了，他的人类兄弟缺乏像自己这样对于时间的精微辨别力，因此往往不得不等待得比火星人快一点——但他没有因为他们天真单纯的僵拙而轻视他们；他只是学着自己加快等待，以掩盖他们的不足。

事实上，他有时会非常高效地加快等待，人类会以为他加快到了危险的速度。但那个人类搞错了——麦克只是贴心考虑他人的需求，调整自己的等待。

所以他接受吉尔的勒令，对女性地球人的任何这类兄弟提议，他一律不回信，但他并不认为这是最终否决，而是要等待——有可能从现在起一百年后回信会比较好；无论如何，现在时机未到，因为他的水兄弟吉尔说得对。

麦克欣然同意吉尔相当坚定的建议，把这张照片给了杜克。他立刻着手去做了，而且其实他无论如何都会这样做的；麦克知道杜克有收藏，也看过，他深感兴味地看了一遍，试着灵悟为什么杜克说"脸蛋倒没什么，但看看那双腿——兄弟"。被自己的一个水兄弟称呼"兄弟"总是让麦克感觉很好，但腿就是腿，只是他的族人有三条，而人类只有两条——他提醒自己，人类没有因此跛脚。人类就该只有两条腿，他必须灵悟这是理所当然的。

至于脸，朱伯有着麦克平生所见的最美的脸，那张脸鲜明无比地属于他自己。在麦克看来，杜克收藏的照片里，那些人类女性似乎很难说是有张成熟的脸，每个人的脸看起来都像极了。所有的年轻女性地球人的脸都差不多——不然还能长成怎样呢？当然，认出吉尔的脸，他一向毫不费劲；她不仅是他见到的第一个女人，最重要的是，还是他的第一个女性水兄弟——麦克清楚她鼻头的每一点毛孔，她脸上每一条初现的皱纹，并且在自己快乐的冥想中逐一赞美。

他只看脸就能分辨安妮与朵卡丝，以及朵卡丝与米丽茵，但他第一次来这里的时候并非如此。有几天的时间，麦克通过大小与颜色来分辨她们——当然，还通过声音，因为每个人都有独特的声音。可是，有时会碰到三个女性同时默不作声的情况，还好安妮的个子高大得多，朵卡丝则娇小得很，而米丽茵比朵卡丝大，但比安妮小。不过如果安妮或朵卡丝不在场，也不至于弄错，因为米丽茵有绝对不会弄错的所谓"红"发。即使谈到头发以外的事物时，人们不会把这颜色称为"红"。

对于"红"的这种特殊意义，麦克并不觉得困扰；抵达地球之前，他就知道，每一个英语单词都包含不止一种意思。这是你无须灵悟也能习惯的事实，就像你也能对"所有姑娘的脸都一样"逐渐习惯……更何况，过了一段时间，这些脸就不再一模一样了。麦克现已能在脑海里叫出安妮的脸，细数她鼻头的毛孔，就像叫出吉尔的脸一样容易。本质上，即使一颗卵也是独特的，在任何时间、任何地点，都不同于其他卵——麦克一向知道这一点。所以，每个姑娘都有自己的脸，不管这些差异可能有多微小。

麦克将那张"不堪入目"的照片给了杜克，杜克很高兴，他也因此而心中暖暖的。麦克并不觉得把照片送出去有什么损失；他已看过一次，只要愿意，随时能在脑海里让照片重现——甚至是照片中的那张脸，因为它有某种极不寻常的表情，呈现出一种美丽的痛苦。

他严肃地接受了杜克的道谢，又开开心心地回去继续看其余的邮件。

朱伯对邮件泛滥极为恼火，麦克倒没有这种感觉；他陶醉其中，对保险广告与结婚提议同样着迷。行政宫之旅打开了他的眼界，让他看见了这个世界的多彩多姿，他下定决心要灵悟这一切。他明白这得要耗费几百年，而且他必须成长、成长再成长，但他并不气馁，也不急躁——他灵悟，"永恒"就等同于"不断变化的美妙当下"。

他决定不再重温《大英百科全书》，泛滥的邮件让他瞥见了这个世界更鲜明的万象。他阅读，尽可能灵悟，把剩下没能灵悟的记住；等到夜里，家里人都睡下了，他再沉思。

从这些冥想的夜晚，他开始（他认为）灵悟"生意"与"钱"，"买"与"卖"，以及相关的非火星人活动——阅读百科全书的文章，总是让他觉得自己有所欠缺，因为（他现在灵悟了）每一篇文章都假定他知道许多他不知道的事。但是有一天，他收到一封来自乔瑟夫·埃格顿·道格拉斯秘书长先生的邮件，里面是一本支票簿及其他文件，他的兄弟朱伯小心谨慎地解释给他听，钱是什么，又该怎么用。

起初，即使朱伯做给麦克看，如何开他的第一张支票，给他"钱"用来交换，教他怎么数钱，他还是完全不明白。

突然间，随着一阵如此令人眩目的灵悟，他颤抖着，强迫自己不要退缩，他理解了钱这个抽象符号的本质。这些美美的图画与亮亮的金属圆片并不是"钱"，而是具体的符号，代表着某个遍及这些人、遍及他们世界的抽象概念。但这些东西不是钱，就像饮水礼共享的水不是亲近。仪式不见得要有水……而钱不见得要有这些漂亮东西。钱是概念，就像元老的思维那样抽象——钱是伟大的结构化符号，象征着平衡、疗愈、更亲近。

钱的华丽之美让麦克眼花缭乱。

这些符号的流动、变换、回转是另一回事，小规模很美，但令他联想到火星人教导巢雏，鼓励他们学习如何正确推理及成长的游戏。令他眼花缭乱的是整体结构，是这个概念：整个世界能反映在一个动态的、完全互联的符号结构上。于是，麦克灵悟到了这个种族的元老确实很老，才会构思出这样的美，也谦卑地希望能早日会见其中一个元老。

朱伯鼓励他花掉一些钱，麦克照做了，带着那种羞怯、打不定主意的渴望，就像被领到床边的新娘。朱伯建议他"买礼物送朋友"，吉尔协助他做这件事，先从设定一些随意的限制开始：每个朋友只送一件礼物，而且总花费不能达到他账户总数的八十一分之一——麦克原本打算把所有钱都花在朋友身上。

他很快就明白了花钱有多么困难。有那么多东西可供选择，全都很美妙，大多数让他无法理解。他被厚厚的商品目录包围，从马歇菲尔德到银座，中间还有孟买、哥本哈根，他感觉就要在琳琅满目的商品中窒息了。就连西尔斯及蒙哥马利邮购目录，他也应付不来。

还好有吉尔帮忙："不，麦克，杜克不会想要拖拉机的。"

"杜克喜欢拖拉机。"

"呃，也许——但他有一辆了，或者说朱伯有一辆了，一回事。他可能会喜欢一辆那种可爱小巧的比利时单轮车——他可以拆开再装回去，花一整天把它擦亮。可是就连那个也太贵了，加上税金更不得了。麦克，亲爱的，礼物不应该很昂贵——除非你是打算说服某个姑娘嫁给你，或是什么的。尤其是'什么的'。但礼物应该显示出你很用心，而且考虑过对方的喜好。应该是某种他会喜欢，但大概不会买给自己的东西。"

"怎么说？"

"这才是问题所在。等一下，我突然想起今天早上的邮件里有个东西——希望赖瑞还没把邮件拉走。"她很快就回来了，"找到了！听听这个：'活生生的阿芙洛狄忒：以华丽的立体彩色技术呈现女性之美的精装画册，全球顶尖摄影艺术家的杰作。注意：本商品不使用邮寄，仅限预付快递发货，购买者自行承担风险。地址在以下各州的订单概不接受……'呃，宾夕法尼亚州在禁送列表上——但你不必烦恼，如果收件人是你，东西就能送到——我知道杜克下流的品位，他会喜欢这个的。"

杜克确实喜欢。送货的不是快递，而是在屋子上空盘旋的特勤巡逻车——同款商品的下一份广告送来了，吹嘘为"火星来客特别订制同款"，麦克很高兴，吉尔很恼火。

挑选其他礼物同样困难，但挑选送给朱伯的礼物尤甚。吉尔被难倒了。一个什么都不缺的男人——也就是说，他想要而且钱买得到的一切，他都有了，还能买什么送给他呢？智慧？三个愿望？庞塞·德莱昂没找到的"青春之泉"？给他的老骨头上些油，或者是来个贵如黄金的一日青春？朱伯很久以前就不再养宠物，因为他活得比它们久，或者（更糟的情况）现在可能是宠物活得比他久，却要成为孤儿。

他们找其他人私下商量。"啧，"杜克告诉他们，"你们不知道吗？老板喜欢雕塑。"

"真的吗？"吉尔回答，"我没看到附近有什么雕塑。"

"那是因为他喜欢的大多属于非卖品。他说，他们现在整的那些渣渣看起来像垃圾场里的灾难，随便哪个拿着焊接喷灯、眼睛散光的蠢材，都能自命为雕塑家。"

安妮若有所思地点了点头："我认为杜克说得对。只要看看书房里的书，就能判断出朱伯在雕塑方面的品位，但我猜想可能不会有多大帮助。"

然而，他们还是看了，安妮、吉尔、麦克一起，安妮挑出三本书，认为这是（在她看来）他最常翻看的。"嗯……"她说，"显然，老板会喜欢罗丹的作品。麦克，如果你能买到这里的其中一件给朱伯，你会挑哪一件呢？噢，这里有个漂亮的——《永恒的春天》。"

麦克只看了一眼，就翻到另一页："这一件。"

"什么？"吉尔看了一眼，打了个寒战，"麦克，那一座实在可怕极了！我宁愿早早死去，也不要变成那个模样。"

"这是美。"麦克坚定地说。

"麦克！"吉尔抗议，"你的品位太堕落了——你比杜克更糟糕。要么就是你根本什么都不懂。"

通常，水兄弟这样训斥他，尤其是吉尔，就会让麦克闭上嘴，迫使他接下来的那个夜晚拼命思考，试着想通自己的过错。但这是艺术，他确信自己想得对。图上的雕像不同于他在地球看见的其他事物，让他第一次感觉到家乡的气息。虽然那明显是人类女子的图像，他却觉得当时应该有个火星元老在附近，促成了它的创作。"这是美，"他固执地坚持说，"她有自己的脸。我灵悟。"

"吉尔，"安妮慢悠悠地说，"麦克说得对。"

"嗯？安妮！你肯定不会喜欢那个吧？"

"这个雕像让我惊恐。可是，麦克知道朱伯喜欢什么。看看这本画册，有三处会自然翻开。再看看这几页——翻看这一页的次数多于另外两页。麦克挑了老板最喜爱的。这里还有一个——《被压垮的女像柱》——他几乎同样喜欢。但麦克挑了朱伯最爱的一个。"

"我买它。"麦克果断地说。

但它属于非卖品。安妮以麦克的名义，打电话到巴黎的罗丹美术馆，只因为高卢人的骑士风度，加上安妮的美貌，他们才没当面嘲笑她。出售大师的一件杰作？亲爱的女士，不仅不能出售，也禁止复制。不行！异想天开[1]！

对一般人当然不可能，有些事对火星来客却有可能，安妮打电话给布雷德利；两天后，他回电给她。法国政府致赠——不收费，但措辞强烈地要求这件礼物永远不能公开展示，麦克将会收到——不是原作，而是原尺寸、细节精确的复制品——《美丽的老宫女》的青铜光印雕塑。

吉尔协助麦克挑选送给姑娘们的礼物，她在这方面很有把握。但当他问她应该买什么给她的时候，她不仅不肯帮忙，还坚持让他不要买任何东西给她。

麦克渐渐明白了，水兄弟说的永远是对的，有时候他们说得比别人更对，也就是说，英语这个语言有深度，有时候需要探索，才会达到"对"的深度。于是，他找安妮商量。

"亲爱的，还是去买件礼物送给她吧。她总得对你那样说……但你无论如何还是要送给她一件礼物。嗯……"安妮否决了衣服与珠宝，最后帮他挑了一件礼物，却令他大感不解——吉尔的气味明明已经是吉尔该有的气味。

礼物送来时，他发现东西那么小，显然无足轻重，这就增加了他的疑虑——然后，安妮先让他试闻一下再拿给吉尔，麦克更疑虑了，气味非常浓烈，而且一点都不像吉尔。

然而，安妮说得对，吉尔收到香水后很高兴，坚持要立即吻他。在吻她的过程中，他充分灵悟了这件礼物是她要的，也让他们更亲近。

---

1 原文为法语。

那天晚餐的时候,她用了香水,他发现那香气真的和吉尔本身的香气没什么不同;不知怎么回事,这香水简直使得吉尔的气味更芬芳,前所未有地像吉尔。更奇怪的是,朵卡丝竟然因此过来吻他,并悄悄对他说:"麦克甜心……那件薄纱睡衣很可爱,正是我想要的——但不如哪天你送我香水吧?"

麦克无法灵悟朵卡丝为什么想要香水,因为朵卡丝的气味完全不像吉尔,所以香水并不适合她……他也灵悟到了,他不想让朵卡丝的气味像吉尔,他想让朵卡丝的气味像朵卡丝。

朱伯打岔说:"别再蹭这小伙子,让他好好吃晚餐!朵卡丝,你的气味已经像只小浪猫了,别用甜言蜜语哄骗麦克给你更多臭水。"

"老板,别管闲事。"

一切都很令人费解——其一是吉尔竟然可以闻起来更像吉尔;其二是朵卡丝的气味已经像她自己了,她怎么会希望自己的气味像吉尔……而且朱伯竟然会说朵卡丝的气味像猫,可她并不像。那地方住着一只猫(不是宠物,而是业主之一),在极少数的情况,它会来到屋里,屈尊接受施舍。猫与麦克立刻灵悟了彼此,麦克觉得它的肉食动物思维令他非常喜欢,很有火星人的味道。他还发现,猫的名字(弗里德里希·威廉·尼采)根本不是猫的名字,但他还没对任何人说起,因为他发不出猫的真名,只能在脑海里听到。

猫的气味并不像朵卡丝。

送礼物是好事,至于买礼物,则教会了麦克很多有关钱的真正价值的东西。但是,他一刻也没忘记,还有很多其他事物让他渴望灵悟。朱伯已经把布恩参议员对麦克的邀请拖延了两次,没有向麦克提起,麦克也没注意到,因为他对时间的理解不同,"下个星期天"也就等于没有特定的日期。

但下一次的邀请通过邮递送了过来,而且是寄给麦克。布恩参议员受到迪格比最高主教的压力,要交出火星来客,布恩感觉到哈绍在拖延,而且可能会无限期地拖延下去。

麦克拿着邀请函去问朱伯,站在那里等着。"怎么样?"朱伯咆哮着说,"你想去还是不想去呢?你不必参加福斯特教礼拜式,我们可以让他们'下地狱去'。"

于是,下个星期天早上,一辆配备人类驾驶员的出租飞车(哈绍拒绝将自己的生命托付给自动出租飞车)来接麦克、吉尔、朱伯,将他们送到新启示教会"大天使福斯特大礼拜堂"圣地外面的一座公共起降坪。

第23章

前往教会的路上，朱伯一直努力告诫麦克当心；要当心什么，麦克并不确定。他听了，他一向用心倾听——但下方的风景也牢牢吸引着他的注意。他的折中办法是把朱伯说的话储存起来。"听我说，小伙子，"朱伯告诫说，"这些福斯特教徒想要你的钱。没关系，大多数的人都想要你的钱；你必须坚定。除了你的钱，他们还要借助火星来客参加礼拜来提高教会的声望。他们会对你下工夫——你对此也必须坚定。"

"请见谅，你说什么？"

"要命，我看你是没在听。"

"朱伯，对不起。"

"嗯……这么看吧。宗教对许多人来说是一种慰藉，甚至可以想象，在某个地方，某个宗教确实是'终极真理'。但在许多情况下，信教只是某种形式的自负。在我长大的地方，那里的《圣经》信仰鼓励我认为自己比世界上的其他人更好。我是'得救者'，而他们就要'下地狱'；我们身受恩典，世界上的其他人则是'异教徒'……他们说的'异教徒',指的是我们的兄弟马穆德那样的人。这就意味着一个很少洗澡,根据月相种植玉米,无知、愚蠢的笨蛋,也能宣称自己知道宇宙的最终答案。信教让他有资格瞧不起别人。我们的赞美诗集充满了这样的傲慢——无脑、狂妄,庆幸我们与全能的上帝在一起有多么舒心惬意;他对我们,只对我们,又有什么样的高度评价;末日审判到来时,别人将会面临什么样的地狱。我们兜售着唯一正宗的神药……"

"朱伯!"吉尔突然说,"他灵悟不了这个。"

"呃?抱歉。我太激动了。家里试着把我培养成牧师,差一点点就成功了;我猜我身上现在还有股牧师味儿。"

"确实。"

"姑娘,讲话别带刺。要不是我染上那种要命的蠢习惯,开始阅读任何能弄到手的东西,我大有可能成为优秀的牧师。只要再多一点自信,加上一份充足的无知,我就可能成为著名的福音布道家。喷,我们今天要去的这个地方,就可能会被称为'大天使朱伯大礼拜堂'。"

吉尔做了个鬼脸:"朱伯,拜托!才吃完早餐,别让我那么快吐出来。"

"我说真的。骗子知道自己在说谎,这就限制了他施展的机会。但成功的萨满会先说服自己;他相信自己说的话——这样的信念有感染力;他的施展没有限制。但我缺乏那种必要的信心,没办法认为自己绝对不会错;我永远不可能成为先知……只能批评说理——这实在不是什么好事——成为患有性别错觉的四流先知。"朱伯皱了皱眉,"吉尔,我对福斯特教徒的忧虑是,我认为他们完全真诚……你知我知,麦克无法抵抗真诚。"

"你认为他们想对他做什么?"

"当然是要让他入教,然后把他的财富弄到手。"

"我还以为你把事情都办妥了,没有人能做那种事呢!"

"不,我只是办妥到确保没有人能违背他的意愿弄走他的钱。通常情况下,没有政府介入,他甚至不能把钱捐出去。但是,献给教会,尤其是像福斯特教这种有强大政治势力的教会,这又是另一回事。"

"我不明白为什么。"

朱伯叹了一口气:"亲爱的,无论如何,我们还没做到,而且旧有的《美国宪法》保留下来的那些条款,以及《联邦条约》,都说所有教会一律平等,有同样的豁免权——尤其是在能操弄一大片地区选票的情况下。倘若麦克信了福斯特教……立下了对教会有利的遗嘱……然后在某个日出时分'升天',那么,用正确的同义反复来说,这个遗嘱'就像星期天教会礼拜一样合法'。"

"哦,天哪!我还以为我们终于让他安全了。"

"坟墓的这一头没有安全可言。"

"那么……朱伯,你打算怎么办呢?"

"不怎么办。只能发愁,就这样。"

麦克先将他们的对话储存起来,没有费劲去灵悟。他认得这个主题,在他自己的语言里,这个主题属于简单至极的一种,但在英语中却令人惊讶地模棱两可。这个无所不包的火星语概念,通过他诚然不尽完美的翻译,就成了"尔乃神",即使是他与他的兄弟马穆德,也未能对这个主题达成相互灵悟。因此,他只有等待可能灵悟的时候。他知道,等到时机成熟,就会结出果实。他的兄弟吉尔正在学习他的语言，日后他就能向她解释明白。他们会一起灵悟。

与此同时，下方流淌的景色给他带来了永无止境的喜悦，他对即将到来的体验充满渴望。他期待，或说是希望，见识人类的元老。

参议员汤姆·布恩在起降坪等着迎接他们。"各位好呀！在这个美丽的安息日，愿主赐福你们。史密斯先生，很高兴再次见到你。你也是，医生。"他拿出嘴里的雪茄，看着吉尔，"还有这位小淑女——我是不是在行政宫见过你？"

"是的，参议员，我是吉莉安·博德曼。"

"我想也是，亲爱的，你得救了吗？"

"呃，参议员，我猜没有。"

"嗯，永远不嫌迟。我们很乐意欢迎你参加'外堂'的求道者礼拜式——我会找个守护者引导你。史密斯先生，还有医生，两位当然要进圣堂。"参议员环顾四周。

"参议员……"

"呃，医生，什么事？"

"如果博德曼小姐不能进圣堂，我认为我们最好都去参加求道者的礼拜式。她是他的护士，也是翻译员。"

布恩显得有点不安："他病了吗？看起来不像。他为什么会需要翻译员？他讲英语——我听到了。"

朱伯耸了耸肩："身为他的医生，如有必要，我希望有护士协助我。史密斯先生还没完全适应这颗行星的环境。翻译员可能没有必要。可是，你为何不问问他呢？麦克，你想让吉尔陪着你吗？"

"是的，朱伯。"

"可是……好，史密斯先生。"布恩又把叼着的雪茄拿出来，两

399

根手指塞进唇间，吹了声口哨，"小天使！"

有个十来岁的少年急忙迎上来。他穿着短袍、紧身裤、软鞋，肩上好似舒展着一对鸽子翅膀（因为的确是）。他的头顶剃光了，留了一片短短的伏贴的金色鬈发，展露着阳光般的微笑。吉尔觉得他可爱得像是从姜汁汽水广告里走出来的。

布恩命令："飞到圣殿办公室去，告诉值班的管理人，我还要一枚朝圣者证章，立刻送到圣堂大门。密语是火星。"

"火星！"少年重复道，向布恩行了个童军礼，转身就跳了足足六十英尺高，越过众人的头顶。吉尔这才明白那件短袍为什么看起来那么庞大，原来里面藏着个飞行器。

"我们不得不谨慎处理那些证章，"布恩说，"有许多罪人还没洗净自己的罪，就想偷溜进去，浅尝少许神的喜乐，数量多到会让你们吃惊。等候第三枚证章的同时，我们不妨去溜达溜达，略作观光。我很高兴各位提早到了。"

他们挤过人群，进入庞大的建筑物，置身于又长又高的走廊。布恩停下脚步。"我希望各位注意，一切事物当中都有经济考量，即使是在主的工作中。任何观光客进了这里，无论是不是来参加求道者的礼拜式——礼拜式一天二十四小时运作——都必须经过这里。他看到了什么？看到了这些快乐的机会。"布恩挥手让他们看一下会堂左右两边靠墙的整排老虎机，"酒吧和快餐在另一端，即使只是弄一杯水喝，也非得冲过这面交叉火网。我告诉各位，要是谁能走到那么远，还没甩掉身上的零钱，那可真是位了不起的罪人。"

"但我们不会只拿他的钱，却什么都不给他。看一看……"布恩用肩推开人群，挤到一台机器前，有个女人正在玩，她的颈上戴着福斯特教的念珠。布恩轻拍她的肩膀:"女儿,请让一下。"

她抬起头来,怒容变成了笑容:"当然,主教。"

"赐福于你。你会注意到,"布恩拿了一枚硬币喂给机器,继续说,"无论有没有得到尘世物质的回报,玩这台机器的罪人总能得到祝福,还有恰如其分的经句。"

机器停止呼啸,三个词在窗口排成一列:神——看顾——你。

"报酬是本金的三倍,"布恩利落地说,将容器里的奖金捞出来,"这是给你留作纪念的经句。"他撕下了刚从一道狭缝挤出来的纸片,交给吉尔。"留着吧,小淑女,好好琢磨。"

吉尔把纸片收进手提包,但先偷瞄了一眼:"但罪人肚里满是污秽——《新启示录》二十二章十七节。"

"你会注意到,"布恩继续说,"收到的是代币,不是硬币——而且兑换窗口在后面,要经过吧台……而且那里有丰富的机会供你奉献爱心、做慈善及其他好事。于是,罪人很可能把代币喂回去……每次都能得到一句祝福,还有一段可以带回家的经文。累积的效应很惊人,真的很惊人!哎呀,我们有一些最勤奋、最虔诚的信徒,就是在这间厅堂里起步的。"

"我毫不怀疑。"朱伯表示同意。

"尤其是如果他们中了大奖,你知道的,每一个组合都是一句完整的话,一句祝福。除了大奖。就是那三颗神圣之眼。我告诉你,当他们看到那三颗眼睛排成一列,盯着他们,一起从天而降的时候,此情此景真的会让他们沉思,有时还会让他们昏倒。给你,史密斯先生……"布恩从机器刚才吐出来的代币中拿了一枚给麦克,"试试看。"

麦克犹豫了一下。朱伯自己很快接过布恩手上的代币——真要命，他可不希望这小子迷上什么独臂劫匪！"参议员，我来试试。"他拿去喂了机器。

麦克其实没打算做什么。他稍微伸展了时间感，正在轻轻感知机器内部各处，试着探索它做了什么，他们又为什么要停下来看这东西。但他太羞怯了，不敢自己去玩。

可是，朱伯投币的时候，麦克看着几个圆柱体旋转，注意到画在各圆柱体上的单眼，当三颗眼排成一列的时候，他还在纳闷儿这个"大奖"是什么。据他所知，这个词只有三种意义，却没有一个适用于此处。他没有真的去想，当然没有打算引起任何激动，他让各个转轮放慢到逐渐停止，就停在三个眼睛透过窗口向外看的位置。

钟声响起，唱诗班高歌赞美神，机器亮了起来，开始将一枚枚代币吐到容器里，继续倒进底下的承接盘，吐了一大堆。布恩显得很愉快："嗯，赐福你！医生，今天是你的幸运日！好，我来帮你——投一枚回去，转掉那个大奖。"他没等朱伯行动，而是从那堆代币中捡了一枚，喂回去给机器。

麦克还在纳闷儿这一切为什么会发生，所以又把三颗眼对齐了。同样的事件重复，但上次滚出一大堆，这次只落下少许。布恩瞪着机器："嗯，老天——赐福！不应该连中两次的。没关系，中就中了——我会确保他们把这两次都付给你们。"很快，他投了一枚代币回去。

麦克仍然想看看这个为什么是"大奖"。三个眼睛再次排成一列。

布恩盯着他们。吉尔突然捏着麦克的手，低声说："麦克……快停！"

"可是，吉尔，我看见……"

"别说了，只要停下就行。哦，等我带你回家，你就知道了！"

布恩说得很慢："我不太敢说这是奇迹。机器可能需要修理。"他喊了一声："小天使，这里！"然后继续对朱伯他们说，"不管怎样，我们最好还是先把上一个消掉。"他又投进一枚代币。

没有了麦克的掺和，转轮自行减速，宣布："福斯特——爱——你。"机械装置试着发动，但失败了，没能继续吐出十枚代币。有个年龄稍长、黑发很有光泽的小天使出现，说："今日快乐！各位需要帮忙吗？"

"三次大奖。"布恩告诉他。

"三次？"

"你没听见音乐吗？你聋了吗？我们待会儿会在酒吧，把钱拿到那里去。还有，找人来检查一下这台机器。"

"遵命，主教。"

小天使还在原地搔着脑袋，布恩催促他们继续穿过快乐室，走向另一端的酒吧。"得赶快带你们离开，"布恩兴高采烈地说，"以免教会因为你破产。医生，你一向那么幸运吗？"

"一向如此。"哈绍严肃地说。他没看麦克，也不打算看——他告诉自己，他不知道那孩子跟这件事有什么关系……但他多么希望这场折磨早早结束，赶快回家。

布恩带他们到吧台放着"预订"牌子的地方，说："这样就行——还是这位小淑女想要坐下来呢？"

"这样就好。"（如果你再叫我"小淑女"，只要再叫一次，我就由着麦克收拾你！）

有个酒保匆匆走过来:"今日快乐!主教,老样子吗?"

"双份。医生要喝什么?还有史密斯先生呢?别客气,你们是最高主教的宾客。"

"白兰地,谢谢!另外给我一杯水。"

"白兰地,谢谢!"麦克跟着说……他想了一下,又加了一句,"请不要给我水。"确实,生命之水并非饮水礼的精髓,但他不想在这里饮水。

"这才是有气魄!"布恩热情地说,"喝酒就要有这样的气魄!不掺水。懂吧?我开个玩笑。"他戳了戳朱伯的肋骨。"那么,小淑女要什么呢?可乐吗?适合你粉红脸蛋的牛奶?还是想来一杯真正的今日快乐饮,跟大人一起喝呢?"

"参议员,"吉尔小心翼翼地说,"你的款待里包不包含马丁尼呢?"

"有呀!全世界最优的马丁尼就在这里——我们的马丁尼不添加任何苦艾酒,而是福报。给这位小淑女来杯双份马丁尼。赐福你,孩子,赶快做好。"他转身看着其他人,"我们的时间只够很快喝一杯,然后向大天使福斯特致意,接着就要进入圣堂,才来得及听最高主教讲道。"

酒来了,还有大奖得来的钱。他们饮下布恩祝福过的酒,然后,为了刚才送来的三百元,布恩与朱伯起了友好的争执,布恩坚持说三笔大奖都属于朱伯,即使第二、第三次都是布恩投的代币。朱伯解决了这个问题,一把抄起所有的钱,投进吧台上的一个爱心奉献筒。

布恩点头表示赞许:"这是恩典的记号,医生,我们会解救你。各位,再来一轮吗?"

吉尔希望有人会说好。她觉得酒掺了水,而且味道差劲,不过还是在她腹内点燃了小小火焰,可以勉强忍受。但没有人开口,所以她只能跟着离开。布恩领着他们走上一段楼梯,经过一块告示牌,上面写着:"本层严禁求道者或罪人入内——就是在说你!"

过了告示牌,再往前走,就是一扇沉重的栅门。布恩对着门说:"布恩主教及三位朝圣者,最高主教的宾客。"

门开了。他领着他们绕过一条弯曲的通道,进入一室。

室内空间宽敞适中,采用豪华的布置风格,让吉尔联想到殡仪馆,但回荡着欢快的音乐。基本的主旋律好像是《铃儿响叮当》,但加了某种刚果节拍,而且编曲装饰繁复,不确定曲子是怎么改的。吉尔喜欢,它让她想要跟着跳舞。

房间另一端是透明玻璃墙,看起来仿若无物。布恩利落地说:"各位,我们到了——这里是朝觐室。"他很快跪下,面对着空荡荡的墙。"你们不必跪,你们是朝圣者——但如果这样会让你感觉好一点,就跪吧。大多数的朝圣者都这么做。他就在那里……正是他受召上天堂时的模样。"

布恩用雪茄一指:"他看起来很自然,是不是?由奇迹保存,他的肉身不坏。他坐的是他当年写下神示的椅子……这正是他升天时的姿态。他一直不曾移动,也没人移动过他——我们就在他的周围建造了大礼拜堂……自然要拆掉旧教堂,但保留神圣的石块。"

前方大约二十英尺处,有一把很大的扶手椅,看起来很像宝座,有个老人坐在椅上,面对着他们。看他的模样仿佛活着……而且让吉尔深深联想到一头老山羊,它曾经生活在她童年时期度夏的农场——是的,就连外翻的下唇、须髯修剪的式样,以及狂热、忧闷的

405

眼珠都像。吉尔感觉寒毛直竖；大天使福斯特令她心神不宁。

麦克用火星语对她说："我的兄弟，这是元老吗？"

"我不知道，麦克，他们说他是。"

他用火星语回答："我灵悟不到有元老在这里。"

"我跟你说，我不知道。"

"我灵悟到了错。"

"麦克！别忘了！"

"是，吉尔。"

布恩说："小淑女，他刚才说什么？史密斯先生，你想问什么呢？"

吉尔很快说："没什么。参议员，我能不能离开这里？我觉得头好晕。"她回头看了尸体一眼。尸体上方有翻腾的云，总是有一束光穿透云层，照在他脸上。光线变化，那张脸似乎也在变化，眼睛似乎炯炯有神，栩栩如生。

布恩安慰说："第一次来的话，有时会有这种效果。但你应该从我们底下的求道者顶层楼座看着他——抬头仰望他，耳边播放完全不同的音乐。完全不同。重音乐，包含次音频，我记得是这样的——提醒他们自己的罪恶。这个空间则是教会高层专用的快乐思维冥想室——感觉有点低落的时候，我常来这里，坐下来吸根雪茄，待一个小时。"

"拜托，参议员！"

"哦，当然可以。你待在外面等着就行，亲爱的。史密斯先生，你喜欢待多久都行。"

朱伯说："参议员，我们是不是该进场参加礼拜式呢？"

他们都离开了。吉尔在颤抖，捏着麦克的手——她吓坏了，很怕麦克可能会对那个可怕的展示品做出什么事，害他们都被私刑处决，或是更糟。

圣堂入口有两名守卫，穿着很像小天使的制服，但装饰更华丽，他们抵达的时候，左右守卫交叉长矛，拦住他们的去路。布恩训斥道："行了，行了！这几位朝圣者是最高主教亲自请来的宾客，他们的胸章在哪里？"

误解厘清，胸章送到，连同门票兼抽奖号码。一个恭敬有礼的迎宾员说"主教，这边请"，领着他们走上宽阔的楼梯，来到正对着舞台的一个中央包厢。

布恩退后一步，让他们进去："小淑女，你先请。"接下来是一场意志的较量：布恩想坐在麦克旁边，以便回答他的问题。哈绍赢了，于是麦克坐在吉尔与朱伯中间，布恩坐在靠走道的位置。

包厢宽敞又豪华，座椅非常舒适，还会自动调整，各个座位都附有烟灰缸，放下的桌板可以放置饮料，折起则靠在前方护栏上。他们的包厢位置就在会众头上大约十五英尺，距离圣坛不超过一百英尺。前方有个年轻教士正在炒热群众气氛，跟着音乐踏步，双拳紧握，肌肉发达的臂膀像活塞般来回推动。他那雄浑有力的男低音时不时加入唱诗班，然后他会提高嗓门儿，激励训话：

"抬起你们的屁股！你们还在等什么？要让魔鬼发觉你们在打盹儿吗？"

过道很宽阔，一串人跳着蛇舞，从右边过道下来，穿过圣坛前面，再从中央过道绕回上面，踩踏着脚步，配合教士活塞似的猛击，以及唱诗班按切分音吟诵的节拍。踏步、踏步、低吼！……踏步、踏步、低吼！吉尔感受着节拍，想着加入那串蛇舞肯定很好玩。受到肌

407

肉发达的年轻教士激励，跟上去的人越来越多，吉尔发现自己竟然想加入，又觉得不好意思。

"那小子很有前途，"布恩称赞说，"我曾经跟他组队布道过几次，我可以作证，他能把已经热情得嗞嗞作响的群众交给你。人称'贾格'的杰克曼牧师——以前在洛杉矶公羊队打左内边锋，你见过他打球吗？"

"恐怕没有，"朱伯承认，"我不看球赛。"

"真的吗？你都不知道你错过了什么。哎呀，赛季的时候，大多数的信徒会在礼拜式结束后留下来，坐在席位上，边用午餐边看球。圣坛后的整面墙可以滑开，你会看到史上最大的立体电视机，就像亲临现场看球。信号比你在家里更好——而且一大群人一起看球更令人激动。"他停顿一下，吹了声口哨，"喂，小天使！到这里来！"

有个迎宾员赶紧过来："主教，什么事？"

"孩子，刚才带我们入座的时候，你那么快跑掉，我没来得及点单。"

"抱歉，主教。"

"抱歉不会让你上天堂。开心起来，孩子，加快脚步，机灵点，保持警觉。各位都点一样的吗？很好！"他点了饮料，又说，"拿一把我的雪茄回来给我——只要问领班酒保就行了。"

"马上来，主教。"

"赐福你，孩子。等等……"蛇舞的带头人正要经过他们下方，布恩俯身凭栏，两手圈成扩音筒，声音大得盖过了高分贝的噪声，"端妮！喂，端妮！"一名女子抬起头来，他示意她上来，她微微一笑，"刚才的单子再加一杯威士忌酸酒。快飞！"

那女子很快就出现了，饮料也是。布恩从包厢后排抄了一张座椅，放在他前面斜对角的位置，让她更方便跟他们说话。"各位，这位是端妮·雅登小姐。亲爱的，这位是博德曼小姐，坐在角落的小淑女——我身边这位是大名鼎鼎的朱伯·哈绍医生……"

"真的吗？医生，我认为你的作品简直精彩极了！"

"谢谢。"

"噢，我是说真的。我经常挑一卷你的录音带，放进我的播放机，几乎每晚都用你的故事哄我入睡。"

"这是作家能得到的最高赞美。"朱伯面无表情地说。

"够了，端妮，"布恩打岔说，"坐在两人中间的年轻人，就是……瓦伦丁·史密斯先生，火星来客。"

她的眼睛睁得好大，几乎像她的嘴巴张得那么宽："噢，我的天！"

布恩狂笑："赐福你，孩子！我猜我刚刚真的吓到你了。"

她说："你真的是火星来客吗？"

"是的，端妮·雅登小姐。"

"叫我端妮就好，噢，天呀！"

布恩轻拍她的手："怀疑主教说的话可是罪，你不知道吗？亲爱的，你可愿意协助引导火星来客看见光明？"

"噢，我很乐意！"

（吉尔暗想，你当然乐意，你这嘴甜的骚货！）自从雅登小姐挤到他们身边之后，吉尔就越来越生气。那女人穿着长袖、高领的洋装，不透明——却又毫无遮掩。那是针织布料，颜色深浅与她那日晒的健康肤色几乎完全一样，吉尔确信衣料底下就只有那层皮肉——雅登小姐的那副皮肉真的相当有料，各方面都是。会众有一半是女性，有很多人穿着极端的款式，有些女子参加了蛇舞，身体似乎就要从衣服里震出来，相较之下，雅登小姐的连衣裙反而朴素得显眼。

吉尔心想，尽管穿着衣服，雅登小姐看起来却仿佛刚刚扭着身体下了床，却又急着爬回床上——带着麦克爬回去。别再对着他扭动你的身体，你这低俗的荡妇！

布恩说："亲爱的，我会对最高主教说这件事。现在你最好回去楼下带队，贾格需要你帮忙。"

她顺从地站了起来："好的，主教。医生，很高兴见到你，还有博德曼小姐。希望能再见到你，史密斯先生。我会为你祈祷。"她摇曳着走开了。

"刚才那位是个很好的姑娘，"布恩高兴地说，"医生，看过她表演吗？"

"我想应该没有。她是做什么的？"

布恩似乎不敢相信自己听到的话："你不知道吗？"

"不知道。"

"难道你没听过她的名号？那位是端妮·雅登——整个下加利福尼亚州酬劳最高的脱衣舞娘，就是她。有男人为了她自杀——很不幸。她的舞蹈在彩虹色聚光灯下效果很好，而且她脱到只剩鞋的时候，灯光只会照在她脸上，你其实看不到别的地方。效果很好，灵性满溢。看着眼前那张甜美的脸蛋，若说她曾经是最不道德的女人，你会相信吗？"

"我不相信。"

"嗯，她曾经是。你问她，她会告诉你。不如这样，来参加一场求道者的净化——我会让你知道她什么时候上场。当她忏悔的时候，她的忏悔会给其他女人勇气站起来，说出自己的罪。她毫不保留——当然，知道自己正在帮助别人，对她也有好处。现在她是位非常敬业的女子——每星期六晚上，最后一场演出一结束，立刻自己开飞车上这里来，到这里刚好来得及教早晨的'主日学'。她教青年男子幸福课程，自从她接手以来，出席率翻了三倍以上。"

"这一点我相信。"朱伯表示同意，"这些幸运的'青年男子'几岁？"

布恩看着他，放声大笑："你骗不了我，你这个老魔鬼——有人对你说过，端妮的课有这句训言：'年轻永远不嫌老'。"

"没有，真的。"

"无论如何，若要上她的课，你必须先看见光明，通过净化，并且被接受。抱歉，这是独一真教会，有朝圣者，完全不像撒旦的那些陷阱，那些藏污纳垢的场所，自称'教会'，诱使无戒备的人陷入偶像崇拜及其他恶行。你不可能随便走进这里，只因为你想要消磨时间，躲两小时的雨——你一定要先得救。事实上——噢，噢，注意看镜头。"大堂的各个角落都有红灯闪烁，"贾格把气氛炒热了，你们等着看好戏上场吧。"

蛇舞吸纳了更多人参加，少数还坐着的人也击掌打着节拍，欢蹦乱跳。迎宾员两人一组连忙扶起跌倒的人，其中一些人很安静，但也有一些（多数是妇女）扭动翻滚，口吐白沫。他们匆忙把这些人扔在圣坛前面，任她们翻滚，活像刚被钓起的鱼。布恩用雪茄指着一名瘦削的红发女子，她看起来年约四十，自己把衣裙扯得稀烂。"看到那个女人了吗？她参加礼拜式至少一年了，没有一次不被圣灵附身。有

411

时候，大天使福斯特借她的口对我们说话……要是发生这种情况，得动用四名高大健壮的侍祭才能压制住她。她随时可以上天堂，她准备好了，但这里需要她。有谁需要续杯吗？一旦摄像机开启，现场越来越热烈之后，酒吧服务可能会变得有点慢。"

麦克几乎心不在焉，任人斟满自己的酒杯。吉尔对现场的情景很厌恶，麦克完全没有这种感觉。他刚才深感困扰，因为他发现那个"元老"根本不是什么元老，只是腐败的食物，附近根本没有什么元老。但他先搁下这件事，畅饮自己周围的诸多事件。

在他下方进行的狂热活动，有那么强烈的火星韵味，既让他想家，又让他感到家一般的温暖。现场的细节没有一点像火星，一切都完全不同，然而他准确地灵悟出，这是某种更亲近的仪式，像饮水礼一样真实，而无论是这样的数量还是强度，他在自己的巢外都不曾遇见过。他哀戚地希望有人会邀请他加入那场上蹿下跳的活动。他的双脚震颤着，有一种想让自己与他们融合的冲动。

他又在那群人当中发现了端妮·雅登小姐，试图引起她的注意——或许她会邀请他。他不必对照大小和比例就能认出她，他才第一次见到她，就注意到了她与他的兄弟吉尔一样高，而且形状和整体的质量几乎一模一样。但是端妮·雅登小姐有自己的脸，在她热情的微笑底下，有她的痛苦、忧伤及成长铭刻其上。他猜想，端妮·雅登小姐会不会总有一天愿意与他分享水，愿意与他更亲近。布恩主教参议员让他觉得提心吊胆，幸好朱伯没有答应让参议员和他并肩而坐。可是，当端妮·雅登小姐被打发走，麦克觉得很遗憾。

端妮·雅登小姐没有感觉到他正在看着她，蛇舞令她激动忘形。

台上的男人举起双臂，巨大的洞窟安静了一些。突然间，他放下双臂:"谁快乐?"

"我们快乐!"

"为什么?"

"神……爱我们!"

"你们怎知道?"

"福斯特告诉我们的!"

他跪下来,举起一只紧握的拳头:"让我们听到那声狮子吼!"

会众又是低吼,又是高呼,又是尖叫,他则用拳头当成指挥棒,控制众人的喧闹声,升高、降低音量,降低到几乎听不见的咆哮,却又突然渐强,响到能撼动包厢。麦克感觉声音冲击着自己,他沉浸其中,感受到那么痛苦的狂喜,害怕自己会不得不抽离。但吉尔曾经告诉他,除了在自己卧室这样的私秘空间,绝对不能再这么做;他控制着,让浪潮冲过来。

那个人站了起来。"我们的第一首赞美诗,"他利落地说,"由玛娜烘焙坊赞助。玛娜烘焙坊制作有爱的面包'天使灵粮',在每一份包装上,都有我们最高主教微笑的脸,而且附送一张优惠券,可以在你家附近的新启示教会兑换。各位兄弟姊妹,明天,玛娜烘焙坊全国各地的分店将会开展一场大规模、大减价的春秋季商品特卖。小孩明天上学,就让他带着一盒鼓鼓的福斯特大天使饼干,每一盒都经过赐福,包装上有合适的经句——祈祷他送给同学的每一块饼干,都能引导罪人的孩子更接近光明。"

"现在,让我们真正享受喜爱的老歌:'前进,福斯特的子民!'大家一起……"

"前进,福斯特的子——民!"

413

击溃你们的敌人……

信仰是我们的盾与——盔!

打倒敌人的行列——!"

"第二节!"

"不与罪人言——和!

神在我们这边!"

这一切令麦克无比欣喜,他顾不得停下来翻译、思量,而是试着灵悟这些词语。他灵悟到这些词并非必不可少;这是一种增长亲近感的仪式。蛇舞又开始移动,众多行进者跟随着唱诗班,那些因太衰弱而不能起来走动的人,也一起吟咏。

唱完这首赞美诗后,他们稍作喘息,同时宣布几项通知,接着是天国降旨,接着是另一则广告,然后是门票编号抽奖。然后是第二首赞美诗《展露快乐容颜》,由"达特包姆斯百货"赞助,"得救者平安商店"目前没有提供商品,但各分店的儿童快乐间都是由得救的姊妹管理。

年轻教士往外走到讲台的最前端,一手在耳边弯成杯状,听着……

"我们要——迪格比!"

"谁?"

"我们——要——迪——格——比!"

"大声点!让他听见你们的声音!"

"我——们——要——迪——格——比!"众人用力拍手踩踏,"我——们——要——迪——格——比!"拍手、拍手,踏步、踏步。

情况继续着,越来越大声,整座会堂随之摇晃。朱伯靠向布恩,说:"再这样下去,就要像参孙[1]搞出来的事了。"

"别担心,"布恩叼着雪茄说,"这里经过加固、防火处理,还有信仰支撑。此外,原本就有耐震的设计,这些都很有助益。"

灯光熄灭,圣坛后方的帷幔拉开,一道看不出源头、令人目眩的强光照亮了最高主教,他挥动着紧握的双手,高举过头,对众人微笑。

他们以狮子吼回应,他则向他们抛出飞吻。走向讲道坛的途中,他停了下来。圣坛近处有几名附体的妇人还在缓缓蠕动,他半抱起其中一名妇人,吻了她的额头,将她轻轻放下,继续前进——又停下来,跪在那个瘦削的红发女子身边。最高主教把手伸到背后,立刻有人把小型麦克风塞到他手里。

他用另一只臂膀搂着那女人的肩,将收音器凑近她的嘴唇。

麦克听不懂她说的话。无论说的是什么,他都有理由相信她说的不是英语。

但最高主教在翻译,趁着女子每次口沫喷溅的停顿,他就迅速插话。

"大天使福斯特今天与我们同在……

"他对你们特别满意。亲吻你右边的姊妹……

"大天使福斯特爱你们大家。亲吻你左边的姊妹……

"他有特别的信息要给今天在场的一位。"

那女人又说话了;迪格比似乎犹豫了一下:"你说什么?大声点,我为你祈祷。"她咕哝着,终于尖叫起来。

---

[1] 《圣经》中记载的一位大力士,曾抱起庙中支柱,使房屋倒塌。

迪格比抬起头来，微微一笑："他的信息要给来自另一颗行星的朝圣者——瓦伦丁·迈克尔·史密斯，火星来客！你在哪里？瓦伦丁·迈克尔！请起立，站起来！"

吉尔想阻止他，但朱伯咆哮着说："别抗拒了，照做还容易一些。吉尔，让他站起来。麦克，挥手，好，现在可以坐了。"麦克照做，惊奇地发现他们正在吟诵着："火星来客！……火星来客！"

接下来的布道似乎也是针对他，但他怎么努力也听不懂。对方说的话是英语，或者说大部分是，但组合的方式似乎错了，更何况还有那么多杂音，那么多掌声，以及那么多"哈利路亚""今日快乐"的呼喊。他晕头转向。终于结束的时候，他觉得很高兴。

布道一完，迪格比将礼拜式交还给年轻教士主持，就离开了。布恩站了起来："来吧，各位，我们先溜了——赶在群众前面。"

麦克也跟着走，握着吉尔的手。不久，他们通过一条精心设计的拱形地道，逐渐远离群众的喧闹声。朱伯说："这条路通往停车场吗？我告诉过驾驶员等着我们。"

"呃？"布恩回答，"如果直走向前就会到。但我们要先去见最高主教。"

"什么？"朱伯回答，"不了，我想我们不能去了。时候到了，我们该回家了。"

布恩瞪大了眼："医生，你一定不是说真的吧。最高主教正在等我们。你们不能就这样还没去见他就走掉——你们必须去致意。你们是他的客人。"

朱伯犹豫了一下，只能让步："嗯……不会有很多人吧？这孩子今天受够了刺激。"

"就只有最高主教，他想要私下见你们。"布恩领着他们走进一座小型升降机，入口隐藏在隧道的装饰处。片刻之后，他们就在迪格比私人寓所的客厅等候了。

一道门开了，迪格比匆忙进来。他换掉了法衣，穿着飘逸的长袍，对着他们微笑："抱歉，让各位久等了——我一下来就必须马上冲澡。你们肯定想不到，痛揍撒旦，不断奋战，这得要流多少汗。那么，这位就是火星来客吧？孩子，神赐福给你。欢迎来到主之家。大天使福斯特希望你在这里感觉像在家里一样自在。他在照看你。"

麦克没有回答。朱伯看到最高主教竟然那么矮很是惊讶。他在台上的时候，鞋子里垫高了，或者是因为灯光布置？他蓄着山羊胡，显然是在模仿已故的福斯特，除了这一点，这个人令他联想到二手车推销员——同样随时挂着微笑，并且拥有热情诚恳的态度。但他也让朱伯联想到另一个人……某个人——想起来了！"教授"西门·马古斯，也就是贝琪·维希那个死了很久的丈夫。朱伯放松了一点，对这位神职人员感觉多了几分亲切。在朱伯认识的人当中，西门是个讨人喜欢的坏蛋……

迪格比转向吉尔施展魅力。"女儿，不必多礼，我们在这里就像朋友般私下相处。"他对吉尔说了几句话，吉尔大为惊奇，没想到他对自己的背景那么熟悉，他又诚挚地说，"女儿，我对你的天职深感尊重。大天使福斯特的圣言说，神命令我们先照顾身体，好让灵魂寻求光明，不受肉身病痛的烦扰。我知道你还不是我们的一员……但你的服务受到主的祝福。我们是通往天国之道的同路人。"

他转身看着朱伯："你也是，医生，大天使福斯特告诉我们，天主命令我们要快乐……有很多次，照顾我的羊群，承担他们的苦恼，都让我疲惫得要死,我放下牧羊的杖,享受阅读你的一篇小说的纯真、快乐时光……然后精神焕发地站起来,准备再战。"

"呃,谢谢主教。"

"这是我的肺腑之言。我已经请天国的人查了你的记录——好了,没关系,我知道你不是信徒,但且让我说。即使是撒旦,在神的大计划中也有其目的。你相信的时机未到。你用创作,用你创作中的忧伤、悲痛、苦恼,带给别人快乐。这一切都记在'总账'关于你的那一页。先不谈这些了!我请各位来这里,可不是为了争论术语概念。我们从不与任何人争论,我们等待他们看见光明,然后我们欢迎他们。但今天我们只是在一起享受快乐时光。"

迪格比接下来的表现仿佛是认真的。朱伯不得不承认,这个能言善道的骗子,确实是个很有魅力的东道主,他的咖啡、酒、食物都是上等好料。朱伯注意到麦克似乎明显紧张不安,尤其是当迪格比巧妙地把他带离同伴身边,跟他单独说话的时候——可是,罢了,这小子总得习惯没有朱伯、吉尔或其他人提示他怎么说话,独自与人会面,与人交谈。

布恩把吉尔领到厅室的另一边,向吉尔展示玻璃柜里某些福斯特的圣物;朱伯在烤面包片上涂抹肥肝酱,同时偷偷观察,吉尔显然很不情愿,他觉得有点好玩。他听到一扇门咔嗒一响,环顾四周,迪格比与麦克竟然不见了。"参议员,他们去了哪里?"

"呃?医生,什么事?"

"迪格比主教和史密斯先生,他们去了哪里?"

布恩环顾四周,似乎注意到了刚才关上的门。"噢,他们只是去里面待一会儿。那是一间小休息室,用来做私人觐见。刚才最高主教带领各位参观的时候,你进去过,不是吗?"

"呃,是。"那是一间小室,里面别无他物,只有一张放在高台上的椅子——应该说"宝座",朱伯暗自笑着纠正自己——还有带扶手的跪台。朱伯思忖着二人当中哪一个会用宝座,哪一个就只剩跪台——倘若这位华而不实的主教试图跟麦克争论宗教,就准备迎接震惊吧。"希望他们别在里面停留太久。我们真的必须回家了。"

"我想应该不会太久。可能是史密斯先生要私下谈谈。经常有人这么做……最高主教在这方面很慷慨。听我说,我会呼叫停车场,请司机到我们搭电梯那条通道的尽头等候——那是最高主教的私人出入口,可以节省十分钟。"

"你想得真周到。"

"所以,如果史密斯先生在灵魂方面有什么事想要告解,我们可以不必催促他。我去外面打电话。"布恩离开了。

吉尔走了过来,忧心忡忡地说:"朱伯,我不喜欢现在这种情况。我认为他们是故意支开我们,好让迪格比跟麦克单独相处,对他下工夫。"

"肯定是的。"

"嗯?他们没有权利这么做。我打算闯进去,告诉麦克时间到了,该离开了。"

"随你便,"朱伯回答,"但我觉得你表现得像只抱窝的母鸡。现在的情况跟特勤局追捕我们时可不一样,吉尔,这个骗局很狡猾,不会出现什么暴力胁迫的事。"他微微一笑,"我的看法是,如果迪格比试图改变麦克的信仰,结果会是麦克改变他的信仰。麦克的想法相当难以动摇。"

419

"我还是不喜欢。"

"放轻松。这里有免费的食物,自己拿。"

"我不饿。"

"嗯,我饿了……而且,要是我有的白吃却不吃,他们会把我逐出作家协会。"他取了一片薄如纸的维吉尼亚火腿,堆在涂了奶油的面包上,再添上其他食物(没有一项是合成的),直到叠出一座颤颤巍巍的宝塔。他嚼得津津有味,还舔掉了手指上的蛋黄酱。

十分钟后,布恩还没回来。吉尔突然说:"朱伯,我不打算再这么客气了,我要去带麦克出来。"

"去吧。"

她大步走向那道门:"朱伯,门锁起来了。"

"刚才就猜到了。"

"那怎么办?我们该怎么办?破门进去吗?"

"除非万不得已。"朱伯走到内门那里,仔细查看,"嗯,要是有一辆攻城的冲车,加上二十名壮汉,我可能会试试看。但我也不指望成功。吉尔,这道门用在银行金库上都够格——只是改得漂亮了些,配合这个空间的风格。我有一个类似的,在我的书房做防火门。"

"我们该怎么办?"

"用力敲门,如果你想的话。你只会弄得两手瘀伤。我打算瞧瞧是什么事耽搁了布恩朋友。"

朱伯走到玄关张望,却正好看到布恩回来。"抱歉,"布恩说,"刚才得叫小天使到处找你们的驾驶员。他正在快乐室吃午餐,但你们的出租飞车在等着,就在我说的地方。"

"参议员，"朱伯说，"我们必须离开了。能不能请你帮忙告诉迪格比主教？"

布恩显得心神不宁："我可以打电话给他，如果你坚持的话。但我很不情愿这么做——这是私人觐见，我实在不能闯进去。"

"那就打电话给他，我们确实坚持。"

还好布恩不必继续尴尬，因为就在这时，内门打开，麦克走了出来。吉尔看了一眼他的脸，尖声说："麦克！你还好吧？"

"是的，吉尔。"

"我会告诉最高主教你们要离开了。"布恩说着，经过麦克身边，进入小房间。他立刻又现身了。"他离开了，"他宣布说，"后面有条路通往他的书房。"布恩微微一笑，"就像猫咪和厨子，最高主教总是不说话就离开。这是笑话。他说，'再见'无益于这个世界的快乐，所以他从不说再见。请别见怪。"

"不会的，但我们现在要说再见——谢谢你带来这么有趣的体验。不必费事送我们下楼，我相信我们找得到路出去。"

第 24 章

他们一上天,朱伯就说:"嗯,麦克,你有什么想法?"

麦克皱了皱眉:"我不灵悟。"

"小伙子,不只是你。主教有什么话说呢?"

麦克犹豫了很久,终于说:"我的兄弟朱伯,我需要沉思,直到灵悟。"

"孩子,那就去沉思。小睡一会儿吧,我就打算这么做。"

吉尔突然说:"朱伯?他们怎么能这样蒙混过关呢?"

"在哪一件事上蒙混过关?"

"每一件。那不是教会——是疯人院。"

这次却轮到朱伯沉思了一会儿才回答:"不,吉尔,你错了。那是教会……是我们时代的逻辑折中主义。"

"嗯?"

"新启示教会,以及其下所有的教义与实践,全都是旧东西,老旧得很。对此,你只能说,无论是福斯特或迪格比,一辈子都不曾有原创的思想。但他们知道,在这当下,在这年代,什么东西才好卖。

于是，他们拼凑了一百招老掉牙的把戏，再弄一套新的烤漆来涂装，然后他们就开张营业了，而且生意兴隆。我只害怕一件事，就是我可能活到看见它卖得太好——好到每个人都非买不可。"

"噢，不会！"

"噢，会的。希特勒一开始的资源更少，他只能叫卖仇恨。仇恨总是卖得好，但考虑到回购与长销，快乐是更稳健的商品。相信我，我知道，因为本人也在干同样的勾当，正如迪格比提醒我的那样。"朱伯做了个鬼脸，"我真该揍他一顿，但相反，他让我喜欢上了这一套。因此，我才会怕他。他很擅长这个，他很聪明。他知道人民要什么，快乐。这个世界经历了苦难，百年漫长、惨淡的罪恶感与恐惧——现在迪格比告诉他们，没什么好害怕的，无论是今生还是死后，而且，神命令他们去爱，去快乐。日复一日，他不停地推动这样的信念：别害怕，要快乐。"

"嗯，那部分没问题，"吉尔承认，"而且我承认他在这方面工作得很努力。可是……"

"胡扯！他演得很努力。"

"不是，他给我的印象是，他真正投入自己的工作，他牺牲了其他的一切，为了……"

"我说了，就是胡扯！（对迪格比来说，就是在演。）吉尔，在所有扭曲这个世界的荒谬言论当中，'利他主义'的概念是最糟的。人做的都是自己想做的事，永远都是。如果人有时为了做选择而痛苦——如果这选择看起来像是'崇高的牺牲'——你可以确定，这绝对不会比贪婪造成的不适更崇高……当你有两件事都想做，却不能两全其美，必须决定做哪一件，这肯定是不愉快的。普通人每天都要忍受这种不适，他每次都要做这样的选择，是要花一块钱买啤酒，还是为了孩子存起来，明明很累却要起床，或是整天赖在温暖的床上却要丢掉工作。无论他怎么做，他总是会选择看起来伤害最小或是快乐最大的做法。普通的呆瓜一辈子都受到这些小小决定的不断烦扰。彻底的恶人与完美的圣人，只是在更大的范围内做出了同样的决定。他们仍然选择让他们愉快的事，迪格比做的也是一样。他可能是圣人或恶人，而不属于受到这些事烦扰的小呆瓜。"

"朱伯，你认为他是哪一种？"

"你的意思是二者有差别吗？"

"噢，朱伯，你的愤世嫉俗只是装腔作势，你知道！当然有差别。"

"嗯，是的，你说得对，确实有。我希望他只是恶人……因为圣人搅和出来的祸害，可能是恶人的十倍。刚才那句当我没说；你只会给它贴上'愤世嫉俗'的标签——仿佛贴标签就证明它有错。吉尔，那些教会礼拜仪式中，有什么事困扰你呢？"

"嗯……一切。你别告诉我说那是崇拜。"

"你的意思是说，在你童年参加礼拜的棕色小教堂里，他们不是那样做事的，对吧？吉尔，做好思想准备——别人做事的方式跟你们不同，无论是在圣彼得大教堂，还是在麦加圣地。"

"是呀，可是……嗯，别人可没那样做！蛇舞……老虎机……甚至有酒吧，就开在教会里！这不是崇敬，甚至不庄严！简直恶心。"

"我想，庙妓也不是很庄严。"

"嗯？"

"我想做爱的两个人，在敬拜神明的仪式中，和任何其他情况下一样，都是冒汗又滑稽。至于那些蛇舞，你有没有看过震教徒的礼拜式呢？没有，当然没有，我也没有；任何反对性交的教会（他们就是）都不会持续很久。可是，以舞蹈来赞颂神，有着悠久且受敬重的历史。不见得要是很好的舞蹈——根据目击者的报告，震教徒可登不上莫斯科大剧院的舞台——只要有热情就行。再看看北美西南部印第安人的祈雨舞，你会不会认为那是不敬呢？"

"不会，但那个不同。"

"每一件事向来都不同——改变得越多，本质就越是相同。再说说那些老虎机——你可曾看过有人在教会玩宾果游戏呢？"

"嗯……看过，我们教区会众想要提高抵押借款的时候就会这么做。但我们是在星期五晚上举行，肯定不会在教会礼拜仪式中做那样的事。"

"是吗？这让我想起某个夸口自己很有美德的妇人，只有丈夫不在家的时候，她才跟别的男人睡觉。"

"哎呀，朱伯，这两件事根本没有一丝相似之处！"

"可能没有，类比甚至比逻辑更靠不住。可是，'小淑女'……"

"你再那样叫我试试看！"

"开玩笑的。你为什么不当着他的面吐槽呢？无论我们做了什么，他都必须保持礼貌，因为迪格比要他这么做。可是，吉尔，如果一件事在星期天做是有罪的，那么在星期五做也有罪——至少我这个局外人是这么灵悟的……或许火星来的人也这么想。我看得出来的唯一差别，就是即使你输了钱，福斯特教徒也会奉送一句经文，绝对免费。你们的宾果游戏也能同样夸口这样做吗？"

"你说的是伪经文，《新启示录》中的文句。老板，你读过那东

425

西吗?"

"我读过。"

"那你就知道,那东西只不过是用仿《圣经》的语言来打扮装饰罢了。其中一部分只是像糖精片那样甜得发腻而没有实质,更多纯属胡说……其中有些实在可恨。内容根本没道理,甚至不是什么良好的道德规范。"

朱伯沉默良久,吉尔还以为他睡着了。终于,他说:"吉尔,你熟悉印度教的典籍吗?"

"嗯……恐怕不熟。"

"《古兰经》呢?或是其他几大宗教的典籍?我可以引用《圣经》说明我的观点,但我不愿伤害你的感情。"

"呃,恐怕我不是什么学者,朱伯,说吧,你不会伤害我的感情。"

"你知道所多玛与蛾摩拉的故事吗?耶和华动用两枚天国的原子弹,毁灭那两座罪恶之城,罗得怎样得救的呢?"

"噢,当然知道,他的妻子变成了一根盐柱。"

"也许是被放射尘覆盖了。她在后边回头看了。在我看来,对于女性好奇心的小过失,这惩罚未免太严厉了。但我们说的是罗得。圣彼得描述他是正直、敬神的义人,常为恶人的淫行忧伤。我想,我们必须认定圣彼得是美德方面的权威,因为进'天国'的钥匙给了他保管。但如果你搜索《旧约圣经》仅有的几条关于罗得的记载,就会变得很难判定罗得究竟做了什么或是没做什么,才确立他成为这样的典范。他听了亲人的建议,便将牛群分开。他在战役中被俘,由于亲人抢救,他才及时逃走,保住性命。他为两个陌生人预备筵席,请他们到自己家里住一夜，但他的行为说明了他知道他们是很重要的人物，无论他是否知道他们是天使——倘若他以为他们只是两个没价值的穷人，需要睡垫及施舍，他的款待就会给自己加更多分。除了这些微不足道的事，以及圣彼得对其品行的推荐，在《圣经》其他篇章中只有一件事提到罗得，让我们可以据此评判他的美德——我提醒你，只因他的美德如此伟大，才使得向上天的求情救了他的生命。你去看《创世记》第十九章第八节。"

"书上怎么写的？"

"等我们回家以后自己去查。我不指望你相信我。"

"朱伯！你是我见过最令人恼怒的人。"

"而你是个漂亮姑娘，厨艺也不错，所以我不介意你的无知。好，我就告诉你——然后你无论如何还是去查一查。罗得的几个邻居过来，敲打他家的门，想要见这两个外地来的家伙。罗得没对抗他们，反而提议做个交易。他有两个女儿，他告诉这群人，他会把这两个小姑娘领出来给他们，他恳求他们……只是拜托他们离开，别再敲打他家的门。"

"朱伯……书上真的是那样写的吗？"

"你自己去查。我只是用现代化的语言表达，但意思就像妓女眨眼一样明确。话说……"朱伯倾身向前，露出笑容，"也许，特勤局攻破我家门的时候，我应该试试那个法子！也许还会帮助我上天堂——圣彼得知道，我在其他方面的机会不太妙。"然后，他皱了皱眉，装出一脸愁容，"不行，不可能行得通。这个配方明确需要'原封不动的处女'——我不会知道你们几个妞儿中，有哪两个可以给那些警察。"

427

"哼！你别指望我告诉你。"

"我可能是没法指望你们任何一个告诉我。"

吉尔慢悠悠地说："我想，我们当年上主日学校，好像不是那样教的。"

"真要命，自己去查！他们可能给了你净化删节版。对于任何真正读过《圣经》的人，这可不是唯一的震撼之处。想想以利沙，书上说以利沙是神人，神得要命，一碰着他的骸骨，死人就复活。但他是个秃头老傻瓜，就像我这样。于是有一天，几个小孩子从城里出来，嘲笑他的秃头，就像你们几个姑娘做的事。所以呢，神亲自介入，派了两个母熊，撕裂他们中间四十二个童子。书上是那么说的——《列王纪》第二章。"

"老板，我从没嘲笑过你的秃头。"

"是谁把我的姓名提供给那些卖生发药的江湖郎中的？也许是朵卡丝。无论是谁，反正神知道——她最好把招子放亮，小心有熊。我可能耄龄转性，虔诚起来，开始享受神的保护。但我就不再给你举例了。别问我总部的政策，我只是在这里打工。我的论点是，你那么鄙视福斯特的《新启示录》，但就经文而言，它纯粹温和又讲理。迪格比主教的靠山是好好先生乔；他希望人民快乐——在人间快乐，加上保证在天国的永恒至福。他不会指望你活着时为了在死后获得奖励而恪守肉体的贞洁。噢，不！这是现代的巨无霸经济套餐。如果你喜欢喝酒、赌博、跳舞、嫖妓——大多数的人喜欢——那就来教会，在神圣的主持之下做，带着你没有丝毫罪恶感的良心去做。真正玩得开心。快活起来！快乐起来！"

朱伯自己看起来倒是不怎么快乐。他继续说："当然要有少许收费；迪格比的神期望得到这样的承认——但这向来是诸神的小缺点。要是有谁够愚蠢，不肯照自己的意愿快乐起来，那他就是罪人……而罪人遭遇任何事都是罪有应得。但纵观历史，这是所有男神女神共通的一条规则；别责怪福斯特和迪格比，这不是他们发明的。他们的蛇油品牌从各方面来看都是正宗的。"

"老板，听你的语气你仿佛信了一半。"

"我才没有！我不喜欢蛇舞，我讨厌人群，更不打算让社会地位与心智不如我的人告诉我星期天必须去哪里——如果那群人也会去，我是不会喜欢天国的。我只是反对你挑错事情批评他们。作为著作来看，《新启示录》够平均水准——也应该够，毕竟是抄袭其他经文写出来的。至于逻辑和内在的连贯，这些世俗的规则并不适用于神圣的宗教著作，从来都不适用——但即使基于这些理由，也肯定要将《新启示录》评为优秀，它几乎没有自相矛盾之处。你倒是找时间试试对照《旧约圣经》与《新约圣经》，或是佛教正典与佛教伪经。以寓意而言，福斯特教只是把弗洛伊德的道德准则裹上糖衣，给不能直接服用那一派心理学的人，但我猜想，撰写这个——请见谅，应该说'受到启示而写'——的老色鬼可能也没察觉这一点。他不是什么学者，但他与他那个时代合拍，他汲取了'时代精神'。恐惧、罪恶感、丧失信仰——他怎么可能错过呢？好了，先安静，我要小睡一下。"

"是谁一直在讲话？"

"'女人诱惑我。'"朱伯闭上了眼睛。

他们回到家，发现卡克斯顿和马穆德一起飞来过。本抵达这里之后才发现吉尔不在家，本来有点失望，但通过安妮、米丽茵、朵卡丝的陪伴，他设法打起精神，没有流泪。马穆德总是宣称自己来访是为了探望徒弟麦克和哈绍医生；然而，主人不在的期间，只有朱伯的食物、美酒、花园——以及佳人——招待他，他也表现出了坚忍。他脸朝下趴着，米丽茵在按摩他的背，朵卡丝在按摩他的头。

朱伯看着他："不必起来。"

"我起不来，她坐在我身上。米丽茵，稍微高一点。嘿，麦克。"

"嘿，我的兄弟腥膻马穆德博士。"然后，麦克严肃地问候本，随即请求告退。

"孩子，去吧。"朱伯告诉他。

安妮说："等一下，麦克，你吃午餐了吗？"

他严肃地说："安妮，我不饿，谢谢。"然后转身进屋。

马穆德扭了扭，差点害米丽茵摔下来。"朱伯？我们的小伙子出了什么毛病？"

"是呀，"本说，"他看起来像是晕船了。"

"让他一个人静静，他会好起来的。是因为超剂量的宗教，迪格比对他下了工夫。"朱伯大略说了上午的几件事。

马穆德皱了皱眉："但有必要让他单独跟迪格比一起吗？在我看来，这样做似乎——我的兄弟，恕我直言！——并不明智。"

"他没受伤。腥膻，他必须学习自己从容处理这类事务。你曾经对他鼓吹你那个牌子的神学——我知道，他对我说过。你能不能说个好理由给我听，为什么不能轮到迪格比也试试看？以科学家的身份回答我，而不是以穆斯林的身份。"

"我只能以穆斯林的身份回答你。"马穆德博士轻声说。

"抱歉。我承认你这样回答是正当的，即使我不赞同。"

"可是，朱伯，我用的是'穆斯林'这个词精确、严格的意义，而不是玛丽茵曲解为'穆罕默德教徒'的那种宗派主义者。"

"我会继续这样称呼你,直到你学好'米丽茵'的正确发音!别再扭来扭去了,我不是故意弄痛你。"

"是的,玛丽茵。哎哟!女人不应该那么肌肉发达。朱伯,身为科学家,我发现迈克尔是我职业生涯最大的收获。身为穆斯林,我发现他愿意顺服神的旨意……这让我为他高兴,不过我乐意承认,我们的交流还有很大的语义困难,而且他似乎还不灵悟英语单词'神'是什么意思。"他耸了耸肩,"也不懂阿拉伯语单词'安拉'。但身为一个人——而且一向是神的仆人——我爱这个年轻人,我们的义子与水兄弟,我不会让他遭受不良影响。暂且不论他的教义,这个迪格比给我的印象就是不良影响。你认为怎么样?"

"好呀!"本鼓掌喝彩,"他是个令人憎恶的浑蛋——我之所以还没在我的专栏拆穿他的非法勾当,只有一个原因,就是报业联盟害怕刊登出来。腥膻,你要是继续讲得那么好,就会让我研习阿拉伯语,买一张拜毯。"

"我希望如此,但拜毯没有必要。"

朱伯叹了一口气:"你们两个说的,我都同意。我宁愿看到麦克抽大麻,也不愿意看到他被迪格比吸收入教。但我认为,就凭他叫卖的那种综合大杂烩,迪格比没有丝毫可能骗麦克上当……更何况他必须学习勇敢面对不良影响。我认为你是好影响,但你影响到麦克的机会不会超过迪格比太多。那小子有独特的心智,强大得惊人。穆罕默德可能必须让路给一个新先知。"

"倘若神的旨意如此。"马穆德淡定回答。

"这样就没有争论的余地了。"朱伯赞同。

431

"嗯，"米丽茵说，"我听说过'呼丽'，美丽的天堂女神，男人上了天堂，就会有这样的玩物，如此一来，似乎没有多少空间留给妻子。"

"呼丽不是女人，"朱伯说，"而是不同的被创造物，像是镇尼、天使之类。他们不需要人类灵魂，他们一开始就是灵体、永恒、不变，而且美丽。也有男的呼丽，或者相当于'天堂男神'。呼丽不必努力争取进入乐园，他们是'员工'。端上无限量供应的美味佳肴，递上不会造成宿醉的美酒，按照其他要求的方式招待来客。但是，人妻的灵魂不必做家务，就像男人不必辛劳。腥膻，我说的对吗？"

"够接近了，只不过你选择的用语太轻率无礼。那些呼丽……"他住了口，坐了起来，动作太突然，让米丽茵滑了下来，"话说，你们几位姑娘，确实可能没有灵魂！"

米丽茵坐起来，恨恨地说："哎呀，你这不知好歹的异教狗！把那句话收回去！"

"玛丽茵，平静，倘若你没有灵魂，那么你无论如何就是永生的，也不会觉得缺了灵魂。朱伯……有没有可能一个人死了，却没注意到自己死了呢？"

"说不准，我从来没试过。"

"我有没有可能早已死在火星上，只是梦见自己回家了呢？看看你周围！一个先知穆圣本人也会觉得愉快的乐园，四名美貌的呼丽，随时递上佳肴美酒，甚至这里的男神也令人赏心悦目，如果要挑剔的话。这里是乐园吗？"

"我可以保证不是，"朱伯要他放心，"我这星期又该缴税了。"

"然而，这件事并不会影响我。"

"再说到这些呼丽——即使为了便于讨论，我们暂且说她们够美，达到了规格要求——毕竟，美就是情人眼里……"

"她们及格了。"

"老板，你会付出代价的！"米丽茵补了一句。

"然而，"朱伯指出来，"呼丽还有一项必不可少的特质。"

"嗯……"马穆德说，"我认为我们不需要探讨那个。所谓身在乐园，并不是暂时的肉体状况，而是永久的灵魂特质——更像是一种心态。是吧？"

"如果是这样，"朱伯断然说，"我确定这几个不是呼丽。"

马穆德叹了一口气："如果是这样，我就必须改变其中一个的信仰。"

"为什么只要一个？这世界上还有很多地方，你可以娶到满额的女人。"

"不，我的朋友，根据先知穆圣的智言，虽然律法允许男人拥有最多四名妻子，但一个男人不可能公正对待超过一个妻子。"

"这倒令人稍微松一口气。这里的哪一个可以呢？"

"我们来瞧瞧。玛丽茵，你能感知到灵性吗？"

"你去死吧！还什么'呼丽'呢！"

"吉尔呢？"

"别给我找麻烦了，"本抗议，"我还在追吉尔呢。"

"吉尔，稍后再说。安妮？"

"抱歉，我有约了。"

"朵卡丝？你是我最后的机会了。"

433

"腥膻，"她温柔地说，"你想要我感知灵性到什么程度？"

麦克一进屋就直接上楼回房，关门，上床，蜷成胎儿姿势，眼睛往上翻，舌头往后吞，然后放慢心跳到几乎没有跳动。他知道吉尔不喜欢他在白天这么做，但只要他不当着大家的面，她就不会反对。他不能在别人面前做的事有那么多，但唯有这一件真正激起她的怒火。打从离开那个有可怕错误的房间，他就一直在等着做这件事；他迫切需要抽离，试着灵悟刚才发生的一切。

因为他做了吉尔曾经告诉他不要做的事……

他感到一种属于人类的冲动，想要告诉自己，他是迫不得已，这不是他的错，但他受的火星人教育不允许他这么轻易地逃避。他来到了一个分界线，他必须采取正确的行动，这个选择一直是他的。他灵悟自己做了正确的选择，但他的水兄弟吉尔却禁止了这项选择……

但那样他就别无选择了。这是个矛盾；在分界线，面临选择。通过选择，灵性成长。

他想着，倘若他不浪费食物，采取了别的行动，吉尔会不会赞成？

不，他灵悟到了，吉尔的禁令也涵盖了那种行为的变化形式。

在此瞬间，这个源自人类基因，以火星人思维塑造，永远当不了地球人或火星人的生物，完成了他成长的一个阶段，破茧而出，再也不是巢雏。注定的自由意志的孤寂此时就是他的了，伴随而来的是火星人的宁静，用来拥抱它、珍惜它、品味它的苦涩，并且接受它的后果。带着悲伤的喜悦，他知道了，这个分界线是他的，不是吉尔的。他的水兄弟可以教导他、劝诫他、指引他——但在分界线的选择却不能与他分担。这是完全不可能卖出、赠予、抵押的"所有权";所有人与所有物充分灵悟,不可分割。他永远是自己在分界线采取的行动。

既然知道了他本身就是自我,他可以自由灵悟得比以往更亲近他的兄弟们,顺畅融合,毫无阻碍。自我的完整自存永存,始初、现今、后来皆如此。麦克停下来珍惜所有兄弟的自我,包括在火星的许多兄弟,活着的与尸解的,以及在地球的少数宝贵的兄弟——他日后在地球还会有三的多少次方兄弟还不得而知,他这时就要与他们融合、珍惜他们,经过漫长的等待之后,他终于灵悟且珍惜了自己。

麦克停留在恍惚状态。还有很多要灵悟,千头万绪、零碎点滴要苦苦思索,放进自己成长模式的适当处——他在大天使福斯特大礼拜堂看到、听到、体验到的一切都要灵悟(不只是他与迪格比单独面对面时遭遇的那一条分界线)。为什么布恩参议员没有惊吓他,却令他惴惴不安?为什么端妮·雅登小姐不是水兄弟,却有像水兄弟的滋味?可她并不是,在众人的蹦跳与哭号中,仿佛有善良的质地与气味,他灵悟得不完整……

把朱伯与他来来去去的对话暂时储存起来——朱伯说的话比其他细节更令他困扰;他极为仔细地研究这些话语,对照自己还是巢雏时所受的教导,还要费劲衔接两种语言,因为他以前用一种语言思考,现在又用另一种语言说话,也逐渐为了某些目的而用这种语言思考。在朱伯说过的话中,"教会"这个人类单词一再出现,给他造成了最复杂难解的困难;火星语没有任何一种对应的概念——除非把"教会""崇拜""神""会众"及许多其他单词通通加起来,等号的另一边是他成长等待期大部分时间所知唯一世界的总和……然后把这个概念尴尬地强硬转回英语的那句短短的话，却被朱伯、马穆德、迪格比驳斥（但理由各不相同）。

"尔乃神。"他现在差不多能用英语理解这句话了，虽然英语永远不可能有这句话在火星语中代表的那种澄澈的必然。在他的脑海里，他同时讲着这句英语与那个火星语单词，感觉离灵悟更近了。他像学生般暗自复诵，告诉自己：珍宝在莲花中，他沉入涅槃，没有烦恼。

临近午夜之时，他加速自己的心跳，恢复正常呼吸，逐项检查身体机能，发现一切都状况良好，于是舒展身体，坐了起来。他经历了灵性的疲惫，这时却感觉轻松愉快，头脑清楚，急切地想要进行他所看见的在他前方展开的许多行动。

他感觉像幼犬般需要陪伴，这种感觉几乎像先前需要安静独处时那样强烈。他走出房间，很高兴在楼上的走廊遇见一个水兄弟。"嘿！"

"噢，哈喽，麦克。哎呀，你看起来很有精神。"

"我感觉很好！大家在哪里？"

"除了你和我，大家都睡了——所以，小声一点。本和腥膻一小时前回家了，其他人刚上床睡觉。"

"噢。"麦克感觉有一点失望，马穆德离开了；他想把自己新灵悟到的解释给他听，但他可以等到下次见面再说。

"我也该睡了，可又想吃点心。你饿吗？"

"我吗？我确实饿了！"

"好，你应该饿了，你没吃晚餐。来吧，我知道还有一些冷盘鸡肉，我们再看看还有什么别的。"他们下楼，盛了满满的一托盘，

"我们拿到外面吃,天气还很暖。"

"好主意!"麦克赞成。

"暖到可以游泳,如果我们想游泳的话——这真的很像印度的夏夜。等一下,我先去开灯。"

"不必费事了,"麦克回答,"我来端托盘,我看得到。"他们都知道,即使几乎完全黑暗,他还是看得到。朱伯说,他优异的夜视能力可能来自他成长的环境,麦克灵悟这是真的,但他也灵悟到不只这个原因,还有别的;收养他的火星人曾经教他"看"。至于夜晚够不够暖,即使到了圣母峰,他不穿衣服也不会冷,但他知道,他的水兄弟们不怎么耐得住温度与压力的变化;了解这个情况之后,他总是体谅他们的虚弱。但他很期待下雪——亲眼看到生命之水的每一颗微小结晶,颗颗都是独特的个体,就像他读到的那样——渴望赤脚走在雪地,在雪里翻滚。

同时,他同样满意这个温暖得没道理的秋夜,更高兴有水兄弟的陪伴。

"好,你端托盘,我打开水下的灯就好,吃东西而已,够亮了。"

"好。"麦克喜欢光线照上来,透过荡漾的水波;那是一种善,一种美,即使他并不需要照明。他们在池边用餐,然后仰躺在草地上,看着繁星点点。

"麦克,火星在那儿。那个是火星,对不对?或者是心宿二?"

"是火星。"

"麦克,他们在火星上做什么?"

他犹豫了很久,这个问题范围太宽广,无法用零星的英语表达。

"朝向地平线的那一边——南半球——正是春季,他们在教导植物生长。"

"教导植物生长?"

他只稍微犹豫了一下:"赖瑞每天都教导植物成长。我帮过他。但我的族人——我的意思是火星人,我现在灵悟了你们也是我的族人——用另一种方式教导植物。在北半球,天气越来越冷,他们找到过了夏季还活着的稚年,带回巢里活化,让他们进一步成长。"他想了一下,"我来这里的时候,我们留了一些人在赤道,有一个尸解了,其他人很悲伤。"

"是的,我听到了新闻报道。"

麦克还没听到新闻报道这件事,他本来还不知道,刚才被问起,他才知道。"他们不应该悲伤。一级食品技师布克·钟斯先生并不悲伤,元老们珍惜了他。"

"你认识他吗?"

"是的,他有他自己的脸,黝黑,很美。可是他很想家。"

"噢,哎呀!麦克……你可曾想家呢?想念火星?"

"起初,我非常想家,"他老实回答,"我总是很孤单。"他翻身靠近她,将她搂在怀里,"但现在我不孤单了。我灵悟,我再也不会孤单了。"

"麦克,亲爱的……"他们亲吻,继续吻。

不久,他的水兄弟上气不接下气地说:"噢,哎哟!这次几乎比第一次更严重。"

"我的兄弟,你还好吗?"

"是的,确实还好。再吻我一次。"

按照宇宙时钟的度量，过了一段相当长的时间，她说："麦克，那个——我的意思是，你可知道……"

"我知道。这是为了更亲近。现在我们更亲近了。"

"嗯……我很久以前就准备好了——天哪，我们都是，不过……没关系，亲爱的，稍微转过来一点，我会帮你的。"

两人结合，一起灵悟，麦克柔声且得意地说："尔乃神。"

她的回应不是言语。然后，随着灵悟让两人更亲近，麦克感觉自己几乎准备要尸解了，她的声音呼唤他回来："噢！……噢！尔乃神！"

"我们灵悟神。"

第 25 章

在火星，小小的人类先遣队正在建造半埋藏式的压力圆顶，准备迎接一批更大的男女团体，他们会搭乘下一艘太空船抵达。这项工作进行得比原定计划快得多，因为火星人帮了忙，且没有任何微词。省下来的时间有一部分用来准备一项初步评估，希望执行一个很长远的计划，将束缚在火星砂石里的氧释放出来，让这颗行星更适宜未来几代的人类。

对于这些长远的人类计划，因为时候未到，元老们既不协助也不阻碍。他们自己的冥想正在接近一道狂暴的分界线，这道分界线将会在长达几千年里影响火星人艺术的表现形式。在地球，选举继续照常举行，有个很前卫的诗人发表了一部限量版的诗，它完全由标点符号与空格构成。《时代》杂志对此做了评论，建议将《联邦议会每日记事》翻译为同样形式，认为此举将大大有益。这名诗人受邀到芝加哥大学演讲，他去了，穿着正式晚宴服，只缺裤子和鞋子。

一场规模庞大的广告活动展开，目的是销售更多植物的性器，供应给人类使用，广告中引述了道格拉斯夫人说过的话（自传《跟随伟人》）："要是我的桌上没有鲜花，就像没有餐巾，我不会想到坐下来用餐。"一名出身西西里岛巴勒莫市的藏传上师在比弗利山宣布，有一种新发现的古老瑜伽涟波呼吸修炼法，能大幅提升"气"与两性之间的宇宙吸引力。他的门徒必须穿着手织尿布，做着"鱼王式"，听他大声朗读《梨俱吠陀》，有个助理上师则翻查他们放在另一个房间的钱包——那些钱包里的东西从不曾失窃，毕竟这不是真正的目标。

美国总统宣布，将十一月第一个星期日定为"全国祖母节"，敦促美国的孙子辈送花表达心意。一家殡仪服务连锁企业因为大减价被起诉。福斯特教的诸位主教经过秘密闭门会议之后，宣布了教会的第二大奇迹：迪格比最高主教以肉体升天，并且当场晋升大天使，与大天使福斯特同级，但排在福斯特之后。这条荣耀的消息延后公布，直到天国确认了新任最高主教休伊·邵特的晋升——经过多次投票之后，布恩派系接受了这名折中的人选。

《团结报》与《今日报》刊登了一模一样的教条文章，谴责邵特的晋升，《罗马观察报》与《基督科学箴言报》没有报道，《印度时报》社论对此嘲笑了一番，《曼彻斯特卫报》只有报道没有评论——在英格兰，福斯特教徒人数不多，但极其激进。

迪格比对自己的晋升并不满意。他的工作才完成一半，火星来客却打断了他——邵特那头蠢驴肯定会把事情搞砸。福斯特以天使般的耐心听迪格比说完，然后说："听着，师弟，你现在是天使了——所以就算了。'永恒'不是互相指责的时候。在你毒杀我之前，你也是一头蠢驴，之后你做得相当好。既然邵特是最高主教，他也会做得很好；这由不得他。历代教宗也是一样，其中有些人在晋升之前一直都很讨人厌。找一个人问问，去吧——在这里没有同行相忌。"

迪格比稍微平静了一些，但提了一件请求。

福斯特摇了摇头上的光环，表示否定："你不能碰他。你一开始就不应该碰他。噢，你可以提出申请，要求奇迹出现，如果你想给自己找难堪的话。可是，我告诉你，上面不会批准——你根本还不理解这个体制。火星人有他们自己的方案，与我们的方案不同，只要他们还需要他，我们就不能碰他。他们用自己的方式安排他们的节目——宇宙包罗万象，人人各取所需——你们这些外勤工作者往往没有领会这个事实。"

"你的意思是说，这个菜鸟可以把我推到旁边，我就只能忍气吞声吗？"

"我碰到过同样的事，我也忍了，不是吗？我现在正在帮你，不是吗？听着，还有工作要做，而且工作很多——等做完你才有希望再次晋升。大老板要的是绩效，不是牢骚。如果你需要休息一天恢复精神，可以钻到'穆斯林乐园'那里休息休息，否则就拉直你的光环，摆正你的翅膀，开始认真工作。你尽快开始像天使一样行事，就会更快开始感觉像天使。快乐起来，师弟！"

迪格比深深叹了口仙气："好，我快乐了。我从哪里开始呢？"

朱伯没有因为迪格比的失踪而感到不安，因为消息刚发布的时候，他还没听说这件事，等到他听到的时候，对于是谁行的奇迹，他有过一丝短暂的怀疑，但随即挥开了那个念头；就算麦克真的插手了，他也没被逮到——至于最高主教发生了什么事，朱伯一点也不担心，只要没有人拿这件事来烦他。

更重要的是，他自己家里暗潮汹涌。朱伯知道发生了什么事，但不愿意去问。也就是说，朱伯猜到发生了什么事，但不知道是麦克跟谁——也不想知道。那算是一件情节轻微的强奸案吧。该用"强奸"这个词吗？嗯，"法定强奸"吧。不对，也不是那样，毕竟麦克达到了法定年龄，而且可认定他在紧要关头能自我防卫。反正，也该到了这小子有经验的时候了，无论事情是怎么发生的。

朱伯甚至无法从姑娘们的行为中推测发生了什么事，因为她们的模式一直在变——有时 ABC 对 D，然后 BCD 对 A……有时 AB 对 CD，或者 AD 对 CB，四个女人钩心斗角时所有可能的方式都换过了一轮。

在那趟星运不利的教会之旅后，这种情况持续了大半个星期，在此期间，麦克留在自己房里，进入抽离的恍惚，这种恍惚状态深入到，要不是朱伯见过这种情况，可能会（以医生身份）宣告他死亡。要是这地方的服务还没糟得一塌糊涂，朱伯也不会介意。姑娘们似乎有一半的时间都在蹑手蹑脚地"去看看麦克是不是还好"，她们心事重重，饭做得都不像样，更不用说是做像样的秘书了。即使是稳若磐石的安妮——见鬼了，安妮是最糟的！她心不在焉，动不动就毫无来由地掉泪……而朱伯拿自己的生命打赌，倘若要安妮去见证基督二次降临，她只会记住日期、时间、人物、事件，以及当时的气压，而不会眨动她宁谧的蓝眼珠。

后来，星期四傍晚，麦克自己醒来，突然又是 ABCD 服侍麦克，"比不上他战车轮下的尘土"。既然姑娘们现在也觉得有时间为朱伯提供理想的服务，朱伯感谢赐福，也就作罢了……只是他有个苦涩且非常私密的想法，倘若他要求摊牌，麦克只要寄一张明信片给道格拉斯，就大可给她们五倍薪资——但姑娘们也会同样乐意包养麦克。

一旦家里恢复宁静，朱伯也不介意自己坐了虚位，把实权拱手让

443

人。开饭准时,而且美味(如果可能的话)更胜以往;他喊"前台"的时候,现身的姑娘明眸、快乐又高效——既然如此,朱伯也就懒得管谁拥有的拥护者最多了。

此外,宁静恢复,心情愉快了,麦克的变化也令朱伯觉得有趣。在那个星期以前,麦克很温顺,朱伯会勉强将之归类为病态;这时的麦克却那么有自信,若不是麦克依旧对人有礼又体贴,朱伯会将这种态度描述为狂妄。

但他接受姑娘们的崇敬,仿佛这是某种自然权利,他似乎脱去稚气,比实际年龄老成了,他的声音变低沉了,说话不再胆怯,而是有条不紊,坚强有力。朱伯判断,麦克加入了人类。他心想,他可以宣告这名患者痊愈,允许他出院了。

除了一点(朱伯提醒自己):麦克仍然不会放声大笑。他听到笑话会微笑,有时不必请人给他解释。麦克开朗,甚至快乐——但他从不曾笑出声。

朱伯认为这不重要。这名患者身心健全……是人。短短几周前,朱伯还认为能治愈的概率很小呢。他够诚实又谦虚,身为医生也不敢居功;姑娘们的功劳更大,或者该说是某个姑娘吗?

打从他留在这里的第一周,朱伯就告诉麦克,几乎每天都提到,欢迎他留下来……但是,一旦他觉得自己能应付,就应该出去看看世界。鉴于此,有一天,早餐的时候,麦克宣布自己要离开,朱伯实在不应该觉得惊讶。但他惊讶了,更惊讶的是,他竟然觉得伤心。

他掩饰了自己的感受,先多此一举地用餐巾擦了擦嘴才回答:"是吗?什么时候?"

"我们今天离开。"

"呃，'我们'。"朱伯看了看同桌，"我和赖瑞、杜克三个人必须忍受我们自己的厨艺，直到我能找到人来帮忙吗？"

"我们讨论过了，"麦克回答，"吉尔跟我一起走——没别人了。朱伯，我确实需要有人陪着我；我相当清楚，我自己还不知道，在外面的世界，人们是怎么做事的。我仍然会犯错，我需要向导，至少有一段时间需要向导。我认为这个向导应该由吉尔来当，因为她想要继续学火星语——其他人也这样认为。可是，如果你想让吉尔留下来，也可以换成别人。如果你需要姑娘们都留在身边做事，杜克和赖瑞也都愿意协助我。"

"你的意思是我有投票权吗？"

"什么？朱伯，这必须由你决定，我们都知道。"

（孩子，你是绅士——你刚才可能说了你的第一句谎话。倘若你真的打定主意，恐怕我连杜克都留不住。）"我猜也应该是吉尔。可是，听我说，孩子们——这里仍然是你们的家，你们随时能自己进门。"

"我们知道——我们会回来。我们会再次分享水。"

"我们会的，孩子。"

"是的，父亲。"

"嗯？"

"朱伯，火星语没有'父亲'这个词。但最近，我灵悟到了，你是我的父亲，也是吉尔的父亲。"

朱伯看了吉尔一眼："嗯，我灵悟。好好照顾自己。"

"会的。吉尔，来吧。"他还没离开餐桌，他们就出门了。

第 26 章

　　普通的巡回马戏团来到了普通的城镇。游乐设施还是一样，棉花糖的滋味还是一样。为了配合当地法律，马戏团从乡巴佬儿那里赚钱的套路有些变化，可无论是投棒球、幸运轮盘，或是其他什么方式，人钱分离也是一样发生。性讲座经过删改修饰，以适应当地人对达尔文进化论的见解；走 T 台的姑娘穿着网纱，布料用量符合当地道德观的要求；每晚，最后一场宣传表演前，"无畏的芬顿"做玩命（毫不夸张，字字属实）的双人高空特技。

　　十合一节目同样标准。没有通灵师，倒是有魔术师；没有胡须女，倒是有阴阳人；没有吞剑，倒是有吞火。文身女代替了文身汉，还兼弄蛇人——她扛起大轴（每个乡巴佬儿多收五毛钱），出场时"完全赤裸！……只有赤裸裸、活生生的肉体，展示奇异的图案"——只要在她的领口以下找到一平方英寸没文身的皮肤，任何乡巴佬儿都能获得二十元奖金。

　　一整季下来，那笔二十元也没被领走，因为大轴宣传的卖点货真价实。派温斯基太太站着一动不动，不着一缕——只有"赤裸裸、活生生的肉体"——这里的肉体包括一条十四英尺长的红尾蚺，名叫"蜂蜜肉桂卷"。蜂蜜肉桂卷盘在派温斯基太太身上，把守着"战略位置"，就算当地的教会联盟想投诉，也找不出什么真正的借口，尤其是因为他们自己的女儿也来看表演，有些身上穿得还没派温斯基太太那么多，遮住的还更少。为了避免安静、温顺的蜂蜜肉桂卷受到打扰，派温斯基太太采取了预防措施，站在一座小平台上，平台外面围了一圈帆布——地板上有十几条眼镜蛇。

偶尔会有个醉汉，坚信弄蛇人的蛇肯定都拔过毒牙，于是试图爬进圈里，追寻那片没文身的方寸皮肤。可一旦有一条眼镜蛇注意到他，昂起头，撑开颈部，醉汉肯定立刻会改变主意。

此外，灯光也不是很好。

然而，醉汉无论如何也赢不了那张二十元钞票。派温斯基太太所言比美元可靠多了。她和亡夫曾在圣佩德罗经营文身工作室；生意清淡的时候，两人互相文身——最终，虽然给她带来了一点小小的不便，但她身上的艺术作品已经彻底覆盖了脖子以下，再也不可能有施展才华的空间。她得意的原因不仅是事实上她是世界上文身最完整的女人（而且出自全世界最伟大的文身艺术家，这是她对亡夫谦卑感恩的看法），更是她确信自己赚的每一块钱都诚实不欺。

她同老千与罪人结交，并不自命清高。但她洁身自好，诚信自持。她和丈夫由福斯特亲自领入教会，她保留了圣佩德罗教会的会籍，无论身在何处，必定前往最近的新启示教会分会参加礼拜式。

派翠霞·派温斯基很乐意省却蜂蜜肉桂卷在大轴时的保护，不只为了证明她诚实（那倒不需要证明，因为她知道这是真的），更因为一种安详的信念：自己是以身体为画布，呈现伟大的宗教艺术，这艺术更胜于梵蒂冈的墙壁或天花板上的任何作品。当年,派翠霞和乔治看见光明的时候,她身上还有大约三平方英尺尚未文身;到他死前,她身上已描绘好福斯特一生的完整图集,从众天使在他的摇篮上方围成一圈之时,到他登上大天使指定席位的荣耀之日。

很遗憾(因为这可能把许多罪人变成求道者),这段神圣的历史不得不被稍稍遮掩,遮掩的度取决于当地的执法者。但她还是能在她参加各地区教会的闭门"快乐"集会时展示这部分,如果牧师要她展示的话(牧师几乎回回如此)。不过,虽然平添快乐总是好事,但得救者并不需要;派翠霞宁愿拯救罪人。她不会讲道、不会唱歌,也从不曾受召唤而预言——但她是活生生的光明见证者。

在十合一这边,她的舞台靠近魔术师的,魔术师是她之前的最后一场。这样她才有时间收拾没卖完的照片(黑白的二毛五,彩色的五毛,一套特殊照片五块钱,袋装密封,只卖给那些填表、签名,宣称自己是医师、心理学家、社会学家,或是其他专家的人,这类专家有资格取得不能提供给一般大众的专业材料——派翠霞就是这么正直,如果乡巴佬儿看起来不像那种专家,对方出十块钱她也不肯卖;然后她会要求看对方的名片……不能用肮脏的钱供她的孩子上学!)——也才有时间溜到后面的帐篷,让自己和蛇准备好上大轴。

魔术师阿波罗博士在最后一座舞台表演,最靠近通往大轴的帐篷门帘。他一上台,先拿出十来个亮晃晃的钢圈,个个像盘子那么宽,发给乡巴佬儿,请他们确认每个钢圈都坚实且光滑。然后,他请乡巴佬儿扶着钢圈,让钢圈两两交叠。阿波罗博士沿着舞台走,伸手拿着魔杖轻点每个交叠处——坚实的钢圈形成了一串锁链。

他随意让魔杖浮在空中,卷起衣袖,接过助手递过来的一盆鸡蛋，开始抛着半打鸡蛋耍。他的杂耍没能吸引太多眼球，反而是他的助手更值得注目。她是现代功能设计的典范，虽然穿得比T台表演的年轻小姐多得多，完全没有文身的可能性却似乎极大。

乡巴佬儿们几乎没注意到六颗蛋变成五颗，然后四颗……三颗、两颗——到最后，阿波罗博士抛的只有一颗蛋，他仍然卷着衣袖，一脸困惑。

终于，他说："鸡蛋一年比一年稀缺。"他把剩下那颗蛋抛出去，鸡蛋飞过台边乡巴佬儿的头顶，飞向人群后方的一个人。"接住！"

他转身走开，似乎没注意到那颗蛋一直没抵达终点。

阿波罗博士又表演了几招其他的戏法，始终挂着同样略显困惑的表情，说着同样无趣的段子。有一次，他喊了舞台边的一名少年："小伙子，我晓得你在想什么。你在想，我不是真的魔术师。你说得对！因此，你赢了一块钱。"他交给少年一块钱钞票，钱却消失了。

魔术师一脸不快乐："掉了吗？嗯，这一张可要抓紧了。"第二张钞票消失了。

"噢，哎呀！嗯，我们得再给你一次机会。用两只手，拿好了吗？好了，最好还是赶快拿着离开这里——总之，你应该待在家里，躺在床上。"少年拿着钱匆匆离开，魔术师转身回来，又是一脸困惑，"梅林夫人，我们现在应该做什么？"

他的漂亮助手走到他身边，扯着他的一只耳朵让他低头，附耳说话。他摇了摇头："不行，不能在这么多人面前这么做。"

她又附耳说话，他显得很苦恼："对不起，各位朋友，但梅林夫人坚持说她想睡了。在场的各位先生，有谁愿意帮她呢？"

449

一群人争先恐后，自告奋勇，他对着人群眨了眨眼："噢，只要两个。各位先生有服役过的吗？"

自告奋勇者还是太多，阿波罗博士挑了两个人，说："舞台那一头底下有一张行军床，掀开帆布就能看见——好，能不能请两位上台，在这里为她架好床呢？梅林夫人，请面向这边。"

两个男人摆放行军床的同时，阿波罗博士隔空对他的助手做了一些动作："睡吧……睡吧……你现在睡着了。各位朋友，她进入了深度的恍惚。刚才好心帮她架床的先生，能不能请两位把她放到床上？一个托着她的头，另一个托着她的脚。当心。"两人把尸体般僵硬的姑娘搬到行军床上。

"谢谢两位先生。可是，我们不该让她不盖被子就那样睡着，对不对？这里有一张床单，就在某个地方。噢，在那里。"魔术师伸出手，取回刚才放在半空中的魔杖，指向舞台另一边摆满了道具的桌子；一张床单自动离开那堆东西，来到他面前。"请把这个盖在她身上。也要遮住她的头，淑女睡觉时不该暴露在公众的目光下。谢谢，两位现在可以下台了。很好！梅林夫人……你听得到我说话吗？"

"是的，阿波罗博士。"

"你睡得很沉。你正在休息。你感觉变轻了，轻多了。你睡在一床云上。你在云上要飘走了……"床单盖住的人形慢慢上升大约一英尺，"哎哟！不要变得太轻。我们可不想失去你。"

在人群中，有一个十八九岁的少年大声耳语解释："她现在不在那张床单底下。他们拿床单盖住她的时候，她就通过暗门下去了。那只是一个轻巧的框架，重量比床单还轻。再过不到一分钟，他就会把床单掀开，在他掀开的同时，那个框架就会合起、消失。他们只是用了机关——谁都做得到。"

阿波罗博士没理他，继续说话："稍微高一点，梅林夫人，再高一些，到了……"覆盖着床单的人形飘浮在舞台上方大约六英尺处。

聪明的少年低声对朋友们说："有一根细长的钢杆，但你们不太容易看到，很可能就在床单垂下来碰到行军床的一个角。"

阿波罗博士转身请两位自告奋勇者挪开行军床，放回舞台底下。"她现在不需要了。她睡在云上。"他面对着飘浮的人形，好像正在倾听，"什么？请大声一点。噢！她说，她不想盖床单——太重了。"

（"在这里，框架就要消失了。"）

魔术师拉着床单的一个角，整个扯下来。他没有费事收拾床单，乡巴佬儿们却几乎没注意到床单消失了；他们看着梅林夫人，她仍然睡着，仍然飘浮在舞台上方大约六英尺处。这座舞台位于帐篷中间靠后的位置，四面都有群众围观。有个伙伴问那位很懂舞台魔术的少年："好了，千里眼，那根钢杆在哪里？"

少年没把握地说："你得去看他不希望你看的地方。他们故意那么布置灯光，让光线直射你的眼睛。"

阿波罗博士说："睡够了，童话公主，把手给我。醒来，醒来！"他握住她的手，拉着她站直，搀扶她下到舞台。

（"瞧见了吗？你们看到她下来有多僵硬，看到她在哪里落脚了吗？钢杆就是去了那里。"少年满意地补了一句，"只是用了机关罢了。"）

魔术师继续说话："现在，请各位朋友听一听我们博学的演讲者，提摩申科教授……"

演讲者立刻接口说："别走开！接下来这仅此一场的表演，乃是经由高校联合会安排,得到了这座美妙城市的安全与福利局许可,我们送出这张二十元钞票,绝对不设限,人人有机会……"

大多数的乡巴佬儿被引导到了大轴这边。少数几个闲逛了一会儿,然后陆续离开了,因为主帐篷里的看点大多熄灯了。畸形人及其他马戏团团员开始打包道具,收拾家当,做好拔营的准备。第二天上午他们要搭火车,住宿帐篷还会留着,给大家睡几个小时,但搭帆布的小伙们已经在松杂耍帐篷上的桩子。

不久,十合一的主持人兼业主兼经理赶着忙完了大轴,让最后几个乡巴佬儿从后方出口离开,回到灰蒙蒙的帐篷。"史密提[1],先别走。有东西给你。"他交给魔术师一个信封,阿波罗博士看也没看就收了起来。经理又说:"年轻人,我很不愿意告诉你这件事——但你们夫妻俩不能跟我们一起去帕迪尤卡。"

"我知道。"

"嗯……听我说,别对此耿耿于怀,不是针对你个人——我不得不为节目着想。我们要换成心灵感应搭档。他们能做一流的感应读心表演,而且,女的会看手相、面相,男的会看迷幻球。我们需要他们……你知我知,你没有跟我们保证过演一整季,只是试演。"

"我知道,"魔术师回答,"我知道该离开了。提摩,别放在心上。"

"嗯,你这么想,我就放心了。"说话者犹豫了一下,"史密提,你想听点建议吗?不想听就直说。"

"我很希望得到你的建议。"魔术师直率地说。

---

[1] 史密斯的昵称。

"好，你自己要求的。史密提，你的戏法很好。见鬼，有几招甚至能把我骗倒。但光凭巧妙的戏法成不了魔术师，关键是你没真的掌握住诀窍。你的表现很像巡回马戏团团员——不多管闲事，不扰乱别人，而且无论有谁需要帮忙，你都乐意助人。但你不适合马戏团。你知道为什么吗？你没掌握呆瓜之所以成为呆瓜的关键；你没钻到他的心里。一个真正的魔术师，只是凭空抓一枚钱币，就能让乡巴佬儿们张大了嘴，苍蝇都能飞进去。你做的那个瑟斯顿悬浮——是我见过做得最完美的，但乡巴佬儿就是不来劲。你没摸透乡巴佬儿的心理。姑且举个例子，就拿我来说，我连凭空抓钱币都不会——见鬼啦，我就算用刀叉都能差点割伤嘴。我不会表演……只不过懂得重要的那一点。我懂得乡巴佬儿。我知道那一丝贪念在他心里的什么地方，我知道那贪念究竟有多宽。我知道他渴望得到什么，无论他知道或不知道。小伙子，这是吸引观众的窍门，无论你是竞选公职的政客、讲道的牧师……还是魔术师。你只要弄明白呆瓜要的是什么，你就一半的道具都用不上。"

"我相信你说得对。"

"我知道我说得对。他想要性，还有血，还有钱。我们不会给他任何真血——除非吞火或抛刀的人出了大差池。我们也不会给他钱，我们只会鼓励他对钱满怀期待，同时我们拿走一点点。我们不会给他任何真的性。但为什么十个乡巴佬儿有七个会买票看大轴？为了看个脱光的婆娘！就是这原因——看了还有机会得到二十块钱——尽管也许自家就有个一样好或更好的，随时都能脱光。于是，他看不到肉，他领不到钱——我们还是让他快快乐乐地离开了。

"此外，呆瓜还要什么别的？神秘！明明知道不是，还是想把这

453

世界看作是个浪漫的地方。那是你的工作……只不过你没学会怎么做。啧,小伙子,就连乡巴佬儿也知道你那几招戏法是假的……只不过,他们只要还在看节目,就想要相信那些是真的,而且要靠你帮助他们相信。你欠缺的就是这个。"

"提摩,我要怎么做到呢?我要怎么学习让呆瓜上钩的关键诀窍?"

"见鬼啦,这我没办法告诉你,你必须自己去揣摩。去外面,到处搅和搅和,自己当一阵子呆瓜,也许可以。可是……嗯,就拿你这个念头来说,你宣传自己是'火星来客'。呆瓜不会轻信的事,千万别拿出来说。他们都看过火星来客,照片、电视都有。见鬼啦,我亲眼见过他。确实,你看起来有点像他,同样的体形,碰巧撞脸——但即使你是他的孪生兄弟,乡巴佬儿们也知道不会在偏乡小镇的十合一发现火星来客,就像贴海报宣传吞剑人是美国总统一样蠢。懂我的意思吗?呆瓜想要相信——但他不会感谢你羞辱他仅有的微量智力。即使是呆瓜,也有点脑子。你必须记住这一点。"

"我会记住。"

"好,我讲太多了——但说教的习惯难改。你们两个年轻人还过得去吗?手头紧张吗?见鬼啦,我不应该这么做的——可是,你们需要借钱吗?"

"谢了,提摩,我们还过得去。"

"那么,好好照顾自己。再见,吉尔。"他匆忙走了出去。

派翠霞·派温斯基从帐篷后方的门帘进来,穿着长袍:"孩子们,提摩砍掉了你们的节目。"

"派特,反正我们也准备离开了。"

"我就知道他会这么做!他太令我生气了,气得我都想走了。"

"别这样,派特……"

"我说真的!我可以带着我的节目去任何地方,他也知道。这样他就没了大轴。他可以换别的节目……但警察不会找碴儿的好大轴可是很难找。"

"派特,提摩说得对,吉尔和我都知道。我没有吸引眼球的技巧。"

"嗯……也许如此。可是我会很想念你们。你们对我来说,就像我自己的孩子。噢,哎呀!听着,马戏团明早才走——回我的帐篷,我们坐一会儿。"

吉尔说:"不如这样,派特,跟我们一起进城,喝两杯酒。在大浴缸里泡个热水澡,加上浴盐,你觉得怎么样?"

"呃……我带一瓶酒。"

"不用,"麦克反对说,"我知道你喝什么,我们有。一起走吧!"

"嗯,我会去——你们住在帝国酒店,是不是?——但我不能跟你们一起走。我必须先把我的宝贝们安顿妥当,还要告诉蜂蜜肉桂卷,我会离开一阵子,帮它备好热水瓶。我搭出租车,也许要半小时。"

他们开车进城,由麦克开车。这是个相当小的城镇,即使在闹市区也没有自动交通管制。麦克小心谨慎地驾驶,维持在路段限速,小小的地面上车钻来钻去,吉尔总在通过之后才看到哪儿有空隙。他做得毫不费力,就像玩杂耍变戏法那样。吉尔知道这是怎么做到的,甚至自己也学着做一点;麦克伸展了时间感,直到什么都变成慢动作,抛鸡蛋杂耍或高速通过车阵之类的问题就轻松容易了。话虽如此,她回想，对于短短几个月前系鞋带都能难倒他的人，这还真是奇怪的成就。

她没说话。如有必要，麦克在伸展时间时能说话，但两人的时间率不同，交谈起来怪别扭的。她只是些微怀念起他们要离开的生活，在心里回忆它、珍惜它，部分用火星语的概念，更多的是用英语的思维。她非常喜欢这段生活。遇见麦克之前，她的人生一直在承受时钟的暴虐，最初她是个刚上学的小姑娘，过了几年，进入了需要更用功的学校，然后就是医院例行工作的无情压力。

巡回马戏团完全不一样。一天几次，从傍晚到夜里最后一场宣传表演，她只要闲站着，看起来漂漂亮亮，工作轻松容易且相当愉快，除此之外，她没有什么在固定时间真的非做不可的事。麦克不在乎他们一天吃一餐还是六餐，随便她做什么家务，他都没意见。他们有自己的住宿帐篷和露营设备；在许多城镇，他们从抵达到开拔都没离开过会场。巡回马戏团是个封闭的小小世界，像是一块世外桃源，外面世界的大新闻和小纷争到不了这里。她乐在其中。

确实，在每一座城镇，会场都有乡巴佬儿缓慢移动——但她习得了巡回马戏团演员的观点：乡巴佬儿不算数——就当他们隔着玻璃好了。吉尔相当了解T台秀的姑娘为什么能穿得很少（在某些城镇，如果打点妥当，则什么都不穿），真正展现自己而不让人觉得轻佻……在T台秀之外的行为却不轻佻。在她们看来，乡巴佬儿不是人；他们是一团团微不足道的东西，几乎可以视而不见，唯一的功能就是掏出五毛钱做贡献。

是的，巡回马戏团一直是个快乐且十分安全的家，即使他们的节目失败了。两人离开安全的朱伯家，去外面的世界，给麦克增广见闻，最初并不是一帆风顺。他们不止一次被认出来，有几次差点脱不了身，麻烦不仅来自新闻界，还有没完没了的闲杂人等。他们似乎觉得自己有权向麦克要求各种事物，只因为他何其不幸身为火星来客。

不久，麦克运用念力调整自己的容貌，换上了更成熟的线条，并且对自己的外表做了其他细微的改变。再加上他们经常光顾（一般大众认为）火星来客肯定不会去的地方，终于让他们得到了隐私。大约在那时候，吉尔打电话回家告知新的邮寄地址，朱伯提议叫人写报道来掩盖真相——两天后，吉尔看到新闻报道火星来客再次闭关休养，这次去了一座藏区寺院。

真正的闭关地其实是"汉克烧烤酒吧"，在某个"乌有镇"，吉尔是服务员，麦克是刷碗工。工作不比护士差，更没那么多要求——而且她的脚再也不疼了。麦克有一种快得惊人的洗碗方法，然而他必须小心谨慎，老板在看的时候，千万不能用这招。他们打工一星期，然后继续迁移，有时打工，有时没有。一旦麦克发现公共图书馆，他们就几乎日日造访——吉尔发现，麦克理所当然地以为，地球上出版的每一种书，朱伯的图书室里都有一份。后来，等他明白了奇妙的真相，两人已在阿克伦停留了将近一个月。那个月，吉尔经常逛街购物，因为看书的麦克几乎算不上什么伴侣。

然而，在他们迂回曲折的旅程中，"白克斯特联合展演合家欢马戏团"是最美好的一段路。吉尔想起那次，在心里偷笑，是在哪一座城镇？——没关系，当时，展演女郎全都被拘留了。即使按照呆瓜的标准，也是太不讲理了，因为那种表演一向都是事先仔细安排妥当：要不要戴胸罩，要不要清晰的灯光，全看镇上的警察头头儿怎么规定。然而，警长却把她们都抓进去，地方司法官似乎打定主意不仅要罚款，还要以"游荡"的罪名拘留姑娘们。

会场停止营业，大多数团员去了听证会，还有数不清的呆瓜淌着口水，想要瞧瞧"无耻的女人"受到应得的惩罚。麦克与吉尔设法挤了进去，贴着法庭的后墙。

吉尔早就要求麦克铭记在心，在可能会被注意到的地方，绝对禁止做任何普通人做不到的事。但麦克灵悟到了一条分界线，却没有与吉尔讨论。

当时，警长正在作证，说明自己看见了什么，也就是所谓的"公然猥亵"的各种细节——他乐在其中。

吉尔承认，麦克已经很克制了。正在作证的时候，警长和法官两人都突然变得一丝不挂。

现场闹成一团，她和麦克趁乱悄悄溜了，后来她才知道，被告也全都离开了，而且似乎没有人打算反对。当然，没有人想到这件奇迹与麦克有关，他自己从来不曾对吉尔提起这件事——她也没提，没有必要。马戏团立即拔营，提早两天动身，前往某个更老实的城镇，那里的规矩是网状胸罩搭配热裤，而且事后不会被告发。

但吉尔永远记得警长脸上的表情，还有他当时的模样——前面突然松垂下来，显然是警长为了好看，一直穿着紧身束腹。

是的，巡回马戏团是美好的时光。她开始在心里对麦克讲话，本想提起那个土里土气的警长，用紧身束腹勒住毛茸茸的大肚皮，留下的皱痕看起来有多好笑，但她打住了。火星语里没有"好笑"的概念，所以她当然说不出来。两人之间的心灵感应联结越来越强——但只能用火星语。

（"吉尔，怎么了？"）他的心灵回答她。

("稍后再说。")

不久，他们驶近帝国酒店，他停车的时候，她感觉他的心思慢了下来。吉尔更喜欢在巡回马戏团的营地过夜……只有一件事除外：泡澡。淋浴是还好，但什么也比不上一大缸热热的水，爬进去，浸到你的下巴，泡澡！有时候他们会住几天酒店，租一辆地面车。由于早年受到的训练，麦克没有吉尔对刷洗的狂热；他现在像她一样干净——但只是因为她把他训练成了这样，他其实对污垢不以为意。此外，他能保持自己洁净无垢，不需要浪费时间冲洗或沐浴，正如他一旦确切知道吉尔想要他的头发长成怎样，就再也不必找理发师。但麦克也喜欢留在酒店，只是为了浸水。他对清洁的需要并不存在，对水也不再有任何迷信的感觉，可他还是像以前一样喜欢沉浸在生命之水中。

帝国酒店相当老旧，就算当年新开张时也不怎么样，但所谓的"新娘套房"里有大得令人满意的浴缸。两人一进门，吉尔就直奔浴缸，开始放水——然后发现自己突然光溜溜，可以入浴了，甚至鞋都没了，露出漂亮的脚丫，只是手里仍然拿着钱包。她不觉得惊讶。亲爱的麦克！他知道她多么喜欢购物，穿着新衣服多么开心；他温柔地强迫她放纵自己孩子气的弱点，让那些他感觉到已经不再能取悦她的衣服凭空消失。要不是吉尔告诫他，太多新衣服会使得他们在马戏团里太过显眼，他本打算每天都这么做。

"亲爱的，谢谢！"她喊道，"我们进去吧。"

他若不是脱了衣服，就是把身上的衣服变不见了——她判断可能是前者；麦克对买衣服提不起兴趣。他还是看不出有什么理由需要衣物，除了提供简单的保护、抵抗恶劣天候，偏偏他又没有那样的弱点。两人面对面进入浴缸,她掬起水,轻碰嘴唇,然后捧给他。无须言语,也无须仪式——这就能带给吉尔欢喜,让两人都想起某件事,但这事永远不需要提醒,直到永恒。

他抬起头的时候,她说:"刚才,你在开车的时候,我想到了那个糟糕的警长,他光着身子的模样真好笑。"

"他那模样好笑吗?"

"噢,真的很好笑!我竭尽全力才没大声笑出来。我不希望我们引起注意。"

"解释给我听,为什么他好笑,我没明白这个笑话。"

"呃……亲爱的,我觉得我解释不来。这不是笑话——不像双关语,也不像那种可以解释清楚的东西。"

"我灵悟不到他好笑,"麦克认真地说,"那两个人——法官和警长——我灵悟到他们都有错。要不是我知道你会不高兴,我就把他们都送走。"

"亲爱的麦克,"她摸了摸他的脸颊,"好麦克,亲爱的,相信我,你只做到那样,真的比把他们送走好多了。他们两个一辈子都会忘不了——我敢打赌,接下来五十年,那座城镇不会再有以猥亵暴露的罪名逮捕谁的事了。我们谈些别的吧。我一直想说对不起,真的很抱歉,你的节目没受到欢迎。亲爱的,我尽力写段子了——但我猜,我也不善于做艺人。"

"吉尔,是我有所欠缺。提摩说得对——我不灵悟呆瓜。然而,跟着白克斯特马戏团很好……我一天比一天更灵悟呆瓜。"

"只不过,我们不能再叫他们呆瓜了,既然我们不再跟团了,也不能说乡巴佬儿。叫'人'就好——不是'呆瓜'。"

"我灵悟他们是呆瓜。"

"没错,亲爱的,但说这种话很不礼貌。"

"我会记住的。"

"我们现在要去哪里,你决定了吗?"

"还没,到时候我就会知道。"

"是,亲爱的。"吉尔回想起来,麦克确实总是知道。他的第一项改变是从温顺到支配,各方面的能力都稳定增强,也更有把握。曾经让烟灰缸浮在空中也觉得累的男孩(他当时似乎像个男孩),这时不仅能让她浮在空中(确实感觉像"飘浮在云端",因此,她才会把这个写进表演段子),还能同时做好几件事,继续说话,只要有必要,还能另外施展力气——她记得有一次,会场大雨滂沱,有一辆卡车陷入泥泞。二十名汉子挤在周围,试图把它弄出来——麦克也出了把力……就在这时,卡车移动了。

她看见了当时的情况——陷入泥泞的后轮自行升起,离开了泥泞。但麦克那时已经老练多了,没让任何人起疑。

她还想起他终于想通那件事的时候,他以为需要有"错"才可以把东西变不见,以为凭空消失仅适用于活生生、会灵悟的东西——她的连衣裙不见得要有"错",他才可以扔掉。这条禁令只是巢雏养成过程中的一项预防措施;成年者大可随自己灵悟的去做。

她猜想,他的下一个重大变化又会是什么?但她并不担心,因为麦克善良又明智。她只能教给他如何在人类当中生活的一些小小细节——她从他那里学到的更多,而且充满快乐。自从她父亲逝世之后,她不曾像现在这么快乐。"麦克,要是朵卡丝、安妮、米丽茵也都在这里,浸在浴缸里,会不会很美妙?还有朱伯老父亲,还有那两个小子——噢,我们全家人!"

"那需要更大的浴缸。"

"就算有点儿拥挤,又有谁在意呢?但朱伯的游泳池也很好。麦克,我们什么时候再回家一趟?每次我打电话给朱伯,他都问我。"

"我灵悟很快就会。"

"火星的'快'吗?还是地球的'快'呢?没关系,亲爱的,当等待满盈的时候,我会知道的。但这让我想到派特阿姨很快就到了,我的意思是地球的'快'。你要帮我洗吗?"

她站了起来,他留在原处。香皂浮了起来,离开皂盘,在她身上到处游移,又自己回到原处,香皂在吉尔身上抹了厚厚一层形成满满的泡泡。"哎哟!够了,你在挠我痒痒。"

"冲水吗?"

"我泡一下就好。"她很快蹲下,让水冲掉身上的肥皂泡沫,站了起来,"时间也刚好。"

有人在敲外面的门:"亲爱的?你们穿衣服了吗?"

"来了,派特!"吉尔大声回答,踏出浴缸的时候,又说,"请帮我吹干,好吗?"

她瞬间干爽,甚至没在浴室踏脚垫上留下湿脚印:"亲爱的,你会记得先穿衣服再出来吧?派特是个淑女——不像我。"

"我会记住的。"

第 27 章

吉尔停下脚步,从储藏充足的衣橱里抓了一件薄纱睡衣,快步跑到起居室,让派温斯基太太进来。"亲爱的,请进!我们刚才快速泡了个澡,他马上就出来。我倒杯酒给你——然后如果你喜欢,可以泡在浴缸里喝你的第二杯。热水多的是。"

"我先哄蜂蜜肉桂卷睡觉,然后冲了个澡,可是……是的,我喜欢用浴缸泡澡。可是,吉尔宝贝,我来这里,不是为了借用你们的浴缸,而是因为我实在心疼你们两个年轻人要离开马戏团了。"

"我们不会跟你失去联系。"吉尔忙着准备酒杯。这个酒店相当老旧,就算是"新娘套房",也没有独立的制冰机……但他们吩咐了夜班的服务员,并且塞了钱,让服务员留了一箱冰块给他们。"提摩说得对,你知道他说得对。麦克和我的表演还要好好改进,才不会拖累大家。"

"你们的节目还好。也许需要加一些笑料,可是……嘿,史密提。"麦克进来的时候,她伸出一只戴手套的手给他。只要出了场子,派温斯基太太总是戴手套,而且穿着高领套装,搭配长袜。打扮成这样的她看起来像中年孀居的端庄贵妇,虽然有点年纪,但仍然保持着苗条的身材——看起来像,也正是这样。

"我正在跟吉尔说,"她继续说,"你们的节目很好,你们俩这对搭档。"

麦克温柔地微笑:"哎呀,派特,你不必哄我们。其实很烂,我们知道。"

"不是,亲爱的,真的不是。噢,也许需要一点什么来增添活力。讲几个笑话。或者,嗯,甚至可以稍微缩短吉尔的戏服。小甜心,你有一副曼妙的身材。"

吉尔摇了摇头:"行不通的。"

"嗯,我看过一个魔术师,让他的助手穿着欢乐九零年代的服装出场——我说的是十九世纪九十年代——甚至没露腿。然后他会把衣物一件又一件变没。乡巴佬儿喜欢得很。可是,亲爱的,别误解我的意思——表演并不粗俗。表演结束时,她……噢,几乎和你现在穿得一样多。"

"派特,"吉尔坦白说,"只要警察不会叫停节目,我愿意一丝不挂地上台表演。"她说着,却发觉自己是认真的——她不禁纳闷儿,有专业学位、曾任楼层督导的博德曼护士,怎么走到了对马戏表演认真的地步?

当然是因为麦克——她对此相当开心。

派温斯基太太摇了摇头:"亲爱的,那可不行,乡巴佬儿会暴动的。亲爱的,稍微多来点姜汁汽水就好。既然你身材这么好,为何不利用呢?要是我不尽量脱到他们允许的界线,你们以为我一个文身女能走多远?"

"说到这个，"麦克说，"派特，你穿得那么多，看起来不怎么舒适。我觉得这个破烂地方的空调又出毛病了——肯定至少有二十七度。"他自己穿着单薄的长袍，符合马戏团团员随和的习惯。他早已发觉，极热对自己影响不大，只是有时不得不刻意调整新陈代谢——极冷则对他毫无影响。但他知道，他们的朋友习惯了几乎一丝不挂的舒适，这时却穿了那么多衣物，遮盖文身，来到乡巴佬儿当中。吉尔曾经给他解释过："你为何不让自己舒服一点呢？'这里没有别人，只有我们几只鸡。'"他知道，后者是个玩笑，用来强调朋友私下相处的情况正合适——朱伯试着解释给他听，但没有成功。但麦克小心翼翼地记住了适合说这句话的时机及其用法。

"对呀，派特，"吉尔附和说，"如果你那件连衣裙底下什么也没穿，我可以给你找件轻便舒适的衣服。或者，我们就叫麦克闭上眼睛。"

"呃……嗯，我确实穿了一套戏服。"

"朋友之间就别拘谨了，我帮你解拉链。"

"我先脱鞋袜。"她继续说话，同时努力思索怎样把话题引到宗教这个她想要的地方去。愿神赐福给他们，这两个年轻人已准备好成为求道者，她肯定——她原本指望有一整季的时间可以带着他们迎向光明……而不只是在他们离开之前的一次匆匆探访。"演艺事业的重点在于，史密提，首先，你必须知道乡巴佬儿想要什么……你必须知道你给他们的是什么，以及如何让他们喜欢。那么，倘若你是个真正的魔术师——噢，亲爱的，我不是说你技巧不熟练，因为你的技巧确实很好。"她把长袜仔细卷好，塞进鞋里，松开吊袜带，谨慎地脱了下来，让吉尔帮她解开连衣裙的拉链，"我的意思是，你的魔术真的很像你跟魔鬼做了交易。那是一回事。但乡巴佬儿们知道这是种障眼法，所以你要给他们一场轻松愉快的节目来搭配。你可曾见过吞火人带着漂亮助手？老天，漂亮的姑娘只会搞乱他的节目；乡巴佬儿站在周围，是想看到他烧着自己，或是爆炸。"

她扭着身子把连衣裙从头上脱下来，吉尔把衣服接过去，吻了她："你这样看起来更自然，派特阿姨，坐下来休息一下，好好享用你的酒。"

"等一等，亲爱的。"派温斯基太太奋力祈求上天指引——她多么希望自己是个传教士……或是甚至有侃侃而谈的天赋。嗯，她身上的图画必须为自己代言——肯定的，因此乔治才会把它们刺在那里。"好，这就是我要给乡巴佬儿们看的……这个，还有我的蛇，但这个更重要。你们两个可曾看过，真正仔细看过我身上的图画？"

"没，"吉尔承认，"我想没有。我们不想盯着你看，像两个乡巴佬儿似的。"

"那么，现在可以盯着我看了，亲爱的——因为，乔治，愿他在天堂的灵魂安息，乔治把这些放在了我身上。就是为了让它们被凝视……被端详。好了，就在我的下巴下方，这是我们先知诞生的场景，神圣的福斯特大天使还只是个天真的婴儿，也许并不知道上天为他准备了什么。但天使们知道——看到他们围绕着他了吗？下一个场景是他第一次行奇迹，在他就读的乡下学校里，有个少年罪人击落了一只可怜的小鸟儿……他捡起鸟儿，轻轻抚摩，鸟儿安然无恙地飞走了。看见后面那座校舍了吗？这里算是跳脱了一点，我得转身背对你们。这些画标记着他一生中的每一件神圣大事。"她解释乔治当初开始这件大作的经过，当时没有空白的画布可以挥洒——因为他俩当时都还是罪人,而且年轻的派翠霞已经有了相当多的文身——乔治怎样大费周章,运用灵感启发的才华,他竟然能把"偷袭珍珠港"修改成"世界末日",把"纽约天际线"改为"圣城"。

"不过,"她坦白承认,"即使现在每一幅都是神圣的图画,他还是不得不跳来跳去,才能找到够用的裸露皮肤,以活生生的血肉记录我们先知在尘世的一生,见证他的各个里程碑。这里,你们能看到他在台阶上讲道,那所邪恶的神学院拒绝让他入学——这是他第一次被捕,也就是大迫害的开始。然后绕过来,在我的背上,你们能看到他砸毁偶像崇拜……接下来你们能看到他入狱,有圣光流淌下来。然后,一小波信仰坚定的人攻进监狱……"

福斯特牧师很早就明白,谈到维护宗教自由,戴拳环、持棍棒,并且主动与警察纠缠,这些行为的价值远远超越消极抵抗。他从一开始就是教会激进分子,但也懂得运用高明的战术;唯有重炮在天主的那一边,他才会开战。

"……崇拜偶像的法官把他关进监牢,他们救他出来,并且用私刑严惩羞辱那个法官。在前面这里。呃,你们可能看不清楚,我的胸罩遮住了大部分。可惜了。"

("迈克尔,她要什么?")

("尔知悉,告诉她。")

"派特阿姨,"吉尔柔声说,"你要我们看你身上所有的图画,对不对?"

"嗯……就像提摩在宣传表演时说的,乔治利用了我所有的皮肤来完整描绘这个故事。"

"既然乔治费了那么大的心力,我确信他有意让这些被看见。把戏服脱掉吧！我刚才说了，我不介意一丝不挂地上台，如果他们同意的话——我们的表演只是娱乐。你的表演有目的……神圣的目的。"

"嗯……好吧，如果你真希望我这么做。"她默唱哈利路亚，认为福斯特亲自支持着她——通过赐福的幸运，以及乔治的图画，她会让这两个亲爱的年轻人寻求光明。

"我帮你解开。"

（"吉尔……"）

（"迈克尔，不要吗？"）

（"等待。"）

眼见派温斯基太太发现点缀亮片的短裤和胸罩消失，吉尔大吃一惊，也有点害怕！然后，吉尔发现自己九成新的薄纱睡衣也不见了，跟着那点戏服进入了子虚乌有处，她还是很惊讶。麦克的长袍也消失的时候，吉尔只是稍稍惊讶罢了；对此，她归因于他那猫一般的礼貌，这是正确但不全面的判断。

派温斯基太太掩住了嘴，倒抽一口气，吉尔立刻搂住她。"没事，没事，亲爱的！没关系，没人受伤。"吉尔又转头说，"麦克，你做了，你就得告诉她。"

"是的，吉尔。派特……"

"史密提，怎么了？"

"你刚才说我不是真正的魔术师，我的魔术只是障眼法。反正你本来就打算脱掉——所以我帮你脱了。"

"可你是怎么办到的？衣服又去了哪里？"

"跟吉尔的浴衣一样——还有我的长袍，都去了同一个地方，回不来了。"

"派特,别担心这个,"吉尔插嘴说,"我们会赔给你。再多赔给你两套……而且漂亮两倍。麦克,你刚才不该那么做。"

"对不起,吉尔,我灵悟这样没事。"

"嗯……我想也是。"吉尔判断派特阿姨并没有太不舒服——当然,她绝对不会说出去,因为她是巡回马戏团团员。

派温斯基太太并不担心损失两件戏服,或是自己的裸体。她也不介意另外两人没穿衣服。但有一个神学问题令她深感困扰,她觉得超出了自己能理解的范围:"史密提,那是真正的魔法吗?"

"我猜你可以这么称呼。"他用最精确的措辞表示同意。

"我宁愿说这是奇迹。"她直率地说。

"你喜欢这么说也行,反正不是障眼法。"

"我知道,你刚才根本没靠近我。"每天处理活生生的眼镜蛇,而且不止一次赤手空拳对付讨厌的醉汉(直到他们懊悔不迭),她并不害怕。派翠霞·派温斯基就连面对魔鬼也不怕;她有信仰护持,相信自己是得救者,因此不会受到魔鬼侵害,但还是会担心朋友的安危。"史密提……看着我的眼睛。你是不是跟魔鬼订了契约?"

"不,派特,我没有。"

她继续直视他的眼睛,然后说:"你不是在说谎……"

"派特阿姨,他不知道怎么说谎。"

"……所以是奇迹。史密提……你是神人!"

"派特,我不知道。"

"大天使福斯特到了十几岁才知道自己是神人……即使在那之前,他早已行过许多奇迹。但你是神人,我能感觉到。"她想了一下,"我想,第一次遇见你的时候,我就感觉到了。"

"派特,我不知道。"

"我猜他可能是,"吉尔承认,"但他自己其实不知道。迈克尔……我想,我们告诉她太多了,也非得再告诉她更多不可。"

"迈克尔!"派特突然跟着说,"米迦勒[1]天使长,以人的形貌向我们显现。"

"派特阿姨,拜托!就算他是,他也不知道……"

"他不见得会知道,神用独特的方式行奇迹。"

"派特阿姨,能不能拜托你等一下,先让我讲,就一下?"

几分钟后,派温斯基太太相信了麦克确实是火星来客,她同意接受他是凡人,用对待凡人的方式对待他……同时明确宣示,对于他的真实本性,以及他为什么来到人间,她仍然坚持己见——她解释说(在吉尔看来,似乎有点含糊不清),福斯特还在地球上的时候,是真正且确实的人,但同时也是,而且一向是个大天使,即使他自己还不知道。如果吉尔与迈克尔坚持认为他们自己不是得救者,她会照他们要求的方式对待他们——上主的作为何等奥秘。

"我想,可以称呼我们为'求道者'。"麦克告诉她。

"亲爱的,这就够了!我敢肯定你们是得救者——但福斯特自己早年就是求道者。我会帮你们的。"

她又见证了另一个小型奇迹。他们原本坐在地毯上,围成一圈。吉尔躺下,在心里向麦克提议。麦克没念什么咒语,不需要床单或任何东西来隐藏不存在的钢杆,麦克就让她升高了。派翠霞安详快乐地看着,确信自己得到恩赐看见了奇迹。"派特,"这时候,麦克说,

---

[1] 原文为Michael,也指总领天使圣米迦勒,大天使之首。

"躺平。"

她立刻照做，没有争辩，就像听福斯特的话。吉尔转头说："麦克，你是不是先把我放下来比较好？"

"不用，我做得到。"

派温斯基太太感觉自己被温柔地托起。她没有因此害怕，只感觉到难以抑制的宗教狂喜，像是体内发热，忍不住泪水盈眶，自从她还是少妇，神人福斯特亲自使她感动之后，她就不曾感受到这样的威力。麦克让她们靠得更近，吉尔伸臂搂住她，这时候，她更是泪流不止，但这是快乐的轻声抽泣。

一会儿，他将她们轻轻放在地上，如他所料，他并不觉得累——他想不起来上次觉得累是什么时候。

吉尔对他说："麦克……我们需要一杯水。"

（"？？？？"）

（"是。"她的心灵回答了。）

（"然后呢？"）

（"做必要的事。你认为她为何而来？"）

（"我知道，我先前还不确定你知道……或是会同意。我的兄弟，我自己。"）

（"我的兄弟。"）

麦克没有起身取水。他用念力从酒水托盘中升起一支玻璃杯，送进浴室，打开水龙头装满，让水杯回到吉尔手里。派温斯基太太看着这一幕，好像有兴趣，却几乎心不在焉，已经没什么能让她吃惊了。吉尔举杯，对她说："派特阿姨，这就像受洗……也像结婚。这是……火星人做的事。这意味着你信任我们，我们信任你……我们能告诉你

471

任何事,你也能告诉我们任何事……而且我们永远是伙伴,从现在到永远。这是很认真的……一旦完成,永远不能违背。倘若你违背,我们不得不死——立即死去,无论有没有得救。倘若我们违背——但我们不会。可是,如果你不愿意,你不必与我们共享水——我们仍然是朋友。那么……如果此举有任何方面和你的信仰相抵触,请不要这么做!我们不属于你的教会,虽然你以为我们是。我们不是,我们可能永远不会加入。你现在最多只能说我们是'求道者'。麦克?"

"我们灵悟,"他附和说,"派特,吉尔说得对。希望我们能用火星语说给你听,那样说得比较清楚。但这件事在各方面都像结婚……却比结婚丰富得多。我们愿意请你饮水……但如果你的宗教或你的心里有任何理由不接受——那就别饮水!"

派翠霞·派温斯基深吸一口气。她以前做过一次这样的决定……她的丈夫看着……她当时没有畏缩。她又何德何能拒绝神人,以及神人受赐福的新娘。"我愿意。"她坚定地说。

吉尔喝了一口:"我们比以往更亲近了。"她将水杯递给麦克。

他看看吉尔,然后看着派翠霞:"谢谢你的水,我的兄弟。"他喝了一口,"派特,我给你生命之水。愿你随时得以畅饮。"他将水杯递给她。

派翠霞接过去:"谢谢!噢,亲爱的,谢谢你们!'生命之水'——噢,我爱你们!"她大口喝下。

吉尔接过她手上的水杯,一饮而尽:"现在我们更亲近了,我的兄弟们。"

("吉尔?")

("就是现在!!!")

迈克尔让他的新水兄弟升高，飘进房里，把她轻轻放在床上。

瓦伦丁·迈克尔·史密斯第一次充分知晓那种肉体的凡人之爱时——非常平凡且非常肉体——他就灵悟到了，这不只是卵的活化所必需的，也不仅仅是促进亲近的仪式，这项行为本身就意味着更亲近，是一种非常美好的事——而且（据他所知）就连他的旧族人元老都不知道。他还在灵悟这件事，把握每一次机会，尝试灵悟其圆满。由于猜想元老可能不知道这种狂喜，他曾经为其中的异端而忧虑，但他早已克服这种烦恼——他已经灵悟到，他的新族人对这些事有独特的灵性深度。他快快乐乐尝试探测，没有童年养成的禁忌使他产生任何形式的不安或勉强。

他遇见的人类导师都非常有资格指导他的纯真，而不损伤这种纯真。成果就像他本人一样独特。

吉尔发现"派特阿姨"接受了这样一个事实：在一个非常古老的火星人仪式上与迈克尔共享水，会立刻导致在一个本身就很古老的人类仪式上共享麦克本人，这是不可避免且有其必要的。她很高兴，但其实没有很惊讶。虽然经过在此之前的诸多奇迹，而且确实向新的水兄弟证明了麦克还能行使更多奇迹，但对于派特依然能淡然接受，吉尔有点惊讶（虽然还是很高兴）。然而，吉尔当时并不知道，派翠霞·派温斯基以前就曾遇见过神人——派翠霞期望遇见更多神人。吉尔只是觉得安详快乐，她抵达了分界线，采取了正确的行动……随着确定了分界线而更亲近，她则是狂喜快乐——这一切，她都是用火星语思索的，思路相当不同。

终于，他们歇下来，吉尔要麦克通过心灵致动给派特泡澡，吉尔自己则是坐在浴缸边上看着，又是尖叫又是傻笑。这只是玩耍，凡人的玩耍，一点都不像火星人；麦克初次为吉尔做这件事时，几乎是懒洋洋的，自己还不肯从水里出来——那时或多或少是误打误撞，这时却已成为惯例，吉尔知道派特会喜欢这一套。吉尔看着派特发现自己被一双动作轻柔、看不见的手擦洗全身……然后一下子迅速干爽，不用毛巾擦，也不用暖风吹，派特脸上的表情逗乐了吉尔。

派翠霞眨了眨眼："经历这事之后，我需要喝一杯。一大杯。"

"当然，亲爱的。"

"我还是想给你们两个年轻人看看我身上的图画，所有的图画。"派翠霞跟着吉尔去了外间的起居室，麦克准备就绪，站在地毯中间，"先看看我。看着我，不是我身上的图画。你们看见了什么？"

麦克怀着轻微的遗憾，在心里剥除她的文身，看着没有图画装饰的新兄弟。他非常喜欢她的文身，很有她自己的特色，令她与众不同，成为自我。在他看来，这些文身似乎给了她些许火星人风味，因此，她不像大多数人类那样平淡无奇。他已经记住了全部的文身，并且愉快地想着，一旦灵悟了应该画些什么，也要让自己文遍全身。文上犹如父亲的水兄弟朱伯的一生怎么样？他得好好想一想。他会跟吉尔讨论这件事——吉尔可能也想文身。什么样的设计才能让吉尔成为更美的吉尔，就像香水那样，增强而不改变吉尔的气味呢？

他看着没了文身的派特，他很喜欢，但感觉没那么强烈，她看起来就像女人必然会有的模样。麦克还不能灵悟杜克的图片收藏；那些图片很有意思，也让麦克明白，自己以前竟然不晓得女人的大小、形状、比例、颜色有这么多的差异，而且，涉及肉体之爱的技巧也有些花样变化——但晓得了这些简单的事实，他似乎灵悟了杜克珍藏的图片也不能让他再学到什么。麦克早年受到的训练，使他成了非常严谨的用眼睛（及其他感官）来观察的观察者，但同样的训练也令他对偷窥的微妙愉悦感没有反应。并不是他觉得女人（特别要强调，包括派翠霞·派温斯基）在性方面不够刺激，而是因为这种感受跟视觉无关。在他的各种感官当中，嗅觉与触觉重要得多——在这方面，他是半地球人、半火星人。类似的火星人反射（比如打喷嚏）是由这两种感官触发，但只有季节对了才会激活——火星人称之为"性"的事物，浪漫程度好比静脉注射。

不过，由于派翠霞请他看看没有图画的她，麦克确实更清楚地注意到了关于她的一件事，此事他原已知道：她有张独特的脸，脸上有着人生阅历刻画出的美。他有点惊奇，觉得她的脸甚至比吉尔的更独特，使得他对派特的情感更强烈，他还不能将这种情感称为爱，但用火星语的概念表达会更清晰。

她还有自己的气味，有自己的嗓音，所有的人类都是。她的嗓音沙哑，即使没灵悟她的意思他也喜欢听；她的气味混杂着（他知道）一丝洗刷不掉的刺鼻麝香味，这是由于她日常接触蛇的缘故。这没有令他退缩；派特的蛇属于派特的一部分，就像她的文身。麦克喜欢派特的蛇，对付有毒的蛇也能完全安全无虞——不只是通过延伸时间抢先一步，避免被毒蛇咬伤，而是因为它们与他灵悟；他品味它们纯真而不知怜悯的思维——这令他想起家乡。别人也许能搬动蜂蜜肉桂卷，可除了派特，只有麦克能让这条红尾蚺心甘情愿。它的懒散通常是为了如有必要，让其他人也能靠近它——但它只接受麦克作为派特的替代品。

麦克让那些图画重现。

吉尔看着她，思索着派特阿姨一开始为什么要让自己被文身。她其实相当好看——倘若她不是一幅活生生的连环漫画。但她爱派特阿姨的本质，不是她看起来的模样——当然，文身确实给了她一份稳定的生计……至少能维持到她年华老去、形容枯槁的那一天。那时，即使她身上的图画都有林布兰的签名，乡巴佬儿也不愿掏钱看她。她希望派特的积蓄足够——她又随即想起，派特阿姨现在是麦克的水兄弟（当然也是她的水兄弟），麦克无尽的财富给了派特可靠的养老保障，吉尔对此感到欣慰。

"怎么样？"派温斯基太太又问一次，"你看到了什么？迈克尔，我几岁？"

"我不知道。"他坦白说。

"猜猜看。"

"派特，我猜不到。"

"噢，猜吧，不会伤害到我的感情的。"

"派特，"吉尔插话说，"他说猜不到确实是真心话。他还没有多少机会学习判断年龄——你知道他在地球上待的时间还很短。除此之外，麦克想事情用的是火星年，以及火星人的算术。如果是时间或数字，我会帮他处理。"

"那么……你来猜，小甜心，说实话。"

吉尔再次仔细观察派特，留意她苗条的身材，但也留意她的手、颈部、眼角——虽然应该以火星人的诚实对待水兄弟，她还是把猜想的年龄再减了五岁。"嗯，三十左右，上下不超过一岁。"

派温斯基太太得意地大笑："亲爱的，这只是真信仰带来的额外好处之一！亲爱的吉尔，我四十好几了，尾数我们就不说了，因为我已经不数自己的岁数了。"

"确实看不出来。"

"我知道看不出来。亲爱的,这就是快乐的功效。生了第一个孩子之后,我的身材就走样了。我发福得像汽油桶——他们发明'宽阔'这个词,就是为了形容我。我的肚子总是看起来像怀着四个月,有时更糟。我的胸部下垂——而且我从来没动过提胸手术。你们不必相信我;当然,我知道优秀的整形外科医师不会留疤痕……但在我身上肯定藏不住,亲爱的,疤痕会把我身上的两幅画切掉好几块。

"然后,我看见了光明!我接受了信仰。没错,没有运动,没有节食——我还是像猪那样大吃,你也知道。快乐,亲爱的,通过福斯特的帮助,达到主的无上快乐。"

"令人惊奇。"吉尔说,这是真心话。她知道有些女人把自己的外貌保养得相当好(因为她也打定主意要保养自己的外貌)……但无一例外,都必须付出巨大的努力。她知道派特阿姨在饮食及运动方面说的是实话,至少在认识她以来的这段时间……由于担任过外科护士,吉尔清楚地知道提胸手术该怎么下刀,又要划在哪里;那些文身肯定不曾见过刀。

但麦克并不惊讶。他认定是派特学会了如何把自己的身体想成自己希望的样子,无论她有没有说这是福斯特的功劳。他还在努力教导吉尔学习这种控制,但他知道她对火星语的理解还要进步,才可能达到完美。不急,只需等待,就会达成。派特继续说:

"我想让你们看看信仰为我做了什么。但这只是外在,真正的改变属于内在。快乐。我得尽力告诉你们这件事。主知道我并未领受圣职,也没有口才……但我得试试。然后我会尽可能回答你的问题。你必须接受的第一件事,就是其他所谓的教会都是魔鬼的陷阱。我们亲爱的耶稣传道宣讲真信仰,福斯特是这么说的,我也确实相信。

477

但是，在黑暗时代，他的话语被故意扭曲、添加、更改，直到耶稣自己都认不出来。因此，神才会派福斯特来到地球宣扬新启示，以正视听，再次阐明。"

派翠霞·派温斯基伸手一指，模样突然变得令人肃然起敬，像是女祭司，穿着神圣庄严、点缀神秘符号的服装。"神要我们快乐。他让世界充满能使我们快乐的事物，只要我们看见光明。倘若神不要我们饮酒作乐，他会让葡萄汁变成酒吗？他大可让葡萄汁保持原样……或是直接变成醋，没有谁能因此快乐傻笑。难道不是吗？当然，他的意思不是要你酒醉吵闹，因而殴打妻子、忽略孩子……但他给我们好东西来使用，不是滥用……也不是忽略。可是，你想跟同样已得见光明的朋友一起，喝一杯或六杯，这让你想跳起来，手舞足蹈，感谢天上的主赐福——那又有何不可呢？神造了酒精，造了脚丫——神这样安排，好让你们能把酒精和脚丫组合在一起，快乐起来！"

她停顿了一下，说："甜心，再斟满；讲道是件令人口渴的工作——这次的姜汁汽水别加得太浓；这黑麦不错。不只这样。倘若神不想让女人被注视，他会让她们丑陋——有道理，不是吗？神不是骗子，他亲自设置赛局——他不会操纵阴谋，让乡巴佬儿赢不了，就像城里的赌窟中被动了手脚的轮盘。他不会因为谁在耍诈的赌局里输钱，就要送那人下地狱。

"好！神要我们快乐，他告诉我们怎么做——'彼此相爱'！爱一条蛇，如果那可怜的东西需要爱。爱你的邻人，如果他已看见光明，心中有爱……抗拒罪人和撒旦的腐化者，他们想引你偏离正途，掉进坑里。神说的'爱'，指的不是软弱愚蠢老阿姨的爱，吓得只顾着赞美诗集，不敢抬头，害怕看见肉体的诱惑。倘若神憎恶肉体，他为什么会创造那么多呢？神并不柔弱。他创造了大峡谷、划过天空的彗星、气旋、骏马、地震——能做到这一切的神，难道会一转身就吓得尿湿裤子，只因为某个小妞儿依偎着小伙儿？亲爱的，你应当明白——我也知道！神告诉我们去爱的时候，他对我们毫无保留；他很认真。爱常常需要换尿片的小婴儿，也爱强壮的臭男人，这样才会有更多小婴儿可以爱——在这之间还要继续爱，因为爱是多么美好！

"当然，这并不意味着要滥用它，就像一瓶稞麦威士忌，并不表示我要醉酒滋事、殴打警察。你卖不了爱，你买不到快乐，这两项都没标价……如果你认为有价，通往地狱之路就要为你而开。但如果你敢开心胸给予，并且接受神无限量供应的事物，魔鬼就动不了你。钱？"她看着吉尔，"亲爱的，你会不会为了钱而跟某个人做这个共享水的事，比方说一百万？就算一千万吧，免税。"

"当然不会。"（"迈克尔，你灵悟这个吗？"）

（"吉尔，即将圆满，还要等待。"）

"亲爱的，你明白吗？我知道那个事有什么意义，我知道那水中有爱。你们是求道者，很接近光明了。但由于你们内在的爱，你俩确实正如迈克尔说的'共饮水，更亲近'，我可以告诉你们几件事，通常不能对求道者说……"

福斯特牧师自领圣职——或说是直接由神授予圣职，这取决于引述的信息来源——他对自己所处文化与时代的脉动有一种直觉本能，至少像老练的巡回马戏团团员打量乡巴佬儿的眼光那么强大。纵观其历史，俗称"美国"的这个国家与文化，就是有严重的人格分裂。这样一个民族，明面上的法律几乎一向极端拘谨，暗地里的行为却倾向于粗野；几个主要的宗教都是阿波罗型，程度各异——宗教信仰复兴布道会却往往搞得情绪异常激动，几乎像是狄奥尼索斯型。在二十世纪的美国，地球上没有别的地方对性有这么强烈的压抑——也没有别的地方对性有这么深的兴趣。

福斯特牧师与那颗行星上几乎每一个伟大的宗教领袖一样都有两个共同特征：他极富个人魅力（诋毁他的人常用"催眠师"这个词，还有其他没那么温和的词），在性方面，他完全不符合人类常态。地球上的伟大宗教领袖，若不是独身，就是恰恰相反（伟大的领导者、创新者——不一定是主要的行政管理者与统治者）。福斯特并不是独身主义者。

他的一班妻子与女教士长也不是——根据《新启示录》，彻底改信与重生的关键，通常包括一项仪式，瓦伦丁·迈克尔·史密斯日后将会灵悟这项仪式特别适合让人更亲近。

这当然不是什么新鲜事。在地球的历史上，不胜枚举的宗派、邪教及主流宗教，本质上都用过相同的手法——但在福斯特时代之前的美国，还没大规模采用。福斯特不止一次受到驱逐，却也不断改进，才有了"完善"的方法与组织，得以扩展他的淫羊邪教。他建立了一个外围教会，任何人都能参加——一个人可以一直当多年的"求道者"，享有教会的多种福利。然后有一个中间教会，表面上看，它是"新启示教会"，那些快乐的得救者，捐十一税、享有教会不断拓展的商业合作中的所有的经济利益，在永无休止的喜庆复兴的气氛中大肆狂欢，高喊"快乐、快乐、快乐"。他们的罪已得赦免——从今以后，只要他们支持教会、诚实对待同道的福斯特教友、谴责罪人、保持快乐，那就少有罪恶。《新启示录》没有明确鼓励通奸，只是对性行为的讨论语焉不详，相当隐讳。

需要直接行动的时候，中间教会的得救者充实了突击部队的阵容。福斯特借用了二十世纪初"世界产业工人"的一招，要是有哪个社群试图压制当地萌芽的福斯特教运动，各地的福斯特教徒就前往那座城镇集合，直到警察或监牢招架不住——警察经常受到攻击，监牢也被砸了。

以后，即便有哪个检察官够胆识，硬是要起诉，也几乎不可能立案。福斯特（在饱受严厉批评而学到教训之后）一定会根据法律条文的字面意义，将这类起诉定义成迫害；美国最高法院——以及后来的联邦高等法院，从不曾将一个福斯特教徒以福斯特教徒的身份定罪。

但是，除了广为人知的教会，还有不为人知的内圈教会——全心奉献的中坚分子，包含教士团、全体教会的俗家领袖、所有的掌钥人与掌簿人，以及政策制定者。

福斯特挑选这些人时极为谨慎，总是亲力亲为，直到运营规模太大时才放手。他找的男人尽可能很像他自己，女人则要像他的女教士妻子们——活力充沛、信仰坚定（因为他自己信仰坚定）、个性固执，而且没有（或是一旦涤净罪恶感与不安全感之后能够免除）嫉妒之心，这里说的是其最简单、最人性的意义。他们都有潜力位列仙班，因为秘密的内圈教会正是那种彻底的狄奥尼索斯型的异端，美国从不曾出现这种教派，却有庞大的潜在市场。

但他极其谨慎——如果候选人已婚，夫妇两人必须都入选。未婚的候选人在性方面必须有积极的行动力，也要很有吸引力——他要男教士们牢牢记住，男性的人数必须总是等于或超过女性。记载中没有一处承认，福斯特曾经研究过美国以前有些类似的教派的历史——但他可能知道（或者感觉到），这类教派大多数之所以失败，是因为他们的男教士在性方面强烈的占有欲，导致了男性的嫉妒与暴力。福斯特从来不犯这种错误；他一次也不曾完全独占某个女人，将之完全保留给自己，甚至是他的合法妻子。

他也没急着扩张核心团体。大众所熟知的中间教会提供了足够的东西，来满足那些充满负罪感和不快乐的广大群众的温和需求。办一场地区性的信仰复兴布道会，只要产生两对能有"天国婚姻"的夫妇，福斯特就满意了——如果一对都没有产生，他就任其他种子成长，并且派遣有经验的男女教士去培植他们。

然而，他总是尽可能亲自考验候选夫妇，让一个忠心的女教士陪着。由于这样的夫妇到了中间教会已经"得救"，他面临的风险很少——女的候选人其实没什么风险，至于男的，他总是先亲自评估，才让自己的女教士出马。

得救的时候，派翠霞·派温斯基还是少妇，而且"非常非常快乐"。她有了第一个孩子，她敬爱年纪大她一截的丈夫。乔治·派温斯基慷慨大方，温柔多情。他确实有个毛病，就是经过漫长的一天之后，经常会喝得大醉，没法展现他的爱意……但他手中的文身针仍然很稳，而且眼神锐利。派特认为自己是个忠实的妻子，整体来说，也是个幸运的妻子——确实，乔治偶尔会跟某个女客人调情……如果天色尚早，还可能相当深情——当然，创作某些文身需要独处，尤其是为淑女服务的时候。派特很宽容……更何况她自己有时也跟男客人约会，尤其是在乔治酗酒越来越频繁之后。

然而，她的生命还是有欠缺，甚至遇见一个深表感激的顾客，送给她一份奇怪的礼物，还是没能填补这种欠缺。这份礼物是一条大牛蛇——他说，他要跟着货轮出海，因此不能再养着。她一向喜爱宠物，对蛇也没有什么俗气的恐惧症。她在他们面街的展示橱窗里为它布置了一个家，乔治制作了一张美丽的四色图画来衬托这条蛇——"别踩躏我！"他的新款图样后来大受欢迎。

不久，她养了更多蛇，它们给了她相当大的安慰。她的父亲是爱尔兰阿尔斯特的新教徒，母亲来自科克；父母之间的剑拔弩张，使她没了宗教信仰。

福斯特在圣佩德罗布道的时候，她已经是"求道者"；她设法拉着乔治参加了几次礼拜，但他还没看见光明。

福斯特给他们带来了光明，当天，他们就做了忏悔。六个月后，福斯特回来视察分会表现如何，派温斯基夫妇非常虔诚，他亲自关照了他们。

"从乔治看见圣光的那一天起，我就不曾有一分钟的麻烦。"她告诉麦克与吉尔，"当然，他还是会喝酒……但他在教会里喝，而且从来不会喝太多。到了我们神圣的领袖回来的时候，乔治已经开始他的伟大项目。当然，我们想要给福斯特看，如果他能抽出时间……"派温斯基太太犹豫了一下，"孩子们，我真的不该对你们说这些。"

"那就别说，"吉尔强调说，"亲爱的派特，我们从不希望你做或说任何让你不自在的事。'共享水'必须轻松自在，而且自然……等到你觉得可以轻松地说出来，我们也会觉得轻松的。"

"呃……可我真心想要分享！听我说，亲爱的，我信任你俩……完全信任。但我只想要你们记得，我要告诉你们的是教会的事，所以你们绝对不能告诉任何人……就好像我不会对人说起你们的事。"

麦克点了点头："在地球这里，我们有时称之为'水兄弟'的事,在火星,没有任何问题……但在这里,我灵悟,有时候会有问题。'水兄弟'的事,你不要讲给别人听。"

"我……我'灵悟'。很古怪的词,但我会学起来。好,亲爱的,这是'水兄弟'的事。你们知道福斯特教徒都有文身吗?我说的是真正的教会成员,永恒得救的那些人——像我这样。噢,我的意思不是像我这样遍体文身,而是……看见了吗?就在我心口……看见了吗?这就是福斯特的神圣之吻。乔治刻意设计得让它像是这幅画的一部分……好让外人无从猜想,除非我告诉他们。但这是他的吻——而且是福斯特亲自留下的!"

她一脸得意,陷入狂喜。

他们两人都仔细查看。"这是吻痕,"吉尔惊异地说,"就像有人涂着口红吻了你。要不是你指给我们看,我还以为是夕照的一部分。"

"是呀,真的,所以乔治才会这么设计。因为你不能随便给人看福斯特之吻,除非对方也有福斯特之吻——我从来没给人看过,直到现在。可是,"她坚持说,"我确定你们以后会有,你俩都会有,总有一天——你们得到的时候,我希望亲手给你们文身。"

吉尔说:"派特,我不太懂。我明白福斯特亲吻了你是很美妙——但他怎么能吻我们呢?毕竟,他……上了天国。"

"没错,亲爱的,确实是。但请让我解释。任何领受圣职的男女教士,都能给你福斯特之吻。这意味着神在你的心里。神是你的一部分……直到永远。"

麦克突然热切地说:"尔乃神!"

"嗯,迈克尔?嗯,用这种方式说可真奇怪——我从来没听过哪个教士这样说，但确实有几分表达了这意思……神在你之内，由你而出，与你同在，魔鬼永远不能对你下手。"

"是的，"麦克同意，"你灵悟神。"他高兴地想，这比以往任何时候都更接近把这个概念讲清楚了……只不过吉尔正在用火星语学习这个概念。这无可避免。

"正是，迈克尔。神……灵悟你——在神圣之爱与永恒快乐中，你们与他的教会缔结。教士——男女教士都行——吻你，然后这个吻痕就会文在身上，永远展示。当然不一定要这么大——我的吻痕正是福斯特蒙福的唇印大小及形状——这个吻可以放在任何地方，不让罪恶的眼睛看见。然后，去参加永恒得救者的快乐集会时，你就展露出来。"

"我听过快乐集会，"吉尔说道，"但我一直不清楚那些是什么。"

"嗯，"派温斯基太太客观地说，"有各种不同的快乐集会。有些是面向普通会员，他们属于得救者，但可能故态复萌，那种集会好玩得很——盛大的欢宴，自然和快乐的祈祷很少，多的却是欢喜的热闹。也许，甚至有一点真正的爱——但那种场合不赞同这种事，你最好非常小心谨慎地处理好关系，因为你不可成为兄弟之间纷争的种子。教会严格要求在适当的地方做适当的事。

"至于永恒得救者的快乐集会——嗯，你不必小心翼翼，因为那里不会有人行罪——都过去了，都了结了。如果你想要喝酒喝到不省人事……行，这是神的旨意，否则你不会想这么做。你想跪下祷告，或是放声高歌——或是撕掉衣服跳舞，这是神的旨意。不过，"她补充说，"你可能一件衣服也没有，因为那里不会有谁觉得这有什么错。"

"听起来好像相当欢乐。"吉尔说。

"噢,确实是——一直很快乐!你从头到尾都充满了天赐之福。假如你早晨醒来,躺在卧榻上,身边是永恒得救者教友的一员,你知道,他在那里是因为神的旨意如此,要使你们都蒙福快乐,于是你们就快乐。他们身上都得到了福斯特之吻——这是属于你的吻。"她微微蹙眉,"感觉有点像'共享水'。你们理解我吗?"

"我灵悟。"麦克表示同意。

("麦克?????")

("等待,吉尔,等待圆满。")

"可是,不要以为,"派翠霞认真地说,"只要有一个小小的文身记号就能参加内圈圣殿快乐集会——毕竟,太容易伪造了。外地来访的兄弟或姊妹——嗯,例如我,我一知道巡回马戏团要去哪里,就写信给当地教会,把我的指纹寄给他们查验,核对保存在福斯特大天使大礼拜堂的永恒得救者总档案里——除非他们本来就认识我。我给他们地址,由公告处转交。然后,我去教会的时候——我每星期天都去,从不错过一场快乐集会,即使意味着提摩有几个晚上的大轴只好找人垫档——我第一次去就立刻被认出来。大多数的地方,他们很乐意见到我;我身上有独特且无与伦比的神圣图画,等于是加码的精彩节目——我常常大半个晚上只是任人仔细查看……每一分钟都是天赐之福。有时候,牧师要我带着蜂蜜肉桂卷扮演夏娃与蛇——这当然需要身体化装,如果没有时间,就穿肤色紧身衣。某个当地的兄弟扮亚当,我们表演被逐出伊甸园,当地的教士解释真正的意义,而不是你听说的那些扭曲的谎言,结尾是我们重获受赐福的纯真与快乐,这肯定能实打实地炒热聚会的气氛。欢喜！"

她又说："不过，大家总是对我的福斯特之吻感兴趣……因为，自从他回归天国将近二十年以来，随着教会规模增加，蓬勃发展，得到福斯特之吻的人，绝大多数都是经过代理——我总是让大礼拜堂为其证明。我也会告诉他们这件事。呃……"

派温斯基太太犹豫了一下，然后告诉他们这件事，言辞详细，一清二楚——吉尔不禁纳闷儿自己公认的不容易脸红的能力去了哪里。然后她灵悟到了，麦克与派特属于同样的人——神的纯真孩子，无论做了什么都不能改变这种纯真。为了派特好，她希望这荒唐的大杂烩真实不虚，福斯特真的是神人先知，拯救了她，让她得到了永恒的天赐之福。

可是，福斯特！天杀的，根本是个模仿拙劣的小丑！然后，通过大为进步的回想能力，吉尔突然回到那个有玻璃墙的空间，站在那里凝视着福斯特的死人眼。但是，在她心里，他似乎活着……她感觉自己下身一阵震颤，不禁猜想，倘若福斯特亲自给她神圣之吻——以及他神圣的自身，她会怎么做呢？

她挥开这个念头，但来不及了，麦克已感受到大半。她感觉他微微一笑，带着会意的纯真。

她站了起来："亲爱的派特，你什么时候得回到会场？"

"哎呀！我这会儿就该回去了！"

"为什么？马戏团九点三十分才会出发。"

"嗯……蜂蜜肉桂卷会想我……而且，如果我在外面待太晚，她会吃醋。"

"难道你不能告诉她，这是快乐集会之夜吗？"

487

"嗯……"派特一把搂住吉尔,"是!确实是!"

"好。那我要去睡一会儿——吉尔疲倦了,相信我。那么,你得什么时候起床?"

"呃,如果我八点前回到会场,可以找人帮忙拆卸住宿帐篷,还有时间确认我的宝宝们稳妥装笼。"

"早餐呢?"

"我不会一起床就吃早餐,会上了火车再吃。我刚睡醒时通常只喝咖啡。"

"我们在房里就能煮咖啡。我不会让你睡过头的,现在你们彻夜谈宗教,喜欢谈多久都行;我不会让你睡过头——假如你睡着的话。麦克不睡觉。"

"完全不睡吗?"

"从来不睡。如果他有什么事需要思考,他会稍微蜷曲身体,思考一会儿——但他不睡觉。"

派温斯基太太严肃地点了点头:"另一个征兆。我知道——迈克尔,总有一天,你也会知道。你会受到召唤。"

"也许吧!"吉尔应声,"麦克,我快睡着了,送我上床。可以吗?"她浮起来,飘进卧室,被子盖上她,好像有双看不见的手在操纵。被子还没盖好,她就睡着了。

吉尔醒来,正如她原本的计划,刚好七点。麦克的脑子里也有时钟,但就地球历法与时间而言,他的时钟非常不稳定,会跟着另一项需求浮动。她悄悄溜下床,往另一个房间里探头。灯熄了,窗帘紧闭,室内相当暗,但他们没睡。吉尔听到麦克轻柔坚定的语气说:

"尔乃神。"

"尔乃神……"派翠霞悄声回应,声音沉闷得仿佛被下了药。

"是,吉尔是神。"

"吉尔……是神。是的,迈克尔。"

"尔亦神。"

"尔……是神。立刻,迈克尔,立刻!"

吉尔轻手轻脚退回去,静悄悄地刷牙。不久,她用心灵让麦克知道自己醒了,却也发现,正如她所料,他知道了。她回到起居室的时候,窗帘升上去了,早晨的阳光洒进来。"早上好,亲爱的!"她吻了他们两个。

"尔乃神。"派特直率地说。

"是的,派特,尔亦神,神在我们每个人当中。"她在刺眼、明亮的晨光中看着派特,注意到了她的新兄弟看起来并不疲倦。她看起来仿佛睡了一整夜有余……看起来比从前更青春更甜美。嗯,她知道那种效果——如果麦克想熬夜,不打算阅读或是思考一整夜,吉尔从不觉得那有什么困难……她怀疑自己昨夜突然袭来的困意也是麦克的主意……然后听到麦克在心里承认确实是。

"亲爱的,你们的咖啡——我也有。除了咖啡,还有一盒橙汁。"

他们用了轻食早餐,充满快乐。吉尔看到派特若有所思的模样:"亲爱的,怎么了吗?"

"呃,我很不愿意提起这件事——可你们两个年轻人要靠什么吃饭呢?派特阿姨碰巧有些积蓄,我想……"

吉尔放声大笑:"噢,亲爱的,对不起,我不是故意大笑。可是,火星来客很有钱!你肯定知道吧?还是你从来不看报纸?"

派温斯基太太显得困惑:"嗯,我想我是晓得——是那样。可是，新闻报道说的实在相信不得。"

吉尔叹了一口气："派特，你真是个甜心。相信我，既然我们是水兄弟了，我们会毫不犹豫地叨扰你——'共享巢'不只是诗意。情况恰好相反。如果你哪天需要钱——多少都没关系，我们根本用不完——只管开口说。金额不限，时间不限。写信给我——不如这样，打电话给我——因为麦克对钱没什么清楚的概念。哎呀，亲爱的，此时此刻就有二三十万美元在我名下的支票账户。你要一些吗？"

派温斯基太太一脸吃惊，自从麦克把她的戏服变消失之后，她还不曾有这样的表情："老天！不用，我不需要钱。"

吉尔耸了耸肩："如果你哪一天需要，说一声就行了。我们不可能全部花掉，而且政府也不会让麦克随便送掉。至少，不能送掉太多。如果你想要游艇——麦克会很乐意送你游艇。"

"当然会，派特，我从没见过游艇。"

派温斯基太太摇了摇头："亲爱的，别带我上高山——我想要的从来不多……我想从你们两个这里得到的，就只有你们的爱……"

"你有的。"吉尔告诉她。

"我不能灵悟'爱'，"麦克严肃地说，"但吉尔说的永远是对的。如果我们有，就是你的。"

"还有，我知道你们两个都是得救者。但我已经不担心那个了，麦克对我说了等待，以及为什么要等待。吉尔，你明白我吗？"

"我灵悟。我再也不会对任何事心急了。"

"但我确实有东西要送给你们两个。"文身女站起来，去拿了自己的手提包，取出一本书。她走回来，站在他们身边："亲爱的……这是神圣的福斯特给我的那本《新启示录》……就在他在我身上留吻的那一夜。我想要你们收下。"

吉尔突然泪水盈眶,感觉自己哽咽了:"可是,派特阿姨——派特,我们的兄弟!我们不能收下。不能拿这本,我们会买一本。"

"不,这是……这是我与你们共享的'水'。为了更亲近。"

"噢……"吉尔一跃而起,"我们收下。但现在是我们的——我们共有的。"她吻了派特。

没多久,麦克拍拍她的肩:"贪婪的小兄弟,轮到我了。"

"我会一直这么贪婪。"

火星来客先亲吻新兄弟的嘴,停顿一下,再轻吻福斯特吻过的地方。然后,他思索了一下,这一下以地球时间来算很短暂,在吻痕另一边挑了个对应的点——这个点上乔治的文身设计和他的意图巧妙匹配——吻在那里,同时延长自己的时间感觉,极为详尽地想着自己要完成的细节。他有必要灵悟这些微血管……

在另外两人(接受者与旁观者)看来,他只是用嘴唇轻柔且短暂地按压那片装饰华美的皮肤。但吉尔似乎感觉到他施了力,于是看了一眼:"派特!看呀!"

派温斯基太太低头看着自己。他的唇在她的皮肤上留下了印记:成对的血红色斑痕。她快昏厥了——但随即证明自己坚定的信仰有多深:"是的,是的!迈克尔……"

文身女士一下子就不见了,变成穿着高领长袖衣服,戴着手套,模样相当朴素的主妇。"我不哭,"她冷静地说,"这不是再见,永恒里没有再见。但我会等待。"她轻吻他俩,头也不回地离开。

第 28 章

"亵渎!"

福斯特抬起头来:"师弟,你被什么东西咬了吗?"这座临时附楼建造得有点仓促,难免有"东西"混进来——通常是成群几乎看不见的小恶魔……当然无害,但被咬一口还是会在自我意识里留下痒痕。

"呃……你得看到才会相信——好,我把全知仪倒转回去一点。"

"师弟,我相信的可多了,你会大吃一惊。"然而,迪格比的上司还是转移了一部分的注意力过来。三个俗体——他看到了,是人类,一男二女——正在揣测永恒,这没什么奇怪。

"怎么了?"

"你听到她说的话了!她竟然说'米迦勒天使长'!"

"那又怎么样?"

"竟然还问'那又怎么样'?噢,老天爷!"

"很有可能。"

迪格比愤慨得连头上的光环都开始颤抖:"福斯特,你肯定没有好好看一眼。她说的是赶我退场的那个超龄少年犯。再扫描一次。"

福斯特放大了信号强度,注意到实习天使说得对——也注意到别的事,于是露出天使的微笑。"师弟,你怎么知道他不是呢?"

"嗯?"

"我最近都没在俱乐部看见麦克,而且我想起来了,在千禧唯我论竞赛中,他的名字被画掉了——这是他很可能出差去了的征兆,因为麦克是这一区最热衷唯我论的选手之一。"

"可是那样的念头简直淫秽!"

"大老板有许多绝妙的主意,他们曾经在某些地区被认为'淫秽',要是你知道有多少地区,你会很惊讶——不过,考虑到你的外勤工作,你不应该惊讶。但'淫秽'是你不需要的概念,因为这没有神学上的意义。'洁净的人,凡物都洁净。'"

"可是……"

"我还在做见证,师弟,你听着。在此微瞬间,我们的兄弟米迦勒似乎不在——我不会留意他的动向,因为我们不在同一份值班表上——除此之外,那个做出有如神谕声明的文身女子不太可能搞错,因为她自己也是很神圣的俗体。"

"谁说的?"

"我说的,我知道。"福斯特再次露出天使的甜美微笑。亲爱的小派翠霞!虽然年纪渐长,但风韵犹存——内在的发光使得她看起来像花窗玻璃。他不带世俗的得意,注意到,自从他上次看到派翠霞之后,乔治已经完成敬献的杰作——描绘他受召唤到天国的那幅画还不错,真的不错,升华了。他必须记得去找乔治,恭维他的手艺,并且告诉他见到了派翠霞——嗯哼,乔治在哪里?在宇宙设计部担任创意画师，就在造物主的手下工作，他记得没错的话——没关系，主档可以查出他的动向，不会太久。

派翠霞娇小丰满，多么美妙，如此神圣的狂热激情！倘若她能多一点自信，少一点自卑，他可能就让她当女教士了。但派翠霞需要根据自己的本性接受神，她只有在林伽派信徒当中才符合资格……那里并不需要她。福斯特考虑倒带扫描，看看她以前的模样，却由于天使的克制，决定还是算了；还有工作要做……

"先别管那个全知仪了，师弟，我想跟你谈一谈。"迪格比听命放下，等待着。福斯特弹了弹头上的光环，他在冥想的时候有这样一个讨厌的习惯："师弟，你还不太有天使样。"

"抱歉。"

"悲伤不适合永恒，但真理适合。你一直记挂着的那个年轻人，他可能是，也可能不是我们的兄弟米迦勒。暂时等一等——首先，用什么方法召唤你离开牧区，这轮不到你置喙。其次，并不是他给你困扰——你对他所知甚微——造成你烦恼的是你以前那个娇小的黑发秘书。她曾经获得我的'吻'，在你受召唤之前好久。不是吗？"

"我当时还在考验她。"

"那么，毫无疑问，你肯定带着天使的喜悦注意到了，邵特最高主教亲自给她做了一次最彻底的检查——噢，非常彻底。我对你说过，他会检验的——她通过了，她现在享有更宽广的快乐，这是她应得的。嗯……牧师应该在工作当中享受喜悦……但得到晋升的时候，也应该从中享受喜悦。话说，我碰巧知道有个实习守护天使的职缺，在一个准备开张的新部门——我承认，以你列名的品级，这个职位低了一些，但会给你很好的天使经验。这颗行星——嗯，你可以想成是一颗行星,去了就知道了——居民的种族属于三极性,而不是双极性,我听到高层权威的说法,对这三极的任何一个,就连唐璜也提不起尘世的兴趣……这不是什么类比,唐璜真的被投去测验了。他尖叫抗议,祈祷被送回他为自己创造的孤寂地狱。"

"打算派我去破烂地方,是吧?好让我不会干涉!"

"啧啧啧!你不能干涉——正是这唯一的不可能,使其他一切成为可能;你刚抵达这里的时候,我就试着告诉你了。但你不必担心这个,你尽管尝试,直到永恒。你的命令将会包含循环,你会回到此时此地报到,不会有任何时间的损失。现在先飞走,开始做事;我还有工作要做。"福斯特继续处理先前中断的事。噢,是的,一个可怜的灵魂,暂时称她为"艾丽丝·道格拉斯"——担任驱使者在最好的情况下也是艰难的任务,她却努力应付,坚持不懈。但她的工作完成了,现在她需要休息与复健,消除不可避免的战斗疲劳……她会又踢又嚷,七孔冒泡,释放灵质。

噢,完成那么艰难的任务之后,她会需要彻底的驱邪!那些任务真的很难——不可能不难。"艾丽丝·道格拉斯"是十分可靠的外勤特工;她能接下任何困难的任务,只要是维持处女之身——在火刑柱上被燃烧,或是在修女院闭关,她总是使命必达。

他倒不是有多么在乎处女,只是尊重任何优异的工作表现。福斯特很快地偷瞧了派温斯基太太最后一眼,这是他欣赏的同事。亲爱的小派翠霞!多么有福、活泼的神恩……

第 29 章

派翠霞·派温斯基出去之后,套房的门自动关上,吉尔说:"麦克,现在呢?"

"我们要离开了。吉尔,你读过一些变态心理学。"

"当然读过,培训的时候。没你读的那么多,我知道。"

"你知道文身的象征吗?蛇呢?"

"当然。我初次遇见派特时就知道了。我一直希望你会找到方法。"

"要先成为水兄弟才有可能。性是必要的,性是有助益的美好——但唯有在共享后更亲近的情况下才可以。我灵悟,倘若我还没亲近就这么做——嗯,我不确定。"

"麦克,我灵悟你说的。这是其中一个原因——许多原因的其中一个——我爱你。"

他面有忧色:"我仍然不能灵悟'爱'。吉尔,我不能灵悟'人',甚至不能灵悟你,但我不想让派特离开。"

"拦住她!让她跟我们在一起。"

("吉尔,等待。")

("我知道。")

他出声补充说:"此外,我怀疑自己能不能提供她需要的一切。她一直想把自己奉献给每一个人。甚至她的快乐集会、她的蛇、那些靶子,对派特都不够。她要把自己放在圣坛上,奉献给世界上的每一个人,时时刻刻——要让他们快乐。这本《新启示录》……我灵悟,对其他人会有许多其他意义。但对派特则是这样。"

"是,麦克。亲爱的麦克。"

"离开的时候到了。挑出你要穿的衣裙,拿着你的钱包。我来处理剩下的垃圾。"

吉尔有几分哀愁,她偶尔也想带走一两件东西。但麦克总是轻松地往前走,只有身上的衣物——而且似乎灵悟她也应该那样。"我穿那件漂亮的蓝色连衣裙。"

衣物自己飘出来,在她头上摆好姿势,她举起双手,它就自己往下扭到她身上,自己拉好拉链。搭配的鞋自动走向她,等她伸脚踩进去。"麦克,我准备好了。"

麦克感受到了她思绪中的伤感滋味,但没感受到为什么,因为这与火星人的概念太格格不入:"吉尔,你想要停下来结婚吗?"

她想了一下:"今天不行,麦克,今天是星期天,我们领不到证。"

"那就明天。我会记得。我灵悟你会喜欢。"

她想了一下:"不会,麦克。"

"吉尔,为什么?"

"两个原因。其一,我们不可能通过结婚变得更亲近,因为我们已经共享水。这是逻辑,用英语与用火星语都一样。是吧?"

"是的。"

"其二,是用英语才说得通的原因。我不愿让朵卡丝、安妮、米丽茵——还有派特——认为我试图把她们排挤出去……她们中的某一个可能会那样想。"

"不会,吉尔,她们没有一个会那样想。"

"嗯,我不会冒险,因为我不需要。因为你我很久很久以前就在医院病房里结婚了。只因为你当时就是你此时的模样,而我当时怎么想都想不到此事。"她犹豫了一下,"但有件事儿,你也许能为了我做。"

"吉尔,是什么?"

"嗯,你可以偶尔叫我的昵称!就像我对你那样。"

"好的,吉尔,什么昵称呢?"

"噢!"她很快地吻了他一下,"麦克,你是我遇见过最贴心、最可爱的男人——却也是两颗行星上最令人恼怒的小动物!不必费事想昵称了。只要偶尔叫我'小兄弟'……就能让我体内颤抖不已。"

"好的,小兄弟。"

"哦,天!赶快穿好衣服,我们离开这里——否则我会带你回到床上。好了,我们在柜台那里碰面,我去结账。"她离开得很突然。

他们去了镇上的起降坪,搭乘第一辆前往任何地方的灰狗巴士。一两个星期后,他们又回家一趟,共享水一两天,又是没说再见就离开——或者应该说,麦克没说;对于说再见这一项人类习俗,麦克顽强抗拒,自己永远不肯使用。在某些情况下,如果吉尔要求,他就在形式上对陌生人说。

不久，他们到了拉斯维加斯，暂时留在一家不时髦的旅馆，不在赌城大道上，而是在附近。麦克尝试了所有赌场的各种赌法，在这段时间，吉尔担任展演女郎——她觉得赌博很无趣。由于她不善于唱歌或跳舞，也不会表演节目，只好站立或走动，戴着一顶高得不像话的帽子，面带微笑，穿着一片金银丝织物，这是西方巴比伦最适合她的工作。如果麦克在忙，她宁愿工作，而且对于她挑的工作，麦克总是有办法帮她弄到。由于赌场从来不打烊，他们在拉斯维加斯的那段时间，麦克几乎没闲着。

麦克小心谨慎，遵守吉尔为他设定的行为上限，不在任何一间赌场里赢太多钱。在每一间赢了几千美元之后，他会小心翼翼地全部放回去，不管赌什么，从来不让自己赚得很多或输得很多。然后，他找了份荷官的工作，仔细研究人，试图灵悟他们为什么赌博。在许多赌徒身上，他隐约灵悟到某种欲望，本质上似乎是强烈的性——但他灵悟到其中有错。这次打工，他干了好一阵子，总是任轮盘小球滚动，不加干预。

吉尔在某个富丽堂皇的剧场兼餐厅工作，她发现那里的顾客只是靶子……更有钱的靶子，但仍然是靶子，这情况把她逗乐了。她也发现了关于自己的一些事：她喜欢展示自己，只要环境安全，不会受到她不想要的咸猪手的骚扰。她的火星人诚实度日益提升，她检视自己新发现的这一面。过去，虽然她原本就知道自己喜欢被欣赏，但她由衷相信，自己只想被特定的少数人看，通常只有一个。她曾经感到很苦恼——很久以前的事——见到她的肉体对于麦克其实并不意味着什么，即使他对她的肉体一向热烈，给她女人梦寐以求的激情与柔情——只要他没在想别的事。

她提醒自己，他甚至对此很大方。只要她愿意，即使在他最深的抽离的恍惚状态，他总是愿意让她唤他出来，变速换挡，毫无怨言，面带微笑，表现得热切又深情。

然而，情况就是这样——这是他的奇异特性之一，就像他不能笑出声。吉尔开始担任展演女郎之后，她觉得自己喜欢受到视觉欣赏，是因为麦克没有满足她这件事。

但当她对自己的诚实日臻完美，同理心稳定增长时，这个解释就站不住脚了。观众当中一半的男性，大概率都是太老、太肥、太秃，整体上沿着"熵"这条悲惨的道路走得太远，对于吉尔这样青春、美丽、爱挑剔的女性，已经不太可能有吸引力——她一向鄙视"老色狼"。然而，她为自己辩护，这不是老男人本身的问题。她提醒自己，朱伯可以看着她，甚至故意无礼地使用粗俗的语言，却丝毫不会给她那种感觉，好像等不及要把她拉到僻静处，抚摸她的身体。她淡定地确信朱伯对她的爱，这份爱真正灵性的本质，她告诉自己，是她大可跟他躺在同一张床上，好好睡觉——且确信他同样会好好睡觉，只有轻啄一下的晚安吻，就像她经常给他的那种吻。

但如今她发现，这些缺乏吸引力的男性没有让她不舒服。当她感觉到他们爱慕的眼光，甚至露骨的欲望——她发现她确实感觉到，甚至能辨识源头——她并不厌恶，反而兴奋起来，这令她感觉高兴，暗自得意。

以前，她只觉得"暴露癖"是个变态心理学的名词——她曾经轻视的神经官能症。现在，她探究自己，详细检视，她判断，如果这种形式的自恋不正常，那她原本就不正常，只是自己并不知道。但她又不觉得不正常；她感觉健康又快乐——从来不曾这么健康。她的身体一向比普通人健康——护理师需要体能——但她很久没有轻微感冒或是肠胃不适,她不记得多久了……哎呀,她才想起来,真奇怪,甚至连痛经也没有。

好吧,她很健康,如果一个健康的女人喜欢被人看——而且不是被当成半扇牛肋肉!——那么,理所当然,健康的男人应该喜欢看女人,否则就说不过去了!在这一瞬间,她终于理解了杜克和他的图片……她在心里恳求他原谅。

她与麦克讨论这件事,试着解释她观点的改变——这并不容易,因为麦克不能理解吉尔为什么曾经介意被人看,在任何时间,被任何人看。他能理解她不希望被碰触;麦克对握手也是能免则免,只要不冒犯别人,他只想碰触水兄弟,也只想被水兄弟碰触(吉尔并不确定麦克心里对男性水兄弟究竟能接受到什么程度;他曾经读到同性恋,却无法灵悟,于是她给他解释——并且教给他实用的准则,教他避免给人那样的印象,以及如何防止别的男人挑逗他,因为她猜得不错,像麦克这么漂亮,肯定会吸引那样的人。他听从她的建议,开始把自己的脸变得更阳刚,而不是最初那种雌雄同体的美。然而,吉尔并不确定,倘若男性提出这样的邀请,比如杜克,麦克会不会拒绝——但幸好麦克的男性水兄弟都是明显阳刚的男人,就像另外一半是很阴柔的女人。吉尔希望以后会保持那样。她猜想麦克可能会灵悟可怜的中间人有某种"错"——他应该不会请那些人饮水)。

麦克同样不能理解,为什么她现在会喜欢被盯着瞧。两人对此的态度只在一段时间内大致相似,就是两人离开巡回马戏团的时候,吉尔发现自己变得不在意被盯着——正如她对派特说的,如果有助益,她愿意"一丝不挂"地做节目。

吉尔明白了，她目前的觉醒在那个时间点开始萌芽；她从来不曾真正对男人的目光无感。逐渐适应了有火星来客的生活后，特殊情况迫使她摆脱了一部分人为的、经由训练强迫养成的人格；即使护理专业的要求异常严苛，护理师仍保留了一定程度类似淑女的警惕。吉尔是在失去这种警惕后，才发现自己竟然也有这种警惕。

当然，吉尔甚至比以前更像"淑女"——但她更愿意把自己想成是"绅士"。她再也不能隐瞒自己的意识（也没有任何意愿），她的内心有什么欢脱、不知羞耻的东西，像发情的雌猫跳起肚皮舞，诱惑街区的一众雄猫。

她尝试向麦克解释这一切，揣测自恋者的暴露癖与偷窥癖相辅相成的功能属性，把她自己和杜克当作临床范例。"事实是，麦克，我觉得自己能从中获得真正的刺激，让那些男人全都盯着我……很多男人，几乎任何男人的目光。所以，我现在灵悟了杜克为什么喜欢拥有那么多美女图，越性感越好。同一码事，只是反过来罢了。这并不意味着我想跟他们上床，就好像杜克也不会想跟相片上床——噗，亲爱的，我甚至不想跟他们打招呼。可是，当他们看着我，告诉我——用意念告诉我——说我引人遐思的时候，却带给我一阵酥麻，就在我腰内有一种温暖愉快的感觉。"她稍微皱了皱眉，"你知道，我觉得我该请人为我拍一张真正调皮的相片，寄给杜克。只是要向他道歉，我曾经轻视他，没能灵悟，我以为这是他的一种毛病。若说这是毛病，那我也有，算是女子版的，但我灵悟这不是。"

"好吧，我们早上找个摄影师。"

她摇了摇头："我们下次回家，我就向杜克道歉。我不会真的寄那样的相片给杜克。他从不曾对我无礼——我也不希望他想太多。"

"吉尔，你不要杜克吗？"

她听到他心里传来"水兄弟"的回声："嗯……说真的，我从来没真正想过这件事。我猜想我对你'忠实'——倒不是说需要。但我灵悟你说得对；我不会拒绝杜克——我也会喜爱的。亲爱的，你认为怎么样？"

"我灵悟这是美好。"麦克严肃地说。

"嗯……我的火星人骑士，有些时候，至少表现出一点嫉妒更能得到我们人类女性的欢心——但我想，你永远没有丝毫可能灵悟'嫉妒'。亲爱的，倘若有个靶子——观众里的男人，不是水兄弟——企图非礼我，你会怎么灵悟呢？"

麦克几乎没有笑容："我灵悟他会消失。"

"嗯……我也灵悟他可能会。可是，麦克——仔细听我说，亲爱的，你答应过我，除非极度紧急，否则你绝对不会做那种事。所以，千万别仓促行动。如果你听到我尖叫或大喊，读取我的心思，知道我真的有麻烦，那是另一回事。不过，你还在火星的时候，我就在对付色狼了。如果有个姑娘被强奸，十次有九次，至少有一部分是她自己的疏忽。那个第十次——嗯，好吧，把他撵走，送到无底坑。但你不会觉得有这个必要。"

"好，我会记住。我希望你会把那张调皮的相片寄给杜克。"

"什么？亲爱的，如果你希望我做，我会做。只不过，假如我真的要挑逗杜克——既然你把那个主意灌输到我的小脑袋瓜里，我可能真的会——我宁愿抓着他的肩膀，看着他的眼睛，说：'杜克，怎么样？我愿意。'我不想邮寄给他一张调皮的相片，就像以前那些讨厌的女人寄给你的那种。可是，如果你希望我做，好吧。呃，我不需要做得太调皮——我可以拍一张明显是展演女郎的工作照，告诉他我在做什么，问问他的剪贴簿还有没有空间。他可能不会把这当成勾引。"

麦克皱了皱眉："我说得不完全。如果你愿意寄给杜克一张调皮的相片，那就做。如果你不愿意，那就不要。但我希望看到那种调皮的相片。吉尔，'调皮'的相片是什么？"

麦克对整个概念困惑不已——吉尔态度的逆转、她原本的态度、关于愉悦地被人盯着，他从来不能理解（性的快感，他是理解的），但学会了接受……再加上对杜克的"艺术"收藏存在已久的困惑——那个肯定不是艺术。可是，地球人在性方面让人眼花缭乱，火星人的类似事物却苍白逊色，无法给他灵悟的基底，让他理解自恋或偷窥、端庄或暴露。

他补充说："'调皮'意味着某种错，通常是小错，但我灵悟到了，你说的甚至算不上是小错，而是美好。"

"呃，我猜，调皮的相片有两种意思——取决于相片是给谁的。既然我克服了某种偏见……麦克，我没法说给你听，必须做给你看。先关上百叶帘，好吗？"

百叶帘自己翻动，闭合起来。"好了，"她说，"现在这个姿势只是有一点点调皮——任何展演女郎都能这样拍工作照……而这个姿势只是多了一点点调皮，有些姑娘会用。但这一个调皮得明确无误……这一个相当调皮……这一个则是极为调皮，即使用毛巾把我的脸遮起来，我也不会摆出这个姿势——除非你想要。"

"但如果遮住你的脸，我为什么还要呢？"

"问杜克。我只能这么说。"

他还是一脸茫然。"我灵悟不到错,我灵悟不到美好。我灵悟……"他用了一个火星语的词,表示所有情感皆无的空状态。

但他感兴趣是因为他实在想不通。他们继续讨论,尽可能用火星语,因为这些在情绪与价值观方面有极其精微的区别——也用英语,因为火星语虽然丰富,却根本对付不了这些概念。

那天晚上,麦克现身了,坐在场边的好位置,吉尔事先指导他如何收买服务员领班,给他安排那样的座位;他下定决心要解开这个谜团。吉尔并不觉得反感。第一场是团体表演,她仪态万千地走出来,她为每一个人微笑,但她转身时,对上了麦克的眼神,她对他眨了一下眼。她发现了,有麦克在场,她每夜都喜欢的那种温暖、愉悦的感觉放大了许多——她猜想,倘若灯光熄灭,她可能会在黑暗中发光。

美女的队伍停步,众姑娘摆出舞台造型的时候,麦克距离她不到十英尺——上工的第一周,她就升到前方的位置。她加入表演的第四天,舞台导演仔细观察着她,说:"小姑娘,我不知道为什么,我们城里有些姑娘,愿意做任何工作,而且身材比你曼妙两倍——可是,灯光照在你身上的时候,你就是有顾客爱看的东西。好,我要把你往前移,让他们可以看得更清楚。我给你按标准加薪……但我还是不知道为什么。"

她摆着姿势,在心里与麦克说话。("感觉到什么了吗?")

("我灵悟,但并不充分。")

("看着我现在看的地方,我的兄弟,那个小男人。他颤动不已,他渴望我。")

("我灵悟到他的渴望。")

("你看得到他吗?")吉尔直视那个顾客的眼睛,给他热情的

505

微笑……不只为了增加他对她的兴趣,也为了让麦克使用她的眼睛,如果可能的话。随着她对火星人思想的灵悟增加,并且随着两人在其他方面的日益亲近,两人开始能用这种火星人常见的便利的交流方式。虽然她还不能完全掌握,但越来越容易了——麦克只要呼唤她,就能透过她的眼睛看,但唯有他投入注意力,她才可通过他的眼睛看。

("我们一起灵悟他,"麦克附和说,"他对我的小兄弟很渴望。")

("!!!!")

("是,美丽的痛苦。")

音乐提示吉尔改变姿势,继续款步前行。她的动作流露着得意的愉悦,由于接收到麦克与陌生人两方的情绪,她感觉自己内在的情欲沸腾起来。这套台步带着她离开麦克,几乎走向那个情欲高昂的小个子陌生人,她走近他,继续与他眼神交缠。

这时候,突然冒出一件她完全料想不到的事,因为麦克一直不曾说明可能有这种情况。她尽可能让自己多接收那个陌生人的情绪,故意用眼睛和身体挑逗他,将她从他那里感觉到的情绪转达给麦克……

突然间,线路衔接成完整的一圈,她竟然见到自己,通过陌生人的眼睛看着自己,比她所想的自己丰富多了——更感到陌生人看她时的那种原始需求。

她眼前一黑,绊了一跤,差点摔倒,还好麦克立即感知到她有危险,于是接住她、扶起她,暗助她站直,稳住她,直到她能自己走,此时灵视也消失了。

美女的队伍继续行进,通过出口。下了舞台,走在她身后的姑娘说:"吉尔,你刚才怎么回事?"

"鞋跟绊了一下。"

"难免。但刚才那一下是我见过最离奇的恢复。有那么一秒钟,你看起来像绳控的傀儡。"

(……说对了,亲爱的,就是这样!但我们不会谈到那个。)"我要请舞台经理检查一下那个地方。我想那里有块板松了,可能会害得哪个姑娘摔伤腿。"

在接下来的节目中,每当她登上舞台,麦克就会给她快速的掠影,让她知道几个不同的男人怎么看她,同时确保她不会再受到惊吓。吉尔发现自己在他们心目中的形象因人而异,这个发现令她惊奇:有一个只注意到她的腿,另一个似乎被她凹凸有致的曲线迷得神魂颠倒,第三个只看到她引以为傲的胸部。接下来,麦克提醒她,再让她看着摆出舞台造型的其他姑娘。她松了一口气,因为她发现麦克看她们就像她自己看她们——只是更敏锐。

但她惊奇地发现,自己的兴奋并没有随着间接观看身边的姑娘而减少,反而增加了。

麦克记得她的提醒,终曲时就提前开溜,避免散场的拥挤。她没料到当晚还会再次看见他,因为他在赌场担任荷官,只是请人代班一会儿,好去看看妻子的表演。不过,她换了衣服,返回酒店时,还没走到房间就感觉到他在里面。

房门为她而开,她一走进去,房门自动关上。"哈喽,亲爱的!"她大声喊,"你回家了,真好!"

他温柔地微微一笑:"我现在灵悟了调皮的相片,"她的衣服消失了,"拍摄几张调皮的相片。"

"嗯？亲爱的，当然可以。"她演练了一遍当天稍早摆过的许多姿势。每次换动作，她一摆好姿势，麦克立刻让她用他的眼睛看她自己。她看着自己，感觉他的情绪……感觉自己的情绪高涨，这是在封闭且相互放大的回响中产生的反应。最后，她摆出一个自己想象中最放荡的姿势。

"调皮的相片，美好极了。"麦克脸色凝重地说。

"是呀！我现在也灵悟了！你在等待什么？"

他们辞了工作，接下来的几天尽可能多看几场歌舞，在此期间，吉尔又发现了一件事：她要灵悟调皮的相片，唯有通过男人的眼光。如果麦克看着，她能感受且共享他的心情，从暗地里看见美女的感官愉悦，到充分激起情欲的兴奋——但如果麦克的注意力在别处，那么模特、舞者，或是脱衣舞娘，在吉尔看来只是另一个女人，可能赏心悦目，却一点也不令人兴奋。她会觉得无聊，有点希望麦克能带她回家。但也只是有点而已，因为她现在几乎像他一样有耐心。

她从各方面考量这项新的事实，觉得除了透过麦克的眼见到的情况，还是不要轻易被女人激起兴奋。一个男人给她的问题，已经令她应接不暇——要是发现自己有始料未及的潜在女同性恋倾向，那她肯定完全招架不住。

但透过他的眼光看那些姑娘很好玩，就像他说的"美好极了"，因为他现在学会了怎么看。他终于用同样的眼光看她……只不过更强烈、更极致，是一种狂喜的美好。

他们在帕罗奥图停留了一段时间，只够让麦克尝试（并且失败了）大口吞下整座胡佛研究所图书馆。这是机械都不可能完成的任务，扫描器转不了那么快，至于精装书，麦克翻页的动作也不够快，不能把那些书通通看完。他放弃了,承认接收内容比灵悟内容快多了,即使他把图书馆不开放的时间全都用来独自沉思也不够。吉尔松了一口气,两人搬到旧金山,他开始更有系统地追寻。

有一天,她回到公寓,发现他坐着,没在恍惚状态,但也没做什么,身旁都是书——很多书。

"亲爱的,有烦恼吗?"

"吉尔,我不灵悟。"他对那堆书挥了挥手。

("等待,迈克尔,我们仍需等待圆满。")

"我想,永远等不到圆满。噢,我知道哪里不对劲了:我其实不是地球人,而是火星人——是身体的形状错了。"

"亲爱的,在我看来,你足够像人——而且我爱你的身体这样的形状。"

"噢,你灵悟我在说什么。我不能灵悟人。我不了解宗教的这种多重态。对于我的族人……"

"麦克,你的族人?"

"抱歉,我应该说,对于火星人,只有一个宗教——而那一个并不是信仰,而是必然。你灵悟的,'尔乃神'!"

"是,"她同意,"我确实灵悟……用火星语。可是你知道,至爱,用英语……或是任何其他人类语言,说的不是同一件事。我不知道为什么。"

"嗯……在火星,当我们需要知道任何事——无论什么事——我们都请教元老,答案绝对不会错。吉尔,有没有可能是我们人类没有任何'元老'呢?人类没有灵魂,肯定是这个意思。我们尸解——死!——我们是不是就死去……死透了,什么都不剩呢?我们活在蒙昧无知里,是因为无所谓吗?因为那么短的时间,火星人可能用来做一次长长的沉思,我们却已消逝,不留一点痕迹吗?告诉我,吉尔。你是人。"

她微微一笑,沉着宁静:"你自己对我说的。你教我知道永恒,你不能从我这里夺走我,永远不能。你不可能死,麦克——你只可能尸解。"她双手向下比画着自己,"这个身体,你教导我,透过你的眼睛看……你那么深爱的身体,有一天,这个身体会消失。但我不会消失……我就是我!尔乃神,我是神,我们是神,是永恒。我不确定我将来会在哪里,还会不会记得自己曾经是吉尔·博德曼,乐意清理卧床患者的便盆,也同样乐意在明亮的灯光下裸露,炫耀自己有料。我一向喜欢这个身体……"

麦克显露出不同寻常的不耐烦,很快抛掉她的衣物。

"亲爱的,谢谢。"她轻声说话,坐在原地不动,"这是具美好的身体,对我而言——对你也是——对我们两个人都是。但等到我用完的时候,我想必不会怀念。我希望,当我尸解的时候,你会吃下它。"

"噢,我会吃你,没问题——除非我先尸解。"

"我想应该不会。你对自己美好肉体的控制能力强大得多,我猜你能活至少几百年。如果你愿意的话。除非你决定提早尸解。"

"有可能,但不是现在。吉尔,我试了又试。我们去了多少教会?"

"旧金山的各种教会我们都去过了,我想——可能只差那些没有公开地址的小小的秘密教会。还有求道者礼拜式,我都记不得我们去过几次了。"

"这只是为了安慰派特——要不是你觉得她需要知道我们还没放

弃，我根本不会再去。"

"她的确需要。我们对此不能说谎——你不知道怎么说谎，我也不能，对派特不能。对任何兄弟都不能这么做。"

"说真的，"他承认，"福斯特教徒确实有点厉害。当然，太扭曲了。他们相当笨拙，还在摸索——就像我在巡回马戏团那样。而且他们永远不会修正自己的错误，因为这东西……"他让派特的经书浮起来，"主要是瞎扯！"

"是，但派特看不到那些部分。她被包裹在她自己的纯真里。她是神，行为举止都符合……只不过她不知道自己是谁。"

"嗯哼，"他同意，"我们的派特就是这样，若要她相信，唯有我告诉她——还要强调。可是，吉尔，只有三个地方可以找寻。科学——对于物理宇宙是怎么组成的，我还在巢里时就受到过许多教导，超过人类科学家现在了解的程度，多到我甚至不能跟他们讨论，即使是悬浮这么基本的花招。我不是在贬低人类科学家……他们的工作内容及方法应该是这样，我充分灵悟这一点。但他们所追求的，并不是我在寻找的——单是数数沙漠里有几粒沙，你并不能灵悟沙漠。然后还有哲学——应该什么都能解决的。真的吗？任何哲学家发表的一切，正是他开始时的想法——除了有些人用结论来证明自己的假设，在原地打转，根本就是自欺欺人。就像康德，还有许多人，都在追着自己的尾巴打转。所以，如果有答案在什么地方，应该在这里。"他向那一堆宗教书籍挥了挥手，"但它不在。只有零碎的灵悟，从来没有固定的模式——就算有模式，每一次，毫无例外，他们都要求你接受信仰困难的部分。信仰！多么肮脏的字眼——吉尔，你曾经教我，在需要礼貌的场合，有些词语不可以使用，但你竟然没提到这个词,怎么会这样呢?"

她微微一笑:"麦克,你刚才说了笑话。"

"我没有说笑话的意思……我也不觉得好笑。吉尔,我对你甚至无益——你以前常笑出声。你以前经常哈哈地笑、咯咯地笑,笑到我担心你。我还没学会笑出声,你却忘了怎么笑。我没成为人类,你却逐渐成为火星人。"

"我很快乐,亲爱的,你可能只是没注意到我笑。"

"如果你在大街上笑声清晰,我就会听到。我灵悟。一旦我不再害怕笑声之后,我总是会注意到——尤其是你的笑声。倘若我灵悟笑声,我就能灵悟人——我认为。然后我能帮助像派特那样的人……可以教给她我知道的事,不然就是向她学她知道的事,或是两样都做。我们可以交谈,了解彼此。"

"麦克,你只需要偶尔去看看派特就好。亲爱的,我们为何不去呢?让我们离开这烟雾笼罩的沉闷城市。她这时在家,因为巡回马戏团这一季的巡演结束了。我们南下,去看她……而且我一直想去看看下加利福尼亚;我们可以继续往南,进入温暖的天气。我们带着她一起去,肯定很好玩!"

"好吧。"

她站了起来:"让我穿件衣服。那些书,你想要留下哪一本吗?不必像你平常那样快速大扫除,我可以打包寄给朱伯。"

他对那些书弹弹手指,除了派翠霞的礼物,其他书都不见了:"就这一本,我们带着,因为派特会注意到。可是,吉尔,现在我需要去动物园。"

"好吧。"

"我要吐口水回敬骆驼,问它这么厌世到底是针对什么。也许骆驼才是这颗行星真正的'元老'……这正是这个地方的毛病。"

"麦克,你一天讲了两个笑话。"

"我没笑,你也没笑,骆驼也没笑,或许它灵悟为什么。来吧,这件连衣裙可以吗?你想穿衬衣吗?刚才挪移其他衣物的时候,我注意到你穿着衬衣。"

"拜托,亲爱的,户外刮着风又冷飕飕的。"

"慢慢来,"他让她向上悬浮两英尺,"裤子、丝袜、吊袜带、鞋。下来吧,双臂抬高。胸罩吗?你不需要胸罩。然后是连衣裙——你又能见人了。不管怎么看,你都很漂亮。你看起来很好。如果我别的都做不来,也许我能找到侍从的工作。沐浴、洗发、按摩、梳头、化妆,各种场合的穿搭——我甚至学会了做指甲,勉强让你满意。夫人,请问这一切还行吗?"

"亲爱的,你是完美的侍从,但我打算自己留着你。"

"是,我灵悟我是。你看起来那么美好,我想再把这些都扔掉,给你按摩,更亲近的那一种。"

"迈克尔,好呀!"

"我以为你学会了等待呢。首先你必须带我去动物园,帮我买花生。"

"好,麦克,吉尔帮你买花生。"

金门公园很冷,风又大,但麦克没注意,吉尔则是学会了某种方法,只要不希望感到冷或不舒服,就不会冷。然而,走进温暖的猴舍,可以放松对身体的控制还是令人愉快的。除了因为那里有供暖,吉尔不是那么喜欢猴舍——猴子与猩猩太像人了,像得令人郁闷。她以为自己永远耗尽了任何类型的警惕;她逐渐懂得珍惜一切肉体事物当中有如苦行修道、近似火星人的欢愉。这些猴类囚徒当众性交及排泄的行为,不像以前那样令她困扰;这些被关的可怜人儿没有隐私,它们没犯错。现在,她能淡然看着这种事而不产生厌恶感,她自己坚不可摧的挑剔也未被撼动。不对,是因为它们"太像人"——每个动作、每个表情、每个困惑苦恼的神色,都令她联想到自己对同族最不喜欢的事物。

吉尔比较喜欢狮舍——壮硕的雄狮,即使在圈养的环境里仍然高傲又自信,大型的雌狮,则拥有宁静的母性。孟加拉虎有贵气威严的美,眼里透出丛林的凝视;小花豹行动快捷,杀气腾腾,有着空调吹不散的浓烈的麝香味。麦克和她对其他展馆的喜好通常也差不多;他会去鸟园或爬行动物馆,或去海豹馆待上几个钟头——他曾经告诉她,倘若必须在这颗行星上孵化,当海狮可能是最好的。

麦克第一次看到动物园的时候非常沮丧;吉尔不得不命令他等待且灵悟,因为他打算立即采取行动,放所有的动物自由。不久,经过她的说理,他承认了,由于气候与环境的原因,他打算释放的这些动物大多数不能自由地活着——动物园是巢……某种巢。在第一次逛过动物园之后,他抽离了几个小时,从此,他再也不曾威胁说要撤掉所有的栅栏、玻璃及网格。他向吉尔解释,栅栏不只把动物关在里面,至少也同样程度地把人关在外面,而他起初并没有灵悟这一点。从此以后,无论去哪里,只要有动物园,麦克从来不错过。

但今天,即使有十足厌世的骆驼,也改变不了麦克的闷闷不乐;他看着它们,没有笑容。猴儿与猩猩也没能让他高兴起来。他们在一座笼舍前面站了好一会儿,那里有一大家子卷尾猴,看它们在笼舍各处吃、睡、求爱、喂奶、理毛，漫无目的地挤来挤去，尽管有"请勿投喂"的牌子，吉尔还是偷偷扔花生给它们。

她扔了一颗给一只中等身材的猴，但它还没来得及吃，就有个更大的雄性过来，不只抢了它的花生，还给它一顿揍，然后离开。小家伙完全没有试图追上这个折磨自己的个体，只是蹲在犯罪现场，砰砰地捶着水泥地，吱吱叫着发泄无助的愤怒。麦克严肃地看着。

突然间，那只被虐的猴冲到笼舍边，挑了一只更小的猴，击倒它，狠狠修理一番，比它自己刚才承受的那一顿揍更糟。在那之后，它似乎相当放松。第三只猴爬走了，呜咽着投进一只雌猴怀里寻求庇护，可那只雌猴背上还有一只小宝宝。其他猴儿对这一切完全无视。

麦克突然头向后仰，放声大笑——他一直笑，笑得很大声，而且控制不住。他大口喘气，眼泪直流，然后开始颤抖，跌坐在地上，还在笑个不停。

"麦克，快停止！"

他确实没再继续蜷缩身体，但还在狂笑，流泪不止。有个管理员急忙赶过来："女士，需要帮忙吗？"

"不用，噢，是的，我需要。你能帮我们叫车吗？地面车、飞车，什么都好——我必须带他离开这里，"她补充说，"他不舒服。"

"要叫救护车吗？看样子，他好像发病了。"

"什么都好！"几分钟后，她领着麦克上了飞车。她报了地址，然后急切地说："麦克，你必须听我说话。安静下来。"

他稍微静下来一些，但在返回公寓的几分钟里，他还是继续咯咯笑，放声大笑，再次咯咯地笑，而她为他擦拭眼睛。她把他弄进屋里，帮他脱掉衣服，扶他上床躺着："好了，亲爱的，如果你需要抽离，现在可以了。"

"我没事了，我终于没事了。"

"但愿如此。"她叹了一口气，"麦克，你真的吓坏我了。"

"对不起，小兄弟，我知道。我也吓坏了，我第一次听到自己的笑声。"

"麦克，发生了什么事？"

"吉尔……我灵悟人了！"

"嗯？"（"？？？？"）

（"我说得对，小兄弟，我灵悟。"）"我现在灵悟人了，吉尔……小兄弟……亲爱的宝贝……小小恶魔……美胸翘臀……柔声巧手。我亲爱的宝贝。"

"哎呀，迈克尔！"

"噢，我知道所有的单词；我只是不知道什么时候说，或是为什么要说……也不知道为什么你想要我说。我爱你，甜心——我现在能灵悟'爱'了。"

"你一向能。我知道。我也爱你……你这只无毛猿。亲爱的。"

"是的，'猿'。过来这里，雌猿，头靠在我肩上，讲个笑话给我听。"

"讲笑话给你听就好吗？"

"嗯，就这样依偎着。讲个我从没听过的笑话，看我会不会放声大笑，笑在对的点上。我会，我确信——而且我能告诉你为什么好笑。吉尔……我灵悟人了！"

"可是，亲爱的，怎么了？你能不能告诉我？需要火星语，还是要心灵对话呢？"

"不,这就是重点。我灵悟人。我是人……所以现在我能说人话。我发现了人为什么笑。他们放声大笑,是因为伤痛太重……因为唯有这么做,才会停止伤痛。"

吉尔看起来很困惑:"也许我是那个非人类。我就是不懂。"

"啊,可你是人,小雌猿。你灵悟得那么习惯,根本不必想。因为你在人当中长大,但我不是。我就像被单独喂养的幼犬,跟其他的狗分开——不可能像主人,也从来没学习过如何当一只狗。所以我必须受到指导。马穆德兄弟教我,朱伯教我,很多人教我……你教我最多。今天,我拿到了文凭——我笑出声了。那只可怜的小猴。"

"亲爱的,哪一只?我以为那只大个子坏透了……没想到我抛花生过去的那只竟然一样坏。当然,这不是什么好笑的事。"

"吉尔,我亲爱的吉尔!火星语对你影响太大了。当然不怎么好笑,简直是悲惨。可正因如此,我才非笑不可。我看着满满一笼子的猴,突然间,我看到了我与自己的族人相处的这段时间,我看到、听到、读到的那些卑劣、残忍而且根本无法解释的事物,于是突然心痛得忍不住放声大笑。"

"可是……亲爱的麦克,放声大笑是因为你碰上什么美好的事……不是遇见什么可怕的事。"

"是吗?回想拉斯维加斯——你们这些漂亮姑娘来到舞台上的时候,观众有没有放声大笑?"

"嗯……没有。"

"但你们这群姑娘是表演节目中最美好的一段。我现在灵悟到了,假如他们放声大笑,你们反而会感觉心灵受伤。不,他们放声大笑是由于喜剧演员绊脚跌倒……或是别的什么不好的事。"

"但人们放声大笑的原因不只这个。"

"不是吗？也许我还不能圆满灵悟。可是，甜心，帮我找到什么真正会让你大笑的事物——笑话，或是什么的，但必须是让你真正捧腹大笑，而不是微笑的东西。然后我们来看看其中是不是哪里有错——也看看如果那里没有错，你还会不会放声大笑。"他说，"我灵悟，猿学到大笑的时候，它们就会是人。"

"也许吧！"吉尔虽然怀疑，但还是认真开始挖掘记忆深处的笑话，让她乐不可支、逗得她哈哈大笑的那些，还有她看过或听过的让她笑得不行的事：

"……她整个桥牌社。""我该鞠躬吗？""两个都不是，你这个傻瓜——换掉！""……唐人反对。""……她伤了腿。""……给我制造麻烦！""……但这样就会糟蹋我的游兴。""……然后他岳母晕倒了。""阻止你？哎呀，我三赔一打赌你做得到！""……奥利出事了。""……你也是，你这大笨牛！"

她放弃了"好笑"的故事，提醒麦克，那些故事只是虚构的，不是真的，然后努力回想真正发生过的事。恶作剧吗？所有的恶作剧都佐证了麦克的论点，即使是像漏水的整盅杯这么轻微的恶作剧——再说到实习医师的恶作剧——嗯，实习医师与医学生应该被关在笼子里。还有什么？艾莎梅遗失印花内裤那次吗？那对艾莎梅来说并不好笑，或是……

她郁闷地说："显然，摔个四脚朝天就是一切幽默的高峰了。麦克，这不是人类的美好图像。"

"噢，但确实是！"

"嗯？"

"我本来以为——我曾经听说——'好笑'的事是某种好的事，但并不是。对于当事人，一向不好笑。比如那个没穿裤子的警长。好的地方在于放声大笑本身。我灵悟这是某种勇敢……也是分担……面对痛苦、悲伤、挫败。"

"可是……麦克，嘲笑别人不是好事。"

"不是，但我并不是在笑那只小猴。我在笑我们——人。我突然知道我是人，于是放声大笑，停不下来。"他停顿了一下，"这很难解释，因为就算我告诉你那么多，你也从来不曾像火星人那样生活。在火星，从来没有任何事可以让我们大笑。有各种各样的事，我们人类觉得好笑，在火星上，不是物理上不可能发生，就是不被允许发生——甜心，在火星，你称为'自由'的事物并不存在；一切都由元老们计划好了——或者，有些事在火星真的会发生，我们在地球这里会大笑，但其实并不好笑，因为关于那些事没有什么错。例如死亡。"

"死亡并不好笑。"

"那么，为什么有那么多笑话跟死亡有关呢？吉尔，对我们——我们人类来说，死亡是多么悲伤，我们非笑不可。所有这些宗教——他们每种思想都互相矛盾，但每一种宗教都充满了各种方式，帮助人们变勇敢，即使知道自己即将死亡也能哈哈大笑。"他住了口，吉尔可以感觉到他几乎进入他的恍惚状态，"吉尔？有没有可能是我找错了方向？难道这些宗教每一个都是真的吗？"

"嗯？怎么可能呢？麦克，若其中一个为真，则其他皆错。逻辑！"

"是吗？指向环绕宇宙最短的方向。无论你指向哪一个方向都不重要,都是最短的……你指回来对着你自己。"

"嗯,那又能证明什么呢?麦克,你教了我真实的答案。'尔乃神。'"

"尔亦神,我的小可爱。我不是在质疑这点……但这一个完全不受信仰左右的首要事实,可能意味着所有的信仰皆为真。"

"嗯……如果这些都是真的,那我立刻就要崇拜湿婆。"吉尔断然以直接的行动改变了话题。

"小异教徒,"他柔声说,"他们会把你赶出旧金山。"

"但我们会去洛杉矶……在那里不会有人注意。噢!尔乃湿婆!"

"舞吧,迦梨,舞吧!"

夜里的某个时候,她醒来,看到他站在窗边,看着外面的城市。("我的兄弟,有麻烦吗?")

他转过身来,说:"他们没必要这么不快乐。"

"亲爱的,亲爱的!我想我还是带你回家比较好,这城市对你没有好处。"

"但我还是会知道。疼痛、疾病、饥饿、斗争——任何一项都没有必要,就像那些小猴儿一样愚蠢。"

"是,亲爱的,但这不是你的错……"

"啊,可这就是呀!"

"嗯……那样说——就算是吧。但不快乐的不只这一座城市,而是五十多亿人。你不可能帮助五十多亿人。"

"不见得。"

他走过来,坐在她身边:"我与他们一起灵悟了,我能对他们说话。吉尔,我可以再安排我们的节目……每一分钟都能逗得靶子大笑。我肯定。"

"那为什么不去做呢?派特肯定会很高兴……我也会。我喜欢'与它同在'。而且,既然我们与派特共享过水,那就像在家了。"

他没有回答。吉尔感受他的心灵,知道他正在沉思,尝试灵悟。她等着。

"吉尔?我该怎么做才可以领圣职呢?"

第四部

引谤的志业

第 30 章

第一批男女混合的永久殖民者抵达火星；原本在那里的二十三人中有十七人存活，其中六人返回地球。准殖民者来到秘鲁，在海拔一万六千英尺处接受训练。某个夜里，阿根廷总统动身前往蒙特维多，随身携带着塞满两个手提箱的细软，新总统将他告到高等法院，启动引渡程序，想要拉他回来，或者至少拉回那两个手提箱。道格拉斯夫人的告别式在华盛顿国家座堂举行，不对外公开，不到两千人出席，秘书长承受丧偶的坚毅表现，获得了社论作者与电视节目评论员的一致赞美。名叫"通货膨胀"的三岁雄马，驮着126磅重的"倒霉詹金斯"，赢得"肯塔基赛马"，赔率五十四比一。肯塔基州路易斯维尔的侨民机场酒店有两位宾客尸解，一个是自愿的，另一个则是因心脏衰竭。

又一本私印版（未授权）传记《恶魔与福斯特牧师》同时在美国各地的书报摊冒出来；到了夜幕降临，每一本都被烧毁，模具被捣毁，其他动产与不动产附带着被破坏，还有一些人被重伤、致残、人身攻击。根据传闻，大英博物馆收藏了一本初版（不是真的），梵蒂冈图书馆也有（是真的，但只有特定几名教会学者才看得到）。

田纳西州议会再次有人提出一项法案，将圆周率 π 定为整数，等于三。这件事被公共教育与道德委员会爆出来，在下议院无异议通过，到了上议院则被卡死在委员会。一个跨教派的原教旨主义团体在阿肯色州范布伦市开设办事处，向各方募款，以期能派遣传教士到火星人那里；朱伯·哈绍医师乐得送给他们一笔慷慨的捐款，但采取了预防措施，用的是《新人类学者》编辑的名义（以及地址），那人是激进的无神论者，也是他的好友。

除此之外，朱伯没什么开心事——最近有太多关于麦克的新闻，全都令人沮丧。他珍惜吉尔与麦克偶尔回家探望的时光，最感兴趣的是麦克的进展，尤其是麦克养成幽默感之后。但他们现在不常回家，而朱伯并不乐见最新的事态发展。

麦克曾被赶出协和神学院，受到一群愤怒的神学家在精神上的穷追猛打，有些人生气是因为他们相信神，有些人则是因为不信神——但他们全都联合起来讨伐火星来客，那时候，朱伯并不担忧。朱伯真心觉得，对于神学家身上发生的任何事，除了被绑上死亡车轮的酷刑，都只是一场相遇而已——这次经验对那小子有好处，他下次会学乖。

后来，麦克（通过道格拉斯的协助）用化名入伍，参加联邦军的时候，朱伯也没有担忧。他相当确定（通过私下打听），没有哪个士官可能导致麦克任何永久的痛苦，恰恰相反，朱伯并不烦恼士官或其他级别的军官可能发生什么事——朱伯是个不甘心的老反动分子，在美国取消自有军队那一天，他烧掉了自己的荣誉退伍证，以及和它一起的一切。

实际上，朱伯倒是很讶异，麦克以"大兵琼斯"的身份制造的乱子那么少，而且撑了那么久——几乎三星期。他的军职圆满结束那一天，他趁着新兵培训讲话后的提问时间，滔滔不绝地谈论武力与暴力在任何情况下都彻底无用（附带评论通过食人减少过剩人口是否可取），甚至自愿充当任何性质的任何武器的试验品，以向他们证明武力不仅没有必要，也不可能用来对付经过修炼的人。

他们没接受他的提议，反而把他撵了出去。

但还有一点内幕。道格拉斯给朱伯看了一份最高级、超机密、仅限三人阅读的报告，他先提醒朱伯，没有人知道这事，就连最高参谋长也不知道"大兵琼斯"是火星来客。朱伯只是大致浏览了一下，大多是目击证人相互矛盾的报告，叙述"琼斯"在接受各式各样的武器使用"培训"时，在不同时间点发生的状况。唯有一事令朱伯惊讶，有些目击者竟然有勇气与自信宣誓，说他们亲眼看到武器消失。报告列出"琼斯"三次遗失武器，这几种武器都是联邦列管的财产。

朱伯只费事看了报告的结尾，他还记得："结论：该员是资质极佳的天生催眠师，因此想必可能有利于情报工作，但完全不适合任何战斗部门。然而，由于智商低（鲁钝）、普通类测验分数极低，还有偏执倾向（自大狂），因此不宜尝试利用其'白痴学者'的才能。建议：不适任，勒令退伍——无退伍年金点数，无福利。"

诸如此类的小小嬉闹，对这小子有好处。此外，在麦克不光彩的从军生涯期间，朱伯过得很开心，因为吉尔这段时间留在家里。这件事结束之后，麦克回家住了几天，他似乎没有因此受伤——他向朱伯夸口说他完全遵守吉尔的意愿，没让任何人消失，只是几件死物……不过，麦克，假如吉尔没有这种心太软的弱点，有好几次机会，地球

527

可能变成更好的地方。朱伯没争论，他自己有一份"死了才好"的名单，很长，但也失效了。

麦克显然玩得很开心。在他当兵的最后一天的阅兵式上，麦克的排通过阅兵台的时候，总指挥官及他的整群参谋突然没了裤子——麦克这一连的士官长，则是鞋子瞬间冻粘在地，摔了个大马趴。朱伯判断，在习得幽默感的过程中，麦克逐渐养成了非常糟糕的恶作剧品位——但那又怎么样？这小子正在经历延迟的童年，也需要一些发泄。朱伯想起当年就读医学院时的一起事件，涉及尸体和院长的事件——为了那场恶作剧，朱伯戴了橡胶手套，真是万幸！

麦克独特的成长方式倒是还好，独一无二。但这最后一桩——"尊敬的瓦伦丁·M.史密斯博士，文科学士、道学博士、哲学博士"，诸世界教会法人组织创办人暨本堂牧师——老天！那小子决定去传教已经够糟了——绅士不应该干涉他人的灵魂——他的姓名后附加了那些文凭工厂的学位，朱伯很想吐。

最糟的是，麦克竟然告诉他，整个构想都是由于听到朱伯说过的话，关于教会是什么、能做什么之类。朱伯不得不承认自己可能说过那样的话，但实在不记得。虽说这小子懂得那么多法律，可能也会自学达到同样的终点，朱伯还是难以释怀。

但朱伯确实承认，麦克对此事的运作小心谨慎——先在一所很小、很穷（各种意义上的穷）的宗派神学院待了几个月，通过考试被授予学士学位，受到"召唤"成为事工，接着就是在这个受到认可的愚钝的教派得到圣职，撰写探讨比较宗教的博士论文。这是学术上的惊人之作，但要回避任何真正的结论（麦克拿给朱伯寻求批评指教，朱伯出于条件反射，加了几句模棱两可的话），以顺利获得"努力修读"的博士学位。巧的是正好有一笔（匿名）资金捐赠给这所非常缺钱的学校，紧接着是第二个（荣誉）博士头衔，这是一所正派卓越的大学出于他对"行星间知识的贡献"而颁发的。作为交换，麦克答应出席太阳系研究学术会议，成为会议的亮点。此前，这位独一无二的火星来客谢绝了所有大学，从加州理工学院到威廉皇帝学院，所以你没法责备哈佛大学这次一口咬住了饵。

嗯，朱伯嘲讽地想，他们可能像横幅那么红了。然后，麦克在他的穷酸母校担任助理牧师，待了几星期——然后产生分歧，与该教派决裂，创办了自己的教会。完全正当，毫无法律漏洞，像马丁·路德的先例那样令人崇敬……也像上星期的剩菜那样令人作呕。

朱伯还在做酸涩的白日梦，却被米丽茵喊醒："老板！有人来了！"

朱伯抬头看见一辆飞车准备降落，心想着特勤撤岗后，他才明白有他们巡逻天空是多大的福气。"赖瑞，去拿我的猎枪——我答应过自己，要射击下一个降落在玫瑰花丛上的笨蛋。"

"老板，他要降落在草地上。"

"那么，叫他再试一次。我们下一趟会抓到他。"

"看起来像本·卡克斯顿。"

"确实是。我们暂时饶他一命——这次。嘿，本！你要喝什么酒？"

"不喝酒，大白天的，还这么早，你这个专业的不良分子。朱伯，我需要找你谈谈。"

"你正在谈呀。朵卡丝，给本一杯温牛奶，他病了。"

"别加太多苏打水，"本改主意了，"从那个瓶身上有三个凹口的瓶子里倒'牛奶'。朱伯，私下谈话。"

"好吧，上楼去我的书房——不过，要是你以为瞒得住这里的年轻人，请让我知道你的方法。"本以适当的礼节问候家中成员之后（其中三个问候不知怎么有点不卫生），他们就溜达上楼了。

本说："怎么回事？我迷路了吗？"

"噢，你还没看过改建的部分，是不是？新建的北侧翼让我们楼下多了两间卧室、一间浴室——楼上这里，我的艺术长廊。"

"好多尊塑像，够填满一座墓园了！"

"拜托，本，'塑像'是死掉的政客，放在林荫大道的交叉口。你看到的是'雕塑'。还有，请压低声音，用恭敬的语气说话，以免招致我的暴力行为……因为我们这里正好收藏了几件这颗淘气的星球出产过的最伟大的雕塑复制精品。"

"嗯，那个可怕的东西，我见过……但其余这些压舱货，又是什么时候弄来的？"

朱伯没理他，轻声对《欧米哀尔》[1]复制品说话："别听他胡说，我的小可爱——他是野蛮人，不懂事。"他伸手抚摸她饱受摧残的美丽脸颊，再温柔碰触一边干瘪、皱缩的乳房，"我知道你的感受……但不会太久了。忍耐一下，我的美女。"

他转身看着卡克斯顿，利落地说："本，我不知道你心里有什么打算，但必须等一等，我先给你上一课——如何欣赏雕塑。不过可能也没什么用，就像试图教狗欣赏小提琴。但你刚才那么无礼地对待一

---

[1] 罗丹的代表作，取材于法国诗人维庸的《美丽的老宫女》（*La Belle Heaulmiere*），被认为是一件"化丑为美"的力作。

位淑女……我可不能容忍这种事。"

"嗯?别闹了,朱伯,你对女士——活的女士——无礼,一天十几次。你知道我说的是哪几位。"

朱伯大声喊:"安妮!上楼!穿上你的法袍!"

"你知道我不会对摆那种姿势的老妇人无礼。怎么也不会!我不能理解的是某个所谓的艺术家竟然有胆让某人的曾祖母光着身子摆姿势……你有那种糟糕的品位,竟然想让它常伴左右。"

安妮进来了,穿着法袍,一言不发。朱伯对她说:"安妮,我可曾对你无礼?或是对任何一位姑娘无礼?"

"这需要提供意见。"

"我问的就是你的意见,不是叫你出庭作证。"

"朱伯,你从不曾对我们中的任何一个无礼。"

"就你所知,我可曾对某个淑女无礼?"

"我见过你故意对妇人无礼,我从没见过你对淑女无礼。"

"就这样。不,再一个意见。你对这座青铜艺术品有什么想法?"

安妮仔细看着罗丹的杰作,然后慢悠悠地说:"第一次看见的时候,我觉得很可怕。可是,我后来却觉得它可能是我见过最美的东西。"

"谢谢!就这样。"她离开了。

"本,你想争论吗?"

"嗯?我可不敢跟安妮争论。"本看着它,"但我不明白。"

"好吧,本,注意听我说。任何人都可以看着一个漂亮姑娘,看到的就是漂亮姑娘。艺术家可以看着一个漂亮姑娘,看出她未来会变成什么样的老妇。更优秀的艺术家可以看着一个老妇，看出她以前是什么样的漂亮姑娘。但是，伟大的艺术家——大师——罗丹就是那样的大师，可以看着一个老妇，完全照她的样子刻画她……强迫观者看见她曾经是漂亮姑娘……不只这样，他能赋予观者犰狳的敏感度，就连你也能看得出来，这个青春可爱的姑娘仍然活着，一点都不老、不丑，只是被禁锢在她已崩坏的肉体内部。他能让你感到那种无声无息、无穷无尽的悲剧：每一个姑娘的内心始终停留在十八岁……无论无情的岁月对她做了什么。本，看着她，变老对你对我都无所谓，我们本来就不是要给人欣赏——但对她们就很重要。看着她！"

本看着她。没多久，朱伯粗哑着嗓子说："行了，擦掉你的眼泪鼻涕——她接受你的道歉了。过来，坐下。一堂课这样就够了。"

"不，"卡克斯顿回答，"我想知道其他几座。这一座怎么样呢？我不会觉得那么不安……我能看出这是个年轻姑娘，一眼就看得出来。可是，为什么把她扭得像麻花呢？"

朱伯看着《被压垮的女像柱》复制品，微微一笑："本，这是展现同理心的旷世杰作。我不指望你欣赏这座雕像的形与质，它远远不止是个'麻花'——但你能领会罗丹要说的事。本，大家看着十字架上的耶稣受难像，会从中得到什么呢？"

"你知道我多常上教堂。"

"你的意思是'不常'。然而，你肯定知道，就工艺品而言，耶稣受难像的画作与雕塑通常惨不忍睹——而且教堂里常用的那些写实彩绘是最糟糕的……血看起来像番茄酱，那个前木匠被描绘得像奶油小生……他当然不是，如果'四福音书'有一点儿事实的话。他是壮汉，很可能肌肉发达，身体强健。不过，尽管耶稣受难像的绘画表现几乎一向都很糟糕,但对大多数人而言,劣作与佳作的效果差不多。他们不会看见那些缺陷;他们看到的是一个激发内心最深刻情感的象征,使他们想起神的受苦与牺牲。"

"朱伯,我以为你不是基督徒呢。"

"跟那个有什么关系?难道那就会让我对基本的人类情感又盲又聋吗?我要说的是,最粗糙的彩绘石膏十字架,或是最廉价的纸板圣诞节基督诞生画,这样的象征就足以唤起人心里那么强烈的情感,许多人为此而死,更多人为此而活。所以,此类象征的工艺品与艺术评鉴大多无关紧要。好,我们这里有另一个情感象征——做工精湛,但我们暂且不谈那方面。本,近三千年来,或许更久远之前,建筑师设计的建筑物常用女性形象造型当圆柱——肯定变成某种习惯了,就像小男孩看到蚂蚁就踩那样随意。经过几千年才出了罗丹,他觉得这工作对一个姑娘太沉重了。但他不只是说:'听着,你们这些浑蛋,要是非得这样设计,就用强壮猛男的形象。'不,他做出示范……归纳出这个象征的精髓。这个可怜的小小女像柱,她曾经努力尝试——却失败了,被沉重的负担压垮了。她是个好姑娘——看看她的脸。面容严肃,对自己的失败闷闷不乐,却不责怪别人,甚至不怨诸神……在自己被压垮之后,还努力尝试扛起肩上的重担。

"但她不仅是驳斥拙劣作品的美好艺术,更象征着每一个曾经努力扛起过重负的女人——我猜想,这超过这颗行星从古到今的女性人口的半数。可不仅仅是女人——这个象征没有性别。它意味着每一个曾经承受生活煎熬,却任劳任怨、坚韧不拔的男人女人,直到被沉重的负担压垮,才有人注意到他们的勇气。这是勇气,本,以及胜利。"

"胜利?"

"失败中的胜利,至高无上。本,她没有放弃,在石头压垮自己之后,她仍然在尝试抬起它。她是被癌症的痛苦侵蚀内脏的父亲,撑着乏味的文职工作,就为了给孩子们多带一张薪资支票回家。她是十二岁的小姑娘,姊代母职,努力照顾年幼的弟弟妹妹,因为妈妈不得不去天堂。她是交换台接线员,被浓烟呛得窒息,大火切断退路,却仍然坚守岗位。她是所有的无名英雄,明知不可为而为之,从不放弃。来吧!你经过的时候,请向她敬礼,然后过来看我的小美人鱼。"

本还真的照他说的话做了,朱伯虽然感到惊讶却没表示意见。"眼前这一座,"他说,"唯一一座不是麦克给我的。但没必要告诉麦克为什么我要得到它……毋庸置疑,这是曾经由人类构想出来,用眼与手执行过的最赏心悦目的作品之一。"

"是这样,没错。这一座,我不必听解释——就是漂亮!"

"对,漂亮本身就是理由,就像小猫与蝴蝶。但不只是那样……我看见她就想起麦克。她并不完全是人鱼——看到了吗?——她也不完全是人。她坐在陆地上,她选择留在那里……永远凝视着大海,想家,永远孤独,因为她抛下了一切。你知道这个故事吗?"

"安徒生童话。"

"是的。她坐在哥本哈根的港口——安徒生的家乡——她是每一个曾经做艰难抉择的人。她对自己的选择并不后悔,但她必须付出代价;每一个选择都必须付出代价。对她而言,代价不仅仅是无穷无尽的思乡。她永远不可能成为完全的人。她付出昂贵代价买来双脚,用脚行走的时候,每一步都像踏在刀尖上。本,我觉得麦克肯定常走在刀尖上——但没必要把这一切告诉他。我想，他应该不知道这个故事……至少不知道我把他和这个故事联系在一起。"

"我不会告诉他，"本看着这座复制品，"我宁愿单纯地看着她，不去想到刀。"

"她是个小宝贝，是不是？你会想要哄她上床吗？她可能会很活泼，像海豹，大概也同样滑溜。"

"天呀！朱伯，你真是邪恶的老头。"

"而且一年比一年更邪恶。呃……我们先不看其他的，一小时看三件雕塑，够了——通常我不会让自己一天看一件以上。"

"正合我意。我感觉仿佛空腹喝酒，喝太急，一下灌三杯。朱伯，为什么没有这样的东西放在一般人能看见的地方？"

"因为这个世界疯了，而当代艺术总是描绘着所处时代的精神。罗丹大部分的作品在十九世纪末出现，安徒生童话只比他早了几年。罗丹死于二十世纪初，世界大约从这时开始发疯……艺术也跟着一起。

"罗丹的后继者注意到了，他用光影、色块、结构做到令人惊奇的成果——无论你有没有看到——于是他们临摹了那么多。噢，他们模仿！而且发扬光大。他们却没有明白，大师的每一件重要作品都在讲故事，揭露人心。而他们却执着于'设计'，逐渐瞧不起任何讲故事的绘画或雕塑——他们嗤之以鼻，将这种作品称为'文艺'——肮脏的词。他们竭尽全力去做抽象，不肯自贬身份去描绘或雕刻任何像人类世界的东西。"

朱伯耸了耸肩："抽象设计是可以的——适合壁纸或是地毯。但艺术是唤起怜悯与惊骇的过程，这完全不是抽象，而是人性。现在自称现代艺术家的人，行事却像某种缺乏感情的伪知识分子的自慰……而创意艺术家更像性交，每次艺术家都必须诱惑观众——表现情感。有些小伙子不愿自贬身份这样做——也许是做不来——当然会失去大众。要不是游说争取没完没了的补贴，他们早就饿死了，或是不得不去打工糊口。因为普通的家伙不会自愿掏钱，贡献给不会带给自己感动的'艺术'——倘若真的掏，那钱肯定是给讹骗去的，通过纳税或诸如此类的事。"

"你知道，朱伯，我经常纳闷儿，为什么我对绘画或雕塑没有感觉。我以为是自己缺少了什么，像是色盲。"

"嗯，艺术欣赏确实需要学习，就像你必须懂法语才可能阅读法文出版的小说。但一般来说，艺术家要使用可以理解的语言，而不是用私人密码遮掩隐藏，像佩皮斯写日记那样。这些家伙中的大多数甚至不想使用你我看得懂或学得来的语言……他们宁愿嘲笑我们，沾沾自喜，因为我们'看不懂'他们是什么意思。如果他们真的要表达什么，晦涩通常是无能的权宜之计。本，你会叫我艺术家吗？"

"嗯？我从没想过。你写得相当好。"

"谢谢！我避免用'艺术家'这个词，原因就跟不喜欢被称为'博士'一样。但我是艺术家，虽然是微不足道的一个。我承认，我写的大部分东西只适合读一次……至于忙碌的人，如果已经知道我要说的那一点点，甚至一次都不必。但我是个诚实的艺术家，因为我写的东西就是有意触动读者……触动他，影响他，如果可能，就用怜悯与惊骇打动他……如果不行，至少可以博他一笑或给他奇思妙想，打发日常时光中的烦闷。但我从不曾试图用某种秘密语言隐藏这些，让他看不明白；我也不寻求其他作家赞美的'技巧'或是其他胡说八道的东西。我想要付费的读者的赞美，他给了钱，因为我触动了他——否则我什么都不想要。支持艺术——狗屁！政府资助的艺术家，就是无能的娼妓！该死，你戳到了我的一个按钮。让我斟满你的酒杯，然后你告诉我，到底有什么心事。"

"呃，朱伯，我不快乐。"

"这是新鲜事吗？"

"不是，但我有一整套新鲜的烦恼。"本皱了皱眉，"我猜想，我不应该来这里。没有必要拿这些事来烦扰你。我甚至不确定自己是否想谈。"

"行，但只要你还在这里，你就能倾听我的烦恼。"

"你有烦恼？朱伯，我一直以为你神通广大，没什么事难得倒你呢。"

"嗯哼，找个时间，我必须给你讲讲我的婚姻生活。可是……是的，我现在有烦恼。其中一些显而易见。杜克离开我了，你知道——还是你早就知道了？"

"是啊，我知道。"

"赖瑞是个好园丁——可是，维持这座小木屋顺利运作的小玩意儿坏了一半。我不知道我怎么能找人取代杜克。优良的全能机械工已经很稀有……还要能够融入这户人家，在各方面成为家里的一分子，这样的人几乎不存在。我只能勉强应付，叫城里的修理工过来——每次来家里都是一阵骚乱，那些人心里怀着顺手牵羊的念头，而且大多数能力不足，用个螺丝起子不弄伤自己都不行。这种事我也做不来，所以我必须雇人帮忙，否则就得搬回市区，但愿不要！"

"朱伯，我都心疼你了。"

"不必费心挖苦我,这才刚开始而已。机械工与园丁只是图个便利,但对我来说,秘书更是不可或缺。现在两个怀孕了,一个要嫁人。"

卡克斯顿一脸震惊。朱伯咆哮着说:"哦,我不是在爆料,她们得意极了——根本不想当成秘密。她们现在肯定生我的气,因为我带你上来这里,没有给她们时间炫耀。所以她们告诉你的时候,要有绅士风度,请表现出惊讶。"

"呃,哪一个要嫁人呢?"

"难道不明显吗?新郎是那个花言巧语、来自沙尘暴的难民,我们受人尊敬的水兄弟,腥膻马穆德。我断然告诉他,只要他们在国内就必须住在这里。这浑球只是哈哈大笑,说:'不然呢?'——他还提醒我,我很早以前就邀请他住在这里,永久有效。"朱伯嗤之以鼻,"如果他愿意这么做,倒也不会太糟。我甚至能要她帮我做些工作。也许吧!"

"大有可能。她喜欢工作。另外两个怀孕了吗?"

"肚子挺得老高了。我正在温习产科,因为两个都说要在家生。以后我的工作习惯又会陷入什么样的困境!比小猫咪更糟。可是,你为什么会认为新娘不是孕妇呢?"

"哦——哎呀,我以为腥膻应该更保守……或者可能更谨慎。"

"由不得腥膻做主。本,我对这个主题研究了八九十年,试图勾勒出她们拐弯抹角、小小心思的蜿蜒曲折,关于女人,我确实只学到一件事,就是姑娘要怎样就怎样。男人别无选择,不可避免,只能配合。"

本懊悔地想到自己有几次溜得太快——还有几次则是不够快。

"是呀,你说得对。嗯,哪一个没有要嫁人或是什么的?米丽茵,还是安妮?"

"等一等,我可没说新娘怀孕……总之,你似乎认为朵卡丝是待嫁新娘。你没睁开眼睛。是米丽茵在发愤学阿拉伯语,这样她才能不出错。"

"嗯?我真是一只斗鸡眼的狒狒!"

"你显然是。"

"可是,米丽茵对腥膻总是凶巴巴的……"

"想到这个,他们竟然放心让你写报纸专栏。你可曾看过一群小学六年级的男女生?"

"对,可是……朵卡丝什么都做了,只差没跳艳舞。"

"这只是朵卡丝对所有男人自然、正常的行为。她也对你用了——不过,我想你应该是太专心看着别处,根本不会察觉。算了!你只要确定,如果米丽茵给你看她的戒指——像大鹏鸟蛋那么大,也差不多同样稀罕——的时候,务必要表现出惊讶。而且我绝对不会提示哪两个要下蛋,这样你才会确实惊讶。只要记得她们很高兴……这就是我为什么提前通知你,好让你不会错误地以为她们感到'被抓住了'。她们才不那样想,她们得意扬扬。"朱伯叹了一口气,"但我不是。我太老了,要是自己正忙着,听见小脚丫啪嗒啪嗒的声音,我可无福消受……反过来看,我怎么也不愿失去完美的秘书——你知道,她们也是我爱的孩子——只要我能说服她们留下。但我必须说,打从吉尔扑倒麦克的那一夜起,这个家就乱了章法,不断恶化。倒不是说我在责怪她……我想你也不会怪她。"

"我不会,可是……朱伯,让我把这事说清楚。你是不是有那样的印象，认为麦克的欢乐走马灯是吉尔起的头呢？"

"嗯？"朱伯一脸吃惊，然后回想。不得不承认，他从来不知道是谁……他只是想当然地以为是吉尔，因为做决定的时候，陪麦克离开的是吉尔。"那又是谁呢？"

"借用你说的话，'小老弟，不要八卦'。如果她想告诉你，她就会说。然而，吉尔告诉我、纠正我，当时我就像你这样太快下结论。嗯……"本想了一下，"据我了解，四个姑娘的哪一个碰巧在第一回合得分，或多或少都是偶然。"

"嗯……是的，我相信你说得对。"

"吉尔也这样说。只不过，她认为，麦克极为幸运，碰巧诱惑他的或是被诱惑的（但愿我找得到适当的动词），就是最适合带他起步的那一个。这可能会给你什么线索，如果你稍微知道吉尔的心思如何运作的话。"

"见鬼了，我甚至不知道我的心思怎么运作……至于吉尔，我怎么也料想不到她竟然会从事讲道，无论她有多么被爱情冲昏了头——所以我当然不知道她的心思如何运作。"

"她倒没做太多讲道——我们稍后再来谈这个。朱伯，你从日历里看到了什么吗？"

"嗯？"

"你知道我是什么意思。你认为是麦克做的——两个都是，还是说，如果他回家探望的日期对上其中一个，或者两个都对得上，你就认为是他的？"

朱伯谨慎地说："本，你为什么那样想呢？我没有说任何引导你那样想的话。"

"你没有才怪。你说她们得意扬扬,两个都是。我太清楚了,那个要命的超人对女人造成的影响。"

"等一等,年轻人——他是你的水兄弟。"

本平静地说:"我知道,我也爱他。倘若我哪天决定转性,麦克会是我唯一的选择。但因为如此,我才更能理解她们为什么得意。"

朱伯凝视着自己的酒杯:"也许她们只是希望如此。本,依我看,你也可能在名单上,甚至比麦克更有可能。是吧?"

"朱伯,你疯了!"

"别紧张。没人要逼你结婚,我向你保证——哎呀,我还没把猎枪漆成白色。虽然我不爱管闲事,我这里也从不查寝,而且,我敢对着神的十亿个名字发誓,我真的认为不该窥探别人的事。我也许脑子不好,但是——这两年来肯定不止一次——我确实有正常的视力与听力……要是有铜管乐队游行经过我家,大力吹奏,我最终还是会注意到。请问:你在这屋里睡了几十次,有哪一次过夜你是自己一个人睡?"

"哎呀,你这流氓!呃,我第一次在这里过夜,就是一个人睡。"

"朵卡丝那天肯定胃口不好。不对,我记得那天晚上,你服用了镇静剂。你当时是我的患者——不算。之后的某一夜?只有这一次吗?"

"你的问题不恰当、不足取、不值得我理会。"

"我想,你的回答差强人意。不过,请注意,后来增加的卧室,都远离我的卧室。隔音一向不够理想。"

"朱伯,在我看来,你的排名可能比我靠前多了。"

"什么?"

"更别提赖瑞和杜克了。可是,朱伯,几乎每一个认识你的人,都认为你住在自从苏丹王倒台以来最美妙的后宫里。哦,别误会我的话——他们羡慕你。但他们也认为你是好色的老头。"

朱伯按着座椅的扶手,手指轻敲了几声才回答:"本,我通常不会介意年轻后辈对我没大没小。如你所知,我还会鼓励他们这么做。但对于某些事,我坚持我的年纪要受到尊重。这是其中一件。"

"抱歉,"本拘谨地说,"我以为你可以随意聊我的性生活,应该不会介意我同样直率。"

"不,本,不是这样!——你误会了我的意思。你的疑问有道理,你的闲话也是我自找的。我的意思是,我要姑娘们尊重我——对这一件事。"

"哦……"

"我呢,就像你刚才说的,我老了——相当老了。私底下,只对你一个人说,我乐意承认自己仍然好色,但不会被色欲冲昏头,我也不是色鬼。比起放纵享乐,我宁愿保有尊严与自重,相信我,我已经充分享受过,不需要再来一次。本,我这把年纪的男人,模样惨不忍睹,要想吸引年轻姑娘,到能弄她上床——还可能让她怀孕,谢谢夸奖,也许接下来说的没什么不妥——这只可能通过三种手段:第一,钱……第二,相当于钱的东西,也就是遗嘱、财产共有之类……第三——暂停一下,问个问题:你能想象这三个姑娘——这四个,把吉尔算进来——会为了以上这些原因,而跟一个男人上床,即使是年轻又英俊的男人吗?"

"不会。绝对不会——她们任何一个都不会。"

"谢谢，先生。我只跟淑女往来，还好你知道。第三种动机是最女性向的。一个甜美青春的姑娘，她有可能，而且有时候真的会，带一个糟老头上床，因为她喜欢他，怜惜他，希望让他快乐。那样的理由在这里适用吗？"

"呃……是的，朱伯，我想有可能，她们四个都有可能。"

"我也是这样想，不过我会很不乐意让她们任何一个来可怜我。但这第三个理由，这四个淑女中的任何一个都可能觉得它是充分的动机，但对我绝对不行。我不会容忍。先生，我有我的尊严——希望我能保持理智够久，倘若哪天要有什么闪失，我可以自己掐熄这把火。所以，那个名单呢，请把我的名字画掉。"

卡克斯顿咧嘴一笑："行，你这个顽固的老傻瓜。我只希望，等我到你这把年纪，我不会那么拼命抵抗诱惑。"

朱伯微微一笑："相信我，抵抗诱惑，比不抵抗而失望来得好。再说到杜克和赖瑞，我不知道，也不在乎。每当有人来这里，像家庭成员这样工作及生活，我都会说清楚讲明白，这里不是血汗工厂，也不是妓院，而是一个家……所以，这里结合了无政府与专制的特点，没有丝毫的民主，任何经营良好的家庭都是这样，也就是说，他们完全独立自主，但在我认为应该下命令时，这些命令由不得他们投票表决或辩论。我的专制从不曾管到他们的爱情生活，如果他们有的话。住在这里的年轻人，对自己的私事一向都相当保密。至少以前是这样……"朱伯凄然微笑，"直到火星来客的影响导致事情演变得有一点难以收拾……这也包括你，我的水兄弟。但无论怎么看，杜克和赖瑞都更克制。或许他们曾经把姑娘们拖进林子，只是我没看到，也没听到尖叫声。"

朱伯说了那么多件事，本本来想补充一点，最后决定还是算了："那么你认为是麦克。"

朱伯绷着脸："是呀，我认为是麦克。这部分倒还好——我说了，姑娘们快乐得意……反正我不穷，更何况事实上我还能榨取麦克的钱，要多少都行，不必对姑娘们说。她们的宝宝不会资金匮乏。可是，本，我担心麦克，担心得很。"

"朱伯，我也是。"

"也担心吉尔，我应该算上吉尔。"

"呃……朱伯，问题不在吉尔——除了我个人的问题。也算是我运气不好，我不会怀恨在心。问题是麦克。"

"要命！为什么那小子就不能回家，别再搞这个可憎的讲道？"

"嗯……朱伯，那不完全是他正在做的事。"本补充说，"我刚从那里过来。"

"嗯？你怎么不早说？"

本叹了一口气："起先你要谈艺术，接着你愁眉苦脸的，然后你又要聊八卦。我有什么机会说呢？"

"呃……我让步。请发言。"

"我去报道开普敦会议，回来的路上，我挤出一天去探望麦克。我看到的情况让我担心得要命——担心得我在华盛顿只是稍作停留，赶了几篇专栏，就直接来这里。朱伯，难道你不能找道格拉斯安排一下，关掉水龙头，停掉这个活动吗？"

朱伯摇了摇头："首先，我不会。麦克要怎么过他的人生，那是他的事。"

"如果你看到我看到的情况，你就会。"

"我才不会！其次，我不能。道格拉斯也不能。"

"朱伯，你相当清楚，麦克会接受你对他的钱所做的任何决定。他大概根本不会了解——而且他当然不会质疑。"

"啊，他肯定明白！本，麦克最近立了遗嘱，自己草拟——没有律师协助——然后寄给我修改。本，这是我见过最精明的法律文件之一。他清楚自己拥有的财富，他的继承人不可能需要那么多——因此他用其中一半的钱来保卫另一半……他做了安排，要是有谁对此遗嘱提出质疑，反而会对自己非常不利。因为这份文件考虑得十分周详，还布置了陷阱，防备可能有人声称有继承权，针对他法律上的父母以及亲生父母——我不知道他怎么发现的，但他知道自己是私生子。至于'使者号'的各个成员，也有相同的安排……对随便冒出来的不知底细的继承人，只要有良好的初步证明主张，他都提供了慷慨的庭外和解途径——要是想打官司，破解他的遗嘱，那几乎非得推翻政府不可……这份遗嘱也说明了他对自己拥有的每一份股票、债券、证券、资产都清楚得很。我找不到有哪个部分需要修改（朱伯心想，包括他留给你的那一份，我的兄弟）。然后他大费周章，将全息摄影原件存放在好几个地方……还有诚实见证人在场，副本存放在五六个可靠的大脑里。别再告诉我，我能随意操纵他的钱，他却不懂我做了什么！"

本一脸郁闷："我希望你能。"

"我不希望。而这只是开头，就算我们能也没用。麦克已经有将近一年没从他的账户领走一块钱。我知道这个，是因为道格拉斯打电话问我，是否认为应该将大部分的积蓄用来再投资。麦克还没费事回他的信。我告诉他，让他头痛去就好……但倘若我是管理人，我会遵从委托人最后的指示。"

"没有取款吗？朱伯，他开销很大。"

"也许教会的行当很有赚头。"

"怪就怪在这里，诸世界教会其实不是教会。"

"不然是什么？"

"呃，主要是语言学校。"

"再说一次？"

"教火星语言的学校。"

"嗯，那倒是没有什么坏处。但我希望，他别把那个叫作教会。"

"嗯，我猜这是教会，符合法律上的定义。"

"听我说，本，一座轮滑场也可以是教会——只要某个教派宣称轮滑对他们的信仰不可或缺，而且是他们礼拜仪式的一部分。你甚至不必到那种程度——只要宣称轮滑提供了适宜却非绝对必要的功能，相当于宗教音乐在大多数教会中的作用。如果你能歌颂神的荣耀，你就能滑到同一个尽头。相信我，这都被推敲出来了。马来西亚有些庙好像称不上是庙，在外人看来，只是给蛇提供膳宿的居处……但同一所高等法院判定那些是'教会'，像我们自己的诸多教派一样受到保障。"

"嗯，除了教火星语，麦克也养蛇。可是，朱伯，难道没有什么限制吗？"

"嗯……这一点尚有争议。有几项不怎么重要的限制，已经通过裁决了。教会通常不能针对算命或召唤亡魂收费——但可以接受奉献……然后通过惯例让'奉献'成为事实上的费用。活人献祭在各地都属于非法——但我可说不准,地球上可能还有几个地方仍未绝迹……很可能这里就有,在这片曾经是自由国土、勇者家园的地方。打着宗教的幌子,有些事要么被取缔,要么就是在内圈的圣所里面做,不让异教徒进来。本,为什么?麦克有没有做什么事,可能给他惹来牢狱或绞刑之灾呢?"

"呃,我不知道。大概没有。"

"嗯,如果他小心谨慎——几乎任何事都能做到,福斯特教徒证明了这一点,肯定还有很多事比约瑟·斯密被私刑处死严重多了。"

"就事论事,麦克从福斯特教那里学了相当多。这是我担心的一部分。"

"但你担心的是什么?请具体说明。"

"呃,朱伯,这必须是'水兄弟'的事。"

"行,正合我意。如有必要,我会准备好面对红热的火钳、拷问架之类。我是不是该弄一颗空心假牙藏毒药,以防可能有人逼供呢?"

"呃,内圈的成员应该随时都能自愿尸解——不需要毒药。"

"对不起,本,我一直没到那种程度。没关系,我还知道其他办法,足以准备好抗拒严刑逼供的唯一最终防御。说吧!"

"他们告诉我,你可以随意尸解——如果先学火星语的话。没关系。朱伯,我说麦克养蛇。我说的不只是比喻,还是实话——整个环境就是一个蛇窝。有碍健康!

"但且让我描述。麦克的圣殿是很大的地方,几乎像是迷宫。有一座公开集会用的大讲堂,有仅限聚会用的小讲堂,还有许多更小的房间——以及住处,生活起居的空间相当充裕。吉尔给我发了无线电报，告诉我该去哪里，所以我在圣殿后街的住处入口下车。他们就住在大讲堂的楼上，相当隐秘，差不多是住在城市里最隐秘的地方。"

朱伯点了点头："有道理，无论你们的行为合法或非法，爱打探的邻居总是令人讨厌。"

"在这种情况下，更是很好的主意。对开的外门打开让我进去；我猜我先受到了扫描，但我没发现扫描器，又经过两组自动门，要是有突击队上门，都能拖延一阵子——然后搭乘弹跳管上楼。朱伯，那个不是普通的弹跳管，不是由乘客控制，而是某个我看不见的人。这更清楚地证明他们想要隐私，而且势在必得——突击队要从那条路上去，需要特殊的攀登装备。哪里都没看见楼梯。这感觉也不像普通的弹跳管——老实说，我对那种东西能免则免，用起来令我反胃。"

"我从没用过，也绝不会用！"朱伯坚定地说。

"你不会介意这个，我像羽毛一样轻轻往上飘。"

"我才不碰，本，我不信任机械，它会咬人。"朱伯补充说，"然而，我必须承认，麦克的母亲是史上最伟大的工程师之一，而他的父亲——他的生父——是一流的飞行员，也能胜任工程师，可能做得更好……而且两人都属于天才的水平。如果麦克改进了弹跳管，做到适合人类使用，我应该不会感到惊讶。"

"也许吧。我到了顶楼，落地不必抓握，也不必靠安全网——说实话，我没看到有。穿过更多道门，我一走近，门就自动解锁，我进入一间宽敞的起居室。宽敞极了！家具摆设很奇怪，却又相当朴实。朱伯，有些人认为你的家很奇怪。"

"我无法想象为什么，就是简单又舒适而已。"

"嗯，比起麦克古怪的家，你家就像珍妮姨妈的淑女学堂。我才刚走进去,看到的第一件事就令我难以置信。有个辣妹,从下巴到脚趾都有文身——而且一丝不挂,简直要命。见鬼了,就连那片自家种的无花果叶都没有——到处都是文身。简直难以想象!"

朱伯轻声说:"你是大城市的土包子,本。我曾经认识一位文身的女子,很好的姑娘,某些方面极为热情,但很体贴。"

"嗯……"本承认,"我刚才是向你描述我的第一印象。这位女士也很好,一旦你适应了她额外的图画——而且她身上经常扛着一条蛇。养蛇的是她,不是麦克。"

朱伯摇了摇头:"我本来还在猜想,有没有可能是同一个女子。这年头,全身文身的女人相当稀少。但我认识那位女士差不多是三十年前——我想,如今她也太年长了,不可能是这一个,而且她对蛇有平常世俗的恐惧,怕得过分了。然而,我倒是喜欢蛇……我期盼见见你的朋友,希望有机会。"

"你去探望麦克的时候就会。她有点像是他的总管——也是女教士,请谅解我用这个词。派翠霞——但我们叫她'派特'。"

"哦,是!吉尔曾经谈到她……对她评价很高。然而,她从来不曾提到她的文身,可能认为不相关,或许不关我的事。"

"但她的年纪几乎适合跟你当朋友,据她说。我刚才说'辣妹'的时候,又是表达某种第一印象。她看起来像二十几岁,却宣称她最大的孩子都有那年纪了。无论如何,她小跑过来迎接我,笑容满面,搂住我,吻我。'你是本,我知道。兄弟,欢迎!我给你水!'

"朱伯,你知道我。我在新闻行业摸爬滚打多年——也算见过世面了。但我可从没被素昧平生、只穿着文身的辣妹热吻……她打定主意要像小牧羊犬那样友好又深情。我很尴尬。"

"可怜的本，我的心在淌血。"

"见鬼了，你也会有同样的感觉。"

"不会。提醒你，我见过一个文身女子。她们觉得那样的文身就是盛装——而且相当讨厌非得穿衣服不可。或者至少对我那位朋友贞子来说是这样，她是日本人。不过，日本人当然不像我们这样对身体忸忸怩怩。"

"嗯，"本回答，"派特也不完全是在意身体——只是重视她的文身。她希望死后留皮，填充材料支撑起来，裸体，成为乔治的传世之作。"

"乔治？"

"抱歉，她的丈夫，在天上了。我觉得松了一口气……可是听她说话，仿佛她丈夫只是出去一下，喝杯啤酒就会回来。同时，她又表现得像随时可能上展示架，填充材料。不过，派特本来就是淑女……没让我继续尴尬……"

第 31 章

本·卡克斯顿还没搞清楚怎么回事,派翠霞就伸出双臂搂住他,给他毫无保留的兄弟之吻。她立刻感觉到他的不安,她自己也觉得惊讶,因为迈克尔事先告诉她本会来,他将本的面貌传进她心里,解释说本属于内巢,是充分圆满的兄弟。她知道,吉尔与本的亲近仅次于迈克尔……迈克尔必然排第一,因为迈克尔是他们对生命之水一切知识的源泉。

但派翠霞天性如此,永远希望让别人都像她那么快乐,于是她放慢了一些。她请本脱掉衣物,但显得很随意,并没有坚持这件事,只是请他脱鞋,并解释说,巢里很适合赤脚,不言而喻,就是穿上街的鞋不适合走进巢里——地板柔软又干净,因为只凭迈克尔的力量就能保持物品清洁,本可以自己看。

除此之外,她料想他在巢里觉得太热,就把挂衣服的地方指给他看,然后匆忙去给他拿酒。她没问他的喜好,因为从吉尔那里知道了。她只是判断他这次会选择双份马丁尼,而不是苏格兰威士忌加苏打水,可怜的家伙看起来累坏了。当她端着两人的酒回来时,本已是赤脚，也脱掉了刚才在街上穿的外套。"兄弟，愿你永不干渴。"

"我们共享水，"他回应，喝了一口，"可是内含的水很少。"

"够了，"她回答，"迈克尔说，水能够完全在思想中，重要的是共享。我灵悟他说得对。"

"我灵悟。这正是我需要的。谢谢，派特。"

"我们的是你的，你的是我们的。我们很高兴你安然返家了。这个时候，其他人若不是在礼拜就是在教课。暂且不急，自待其时，他们会过来的。这是你的巢，想不想到处看看呢？"

本虽然还很茫然，但有兴趣，便让她带路导览。有些部分很寻常：一间超大的厨房，一端是吧台——没什么复杂的小玩意儿，地面就像其他房间，铺着同样踩着很舒适的材质，除了空间大，没什么值得注意之处；图书室的收藏比朱伯家的更丰富；几间浴室宽敞又奢华；卧室——本判断肯定是卧室，虽然房里没有床，只是地面比别处更柔软，派特说这些是"小巢"，给他看了其中一间，说她通常睡在这里。

她的蛇在里面。

房间的一侧经过改装，好让蛇住得舒服。本对蛇有点轻微的不自在，但他一直压抑着这种感觉，直到遇见眼镜蛇，他压抑不住了。"没事，"她请他放心，"我们确实在蛇前面装了玻璃。但迈克尔教导它们，不能超过这条线。"

"我想我宁愿信任玻璃。"

"好的，本。"她迅速将前方与上方的玻璃隔板归位，动作快得令人惊奇。虽然她刚才请他轻抚蜂蜜肉桂卷，他鼓起勇气摸了一下，但离开房间的时候，他还是松了一口气。返回大起居室之前，派特带他看了另一间房。空间很大，圆形，地面几乎像卧室的地面一样柔软，没有家具。中央有个圆形的水池，几乎算是泳池了。"这个，"她告诉他，"是最内圈的圣殿，我们接纳新兄弟入巢的地方。"她走过去，伸一只脚沾了沾水。"恰到好处，"她说，"想要共享水，更亲近吗？还是只想游泳呢？"

"呃，现在不想。"

"还要等待。"她同意。他们回到起居室，派翠霞去拿第二杯酒给他。本自己找了一张很舒适的大沙发，安顿下来——却又立刻起身。他觉得这地方太暖和，刚才的第一杯酒让他出汗，背靠着过分贴合身体的沙发，又让他觉得实在太热。要是穿着在华盛顿时的服装，他觉得简直蠢到家了，这里那么暖和——更何况派特一丝不挂，身上只有墨彩，加上她在导览的后半段才挂在肩上的一条巨蛇——显而易见，派特没有挑逗的意图，那只爬行动物也会让他免受诱惑。

他折中了一下，留着运动短裤，把其他衣物挂在门厅。就在挂衣服的时候，他注意到进来那扇门的内面有一张告示牌："记得穿衣了吗？"

他判断，在这户奇怪的人家，这种温和的提醒可能有其必要，就怕万一有谁心不在焉。然后，他才看到刚进门时忽略的东西，因为那时见到派特本人，他的注意力全被吸引住了。原来，门的左右侧各有一个大钵，像箍桶那么粗——都塞满了钱。

钱满出来了——各种面额的联邦钞票散落在地上。

派翠霞回来的时候，他正盯着这不可能的情况。"你的酒来了，本兄弟，让我们在快乐中亲近。"

"呃，谢谢。"他的目光又落回钱上。

她顺着他的目光看过去："本，你肯定认为我是散漫的管家——我确实是。迈克尔把事情变得那么容易，如大多数清洁打扫之类的，结果我就忘了。"她蹲下去捡钱，再塞进钱相对较少的那个钵。

"派特，到底怎么回事？"

"哦，我们放在这里只是图方便，因为这道门通往外面的街上。如果我们其中一个要离开巢——我自己几乎每天都要出去采购食品杂货——我们可能需要钱。所以，我们就把钱放在你不会忘记随身带走一些的地方。"

"你的意思是……抓一把就走吗？"

"哎呀，亲爱的，当然了。哦，我明白你的意思。但这里从来没有外人，只有我们。没有访客，从来没有。如果我们当中的任何人有外面的朋友——当然，我们每个人都有——楼下有很多舒适的房间，外人习惯的那种普通房间，我们可以下楼会客。这存钱的地方，也不会诱惑软弱的人。"

"呵！我自己就相当软弱！"

听到他的笑话，她发出轻笑："它们已经是你的，怎么可能还会诱惑你呢？你是巢的一分子。"

"呃……我想也是。可是你们难道不担心窃贼吗？"他试着估计一个钵里有多少钱。大多数的钞票好像不是小面额——见鬼了，他瞄到地上还有一张，派特收拾时漏捡的，上面就有三个零。

"确实有一个闯了进来，就上星期的事。"

"是吗？他偷了多少？"

"哦，他没偷，迈克尔打发他走了。"

"叫警察吗？"

"哦，不，没有！迈克尔绝对不会把任何人交给警察。我灵悟那样会是一种错。迈克尔只是……"她耸了耸肩，"把他赶走。然后杜克修好了庭园天窗的破洞——我带你看过了吗？很可爱……草皮地面。可是，我记得你家有草皮地面，吉尔告诉我的，迈克尔就是在那里第一次看到。你家里都铺满了草吗？每个房间都有吗？"

"只有我的起居室。"

"如果我哪天去华盛顿，我可以在上面走动吗？躺在上面呢？可以吗？"

"当然可以，派特。呃……它是你的。"

"我知道，亲爱的。但不在巢里，迈克尔教导我们，还是要问一下才好，即使我们知道答案是肯定的。我会躺在上面，感觉小草贴着我，在我兄弟的'小窝'，充满快乐。"

"派特，欢迎之至。"本突然提醒自己，管他邻居怎么想，他根本不在乎，但他希望她别带蛇去，"你打算什么时候去呢？"

"我不知道。当该去的时候，也许迈克尔知道。"

"嗯，如果可以，请提前通知我，这样我会在城里。如果不在，吉尔知道我家大门的解锁码——我偶尔会换。派特，这笔钱难道没有人记账？"

"本，为什么要记？"

"呃，人们通常会这么做。"

"嗯，我们不会。出门的时候，你自己拿就好——然后你回家的时候，再把任何剩下的放回去，如果你记得的话。迈克尔告诉我，随时把钱装满。如果不够，我再向他拿一些。"

本不再谈这件事，这种安排简单明了，他也不得不服。他已经有某种概念，根据从麦克以及从吉尔与朱伯那里得到的二手信息，这属于火星人文化里去金钱化的共产主义；他看得出来麦克在这里创立了某种飞地——这两钵现钞标记着从火星人到地球人经济体制的变迁点。他不晓得派特是否知道这是假的……只是靠着麦克庞大的财富支撑起来的。他决定还是不问。

"派特，巢里有多少人？"他感到轻微的忧虑，一下子得到太多共享的兄弟，却没有经过自己的同意，又随即挥开这个念头，认为这不值得想——毕竟，他们怎么会有谁想贪他的便宜呢？也许只会想躺在他的草毯上——他家门里可没有什么大堆的金子。

"我看看……现在将近二十个，包括见习期的兄弟，也就是还不能真正用火星语思考、没领受圣职的。"

"派特，你领受圣职了吗？"

"哦，是的，但我主要教课，火星语入门课程，我也会协助见习的兄弟，诸如此类。另外，端妮和我——端妮和吉尔都是女教士长——端妮和我是相当知名的福斯特教徒，尤其是端妮，所以我们一起工作，让其他福斯特教徒看到，诸世界教会与信仰并不冲突，就像浸礼会教友加入共济会，也没有冲突。"她给本看福斯特之吻，解释这个代表的意义，也给他看麦克吻在另一边的配对的奇迹。

"他们都知道福斯特之吻代表什么意义，又是多么难以获得……到这个阶段，他们已看过一些麦克的奇迹，等时机差不多成熟，他们会下定决心，努力用功，攀升进入更高的一圈。"

"要很努力吗？"

"当然了，本——对他们来说。至于你、我、吉尔，以及其他少数几个——你都认识——迈克尔召唤我们直接结为兄弟。但对其他人，迈克尔先教一种修炼——不是信仰，而是在善功中实现信仰的门道。这就意味着他们必须从学习火星语开始。这并不容易，我的火星语也不理想，但工作着并学习着快乐极了。你刚才问到巢的规模，我算算看，杜克、吉尔、迈克尔，还有……两个福斯特教徒，端妮和我……一个受过割礼的犹太人，带着妻子和四个孩子……"

"巢里有小孩？"

"哦，十几个。不在这里，而是在巢雏的巢，就在附近；要是孩子们大喊大叫，闹翻天，谁也不能冥想。想看一下吗？"

"呃，晚一点。"

"本，想不想看一场外圈的礼拜，瞧瞧迈克尔如何演讲？迈克尔差不多要讲道了。"

"哎呀，好啊，如果不太麻烦的话。"

"你可以自己去，但我想陪你去……我不忙。等一等，亲爱的，我稍微穿得像样一点。"

"朱伯，她两分钟后就回来了，穿着长袍，跟安妮的见证人法袍差不多，但剪裁不同，衣袖像天使之翼，高领，还有麦克用在诸世界教会的标志——九层同心圆及传统的太阳符号——刺绣在心口处。这种穿戴是女教士的长袍，是她的法衣；吉尔及其他女教士穿着同一种，只不过派特的是不透明的、沉重的合成丝绸，领子高到遮住她身上的连环画，长袖垂至手腕处，同样遮住文身。她还穿了长袜，手提着凉鞋。

"朱伯，她整个人都变了样，显得尊贵高尚。她的脸相当好看，我这时看得出来，她比我第一次猜的年纪大得多，但不像她宣称的大了二十岁。她有细腻的皮肤，我觉得很可惜，竟然有人用文身针碰触那样的皮肤。

"我再次穿好衣服。她请我光脚就好，因为我们并不是从我刚才进来的那条路出去。她领着我穿过巢，进入一条通道；我们停下来穿鞋，然后沿着蜿蜒的斜坡往下走，也许下了两三层楼，直到抵达一处顶层楼座，有点像剧院包厢，俯瞰着大讲堂。麦克在台上，口若悬河。没有讲坛、没有圣坛，就是一间大讲堂，他身后的墙上有个大大的诸世界教会标志。有个穿长袍的女教士跟他一起站在台上，因为有一段距离，我以为是吉尔——但不是她，而是另一个女人，看起来有点像她，几乎同样美丽。原来那是另一位女教士长，端妮——端妮·雅登。"

"什么姓名？"朱伯打断道。

"端妮·雅登——原姓希金斯，如果你要知道细节的话。"

"我见过她。"

"我知道你见过，你这声称退隐的老色鬼。她可迷恋你了。"

朱伯摇了摇头："你大概搞错了。我说的那个'端妮·雅登'，只是打过照面，差不多两年前的事，她根本不会记得我。"

"她记得你。你的每一篇卖钱的渣滓，只要是用她能查到的每一个笔名，她都要弄到一份带子。她通常每天听着入睡，说可以带给她美梦。她是这么说的。此外，毫无疑问，她知道你是谁。朱伯，那间大起居室，也就是巢区，只有一件装饰——请恕我用这个词——是你真人大小的彩色头像。看起来仿佛你被砍了头，咧嘴笑得面目可憎。据我所知，是杜克趁你不备时偷拍的。"

"哎呀，那个淘气鬼！"

"吉尔请他做的，瞒着你。"

"两个淘气鬼！"

"先生，你说的是我爱的女人——虽然爱她的不只我一个。可这是麦克让她去做的。朱伯，你要有心理准备——你是诸世界教会的守护圣者。"

朱伯大惊失色："他们不能这样对我！"

"他们已经做了。但别担心，属于非正式的，也没公开，只在巢内部，水兄弟之间。麦克坦然说这是你的功劳，这一切全都是受到你的启发，你把事情解释得那么清楚，他才终于能想出方法，将火星人的神学传达给地球人。"

朱伯作势欲呕。本继续说："恐怕你躲不掉了。除此之外，端妮觉得你很美好。先不提那个怪癖，她是个聪明的女人——而且魅力十足。我离题了。麦克立刻发现了我们，他挥挥手，喊道：'嘿，本！稍后再聊。'——就继续他的高谈阔论。

"朱伯，我不打算尝试引述他说的话，你得亲自去听。他的语气不像讲道，他穿的不是长袍——只是一套剪裁利落、量身定做的白色亚麻西装。他听起来像优秀得要命的汽车业务员，但毫无疑问是在谈宗教。他讲笑话、说寓言——内容都不古板，但也没有真的很下流。本质上是某种泛神论……他讲了一个老笑话，说蚯蚓在土壤里钻来钻去，遇见另一条蚯蚓，立刻说：'哦，你好美丽！你好可爱！你愿意嫁给我吗？'对方却回答：'别闹了！我是你的另一端。'你听过吗？"

"听过，我写的！"

"我没想到有那么老。反正，麦克运用得很好。他的概念是，每当你遇见任何其他可灵悟的事物——他在这个阶段不说'灵悟'——任何其他活物,男人、女人,或是流浪猫……你遇见的只是你的'另一端'……而宇宙只是一件小东西,是不久前的某一夜,我们为了消遣搞出来的,然后同意忘了这个玩笑。他的表述包裹了更多糖衣,极为谨慎,避免踩到竞争对手的脚趾。"

朱伯点了点头,臭着一张脸:"唯我论与泛神论。结合在一起,什么都能解释:抵消任何麻烦的事实、调解所有的理论、容纳你需要指出的事实或幻想。麻烦在于,这只是棉花糖,只有味道,没有实质——而且结局就跟故事一样:'……然后,小男孩掉下床,醒了过来;原来只是一场梦。'这不能令人满意。"

"别对我抱怨这个,要说就去找麦克说。可是,相信我,他听起来很有说服力。有一次,他停下来,说:'讲了这么多,各位肯定厌烦了……'他们则大声回应:'没有!'——我告诉你,他真的哄住了他们——但他抗议说,他的嗓子累了,而且,既然是教会,就应该有奇迹,而这是一间教堂,即使没有抵押贷款。'端妮,去拿我的奇迹箱。'然后他做了真正令人惊奇的戏法——你可知道他曾在巡回马戏团当魔术师?"

"我知道他待过。他从没告诉我那次丢脸的经历的确切性质。"

"他是杰出的魔术师,给他们耍的那些绝技,连我都看不出破绽。但倘若只是小孩子都学得来的纸牌把戏也没什么,是他说的段子逗得他们乐不可支。终于,他停下来,语带歉意地说:'火星来客应该要能做奇妙的事……所以我每次集会都必须行几件奇迹。我是火星来客,这件事由不得我,只是碰巧发生在我身上。但奇迹也可能发生在你身上,如果你想要的话。然而,要能看见更多,而不只是这些狭

隘的奇迹,你必须进入内圈。你们当中有些人真正想要学习,我稍后会见这几位。卡片发给大家。'

"派特给我解释麦克真正在做什么。'亲爱的,这群会众只是靶子——有些人是出于好奇而来,或者可能被某个我们内圈的自己人诱来。'朱伯,麦克安排了九个圈的设计,就像社会的阶层——谁也不晓得里面其实还有一圈,总是要到准备妥当之后,才会有人告诉他们。'这只是迈克尔的宣传热身,'派特告诉我,'他做得像呼吸一样容易——在这段时间,他一直感受他们、评估他们,进入他们思维的内在,判断哪几个人可能合适,也许十个里有一个。因此,他把人挑出来——杜克在上边那个格栅后面,迈克尔告诉他每一个可能达标的靶子、他们坐在哪里,诸如此类。迈克尔要吸引这群人进场……同时筛掉他不想要的人。端妮会处理这个部分,等她从杜克那里取得座位图之后。'"

"他们是怎么做的?"哈绍问。

"我没看到,朱伯,这有关系吗?他们有十几种方法,可以从一群人当中挑出想要的那些人,只要麦克知道他们要的是哪几个,然后设法给杜克打信号。我不知道。派特说他有透视眼,说的时候,表情一本正经——而且,你可知道,我不会低估这种可能性。但在这之后,他们立刻开始接受奉献。麦克甚至不采用教会的作风——你知道,轻音乐、体面的迎宾员之类。他说,假如他不收奉献,没有人会相信这是教会礼拜……所以他会收,但有一点不同。你可以拿,也可以给——随你便。然后,我对天发誓,他们传递着已经装满钱的奉献篮。麦克经常告诉他们,这是上一批会众留下来的,如果没钱或是饿肚子的,需要钱的,就请自便。但如果他们想要付出……那就捐出来，与人共享。只要二选———放一些进去，或是拿一些出来。看到这里的时候，我就想，他又发现了一种可以甩掉太多钱的方法。"

朱伯若有所思地说："我想，他不见得会损失。那种方式只要运用得当，应该会促使更多人捐献更多……虽然也有少数几个拿走一点，可能也非常少。我敢说，当你左右两边的人都放钱进去时，你很难伸手去篮里掏钱出来……除非你急需用钱。"

"朱伯，我不知道……但我了解他们对那些奉献随意得很，就像对待楼上那堆现金。不过，麦克将主持礼拜的工作交给他的女教士长的时候，派特突然把我带走。我被带到一间小得多的讲堂，这里的礼拜只对第七圈开放——在场的人都来了至少几个月，而且已有进步。如果那也算进步的话。

"朱伯，麦克从这一个直接冲向那一个，我无法适应那种变化。那场外围集会半是大众讲座，半是纯粹娱乐——这一个更像是巫术仪式。这次，麦克穿着长袍，看起来更高、潜心苦修却又有激情——我发誓，他的眼睛闪闪发光。那地方光线昏暗，音乐有点瘆人，却又让你忍不住手舞足蹈。这次，派特和我一起坐在一张双人座上，说是沙发，几乎像一张床。这个礼拜是怎么回事，我说不出。麦克用火星语对他们呼喊，他们用火星语回答——除了'尔乃神！尔乃神！'的吟诵，他们总是用某个火星词语呼应，我试着发音就觉得喉咙痛。"

朱伯发出低沉沙哑的声音："是这个吗？"

"嗯？我想是这样——考虑到你那可怕的口音。朱伯……你信了？你只是蓄意误导我吗？"

"不是，腥膻教我的——他还说，这是最黑暗的那种异端邪说。我说的是他的看法——我不在乎。这个词是火星语，麦克翻译为'尔乃神'。但我们的兄弟马穆德说，这根本算不上什么翻译。这是宇宙宣告本身的自我意识……或说是完全没有悔改的'知罪'……或是十几种其他事物，全都不能被翻译。腥膻说，不仅无法翻译，而且他用火星语也没有真正了解——只晓得这是个坏的词，他认为可能是最糟的那种……更接近撒旦的挑衅，而不像仁神的祝福。继续说，就这样而已吗？只是一群狂热分子互相叫嚷着火星语吗？"

"呃……朱伯，他们没叫嚷，而且并不狂热。有时候他们只是喃喃低语，室内几乎一片死寂。然后音量可能提高一点点，但不多。他们的发声有某种节奏，有个模式，像是清唱剧，仿佛曾经排练了很久……然而感觉又不像排练过，更像是一个人自顾自哼着当下感受到的任何事。朱伯，你看过福斯特教徒怎么培养情绪，炒热气氛……"

"我很遗憾地说，看过太多了。"

"嗯，这里完全不是那种狂热，而是安静又轻松，像是打盹儿到睡着。是很热烈，没错，而且程度不断增强，可是——朱伯，你有没有参加过降灵会？"

"有，本，我能试的每一件事都试过了。"

"那你就知道，就算没人移动，全都不发一语，张力也会增强。这更像是信仰觉醒的布道，甚至是最宁静的教会礼拜。但并不平淡，而是充满激烈冲击的快感。"

"严格的用词是'阿波罗型'。"

"什么？"

"相对于'狄奥尼索斯型'。我很遗憾地说，两者都想强迫群体一致。人们往往将阿波罗型简化为'温和''沉着''冷静'。但阿波罗型与狄奥尼索斯型是同一枚硬币的两面——修女跪在自己的小室里,完全不动,脸部肌肉放松,却可能处于宗教狂喜之中,激烈程度更胜于庆祝春分的普里阿普斯女祭司。狂喜在脑袋里,不是表现在健美操般的动作上。"朱伯皱了皱眉,"另一种常见的错误,就是认为阿波罗型等同于'好'——只因为我们有几个名声最好的教派,在仪式与戒律方面都相当于阿波罗型,但这只是地域偏见。继续说。"

"嗯……反正,情况可不像虔诚的修女那么平静。他们不只是坐着,被麦克逗乐。他们偶尔走动一下、换座位,其间肯定有搂抱亲吻的举动;我相信仅止于搂抱亲吻而已,但照明非常昏暗,而且你坐在位子上,看不太清楚别人的座席。一个女子晃过来我们这边,想要加入我们,但派特给了她一个什么暗号,让她别打扰我们……于是她只是吻了我们就离开了。"本咧嘴一笑,"吻得相当充分,不过她没有调情。众人穿着长袍,只有我不是,我就像在社交聚会上穿着太空服一样显眼,但她一副没有注意到的样子。

"整件事很随意……却又像芭蕾舞者的肌肉一样协调。麦克一直很忙,有时候站到前面,有时候在人群当中游走。有一次他捏捏我的肩膀,吻了派特,不慌不忙,但动作迅速。他没对我说话。当他引导他们的时候,他站的地点后方好像有什么玩意儿,很像是魔镜,也可能是一个大型立体电视;他用这个来行'奇迹',只不过在这个阶段,他从不使用这个词——至少不是用英语。朱伯,每个教会都保证有奇迹。但总是昨天行、明天行,今天从来不行。"

"不同意,"朱伯再次打岔,"很多教会都做成惯例了——很多,如基督科学教、罗马天主教。"

"天主教?你是指路德吗?"

"这个例子包含路德,可能值得一提。但我指的是圣体圣事的奇迹，每一个天主教神父至少每天都在召请。"

"嗯……我不认为那么微妙的举动是奇迹。在我这种不信教的外人看来，那种奇迹不可能被验证。至于基督科学教徒，我不会与他们争论——但假如我摔断了腿，我会找外科医师。"

"那就要注意你的脚踩在哪里，"朱伯咆哮着说，"别拿你的骨折问题来烦我。"

"不会的。我要找一个不是威廉·哈维同学的人。"

"哈维能使断骨复位。继续说。"

"是能，但他的同学怎么样呢？朱伯，你举例的那些奇迹可能是真的——但麦克现场拿出炫目的奇迹，买票进场就看得到。他若不是极高明的幻术师，能让传说中的胡迪尼显得笨拙，就是令人惊奇的催眠师……"

"他可能两者都是。"

"也可能是他解决了闭路电视的许多毛病，用来施展特效，以达到简直不能分辨虚实的程度，不然就是'亲爱的，我上当了'。"

"本，你怎么能排除那可能是真正的奇迹呢？"

"我还是称之为上当。这不是我喜欢思考的理论。无论他做了什么，都是一出精彩好戏。有一次，他身后的灯光亮起，竟然有一头黑鬃雄狮，庄严而安详地俯卧，仿佛守卫着图书馆的台阶。同时，身边还有两三只小羊羔晃晃悠悠。雄狮只是眨了眨眼，打了个哈欠。的确，电影随时可能做出那种特效——但看起来真实得让我以为嗅到了狮子……当然，气味也可能造假。"

"你为什么坚持认为是造假？"

"真要命，我正在努力做到客观！"

"那就别客观过头,矫枉过正。试着学学安妮。"

"我不是安妮。当时我不是很客观。我只是懒洋洋地躺着,享受热烈的气氛。我一点都不在意听不懂大部分的内容,但感觉抓到了其中的要点。麦克卖力地展示了很多奇迹——幻觉、悬浮之类的。我不是在批判什么,我很愿意把这当成优秀的表演来欣赏。接近尾声的时候,派特对我耳语,要我留在原地,说她稍后会回来,然后便悄悄溜走。'迈克尔刚刚告诉他们,要是有谁觉得自己还没准备好进入下一圈,现在应该离开。'她这么告诉我。

"我说:'我想我最好也离开。'

"她说:'哦,不,亲爱的!你已经是第九圈——你知道的。先留在座位上,我会回来。'她说完就离开了。

"我想,没有人会怯步。这个团体不仅是第七圈,还都是其中准备好晋升第八圈的。但我其实没注意,因为灯光再度亮了起来……吉尔在那里!

"朱伯,我这次肯定那不是立体电视。吉尔的眼神跟着我,她对我微笑。哦,我知道,如果被拍摄的人直视摄像机,那么,无论你坐在哪里,那人的眼睛都会对着你。可是,假如麦克真的改善得这么好了,他最好申请专利。吉尔穿着奇装异服——我猜是女教士的扮相,但和其他人不一样。麦克开始对她,也对我们吟诵着什么,一部分是英语……关于什么'众生之母''合众为一'的胡话,接着召唤她一连串的名字……每换一个名字,她的服装随之改变……"

主教后面的灯亮了起来,本·卡克斯顿瞬间警觉,他看见吉尔·博德曼在比主教更高更远的地方摆着姿势。他眨了眨眼,确定自己没有再次被舞台的灯光与距离愚弄——这是吉尔！她也凝视着他，微微一笑。他一边听着召唤声，一边想着火星来客后面的空间肯定是立体电视机，或是某种机关。但他几乎可以发誓，他能踏着阶梯往上走，捏她一把。

他很想这么做——随即提醒自己，要是搞砸麦克的节目，那就太糟糕了。还是等表演结束，吉尔有空的时候……

"希柏利！"

这时吉尔的服装突然变了。

"伊西斯！"

服装再一次变了。

"弗丽嘉！""祺！""提毗！""伊丝塔！""玛丽茵！"

"夏娃娘娘！诸神之母！有爱且蒙爱，生命不朽……"

卡克斯顿听不见这些词语了……因为吉尔突然成了夏娃娘娘，只有荣光笼罩着她。光线漫开，他看见她站在一座乐园里，静止不动，身边有一棵树，树上缠绕着一条大蛇。

吉尔对众人微笑，略微转身，伸手抚摸蛇头——又转回来，对大家张开双臂。

第一个候选人走向前，进入乐园。

派特回来，碰碰卡克斯顿的肩膀："本……我回来了。亲爱的，跟我来。"

卡克斯顿不愿离开，他想留下来，陶醉在吉尔呈现的华丽美景之中……他想要做的不只这些；他想跟着队伍，去她在的地方。但他还是不自觉站了起来，跟着派翠霞离开。他回头一望，看到麦克伸出双臂，即将搂住排在第一位的女人，亲吻她……卡克斯顿转身跟着派翠

567

霞出去，因此没看到在麦克吻那候选人时，她的长袍消失了——也没看到后来的情况：吉尔吻第一个晋升到第八圈的男性候选人时，那人的长袍也消失了。

"我们必须绕远路，"派特解释说，"给他们时间清场，进入第八圈的圣殿。哦，其实闯进去也无妨，但这就会浪费迈克尔的时间，因为要让他们回到刚才的情绪——他那么努力！"

"我们现在去哪里？"

"去接蜂蜜肉桂卷，然后回巢。除非你想要参与升上第八圈的仪式。你知道的，你可以去——因为你已经是第九圈。但你还没学火星语，你会觉得很困惑。"

"嗯——我希望能见到吉尔。她什么时候才会有空呢？"

"哦，她要我转告你，她会溜上楼来看你。本，这边走。"

有一道门打开，本发现自己又来到刚才见过的花园。蛇还像饰带一样缠在树上，一见他们进门就昂首。"好了，亲爱的！"派翠霞对它说，"你是妈咪的乖女孩，是不是？"她轻轻解开蟒蛇，收到提篮里，让它的尾部先进去。"杜克带它下来给我，但我必须先把它盘在树上，告诉它留在原处，不要溜掉。本，你很幸运，因为从第七圈到第八圈的跃迁礼拜很少发生——总要等到有足够的候选人就绪，可以累积并维持那个气氛，迈克尔才会举行……虽然我们以前常从最内圈派人去帮助外面来的初阶候选人通过仪式。"

本帮派特拎着蜂蜜肉桂卷，走到最上层……才晓得一条十四英尺长的蛇相当重；提篮有钢条支撑，也确实需要有。他们一到那么高的地方，派翠霞立刻停步。"放它下来，本。"她脱掉自己的长袍，交给他拿着，然后取下那条蛇，披在她自己身上，"这是奖励蜂蜜肉桂卷乖乖的，它等着依偎在妈妈身上。我有一堂课几乎马上要开始了，所以我扛着它走剩下这段路，让它尽可能在我身上留到最后一秒。让蛇失望不是好事，因为它们就像婴儿。它们不能充分灵悟——只不过蜂蜜肉桂卷灵悟妈妈……当然还有迈克尔。"

他们走了五十码左右，到了巢区的入口，在门边，本先脱了鞋，再为派翠霞脱掉凉鞋。他不晓得她扛着那么重的蛇，单脚怎么能站稳……他也注意到了，她不晓得什么时候脱了袜子——肯定是出去安排蜂蜜肉桂卷上台亮相的时候。

进了门，她陪着他，身上仍然披着那条大蛇，而他则是脱到只剩一条运动短裤——这时他却迟疑了，打不定主意要不要连短裤也脱掉。他看得够多，已经相当确定，衣物，任何衣物，在巢内都不符合常规（甚至无礼），就像穿着打了平头钉的厚底靴走进舞池。出口门上的善意提醒、巢里任何地方都没窗、巢本身有如子宫的舒适感、派翠霞没穿衣服，再加上她曾经提议（但没有坚持）他也这样做——都毫无疑问地表明他们在家习惯裸体……至少在名义上是"水兄弟"的自己人当中，即使他还没见到大多数的成员。

他依稀觉得文身女穿衣服的习惯很可能有些奇怪，所以派翠霞的行为可能不算数，但他后来看到了进一步的确证。在去起居室的路上，有个男人迎面而来，要往浴室及"小巢"的方向去——他穿的比派翠霞还少了一条蛇加一大堆图画。他对他们打招呼，说声"尔乃神"就走开了，显然跟派翠霞一样习惯"皮肤"衣服。可是，本提醒自己，这位"兄弟"看到本穿着衣服，似乎并不惊讶。

在起居室，还有其他这类证据：另一边有个人摊开四肢趴在沙发上——本认为那是女人，但他不想看得太仔细，很快瞄了一眼之后，发现这一位也是裸体。

本·卡克斯顿一向自以为见多识广。游泳不穿泳装，他认为合情合理。他知道很多人在自己家里随意裸体——而这也算是某种家庭——不过，他成长的家庭没有这种习惯。他甚至曾经（也就一次）被一个女孩邀请到某个裸体主义度假营，他并不觉得特别困扰，尤其是过了最初五分钟之后——他只是认为，承受了毒野葛、皮肤划伤、全身晒伤，让他卧床静养一天，这实在蠢得可以。

但现在他发现自己犹豫了，完全拿不定主意，要拿掉自己象征性的无花果叶，可能才算有礼貌……然而更可能的是——他确定——如果他这么做了，不认识的人进来，却穿着衣服，而且一直穿着，他会觉得自己蠢到家了！见鬼，他甚至还会脸红！

"朱伯，你会怎么做呢？"本追问。

哈绍扬起眉毛："本，你认为我应该震惊吗？我看过人体，出于职业需要，还有别的需要，看了好几十年。它们往往赏心悦目，常常使人极度郁闷——而且本身从来不重要，重要的是观看者眼里的主观价值。我灵悟麦克的家主张崇尚自然、裸体。我应该欢呼吗？还是必须痛哭呢？两者皆非。我无动于衷。"

"真要命，朱伯，你大可轻松地坐在那里，像神仙看凡人那样超然——你又没有面临选择。我可从没见过你在别人面前脱裤子。"

"你也不太可能看到。'时代不同，习惯各异。'但我灵悟你不脱不是因为害羞。你患了一种病态的恐惧，害怕出丑——某种广为人知的恐惧症，有个长长的伪希腊名称，我就不说出来烦你了。"

"胡说！我只是不确定怎样才算有礼貌。"

"你才胡说,先生——你已经知道怎样才算有礼貌……却害怕自己可能出糗……或无意识地陷入莽夫的冲动。但我似乎灵悟,麦克制定这样的家规,肯定有什么理由——麦克做的每一件事总是有理由,虽然有些理由在我看来好像很奇怪。"

"哦,是,他有理由,吉尔告诉我了。"

本·卡克斯顿站在门厅里,背对着起居室,两手抓着裤头,不是很坚定地告诉自己,鼓起勇气,别想那么多了——这时,突然有两只臂膀从后面紧紧搂住他的腰。"亲爱的本!你能来这里真是太好了!"

他转身把吉尔揽入怀中,她的嘴温暖又贪婪地紧贴着他的嘴——他庆幸自己还没脱个精光。因为她已经不是"夏娃娘娘",而是穿着包覆全身的女教士长袍。然而,他很快乐,知道自己抱个满怀的是有活力、有热情、轻轻扭动着身体的姑娘。她虽然穿着女教士的法衣,但是形成的阻碍并不会大于一件薄纱睡衣,动觉与触觉都告诉他,这是吉尔。

"天哪!"她挣脱了亲吻,说,"我思念你,你这老流氓。尔乃神!"

"尔乃神,"他退后一步,"吉尔,你变得更漂亮了。"

"是,"她同意,"对你有这种作用。但我无法形容,刚才大轴时与你的眼神交会让我多么激动。"

"什么大轴?"

"吉尔的意思是,"派翠霞插话说,"礼拜结尾的时候,她是众生之母、诸神之母的那一段。孩子们,我得加快动作了。"

"派特,别赶时间。"

"我得加快动作,才不必赶时间。本,我必须先送蜂蜜肉桂卷上床睡觉,然后下楼上课——所以现在先吻我、道晚安。可以吗?"

本想不到晚安吻的对象竟然是被一条巨蛇裹着的女人——他觉得自己还能想到更好的方式……比如说全副武装。但他尽力无视蜂蜜肉桂卷,给了派特应有的对待。

吉尔吻了她,说:"顺便告诉麦克拖延一下,等我到那里,拜托。"

"他无论如何都会等你。晚安,亲爱的。"她不慌不忙地离开了。

"本,她真好,是不是?"

"确实是,只不过她起先令我不知所措。"

"我灵悟。但不是因为她有文身,也不是因为她养蛇,我知道。她令你不知所措——她令每一个人不知所措——因为派特从来没有任何疑虑;她就是自然而然每次都做对的事。她非常像麦克。在我们当中,她的程度最高——她应该当女教士长。但她不愿意,因为她有文身,某些职务就会遇到困难——至少可能让人分心——而她又不想除掉文身。"

"那么多文身,怎么可能除掉?用解剖刀吗?那样会害死她。"

"完全不会,亲爱的,麦克能把那些完全除掉,不留痕迹,甚至不会伤到她。相信我,亲爱的,他能。但他灵悟到了,她认为文身不属于她,她只是暂时保管——他同意她灵悟得对。过来坐下。端妮稍后会带着我们三人的晚餐进来——我得趁我们说话时抓紧吃饭,否则到明天都没空档。明明有整个永恒的时间,我们还真是管理不善……但我不知道你什么时候会来,而且你到的这天碰巧是最忙的日子。可是，告诉我，就你看到的情形，你怎么想呢？端妮告诉我，你也看了一场外围礼拜。"

"是的。"

"怎么样？"

"麦克，"卡克斯顿慢吞吞地说，"确实有惊人的变化，我认为他能卖鞋给蛇。"

"我相当确定他能。但他绝对不会，因为那么做就错了——蛇不需要穿鞋。本，怎么回事？我灵悟有什么事困扰着你。"

"没有，"他回答，"确实不是任何我能指出来的事。哦，我没有多么喜欢教会……但我也不完全反对教会——更不会反对这个。我猜想我就是灵悟不了。"

"我会等一两个星期之后再问你。不急。"

"我在这里待不到一星期。"

"你的几篇专栏写好了。"——这不是问句。

"三篇热腾腾的稿子，但我还是不该留那么久。"

"我认为你会留下……然后你会打电话口述几篇……或许写教会的事。到那时，我想你会灵悟该留更久。"

"我想应该不会。"

"自待其时。你知道这不是教会吗？"

"嗯，派特确实说过这样的话。"

"我们暂且说这不是宗教。就每一项法律上与道德上的意义来说，这都是教会——我想，我们的巢是某种修道院。但我们并不是要带人到神那里；词义上，这是矛盾的，你甚至不能用火星语说。我们不是想搜救灵魂，因为灵魂不会丧失。我们不是要让人们有信仰，因为我们提供的不是信仰,而是真理——他们可以核实的真理;我们不会催促他们相信。务实的真理,适合此时此地,像熨衣板那么实在,像面包那么实用……非常务实,可以让战争、饥馑、暴力、仇恨变得没有必要,就像……就像——嗯,像巢里的衣物。但他们必须先学习火星语。这是唯一的障碍——找到那够诚实的人,让他相信眼前所见,然后愿意付出努力做艰难的工作——这是辛苦的工作——学习被教导的语言。作曲家不可能用英语写出一首交响曲……这种交响曲也不可能用英语叙述,就像贝多芬的《第五交响曲》不能被写成英语。"她微微一笑,"但麦克从来不急。日复一日,他筛选几百人……找到几十人……只有极少数可以进巢里,他进一步训练他们。有朝一日,麦克会让我们其中几个人受到完善的训练,我们可以出去开创其他的巢,然后就可以开始滚雪球。但不急。我们还没有人算训练好,就算在巢里的人也没有。亲爱的,你说是不是?"

本抬起头来,因为吉尔说的最后一句让他有点吃惊——随即着实吃了一惊:面前有个女人俯身,递给他一盘食物,他愣了一会儿才认出她是另一个女教士长——端妮,对,没错。她的穿着与派翠霞一样,还少了文身,这并没有减轻他的惊讶。

端妮没有吃惊。她微微一笑,说:"本兄弟,你的晚餐。尔乃神。"

"呃,尔乃神,谢谢!"当她俯身吻他,然后取了给自己与吉尔的两盘食物坐在他的另一边开始吃的时候,情况已经超出能让他惊讶的范围了。他愿意承认,就算不是神,端妮也令人联想到女神的最佳特质;真可惜,她不是坐在对面——他不能不露痕迹地将她看个仔细。

"没错,"端妮边吃边附和说,"吉尔,我们还没真正训练好,但是，自待其时。"

"本，问题在于容量。"吉尔继续说，"例如，我需要休息一下，吃点东西。但麦克什么都没吃，超过二十四小时了……他要等到不忙的时候才会吃——你碰巧赶上满档的日子，因为那个小组要跃迁到第八圈。等麦克忙完之后，他会像猪那样吃东西，吃完又能维持很久。除此之外，端妮和我会累……甜心，你说是不是？"

"当然会。但我现在不累，吉莉安，我来接这场礼拜，你可以陪本。把那件长袍给我。"

"亲爱的，你的小脑袋瓜疯了——妈咪打屁股。本，她忙了一段时间，几乎像麦克一样久。我们两个也能承受长时间工作——但我们饿了就要吃，有时候，我们需要睡眠。说到长袍，端妮，这是第七圣殿最后一件将会消失的长袍。我打算告诉派特，她最好再多订一两百件。"

"她订了。"

"我该知道的。这一件似乎紧了一点。"吉尔扭着身子勉强套上长袍，却比端妮没穿长袍的完美肌肤更令本心神不宁，"端妮，我们的体重增加了吗？"

"是的，增加了一点。没关系。"

"你的意思是这有好处。我们太瘦了。本，你注意到了，端妮和我有相同的身材，对不对？身高、胸围、腰围、臀围、体重，每一样——更别提发肤颜色了。我们相遇时就几乎一样……然后，通过麦克的协助，我们变得更像，然后一直维持这样。就连我们的脸也越来越像——但我们没有计划这样，而是因为做同样的事、想同样的事。亲爱的，站起来，让本看看我们。"

端妮把餐盘放在一边，站起来摆了个姿势，本莫名其妙联想到吉尔，这不能只用体态的相似来解释；他随即明白，吉尔最初扮成夏娃娘娘，正是这个姿势。

　　有人叫他看，他就不客气了。吉尔满嘴食物，说："本，看到了吗？那是我。"

　　端妮对她微微一笑："吉莉安，差别很清楚呢。"

　　"呸！你也逐渐掌握那种控制了。我们永远不会有同一张脸，我几乎觉得遗憾了。本，端妮和我看起来那么相像，这样很方便。我们必须有两个女教士长；我们两个一起才勉强能跟上麦克的节奏。礼拜进行到一半，我们可以交换位置——有时候真的换人。除此之外，"她吞了一口，补充说，"端妮可以买合身的洋装，我穿起来也合身。省掉了我买衣服的麻烦。我们还是有需要穿衣的时候。"

　　"我本来还不确定你们仍然穿衣服，"本慢悠悠地说，"除了做女教士的时候。"

　　吉尔显得很惊讶："你以为我们出去跳舞穿这样吗？我们穿晚礼服，跟大家一样。要是不睡美容觉，这就是我们最爱的活动，亲爱的，对不对？坐回去，吃完你的晚餐。本盯着我们也够久了。本，你刚才所在的那个跃迁小组有一个人，舞跳得精彩极了，这座城镇有一大堆好玩的夜总会——端妮和我轮番上阵，让那个可怜的家伙忙得团团转，连续几个晚上没的睡，因为我们必须协助他上语言课时保持清醒。但他会没事的；一旦达到第八圈，就不需要那么多睡眠了。亲爱的，你怎么会以为我们从来不穿衣呢？"

　　"呃……"本终于脱口说出自己的尴尬困境。

　　吉尔睁大了眼，然后差点笑出声，却又立刻打住，本突然发觉还没听到这儿的任何人笑出声……除了外围礼拜仪式的"靶子"。"我明白了，可是，亲爱的，当时我只是还没抽空脱下这件长袍。我还穿着，是因为我必须赶快吃、赶快走。但倘若我灵悟到你在烦恼什么，我肯定会先扔掉衣服再来打招呼，就算我不确定手边还有没有另一件衣服可换。我们太习惯了根据需要选择穿衣或不穿，简直忘了我可能表现得不够礼貌。甜心，脱掉短裤——或是继续穿着，完全随你的意。"

"呃……"

"脱不脱都行，反正别为这个烦心。"吉尔微微一笑，酒窝乍现，"让我想起麦克第一次尝试海水浴场，但情况恰恰相反。端妮，记得吗？"

"我永远忘不了！"

"本，你知道麦克怎么看待衣物的。他就是搞不懂，或者说，以前是那样。我什么都得教他。他不明白衣物有什么保护的作用，后来他才灵悟——当时他还大吃一惊——我们并不像他那么寒暑不侵。衣着的'得体'简直让他痛苦——火星人没有以裸体为耻的概念，不可能有。直到最近，我们开始实验各种不同的方法，为我们的节目设计服装之后，麦克才灵悟到衣物作为装饰的功能。

"可是，本，虽然麦克一向愿意做我告诉他做的事，无论他有没有灵悟，但你无法想象，身为人类有多少小事。我们用了二三十年学习，麦克却得在几乎一夜之间学会。即使到现在，还是有许多缺漏。他做一些事，却不知道人类不是那样做的。我们都教他——尤其是端妮和我，只差派特没有，因为她确信迈克尔做的任何事都必然完美。但他仍在灵悟衣物的本质。他灵悟衣物多半是一种错，把人与人分开——造成阻碍，不让爱引导人与人更亲近。最近，他才逐渐明白，在某些时候，你想要且需要这样的屏障——有外人的时候。但有很长一段时间，麦克只因为我叫他穿衣才穿，也只有在我说他必须穿衣的时候才穿。

"有一次，我疏忽了。

"我们去了下加利福尼亚州，就在那次，我们与端妮相遇——其实应该说重逢。夜里，麦克和我入住一家大型豪华海滩酒店，他那么渴望灵悟海洋，全身浸湿，隔天早上，他让我继续睡觉，自己下去进行他与海洋的第一次接触。我没想到麦克不知道要穿泳装。哦，他可能看过泳装……但他不知道那是做什么的，或者有某种含混的概念。他确实不知道应该穿泳装下水——这想法简直逆天。再说，你知道朱伯对于保持游泳池清洁的严格规定——我相信不曾有人穿泳装下去。我确实记得有一天晚上，很多人穿着衣服被丢进去，但那次朱伯本来就打算立刻排水。

"可怜的麦克！他到了海滩，脱掉长袍，就要冲进水里……他看起来像希腊天神，也像天神一样没有察觉地方的习俗——然后骚动就开始了，还好我醒得快，抓了几件衣物就赶过去，来得及避免他进监狱……接他回到房间后，他一整天都处在恍惚状态。"

吉尔突然出现短暂的恍惚神情："他现在也需要我，所以我必须走了。给我晚安吻，本，我早上再去看你。"

"你会去一整夜吗？"

"很有可能。这是相当大的跃迁课，老实说，刚才这半个多小时，麦克只是让他们不闲着，好让我们可以见面。不过，没关系。"她站了起来，轻轻拉他站起来，投入他的怀抱。

不久，她挣脱了吻，但没挣脱他的怀抱，她喃喃低语："亲爱的本，你上过课了。呼咻！"

"我？我对你绝对忠实——以我自己的方式。"

"我对你也一样……最好的那样。我不是在抱怨……我只是认为朵卡丝在帮助你练习亲吻。"

"可能有一点。问东问西！"

"嗯哼，我一向喜欢问东问西。上课可以等，你再吻我一次。我试着变成朵卡丝。"

"你当自己就好。"

"我会的，无论如何，自我，但麦克说，朵卡丝比任何人吻得更彻底——'对吻灵悟更多'。"

"别说话了。"

她确实没再说话，安静了一会儿，然后叹了一口气："跃迁课，我来了——像萤火虫那样发光。端妮，好好照顾他。"

"我会的。"

"最好立刻吻他，你会明白我的意思！"

"我正打算这么做。"

"再见，亲爱的！本，你乖乖听话，端妮叫你做什么就做什么。"她离开了，并不着急——但用跑的。

端妮站起来，向他靠近，张开双臂。

朱伯挑起一只眉毛："现在，想必你是要告诉我，在这节骨眼上，你胆怯了。"

"呃，不完全是。可以说，就差一点。说实话，我对这件事没有

579

太多置喙的余地。我，呃，'不可避免，只好配合'。"

朱伯点了点头。"不可能有别的出路，你被困住了，跑不了。于是，男人顶多只能争取通过谈判达成和平。"他又说，"但我很抱歉，我家的教养习惯导致这个男孩抵触了下加利福尼亚的丛林法则。"

"朱伯，我认为他再也不是男孩了。"

第 32 章

本·卡克斯顿醒来,不知道自己身在何处,也不晓得什么时间。周围一片黑暗,寂静无声,他躺在某种柔软的东西上。不是床——他在哪里?

夜幕匆匆降临。他清楚记得的上一件事,就是躺在最内圈圣殿柔软的地面上,与端妮轻声细语,亲密说话。她带他去了那里,两人浸在水里,共享水,更亲近……

在黑暗中,他发狂地摸索着周围,却是一无所获:"端妮!"

光线缓缓亮到柔和的昏暗。"本,我在这儿呢。"

"哦!我以为你离开了!"

"我不想吵醒你。"她穿着——他突然强烈地感到失望——代表职务的长袍,"我必须去朝阳者的外围礼拜仪式开场。吉莉安还没回来。你知道,这一班的学员相当多。"

听到她的话语,他想起她昨晚说的事……当时,尽管有她温柔且相当合乎逻辑的解释,这些事还是令他心烦意乱……然后她抚平了他的烦乱,直到他觉得好像能同意她说的话。他心里还是不太舒坦……

他并不灵悟这一切。对了,吉尔可能还在忙着女教士长的仪式——任务,或许是某种快乐的职责,端妮曾经提议要代替她。吉尔拒绝了,坚持认为端妮很需要休息,本感到一阵刺痛,他本该觉得遗憾才对。

但他并不觉得遗憾。"端妮……你非走不可吗?"他连忙站起来,伸出双臂搂住她。

"我得走了,亲爱的本……亲爱的本。"她柔软的身体靠着他。

"现在吗?这么急吗?"

"从来没有,"她温柔地说,"那么急的事。"突然间,长袍再也没有隔开他们。他太迷茫了,没去猜想到底发生了什么事。

他第二次醒来,站起身的时候,发现自己所在的"小巢"发出柔和的光线。他舒展身体,感觉美妙极了,然后环顾四周,想要找到自己的短裤。衣物不在视线里,却也不可能离开视线。他努力回想自己把短裤留在哪里……却不记得曾经脱掉。但他肯定没有穿着裤子下水。可能在最内圈圣殿的水池边——他提醒自己要回到那里捡起来,然后去外面,找到一间浴室。

几分钟后,剃须、淋浴、抖擞精神,他确实记得去最内圈圣殿查看,却找不到自己的短裤。他想,可能有人注意到了它,也许是派特,于是把它收到外门附近,大家显然都把上街需要的衣物放在那里……他暗自说了声管他呢,咧嘴一笑,想到昨晚为了穿不穿它弄得紧张兮兮。他在巢里根本不需要它,就像其实不需要第二颗脑袋。

想到这个,他没有感到丝毫宿醉的头疼——他想起来跟端妮喝了不少杯。据他回忆,没喝醉,但肯定超过了平常允许自己饮用的量——他若要学朱伯那样干杯,总要付出代价。

端妮似乎完全没受到酒的影响,可能是因为这样,他才会超过自己平常的饮酒限额。端妮……多好的姑娘，多好的姑娘！意乱情迷的时刻，他竟然喊了吉尔，端妮似乎毫不气恼——似乎还很高兴。

他发现大房间里没有人，寻思着到底几点了。倒不是说他在乎，只不过他的胃告诉他，早餐时间过去很久了。他进了厨房，想看看能搜刮到什么。

他一走进去，有个男人抬起头来："本！"

"哟！嘿，杜克！"

杜克给他来个熊抱，拍拍他的背："本，见到你真是令人高兴！啊呀，见到你真好。尔乃神。你想吃什么样的蛋？"

"尔乃神。你掌厨吗？"

"只有找不到别人为我掌厨的时候——例如现在。大部分是托尼做的。我们所有人都做一些，甚至麦克也做，除非托尼抓到他，就会赶他出去——麦克是世界上最糟的掌厨，没人比得上。"杜克继续打蛋到碟子里。

本过来接手："你去烤面包和煮咖啡吧。这里有伍斯特酱吗？"

"只要你说得出来，派特都有。给你！"杜克又说，"半小时前，我才找过你，但你还在'锯木头'。打从你到这里，不是我在忙，就是你在忙——直到现在。"

"杜克，你在这里做什么，除了无法避免要下厨的时候。"

"嗯，我是执事……有一天会成为教士。我学习慢——倒不是说有多重要。我研习火星语……人人都要学。我也修东西，就像我为朱伯做的工作。"

"维护这种规模的地方，肯定需要一大帮人。"

"本，你会很惊讶需要的人这么少。除了配管系统——有时候，

583

你得看看麦克处理堵塞的马桶的独门方法,我不必经常扮水管工人——这座建筑物九成的机件就在厨房这里……而且不像朱伯的厨房,配备那么多玩意儿。"

"我感觉,你们有几座圣殿配备了一些非常复杂的玩意儿。"

"嗯,没什么玩意儿。一些照明控制,仅此而已,都是简单的那种。其实……"杜克咧嘴一笑,"我最重要的工作之一就是没有工作——消防员。"

"嗯?"

"我是通过认证、有牌照的驻场消防监察,和卫生员、安全检查员一样,不需要参与任何工作。但这就意味着我们完全不必让外人进来凑热闹——我们也不会。他们只参加外围礼拜仪式……除非麦克许可,否则他们绝对不能再往里走。"

他们将食物盛盘,端上餐桌,坐了下来。杜克说:"本,你会留下来,对吧?"

"杜克,我看不出我为什么留下来。"

"嗯……我原本希望你会比我更有理解力。我当时也是来探望一下……回去之后闷闷不乐,过了将近一个月,我才告诉朱伯,我要离开,不回去了。可是,没关系,你会回来。先别做任何最终的决定,等到今晚的水共享再说。"

"水共享?"

"端妮没告诉你吗?吉尔呢?"

"呃……我想应该没有。"

"那就没有。呃,也许我应该让麦克来解释。不,不需要,一整天都会有人对你提起。共享水,你当然灵悟,因为你是'首召者'

之一。"

"'首召者'？端妮用过这种说法。"

"我们少数几个，没学火星语就成为麦克的水兄弟。其他人通常是从第七圈到第八圈时才会共享水，更亲近……到时他们会开始用火星语思考——喷，到了那个阶段，他们有些人懂的火星语比我现在会的更多，因为我自己也是'首召者'，所以我是来到巢里之后才开始学习。哦，其实没有禁止——什么都不禁止——要与某个还没准备好进入第八圈的人共享水。见鬼了，如果我想要，我能去酒吧勾搭一个漂亮宝贝，与她共享水，带她上床，然后带她到圣殿，让她开始见习。但我不会想要。重点就在这里，我根本不想。最多，我可能会决定，值得带她过来参加外围礼拜，让麦克看一看，是不是有任何部分与她合拍。本，我直说了，你见过世面——我确定你上过一些华丽的床，睡过一些漂亮宝贝。"

"呃……有几个。"

"你有，我清楚得很。可是，你这一生再也不会跟水兄弟以外的女子上床。"

"嗯……"

"你以后就会明白。从现在算起一年后我们再来看看，到时你告诉我。对于有些没达到第七圈的人，麦克也会认为那个人准备好共享水了。我们巢里有一对夫妇，麦克挑的，才刚进入第三圈，麦克就给他们水——夫妇现在都是教士了……山姆和露丝。"

"我还没见到他们。"

"你会见到，最迟今晚就会。但若说发现得那么早，麦克是唯一能做到的人。有极少数情况是端妮，有时候是派特，发现某人适合特殊晋升和特殊培训……但从来没有第三圈那么早的，而且我相当确定，她们总是会先找麦克商量，才决定进行。倒不是说她们必须这么做。总之，进入第八圈……这时开始共享、更亲近。然后迟早会进入第九圈，以及巢本身——即使我们一整天都共享水，但当我们说'共享水'，意思就是这个仪式。整个巢都参加，而新的兄弟——通常是一对夫妇——成为'巢'永久的一部分。至于你，你已经是……但我们一直还没为你举行仪式，所以，今晚我们就是欢迎你，其他的每一件事都被推开了。他们为我做了同样的事。"杜克露出恍惚的神情，"本，那是世界上最美妙的感觉。"

"可是，杜克，我还是不知道那是什么。"

"呃……很多事。有一种真正的狂野聚会，可能涉及警察搜查，而且通常会以一两桩离婚收场，你参加过吗？"

"嗯……有。"

"到目前为止，兄弟，你只是参加教会学校的野餐而已。这是其中的一面。你结过婚吗？"

"没有。"

"你结婚了，你只是还不知道而已。今晚之后，你心里对此再也不会有任何疑虑。"杜克又是神情恍惚，像是快乐地沉思，"本，我结过婚……有一段短暂的时光相当美妙，然后就是折磨，越来越糟。这次我喜欢，一直都喜欢。啧，我爱极了！听我说，本，我的意思不只是说，跟一群快活的漂亮宝贝住在一起很好玩。我爱他们——我所有的兄弟，男女都爱。就拿派特来说——你会爱她！——派特像母亲一样照顾我们所有人……我想，无论男女，任何人都断不了对母爱的渴求，即使他们自认为长大成熟。派特……嗯，派特真是好得没话说！她令我想起朱伯……那个老浑蛋最好来这里,把话听进去!我想表达的是,不仅因为派特是女性,哦,我不是在吹捧……"

"是谁在吹捧?"声音是圆润的女低音,从他们身后传来。

杜克转过身:"不是我,你这柔软的黎凡特娼妓!宝贝,到这儿来,吻你的兄弟本。"

"我这辈子从不曾为此索价,"女子说着,款步走向他们,"不必任何人开口,我就开始奉送了。"她吻了本,吻得仔细又彻底,"尔乃神,兄弟。"

"尔乃神。共享水。"

"永不干渴。别听杜克胡说——从他的行为表现来看,他肯定是还在用奶瓶的宝宝。"她俯身亲吻杜克,吻得更缠绵,他则轻拍她丰满的臀部。本注意到她娇小、丰满,深色皮肤几乎算是黝黑了,而且有一头浓密的青丝,几乎及腰。"杜克,你起床的时候,可曾看到一本《淑女之家》?"她从他肩后伸手过来,拿了他的餐叉,开始吃他的炒蛋,"嗯……好吃。杜克,这些不是你做的。"

"本做的。我拿《淑女之家》干什么?"

"本,用完全相同的方式再多打几十颗蛋,我会接着炒。里面有一篇文章,我想要给派特看,亲爱的。"

"好的。"本答应了,站起来去做。

"你们两个可别打主意重新装饰这个巢,否则我就搬出去。还有,留一些蛋给我!你以为我们男人喝粥就能干活吗?"

"啧啧啧,亲爱的杜克,水越分越多。我刚才还在说,本,根本不必把杜克的抱怨当一回事——只要他有足够给两个男人的女人,还有足够三人份的食物,他就会乖得像小羊羔。"她捞起满满一叉食物,塞进杜克嘴里,自己继续吃剩下的,"所以就别再做鬼脸了,兄弟。我准备给你做第二份早餐。还是说,这个会是你的第三份呢?"

"第一份都还没吃,给你吃了。露丝,我正在对本说,你和山姆怎么越级跳,从第三圈跳到第九圈。我认为他心神不安,正犹豫该不该参加今夜的共享水。"

她继续吃掉杜克盘子上的最后一口,然后走到旁边,开始准备烹饪:"杜克,你走开,我会准备东西给你吃,不会是粥。拿着你的咖啡杯,快走吧。本,当我的时刻到来,我也很担心——但你不必担心,亲爱的,因为迈克尔不会错。你属于这里,否则你不会在这里。你要留下来吗?"

"呃,我不能。准备好第一轮了吗?"

"倒进来。你会回来的。有一天,你会留下。杜克说得对——山姆和我是越级跳……对一个中年、拘谨、循规蹈矩的家庭主妇来说,这太快了。"

"中年?"

"本,这种修炼有许多额外的好处,其中之一就是将你的灵魂理顺,你的肉体也会随之被理顺。这一点,基督科学教徒确实说对了。注意到哪个角落有药瓶吗?"

"呃,没。"

"这里根本没有药。有几个人吻过你?"

"至少有好几个。"

"身为女教士,我吻的人远远不止'好几个',相信我。可是,巢里一向连小感冒都没有。我曾经是那种哼哼唧唧的妇人,身体一直不是很舒爽,经常有'妇人的毛病'。"她微微一笑,"现在我比从前更有女人味，体重少了二十磅，年轻了好几岁，也没有要抱怨的毛病——我喜欢做女人。正如杜克恭维我是'黎凡特娼妓'，毫无疑问，我的筋骨比从前柔软多了——我教课的时候总是跏趺坐，以前，我顶多只能蹲下再站起来……然后就会潮热，头晕目眩。"

"这一切发生得很快，"露丝继续说，"山姆是东方语言学教授，在本地的市立大学教课。山姆一开始来圣殿，是因为这是学习火星语的一个途径，唯一的途径。他完全是出于专业方面的动机，对教会没有兴趣。我跟着来，就为了盯着他……我曾经听到传闻，我又是醋劲很大的妻子，占有欲比一般人更强。

"于是我们用功到第三圈，山姆学习语言当然很迅速，我则是拼命苦撑，努力学习，因为我不想让他离开我的视线。然后，轰隆！奇迹发生了。我们突然开始陷入思考，只有一点点……有一晚，迈克尔感觉到了，要我们在仪式后留下来，那是第三圈的仪式……迈克尔和吉莉安给我们水。然后，我知道了，我曾经鄙视其他女人的各种缺点，而我自己正是那个模样；我也知道了，我应该鄙视我的丈夫让我变成这样，并且为他的所作所为而恨他。这一切都用英语表达，最糟糕的几处用了希伯来语。于是我哭哭啼啼一整天，呻吟呜咽，把山姆烦得受不了……当晚我却又迫不及待地想要回来，再次共享更多水，更亲近。

"在那之后，情况逐渐好转，但并不轻松，因为我们受到督促，以我们能承受的最快速度通过所有圈层。迈克尔知道我们需要帮忙，也想要把我们弄进安全和宁静的巢。所以，到了我们要共享水的时候，我仍然需要大家持续的帮助。我知道我想要被接纳，进入巢里——你一旦开始，就没有回头路了——但我不确定自己能不能与另外七个人合而为一。我吓坏了,来的途中,我差一点就要哀求山姆掉头回家。"

她暂停说话,抬起头来,虽然没有笑容,却带着恬适的幸福,像个丰满的天使,一只手拿着大搅拌勺。"然后,我们走进最内圈的圣殿,有一道聚光灯照在我身上,我们的长袍突然不见了……他们都在池里,用火星语呼唤我们快来,共享生命之水——我跌跌撞撞走进那座水池,浸在里面,从此再也不曾上来!

"也不会想离开。别担心,本,你会学到这个语言,习得这种修炼,而且一路上的每一步,都能得到我们大家有爱的帮助。你别再担忧了,今晚就跳进那池里,我会伸出双臂接住你。我们所有的人都会伸出双臂,欢迎你回家。现在,把这一盘拿进去给杜克,告诉他,我说他是猪……迷人的猪。也把这一盘拿进去,给你自己——哦,你当然能吃那么多!——给我一个吻,先走开吧!露丝还有工作要做。"

本把吻、信息、一盘食物都带到了,然后发现自己确实有些胃口……但还是没有专注对付食物,因为他发现了吉尔,她躺在一张宽阔柔软的长沙发上,显然睡着了。他坐在她对面,欣赏她甜美的身影,想着昨夜就觉得端妮与吉尔很像,但没领悟到她俩竟然这么像。

他吃着东西,突然抬起头来,看到她睁开了眼睛,对他微笑。"尔乃神,亲爱的——气味真香。"

"你看起来很好。但我不是有意吵醒你。"他起身,坐到她身边,喂了一口到她嘴里,"我自己做的,加上露丝帮忙。"

"我知道。这也是好事。杜克刚才告诉我先别进厨房,因为露丝正在给你上课,对你灵魂有益的课。你没吵醒我;我只是懒散偷闲,等你出来。我整夜都没睡。"

"都没睡吗?"

"没合眼。但我不累,我感觉好得很。只是饿。这是暗示。"

于是他喂她吃东西。她让他喂,完全不动,没用到她自己的手。不久,她问:"你们有睡一会儿吗?"

"呃,有一会儿。"

"够吗?不对,你睡得够。可是端妮睡了多久?有没有两小时?"

"哦,不止,我确定。"

"那她就没事了。两小时的睡眠,对我们来说就像以前睡八小时那么多。我知道你会有多么甜美的夜晚——你们两个都有——但我稍微有点担心她可能不肯休息。"

"嗯,是美妙的夜晚,"本承认,"虽然我,呃,有些讶异,你竟然那样把她推给了我。"

"你的意思是震惊。本,我懂得你,也许比你更清楚你自己。你昨天刚到这里,浑身散发着嫉妒的醋味。我想,嫉妒现在消失了。是吗?"

他也凝望着她:"我想是的。"

"那很好。我也度过了一个美好而欢乐的夜晚——完全不担心,因为知道有人好好照料你。最好的人——比我更好。"

"哦,才不呢!"

"嗯哼,我灵悟到还有少许不平,但今晚我们会在水里全部洗掉。"她坐了起来,向长沙发的尾端伸出手——在卡克斯顿看来,仿佛茶几上的一包烟移动了最后几英寸,跳进她手里。

"你似乎也学了几招巧妙的手法。"

她似乎愣了一下,然后微微一笑:"有一些。没什么。小把戏罢了。'我只是一颗卵'，借用我老师的话。"

"你刚才那招是怎么做到的？"

"哎呀，我只是用火星语对它吹口哨。首先，你灵悟一件东西，然后你灵悟你想要它做什么——麦克！"她挥手，"我们在这里，亲爱的！"

"来了。"火星来客径直走向本，抓住他的双手，拉着他站起来，"让我看看你，本！天哪，见到你真好！"

"见到你真好。我也很高兴来到这里。"

"我们打算随便扭着你的臂膀，也要把你留在这里。三天是什么意思？竟然只待三天！"

"麦克，我有工作。"

"我们再看看。姑娘们都很兴奋，在准备今晚欢迎你的聚会。干脆把今天接下来的礼拜仪式关掉，课也不用上了——这些事根本不值得。"

"任何有必要改期的事，派特已经安排妥当。"吉尔告诉麦克，"她只是没拿这事烦扰你。端妮、露丝和山姆会接手照管必要的事。派特决定取消外围的下午场——所以你今天都没事了。"

"真是好消息。"麦克坐了下来，扶起吉尔的头，让她枕着他的大腿，拉着本坐下来，用一只臂膀搂着他，然后叹了一口气。他穿着本在外围集会时看到他穿的帅气热带西装，只差没穿鞋："本，千万别走传道这条路。我日夜匆忙赶场，告诉别人为什么不该着急。我感激你，以及吉尔和朱伯，你们是这颗行星对我恩情最重的人——然而，你昨天下午就来了，我却到现在才抽得出空过来打声招呼。你最近怎么样？你看起来很健康。事实上，端妮告诉我，你很健康。"

本发现自己竟然脸红了:"我还好。"

"那就好。因为,相信我,大伙儿今晚肯定静不下来。但我会在近处灵悟,支持你。到了派对结束的时候,你会比开始时更精力充沛——小兄弟,你说呢?"

"是,"吉尔附和说,"本,你要亲身经历才会相信,但麦克可以借你力量——我的意思是真的体力,不只是精神支持。我能做到一点点。麦克真的能做到。"

"吉尔能做到相当多。"麦克抚摩着她,"小兄弟是每个人的力量堡垒。昨夜她确实是。"他低头对她微笑,然后唱:

你找不到像吉尔这样的姑娘,
不会,十亿人也没有一个。
在那么多乐意的小骚货里,
最乐意的是我们的吉莉安!

"……小兄弟,难道不对吗?"

"噗,"吉尔显然被逗乐了,伸手去抓着他的手,按在她自己身上,"端妮跟我一模一样,你知道的——而且每一丁点都同样乐意。"

"也许吧!但你在这里……而端妮在楼下面试,挑选可造之材。她在忙,你不忙。这是很重要的差别——本,你说是不是?"

"可能是。"卡克斯顿逐渐发现,他们旁若无人的行为开始令他局促不安,即使现在是独一无二的悠闲气氛——他希望两人别再搂抱爱抚……或者索性给他一个借口离开。

麦克却不作罢,一只手抚着吉尔,另一边的臂膀还是紧搂着本的腰……本不得不承认,吉尔非但没顾忌,反而还怂恿他。麦克一脸严肃地说:"本,像昨夜那样的一晚——协助一组人跃进到第八圈——让我非常激动。本,让我告诉你第六圈的一些事。我们人类有样东西,是我以前的族人做梦也想不到的。他们做不到。我可以告诉你这是多么珍贵……我知道这有多么特别,弥足珍贵,是因为我知道没有它会是什么情形。男女两性,天赐之福。男人与女人,是他创造——我们是神者曾经发明的最大的宝藏。吉尔,对吗?"

"非常正确,麦克——而且本知道这是真理。可是,亲爱的,也为端妮做一首歌。"

"好吧……"

> 雅登是我们可爱的端妮;
> 本在她的目光里灵悟……
> 每天早晨买新裙,
> 却从来不买裤子!

吉尔咯咯娇笑,扭着身子:"你把她拉进来了吗?"

"是,她竟然给我喝倒彩——后面一个吻要给本。话说,今天早上都没有人在厨房吗?我只是想起我两天没吃了,也可能几年了,我不确定。"

"我想露丝在,"本说着,自己解开纠缠,站了起来,"我去看看。"

"杜克可以代劳。喂,杜克!看你能不能找谁给我弄一大叠烙饼,叠得像你这么高,还要一大桶枫糖浆。"

"好的,麦克!"杜克高声回答。

本·卡克斯顿犹豫了,失去了借口开溜。他想到一个捏造的借口,回头看了一眼……

"朱伯,"卡克斯顿诚挚地说,"我本来不打算告诉你这一段……但这段很重要,关乎我如何看待整件事、我为什么那么担心他们——所有人,吉尔,还有杜克、麦克……也包括麦克的其他受害者。到了那天早晨,我自己被哄骗得信了一半,以为一切都没事——有些地方奇怪得要命,但很快活。麦克本人也让我惊呆了——他这新的人格相当强大。自大骄傲,而且太像金牌推销员……但非常有吸引力。然后,他——或是他们两个——让我觉得相当尴尬了,于是我趁机起身离开沙发。

"然后,我回头看了一眼——不能相信我的眼睛。我转身还不到五秒……麦克竟然能脱得一丝不挂……我对天发誓,他们竟然做起来了,同一时间,我就在旁边,同一室内还有其他三四个人,他们却大胆放肆,就像动物园里的猴儿!

"朱伯,我太震惊了,几乎吐了早餐。"

第 33 章

"那么,"朱伯说,"你做了什么?加油呐喊吗?"

"像见鬼似的,我立刻离开。我冲向外门,抓起衣服和鞋子——忘了拿旅行袋,也没回去拿——没理会门上的提示牌就直接出门,抱着衣服跳进那座弹跳管。咻!没说再见就走了。"

"相当突然。"

"我觉得很突然,我非离开不可。事实上,我离开得太快,差点儿害死自己。你知道普通的弹跳管……"

"我不知道。"

"嗯,除非你进去时就设定它带你上到某一层,否则它就只会慢慢下沉,像是冷糖蜜。我当时不是下沉,而是掉落——我在大约六层楼高。但就在我认为自己犯了这辈子最后一个错误的时候,有什么东西接住了我。不是安全网——而是某种力场。我是没摔着,但麦克需要修正那个玩意儿,不然就安装正规的弹跳管。"

朱伯说:"我坚持用楼梯,真的无法避免就用电梯。"

"嗯,我当时没想到这一个有那么大的风险。但他们唯一的安全检查员是杜克……而无论麦克说什么,杜克都当成神旨。朱伯,那整个地方摇摇欲坠。他们都被一个人催眠了……那个人的脑袋并不对劲。我可以做些什么呢?"

朱伯嘴唇一噘,然后眉头一皱:"我们先来看看你分析得是否正确。这个状况究竟有哪些方面令你觉得不安?"

"哎呀……整件事!"

"是吗?事实上,难道不就是一件事吗?而且是我们俩都知道的一个基本上无害的行为,不是什么新鲜事……而且,我们可以相当笃定地假设,他们这行为最初是在这屋子或这几个地方进行的,大约两年前吧?我当时没反对——你后来知道了,无论你是什么时候知道的,你也没反对。事实上,我暗示过,在其他场合,你自己也跟同一位年轻淑女做过同样的事——不管你怎么说,她是淑女——你没否认我的暗示,对我的推定也并未表现得像受到冒犯一样。小伙子,坦白说,你是在抱怨什么?"

"天哪,朱伯,要是这种事发生在你的起居室,你会不会忍受呢?"

"肯定不会——除非,也许真的有过,三更半夜、偷偷摸摸,没有人注意到。在这种情况下,那就会——可能已经发生过了——对我来说不痛不痒。问题是,那不是我的起居室……我也不会擅自制定规则,套用在另一个人的起居室。那是麦克的家……和他的妻子——不管有没有宗教仪式或法院登记,我们不需要探听。那又关我什么事?或者关你什么事?你进到某个人的家里,你接受他家的规矩——这是文明行为的普遍规律。"

"你的意思是说,你不觉得震惊吗?"

"啊,你提出了一个完全不同的问题。公然表现情欲,无论是身为参与者或旁观者,我都觉得反感至极……但我灵悟这反映了我早年受到的思想灌输,仅此而已。人类的一大部分——可能是绝大多数——对这件事与我的品位不同,明确不同。因为这种狂欢有悠久又普遍的历史。然而,这不符合我的品位。可是,震惊吗?亲爱的先生,唯有在伦理上冒犯我的事,才会让我震惊。伦理问题要照逻辑来看——但这是品位问题,那句老话说得中肯……青菜萝卜,各有所好。"

"你认为公开性交只是'品位问题'吗?"

"正是。在这方面,我承认,我自己的品位,根源于早年的教养,经过差不多三代的习惯加以强化,现在都钙化了,已经不太可能改变,这与尼禄的品位大不相同,并没有更神圣。少了一些神圣——尼禄是神,我可不是。"

"嗯,真是见鬼。"

"在适当的时候,有可能——如果可能的话……我对这一点保持'中立'。可是,本,这不是公开的。"

"嗯?"

"你自己说过,你描述的这个团体是多配婚姻——精确地说,是团体神婚。不是公开的,而是完全私密的。这里没有别人,就只有我们诸神——所以又怎么会造成谁觉得不舒服呢?"

"我就觉得不舒服!"

"这是因为你自己的神化不像他们那么完整——恐怕是他们高估了你……而你误导了他们。你自找的。"

"我?朱伯,我才没做那种事。"

"'汤米弄坏了我的娃娃……我用娃娃敲他的头。'你真要退出,一到那里的瞬间就该回头,因为你立刻看到了他们的习惯和态度与你的不同。你反而留了下来,享受一个女神的恩宠——你自己对她也表现得像男神——总之,你明白怎么回事,他们也知道。在我看来,麦克只是误认为你的虚伪是实情。但他确实有弱点——像神的弱点——就是绝不会怀疑他的'水兄弟'。即使是天神也点头,这弱点——还是他的优势呢?——来自他早年受到的训练。他没办法。不,本,麦克的行为完全得体,不得体的是你的行为。"

"要命,朱伯,你又扭曲了事实。我做我必须做的事——我当时快要吐在他们的地毯上了!"

"所以你声称这是反射。就算是吧,任何情绪年龄超过十二岁的人都能咬紧牙关,慢慢溜到浴室,最糟的风险也就是鼻窦堵塞——不是惊慌地夺门而出——等到节目结束再回来,给人一个委婉但可接受的借口。"

"这还不够,我告诉你,我非离开不可!"

"我知道,但不是由于反射。要是反射,就会把胃部清空,而不会让你选择脚要走的路线、取回自己的物品、带你穿过好几道门,然后导致你看也没看就跳进一个洞。本,这是惊慌。你为什么惊慌呢?"

卡克斯顿过了很久才答复。他叹了一口气,说:"我猜想,朱伯,说到底——我是老古板。"

朱伯摇了摇头:"你当时的行为是短暂的古板行为,但并非出于古板的动机。本,你不是老古板。老古板总认为自己的礼仪规矩就是自然法律,而你几乎完全摆脱了这种普遍存在的恶。你懂得调整,至少在礼貌上过得去，适应了许多并不符合你的礼教习俗的事物……而一个保守、顽固、不可救药的老古板，一见到那位可爱讨喜的文身女士，就会立刻羞辱她，大踏步走出去了。请你更深入挖掘。你想要提示吗？"

"呃，也许最好还是给点提示。我只知道我对整个情况迷茫又不快乐——朱伯，我也是为麦克着想！——因此，我才放自己一天假，特地来找你。"

"好，我们来做个假设。你提到过一位女士，名叫露丝，你们短暂地见面——兄弟之吻，还有几分钟的交谈——仅止于此。"

"然后呢？"

"假设那两人是露丝和麦克呢？吉莉安根本不在场呢？你会不会感到震惊？"

"嗯？见鬼，会呀，我会感到震惊！"

"究竟有多震惊呢？反胃？落荒而逃吗？"

卡克斯顿显得若有所思，然后有些难为情。"我想应该不会。我还是会吓得傻眼。但我猜我只是会去厨房，或是什么的……然后找个借口离开。我还是觉得自己像傻瓜，竟然非得疯狂地冲出去离开那里。"

"你会不会真的找个借口离开？或是会期盼当天晚上你自己的'欢迎回家'派对？"

"嗯……"卡克斯顿若有所思地说，"这事发生的时候，我还没下定决心。我很好奇，这我承认——但我并不完全相信。"

"好，找到你的动机了。"

"是吗？"

"你自己去点破,本,把它拖出来,好好看一看——弄清楚你想如何处理。"

卡克斯顿咬着唇,看起来很不快乐。"好吧,倘若是露丝,我会吓一跳,但我不会真的震惊。见鬼了,做新闻这一行的,对事情的震惊都能很快克服,除了……嗯,你说过了:那些深入是非对错的事。喷,倘若是露丝,我可能甚至会偷瞄一眼——不过,我还是认为我会离开那个空间;那种事应该要——或者说至少我感觉他们应该要——私密。"他停顿一下,"因为那是吉尔。我觉得受伤……以及嫉妒。"

"本,你吃醋了。"

"朱伯,我发誓我不是嫉妒。我知道我输了——我接受了。朱伯,这是事实。先别搞错我的意思。就算吉尔是廉价的娼妓,我还是爱她,更何况她并不是。这个交换式的后宫把我彻底打败了。但按照吉尔的标准,她是道德的。"

朱伯点了点头:"我知道。我确信吉莉安不会被腐化。她有某种无法征服的纯真,使得她不可能不道德。"他皱了皱眉,"本,我们逼近你烦恼的根源了。恐怕你——我承认我也是——缺乏那种天使般的纯真,承受不起这些人依靠的理想道德。"

本一脸诧异:"朱伯,你认为他们做的事符合道德吗?动物园的猴儿做的那种事,诸如此类?我的意思是,吉尔其实不知道自己做错了——麦克让她受骗了——麦克也不知道他自己做错了。他是火星来客,这天生对他不公平。关于我们的一切,他都很陌生——他可能永远不会真正理解。"

朱伯面有难色:"本,你提出了一个很难的问题,但我会给你直接的答案。是的,我认为那些人——整个巢,不只是我们自家的孩子——做的事符合道德。根据你描述给我听的——是的。我还没有机会检验细节——然而，是的，全部都符合。集体狂欢，其他时间则开放且坦然交换……他们的共同生活，以及他们不受威权约束的礼教规范，一切都符合。最特别的是他们无私奉献，将他们的理想道德给予其他人。"

"朱伯，你让我彻底震惊了。"卡克斯顿搔搔头皮，皱了皱眉，"既然你如此感觉，你为什么不加入他们呢？你会受到欢迎，他们想要你，他们期盼你。他们会大肆庆祝——端妮等着吻你的足，用你允许的任何方式伺候你；我没有夸张。"

朱伯摇了摇头："不了，倘若五十年前来找我——可现在呢？本兄弟，我不可能得到这样的纯真了——我指的不是性能力，所以请抹掉你脸上那副挖苦的笑容。我的意思是，我与自己独特的恶习和绝望相处太久了，不可能在他们的生命之水中得到洁净，重返纯真——即使我曾有过纯真。"

"麦克认为你有这种'纯真'——他倒不是这么称呼——到现在都还很充足。端妮告诉我的，官方认证。"

"那就是麦克太抬举我了，我不想戳破他的幻想。他看到的是自己的倒影——我是专业的镜子。"

"朱伯，你是胆怯。"

"先生，正是！最令我烦恼的是，那些纯真的人能不能让他们的模式适应这个调皮的世界。哦，以前有人试过了！——每一次，这世界都像酸那样蚀掉他们。麦克可能是从那里学来的，因为他用的所有形式都是公开融合，尤其是那个'大地之母'的仪式。"朱伯皱了皱眉，"如果他从原教旨基督教学到这个——而不只是由于吻姑娘，我知道他很喜欢——那我想男人吻男人也不足为奇了。"

本哼了一声："我没告诉你——还真有，但没有同性恋的意味。我碰上一次，后来就躲开了。"

"是吗？合情合理。奥奈达聚落很像麦克的'巢'，曾经持续相当长的时间，但人口密度很低——不像度假城市中的特区。还有许多其他团体，都有同样悲伤的故事：本意是为了完美的分享与完美的爱，光荣的希望、崇高的理想——后来却是迫害，最终还是失败。"朱伯叹了一口气，"以前，我担心麦克——现在，我担心他们所有的人。"

"你担心？你知道我怎么想吗？朱伯，我不能接受你这种甜美与光明的理论。他们做的是错的！"

"是吗？本，你无法接受的是最后那件事。"

"嗯……也许吧，不完全是。"

"多半是。本，性的伦理是个棘手的问题——因为我们每一个人都必须找到务实的解决之道，兼容于一套荒谬、完全行不通、邪恶的大众礼教规范，也就是所谓的'道德'。我们大多数人知道，或是怀疑，那套大众礼教规范有错，于是我们违反规范。然而，我们付出了代价，越是在公开场合宣扬规范，私下违反时越是心怀愧疚。不管愿意不愿意，那套礼教规范缠着我们不放，即便死掉了，发臭了，也永远是绕在颈上的麻烦。你认为自己是自由的灵魂，我知道，你自己违反了那个邪恶的礼教规范——但面对新近遭遇的性伦理方面的问题，你下意识地用那个相同的犹太基督教规范来检验，你有意识地拒绝遵守。一切都那么自然而然，以至于你不自觉反胃欲呕……从而相信——而且继续相信——你的反射证明你是'对'的，他们是'错'的。用你的胃来检验有没有罪，呸！我宁可用神明当裁判。你的胃只能反映你习得理性判断之前所养成的各种偏见。"

"你的胃又怎么样？"

"我的胃像你的胃一样愚蠢——但我不会让胃支配我的脑。麦克试图设计一款理想的人类伦理，我至少看得出其中的美好；我鼓掌喝彩，因为他知道这种礼教规范必须建立在理想的性行为的基础上，即使这需要性道德观发生非常激进的改变，惊世骇俗得吓坏大多数人——包括你。为此，我佩服他——我应该提名他进入美国哲学协会。大多数的道德哲学家自觉或不自觉地认定我们的文化对性的礼教规范绝对正确——家庭、一夫一妻、禁欲、注重麻烦的隐私、限制交媾只能在婚床上，不胜枚举。整体规定了我们的文化规范后，他们在细枝末节上继续做手脚——甚至郑重讨论女性乳房是不是'淫秽'的景色！他们大多在争论，怎样诱导或强迫人这种动物去遵守这套礼教规范，漠然不顾身旁处处可见的痛心与悲剧，而大多数悲剧正是源自这套礼教规范本身，而不是未能遵守这套规范。

"这时火星来客出现了，看着这套神圣不可侵犯的礼教规范——全盘拒绝了。我不完全了解麦克在性方面有什么礼教规范，但从你告诉我的少许信息来看，这显然违反了地球上各大国家的法律，肯定会激怒各大宗教信仰下'思想正常'的人——还有大多数的不可知论者与无神论者。然而，这个可怜的孩子……"

"朱伯，我再说一次——他不是孩子，他是大人了。"

"他是'人'吗？我很怀疑。这个可怜的人造火星人，根据你描述的情况，他想表达，性是人们在一起时获得快乐的一种方式。到这个程度，我同意麦克的看法：性应该是得到快乐的一种方法。对于性，最糟的情况就是我们用性彼此伤害。性绝对不该造成伤害，应该带来幸福，或者最起码带来愉悦。这是肯定的。

"礼教规范说：'不可贪恋邻人之妻。'——结果呢？不甘的贞操、通奸、嫉妒、痛苦的家庭斗争、殴打，时不时出现谋杀、破碎的家庭、扭曲的孩童……还有乡村舞会俱乐部里偷偷摸摸的下流行为，对男人与女人，无论完婚与否，都有辱人格。大家可曾遵守禁令？我指的是不可'贪恋'，不是指任何肉体上的行为。我对此保持怀疑。如果有个男人，手按着自己的一摞《圣经》对我发誓，说他因为律法禁止就忍住了不贪恋他人之妻，那么我会怀疑他若不是自欺欺人，就是性能力低下。任何还能展雄风、有生育能力的男性，几乎肯定贪恋过许多许多女性——无论有没有采取这方面的行动。

"这时，麦克出现了，说：'你不需要贪恋我的妻……爱她！她的爱无止境，我们在各方面都有收获——不会有损失，更没有恐惧、内疚、仇恨、嫉妒。'这个提议天真得令人难以置信。据我所知，只有接触文明之前的爱斯基摩人曾经这么天真——他们与我们其余的人相隔甚远，几乎可以算是'火星来客'。然而，我们很快给了他们我们的道德，于是他们现在不再共享快乐，反而有了贞操和通奸的概念，就像我们其余的人——这些经历转变、幸存下来的人，我不晓得他们有没有过得比较好。本，你怎么想？"

"我不想当爱斯基摩人，谢谢。"

"我也不想。腐败的生鱼会搞坏我的胆。"

"嗯，是——可是，朱伯，我记挂着热水与肥皂。我猜我是太弱了。"

"在这方面，我也堕落了。本，我出生的屋子并不比冰屋好多少——我没有意愿要重回我的童年。但我猜想，当鼻子对腐烂鲸脂的

605

臭味麻木了，对没洗干净的人体应该也不以为意。可是，尽管烹饪方式古怪离奇，财产少得可怜，还是经常有报道称，爱斯基摩人是地球上最快乐的人。我们永远不能确定他们为什么快乐，但我们可以完全确定，他们要是真有什么不快乐，绝对不是性方面的嫉妒所导致的。他们就连配偶都能借来借去——为了便利，有时也纯粹为了乐趣。这并没有造成他们不快乐。

"我忍不住要问：疯癫的是谁？是麦克及爱斯基摩人，还是我们其余的人？你和我对这类团体运动没有胃口，我们不能根据这件事来判断——我们受限的品位不重要。可是，看看你周围这个郁闷的世界——然后告诉我：跟其他人比起来，麦克的门徒似乎更快乐，还是更不快乐呢？"

"朱伯，我只跟他们大约三分之一的人谈过话……可是……他们很快乐，非常快乐，在我看来，似乎乐昏了头。我不能尽信，其中肯定有什么猫腻。"

"嗯……也许你自己才是那个猫腻。"

"怎么说？"

"我刚才在想，你还那么年轻，品位就受限了，真是可惜。天在下汤——你却没带着汤匙。只待三天，你太着急了！到了我这把年纪你也会珍惜此事。而你，你这年轻的笨蛋，竟然让嫉妒把你赶走！相信我，倘若我还是你这岁数，我会轰轰烈烈选择爱斯基摩人的方式，感恩不尽，因为我收到了自由通行证，不必通过参加教会活动、研习火星语来取得资格。我简直为你气恼，唯一可堪慰藉的就是我知道你肯定会后悔。本，年龄不会带来智慧，但确实令人看得更透……看透所有的可能，最悲剧的就是回顾你遥远的过去，回顾自己曾经放弃的各种诱惑。我自己也有这类遗憾……但我很乐意确信,比起你将会承受的巨大遗憾,我那些事全都微不足道。"

"哦,行行好,别在伤口上撒盐了!"

"老天,你这人!——或说你这鼠呢?我不是在伤口上撒盐,是想激励你走向显而易见的路。为什么你还坐在这里,对一个老头发牢骚呢?——你应该动身前往巢里,就像返巢的信鸽。别等到警察抄了那个巢穴!见鬼,倘若我年轻一些,甚至只年轻二十岁,我自己就会加入麦克的教会。"

"朱伯,请宽容对待我。你对麦克的教会真正的想法是什么?"

"你告诉我这不是教会,只是一种修炼。"

"嗯……可以说是,也可以说不是。应该是基于'真理',就是麦克从火星人'元老'那里学到的。"

"'元老'吗?在我看来这仍然是鬼话。"

"麦克确实相信他们。"

"本,我曾经认识一位制造商,他相信,他所有的企业决策,都征询了亚历山大·汉密尔顿的鬼魂。这只能证明他相信这件事,证明不了别的。然而——真要命,为什么我总是得当魔鬼代言人?"

"又怎么了吗?"

"本,在所有的罪人当中,最可恶的就是大声叫嚷宗教的伪善者。但我们必须客观。麦克确实相信那些'元老',而且他不是诈骗。他在传授自己所见的真理,确实也借用了其他宗教教义来阐明他要表达的意思。那个'众生之母'的仪式,尽管我不怎么喜欢,但抛开名称与形式,他似乎只是在阐明普遍的母性崇拜。有道理。至于他的'元老',当然,我不肯定他们不存在——我只是觉得很难接受这个概念，竟然有任何行星是由鬼魂阶级统治的。至于他的'尔乃神'教义，在我看来，可信度跟别家的信仰不相上下。到了最后审判日，如果真的有的话，我们可能会发现，刚果之神始终都是大老板。

"本，一切还没有定论，连神都可能有这么多名字。人太自我了，竟然无法相信自己会灭绝……这就自然而然导致没完没了的宗教发明。人们不由自主地坚信灵魂不死，但相信不代表这是事实，由这个信念产生的诸多疑问极其重要……我们是否能回答这些问题，或证明可能的答案？生命的本质、自我如何在肉体中产生、自我本身的问题、各个个体的自我又为什么似乎都是宇宙的中心、生命的目的、宇宙的目的——这些是至关重要的问题，本，不是微不足道的琐事。科学不能，或者说还不能，回答其中的任何一个——我又有什么资格嘲笑宗教，就因为它们试图回答这些问题而答案在我看来太站不住脚？老刚果之神可能会吃掉我；不能因为他没有华丽的大教堂，我就将他排除。我也同样不能排除一个受神感动的小子，他领导着某种性爱教派，在铺了软垫的阁楼里活动，他可能就是那个弥赛亚。在许多宗教观点中，我唯一能确信的观点是，自我觉知不只是一堆挤在一起的氨基酸！"

"呼咻！朱伯，你该去传教的。"

"小子，我差那么一点点就去了——希望你别在脑袋里说什么难听的话。再为麦克多辩护一句，我就不说了。如果他能教给我们更好的方法，来经营这颗被搞砸的行星，就无须再找理由辩解他的性生活，你的品位或我的品位如何，一点都不重要。众所周知，天才无视他们所处的文化在性方面的习俗，他们自己制定规则。这不是我的个人看法，阿玛托早在1948年就证明了。麦克是天才，他表现在不止一方面。因此，他理应不管假道学，随自己心意行事。对于不如自己的人，天才理所当然地轻视他们的观点。

"而且，麦克的性行为就像星期五吃的鱼那样洁净，像圣诞老人那样正统。他宣扬所有的活物都是神……这么一来，他及他的门徒就成为他的诸神殿里仅有的自我觉知的神——按照在这颗行星当神的规定，他已经有了会员证。诸神享有性的自由，其限度由他们自行判断；凡人的规则永不适用于他们。比如，丽达与天鹅？欧罗巴与公牛？奥西里斯、伊西丝以及荷鲁斯[1]？北欧诸神令人难以置信的乱伦游戏？当然都算……但何必就此打住？在最广受尊敬的某西方宗教中，看看三位一体的家庭关系吧！（我就不说东方宗教了，他们神明做的事，就连养貂户都受不了！）一神教中，这些各个方面的奇怪关系，若要和宗教戒律和谐共存，只有一条途径，就是假定这些事件中的规则只适用于神明，并不适用于普通凡人。当然，大多数的人根本不会想到这儿；他们在心里区分并标记：'神圣——请勿打扰。'

"可是，外在的评判不得不允许麦克得到与神灵相同的豁免。这个游戏的规则是：如果只有一个神，他至少会分裂成两部分，男性与女性——然后繁殖。不只耶和华——大家都一样，查查资料就知道。反之，如果是一群神，他们会像兔子一样繁殖，每次都是，并不顾虑凡人的俗套。"

"也许我真不明白。"本郁闷地说。

"我打算多给你一个提示，诱你回去。你是不是纳闷儿麦克怎么

---

[1] 来源于埃及神话。奥西里斯的妻子伊西丝在丈夫死后，修复丈夫的遗体，并怀上了两人的儿子荷鲁斯。

能快速弄掉身上的衣服？我会告诉你怎么做到。"

"怎么做到？"

"这是奇迹。"

"哦，老天爷！"

"可能是。不过呢，我赌一千美元，说这是奇迹，即符合一般对奇迹的定义——结果由你判定。回去问问麦克，他怎么做到的。请他做给你看，然后寄钱给我。"

"见鬼了，朱伯，我不想拿你的钱。"

"你拿不到。我有内线消息。要打赌吗？"

"不要，真要命。朱伯，你去那里，看看真相如何。我不能回去——暂时不行。"

"他们会张开双臂接受你回去，甚至不会问你先前为什么那样突然离开。这个预测也赌一千美元。本，你在那里还不到一天——差不多十五小时——你却用了超过一半的时间睡觉，跟端妮玩跳格子游戏。你的判决对他们公平吗？有过像你观察官场生活，嗅到什么怪味，在写专栏猛烈抨击之前所做的那种审慎调查吗？"

"可是……"

"你到底有没有做？"

"没有，可是……"

"哦，天哪，本！你口口声声说爱吉尔……然而，你给她的审核待遇却还不如诈骗的政客。想想你被绑架的时候，她费了多大努力营救你，你现在做的还不到她的十分之一。倘若她只是随便试试，你今天会在哪里？坟头长草！在地狱里被煎烤！"

卡克斯顿站了起来："我马上回去。"

"吃过午饭再走。"

"现在。"

二十四小时后,本电汇了两千美元给朱伯。过了一星期,朱伯没收到其他信息,他发了一份电文:"你到底在做什么?"由本的办公室转交。本的答复回来了,有点延迟:"研习火星语以及跳格子游戏的规则。你的兄弟,本。"

第五部

快乐的天命

第 34 章

福斯特暂时搁下目前在进行的工作,抬起头来:"师弟!"

"先生?"

"你要的那个年轻人——他现在有空,火星人放掉他了。"

迪格比一脸茫然:"抱歉,我对哪个年轻生物负有责任吗?"

福斯特露出天使的微笑。奇迹从来不是必要的。在真理中,"奇迹"这个伪概念自相矛盾。但这些年轻人必须自己去领悟这点。"没关系,"他温柔地说,"这是个小任务,我会亲自处理——还有,师弟?"

"先生?"

"请叫我'阿福'就好——外勤时是该正式些,但我们在工作室不必客套。你也要提醒我,之后别再叫你'师弟'——那个临时任务,你的成绩很漂亮。你喜欢叫哪个名字?"

他的助手眨了眨眼:"我还有别的名字吗?"

"成千上万。你有特别偏爱的吗?"

"哎呀,太久了,我还真的不记得。"

"嗯……如果叫你'迪格比',你觉得怎么样?"

"呃,好,很好的名字。谢谢!"

"不用谢我,是你应得的。"福斯特大天使继续工作,没忘记刚才承接的小事。有短暂的一瞬,他想着怎样才能从小派翠霞那里取来杯子——随即责怪自己竟然那么不专业,几乎像个人类。对天使而言,怜悯是不可能的;天使的慈悲容不下它。

火星元老为他们的重大美学问题求得了一个漂亮又惊人的"试探解",随即将它搁在一旁,经过几次"圆满的三",让它产生新的问题。在这段时间,他们将那个异族巢雏送返他真正的世界,然后迅速、淡定、不经意地接通连线,获知他从族人身上学到的事,经过"珍惜"之后,他们切断了连线,因为就他们的目的而言,他们对他没有更多的兴趣了。

他们共同取得了他积累的数据,由于摧毁地球可能有其必然的艺术性,因此涉及多项美学参数,为了检验上述试探解,他们开始着手考虑是否对这些美学参数进行调查。但这必然要经过许多等待,圆满之后才会灵悟决定。

镰仓大佛再次受到巨浪冲刷,这是由本州外海280公里处发生的地震引发的。巨浪造成超过一万三千人罹难。一名小男婴被冲到高处的佛像内部,还好幸存的僧人最终发现这名男婴,将他救了起来。在这场灾难后,男婴的亲人尽失。他活了97个地球年,本人没有后代,也没有任何值得注意的事,除了打嗝响亮又持久,名声一路传到横滨。辛西娅公爵夫人进入一家女修道院,利用现代媒体宣传各种收获,三天后毫无改变,又低调离开。前秘书长道格拉斯轻微中风,损害了左手的灵活,但没有影响他管理资产的能力。盈月有限公司发表了一份公开说明书，宣布独资子公司"阿瑞斯·钱德勒股份有限公司"发行债券。采用莱尔引擎的探勘太空船"玛丽·珍·史密斯号"登陆冥王星。科罗拉多州的弗雷泽测得有记录以来二月最冷的平均气温。

牛舌主教在堪萨斯城的新大道会堂布道，讲《马太福音》第24章第24节："因为假基督、假先知将要起来，显大神迹、大奇事，倘若能行，连选民也迷惑了。"他小心翼翼地解释清楚，他谴责的并不是摩门教徒、基督科学教徒、罗马天主教徒，也不是福斯特教徒——尤其不是最后这个——也不是指任何其他同路人，他们的善功不容忽视，归根究底只是在教义或仪式方面有些无关紧要的差异……但新近窜起的异端，正在诱惑忠实的捐献者远离祖辈的信仰。在该国南部某个苍翠的亚热带度假城市，三名起诉人宣誓后提供情报，指控一名牧师、三名牧师助手及其他几个不知姓名的人公然猥亵，以及经营不道德场所、助长未成年人犯罪等罪名。对于这项起诉，郡检察官刚开始有点兴致缺缺，不太愿意据此情报立案，因为他已有十几件相当类似的案件——起诉的证人总是没出庭应讯。

他指出这一点后，他们的发言人说："我们知道此事。但这次你会得到大量的支持。邵特最高主教下定决心，不能放任这个敌基督继续兴旺。"

检察官没兴趣管什么敌基督——但初选即将到来。"嗯，只要记着，要是没有支持，我不可能做很多事。"

"你会有的。"

在更远的北方，朱伯·哈绍医师并没有立即察觉此事及其后果，但他确实知道太多其他事件，怎么也无法安心。他违背了自己的原则，屈服于那个最阴险的毒品：新闻。到目前为止，他还遏制着自己的恶习；他只订阅关于"火星来客""V.M.史密斯""诸世界教会"及"本·卡克斯顿"相关的简报。但他总觉得有什么隐忧——近来已有两次，他心血来潮，想要叫赖瑞把聒噪箱装在书房，又不得不抵抗这个冲动的念头……

真要命，那几个孩子为什么不能偶尔给他发个语音信件？——别让他纳闷儿又担忧。"前台！"

他听到安妮进来，但他还是继续凝视窗外的雪景，以及空无一人的游泳池。"安妮，"他没转头，"租一座小小的热带环礁给我们住，把这座阴森森的大屋拿出去拍卖。"

"遵命，老板，还有别的事吗？"

"但要先签订那座环礁的长期租约，再把这片荒野还给原住民；我受不了旅馆。自从我上次写任何有报酬的稿子到现在，过了多久？"

"四十三天。"

"你看到了吗？记取教训。开始，'树林小驹的垂死哀歌'。"

  隆冬的思慕是我心里的冰
  盟约毁弃，尖锐的碎片刺着灵魂
  久违狂喜的幻影仍然隔开我俩
  怨恨的风沉闷，仍不愿撑篙行进

  伤痕累累，筋肉扭绞，断腿残肢
  饥饿的煎熬，骨错位的抽痛
  风沙灼眼，神采暗淡

独卧在此的折磨也不会加重……

发烧如火焰,微光映出你幸福的脸
耳膜破损,脑海回荡着你的话语
不怕急速逼近的黑暗
只怕我死后失去你

"行了,"他利落地加了一句,"署名'路易莎·阿寇特',请代理寄给《团聚》杂志。"

"老板,这是你心目中'有报酬的稿子'吗?"

"嗯?当然不是。但以后会有点价值,所以先存档,日后我的遗稿执行人可以拿来补贴要缴的遗产税。这是从事文艺的人遭遇的难题,总要等到不能付钱给作者之后,最佳的作品才会值最多的钱。文学生活——屁!不如撸猫撸到猫爽得呼噜噜。"

"可怜的朱伯!从来没有人为他感到难过,所以他不得不自怨自艾。"

"你还在挖苦我,难怪我什么事都做不了。"

"不是挖苦,老板,只有穿鞋的人知道哪里硌脚。"

"我道歉。好吧,有报酬的稿子来了。开始,标题:'饯别酒'。"

绳结中有一种失忆,
斧头中有一种舒适,
但是简单的毒药会让你的神经放松。

枪声中有停顿，
折磨中有睡眠，
但是一份简单的毒药可以避免最严厉的税收。

你在热的空屋里得到休息，
或者汽油可以让你平静下来，
但最近的角落里的化学家有包装好的一堆和平。

在教堂有个避难所，
当你厌倦面对事实时，
最平稳的路线是骗子善意开出的毒药。

"合唱——"啊！呻吟一声，踢踢脚后跟，
死亡要么平静地来，要么尖叫着来，
但你最惬意的了结的尽头
是朋友手中的一杯欢呼。

"朱伯，"安妮担忧地说，"你闹肚子吗？"
"一向如此。"
"这一篇也要存档吗？"
"嗯？这给《纽约客》，用平常给他们的笔名。"
"他们会退稿。"
"他们会买。很病态，但他们会买下来。"
"此外，韵律节奏有什么地方不对劲。"

"当然有！你必须给编辑一点可以改的东西，否则他会有挫折感。撒点自己的尿进去之后，他就会对那气味喜欢得多，所以他会买下来。听着，亲爱的，我成功避免老老实实工作很久了，你都还没出生呢——所以，别对老爷爷说教。还是你宁愿我给艾碧[1]喂奶，你来写稿呢？喂！艾碧盖尔吃奶的时间到了，不是吗？还有，你不是'前台'，朵卡丝才是'前台'。我记得。"

"艾碧等几分钟不会有关系。朵卡丝在躺着，害喜。"

"胡说，如果她怀孕了，她为什么不让我做检查呢？安妮，我能比兔子自己还早两周发现它有没有怀孕——你知道。我不能再纵容那个姑娘。"

"朱伯，你让她去吧！她还怕自己没怀上……她想怀上，能骗自己多久是多久。难道你对女人什么都不懂吗？"

"嗯……说起来——我真不懂，什么都不懂。好，我就不难为她了。可是，你刚才为什么不带我们的小小天使进来，在这里喂她呢？反正你记录口述的时候两只手都不必用到。"

"首先，我很高兴还好没带她进来——她可能听得懂你在说什么……"

"所以，我会把小孩带坏，是吗？"

"老板，她太小了，还看不到底下的棉花糖甜浆。但真正的原因是，如果我带她进来，你根本不会做任何工作，就会顾着跟她玩。"

"要让空虚的时光丰富一些，你能想到更好的方法吗？"

"朱伯，我能理解你这么疼爱我女儿，我也觉得她是乖宝宝。

---

[1] 艾碧盖尔的昵称。

可是，你这段时间，若不是跟艾碧玩……就是整天闷闷不乐。那样不好。"

"我们还有多久就得领救济金呢？"

"这不是重点。如果你不产出作品，就会患上精神便秘。这已经到了让朵卡丝、赖瑞和我焦急得咬指甲的程度——偶尔听到你喊'前台'我们紧绷的神经得松一口气。只不过总是空欢喜。"

"如果银行里还有钱可以付账单，你们还有什么好担心的呢？"

"老板，你在担心什么？"

朱伯考虑了一下。该告诉她吗？他心想，关于艾碧盖尔的生父是谁，要是还有任何疑虑，看她给孩子起的名字也解决了[1]；安妮打不定主意要用"艾碧盖尔"还是"季诺比亚"——最后决定两个名字都给宝宝。安妮从没提起过这两个名字的意义……想必她不知道他知道。

安妮语气坚定地继续说："朱伯，你骗不了任何人，只是在欺骗自己。朵卡丝、赖瑞，还有我，都知道麦克能照顾自己……你应该知道的。可是，因为你对这件事一直非常激动……"

"'非常激动'！我有吗？"

"赖瑞静悄悄地把电视搬到了他的房间，我们三个总有一个在听新闻、注意每一则广播。不是因为我们担心，因为我们并不担心他——我们只担心你。但麦克上新闻的时候——他当然常常上新闻，他仍然是火星来客——我们早就知道了，而那些愚蠢的简报还没送到你面前。我希望你别再看那些东西了。"

"你们怎么知道简报的事？我费了好大的劲瞒着你们，我

---

[1] 艾碧盖尔的含义是"教父欣喜"，季诺比亚的含义是"希腊主神宙斯所赐生"。

以为……"

"老板，"她用疲惫的语气说，"总要有人处理垃圾。你以为赖瑞不识字吗？"

"是哦，那个该死的垃圾输送管，打从杜克离开之后就没正常运作过。真要命，没有什么东西正常！"

"你只需要传话给麦克，说你想要杜克回来处理——杜克就会立刻出现。"

"你知道我做不到。"令他气恼的是，她说的话几乎都是事实……想到这个，紧跟着袭来一阵突然而苦涩的怀疑，"安妮！你还在这里，是因为麦克要你留下来吗？"

她立即回答："我在这里，是因为我想在这里。"

"嗯……我不确定这句话是不是故作体贴。"

"朱伯，有时候我真希望你是小孩，还能打你屁股。我可以先把话说完吗？"

"请发言。"他们中哪一个会留在这里吗？倘若麦克不认可，米丽茵还会嫁给腥膻，跟着他去贝鲁特吗？"法蒂玛·米迦丽[1]"这个名字可能代表她承认自己后来接受的信仰，加上她丈夫希望向最亲近的朋友致意——或者可能是几乎像艾碧宝宝的双名那样明显的意义，说明了麦克不仅仅是马穆德博士夫妇爱女的教父。如果是这样，腥膻是戴着绿帽而不自知吗？或是"喜当爹"还挺得意，据说圣约瑟就是这样呢。呃……但肯定的是，腥膻知道他这位呼丽的意思。水兄弟的关系不允许忽略任何重要的事，倘若这事真的那么重要，委婉的忽略都

---

1 原文Fatima Michele，与迈克尔（Michael）的名字相似。

不可以。不过，身为医师，也是不可知论者，朱伯并不肯定。但对他们也许……

"你没在听。"

"抱歉，走神了。"——别再想了，你这个糟老头……竟然揣度母亲给孩子起名的意义！接下来你就要接受命理学……然后占星术……然后是招魂术——直到你的糊涂毛病恶化，痴呆得不能有尊严地尸解，他们别无选择，只能对你进行监护治疗。到时还是去诊疗室，打开第九个上锁的抽屉，代号"忘川水"——用至少两粒才稳妥，虽然一粒就绰绰有余了……

"你没必要看那些简报，因为我们比你先知道关于麦克的公开新闻……而且本给了我们水承诺，要是有任何我们需要知道的私密消息，就会立刻让我们知道——麦克当然知道这一点。但是，朱伯，麦克不可能受伤。要是你愿意去巢里看看，像我们三个都去过了，你就会知道这一点。"

"我从来没接到邀请。"

"我们也没接到明确的邀请，去就是了。没有谁需要邀请，才可以去自己家……就像他们来这里也不需要邀请。就像《雇工之死》写的那样。朱伯，你只是在找借口，差劲的借口……因为本劝你去，端妮和杜克也都传了话给你。"

"麦克还没邀请我。"

"老板，那个巢属于麦克，差不多同样属于我，也属于你。麦克是团体中的首席……就像你在这里。难道这是艾碧的家吗？"

"碰巧就是，"他淡然回答，"所有权已经属于她……她给了我终身租约。"朱伯改了自己的遗嘱，因为他知道麦克的遗嘱安排，也就没必要为麦克任何一个水兄弟做准备。但由于不太确定这个巢雏确切的"水"状态——除了常常弄湿自己——他重新分配了财产,做了对宝宝有利的安排,还有几个特定的人,如他们有任何后代也能受益。"我本来不打算告诉你,但你知道了也无妨。"

"朱伯……你害我哭了,差点害我忘了要说什么,但我还是必须说出来。你知道的,麦克永远不会催你。我灵悟他正在等待圆满——我灵悟你也是。"

"嗯……我灵悟你说得对。"

"好吧。我想,你今天特别郁闷,只是因为麦克又被捕了。但这发生了许多次……"

"被捕?我还没听说!出了什么事?"他又说,"真要命,姑娘……"

"朱伯,朱伯!本还没打电话来;我们只需要知道这个。你知道麦克被捕多少次了——在军队中、巡回马戏团,其他地方——光因为传教就有五六次。他从来不伤害任何人,他只是任凭他们抓他。他们从来不能定他的罪,他愿意多快出来就多快出来——如果他想要,马上就能出来。"

"这次又是因为什么?"

"哦,老套的瞎扯——公然猥亵、法定强奸、共谋诈骗、经营不道德场所、助长未成年人犯罪、共谋规避州定逃学法……"

"什么?"

"这个涉及了他们自办的巢雏学校。他们经营的教区学校的牌照被撤销了,孩子们却没回去就读公立学校。没关系,朱伯——这一切都无关紧要。严格来讲,他们违反法律的就只有一件事——亲爱的老板，你也是——而这事呢，根本不可能被证明。朱伯，如果你看过圣殿还有巢，你就会知道，要想弄个秘密摄像头进去，就连联邦安全部也做不到。所以，放轻松。媒体大肆报道之后，罪名就会撤销——外围礼拜仪式的群众规模就会比以往更庞大。"

"哼！安妮，这些迫害，是不是麦克自己设计的？"

她显得很吃惊，这是她的脸很不习惯的表情："哎呀，我从来没考虑到这种可能，朱伯。麦克不可能说谎，你知道。"

"有涉及说谎吗？假设他散布关于自己完全真实的传闻呢，法庭上不会被证明的传闻？"

"你认为迈克尔会那么做吗？"

"我不知道。我倒是知道，世界上最奸巧的说谎方式，就是适时讲出适量的事实——然后闭嘴。为了头条新闻价值使自己被迫害，这不会是第一次。好吧，我就先不想这件事了，除非事实证明他应付不来。你还是'前台'吗？"

"如果你能克制自己，别抚弄艾碧的下巴，咕叽逗她笑，发出类似赚不到钱的声音，我就带她过来。否则我最好还是叫朵卡丝起来工作。"

"带艾碧进来。我会老老实实努力发出一些能赚钱的声音——全新的情节，称为'男孩遇见女孩'。"

"看，这个挺好，老板！我纳闷儿为什么以前从来没人想到呢？等一下……"她匆忙走了出去。

朱伯确实克制自己——不到一分钟的不赚钱的声音和动作，只够唤起艾碧盖尔天国般的微笑，附带酒窝，然后安妮往后一靠，给婴儿哺乳。"标题，"他开始了，"'女孩就像男孩，只是更胜一筹'，开始。亨利·黑维夏姆四世受到精心的培养。他相信,女孩只有两种:一种在他面前,一种不在。他对后者这种喜欢得多,尤其是当她们保持那样的时候。分段。他偶然遇见一位年轻小姐,两人并未经过介绍,他认为,一场正式介绍才像一场灾难……你到底要做什么?你没看到我正在工作吗?"

"老板……"赖瑞说。

"滚出去,顺手把门带上,然后……"

"老板!麦克的教会被烧毁了!"

他们混乱地冲向赖瑞的房间,转弯时,赖瑞领先,朱伯落后半个身长,安妮虽然带着十一磅的负担,还是迅速赶上了。朵卡丝落后了,因为刚被喧闹声吵醒,起跑时就迟了。

"……昨天半夜。各位现在看到的是邪教神殿的大门入口,爆炸发生后立即拍摄的情况。这里是新世界网络,现场的新闻记者给各位带来上午的综合报道。敬请锁定本台即时爆料!先把时间交给各位本地赞助商……"毁灭的景象消失,换成一名可爱年轻主妇的半身特写,摄像机以滑轨推近。

"要命!赖瑞,把那玩意儿拔掉,用推车搬到书房。安妮——不对,朵卡丝,打电话给本。"

安妮抗议说:"你知道圣殿没有电话……从来不装。她要怎么打?"

"那就叫人追过去,然后——不对,圣殿不会有人。呃,打电话给那里的警察局局长,不对,地方检察官。你最后听到的消息,麦克还在监牢里吗?"

"对的。"

"我希望他还在——其他人也是。"

"我也希望。朵卡丝,抱着艾碧,我来做。"

可是,他们返回书房的时候,电话发出信号,显示有人来电,而且要求加密。朱伯咒骂着设定密码,不管是谁来电,他都打算臭骂一顿。

原来是本·卡克斯顿。"嘿,朱伯。"

"本!到底什么情况?"

"我明白你们听到一些消息了。所以我才打电话,好让你安心。一切都在掌控中,不用担心。"

"火灾怎么样?有人受伤吗?"

"完全没有损伤。麦克说,告诉你……"

"没有损伤?我刚才看到画面,看起来好像完全……"

"哦,那个……"本耸了耸肩,"请听我说,朱伯,先让我讲。我还有其他事要做,在这之后还要打好几通电话。你不是唯一需要放心的人。但麦克说,先打电话给你。"

"呃……好的,我暂时保持沉默。"

"没人受伤,没人烧焦。哦,一两百万财产损失,大部分没保险。没什么事,那地方经历了太多,已经满了,反正麦克本来就打算丢弃那里。确实有防火措施——但只要用上足够的汽油和炸药,什么东西都烧得起来。"

"纵火吗?"

"朱伯,请先听我说。他们逮捕了我们八个人——第九圈只有这么多人,主要是没有姓名的逮捕令。麦克安排我们所有人都被保释出来,除了他自己。他还在牢……"

"我马上过去!"

"别急!麦克说,如果你想来就来,但绝对没有必要为了这事而来。他的原话,我也同意。你真要来,就当作散散心。纵火是昨晚的事,圣殿空无一人,因为他被逮捕,一切活动都取消了——说是空无一人,但巢里还有。我们留在城里的人,除了麦克,全都聚在最内圈的圣殿,举行特别的共享水仪式,向他致意,就在这时,发生了爆炸,随即起火。于是我们转移阵地,到一个备用安全巢。"

"看那个模样,你们能出来真是侥幸。"

"我们完全消失了,朱伯,我们都死了……"

"什么?"

"我们都被列在死亡或失踪名单上,据当局所知。你看,在那场大火开始之后,没人离开建筑物……至少没有人通过任何已知的出口离开。"

"呃……是某种'神父洞[1]'的安排吗?"

"朱伯,麦克有特殊的方法应付这种事——我不打算在电话中讨论,即使经过扰频加密。"

"你说他当时在牢里吗?"

"我是这么说的,他还在。"

"可是……"

"够了,如果你真的要来,别去圣殿,那边废弃了。我们的组织被捣毁了,我们在这个城镇的事务完结了。我想,你可以说他们打败了我们。我不打算告诉你我们在哪里……反正我也不是从那里打电话。如果你非来不可——我是觉得没有什么必要,没有什么你可以做

---

[1] 秘密的隔间,被设计用来容纳一个或多个人。神父洞最初是为了保护躲避伊丽莎白政府的天主教牧师而建造的。

的——就走你平常会来的路线……我们会找到你。"

"可是……"

"就这样,再见!安妮、朵卡丝、赖瑞、朱伯,还有宝宝,共享水,尔乃神。"屏幕变得一片空白。

朱伯咒骂着:"我就知道!我一向知道!这就是玩弄宗教的下场。朵卡丝,帮我叫辆出租飞车。安妮——不,先喂你的孩子。赖瑞,帮我打包一个小旅行袋。安妮,我要家里大部分的现金,赖瑞明天再去市区取钱补足。"

"可是,老板,"赖瑞抗议说,"我们都去。"

"我们当然都去!"安妮爽快地附和。

"安静,安妮。朵卡丝,合上你的嘴巴。这不是妇女行使投票权的时候。那座城市此时此刻是前线,什么事都可能发生。赖瑞,你留在这里保护两个女人和宝宝。别去银行取钱了,你们不会需要现金,因为你们谁都不准离开这个地方出去搅和,等我回来再说。有人在耍狠,这屋子跟那教会的牵连够多了,他们可能也会上这儿耍狠。赖瑞,探照灯整夜开着,围篱通电,开枪时不要迟疑。必要的时候,赶紧把每一个人弄进地窖,切勿拖延——最好先把艾碧的婴儿床放进那里。现在先出去,你们全都出去——我要换衣服。"

三十分钟后,朱伯一个人在自己的套房里,其余的人各自忙着所分配的任务。赖瑞大喊:"老板!出租飞车要降落了。"

"马上来。"他大声回答,却又转身看了《被压垮的女像柱》最后一眼,他泪水盈眶,柔声说,"小朋友,你努力了,是不是?但那石头总是太重……对任何人来说都太重了。"

他靠近那尊被压垮的女像,温柔碰触她的一只手,随即转身离开。

第 35 章

朱伯这趟旅途糟透了。出租飞车采用自动驾驶，机器就是机器，果然不出他所料，在空中发生了故障，因此没有去目的地，而是返航维修。结果朱伯竟然到了纽约，距离他想去的地方比出发时更远。到了那里，他才发现，任何订得到的包车都不如搭乘班机省时。于是，他和一群陌生人挤在密闭的空间（他厌恶极了）、看着电视（他厌恶的程度只少了一点），比预定时间迟了几个小时赶到了。

但这确实让他知道了一些事。他看到一段插播，邵特最高主教宣告发动圣战，对抗敌基督，亦即麦克，而且他看到了太多报道的画面，正是那座被彻底毁坏的建筑物——他想不通他们是怎么活着逃出来的。奥葛斯托斯·格列夫斯用他最严肃的李普曼腔调说，他对这一切相当担忧……但也指出，每一次篱笆两边发生恶意争吵，总是因为有一方先起头挑衅——他用模棱两可的话明确表示，这个所谓的火星来客罪有应得。

最后，朱伯站在某个市政府管理的起降坪上，穿着冬季的衣物，头顶炽烈的太阳，看到棕榈树像劣质的鸡毛掸子。他郁闷地凝视着更远处的海洋，想着那是一团不稳定的肮脏水体，受到了葡萄柚果壳及人类排泄物的污染——即使隔着这样的距离，他根本看不清——盘算着下一步该怎么做。

有个戴着车行制服帽的男人走近他。"先生，要出租飞车吗？"

"呃，是，我想是的。"最糟的情况，他可以去一间旅馆，请来新闻界的人，接受媒体采访，让人知道他的行踪——一个人有新闻价值时，偶尔有某种优势。

"先生，这边请。"司机领着他离开人群，走向一辆破旧的黄色出租车。朱伯坐上车之后，驾驶员帮他放妥旅行包，悄声说："我向你敬水。"

"呃？永不干渴。"

"尔乃神。"出租车驾驶员关妥车门，坐回驾驶舱。

他们终于抵达一座大型海滩酒店一侧的私人起降坪——有四个车位，酒店自有的起降坪在另一侧。驾驶员将出租飞车设定为自动归航，提了朱伯的旅行包，护送他进去。"经由酒店大厅可不容易进来，"他滔滔不绝地说，"因为这层楼的门厅有几条脾气暴躁的眼镜蛇。所以，如果你要下楼、上街，一定要先请人带路。找我，或是任何人——我是蒂姆。"

"我是朱伯·哈绍。"

"我知道，朱伯兄弟。这边请，小心脚下。"他们进入酒店套房，属于宽敞、极尽奢华的那一种，朱伯被领进一间附带浴室的卧房。蒂姆说："这是你的房间。"他放下朱伯的行囊就离开了。朱伯发现茶几上有水、玻璃杯、冰块，还有一瓶白兰地，酒瓶开了，还没喝过。他发现这是他喜欢的牌子，并不觉得惊讶。他自己快速调了一杯,啜了一口酒,叹了一口气,然后脱下厚重的冬季外套。

有个妇人用托盘端着三明治进来。她穿着朴素的连衣裙,朱伯以为是酒店客房服务员的制服,因为相当不像这种度假胜地大多数女性的典型穿着:短裤、披巾、蓬裙、露背装、纱笼及其他色彩鲜亮的衣服,为了展示而不是遮掩。但她对他微笑,说:"畅饮,永不干渴,我们的兄弟。"她放下托盘,走进套房浴室,开始给他的浴缸放水,然后查看浴室及卧房的情况,"朱伯,你还需要什么吗?"

"我?哦,不用,一切都很好。我很快清理一下,然后——本·卡克斯顿在附近吗?"

"是,但他说你肯定想先洗个澡,让自己舒适一些。如果你要任何东西,说一声就行。问谁都可以,或是请人找我。我是派特。"

"哦!大天使福斯特的一生。"

她笑出了酒窝,朴素的样貌突然变得漂亮,看起来比朱伯原本猜想的三十几岁年轻多了。"是的。"

"我希望找时间看一看,我对宗教艺术很有兴趣。"

"现在吗?不,我灵悟你想洗澡。除非你想要有人协助你入浴。"

朱伯想起那位有很多文身的日本朋友,她在少女时代曾经是陪浴女郎,她也做了——很多次——同样的提议。但派特不是日本人,而且他只想要洗掉汗臭,穿上适合本地气候的衣服。"不用,谢谢,派特,但我确实想找时间看一看,等你方便的时候。"

"随时都行,不急。"她离开了,不慌不忙,但动作很快,而且悄无声息。

朱伯抹了肥皂,浸到水里,虽然温水吸引着他疲惫的肌肉,他还

633

是不让自己久留；他想要见到本，了解真相。不久，他翻遍了赖瑞帮他打包的行李，却找不到适合夏天穿的衣服，只能恼火发牢骚。他勉强穿上凉鞋、短裤，颜色鲜明的休闲上衣，这让他看起来像一只被泼漆的鹧鸪，多毛的瘦腿看起来更显眼。但朱伯几十年前就不再为自己的外表烦恼了，既然还算舒适，暂时就先这样，至少到他需要上街……或是出庭再说。这里的律师公会与宾夕法尼亚州有互助协议吗？他不记得。嗯，如果不行，总能另外找代表律师合作。

他走进一间大起居室，舒适极了，但酒店住宿都有那种欠缺人性的特质。有几个人聚在电视附近——除了在戏院，朱伯没看过这么大的电视。有一个人抬头看了一眼，说："嘿，朱伯！"走了过来。

"嘿，本，情况怎么样？麦克还在监狱吗？"

"哦，不，在我和你讲电话之后不久，他就出来了。"

"那就是要传讯他出庭了，初步听证安排了吗？"

本微微一笑："朱伯，不完全是这样。严格说来，麦克是逃犯。没有保释，而是逃脱。"

朱伯脸色很难看："怎么会做这种傻事，现在这件案子就会困难八倍了。"

"朱伯，我告诉你不必担心。我们其余的人都被推定已死——麦克只是失踪。我们在这座城市的事完结了，所以一点关系也没有。我们会去别的地方。"

"他们会引渡他。"

"不必担忧，他们不会。"

"嗯……他在哪里？我要找他谈谈。"

"哦，他就在这里，跟你隔了两个房间。可是他抽离了，在冥想状态。他留话转告你,你到达的时候,切勿采取任何行动——什么都不要做。如果你坚持,马上可以跟他说话,吉尔会呼唤他出来。但我建议先不要。不急。"

朱伯想了一下,承认自己焦急得要命,很想听麦克亲口说说情况究竟是怎样的——并且严厉批评他惹了这么大的麻烦——但他也承认,打扰处于恍惚状态的麦克,几乎肯定比打扰他自己口述小说糟糕多了。只要那小子"灵悟圆满",无论那是什么,他总是会从自我催眠状态出来;如果他还没充分灵悟,总是需要回去那个状态。唤他出来毫无意义,就像打扰一头冬眠的熊。

"好,我会等。但他醒来时,我要跟他谈谈。"

"你会的。现在先放松,快乐起来,消除旅途带给你的劳累。"本鼓励他走近电视周围的一群人。

安妮抬起头来。"哈喽,老板。"她往旁边挪,让出空间,"坐下。"

朱伯坐到她身边。"我可以问你到底在这里做什么吗?"

"跟你一样——无所事事。看看电视。朱伯,请不要因为我们没有照你说的做就发火。我们跟你一样属于这里,你不该叫我们别来……你当时心烦意乱,我们没法跟你争论。所以,放轻松,看看他们怎么说我们。警长刚刚宣布,他会把我们这些淫妇通通赶出城。"她微微一笑,"我从来没被人赶出城,应该会很有趣。淫妇是要搭乘火车吗?还是我必须走路呢?"

"我想,这种事应该没有规定。你们都来了吗?"

"是的,但请别烦恼。杰德·麦林托克待在我们家过夜。一年多前,赖瑞和我跟麦林托克家的小伙子安排好了,他们会有一个帮我们

635

看家，以防万一。他们知道暖气炉怎么运作，各个开关在哪里，诸如此类的事，没问题。"

"哼！我都要以为自己只是那里吃住的客人而已。"

"老板，不然你还是什么呢？你指望我们打点一切，不烦扰你，我们就这么做。可惜你不肯放轻松，让我们结伴同行。我们两个多小时前就到这里了——你肯定碰上了什么麻烦事。"

"确实是。旅途糟透了。安妮，一旦我回到家，我打算这辈子再也不踏出那地方一步……而且我打算扯掉电话，拿一把长柄大锤砸了聒噪箱。"

"好的，老板。"

"这次我是认真的。"他看了一下前面的巨型聒噪箱，"电视广告没完没了吗？我的教女在哪里？可别告诉我，你把她留给麦林托克家的傻儿子照看！"

"哦，当然没有，她在这里，甚至还有保姆，谢天谢地！"

"我要见她。"

"派特会带你去看她。我被她烦透了——她一路上都难缠得很。亲爱的派特！朱伯想要看艾碧。"

文身女子停下脚步，她经常快速经过，但总是不慌不忙——据朱伯见到的情况，在场的几个人当中，她是唯一做事的，她似乎无处不在。"当然可以，朱伯，我不忙。这边请！"

"我把孩子们放在我的房间，"她边走边说，朱伯大步跟上她，"好让蜂蜜肉桂卷能照看她们。"

过了一会儿，朱伯才明白派翠霞说这话是什么意思，他有点被吓到了。房里有两张双人床，巨蟒在其中一张床上，摆好姿势，形成一个巢——双圈的巢,蛇身的一截打横穿过,将矩形一分为二,形成两个婴儿床大小的口袋,两边各铺着一条婴儿毯,里面各有一个婴儿。

他们进门时,蛇保姆探询似的昂首。派特抚摩它,说:"没事,亲爱的,朱伯老爹想要看看她们。你轻轻抚摩她,让她灵悟你,这样下次她就晓得你。"

朱伯先咕叽着逗弄他最疼爱的小女朋友,逗得她咯咯笑,小脚乱踢,然后才抚摩那条蛇。他判断,这是蚺科当中他见过的最健美的样本,也是最大的——他估计可能是圈养史上最长的红尾蚺。身上的横纹清晰分明,尾部的亮彩相当显眼。他羡慕派特有这么出色的宠物,也很遗憾自己不会有太多时间跟它混熟。

那条蛇伸头蹭他的手,像只猫那样。派特抱起艾碧,说:"我就知道!蜂蜜肉桂卷,你为什么没告诉我?"然后,她开始换尿片,同时解释说,"如果有个宝宝被缠住,或是需要协助什么的,它马上就会告诉我,因为它自己能为宝宝做的不多——没有手——顶多只能阻止她们爬出围栏,把她们推回去,以免摔落。但它似乎就是不能灵悟,宝宝尿片湿了就应该换——蜂蜜肉桂卷不觉得那样有什么不对劲。艾碧也不觉得。"

"我知道。我们说她是'老忠实'间歇泉。还有一个小可爱是谁呀?"

"嗯?是法蒂玛·米迦丽,我以为你知道。"

"他们在这里吗?我以为他们在贝鲁特!"

"哎呀,我相信他们是从国外的某个地区过来的。我不知道究竟在哪里。也许米丽茵对我说过,但我听了也没什么意义,我从来没去过外地。没关系,我灵悟所有的地方都很像——人也一样。行了,你

637

要不要抱着艾碧盖尔·季诺比亚,让我检查一下法蒂玛呢?"

朱伯抱起小女婴,向她保证她是世界上最漂亮的女孩,过没多久又向法蒂玛说了同样的话。他每次都是完全真心,女孩们相信他——朱伯曾在无数的场合说过同样的话,从哈定总统的时代开始,每次都是真心话,对方也总是相信。这是某种"更高的真理",不受世俗逻辑的束缚。

离开之前,他满怀遗憾,再次抚摸了蜂蜜肉桂卷,告诉它同样的话,也同样真心。

他们才刚离开,立刻碰见法蒂玛的母亲。"亲爱的老板!"她吻了他,轻拍他的肚皮,"我看得出来他们喂饱了你。"

"有一些。我刚刚还在跟你的女儿玩亲亲。米丽茵,她是天使娃娃。"

"很乖的宝宝,是吧?我们打算带她去里约卖掉——卖个好价钱。"

"我还以为也门的市场行情比较好呢。"

"腥膻说没有。得卖掉她,腾出空间。"她拉着他的手摸她自己的肚皮,"摸到隆起了吗?腥膻和我现在要造个男孩——这次不是女儿了。"

"米丽茵,"派翠霞用责怪的语气说,"不该讲这种话,就算是开玩笑也不行。"

"抱歉,派特,我不会这样说你的宝宝。派特阿姨是淑女,她灵悟我不是。"

"我也灵悟你不是,你这小坏蛋。可是,如果法蒂玛要出售,不管最高价是多少,我出两倍。"

"你得去找派特阿姨,我只获准偶尔看看她。"

"而我根本没摸到隆起,所以你可能想要自己留着她。让我看看你的眼睛。嗯……有可能怀孕了。"

"就是有。麦克灵悟得最仔细了,他告诉腥膻,是个男孩。"

"麦克怎么可能灵悟到那个?不可能。连我都不能确定你怀孕了。"

"哦,朱伯,她确实有了。"派翠霞语气坚定。

米丽茵安详地看着他:"老板,你仍然是怀疑论者。腥膻和我还在贝鲁特的时候,我们都还没确定怀上,麦克就灵悟到了。于是麦克打电话给我们。隔天,腥膻告诉大学,我们打算休长假,做实地考察——否则他就辞职,如果他们愿意的话。所以我们就来了。"

"做什么?"

"工作。比你曾经要求我的更拼命,老板——我丈夫是奴隶监工。"

"做什么?"

"他们正在编写火星语词典。"派特告诉他。

"火星语到英语吗?肯定很难。"

"哦,不是,不是!"米丽茵好像被震惊了,"不是难,而是不可能。用火星语写的火星语词典,以前从来没有过,火星人不需要这样的东西。呃,我做的部分只有文书,打字记录是他们做的事。麦克和腥膻——主要是腥膻——设计了火星语的音标,八十一个字符。于是我们用一台 IBM 打字机,加以改造,可处理这些字符,大小写都用上了——亲爱的老板,我的秘书技能毁了;我现在只会盲打火星语了。你无论如何还是爱我吗?你喊'前台'的时候,我可没用了呢。

我会烹饪……而且听说我还有其他才艺。"

"我会学着用火星语口述。"

"你会的,不必等麦克和腥膻教你。我灵悟。呃,派特?"

"你的发音很对,我的兄弟。"

他们返回起居室,卡克斯顿来找他们,提议找个安静些的地方,远离巨大的聒噪箱。他领着朱伯通过走廊,进入另一间起居室。"你们似乎拿下了这层楼的大部分区域。"

"全部,"本回应,"四组套房——秘书长套房、总统套房、皇家套房,以及业主保留套房,全都开通,而且只能通过我们自己的起降坪出入……否则得通过门厅,要是没人帮忙可不怎么安全。有人提醒你注意吗?"

"有。"

"我们目前不需要那么多空间……但我们可能需要:还有人陆续进来。"

"本,这么开放的空间,你们怎能避开警察的耳目?单是酒店工作人员就会泄露你们的行踪。"

"哦,有办法的。工作人员不会上来这里。你知道,麦克拥有这家酒店。"

"这样更糟,我认为。"

"这样更好……除非我们强悍的警察局局长收买了道格拉斯先生,我想应该没有。麦克是通过大约四道挂名的代表买下来的——麦克想做什么事,道格拉斯从不窥探原因。我想,自从基格伦接手我的专栏之后,道格拉斯就没那么鄙视我了,但他还是不想把控制权交给我——他做麦克希望他做的事。这酒店是稳健的投资,可以赚钱——但登记的业主是我们秘密第九圈的成员之一。于是，业主决定包下这层楼一整季，经理不能、不会也不想探询为什么，或业主自己有多少宾客来来去去——他喜欢自己的工作，麦克付给他的钱超过了他的价值。这是相当好的藏身之处，暂时是。直到麦克灵悟我们接下来会去哪里。"

"听起来好像麦克早就预料到需要藏身之处。"

"哦，我确信他预料到了。将近两星期前，麦克清空了巢里的巢雏——除了米丽茵和她的宝宝，我们眼下的工作需要米丽茵。麦克打发带着小孩的家长前往其他城市——我想是他有意开设圣殿的地方——因此时间一到，我们只有十几个人要搬家。没什么大不了。"

"我看到的情况是你们勉强逃命。"朱伯纳闷儿他们是怎么设法带走衣物的，考虑到他们当时可能没穿衣服，"你们失去了巢里所有的东西吗？你们所有的个人财物呢？"

"哦，不，我们真正要的都没失去。有些东西，像是腥膻的语言录音带，还有一台米丽茵用的定制打字机——甚至还有你那尊可怕的杜莎夫人款蜡像。麦克抓到了我们的衣服，还有一些手头上的现金。"

朱伯质疑说："你是说麦克做的吗？可是，我以为，大火烧起来的时候，麦克还在监狱。"

"呃，他是在，却也不在。他的身体在牢里……蜷成一团，在抽离状态。但他其实和我们在一起。你理解吗？"

"呃，我不灵悟。"

"通感。大多时候，他在吉尔脑袋里，我们联结得相当紧密。朱伯，我没办法解释；你必须体验下。爆炸发生的时候，他把我们转移到这里。然后，他回去挽救值得保留的小东西。"

朱伯皱了皱眉。卡克斯顿不耐烦地说："就是远距传物。朱伯，这件事到底有什么难以灵悟？你亲口告诉我，来到这里，睁开眼睛，当我看到奇迹的时候就会知道。所以我来了，真的是奇迹。只不过，这些不是奇迹，就像无线电也不是奇迹。你灵悟无线电吗？或是电视？电子计算机呢？"

"我吗？不懂。"

"我也不懂，我从没学过电子。但我确定，倘若我花时间、下工夫学习电子学的语言，我就会懂得；我认为这不是奇迹——只是复杂罢了。一旦你学会这门语言，远距传物相当简单——难学的是语言。"

"本，你能远距传物吗？"

"我？哦，不行，他们在幼儿园不教这个。他们让我当执事，只是出于礼貌，因为我是'首召者'，而且在第九圈——但我的实际进度大约在第四圈，正在努力升到第五圈。哎呀，我才刚刚开始能控制自己的身体。派特是我们当中唯一经常使用远距传物的人……我不太确定，要是没有麦克的协助，她还能不能做到。哦，麦克说她这方面的能力相当强，派特虽然有天分，却天真又谦卑得奇怪，相当依赖麦克。她其实不需要他。朱伯，我灵悟这一点：我们其实不需要麦克——哦，我不是在贬低他，别误会我的意思。但你也可能是火星来客。甚至我也可能，就像是第一个发现火的人。火一直都在——在他示范怎么用之后，任何人都能用……只要有足够的见识与本领，我们不会被火烧着，谁都能用火。明白我的意思吗？"

"我灵悟，至少略懂。"

"麦克是我们的普罗米修斯——可是,别忘了,普罗米修斯不是神。麦克一直强调这一点。尔乃神,我是神,他是神——灵悟者皆为神。麦克跟我们大家一样都是人……即使他懂得比较多。不可否认,他是很高尚的人——若是一个不怎么样的人,让他学到火星人知道的事,很可能会自封为半神。麦克超越了那种诱惑。普罗米修斯……如此而已。"

朱伯慢悠悠地说:"我记得,为了将火带给人类,普罗米修斯付出了高昂的代价。"

"别以为麦克没有!他付出的代价是每天二十四小时努力工作,一星期七天,努力教导我们几个人如何玩火柴而不被灼伤。在我加入之前,吉尔与派特早就对他采取严厉措施,逼迫他一星期休息一晚上。"卡克斯顿微微一笑,"但你阻止不了麦克。你肯定知道,这座城镇满是赌窟,大多数都有诈,因为在这里并不合法。麦克休假的晚上,通常去出千的赌局上捣乱——赢钱。一晚上赢一万、两万、三万块钱。他们试图打劫他,试图杀害他,也试着用迷药、肌肉男——没有一样行得通;反而让他的名声不胫而走,他被称为城里最幸运的男人……因而吸引更多人进入圣殿,大家想要看看每次都赢钱的这个人。于是他们试图拒他于门外,不给他赌——这么做就错了。作弊用的牌失灵了,轮盘不转了,骰子怎么掷都是一对六点。最后,他们开始忍受他……在他赢了几千之后,客气有礼地请他走人。如果问得客气有礼,麦克总是会答应。"

卡克斯顿又说:"当然,这样又多了一个势力集团要对付我们——不只是福斯特教徒,以及其他教会的某些人,还有赌博集团以及城市的政治机器。我猜想,圣殿的那件事,是从外地找来的职业打手——福斯特教那帮暴徒可能没涉入。太专业了！"

两人说话的同时，还有别人进进出出，聚在一起说话，或是来到朱伯和本身边。朱伯发现他们有某种极不寻常的感觉，不慌不忙的放松，同时又有动态的张力。似乎没人激动，从不匆忙……然而他们做的一切似乎都有目的，连看起来偶然且未曾预想的行为都是如此，例如彼此打照面时，会亲吻或问候——有时则没有。朱伯感觉每个动作仿佛都经过编舞大师设计……却又显然不是。

那种宁静却又不断增强的张力——他觉得更像是"期盼"。这些人没有任何病态的紧张感——这让朱伯联想到以前经历过的某种事。手术吗——专家出手，没有喧闹声，没有浪费的动作？有点像。

然后，他想起来了。有一次，多年前，第三行星探索太空的最早期，使用了庞大的化学动力火箭，他躲在碉堡里，看着倒计时……现在，他想起来了，同样压低声音、同样放松、同样分工复杂却又协调的行动、同样随着倒数接近零而不断升高的期待。他们在"等待圆满"，那是肯定的。但又是为了什么？他们为什么如此快乐？别人摧毁了他们的圣殿，以及他们建造的一切……而他们的表现却像圣诞节前夕的儿童。

朱伯抵达的时候，顺便留意了他们的穿着。本第一次去巢里暂住时，裸体令他深感困扰；在这个备用巢里，虽然地点更隐秘，但巢里的人似乎没有裸体的习惯。后来，朱伯发觉这类情况真的出现了，自己却未能注意到；他融入了这地方独特的亲密家庭的气氛，穿不穿衣已变得无关紧要，无法察觉。

他确实注意到的时候，并不是因为裸体，而是因为他见到了最浓密、最美丽的瀑布般的黑发映衬着进来的年轻女人，她跟某个人说话，抛给本一个吻，严肃地看了朱伯一眼，就离开了。朱伯的眼光跟随着她，欣赏那有如午夜轻羽的飘逸秀发。直到她离开之后，他才察觉到在这女王般的靓丽下，她什么也没穿……紧接着意识到，她不是第一个裸着的兄弟。

本注意到他的目光。"那位是露丝，"他说，"新晋的女教士长。她和丈夫离开了一阵子，去了西岸——我想，他们的任务是要筹备一座分会圣殿。我很高兴他们回来了，仿佛全家人都同时在家的感觉——像是某种老派的圣诞晚餐。"

"美丽的秀发，真希望她逗留一会儿。"

"那你为什么不喊她过来呢？"

"呃？"

"露丝几乎肯定是找借口进来这里，只为了看你一眼——我想他们肯定才刚到。可是，难道你没注意到，其他人都没来打扰我们，除了少数几个人在我们身边坐了一会儿，没聊多久就离开了？"

"嗯……是。"朱伯注意到了，也有一点点失望，因为根据听到的一切，他已有心理准备可能要闪避过度的亲密——却发现自己一脚踩在某个不存在的最高一阶。他受到亲切殷勤且客气有礼的对待，但这种礼貌更像是猫，而不像是过度友善的狗。

"你来这里，他们都非常感兴趣，而且很盼望见到你……却也有一点怕你。"

"我？"

"哦，我去年夏天就告诉你这件事了。你是教会尊敬的传统，不怎么真实，有一点夸张。麦克曾经告诉他们，在他认识的人类当中，只有你不需要先学火星语就能'灵悟圆满'。他们大多数都猜想你能读懂别人的心思,就像麦克那么完整。"

"哦,胡说!我希望你纠正他们了吧?"

"我何德何能,怎么好摧毁神话呢?也许你真的会读心术——我确信你也不会告诉我。他们只是有点怕你——你早餐吃婴儿,你一怒吼,大地为之颤抖。他们中任何一个都很乐意你喊他们过来……但不会缠着你。他们知道,你一说话,就连麦克也会立正站好,毕恭毕敬。"

朱伯用一个简短、暴躁的单词驳斥了整件事。"当然,"本同意,"就算是麦克也有他的盲点——我告诉你了,他只是人。但事实如此。你是这个教会的守护圣者——你甩不掉了。"

"嗯……有个我认识的人,刚刚进来。吉尔!吉尔!亲爱的,转过来!"

女子犹豫了一下才转身:"我是端妮,但还是谢谢你。"她走了过来,有一瞬间,朱伯以为她就要吻上来……他决定不躲了。但她若不是没那个打算,就是改变了主意——她单膝跪地,执起他的手,吻了一下。"朱伯老父,我们欢迎你,畅饮你。"

朱伯连忙抽手:"哦,天哪,孩子!赶快起来,跟我们坐在一起。共享水。"

"是的,朱伯老父。"

"呃……叫我朱伯就好——也告诉其他人,我不喜欢被当成麻风病患。我在自己家人的怀抱里——我希望。"

"确实是……朱伯。"

"所以,我希望各位叫我朱伯,对待我像水兄弟——不多也不少。第一个恭敬对待我的人,放学后必须留堂。灵悟吗?"

"是,朱伯,"她故作端庄地回答,"我告诉大家了。他们会。"

"嗯？"

"端妮的意思是，"本解释说，"她告诉了派特，可能是因为麦克目前在抽离状态……然后派特告诉每一个能听见的人——用内在的耳听——他们就会传话给任何内在的耳还有一点聋的人，比如我。"

"对，"端妮附和说，"只不过我是告诉了吉尔——派特出去找迈克尔要的什么东西。朱伯，电视播报的消息，你看到了吗？真是令人兴奋。"

"呃？没有。"

"端妮，你指的是越狱吗？"

"是，本。"

"我们还没讨论那个——而且朱伯不喜欢电视。朱伯，麦克不只是想什么时候回家就回家，他还让他们陷入两难。在这里，他被捕多次，什么罪名都有，只差没有强暴自由女神像，同一天，大嘴鱼邵特谴责他是敌基督。所以他给了他们一个奇迹。他离开郡监狱的时候，把每一道栅栏和门都拆掉了……在城外的州监狱也上演了同样的戏码——而且解除了所有警察的武装，包括市级、郡级、州级。一部分是为了让他们有的忙、有事关注……另一部分原因是麦克痛恨以任何理由把一个人关起来。他灵悟到其中有某种大错。"

"符合他的作风，"朱伯表示同意，"麦克很仁慈，一向如此。把任何人关押起来，他都会很伤心。我同意。"

本摇了摇头："朱伯，麦克并不仁慈。他不会为了杀人而发愁。但他是极端的无政府主义者——把人关起来是一种错。自我的自由，是对自我完全的、个人的责任。尔乃神。"

"先生，冲突在哪里？杀一个人可能有其必要。但拘禁他则是侵犯他的完整——以及你自己的完整。"

本看着他。"我灵悟麦克说得对。你确实灵悟圆满——用他的方式。我还不太能……我还在学习。"他又说,"端妮,碰到了这种事,他们现在怎么样呢?"

她微微娇笑:"像是被捅的大黄蜂巢。市长大声疾呼……讲得嘴角生沫。他向州政府、联邦都要求支援——他会得到的,我们看到了大批运输机降落。可是,部队一下机,麦克就剥光了他们——不只是武器,连鞋也脱了,运输机被清空之后也不见了。"

本说:"我灵悟他会留在抽离状态,直到他们受够了并放弃。要应付那么多细节,他几乎必须留在那个状态,而且延展到永恒时间。"

端妮显得若有所思:"不,本,我认为不用。当然,换成是我,即使只要处理十分之一,我也必须么做。但我灵悟,迈克尔就算倒立着骑脚踏车也能做到。"

"嗯……我不会知道,我还在玩泥巴的程度。"本站了起来,"小甜心,有时候,你们这些奇迹创造者会给我轻微的疼痛。我去看一会儿电视。"他吻了她,"你招待朱伯老爷子,他喜欢小姑娘。"卡克斯顿离开了,他留在茶几上的一包烟站立起来,跟着他,自动跳进他身上的一个口袋。

朱伯说:"是你做的吗?还是本?"

"本做的。我不抽烟,除非我身旁的男人想抽烟。但他总是忘记带走自己的烟;那些烟总是追着他满巢跑。"

"嗯……他最近在玩的泥巴相当厉害。"

"本进步神速,他不愿意承认有这么快。他是很神圣的人——但他很不愿意承认。他会害羞。"

"嗯哼,端妮,你是我在福斯特大礼堂见过的那个端妮·雅登,两年半前的事了,对不对?"

"哦,你记得!!"她的样子好像他给了她一支棒棒糖似的。

"我当然记得。但我有点糊涂,因为你变了一些,都是往好的方面,你似乎更美了。"

"那是因为我确实变得更美了,"她直率地说,"你误认为我是吉莉安,她也变得更美了。"

"这孩子在哪里?我还没看到她……我以为马上就能见到她呢。"

"她在工作。"端妮停顿了一下,"但我告诉她了,她说她就来。"她又停顿了一下,"我要去接替她,如果容我告退的话。"

"哦,当然。快去吧,孩子。"

"不急。"但她还是起身离开,马穆德博士几乎立刻坐下。

朱伯怨恨地看着他:"你们至少得懂一点做人的礼貌,让我知道你们到了这国家,而不是让我初次见到我的教女,竟然是通过一条蛇的善意帮忙。"

"哦,朱伯,你总是这么急吼吼。"

"先生,到了这把年纪……"朱伯的话被打断了,因为有两只手从后面捂住他的眼睛,一个熟悉的声音问:"猜猜我是谁?"

"别西卜?"

"再试一次。"

"麦克白夫人?"

"更接近了。猜第三次,或者受罚。"

649

"吉莉安,别闹了,绕过来这里,坐我旁边。"

"遵命,父亲。"她服从了。

"还有,除了在家,别再叫我'父亲'。先生,我刚才说,活到我这把年纪,有些事不得不急。每次日出都弥足珍贵……因为可能等不到后续的日落。世界随时都可能结束。"

马穆德对他微笑:"朱伯,你是不是觉得,如果哪天你的引擎不动了,世界就会停止运转?"

"当然了,先生——从我的角度来看。"米丽茵静悄悄地过来,坐在朱伯身旁的空位,他伸出一只臂膀搂住她。"虽然我可能不会惦记着再看到你的丑脸……甚至懒得瞧一眼我的前秘书之一那稍微可接受一点的脸……"

米丽茵低声说:"老板,你想要肚皮被踢一脚吗?我美得光彩动人,我有最高权威的认可。"

"安静!不过,新生的教女是另一回事。由于你们连一张明信片也没寄给我,我差点就错过了看到法蒂玛·米迦丽的机会。如果是这样,我死了变鬼也要回来找你们。"

"既然这样,"米丽茵说,"你可以同时看一看胡萝卜泥沾在米琪[1]头发上的样子,令人作呕的景象。"

"我说的是比喻。"

"我不是,她是邋遢的贪吃鬼。"

"老板,"吉尔轻声问,"你为什么说是比喻?"

"呃?'鬼'这个概念,我只用于比喻。"

---

[1] 米迦丽的昵称。

"不只是比喻。"吉尔坚持说。

"呃……有可能。我宁愿见到活生生的小女婴,我自己也活着。"

马穆德博士说:"可是,朱伯,我刚才就是这么说的。你又不是行将就木,还差很远。麦克确实灵悟了你,他说你来日方长,还有很多年。"

朱伯摇了摇头:"很多年前,我就定下了三位数的上限,不能再多。"

"老板,哪三位数呢?"米丽茵故作天真地问,"玛士撒拉[1]的三位数吗?"

他摇晃她的肩膀:"别太过分了!"

"腥膻说,女人应该坏,但不要被发现。"

"你丈夫说得对。所以别吵了。我的机器里程计初次显示三位数那天,就是我尸解的日子,无论是展现火星人的派头,或是用我自己的粗糙方法。你不能夺走我的这项权利。赛后淋浴是球赛最美好的部分。"

"我灵悟你说得对,朱伯,"吉尔慢悠悠地说,"关于球赛最好的部分。但我不会指望近期发生。你的圆满还没到。埃丽上个星期才计算了一份你的天宫图。"

"天宫图?哦,我的天!这个'埃丽'是谁?她怎么敢给我计算天宫图!带她来见我!我发誓,我会押着她去商业局。"

"恐怕不行,朱伯,"马穆德打岔说,"此时此刻,她正在编写

---

[1] 《圣经》中记载的人物,据说他在世上活了969年。

我们的词典。至于她是谁,她是埃丽珊德拉·维桑夫人。"

朱伯坐直身子,看起来很高兴:"贝琪?她也在这间疯人院吗?我早该知道的。她在哪里?"

"是贝琪,但我们叫她'埃丽',因为我们有另一个贝琪。但你必须等一等。还有,别对她的天宫图嗤之以鼻,朱伯,她有灵视能力。"

"哦,胡说八道,腥膻,占星术是骗人的,你也知道。"

"哦,当然,就连埃丽也知道。而且有一定比例的占星师骗人时破绽百出。然而,比起以前为众人占星,埃丽如今做得更勤勉——现在她用火星人的算术以及火星人的天文学,比我们的充分多了。但这是她用来灵悟的方法,就像以前的人可能是凝视着一池水、一颗水晶球,或是查看鸡的内脏。她用来感知情绪的方法并不重要,麦克建议她继续使用她习惯的符号。重点是:她有灵视能力。"

"腥膻,你说的'灵视'到底是什么意思?"

"有能力灵悟更多的宇宙,不只是你当下碰巧遇到的那一小块。麦克有这种能力,多年跟随火星人修炼得来;埃丽是未受培训的半吊子。她使用占星术这么没有意义的符号,其实无关紧要,我不是在批评同行的竞争对手。"马穆德伸手从口袋里掏出一串,开始拨弄,"如果打牌时把帽子戴反就能让你手气更顺——那就是有用。帽子没有魔力且不能灵悟,这无关紧要。"

朱伯看着那个伊斯兰冥想工具,大胆问了一个先前犹豫着该不该问的问题:"那么我估计你还是信徒?我还以为或许你完完全全加入了麦克的教会。"

马穆德收起念珠:"我两样都做了。"

"嗯？腥膻，两者是不相容的。不然就是我对这两者都不灵悟。"

马穆德摇了摇头。"表面上而已。我想，你可以说，米丽茵接受了我的宗教，我接受了她的宗教。我们合并后更强了。朱伯，我亲爱的兄弟，我仍然是神的仆人，顺服他的旨意……然而我还是能说：'尔乃神，我是神，灵悟者皆为神。'先知穆圣从未断言自己是最末的先知，亦不曾宣称所有该讲的话都讲完了——是他身后的狂热分子在坚持这两项严重误导他人的谬论。顺服神的旨意，并不是变成盲从的机器人。因为没有自由决定的能力，所以无罪——《古兰经》没有这样说。顺服可以包括——确实包括——我，以及我们每一个人，对自己塑造宇宙的方式完全负责。看我们是要进入天国乐园……还是要毁灭。"他微微一笑，"容我借用一句，'有神在，凡事都可能'——除了一件事……唯一不可能的那件事。神不能逃避自己，不能辞却自己的全面责任——必须永远顺服自己的旨意。伊斯兰常存——他不能推卸责任。这是他的——我的……你的……麦克的。"

朱伯叹了一口气。"腥膻，神学总是让我不舒服。贝琪在哪里？难道她不能放下这份词典的工作，歇一会儿，向一个老朋友打声招呼？这二十多年来，我只见过她一次；太久了。"

"你会见到她。但她现在不能停，她正在口述并录音。我解释一下方法，你才不会坚持。在此之前，我每天都花一段时间与麦克通感——只有一小段时间，不过感觉像一天八小时。然后我会立刻将他灌输给我的一切口述到录音带。通过那些录音带，另外几个受过火星语语音学训练的人，不一定是高阶学员，会逐字转录语音。然后米丽茵用定制打字机输出，再由麦克或我——麦克更适合，但他腾不出时间——手写订正这份原稿。

"但我们的时间安排被打乱了,麦克灵悟到了他打算派米丽茵和我离开,到某个秘密基地完成这件工作——应该这么说比较正确:他灵悟到了我们将会灵悟到有这样的必要。所以麦克赶工完成了几个月、几年的录音带分量,好让我带走,不慌不忙地分解,成为人类可以学着阅读的音标。除此之外,我们还有一大堆麦克的讲课——火星语的——录音带,也需要转录为书面文字,这个要等到词典完成之后……我们当时有他的协助来理解这些讲课,以后需要跟词典一起付印。

"现在我不得不认为米丽茵和我很快就会离开,因为麦克还忙着处理其他的一百件事,他也改变了方法。这里有八间卧室配备了录音机。我们当中做得最好的那些人——派特、吉尔、我自己、米丽茵、你的朋友埃丽,还有另外几个——轮流进去那几间房。麦克让我们进入短暂的恍惚状态,将语言——定义、用语、概念——倒给我们,只有片刻,感觉像几小时……然后我们趁着记忆仍然鲜明的时候,立刻将他灌输给我们的内容精确口述出来。但这不是谁都能做的,即使是最内圈圣殿的人。这需要清晰的口音,还要有能力加入恍惚的通感,然后说出结果。就以山姆为例,他其他条件都具备,只差了清晰的口音——天晓得他怎么做到的,说火星语竟然能带着布朗克斯的口音。不能用他,否则会导致词典里出现没完没了的错字。埃丽现在做的就是这个——口述。她还处在全面回忆时所需要的恍惚状态,倘若你打断她的工作,她就会遗失她还没记录下来的东西。"

"我灵悟,"朱伯同意,"不过,想到贝琪·维桑熟习火星语,真让我有点震惊。话说回来,她曾经是演艺圈最优秀的心灵感应者之一;她做冷读术,能让任何靶子吓掉鞋子,乖乖掏钱。话说,腥膻,如果真要把你送走,找个安静的地方处理这一切数据,你和米丽茵为何不回家呢？新建的房子侧翼有充分的空间，可以辟一套书房与卧室出来。"

"也许我们会的。还需要等待。"

"亲爱的，"米丽茵认真地说，"我会很喜欢这个方案——如果麦克把我们推出巢外。"

"你的意思是说，如果我们灵悟要离巢。"

"一样啦，如你灵悟。"

"你说得对，亲爱的，可是，我们这里什么时候开饭？我感觉体内有某种最不像火星人的迫切。还是巢里的服务比较好。"

"我的爱人，你不能指望派特同时编写你那见鬼的老词典、确保来到这里的每一个人都很舒适、为麦克跑腿办事，还仍然能保证只要你肚子饿了，桌上立刻有食物。朱伯，腥膻永远当不成教士——他是自己胃口的奴隶。"

"嗯，我也是。"

"你们几个姑娘可以去帮帮派特。"她丈夫又说。

"听起来像是粗鲁的暗示。亲爱的，你知道，要是她愿意让我们做，我们就会做——更何况托尼几乎不会允许任何人进他的厨房……即使是这间厨房。"她站了起来，"来吧，朱伯，我们去看看有什么菜色。托尼看到你去他的厨房，一定受宠若惊。"

朱伯跟着她走，见到了托尼，看到有人用意念准备食物，他有一点吃惊。对方原本绷着脸，但一见到她身边的人是谁，随即一脸得意地炫耀自己的工作间——伴随着一阵混合了英语及意大利语的怒骂，说那些流氓破坏了"他的"厨房，巢里那个厨房。同一时间，有一支大汤勺自己翻飞，搅拌着一大锅意大利面酱。

655

不久之后，他们哄朱伯坐在长桌的上首，他婉拒了，另外找了座位。派特坐在另一头；上首的座椅一直空着……只不过朱伯要压抑着一种诡异的感觉，好像火星来客坐在那里，而且在场的每一个人都看得到他，只有自己看不到——在某些情况下，的确如此。

餐桌对面坐的人，竟然是纳尔森医师。

朱伯发现，他要是没看到纳尔森医师在场，才会觉得惊讶呢。他点了点头，说："嘿，史温。"

"嘿，医师，共享水。"

"永不干渴。你在这里做什么呢？专任医师吗？"

纳尔森摇了摇头："医学生。"

"那么，学到什么了吗？"

"我学到了，医药并非必要。"

"要是你问我，我早就能告诉你。有看到老范吗？"

"他应该今天深夜或明日一早过来，他的太空船今天降落。"

"他每次都来吗？"朱伯问。

"可以说他是校外进修生，他不可能花太多时间在这里。"

"嗯，我会很高兴见到他，差不多一年半没见面了。"朱伯与右边的男士聊了起来，同时，纳尔森与他右边的朵卡丝谈话。在席间，朱伯注意到那种激动震颤的期待，跟他先前感觉的一样，而且增强了。然而，这究竟是什么，他还是说不准——只是一场宁静的家庭晚餐，轻松的亲密氛围。有一次，一杯水在桌上传递了一圈，他没听见这仪式里伴随着言语，也许有，只是说话声太轻。水杯传到朱伯的位置时，他啜了一口，继续递给左边的女子——她睁大眼睛，敬畏得不敢找他闲聊，他则低声说："我向你敬水。"

她设法控制自己，回答："我感谢你敬水，父——朱伯。"这几乎是他听到她说出口的全部话。水杯沿桌绕完一圈，来到上首的空位，也许还有半英寸高的水在杯里。水杯飘了起来，斜斜一倾，杯里的水消失了，然后水杯自己落在桌布上。朱伯判断正确，他参与了最内圈圣殿的集体"共享水"……而且可能是向他致敬——他原本以为，对兄弟的正式欢迎会伴随着狂饮作乐，却丝毫不像那样。这是因为他们在陌生的环境里吗？或者是他曲解了不明确的报告，暴露了他的"本我"想在这些报告中发现的事物？

还是说，他们只是顾及他的年龄及看法，调降到某种禁欲的俗套？

最后这项似乎是最有可能的理论——他觉得很恼火。他告诉自己，能够省事，不需要拒绝一个自己肯定不想要的邀请，他当然很高兴——更何况，以他的品位，活到多大年纪都不会喜欢。

但即便如此，这场仪式还是太讨厌了——"任何人都不准提到滑冰，因为爷爷年老体衰，不适合滑冰，那样不礼貌。希妲，你建议我们玩跳棋，大家都说好——老爷爷喜欢跳棋。我们另外找时间去滑冰。孩子们，好吗？"

朱伯怨恨这种出于尊敬的考量，假如真的是这样，他几乎无论如何都宁愿去滑冰，即使要付出髋骨断裂的代价。

但他决定忘了这件事，完全抛在脑后，通过邻座男士的协助，他还真做到了。他左边的姑娘有多寡言，他右边的男士就有多健谈。朱伯知道他名叫山姆，而且很快就明白山姆是博大精深的学者，任何人有这样的特征，朱伯都觉得肃然起敬，只要不是单纯的鹦鹉学舌——他灵悟到了山姆不是那样的人。

"这次的挫折只是表面上的，"山姆要他放心，"卵已准备孵化，现在我们会散开。当然，我们遭遇了麻烦；我们会继续遭遇麻烦，因为在任何社会，法律无论看起来可能有多么自由，都不会允许基本的观念受到质疑而不加以惩罚。这正是我们现在做的事。我们在挑战一切，从财产的神圣不可侵犯，到婚姻的神圣不可侵犯。"

"财产也有吗？"

"今日生活方式下的财产。到目前为止，迈克尔只是得罪了少数几个使诈的赌徒。可是，要是有几千、几万、几十万以上的人能通行无阻地进入银行金库，只有自律约束他们，让他们不拿走任何自己想要的东西，到时候会发生什么情况？诚然，那种自律很强大，胜过任何法律的约束——但银行业者灵悟不了这个，除非自己行过荆棘路，达到那个境界……那他最终会离开银行业。假如先觉者知道某一只股票的走势——经纪商却不知道，股市会发生什么情况呢？"

"你知道吗？"

山姆摇了摇头："没兴趣。但坐在那里的扫罗——另一个大块头希伯来佬，我俩是堂兄弟——跟埃丽一起仔细灵悟过。迈克尔要他们对此非常谨慎，不做大单，只用十几个人的账户。但事实就是如此：任何经过修炼的人，与没觉醒的人竞争时，能从任何事中想赚多少赚多少——房地产、股票、赛马、赌博，随便你举例。不过，我认为金钱与财产不会消失——迈克尔说，这两个概念都很有用——但我会说，这些会发生翻天覆地的变化，到时候，众人必须学习新的规则（这意味着费尽辛苦才能学会，像我们这样），不然就要被远远超越，追赶无望。假如这里与月球之间的运输可以通过远距传物实现，到时候盈月企业又会怎么样？"

"我该买吗？还是卖呢？"

"问扫罗。他可能会维持现有的法人，也许让它破产，也可能完全不碰，放一两百年。但除了银行与经纪商，想想任何其他职业。假如小孩懂得比老师多，而且不愿意忍受错误的教导，学校老师要怎么教小孩呢？人们真正健康的时候，医师和牙医会怎么样？假如衣物不是真的有必要，女人对穿着打扮的兴趣不是那么无穷无尽（她们永远不会完全失去兴趣），没人在乎会不会被人看见自己光着屁股，那时的服装产业及服装工会又将如何？如果有一天我们可以告诉杂草不要生长，庄稼不需要用收割机就能收成，到时'农场问题'又会是什么模样？我只是随便举例。当这种修炼普及时，改变超越你的想象。比如，有一项改变将会撼动现有的神圣不可侵犯的婚姻以及财产制度。朱伯，在这个国家，每年有多少钱花在节育药物与设备上，你有概念吗？"

"我有还算精确的概念，山姆，上个财政年度，单是口服避孕药就有将近十亿美元……其中一半以上用在专利药物的夸大宣传上，它的效用跟玉米淀粉差不多。"

"哦，是的，你是医师。"

"只是偶然看到，不太可靠的记忆。"

"总之，假如女性只有愿意时才会受孕，还能免疫疾病，只需要在乎她自己同类人的认可……做爱不再有目的，全心全意得就连埃及艳后做梦也想不到——但倘若她灵悟任何男性试图强暴她，那人还来不及搞清楚怎么回事就会死掉。到时候，这个大型产业——以及道德主义者尖锐刺耳的威胁——又会发生什么变化？假如女人没有了罪恶感与畏惧，除了自身的决定再不受任何侵害？见鬼了，制药业算不上什么——其他产业、法律、机构、制度、偏见、舆论,还必须放弃什么?"

"我并不充分灵悟,"朱伯承认,"对于这个主题,我长久以来都不怎么关注。"

"有一项制度不会受到损害——婚姻。"

"是吗?"

"正是。它反而会受到净化、强化,而且变得可以忍受。何止是忍受?简直是狂喜!看见那个有长长的黑发的女人吗?"

"看到了,刚才就觉得那秀发赏心悦目。"

"她知道她的头发很美,而且自从我们加入教会,又多长了一英尺半。那是我太太。一年多前,我们夫妻相处得就像两只脾气暴躁的狗。她很有醋劲……而我提不起劲。烦腻。见鬼了,我们两人都厌了,只是为了孩子勉强被拴在一起——再加上她的占有欲,我知道她绝对不会放过我,免不了一场大战,闹出丑闻……我到了这把年纪,也没有胃口尝试组建新的婚姻。所以,我能脱身的时候就暗地里拈花惹草——大学教授碰到的诱惑很多,安全的机会并不多——露丝嘴上不说,心里却恨,有时还是会发作。后来,我们加入了这里。"山姆快乐地咧嘴一笑,"我爱上了自己的妻,排名第一的女友!"

山姆说话很小声,这是私密的交谈,周围是众人用餐谈笑的喧闹声,而且他与妻子隔得很远。她抬起头来,清楚地说:"说得太夸张了,朱伯,我想我差不多是第六名。"

她丈夫喊道:"美女!别窥探我的心思——我们在谈男人的话题。你好好照料赖瑞,别分心。"他拿起一条硬面包,扔向她。

面包飞到半路,她就让它停住,抛回去给他,山姆接住了,往上面涂奶油,她继续说道:"赖瑞要的照料,我都给他了……也许等一会儿呢。朱伯,那个坏人不让我说完。第六名很美妙!因为,在我们加入教会之前,我甚至挤不进名单。先前的二十年,我在山姆心目中的排名还没那么高。"她确实把注意力转回了赖瑞身上。

"真正的重点,"山姆轻声说,"就是我俩现在是伴侣,关系更紧密,甚至胜过我们外在婚姻最好的时期——我们通过训练得到改善,与受过相同训练的人共享,更亲近,达到最佳状态。我们进入这个更大的团体,最后形成两人一组的伙伴——通常都是这样,但不见得是跟原来名义上的配偶。如果不是,调整时无须心痛,而且会比自称'离婚'夫妇之间的关系更热情、更亲近、更好,床上床下都是。只有好处,没有坏处。啧,这种伴侣配对,甚至不见得必须在男女之间。例如端妮与吉尔——她们像特技搭档那样合作无间。"

"嗯……我想,"朱伯若有所思地说,"我本来以为那两个都是麦克的妻子。"

"也同样是我们任何一个人的妻子,或者说麦克之于我们其余的人也是。麦克太忙了,我应该说他一直很忙,直到圣殿被烧毁——除了确保大家都能分享到他,也没时间做别的。"山姆又说,"若要说谁是麦克的妻子,应该是派特,虽然她自己一刻不得闲,那种关系更属于灵性,而不是肉体。其实,说到滚床单,你可以说,麦克和派特做得少了。"

派特离他没有露丝那么远,但也够远了。她抬起头来,说:"亲爱的山姆,我可不觉得少。"

"嗯?"山姆随即大声又痛苦地说,"这个教会唯一的问题,就是男人绝对没有隐私可言!"

这就招致了食物往他的方向猛烈攻击,全来自女性成员。他把东西都弹回去……直到事情显然变得太过火,满满一盘意大利面砸得他一头一脸——抛这东西的人,朱伯注意到了,竟然是朵卡丝。

有那么一下子,山姆看起来像个特别可怕的车祸死伤者。突然间,他的脸就干净了,溅到朱伯上衣的酱汁也不见了。"托尼,别再给她东西。她浪费了,让她饿肚子。"

"厨房还有很多,"托尼回答,"山姆,你戴着意大利面条真好看。相当美味的酱汁,对吧?"朵卡丝的盘子飘到厨房,盛满了又飘来。朱伯心想,朵卡丝对他可没有隐瞒她的才华——盘子盛得满满的,远超过她需要的分量;他知道她的胃口。

"酱汁很美味,"山姆同意,"溅到我嘴上,我尝了一些。是什么?还是我不应该问呢?"

"剁碎的警察。"托尼回答。

没有人笑。有那么一瞬间,朱伯有些反胃,揣测着他是不是真的在说笑。然后,他才想起来,他的这些水兄弟经常微笑,却很少放声大笑——此外,警察应该是很好的健康食品。但这酱汁无论如何不可能是人肉,否则尝起来会像猪肉。这个酱有明显的牛肉味。

他换了个话题:"我最喜欢这个宗教的一点……"

"是宗教吗?"山姆问。

"嗯,教会。称之为教会,你刚才这么说。"

"是教会,"山姆同意,"满足教会的每一项机能,我也承认,它类神学的性质确实和某些真正的宗教相当吻合。信仰。我跳了进来,因为我曾经是坚定的无神论者——如今我是教士长,却不知道自己是什么。"

"我刚才听你说你是犹太人。"

"我是,祖上几代都是拉比,结果我成了无神论者。看看我现在的样子。但我的堂兄弟扫罗和我太太露丝都是犹太教徒——找扫罗谈一谈,你会发现他们原先的信仰完全不妨碍这种修炼,可能还有助益……好比露丝,一旦她突破第一道屏障,进展就比我更快。她当了教士好一阵子后,我才成为教士。但她是属于有灵性的那种,用她的性腺思考。我呢,我必须用艰难的方式,得用我两耳之间的东西。"

"这种修炼,"朱伯接着说,"就是我最喜欢的一点。在我成长环境中的信仰,不会要求任何人懂任何事。只要忏悔你的罪,得救,你就在那里,安然无恙,在耶稣怀抱里。一个人可能笨到不行……却不容置疑被认定是神的选民之一,保有永恒的天赐之福,因为他'信'了。他可能会,也可能不会成为《圣经》学者;那也不见得必要……而且他当然不必知道别的东西,甚至没必要尝试学习。据我灵悟,这个教会不接受'改信'……"

"你灵悟得正确。"

"一个人必须一开始就有学习的意愿,之后还有漫长、艰苦的研习。我灵悟这本身就是有益的。"

"不仅有益,"山姆同意,"更是不可或缺。要是没有语言,就不能思考这些概念,而且这种修炼会产生丰富的好处——从如何不争吵,到如何取悦你的妻子——全都衍生自这个概念里的逻辑……理解你是谁、你为什么在这里、你是怎么运转的,进而表现相应的行为。快乐就是这么回事:顺应人类组织运作的方式……但用英语说这些词,只不过是同义反复,空洞得很。用火星语说,则是配套完整的作业指令。我来这里的时候得了癌症,我有提过吗?"

"呃？没有，你没说。"

"我自己不知道。迈克尔灵悟到了，叫我出去做检查，照 X 光，诸如此类，好让我能确信。然后，我们一起努力，用'信仰'治疗。奇迹。临床称为'自然缓解'，我灵悟这意味着'我康复了'。"

朱伯点了点头："专业的含糊其词。有些癌症自己会消失，我们不知道为什么。"

"我知道这一个为什么消失。那时，我开始能控制自己的身体。通过麦克的帮助，我修复了损坏的部分。现在，我没有他帮忙也能做到。想要感觉心脏停止跳动吗？"

"谢谢，我曾经在麦克身上观察到，很多次了。如果你谈的是'信仰治疗'，我这位受人尊敬的同行纳尔森大夫就不会坐在我们对面了。这是对身体的随意控制——我灵悟。"

"抱歉，我们都知道你灵悟。我们知道。"

"嗯……我不喜欢指责麦克说谎，因为他不是骗子。可是，这小子碰巧对我有偏见。"

山姆摇了摇头："用餐时间，你我一直在交谈。不管麦克怎么说，我还是想亲自核实。你灵悟。我在想，如果你肯费工夫学习这个语言，不晓得能教我们什么新事物呢？"

"没什么。我老了，对任何事都没什么可贡献的了。"

"我坚持己见。其余的'首召者'都必须学会这门语言，才会有任何真正的进展。就连你留在身边的那三个，都受过一些强大的辅导，虽然他们只来过寥寥几次，跟我们在一起短短几天，但在那几天，他们大部分时间都在恍惚状态。除了你……你其实并不需要。除非你想不用毛巾就能抹掉脸上的意大利面，我灵悟你无论如何没有兴趣学习火星语。"

"只有兴趣观察。"

大多数人已经离席，想离开就静悄悄离开，没有客套。露丝走过来，站在他们旁边："你们两个打算坐在这里一整夜吗？还是我们收拾碗盘时一起把你们搬出去？"

"我是妻管严。朱伯，来吧。"山姆停下来，吻了妻子。

他们走进电视所在的房间，短暂地停了一下。"有什么新消息吗？"山姆问。

"郡检察官，"有人说，"一直在大声疾呼，试图证明今天所有的灾难都是我们造成的……但他没有承认，对于我们是怎么做到的，他根本毫无头绪。"

"可怜的家伙，咬到了一条木腿，牙疼！"他们继续往前走，找到一间安静些的起居室。山姆说："我说过了，这些麻烦都在意料之中——而且局势还会恶劣得多，直到我们有望控制足够的舆论，可以被包容。但麦克并不着急。所以我们关掉诸世界教会——现在关掉了；所以我们搬迁，开设'唯一信仰会'——再次被踢出去；然后我们到别的地方重新开张，成为'大金字塔圣殿'——蠢肥又愚昧的女性将会成群而至，有些人最后会变得既不肥也不蠢；当我们让那里的医学会、地区律师公会、报社、政客领袖都追着我们咬的时候——哎呀，我们又转移阵地，再开设'浸礼兄弟会'。每次都意味着更稳固的进步、更多经过修炼而不受伤害的中坚分子——麦克一年多前才从这里开始，对自己没把握，而且只有三个未受训练的女教士提供协助。现在我们有个稳固的巢……加上很多相当高阶的朝圣者，我们日后可以联系他们归队。总有一天，我们会够强大，别人再也不能迫害我们。"

"嗯,"朱伯表示赞同,"可能行得通。耶稣只用十二门徒就造成轰动,只要方法得当。"

山姆乐得咧嘴一笑:"一个犹太小子!谢谢你提起他。他是我的部族杰出的成功范例——我们都知道,即使我们有很多人不谈论他。但他是个成功的犹太小子,我以他为荣,因为我自己也是犹太小子。请注意,耶稣没有试图要在下星期三完成这一切。他有耐心。他成立了一个健全的组织,让它成长。麦克也有耐心。耐心对于修炼非常重要,甚至不能刻意耐着性子,而是自然而然,毫不费劲,从来不必花一点力气。"

"健康的态度,随时都适用。"

"不是态度,是修炼起了作用。朱伯,我灵悟你累了。你希望变得不累吗?还是你宁愿上床睡觉?如果你不去,我们众兄弟就会拉着你聊一整夜。我们大多数人都睡得不多,你知道。"

朱伯打了个哈欠:"我想我会选择好好泡个热水澡,然后睡个八小时左右,明天再跟我们的众兄弟聊天……还有之后的几天。"

"还有许许多多的日子。"山姆同意。

朱伯找到自己的房间,派特立刻进来了,又坚持给他的浴缸放水,然后没有触碰就利落地铺床,在床边摆放他喜欢的酒(和新鲜冰块),还为他调了一杯,放在浴缸的搁板上。朱伯没打算催她快点出去,她来时已经展示了全身的图画。他很了解那些满身文身的人,因而相当肯定,要是他现在不说话,不要求仔细看看文身,她肯定会觉得委屈,就算她可能隐藏这种情绪。

他也没有感到苦恼,不像本先前在类似的场合那样;他径自脱衣，不当一回事——然后觉出些微苦涩的得意，自己真的一丁点儿都不在意，即使他已经很多年不曾让任何人（男人或女人）看到自己的裸体。派特似乎完全不在乎，他就更不介怀了。她只是先确定了浴缸的水量和水温正好，才让他进去。

然后，她留下来，告诉他每一幅图画的内容，以及观看图画的顺序。

朱伯表现了适度的惊叹、适时的恭维，以及完全客观的艺术批评。但他暗自承认，这是他见过最奢华的刺针炫技——相比之下，他那位全身文身的日本朋友看起来像廉价的地垫，而这是最精美的波斯毯。

"图画一直有一点变化，"她告诉他，"例如这个神人诞生的场景——后面那道墙开始显得弯曲……那张床看起来几乎像是医院的手术台。当然，我也在变，变得相当多。我确信乔治不会介意。自从他上了天堂，还不曾有一针碰到我……如果有些奇迹变化发生，我确信他都知道，而且以某种方式插手了。"

朱伯认为派特有一点点疯癫，但人很好……整体来说，他更喜欢有点疯癫的人；"诚实正派"的公民让他兴致缺缺。他纠正自己，她还不算太疯癫。派特让他自己脱衣，然后远程把衣服放进衣柜。那小子显然能教会任何人这项了不起的火星人修炼之道，那人甚至不见得要头脑清楚（无论"头脑清楚"的定义是什么），学了总是有好处，她大概是明确的证据。

不久，他感觉她准备离开了，于是请她给他的两个教女亲吻道晚安——他刚才忘了。"派特，我刚才有点累。"

她点了点头。"我也需要继续词典的工作。"她俯身吻了他，热情却又快速,"我会带着这一个给我们的宝宝们。"

"还要抚摩蜂蜜肉桂卷。"

"当然要,她灵悟你,朱伯,她知道你喜欢蛇。"

"很好。共享水,兄弟。"

"尔乃神,朱伯。"她离开了。朱伯坐在浴缸里,向后一靠,惊讶地发现自己现在似乎不累了,而且他的骨头不再疼痛了。派特像是滋补剂……无忧无虑的乐天派。他真希望自己也没有忧愁疑虑——但最终还是承认,他不想成为任何人,只想做自己,年老、暴躁、任性。

终于,他抹了皂,冲了澡,决定刮胡子,这样早餐之前就不必再刮了。悠闲了一段时间之后,他闩了房门,熄了房顶的灯,上床躺平。

他环顾四周,想找点什么东西读,但一无所获,气恼得很,这种恶习成瘾后最难戒除,他却又不愿再走出房门找东西读。他只好啜了几口酒,熄了床头灯。

他没有立刻睡着。刚才与派特愉快的谈话,似乎让他精神更好了。端妮进来的时候,他还醒着。

他喊道:"谁在那里?"

"朱伯,我是端妮。"

"不可能天亮了,这才——哦。"

"是的,朱伯,是我。"

"见鬼了,我以为我闩了房门。孩子,马上大步走出去——喂!离开这张床。快走!"

"好的,朱伯。我会。但我要先告诉你一件事。"

"嗯？"

"我爱你很久了，几乎像吉尔一样久。"

"哎，那实在——别再胡说了，劳驾挪动尊臀，走出那道门。"

"我会的，朱伯，"她很恭顺地说，"但我想要你先听一件事，关于女人的事。"

"我现在不想听，早上再告诉我。"

"现在，朱伯。"

他叹了一口气："那就说吧，留在原地别动。"

"朱伯……我亲爱的兄弟。男人非常在乎我们女人的外貌。所以，我们努力变美，这是好事。我曾经是脱衣舞娘，我知道你知道。让男人享受我能给他们的美，这也是好事。我知道自己有什么，而他们需要，这对我是好事。

"可是，朱伯，女人不是男人。我们在意男人是什么样的人。可能是一些傻问题，像是他富有吗？或者，他会不会照顾我的孩子，对他们好呢？有时候可能是，他是好人吗？你是好人，朱伯。但是，我们在你们身上看见的美，并不是你们在我们身上看见的美。你是美好的，朱伯。"

"老天爷！"

"我认为你说得对。尔乃神，我是神——而我需要你。我向你敬水。你愿意让我分享，让我们更亲近吗？"

"呃，听着，小姑娘，要是我理解你的提议是什么……"

"你灵悟到了，朱伯，一起分享我们拥有的一切。我们本身，自我。"

"我想也是。亲爱的，你有许多可以分享——可是……我自己……嗯,你来迟了几年。我由衷地遗憾,相信我。感谢你,深深感谢。先离开吧,让老人好好睡觉。"

"你会睡的,自待其时。朱伯……我可以借给你力量。但我清楚地灵悟,这没有必要。"

(活见鬼了,以前是没有必要!)"不,端妮,谢谢你,亲爱的。"

她跪着,俯身看着他:"那就再听我说一句。吉尔告诉我,如果你争辩,我就哭。我是不是要让我的眼泪洒遍你的胸口,用那种方式与你共享水呢?"

"我要打吉尔一顿屁股!"

"是,朱伯。我要开始哭了。"她没出声,但只过了一两秒,一颗滚烫、饱满的眼泪洒在他的胸膛上——很快,接着又一滴,再一滴,还在流淌。她几乎无声地啜泣着。

朱伯咒骂着,伸手去扶她……既然不可避免,只好配合。

第 36 章

朱伯睡醒时精神饱满,而且很快乐,意识到多年来不曾在早餐前感觉这么好。很久很久了,要度过刚睡醒与第一杯咖啡之间的那段黑暗期,他总是要安慰自己明天可能稍微轻松一点儿。

这天早晨,他竟然不由自主地吹起口哨,他吹得很糟。他注意到了,制止自己,一下忘记了,又开始吹。

他看到镜中的自己,挖苦似的微笑,随即咧开嘴笑:"你这不可救药的色老头,他们随时会派灵车来接你。"他注意到胸口的一根白毛,拔了出来,懒得管许多其他同样白的毛,继续打理自己,准备好面对世界。

他走出房门,见到吉尔在那里。偶然吗?不对,他再也不相信这个大家庭有任何"巧合";这里就像电脑那样有组织。她扑进他怀里:"朱伯——哦,我们好爱你!尔乃神。"

他回吻她,就像刚才她给他的吻一样热情,灵悟不这样做才会虚伪——他发现了吻吉尔与吻端妮明显有些不同,但完全无法量度,不可描述。

很快他抓着她,稍微拉开一些,但没放开她:"你这个小妖姬……你陷害我!"

"亲爱的朱伯,你好棒!"

"呃,见鬼了,你怎么知道我行呢?"

她回敬他一眼澄澈的纯真:"哎呀,朱伯,自从麦克和我最初住在家里时,我就确定这一点了。你知道,即便在当时,麦克睡着——在恍惚状态的时候,他也能看到周围相当远的距离——有时他会探望你一下,有问题想问你或什么的,看看你是不是睡了。"

"可是我一个人睡!一向如此。"

"是,亲爱的,但我的意思不完全是那样。有些东西麦克不明白,我得向他解释一些他不明白的事物。"

"哼!"他决定还是别再追问了,"再怎么样,你也不应该设计陷害我。"

"朱伯,我灵悟你说的不是真心话……你会灵悟我说得对。我们必须让你进入巢里,进到最里面。我们需要你。你那么善良、腼腆又谦卑,我们想欢迎你而不伤害你。我们没伤害到你,如你灵悟。"

"这个'我们'做了什么事?"

"全巢充分地共享水,如你灵悟的——你当时就在那里。麦克停下了原本在做的事,为此醒来……与你灵悟,并且让我们都留在一起。"

朱伯急忙放弃追问这方面的事:"那么,麦克终于醒了?因为这样,你的眼睛才会那么闪亮。"

"只有一部分。当然,麦克没抽离的时候,我们总是很愉快,这值得欢乐……但他从不曾真的离开。朱伯,我灵悟你还没圆满灵悟我们共享水的方式。但等待将会圆满。麦克起初也没灵悟——他以为那只是为了卵的活化，就像在火星的情况。"

"嗯……这是首要的目的，显而易见的目的——婴儿。这么一来，有一个人做了相当愚蠢的行为，这个人就是我，在我这把年纪，我既无意也不愿引起这种人口增加。"

她摇了摇头："婴儿是显而易见的结果……但完全不是主要的目的。婴儿带给未来意义，这是至善的好事。可是，在一个女人的生命中，宝宝在她体内活化，只有三四次或者十几次……她却能分享自己好几千次——这是首要的，我们可以经常这么做，但倘若只是为了繁育，需要做的次数就少了。这是共享，更亲近，永远且恒常。朱伯，麦克灵悟到了这个，因为在火星，这两件事——卵的活化，以及分享亲密——是完全分开的……他也灵悟到了，我们的方式最好。没有孵化成火星人是多么快乐的事，而是成为人……还是女人！"

他仔细看着她："孩子，你怀孕了吗？"

"是，朱伯。我终于灵悟到了，等待已经结束，我有空怀孕了。巢里大多数人不需要等待——只是端妮和我一直相当忙。可是，当我们灵悟到这条分界线即将来临的时候，我灵悟了在分界线之后会有等待——你看得出来，肯定会有。麦克不会在一夜之间重建圣殿——所以这位女教士长就能不慌不忙地打造婴儿，等待一向会有的结果。"

从这个极为夸张的大杂烩，朱伯抽取出核心事实，也可以说是吉尔对此事的信念。嗯，她无疑曾经有过丰富的机会。他下定决心要好好留意这件事，如果可能，要设法带她回家养胎。麦克那些超人的方法都很好，但手边有最好的现代设备与技术也无妨。朱伯不允许由于子痫或什么别的不幸而失去吉尔，必要时，他不得不牺牲孩子们。

他还思索着另一种可能，但决定先不提起。"端妮在哪里？麦克又在哪里？这地方似乎安静得不像话。"没人经过他们所在的门厅，也没听到说话声……然而，那种快乐的期待的奇怪感觉却比昨夜更强烈。他以为，在他亲自参加——本人却不知情——仪式之后，紧张的局面肯定松弛了些，但这地方的气氛却更激昂。这突然让他想起童年的自己，等着看第一次马戏团游行时，有人喊道："大象来了！"

朱伯感觉，要是自己稍微高一点，他就能看到大象和兴奋的人群。然而，这里没有人群。

"端妮告诉我，代她给你一个吻；她在忙，大约还要三小时。麦克也在忙——他又回到了抽离状态。"

"哦。"

"别用那么失望的语气，他很快就会有空。他特别努力，好为你腾出时间……也让我们都空出来。杜克在市区跑了一整夜，寻找我们编纂词典使用的高速录音机，现在，我们让每一个能做这件事的人都塞满了火星语音符号。麦克做完就能过来看望你了。端妮才刚开始录音；我刚录完一节，溜出来向你道早安，这就要回去把我最后一部分的工作录完，所以我会离开一下，比端妮稍微久一点。这个是端妮的吻——第一个是我的吻。"她搂着他的脖子，她的嘴再次贪婪地靠上他的嘴，终于说，"天呀！我们为什么等了那么久？稍后再见！"

朱伯发现，偌大的餐厅只有寥寥几人。杜克抬起头来，微笑着挥了挥手，继续敞开肚皮大吃。他看起来不像熬了一整夜——确实不是，他熬了两夜。

杜克一挥手，贝琪·维桑回头一看，高兴地说："嘿，你这个色老头！"她抓住他的一只耳朵往下扯，对着耳朵悄声说，"我一向都知道——可是，教授死的时候，你为什么没有在我身边安慰我呢？"她又大声说，"过来坐在我旁边，我们会弄点食物喂你，同时，你告诉我最近在策划什么坏勾当。"

"等一下，贝琪。"朱伯绕过餐桌，"嘿，船长，航行顺利吗？"

"不麻烦，逐渐变得像送牛奶的路线了。我想，你应该还没见过范特隆普太太。亲爱的，这是这场盛宴的缔造者，独一无二的朱伯·哈绍——要是有两个他，那就嫌太多了。"

船长夫人身材高大，相貌平常，眼神淡定，肯定曾在望夫台上远眺。她站了起来，吻了朱伯："尔乃神。"

"呃，尔乃神。"朱伯决定干脆放松地接受这种仪式——见鬼了，如果他说的次数够多，他可能会彻底放松，信了这句话……船长夫人紧搂着他，确实有某种友好的韵味。他认为，她甚至能教吉尔一些关于吻的事。她——安妮曾经怎么描述呢？——她全神贯注，从不走神。

"我想，老范，"他说，"在这里看到你，我其实不应该惊讶。"

"嗯，"船长回答，"通勤到火星的人，应该要有能力跟原住民打交道，你不觉得吗？"

"就为了交流，是吗？"

"还有其他方面。"范特隆普伸手要拿一片烤面包，面包乖乖配合了，"美食，良伴。"

"嗯，是啊。"

"朱伯，"维桑夫人喊着，"上菜了！"

朱伯返回座位，发现肋眼排佐荷包蛋、橙汁及其他上选的食物正等着他。贝琪轻拍他的大腿："伙计，美好的祷告会。"

"女人，回去算你的天宫图！"

"这倒提醒了我，亲爱的，我想知道你出生的确切时刻。"

"呃，我妈生了连续三天，有几个不同的时辰。我个头太大了——他们不得不把我分段处理。"

贝琪粗野地说："我会查出来。"

"我三岁的时候，法院失火，烧得精光。你查不到。"

"有方法的，想要打个小小的赌注吗？"

"再继续烦我，你就会发现，要打你屁股还不嫌晚。姑娘，你过得好吗？"

"你认为怎么样？我看起来怎么样？"

"气色很好。屁股宽了一点，你染了头发。"

"才没有，几个月前就不再染发了。留神了，老友，我们会处理掉你头上的稀疏白毛，换成真正的草皮。"

"贝琪，不管什么理由，我都拒绝变年轻。辛辛苦苦熬成老朽，我打算好好享受。别再胡扯了，让人好好吃东西。"

"遵命，你这个色老头。"

朱伯正准备离席，火星来客却进来了。"父亲！哦，朱伯！"麦克拥抱他，亲吻他。

朱伯轻轻解开纠缠，挣脱拥抱："孩子，要有你这年龄的样子。坐下，享用你的早餐。我会坐着陪你吃。"

"我来这里不是为了吃早餐，我来是为了找你。我们找个地方谈话。"

"好吧。"

他们去了一间套房的起居室，麦克拉着朱伯的手，像个兴奋的小男孩欢迎他最爱的爷爷。麦克挑了一张宽大舒适的椅子给朱伯坐,自己则摊开四肢斜躺在对面的沙发上,且靠得很近。这间房在私人起降坪的一侧,高高的落地窗对着那里。朱伯站了起来,本来想稍微挪动椅子,以免看着义子时直接面对光线;沉重的椅子自己移动了,仿佛儿童气球那样轻巧,他的手只是引导了一下,他对此并不惊讶,但稍微觉得讨厌。

刚才进门的时候,房里还有两男一女。他们后来离开了,不逗留,不慌忙,不结队,不张扬。之后就剩下他俩了,只是有人送来了朱伯最喜欢的白兰地——用手端上,为了迎合朱伯;他欣然收下。这些人对身边各种物件的隔空遥控确实省力,大概也省钱(肯定省了洗衣费!他那件沾到意大利面的上衣干净如新,所以他今天又穿上了),显然是居家便利好方法,比瞎搞的机械玩意儿好多了。话虽如此,他还是不习惯没有电线或电波的远距控制。就好比在朱伯出生的年代,不用马拉的车有损体面,这曾让朱伯感到惊讶。

杜克端来了白兰地。麦克说:"嘿,食人肉者,谢谢!你是新任的管家吗?"

"怪物,别客气。这些事总得有人做呀,你把这地方每一个动脑子的人都抓去了,让他们对着麦克风做苦工。"

"嗯,他们再过两个小时就都做完了,你可以回去继续过你无用、好色的生活。食人肉者,这件工作完成了。结束了。"

"整个见鬼的火星人语言都弄好了吗?怪物,我最好检查你,看看有没有烧坏了电容器。"

"哦,不!只是搞定了我拥有的——或者说曾经拥有的初步知识,我的脑袋空空如也。但像腥膻那样的高学识的人,将会回火星待个一百年,补充我从不曾学到的东西。可我确实做了相当多——大约六星期的主观时间,自从今晨五点左右,或是我们的集会不知道什么时候结束后,到刚才——现在能交给那些坚定可靠的人完成,我就有空探望朱伯,心里不必再记挂着什么。"麦克伸了个懒腰,打了个哈欠,"感觉真好。完成一件工作总是感觉很好。"

"不必等到今天过完,你就会开始操劳别的事。老板,这个火星怪物就是闲不住。我知道一件事实,这是两个多月来他第一次纯粹的放松,不做任何事。他应该报名参加'匿名戒劳碌会'。你更该常来探望我们,你会带给他好的影响。"

"万万不可!我只会带坏别人。"

"快滚出去,食人肉者,还有,别再说谎乱讲我的事。"

"能说谎才有鬼!你把我变成一个强迫性说实话者。在我混的几个地方,这是很大的障碍。"杜克说完就离开了。

麦克举杯:"共享水,我的兄弟,朱伯老父。"

"孩子,畅饮。"

"尔乃神。"

"悠着点,麦克。换成别人,我会勉强忍受,礼貌地回应他们。但你千万不要神化我。你'只是一颗卵'的时候,我就认识你了。"

"好的,朱伯。"

"这才像话。你从什么时候开始早上喝酒?在你这个年纪就这么做,会把你的胃搞坏。你永远不会活到变成一个快乐的老酒鬼,像我这样。"

麦克看着自己空了一部分的酒杯:"我喝酒,是以此分享。酒对我没有任何影响,对他们大多数人也没有,除非我们自己想要喝醉。

有一次，我让酒发挥作用而不阻止，直到我醉得不省人事。那种感觉很奇怪，我灵悟不是美好。这是尸解一会儿而不用真正尸解的一种方式。通过抽离，也能得到类似的作用，效果好得多，而且不会造成需要事后修复的损伤。"

"至少经济实惠。"

"嗯哼，我们买酒的账单倒是没什么。事实上，照管那一整座圣殿还低于你照管我们家所需的花费。除了最初的投资，以及更换一些道具，剩下的就是咖啡、糕饼了——我们自己制造乐子。我们很快乐。我们需要得那么少，进来的钱却那么多，我还曾经思索该怎么办呢。"

"那你为什么收捐献呢？"

"嗯？哦，朱伯，必须向他们收费。对任何免费的东西，靶子才不会认真注意。"

"我知道，我只是不晓得你是不是知道。"

"哦，是，我灵悟靶子，朱伯。起初，我确实尝试讲道不收钱——免费奉送。我有很多钱，我以为没事。行不通！我们人类还必须取得长足的进步，才能接受一件免费的礼物并且珍而重之。通常，我不会让他们得到任何免费的东西，要到差不多第六圈才可以。到那时他们能接受……接受比施舍难多了。"

"嗯……孩子，我想，也许你该写一本关于人类心理学的书。"

"我写了，但用的是火星语。腥膻有录音带。"麦克又看着自己的酒杯，慢悠悠地啜了口酒，"我们确实会喝一些酒。我们几个——扫罗、我、史温，另外几个——喜欢酒。我学到了，我能让酒发挥一点点效用，然后就维持在那个程度，得到某种欣快的亲近感，非常像恍惚,却不必抽离。轻微的损伤很容易修复。"他又啜了一口,"这就是我今天早上在做的——让我自己得到最温和的暖意,心情快乐地跟你在一起。"

朱伯仔细端详他:"孩子,你喝酒不完全是为了交际;你有心事。"

"是的,我有。"

"你想讲出来吗?"

"是的,父亲,即使我没有什么烦心事,在你身边总是极好的。但地球人当中只有你,有些事我只能对你说,我知道你会灵悟,你也不会因此受不了。吉尔……吉尔会灵悟——但如果这件事令我伤痛,就会令她更伤痛。端妮也是一样。派特……嗯,派特总是能带走我的伤痛,但她的做法是自己留着。她们三个都太容易受伤。因此,对于我必须先灵悟且珍惜再分享出来的任何事,我都不能冒险完整分享。"麦克似乎陷入了深思,"告解有其必要。福斯特教徒有团体告解,众人传来传去,把它稀释掉。我需要引进告解到这所教会,当成早期净化的一部分——哦,我们现在有,却是在朝圣者其实再也不需要之后才自然发生。我们需要坚强的人来做这件事——'罪'几乎不曾涉及什么真正的错……罪是罪人灵悟为罪的事——当你与他一起灵悟这件事,可能非常令人不安。我知道。"

麦克诚挚地继续说:"善良并不够,善良永远不够。这是我最初的几个错误之一,因为在火星人当中,善良与智慧是同一回事,完全相同。但对我们来说并非如此。以吉尔为例,我刚遇见她的时候,她的善良是完美的。然而,她的内在却一片迷茫——我几乎毁了她,也毁了我自己——因为我同样迷茫,后来我们才理出头绪。是她无尽的耐心（在这颗行星并不常见）救了我们……我学习成为人类，她学习我知道的事。"

"但仅有善良绝对不够。也需要某种坚硬、冷酷的智慧，善良才会变成好事。缺乏智慧的善良总是成就邪恶。"他微微一笑，面容开朗起来，"因此，父亲，除了爱你，我也需要你。我需要向你坦白。"

朱伯局促不安："哦，老天，麦克，别小题大做了。只要告诉我，你为了什么烦心。我们会找到出路。"

"好，父亲。"

但麦克没再说下去。终于，朱伯说："你是不是为了你的圣殿被毁灭而觉得挫败？我不会责怪你。但你还有钱，可以再建一座。"

"哦，不，那个丝毫无关紧要！"

"呃？"

"那座圣殿就像一本日记，每一页都写满了，该换一本了，而不是写了又写，涂污已经写满的书页。火不能破坏其中的经验……更何况，完全从公关宣传与务实的教会政治立场来看，被人用这么大阵仗的方式驱逐，长远下来反而有利。不，朱伯，最近这两天简直是日常忙碌当中一次愉快的歇息。没有损伤。"他的表情改变了，"父亲……最近，我知道了我是间谍。"

"孩子，你说这话是什么意思？你自己解释。"

"元老的间谍，他们打发我来这里，探查我们的人。"

朱伯想了一会儿，终于说："麦克，我知道你很聪明。你显然拥有我没有且从未见过的力量。不过，天才仍然可能患上妄想症。"

"我知道。让我解释，你可以判断我是不是疯了。你知道保安部队用的监视卫星如何运作吗？"

"不知道。"

"我说的不是杜克有兴趣的那种细节,而是设计的概要。那群卫星绕着地球转,收集数据,储存数据。到了特定时间点,给'天眼'发报,它就会把见到的一切都吐出来。这就是他们对我做的事。你知道,我们巢里的人会运用所谓的心灵感应。"

"我不得不相信。"

"我们确实这么做。顺便提一下,这次对话完全私密——除此之外,我们没有谁曾尝试读你;我不确定我们能。甚至昨夜的事,那个联结也是通过端妮的心灵,不是你的。"

"嗯,还真令人放心了一点点。"

"呃,我想稍后再来谈这一点。我在这门技艺上'只是一颗卵';元老精通得高深莫测。他们跟我保持连接,但不干涉我,不理会我——然后他们启动开关,于是我看过、听过、做过、感觉过、灵悟过的一切,全都涌了出去,成为他们永久记录的一部分。我不是说他们清除我的心灵,抹去我的体验;可以说他们只是播放磁带,然后拷贝了一份。但我察觉到了开关的动作——一下就结束了,我来不及阻止。然后他们放掉我,切断联系,我甚至不能抗议。"

"嗯……在我看来,他们利用你的方式相当卑鄙……"

"按照他们的标准,并不卑鄙。倘若我离开火星之前就知道这件事,我也不会反对——我会乐意、自愿。但他们不想让我知道;他们想要我在没有被扰乱的情况下去看,去灵悟。"

"我正打算补充说,"朱伯说,"就算你没摆脱这种可恶的隐私侵犯,那又有什么损伤呢?在我看来,就像这两年半可能一直有个火星人在你身边,除了引人注目,也没什么损伤。"

麦克显得非常严肃:"朱伯,听我讲一个故事。从头到尾听一遍。"麦克告诉他太阳系缺失的第五行星被毁灭,只剩小行星残留的事,"朱伯,怎么样?"

"让我联想到一点关于大洪水的那些神话。"

"不是,朱伯,大洪水的事,你并不确定。庞贝古城与赫库兰尼姆古城的毁灭,你确定吗?"

"哦,是的,这些是既定的历史事实。"

"朱伯,元老毁灭第五行星是历史,像维苏威火山的喷发一样确实——而且记录详细得多。这不是神话,而是事实。"

"呃,假定是吧。就我理解,你是不是担心火星元老将会决定要给这颗行星同样的待遇?如果我说,我觉得有点难以相信,你会原谅我吗?"

"哎呀,朱伯,不需要元老去做。只需要一定的物理学基础知识,懂得物质如何组成,以及你看过我用了很多次的那种控制方法。只需要先灵悟你想操纵的事物。我只凭一己之力,现在就能做到。比如说,这颗行星核心附近有一块直径大约一百英里的物质——没必要那么大,但我们想让这事快速且无痛,只要吉尔高兴就好。感受它的大小及位置,然后仔细灵悟它是怎么组成的……"他讲话的时候,脸上的表情都消失了,眼球开始往上翻。

"喂!"哈绍连忙插话,"快停下!我不知道你能不能,但我确定不要你去尝试!"

火星来客的脸恢复正常:"哎呀,我绝不会这么做。对我而言,这是一种错——我是人。"

"但对他们来说不是吗?"

"哦,不,元老可能会灵悟这是美。我不知道。哦,我可以修炼到……但没有那样的意志。吉尔做得到——也就是说,她能沉思出确切的方法,但她永远不可能愿意去做。她也是人;这是她的行星。这种修炼的本质是首先达到自我觉知,然后达到自我控制。即使有一天,某个人类能够实际通过这种方法摧毁这颗行星——而不是用像钴弹那种笨拙的东西——我充分灵悟,他不可能怀有这样的意愿。他会尸解,也就会终结任何威胁,毕竟人类的元老不会像火星的那样徘徊人间。"

"嗯……孩子,既然我们谈到这些怪事,不妨再讲清楚另一件事。你谈到那些'元老'总是那么随意,就像我谈到邻居的狗——但我觉得很难相信鬼魂的事。'元老'看起来什么模样?"

"哎呀,就像任何其他火星人……只不过,比起我们,成年火星人的外观更丰富多样。"

"那你怎么知道那不是成年火星人呢?难道他会穿墙行走,还是什么吗?"

"任何火星人都能做到。我就做了,昨天的事。"

"呃……会发出微光?还是什么呢?"

"不是的,你看、听、感觉得到他们——感觉得到一切,就像电视里的图像,而且画质完美,直接放进你的心灵。可是……听我说,朱伯,这整件事在火星上会是一个愚蠢的问题,但我明白了在这里并不是。倘若你曾经出席过一个朋友的尸解——死亡,然后你帮忙吃了他的身体……然后你见到他的鬼魂,跟它交谈、触摸它,干什么都行——到时你会不会相信鬼的存在呢?"

"嗯,若不是鬼魂,就是我自己失了魂。"

"好吧。在这里,这可能是幻觉……如果我灵悟得正确,我们尸解的时候,不会留在这里。至于火星,就只有两种可能:一是,这样一整个有着丰富又复杂的文明的行星,全都靠集体幻觉在运作;二是,那个直截了当的解释是正确的……他们教给我的是后者,我的一切经验也引导我相信后者。因为在火星,这些'鬼魂'显然是族群当中最重要、最强大而且最多数的部分。那些还活着、未尸解的,是劈柴挑水的人,是元老的仆人。"

朱伯点了点头:"好吧,用奥卡姆剃刀原理来解释,我也绝不会惊讶。虽然这违反了我自己的经验,但我的经验仅限于这颗行星——有地域偏见。好吧,孩子,你怕他们可能会毁灭我们吗?"

麦克摇了摇头:"不会特别怕。我想——这不是灵悟,只是猜想——他们可能有两个选择:一是毁灭我们;二是试图在文化方面征服我们、改造我们,将我们变成他们自己的形象。"

"但你不会担心他们可能炸掉我们吗?这是相当客观的观点,就连我都觉得客观。"

"不会。哦,等等,我认为他们可能会用另一种方式。你瞧,以他们的标准,我们是又病又残的民族——我们对彼此做的事、我们不能理解彼此的方式、我们几乎完全不能互相灵悟,我们的战争、疾病、饥荒、残酷——这些对他们来说是完全愚蠢的行为。我知道。所以,我认为他们很可能决定进行某种安乐死。但这只是猜想,我不是元老。可是,朱伯,如果他们决定这样做,那就会是……"麦克停下来,想了很久,"至少还要五百年,更有可能五千年,他们才会做的事。"

"等待陪审团做出判决还真久。"

"朱伯,这两族最不一样的事,就是火星人从来不急——而人类总是急急忙忙。他们更愿意多想一百年,或是六百年,只是为了确定他们圆满地灵悟到了。"

"既然那样,孩子,我建议你别担忧了。如果再过五百年或一千年,人类还应付不了邻居,你和我都无能为力。虽然我也怀疑他们到时有没有能力。"

"所以我灵悟,但并不圆满。可我不担忧这一点。我更苦恼的是另一种可能,他们可能降临,试图改造我们。朱伯,他们不能那么做。若是尝试让我们表现得像火星人,同样肯定会害死我们,而且不会无痛。那就会是很大的错。"

朱伯想了一段时间才回答:"可是,孩子,难道那不正是你一直努力在做的事吗?"

麦克显得闷闷不乐:"是,却也不是。是我刚开始时要做的,不是我现在努力在做的事。父亲,我知道,当我开始做这件事的时候,你对我很失望。"

"孩子,这是你的事。"

"是的,自我。我必须独自灵悟,并且在各条分界线前做决定。你也必须……而且每一个自我都一样。尔乃神。"

"我不接受这种任命。"

"你不能拒绝。尔乃神,我是神,灵悟者皆为神,我是从以前到现在的我,是我看见过、感觉过、经历过的一切。我是我灵悟的一切。父亲,我看到这颗行星所处的可怕状态,我灵悟得虽不圆满,但我能改变这个情况。我要教的不能在学校里教;我不得不把它装扮成宗教——其实并不是——走私偷运进城,利用靶子们的好奇心以及想要找乐子的心态，哄骗靶子品尝。在一定程度上，运作的效用完全就像我知道会达到的那样。我在火星人的巢里成长，将我得到的修炼与知识提供给其他人。我们一众兄弟相处融洽——你看过我们如何分享——生活在和平与快乐中，没有怨恨，没有嫉妒。

"光是最后这件，就能成功证明我说得对。男女性别是我们最珍贵的礼物——浪漫的肉体之爱可能是这颗行星独有的。我不知道对不对。如果真是这样，宇宙也未免太乏善可陈了……我隐约灵悟，有神性的我们会保存这个珍贵的发明，加以传播。两具肉体实际结合、交融，同时两个灵魂在共享爱的狂喜中合而为一，给予且接受——两情相悦。嗯，火星没有任何东西比得上，而且，我圆满灵悟，这是促成这颗行星如此丰富、如此美妙的一切泉源。朱伯，一个人，无论男女，如果没有享受过这份宝藏，没有沐浴过灵肉联结如此紧密的天赐之福，这个人就仍然像处子一样从来不曾体验过交合。但我灵悟你体验过了；你不愿意尝试退而求其次，就证明了这一点……反正我就是知道。你灵悟。你一向如此，甚至不需要借助灵悟的语言。端妮告诉我们，你进入她的心灵，就像你进入她的身体。"

"呃……那位女士夸大其词了。"

"端妮对此不可能说得不对。而且——原谅我——我们在那里，在她心灵里，但不在你的心灵……你在那里与我们一起，共享着。"

朱伯很想说，只有几次他曾经隐约感觉自己能读心，正是在那种情况下……读的也不是思绪，而是情绪，但他克制着没说。他只是遗憾（倒是不怨恨）自己没有年轻五十岁——倘若如此，他知道，端妮会去掉某某"小姐"的称号，他会不顾自己经历过的创伤，大胆冒险进入另一次婚姻。而且，不管他可能还剩几年，他也不愿意拿前一夜来交换。本质上，麦克说得对极了。"先生，继续说。"

"性本应该是这样的，但我也慢慢灵悟这很稀罕。现在的性反而是冷漠、机械的动作，强奸与诱惑像是赌局，比轮盘更差；还有自己选择的或别无选择的卖淫、禁欲，以及恐惧、愧疚、仇恨、暴力；孩童成长过程中受到的教导，认为性是'糟糕''可耻''禽兽'，是某种需要隐藏而且一向信不过的事。这个可爱的完美事物，男女性别，受到颠倒、翻转，变成糟糕的事物。

"这些错的事物，每一件都是'嫉妒'的必然结果。朱伯，我不能相信。我仍然不能充分灵悟'嫉妒'，在我看来这像是精神错乱，是很糟糕的错。当我初识这种狂喜的时候，我的第一个念头是想要分享，立刻与我所有的水兄弟分享——与女性直接分享，邀请男性间接分享。我从没想过要独享这个永不枯竭的泉，倘若我曾有过这样的念头，肯定会对此反感。对于我不爱、不信任的人，我没有丝毫意愿与对方尝试这个奇迹。朱伯，若不是已经与我分享过水的女性，我在肉体上根本不能尝试去爱她。在这方面，整个巢里都是一样。心灵上的无能，让肉体不能融合。"

朱伯一直在听，凄然想着这是很好的制度——适合天使。这时，有一辆空中飞车降落在他前方斜对角的私人起降坪上。他转头一看，起落架一触地，飞车就消失不见了。

"有麻烦吗？"他说。

"没麻烦，"麦克否认，"只是他们开始怀疑我们在这里——应该说我在这里。他们认为其余的人都死了，我的意思是最内圈圣殿的成员。其他几圈的人不会受到烦扰……而且有很多人已经出城避风头了。"他咧嘴一笑，"我们这些客房可以卖个好价钱；邵特主教的突击部队挤满了这座城市，远远超过可容纳的限度。"

"嗯？是不是该把自家人先送往他处？"

"朱伯，别担心这个。那辆飞车根本没机会回去，甚至来不及用无线电呼叫。我密切注意着。吉尔以前认为把那些有错的人尸解有'错'，而今她不再有这样错误的看法，那就没麻烦了。以前，为了保护我们，我不得不采取各种复杂的权宜之计。但现在吉尔知道了，唯有灵悟到圆满，我才会这么做。"火星来客稚气地咧嘴一笑，"昨晚，她协助我做了件事……这也不是她第一次做这种事。"

"什么样的事？"

"哦，只是越狱的后续行动。监牢里有少数几个人，我不能释放，他们穷凶极恶。所以我先处理了他们，再处理栅栏和门。但我慢慢灵悟这整座城市几个月了……有不少最糟糕的人并不在监牢里。其中有些人甚至从事公职。我一直在等待，列一份名单，确认每件个案都圆满。所以，既然我们即将离开这座城市，他们也不会继续生活在这里了。他们会消失。他们需要被尸解，送回排队长龙的末尾，再投胎一次。顺便一提，是灵悟改变了吉尔的态度，从反感排斥到真心认可。她终于充分灵悟根本不可能杀人——我们做的就像裁判，把球赛中有'非必要粗暴行为'的人赶出去。"

"小伙子，扮演神难道不让你害怕吗？"

麦克咧嘴一笑，显出恬不知耻的欢愉。"我是神。尔乃神……任何我除掉的浑蛋也是神。朱伯，据说神能注意到每一只掉落的麻雀。确实如此。但用英语做最接近的陈述，应当说：神不可能不注意到那只麻雀，因为麻雀是神。有猫偷偷靠近麻雀的时候，它们两只都是神，执行神的思想。"

又有一辆空中飞车准备降落,还没落地就消失了;朱伯觉得几乎不值得一提了。"你昨晚发现应当被赶出场外的人有多少呢?"

"哦,相当多。大约一百五十个,我猜——我没数。你知道,这是一座大城市。但接下来的一阵子,这座城市会不寻常地得体。当然没有根治弊病——这需要艰难的修炼,没有其他对策。"麦克看起来很不快乐,"父亲,我必须问你这件事。恐怕我误导了那些跟随我的人,我们所有的兄弟。"

"麦克,怎么会呢?"

"他们太乐观了。他们看到了修炼对我们的成效有多好,他们都知道自己多么快乐,多么强壮、健康、自我觉知——他们彼此相爱,爱得那么深。现在,他们认为自己灵悟,全人类都将获得这同样的福,只是时间问题。哦,当然不是明天——他们有些人灵悟要两千年后,对于这样的大事,也不过弹指之间。它终究会来。

"我最初也是这么想。我引导了他们这么想。

"可是,朱伯,我误判了一个关键点。

"地球人不是火星人。

"我一次又一次犯这个错误——纠正自己……却还是再犯。有些事对火星人成效卓越,却不见得适用于人类。哦,火星语中蕴含的概念逻辑,确实对两个种族都行得通。逻辑可以……但数据不可以,所以产生的结果不同。

"我不明白为什么,如果众人饥饿,有些人怎么会不自告奋勇,引颈受戮,好让其余人有的吃……在火星,这事显而易见——也是光荣。我不能理解婴孩为什么被看得如此珍贵。在火星,我们这里的两个小女孩只会被丢到户外,自生自灭。在火星,十个稚年有九个在第一季就死亡。我的逻辑对了，但我读错了数据：在这里，婴儿不竞争，但成年的要竞争；在火星，成年根本不竞争，他们在婴儿时期就经过竞争和淘汰了。但无论形式如何，竞争与淘汰必须发生……否则种族就会走下坡。

"我曾试图将两端的竞争都去掉，不管这是不是错了，我最近却开始灵悟，人类无论如何不会让我这么做。"

杜克探头进来："麦克，你有注意外面的情况吗？酒店周围聚集了相当可观的人群。"

"我知道，"麦克回应，"告诉其他人，等待还没圆满。"他继续对朱伯说，"'尔乃神'，这不是欢呼与希望的信息，朱伯。这是某种反抗——也是无惧无愧地承担个人的责任。"他神情忧伤，"但我很难成功。极少数人——目前只有今天跟我们一起在这里的这几个，我们的兄弟——理解我，并且接受随甜美而来的另一半苦涩，愿意起身面对，饮下它，灵悟到它。其他人，几百个、几千个其余人，要么一直把它当作天上掉下的馅饼、改换个宗教信仰……要么就是完全忽略。无论我怎么说，他们都坚持认为神是外在的，他盼望将每一个懒散的傻蛋揽入胸怀，安慰那人。如果要他们必须付出努力，而且自找麻烦、自作自受，他们就不能或不愿考虑这样的想法。"

火星来客摇了摇头："我失败的次数远远超过成功的，我开始纳闷儿，倘若我充分灵悟，会不会证明我完全走错了路线——这个种族必须分裂，彼此仇恨、互相斗争、经常不快乐，甚至与本身个体的自我都要交战……只是为了经历每一个种族都必须经历的去芜存菁。父啊，告诉我，好吗？你必须告诉我。"

"麦克，到底是什么见鬼的东西导致你相信我绝无谬误呢？"

"或许你不是。可是,每一次,我需要知道什么事,你总是能告诉我——等时候到了,一切总是证明你说得对。"

"真要命,我拒绝接受这种神化!可是,孩子,我确实看到一件事。你总是劝人别急——你说,'等待将会圆满'。"

"对!"

"现在你却违反了你自己的主要原则。你只等了一小段时间——我估计,以火星人的标准来看,简直非常短——你却已经想放弃。你证明了你这一套对小团体行得通——我很乐意确认这点;我从没见过这么快乐、健康、欢喜的一群人。考虑到你只投入了很短的时间,这应该够让你满意了。等你达到这个数的一千倍再回来看看,是否所有人都是勤奋、快乐又不嫉妒的,到时我们再来讨论。有道理吗?"

"父亲,你说得对。"

"但我还没说完。你一直在纠结,一百个里面,你没能让超过九十九个上钩,因为这个种族要是没有当前的邪恶,日子就过不下去,也许这个情况就不得不让他们去芜存菁。可是,要命了,小伙子,你一直在做这种去芜存菁——失败者由于不听你的话而自食恶果。你可曾打算消灭金钱及财产?"

"哦,不!在巢内,我们不需要,可是……"

"运作良好的家庭都不需要,你们只是规模大一些的家庭而已。但出外跟别人打交道,你就需要。山姆告诉我,我们这群兄弟并没有脱离世俗,反而比以往更善于理财。这么说对吗?"

"哦,对,一旦你灵悟,赚钱就是简单的把戏。"

"你刚刚给八福多添了一福:'属灵丰富的人有福了,因为他必得赚钱。'我们的人在其他领域的表现如何?比一般人更好还是不如呢？"

"哦，当然更好——如果这是什么值得灵悟的事。你看，朱伯，这不是信仰；这种修炼只是一种方法，让你尝试任何活动都能有高效成果。"

"孩子，这就是你的完整答案。如果你说的是真的——我不评断，刚才都是我问你答——那这种竞争就是你需要的……也是相当于一面倒的竞争。如果人类族群中的千分之一是有灵性的，那你要做的就是向他们展示奇迹——只要几代的时间，蠢人将会灭绝，你们这种修炼的人将会继承地球。无论从什么时候开始——从现在算起一千年，或是一万年——都算快，暂时不必担心是否需要设立什么新的障碍，让他们跳得更高。即使只有极少数在一夜之间变成天使，你也别因此丧志。我曾经连一个都不抱希望。我只是觉得，你假装成传道者简直傻得要命。"

麦克叹了一口气，却又微微一笑："我一开始害怕我是——担心会让兄弟们失望。"

"我仍然希望你称之为'宇宙口臭'或什么类似的名称，但名称不重要。如果你悟出了真理，你可以证明。要拿给大家看。讨论真理并不能证明真理。"

火星来客站了起来："父亲，你解开了我的心结。我现在准备好了。我灵悟圆满。"他望向门口，"是的，派特。我听到你了。等待结束了。"

"是的，迈克尔。"

第 37 章

朱伯与火星来客缓步而行,走进大型电视所在的起居室。显然,整个巢里的人都聚在一起,看着电视。影像显示出密集且骚乱的人群,由于警察在场他们才稍微克制。麦克瞄了一眼,显得安详快乐。"他们来了,现在正是圆满。"朱伯发现那种狂喜、期盼的感觉从他到达之后就越来越强烈,这时更是澎湃激荡,但没有人动。

"甜心,相当多的群众。"吉尔附和说。

"而且都在殷切期盼。"派特补充说。

"我得要有适当的穿着。"麦克说,"这地方有我的衣服吗,派特?"

"迈克尔,马上来。"

朱伯说:"孩子,那伙儿暴民在我看来相当暴躁。你确定这是对付他们的好时机吗?"

"哦,当然,"麦克说,"他们来看我……所以我现在就下去见他们。"他停顿了一下,因为有衣物暂时挡到他的脸;他着装的速度惊人,几个女人提供没有必要的帮忙——没有必要,是因为每件衣物似乎都知道该去哪里，怎么披挂。"这件工作是我的义务，也是我的权利——明星必须上场……灵悟我吗？靶子盼望着呢。"

杜克说："老板，麦克知道自己在做什么。"

"嗯……我不信任暴民。"

"那群人大多是好奇的求道者，一向都是。哦，有一些福斯特教徒，还有些心怀恶意的人——但麦克能应付各式各样的人群，你会看到的。麦克，对吗？"

"正——确，食人肉者。招徕顾客，然后给他们一场好戏。我的帽子在哪里？走在中午的太阳下，没戴帽子可不行。"一顶昂贵的巴拿马草帽滑翔出来，落在他头上，草帽搭配休闲风的彩色饰带；他让帽子打斜才显得潇洒。"好了！我看起来还好吗？"他穿着平常在外围礼拜仪式的打扮：剪裁利落、压褶笔挺的白西装，搭配皮鞋、雪白衬衫，还有奢华耀眼的披巾。

本说："你只缺一个公事包。"

"你灵悟我需要吗？派特，我们有吗？"

吉尔走到他身边："本在开玩笑，亲爱的，你看起来相当完美。"她帮他拉直领带，吻了他——朱伯感觉被吻了，"去对他们说话。"

"对呀，上场的时候到了。安妮？杜克？"

"准备好了，麦克。"安妮穿着拖地的诚实见证人法袍，全身笼罩着庄严；杜克恰恰相反，穿得邋里邋遢，嘴角叼着一根点着的烟，一顶旧帽子推到后脑勺，带子上面夹着"媒体"字样的牌子，身上扛着几台摄像机及配套器材。

他们走向门口，出去就是顶楼四个套房共用的门厅。只有朱伯跟着，另外三十几人都留在电视附近。麦克在门口停了一下。那里有一张玄关桌，桌上有一大壶水、几个玻璃杯、一碟水果、一把水果刀。

"最好别往前走了，"他劝朱伯，"否则就得让派特护送你回去，才过得了她的宠物。"

麦克自己倒了一杯水，喝了一部分："讲道是令人口渴的工作。"他将杯子递给安妮，然后拿起水果刀，切下一块苹果。

在朱伯看来，麦克似乎切掉了自己的一根手指……但杜克把水杯递给他，分散了他的注意力。麦克的手没有流血，朱伯逐渐习惯了戏法。他接了杯子，啜了一小口，发现自己的喉咙很干燥。

麦克抓住他的臂膀，微微一笑："别发愁，只要几分钟。父亲，待会儿见。"他们穿过那群护卫眼镜蛇出去，大门随即关上。朱伯回到其他人待着的房间，还拿着杯子。有人拿走他手里的杯子；他没注意到，因为他正在看电视里的影像。

暴民似乎更密集了，还有人蜂拥而来，警察只带着警棍阻挡。偶尔有几声喊叫，但大多只是人群中的窃窃私语。

有人问："派特，他们现在去了哪里？"

"他们刚从弹跳管下去了。迈克尔在前面一些，杜克停下来接住安妮。他们正要进入大厅。有人发现了迈克尔，有人在拍照。"

电视里的景物消散，换成一名爽朗愉快的新闻广播员，头大肩宽："这里是新世界网络，热门现场，随时追踪——我是各位的新闻广播员哈皮·霍立德。我们刚刚得知，这个假弥赛亚，有时亦被称为火星来客，就在这里，美丽的圣彼得斯堡，这里的一切都让你想歌唱。他藏匿在酒店房间，刚刚从他的藏身之处爬了出来。显然，史密斯即将向当局投降。利用狂热信徒夹带给他的高爆弹，他昨天刚从监牢里逃出来。但这座城市周围布满了警戒线，似乎让他招架不住了。

我们还不知道是否真是如此——我重复，我们还不知道——所以务必持续关注现场报道。现在，我们请当地的赞助商说句话，感谢他们带给各位这次报道，追踪最新动态……"

"谢谢哈皮·霍立德，各位收看新世界网络的人，你们好！天堂乐园什么价格？低得令人惊奇！快来'至福乐土'亲眼看看，刚刚开放成为住宅基地，名额有限。邻近壮丽的海湾，从温暖的水域开拓而来的土地，保证每一块地都高于平均水位至少十八英寸，只要少少的首付，快乐——哦，哦，各位朋友，稍后继续——请拨电话：海湾92828！"

"谢谢吉克·莫瑞斯，以及'至福乐土'的开发商！各位观众，我想我们有点动静了！是的，我认为我们有……"

（"他们正要走出前门入口，"派特轻声说，"那群人还没发现迈克尔。"）

"也许还没……但也快了。各位现在看到的是无忧酒店的大门口，无忧酒店富丽堂皇，素有'海湾宝石'之称。根据警察局局长戴维斯刚刚发布的声明，酒店的管理部门对当局追捕的逃犯并不知情，而且自始至终都与有关当局合作。我们静待后续情况的同时，先来看看这个半人类的怪物，回顾他奇异人生中的几件重要事迹，他在火星成长……"

现场实况切换成快速掠过的资料剪影：多年前的"使者号"发射；使用莱尔引擎的"拥护者号"悄无声息、毫不费力地往上飘；火星上的火星人；"拥护者号"成功返航；第一次冒牌"火星来客"访谈的精彩一瞥——"你觉得地球上的姑娘怎么样？""哎哟！"——更快带过的画面是行政宫的那场会议，还有那次授予迈克尔哲学博士的大肆报道，全都配上连珠炮似的评论。

"派特,看见什么了吗?"

"迈克尔站在最上层的台阶上,人群在至少一百码外,挤在酒店的场地上。杜克拍了几张照片,麦克正在等着让他换镜头。不急。"

随着电视的画面转到人群,镜头拉近,给了半身特写,哈皮·霍立德继续说:"各位朋友,你们懂的,今天,这个奇妙的社区处于某种独特的状态。一直有怪事发生,这些人可没心情开玩笑。有人藐视他们的法律,轻蔑地对待他们的保安部队,他们很生气,当然会生气。这个敌基督嫌疑犯有一群狂热的追随者,他们不择手段地制造动乱,企图让他们的领导者逃脱,但法网正在收紧,一切都是徒劳。任何事都可能发生——任何事!"

播报员拉高了嗓音:"是的,他现在要出来了——他要走向人群!"镜头切到对面;麦克直接走向另一台摄像机。安妮和杜克在后面,跟他的距离越来越远。"开始了!开始了!好戏上场了!"

麦克继续不慌不忙地走向人群,在电视里,他逐渐靠近,直到有真人大小,仿佛与他的水兄弟们同在一室。他走到酒店前,停在路边的草皮上,距离人群只有几英尺。"是你们在呼唤我吗?"

他得到的回答是一阵咆哮。

天空散落着稀稀落落的云朵,那一瞬间,太阳从一朵云后出来,一束金色光芒照在他身上。

他的衣服消失了。他站在他们面前,金色的青春,只穿戴着他自己的美——使得朱伯心痛不已的美,想着就算是年迈的米开朗琪罗,此时也会从鹰架高处爬下来,为尚未出生的世世代代记录这个画面。麦克柔声说:"看着我,我是人子。"

画面切断,插播十秒广告,一排康康舞者唱着:

妇女朋友，快来洗衣！

泡沫滑顺，香气宜人！

恋人皂温和不伤手——

但别忘了保留束带！

在女子的娇笑声中，电视屏幕完全塞满泡沫，镜头切回新闻广播：

"神诅咒你！"半块砖头击中麦克的胸肋。他稍微转过脸，看向攻击者："但你自己是神。你只能诅咒你自己……而且你永远都逃避不了你自己。"

"亵渎者！"一块石头砸中他的左眼上方，鲜血涌出。

麦克淡定地说："你们打我，就是在打自己……因为尔乃神……我是神……灵悟者皆为神——别无其他。"

又有更多石块打中他，来自四面八方；他身上有几处开始流血。"听取真理。你们不需要憎恨，不需要抗争，不需要恐惧。我给你们生命之水……"突然间，他的手上多出一杯水，在阳光下闪闪发光，"每当你们愿意，即可共享……一起走在和平、爱、快乐当中。"

一块石头击碎了水杯，另一块砸中他的嘴。

他瘀肿又流血的嘴唇对着他们微笑，他直视着摄像镜头，脸上带着悲悯温柔的表情。阳光和立体影像造成某种错觉，让他的后脑勺好像有了金色光环。"哦，我的兄弟们，我好爱你们！畅饮，共享，更亲近，直到永远。尔乃神。"

朱伯低声回应他。这时又插进一段五秒广告："卡温厄洞窟夜总会！有真正的洛杉矶烟，每日新鲜进口。六名异国风情的舞者。"

"打死他！给那浑蛋一条绞索！"一把大口径的猎枪近距离开

火,麦克的右臂从肘部断裂,掉了下来。断肢轻轻飘下,落在清凉的草地上,微弯的手张开着,呈现邀请的手势。

"矮子,再给他一枪——瞄准一点!"群众放声大笑,鼓掌喝彩。一块砖头砸中麦克的鼻子,又有更多石头飞来,给了他一顶血冠。

"真理很简单,但人的道路艰难。你们必须先学习控制自我,其余会随之而来。了解自己、掌握自己的人有福了,因为世界属于他,他无论往哪里去,爱、快乐、安宁都跟他同行。"猎枪再一次轰击,接着又是两枪。一颗点四五子弹击中麦克心口,砸碎了靠近胸骨的第六肋,造成很大的伤口;大粒霰弹和另一颗子弹贯穿他的左胫骨,在髌骨下方五英寸处,造成腓骨断裂,斜斜伸出,映衬着伤口的黄色和红色,断骨显得特别苍白。

麦克跟跄了一下,随即放声大笑,继续说话,他的话语清晰又从容:"尔乃神,知悉此事,路就开了。"

"神必降罪——我们要阻止这种事,不可妄称神的名!""大家快上!我们了结他!"暴民涌向前,有一个带头的,手持棍棒壮胆;他们用拳头和石头打他,随着他的倒下就用脚踢他。他继续说话,同时,他们踢他的胸肋,砸烂他的金色肉身,打断他的骨头,还撕裂了一只耳朵。最后,有人大喊:"退后一点,我们把汽油泼到他身上!"

暴民听到那声警告,让开了一些,摄像机拉近,拍到了他的脸部和肩膀。火星来客对他的兄弟们微笑,温柔又清楚地再说一次:"我爱你们。"一只粗心大意的蚱蜢呼啸而来,落在草地上,距离他的脸只有几英寸。麦克转头看它,它也凝望着他。"尔乃神!"他快乐地说完,随即尸解。

第 38 章

火焰与滚滚浓烟冒出来,填满了电视。"天哪!"派特虔诚地说,"有史以来最精彩的大轴。"

"是呀,"贝琪超然地附和,"教授本人做梦也想不出更好的。"

范特隆普的声音很轻,显然是在自言自语:"真气派。很帅,有排场——这小子了结得太气派了。"

朱伯看着周围的一众兄弟。他是不是唯一感觉到什么的人?吉尔和端妮坐在一起,各用一只臂膀搂住对方——但她俩每次在一起就是这样,她们的情绪似乎都没受影响。就连朵卡丝也没流泪,平静淡定。

电视里的炼狱切换成微笑的哈皮·霍立德,他说:"各位,现在给我们'至福乐土'的朋友少许时间,他们善意让出了自家的……"派特关掉了电视。

"安妮和杜克回来了,正在上楼。"她说,"我会带他们穿过门厅,然后大家一起吃午餐。"她准备离开。

朱伯拦住她:"派特,你是不是事先知道麦克打算做什么?"

她似乎糊涂了:"嗯?哎呀,当然不是,朱伯,有必要等待圆满。我们谁也不知道。"她转身离开了。

"朱伯……"吉尔看着他,"朱伯,我们亲爱的父……请停下来,灵悟圆满。麦克没死。既然没有人能被杀,他又怎么会死呢?他也不可能离开我们这些已经灵悟他的人。尔乃神。"

"尔乃神。"他呆滞地跟着说。

"这才对!过来跟端妮和我坐在一起——坐在我们两人中间。"

"不,不要,让我一个人静静。"他盲目地摸索着回到自己房间,进去之后立刻闩门,重重靠在床上,双手抓着床尾。我儿,啊,我儿!我恨不得替你死!他还有那么多值得活下去的理由……他太过敬重的一个老傻瓜却非得信口瞎扯,唆使他进行一场没有必要、没有用处的殉难。麦克不如给他们什么热门东西——像电视、宾果游戏——他偏偏给了他们真理。或者说,真理的一角。真理,又有谁感兴趣呢?朱伯呜咽痛哭,却又放声大笑。

过了一会儿,他把心碎的哭和痛苦的笑都关掉,打开旅行包,笨拙地翻找着。他找到了自己要的东西;自从乔·道格拉斯中风,提醒了他人命如草芥之后,他一直准备着一份放在盥洗包里。

嗯,现在,他自己的打击也来了,他可承受不住。为了快速、有效,他给自己开了三颗处方镇定剂,用水送下,很快躺在床上。不久,疼痛消失了。

声音从很远的地方传来:"朱伯……"

"我在休息,别吵我。"

"朱伯!拜托,父亲!"

"呃……麦克?怎么了吗?"

"醒来！圆满尚未达成。好了，我来帮你。"

朱伯叹了一口气："好吧，麦克。"他接受帮助，被领进浴室，有人稳住他的头，让他呕吐，然后他接过一杯水，漱了口。

"没事了吧？"

"没事了，孩子，谢谢。"

"那么，我还有一些事要处理。我爱你，父亲，尔乃神。"

"我爱你，麦克，尔乃神。"朱伯多留了一会儿，把自己打理得像样些，换了衣服，喝了一小杯白兰地，冲掉胃里残留的轻微苦味，然后出去找其他人。

派特一个人在起居室，聒噪箱关掉了。她抬起头来："朱伯，现在要用些午餐吗？"

"好，谢谢。"

她走到他面前："很好。恐怕大多数的人吃完就走了，但每个人都留了一个吻给你。全打包成了一个大的，给你。"她设法完全传递所有交给她代为转交的爱，用她自己的爱胶合在一起。共享了她的安详后，朱伯觉得坚强了些，没有残余一点苦涩。

"出来，去厨房，"她说，"托尼不在那儿，所以大多数还留着的人都在那里——倒不是说他的咆哮真能把谁赶出去。"她停下脚步，扭头看自己后颈，"那最后一幕是不是变了一点？也许多了点烟雾，是吗？"

朱伯郑重地表示赞同，他认为确实有。他自己看不到任何变化，但派特的特质如此，他不打算争论。她点了点头："我料到了。我看得到自己周围——只有我自己。我仍然需要双面镜才看得清楚自己的背部。麦克说，再过不久，我的灵视就能看到那里。没关系。"

厨房里也许有十来个人，他们都靠在桌边或在别的地方闲荡。杜克站在炉灶前，搅着一口单柄小锅："嘿，老板，我叫了一辆二十人座的巴士，再大就下不去我们家小小的起降坪了……因为还有尿片，以及派特的宠物，我们还会需要一辆几乎那么大的。行吗？"

"当然可以。他们现在都要回家吗？"如果卧室不够，姑娘们可以准备床褥，让他们在起居室或是哪里将就一下——反正这群人可能大多都有床伴。想到这里，以后也许不能一个人睡了……他下定决心不再抵抗。床的一侧有个温暖的躯体，即使没什么意图，你也会觉得多么舒心。天哪，他忘了这有多么舒心！更亲近……

"不是每一个人。蒂姆会驾驶飞车送我们，然后归还巴士，去德州待一阵子。船长、碧翠丝和史温，我们送他们到新泽西州。"

桌前的山姆抬起头来："露丝和我要回孩子们那儿，扫罗跟我们一起走。"

"你们不能先到家里住一两天吗？"

"嗯，也许可以！我跟露丝商量商量。"

"老板，"杜克突然问，"我们的泳池什么时候能放水？"

"嗯，我们从不曾在四月一日之前放水——但既然有了新的加热器，我想随时都能放水。"朱伯又说，"但我们还是会经历一些恶劣的天气——昨天，地上还有雪。"

"老板，我给你个提示。这帮人走过高大的长颈鹿臀部那么深的积雪，也不以为意——他们会乐意游泳。此外，要防止池水结冻，用不着那种大型燃油加热器，有一些更便宜的方法。"

"朱伯！"

"露丝，怎么样？"

"我们会留一天,或许多住几天。孩子们不会思念我——反正,没有派特管教他们,我也不怎么想回去当妈。朱伯,你不算看过真正的我,除非看到我的头发在水里漂着的模样——看起来像《水孩子》里的仙女。"

"那就是约会。话说,北欧佬与荷兰佬在哪里?碧翠丝还没来过家里呢——他们不可能这么着急。"

"老板,我会告诉他们。"

"派特,你的蛇能不能暂时在干净、温暖的地下室待一段时间呢?等到我们能做出更好的安排?我当然不是指蜂蜜肉桂卷,她是人。但我觉得其他眼镜蛇还是不应该在屋子里到处跑。"

"当然,朱伯。"

"嗯……"朱伯环顾四周,"端妮,你会速记吗?"

"她不需要,"安妮插嘴说,"就像我不需要。"

"明白了,我早该知道。你会用打字机吗?"

"我会学,如果你希望的话。"端妮回答。

"那你被录用了——除非什么地方空出一个女教士长的职缺再走。吉尔,我们有忘了谁吗?"

"没有,老板。那些先行离开的人,他们也会随时随地去你家住宿。"

"我料到了。二号巢,有需要的时候。"他走近炉台,站在杜克旁边,看了一下他正在搅的锅,锅里有少量的肉汤,"嗯……麦克吗?"

"是。"杜克用汤匙舀了一点,尝尝味道,"需要一点盐。"

"是的,麦克总是需要一点调味。"朱伯接过汤匙,尝了一口肉汤，杜克说得正确，味道甘甜，加点盐可能更好，"但我们还是灵悟他本来的样子。有谁还没分到吗？"

"只有你，托尼让我留在这里，下了严格的指示，要动手搅拌，视需要加水，等着你来，不能烧焦。"

"那就拿两个汤杯过来。我们分享，一起灵悟。"

"好的，老板。"两个汤杯轻快飞下来，落在锅边，"这是在取笑麦克——他总是发誓说他会活得比我久，要在感恩节把我端上桌。或者可能是在取笑我——因为我们下了赌注，现在我收不到钱。"

"你只能算不战而胜。平分！"

杜克分好了汤。朱伯举杯："共享！"

"更亲近。"

他们慢慢喝肉汤，细细尝，品味它，赞美、珍惜并灵悟他们的施主。朱伯惊讶地发现，虽然自己的情绪满溢了，却有一种平静的快乐，没有引起流泪。初次见面的时候，这孩子是多么古怪又笨拙的傻小子……那么渴望讨人欢心，那么天真地犯下小小的错误——后来又成为多么值得夸耀的能人，却从不曾失去天使的纯真。儿子，我终于灵悟了你——一字一句地灵悟你！

派特备好了他的午餐，就等他来享用。他坐下来开吃，真的饿了，感觉早餐之后好像过了好几天。山姆说："我告诉扫罗，我灵悟不需要对计划作任何更改。我们就照以前那样。如果你卖的商品对了，即使创始人已经过世，业务还是会成长。"

"我不是在唱反调，"扫罗反对说，"你和露丝会创办一座圣殿——我们会创办另外几座，但我们现在需要时间累积资本。这不是街角的小生意，找个空店铺就可以准备开张；这需要筹备，还要设备，意思就是钱。更别提还有很多其他事，例如支付腥膻和米丽茵在火星待一两年的费用……这实在同样重要。"

"好了！谁在争论？我们等待圆满……再继续向前。"

朱伯突然说："钱不是问题。"

"朱伯，怎么说呢？"

"身为律师，我不应该讲这个……但身为水兄弟，我做我灵悟的事。稍候一下——安妮！"

"在，老板。"

"买下那个点，他们砸死麦克的地方。买下周围半径大约一百英尺更好。"

"老板，那个地点本身是公用绿化带。半径一百英尺就会切断某一条公共道路，还有酒店的一块地。"

"别争论。"

"我不是争论，我是在讲述事实。"

"抱歉，他们会卖。他们会把那条路改道。见鬼，如果施压得当，他们会把那块地捐出来——我想，可以通过乔·道格拉斯施压。还有遗体，就让乔·道格拉斯找验尸处领回来，无论验完尸后还剩下什么，我们都把他葬在那个地点——比方说从现在算起一年……要让整座城市哀悼，还要让今天没保护他的那些警察全都立正敬礼。"墓地上要放置什么？《被压垮的女像柱》吗？不，麦克够强壮，扛得起肩上的石头。小美人鱼更适合——但别人不会懂的。也许立一尊麦克自己的雕像，就用他说"看着我，我是人子"时的模样。如果杜克没拍到，新世界拍了——也许有个兄弟，或者以后会有哪个兄弟，有罗丹那样的天分，而不是全凭想象创作。

707

"我们将他埋葬在那里，"朱伯继续说，"不做防护，让蚯蚓与细雨灵悟他。我灵悟麦克会喜欢那样。安妮，我们一回到家，我就要跟乔·道格拉斯说话。"

"好的，老板，我们跟你一起灵悟。"

"现在来说另一件事，"他把麦克的遗嘱告诉他们，"这就清楚了，你们每一个人至少都是百万富豪——至于多到什么程度，我最近还没估算……但即使扣完税后，还是远远超过此数。遗嘱没设条件……但我灵悟，你们会视需要把钱花在圣殿及类似的东西上。但如果你们希望买游艇，也不会有什么阻碍。哦，对了！要是愿意让资本继续增值，乔·道格拉斯继续担任管理者，报酬照旧……但我灵悟乔时日不多了，到时候，管理权就转移给本·卡克斯顿。本？"

卡克斯顿耸了耸肩："可以在我名下。我灵悟我会找人打理，一个真正的商人，名叫扫罗。"

"那就完结了。要等一段时间，但不会有人敢真的反对这份遗嘱；麦克做了安排，你们到时就明白。我们多快可以离开这里？结账了吗？"

"朱伯，"本轻声说，"这酒店是我们自己的。"

没等多久，他们就在空中了，警察没找麻烦。市区迅速平静下来，就像爆发时一样快。朱伯和'腥膻'马穆德在前座，一派轻松——他们发现自己不疲倦，没有不快乐，甚至没有烦躁地急着回到自己的避难所。他与马穆德讨论着前往火星深造语言的学习计划……朱伯很高兴地得知，马穆德估计还要花大约一年完成编撰字典的工作，他负责检查语音拼写。

朱伯暴躁地说："我想，我还是不得不亲自学那个讨厌的东西，只是为了听懂周围的人在叽叽喳喳些什么。"

"照你灵悟的，兄弟。"

"嗯，真要命，我不会忍受指定的课，以及正规的上课时间！我几时高兴用功就用功，我一向如此。"

马穆德沉默了一会儿："朱伯，我们在圣殿使用课程与时间表，是因为我们面对的是团体。但有些人会得到特别指导。"

"我就需要这个。"

"例如安妮，她的进度相当超前，只是不会拿来炫耀。她有那种能全面回忆的好记性，她用通感与麦克连线，学习火星语快得很。"

"嗯，我没有那种记忆——麦克也不在。"

"没有，但你有安妮。而且，就算你这么顽固，端妮还是可以安排你与安妮通感——如果你愿意让她做的话。第二堂课，你就不需要端妮了，一切都能交给安妮处理。不出几天，用地球日历算，你就会用火星语思考——用主观时间算会长很多，但谁在乎呢？"马穆德斜瞅着他，"你会喜欢各种热身练习。"

朱伯气得毛发倒竖："你是低级、邪恶、好色的阿拉伯人；除此之外，你还偷走了我最好的秘书之一。"

"对此，我永远感激不尽，但你没有完全失去她，她也会给你上课。她会坚持这么做。"

"先滚开，另外找个座位。我要思考。"

过了一会儿，他喊："前台！"

朵卡丝走上前来，坐在他身边，速记机准备就绪。

他看了她一眼，才开始工作："孩子，你看起来比平常更快乐。容光焕发。"

朵卡丝梦呓似的说:"我决定给他起名'丹尼斯'。"

朱伯点了点头:"适合,非常适合。"他暗想着,"适合"的意思是,即使她不确定孩子的父亲是谁,"你有没有心情工作呢?"

"哦,有呀!我感觉好极了。"

"开始。电视剧本。草稿。暂定剧名:'火星人史密斯'。开场:镜头向前推近到火星,使用纪录片或插画,连续镜头,然后画面更迭,转成'使者号'实际登陆地点的微缩模型布景。太空船的中距离画面。几个典型的火星人在活动,利用现成的资料片或重拍。切到近景:太空船内部。女患者伸展肢体,躺在……"

第 39 章

对环绕太阳第三行星的判决一向无可置疑。第四行星的元老们并非无所不知,也像人类一样有地域偏见,只是方式不同。通过他们特有的本地价值观来灵悟,即使借助了极其优越的逻辑,他们还是肯定,第三行星的众生忙碌、躁动、喜欢争吵,假以时日他们就会察觉这些众生有某种无法治愈的"错",一旦经过灵悟、珍惜、憎恨,就需要淘汰。

可是,等到他们慢慢要处理这件事的时候,元老们已不太可能有能力摧毁这个复杂的种族了。危害微乎其微,关心第三行星的人再没有浪费分毫的永世在这上面。

福斯特当然没有。"迪格比!"

他的助手抬起头来:"福斯特,什么事?"

"我会离开几个永世,执行一项特别任务。想让你见见你的新主管。"福斯特转头说,"麦克,这位是大天使迪格比,你的助手。他知道工作室的每一样东西在哪里,想到什么都能交给他,你会发现他是很稳定可靠的二工头。"

"哦,我们会相处愉快,"米迦勒天使长要他放心,然后对迪格比说,"我们以前有没有见过?"

迪格比回答:"我不记得有。当然,有那么多时间空间……"他耸了耸肩。

"无所谓。尔乃神。"

"尔乃神。"迪格比回应。

福斯特说:"拜托,客套话就省了吧。我留给了你们大量的工作,你们没有整个永恒可以浪费。当然,'尔乃神'——谁不是呢?"

他离开了,麦克将头上的光环往后推,开始工作。看得出,他有很多想做的改变……

读客
科幻文库

跟着读客读科幻，经典科幻全看遍

太空歌剧、赛博朋克、奇幻史诗……

中国、美国、英国、俄罗斯、波兰、加拿大、日本、牙买加……

读客汇聚雨果奖、星云奖、轨迹奖获奖作品

精挑细选顶尖的科幻奇幻经典

陪伴读者一起探索人类文明的过去、现在和未来

亿亿万万年，直至宇宙尽头